And After

And After

Sarah Lyons Fleming

And After
Until the End of the World, Band 2

Übersetzt von Kirsten Evers

Podium

And After - Until the End of the World, Band 2

Übersetzt von Kirsten Evers

Titel der Originalausgabe: *And After*

Originalsprache: Englisch
Coverimage/Illustration: Podium

Copyright © 2014, 2023 Sarah Lyons Fleming und SAGA Egmont

Alle Rechte vorbehalten

ISBN: 978-1-0394-6157-4

1st edition

www.podiumentertainment.com

Für Will, der weiß, dass der Weg zu meinem Herzen durch
Wasserfilter und Armbrust führt.
Und der mich trotzdem (oder vielleicht deshalb?) liebt.

And After

KAPITEL 1

Es ist noch dunkel, als mein Tag beginnt. Ich habe die Frühstücksschicht im Restaurant – so nennen wir den Speisesaal hier auf der Farm. Viele meiden diese Schicht, aber mir gefällt sie. Im vergangenen Jahr habe ich die frühen Morgenstunden schätzen gelernt. Ich mag, wie mich diese Zeit für den Rest des Tages positiv zu beeinflussen scheint, wie sie mich erdet und mir eine ganz besondere Ruhe und Gelassenheit verleiht.

Was mir weniger gefällt, ist die Kälte. Und inzwischen ist damit wirklich nicht mehr zu spaßen. Ich schlage die Decke zurück und fange an zu zittern, sobald meine nackte Haut der kalten Luft gnadenlos ausgesetzt ist. Morgens ist es immer eiskalt im Haupthaus, egal, wie viele Holzscheite sie abends in den Ofen schieben. Als ich aus dem Bad zurückkomme, lege ich ein Tuch über die Lampe, um Adrian nicht zu wecken, und betrachte mich selbst im Spiegel. Meine Haare sind – wie jeden Morgen – ein einziges wirres Chaos. Ich versuche, sie mit den Händen ein bisschen zu glätten, und binde sie links und rechts hinter den Ohren zu zwei Knoten zusammen. Zwar muss ich meine Haare hier auf Kingdom Come nicht außer Reichweite von hungrig grabschenden Zombiehänden halten, aber ich bin mir ziemlich sicher, dass niemand Lust auf ein langes braunes Haar im Haferbrei hat.

Ich trete an Adrians Nachttisch heran, um mir meinen Hut zu nehmen. Ich gebe ihm keinen Kuss zum Abschied; all seiner Umgänglichkeit und den vielen sympathischen Eigenschaften zum Trotz ist er absolut kein Morgenmensch. Er schläft mit bloßem Oberkörper und die Decke reicht ihm nur bis zur Taille. Ich verstehe nicht, wie er das aushält. Jede Nacht spielt sich in unserem Bett ein stiller Kampf ab, währenddessen er die Decken herunterreißt, woraufhin ich sie unermüdlich und immer wieder über uns ausbreite.

Adrians Finger legen sich um mein Handgelenk. Ich lasse den Hut fallen und unterdrücke einen erschrockenen Aufschrei. „Was zur Hölle! Du hast mich erschreckt!"

„Tut mir leid …", murmelt er schläfrig. „Wie machst du das? Jeden Tag wirst du schöner. Was ist dein Geheimnis?"

Ich lächle zurück und ignoriere seine Frage. „Da ist aber jemand gut gelaunt und das so früh schon."

„Na, weil ich dich sehe. Und du hast meine Frage nicht beantwortet."

Adrians Haare sind wirr und auf seiner Wange prangen ein paar tiefe Abdrücke vom Kissen, aber als ich seine strahlend grünen Augen, die goldene Haut und die markanten Züge betrachte, denke ich, dass in Wirklichkeit er derjenige ist, der schön ist.

„Na ja", sage ich, „du bist jetzt fast dreißig, und dein Augenlicht schwindet mit jedem Tag. Es ist eine optische Illusion, mehr nicht."

Er gibt dieses übertrieben laute Seufzen von sich, das er immer zum Besten gibt, wenn ich mich weigere, ihn oder etwas, was er sagt, ernst zu nehmen. „Kannst du nicht einfach mal ein Kompliment annehmen?" Ich will flüchten, aber er lässt mich nicht los. „Nimm es an."

„Danke", murmle ich.

Sein einzelnes Grübchen in der Wange ist tiefer denn je, aber sein Griff ist noch immer eisern. „Und jetzt meine Antwort?"

„Treib's nicht zu weit!"

Mit einem charmanten Glucksen lässt er mich gehen. „Na, so schwer war das doch nicht, oder?"

„Fürchterlich war's." Ich streiche ihm das dunkle Haar aus dem Gesicht und gebe ihm einen Kuss auf die Stirn. „Wie konntest du mich nur so quälen? Sehen wir uns beim Frühstück?"

„Zwei Eier, weich gekocht", sagt er. „Und Bacon, frischen Toast und Kartoffelpuffer, bitte."

„Träum weiter!" Ich lache. Wir sind inzwischen an dem Punkt des Winters angekommen, wo unser Eiervorrat zur Neige geht; die meisten liegen im Brutkasten und werden langsam, aber sicher zur nächsten Generation Hofhühner. „Ich mach Haferbrei. Eimerweise Haferbrei. Nur für dich."

Ich schleiche die knarzende Treppe hinunter und hinaus in die Nacht. Meine Stiefel knirschen auf den Schneeresten, die den Rasen bedecken. Der vergangene Winter ist besonders kalt und schneereich gewesen. Nicht, dass irgendjemand das noch aufzeichnet oder die Temperaturen misst oder Rekorde verzeichnet. Das meiste ist bereits geschmolzen, aber die riesigen Haufen, die wir beim Schaufeln zur Seite geschoben haben, brauchen mit Sicherheit noch eine Woche oder zwei.

Das Restaurant liegt rechts hinterm Haupthaus in einem Anbau mit großen Fenstern, hinter denen bereits das warme Licht der Glühbirnen leuchtet. Auch im Haupthaus gibt es elektrisches Licht, aber in den Holzhütten und Zelten müssen sich die Leute mit Öllampen, Kerzen oder batteriebetriebenen Lampen begnügen. Sobald ich den Speisesaal betrete, schlüpfe ich aus den Stiefeln und winke Mikayla zu, die bereits das Feuer in den großen Holzöfen geschürt hat.

Sie wuchtet einen riesigen Sack Haferflocken auf den Boden und lächelt mir entgegen. „Morgen, Cassie!"

„Guten Morgen."

Die Küche ist ein riesengroßer Raum mit geräumiger Speisekammer, drei Holzöfen und einer langen Insel in der Mitte, auf der genug Platz zum Vor- und Zubereiten der Speisen ist. Ich halte meine kalten Finger über einen der Öfen und genieße die Wärme. Mikaylas freiheitsliebende Locken haben sich schon jetzt aus dem Haarband gelöst und kleben an ihren verschwitzten Schläfen. Ihre Haut leuchtet golden und ihre Wangen sind von der Hitze gerötet. Das ist noch ein Grund für meine Vorliebe für die Frühstücksschicht: Spätestens wenn wir fertig sind, laufen wir barfuß und im Unterhemd herum, als sei es Hochsommer.

„Willst du schon mal mit dem Brei anfangen?", fragt sie.

„Klar!" Ich nehme mir einen großen Topf und öffne einen der riesigen Gefrierschränke, die zu solarbetriebenen Kühlschränken umfunktioniert worden sind.

„Wir haben einen ganzen Haufen Eier", sagt Mikayla. „Genug für Frittata. Ich bin so aufgeregt!"

Sie hüpft vergnügt umher, während sie die Zutaten zusammensucht. Nur Mikayla kann sich so über Eier freuen. Sie war schon auf der Farm, bevor das Bornavirus die Welt zerstörte; ihr Plan war es gewesen, selbst einmal eine eigene Farm zu gründen.

„Wo ist Ben?", frage ich sie.

Ben und Adrian waren Partner und hatten den Traum von der nachhaltig betriebenen Kingdom-Come-Farm gemeinsam realisiert. Jetzt wird sie die Kingdom-Come-Sicherheitszone genannt, was sie aber nicht weniger zur Farm macht. Wenn man heutzutage essen will, dann muss man auf einer Farm leben. Gut sortierte Supermärkte sind längst Geschichte. Mikayla und Ben sind seit dem Herbst ein Paar und unzertrennlich.

„Er hat Wachdienst, kommt aber anschließend vorbei. Ich musste ihm versprechen, ein Stück Frittata aufzuheben. Hey, gehst du eigentlich mit auf die letzte Tour? Westlich von hier haben sie wohl noch eine Gruppe Lexer gefunden."

„Ja, ich glaube, nach dem Frühstück geht's los."

Wir haben den Winter damit zugebracht, so viele Infizierte wie möglich ausfindig zu machen und zu töten. Wir hatten geradezu auf den ersten Frost gelauert und gehofft, dass die Infizierten gefrieren würden. Und als dies geschah, machten wir es uns zur Mission, sie aufzuspüren und ihnen den Rest zu geben. Zwar hatten wir auch darauf gebaut, dass die Kälte allein sie erledigen könnte, aber dem war nur teilweise so. Auf der Grundlage eigener Beobachtungen und dem, was wir aus anderen Zonen gehört haben, tritt der Tod durch Erfrieren nur bei etwa fünfzig Prozent der Infizierten ein. Aber das ist besser als gar nichts.

Ich koche Wasser, stelle eingemachtes Obst auf die langen Tische im Speisesaal und mache mich daran, das Brot für den Tag zu backen. Ich liebe das Backen, auch wenn es für viele Menschen mehr Arbeit als Freizeitspaß ist. Wir haben inzwischen eine ausgeklügelte, erprobte Routine, nach der der Teig in genau dem Augenblick fertig geknetet und zum Aufgehen bereit neben dem Ofen steht, in dem Toby und Jeff hereinstolpern, um die Tische zu decken. Jeff hat einen schiefen Pferdeschwanz und dunkle Ringe unter den Augen, und Tobys blonde Dreadlocks sehen noch struppiger aus als sonst.

„Harte Nacht?", frage ich.

„Ich bin zu alt, um in diesem Zelt zu schlafen!", grunzt Jeff und sagt, an Toby gerichtet: „Ich bin schließlich keine sechsundzwanzig mehr wie du. Ihr Jungspunde könnt euch vielleicht locker die Nächte um die Ohren schlagen, aber unsereins braucht seinen Schönheitsschlaf!"

Er ist gerade mal Anfang vierzig, aber ich weiß, was er meint. Die Jungs, mit denen er sich ein Zelt teilt, sind alle wunderbare Menschen, aber sie können auch ziemlich laut sein. „Verständlich!", sage ich. „Ich würde da auch nicht schlafen wollen."

„Im Oldie-Zelt ist ein Schlafplatz frei", erwidert Jeff. „Ich ziehe heute um."

Toby deutet mit dem Zeigefinger auf ihn und grinst. „Du dachtest, du könntest mithalten, alter Mann, aber da hast du dich geschnitten!"

Toby war auch schon vor dem Bornavirus auf der Farm. Seine entspannte Art ließe sich leicht mit Faulheit verwechseln, aber in Wirklichkeit kennt er die Farm und ihre tierischen und pflanzlichen Bewohner besser als jeder andere. Dazu zählen auch die vormals illegalen Pflanzen, die er außerhalb des Zauns züchtet. Man könnte denken, dass er lieber abhängt und chillt, als zu arbeiten, aber er tut viel mehr, als er müsste, und ist eine Bereicherung für jede Patrouille. Jeff murmelt etwas und schiebt Toby vor sich her in den Speisesaal, um die Tische zu decken.

Einige Augenblicke später stolpert auch Penny zur Tür herein und hängt ihren Mantel an einen Haken beim Eingang. Ihr dunkles Haar ist zu einem unordentlichen Knoten zusammengebunden und ihre Augen sind so verquollen, als sei sie erst vor wenigen Sekunden aufgewacht. „Tut mir leid, dass ich zu spät komme. James musste mich quasi aus dem Bett schmeißen!"

Penny kommt rüber und sieht mir beim Umrühren des Haferbreis über die Schulter. Mit einem Zipfel ihres Pullis trocknet sie die beschlagenen Brillengläser. „Ich bin überfällig", murmelt sie stirnrunzelnd.

„Ernsthaft, Penny, auch du darfst dich einmal in deinem Leben verspäten!"

Sie schiebt sich die riesige Retrobrille mit dem kleinen Finger zurecht und flüstert: „Nein, also, *meine Tage* sind überfällig!"

„Oh, Scheiße!" Ich lasse den Löffel in den Topf fallen. Er versinkt im Haferbrei wie in Treibsand. Ich versuche, ihn wieder herauszufischen, ohne Penny aus den Augen zu lassen. „Mist."

Sie nickt angesichts meiner Wortgewandtheit und nimmt einen tiefen Atemzug. Ihre normalerweise hellbraune Haut ist ebenso blass wie meine. Mit einem schnellen Blick versuche ich abzuschätzen, ob sie frühe Anzeichen einer Schwangerschaft zeigt, aber ihre weichen Kurven scheinen unverändert.

„Wie überfällig? Wie geht es dir? Drehst du gerade durch?"

Penny deutet mit der einen zitternden Hand auf die Stelle am Boden, die ich gerade mit Haferbrei voll tropfe, und spielt mit der anderen am Bügel ihrer Brille herum. „Mehr als eine Woche. Ich bin müde und … irgendwie geht's mir komisch. Anders als sonst. Und natürlich dreh ich durch!"

„Und wie kriegen wir jetzt Gewissheit? Gab es nicht früher so eine Methode, wo man einem Hasen den Urin gespritzt hat? Das können wir aber nicht machen. Oder? Ich meine, Hasen hätten wir hier, aber …"

„Also, wir könnten einen Hasen umbringen, klar", sagt sie und schenkt mir einen Blick, der deutlich verrät, was sie von meinem Plan hält, „oder ich gehe zur Apotheke und hole mir einen Test. James und ich wollen nach dem Frühstück hingehen und einen holen. Maureen übernimmt meine Stunden in der Schule."

„Ja, das macht wesentlich mehr Sinn." Ich lache und drücke ihren Arm. „Ich bin so aufgeregt. Darf ich aufgeregt sein? Sind wir aufgeregt?"

Pennys braune Augen blitzen auf. „Ja. Irgendwie bin ich total aufgeregt."

Manchmal denke ich darüber nach, wie ein süßes kleines Baby, zur Hälfte Adrian und zur Hälfte ich, aussehen würde. Aber dann muss ich zwangsläufig auch darüber nachdenken, dass wir es beschützen müssten. Dass ich dann noch einen weiteren Menschen in meinem Leben hätte, um den ich mir ständig Sorgen machen muss. Dass Babys weinen und schreien, und dass man ihnen nicht einfach sagen kann, dass sie still sein sollen. Und dann höre ich auf, über Babys nachzudenken. Außerdem habe ich ja auch schon Bits.

Das hier ist jedoch das zweitbeste Szenario, und so gebe ich mir die größte Mühe, mich auf das Positive zu konzentrieren: Ein süßes kleines Baby, zur Hälfte James und zur Hälfte Penny. Höchstwahrscheinlich das klügste Baby aller Zeiten. Das flüstere ich Penny zu, als sie auf dem Weg zur Speisekammer an mir vorbeihuscht, und sie quittiert meine Worte mit verdrehten Augen und einem vergnügten Kichern.

Als Ben und Dan eintreffen, ist der Speisesaal mit Leuten gefüllt, die Haferbrei löffeln und Toast von gestern essen. Nur die frühen Vögel und die, die Bescheid wussten, haben was von der Frittata abgekriegt. Und ich – ich glaube, ich muss mindestens vier Eier verdrückt haben. Barnaby, ein etwas dümmlich wirkender Golden-Retriever-Mischling, folgt ihnen herein und kommt auf mich und das Waschbecken zugelaufen. Er schnüffelt mit wild wedelndem Schwanz an meinem Bein und lässt sich dann auf meinen Fuß plumpsen. Es gibt nicht mehr viele Hunde, da Lexer auch vor ihnen nicht Halt machen. Manchmal denke ich, dass es bestimmt viele Hundehalter gab, die ihre treuen Vierbeiner aufgefressen haben, ehe diesen klar werden konnte, dass ihre Besitzer nicht mehr sie selbst waren und dass sie sich besser aus dem Staub machen sollen hätten.

„Ich hab gehört, hier gibt's richtige Eier?", fragt Dan.

Mikayla läuft zu der Stelle, wo sie die Reste der Frittata vor hungrigen Blicken versteckt hat. „Du hast richtig gehört!"

„Ich hab alles versucht, um ihn abzuschütteln, aber nachdem er das mit der Frittata gehört hat, war er nicht mehr loszuwerden", sagt Ben. Er nimmt seine warme Wintermütze ab, unter der ein wilder brauner Lockenschopf zum Vorschein kommt. Mikayla fährt ihm mit der Hand durch die Haare und gibt ihm einen Kuss.

Dan streckt ihr ebenfalls seine gespitzten Lippen hin. Mikayla lacht, reicht ihm einen Teller und sagt: „Vergiss es!"

„Einen Versuch war's wert", sagt er zu Ben, der ganz und gar nicht amüsiert aussieht. Ben ist ein netter Kerl, aber hin und wieder fehlt es ihm an Humor.

Dan inhaliert seine Frittata noch am Waschbecken, während Barnaby ihn mit hungrigem Hundeblick anstarrt und sabbert. Dan ist Tischler und Mitte dreißig. Auf seine eigene, etwas unordentliche, unrasierte und unfrisiert blonde Art ist er äußerst attraktiv. Er ist nie lange allein und ein unverbesserlicher Schürzenjäger; was das Flirten angeht, übertrifft er sogar Ana.

„Bitte sehr, mein Guter", sagt er zu Barnaby und lässt ein kleines Stück Frittata auf den Boden fallen. Barnaby springt auf und verschlingt den Leckerbissen.

„Lass Mikayla bloß nicht sehen, was du mit ihrer kostbaren Frittata machst", sage ich. „Dann bringt sie dich um."

„Ich konnte nicht anders. Schau dir doch bitte mal dieses Gesicht an!"

Barnabys Zunge hängt ihm seitlich aus dem Maul, während er aufmerksam von mir zu Dan und zurück blickt. Dieser Hund frisst wirklich alles, bellt alles und jeden an und schafft es, sich immer irgendwie schmutzig zu machen. Außerdem kann er keinen einzigen Trick.

„Das hier ist der dämlichste Hund der Welt", sage ich, beuge mich zu ihm hinunter und kraule ihn liebevoll hinterm Ohr. Ich liebe Barny, aber es ist die Wahrheit. „Gut, dass er so süß ist. Was wäre sonst aus ihm geworden?"

„Tja, er ist Single. Wir müssen also nur noch eine Hundedame finden, die auch Single ist, und dann könnten hier schon sehr bald kleine Hundebabys rumlaufen."

Barnaby rülpst geräuschvoll und etwas, das aussieht wie zerknülltes Zeitungspapier, fällt in einer Pfütze aus Hundespucke und Frittata auf den Boden. Ich sehe Dan an. „Das hier soll zukünftige Generationen von Haushunden verbrechen? Vielleicht geben wir die Hoffnung gleich auf und suchen uns einen neuen besten Freund des Menschen."

Dan lacht und wischt die Pfütze mit einer Stoffserviette auf, die er in den Wäschekorb fallen lässt. „Du kommst nachher auch mit auf Tour, richtig?"

„So ist es. Du bist auch dabei? Aber du bist doch gerade erst fertig mit deiner Schicht. Solltest du dich nicht ein bisschen ausruhen?"

Er stellt seinen leeren Teller ins Waschbecken und tätschelt sich den Bauch. „Ich hau mich jetzt für ein paar Stunden aufs Ohr. Dann bin ich wieder bereit!"

„Das ist echte Hingabe!" Ich bin ein recht passabler Zombiekiller und eine der wenigen, der es auch nichts ausmacht, aber gefallen tut es mir deshalb noch lange nicht.

Er zwinkert. „Ach was. Ich hab gehört, dass du dabei bist. Da musste ich mich einfach melden."

„Musstest du dir denn ausgerechnet mich aussuchen?", frage ich mit einem melodramatischen Seufzen und verdrehe die Augen. „Gibt es hier denn keine anderen Mädels, mit denen du an einem so zauberhaften Morgen wie diesem flirten kannst?"

„Schon", antwortet er, „aber keine errötet so schön wie du. Zeig mir den Mann, der so einem hübschen knallroten Kopf widerstehen kann!"

Ich bedrohe ihn mit dem Wasserschlauch vom Spülbecken. „Geh schlafen, du! Ich hab genug Leute, um die ich mich kümmern muss, da brauchst du mich nicht auch noch zu umschwärmen."

Er salutiert und marschiert ins Freie. Ich gehe und hole die nächste Ladung des schier unendlichen Abwasches. Eins muss man den Leuten hier lassen: Sie können ordentlich reinhauen.

KAPITEL 2

Ich trage zwei Schichten unter meiner Jacke, aber auf dem Schneemobil ist es trotzdem eiskalt. Um dem Fahrtwind keine Angriffsfläche zu geben, lege ich meine Arme fest um Adrians Taille und begrabe mein Gesicht in seinem Nacken. Etwa fünfundzwanzig Kilometer von der Farm entfernt halten wir. Hier hatten Dwayne und seine Crew bei ihrem letzten Flug eine Gruppe Lexer gesehen.

Dan wirft einen Blick auf die Karte und zeigt auf die Bäume. „Gleich hier!"

Ana schüttelt ihr kurzes kastanienbraunes Haar und zieht sich den Schädelspalter von der Schulter. Das Hackebeil an einem Ende ist wunderbar geeignet für die Enthauptung von Lexern, während die stumpfe Spitze am Schaft perfekt in eine Augenhöhle oder die weiche Stelle direkt an der Schädelbasis passt. Der Schädelspalter ist bis heute meine absolute Lieblingswaffe im Kampf gegen die Zombies, dicht gefolgt von meinem Ka-Bar-Messer. Und natürlich dem Revolver. Ich liebe meine Smith and Wesson.

„Na los!", drägelt Ana und hüpft ungeduldig auf den Fußballen auf und ab.

Dann läuft sie auf den Waldrand zu, ohne auf Antwort zu warten. Dan holt sie ein und sie liefern sich die schneebedeckte Senke hinab ein kurzes Wettrennen. Toby, der mit Dan auf dem Schneemobil hergekommen ist, folgt ihnen. Ich ziehe meine dicken Handschuhe aus und streife mir stattdessen die selbst gemachten ledernen Zombie-Schutzhandschuhe über, die mir bis zu den Ellenbogen reichen und gegen Bisse und Kratzer durch Lexer schützen.

„Geh ruhig schon mal vor", sage ich zu Adrian. „Ich muss noch die Gummihandschuhe und den anderen Kram rausholen." Er nickt und folgt den anderen.

„Warum sind wir noch mal hier?", fragt Peter hinter mir.

Er steht an sein Schneemobil gelehnt. Seine Augen sind so dunkel wie sein schwarzer Hut. Ich ziehe noch einmal prüfend an den Latex-Handschuhen, die ich über meine Lederhandschuhe gestülpt habe, und greife nach meinem Schädelspalter.

„Um das Überleben der Menschheit zu gewährleisten", sage ich, nur halb im Scherz.

„Nein, ich meine *wir* wie in du und ich. Wir hassen das hier." Er bläst sich in die Hände, bevor er sich seine eigenen Handschuhe anzieht.

„Also, lieben tu ich es zumindest nicht." Ich zeige auf Ana. „Nicht wie deine bessere Hälfte. Ich habe allerdings den Verdacht, dass sie hauptsächlich auf die coolen Outfits steht."

Peter schnaubt amüsiert. Ana trägt schwarze Lederhandschuhe und eine schwarze Lederjacke. Beides passt perfekt zu der schwarzen Lederhose, die sie in die gefütterten hohen Stiefel gesteckt hat. Sie ist nicht groß, aber stark, schlank und schön mit ihren fein geschnittenen Zügen und den dunklen Augen. Wir beobachten sie dabei, wie sie ihren Schädelspalter mit einer gleitenden, unbeschwerten und tödlichen Bewegung vorwärts stößt.

„Wir machen es, weil es gemacht werden muss", spreche ich weiter. „Ich werde bestimmt nicht allein auf der Farm rumhocken und darauf warten, dass meine Freunde nicht zurückkommen. Du etwa?"

Ich glaube, es gibt nichts Schlimmeres, als nicht zu wissen, ob es den Menschen, die man liebt, gut geht. Ob ihnen etwas passiert ist. Diese neue Welt ist voller Geschichten ohne ein Ende. Haben die Leute überlebt? Sind sie gestorben oder gestorben und doch nicht tot? Die Wahrscheinlichkeit, dass man es jemals erfährt, ist gering. Mein Bruder Eric hätte uns letzten Sommer in der Hütte meiner Eltern treffen sollen. Er ist nie aufgetaucht. Jeder von uns hat so eine Geschichte, und noch eine könnte ich nicht verkraften.

„Ich weiß", sagt Peter. Er runzelt die Stirn in Anas Richtung. „Bald tauen sie auf. Du weißt, dass sie dann die ganze Zeit hier draußen sein wird."

Ana ist so mutig, dass es manchmal schon an Leichtsinn grenzt. Im Herbst hat sie es ganz allein mit sechs Lexern aufgenommen und dabei selbst den Lockvogel gespielt. Und in bestem Ana-Stil ist sie völlig unbeschadet zurückgekommen. Dementsprechend sieht sie auch nicht ein, was daran so verrückt gewesen sein soll.

„Dann werden wir das auch sein", sage ich. „Irgendjemand muss sie ja im Zaum halten."

„Ich glaube, du bist die Einzige, die das kann."

Ana und ich sind ein gutes Team, weil wir immer irgendwie im Gefühl haben, was die jeweils andere als Nächstes tun wird. Und wir passen nicht nur aufeinander auf. Meistens kann ich sie von den verrückteren Aktionen abhalten, wie zum Beispiel sechs Lexer abzuschlachten, die genauso gut hätten ignoriert werden können. Im Gegensatz zu ihr bin ich nämlich nicht wahnsinnig. Auf mich hört sie immerhin. Meistens zumindest.

„Ich will sehen, was ich machen kann. Also los, nicht, dass man uns noch beschuldigt, unsere Pflichten zu vernachlässigen!"

Peter legt mir einen Arm um die Schulter, als wir den anderen folgen. Trotz unserer Vergangenheit ist es kein bisschen komisch zwischen uns. Im Laufe des letzten Jahres ist er einer meiner besten und engsten Freunde geworden. Ich kann mit ihm über wirklich alles reden, genau wie ich auch mit Penny und Nelly über alles reden kann. Manchmal erzähle ich ihm sogar noch mehr als ihnen; der Peter, der nie über Tiefsinniges sprechen wollte, ist inzwischen zu einem richtigen Philosophen mutiert.

„Danke, Cassandra."

„Kein Ding, Petey."

Er drückt mir leicht die Schulter. Peter ist der einzige Mensch, der mich noch Cassandra nennt. Und ich bin die einzige Person, die ihn hin und wieder Petey nennen darf.

Am Fuß des Hügels warten über hundert tiefgefrorene und langsam tauende Zombies auf uns. Ein paar der Halbaufgetauten sind tot – wirklich, richtig tot. Einige sind gerade eben angetaut genug, um ein wenig gurgeln und zucken zu können, aber die Nächte, während derer noch immer Minustemperaturen herrschen, scheinen sie derzeit fest im Griff zu haben. Egal, ob tot oder untot – sie alle kriegen einen spitzen Holzpflock in die Augenhöhle oder ein Messer in den Schädel. Ich gehe auf einen zu, der an einen

Baum gelehnt steht wie ein müder Wanderer, der sich nur kurz ausruhen muss. Etwas Schwarzes und Flaumiges wächst auf der grauen Haut seiner Wange. „Hey, schaut euch das mal an!", rufe ich den anderen zu.

Sie kommen herüber und nehmen den moosähnlichen Bewuchs in Augenschein. Adrian schabt ein wenig davon mit seinem Messer ab. Darunter kommt schwammiges frisches Fleisch zum Vorschein. Ich halte ihm einen meiner Latex-Handschuhe hin. „Tu's hier rein."

Beim Klang meiner Stimme rollen die Augen des Lexers in ihren Höhlen hin und her. Er sieht das potenzielle Festmahl vor sich und ein hungriges Stöhnen entwindet sich seiner unterkühlten Kehle.

„Ach, halt die Klappe", sagt Ana trocken. Mit der Spitze am Schaft ihres Schädelspalters schlägt sie dem Lexer ein kreisrundes Loch in den Schädel, ehe sie mir mit blitzenden schneeweißen Zähnen zulächelt. Peter wirft mir einen Blick zu, in dem ich seine zuvor geäußerte Besorgnis deutlich erkenne.

Ich folge Adrian zu einer kleinen Gruppe von etwa zwölf Zombies. Sie sind da eingefroren, wo sie standen. Ich stoße das Ende meines Schafts in eine Augenhöhle. Das ekelhafte Knirschen fand ich früher immer total gruselig. Aber jetzt bin ich daran gewöhnt, was auf seine eigene Weise noch viel gruseliger ist. Zombies zu töten ist inzwischen einfach nur so eine Aufgabe, die man eben erledigen muss, wie Wäsche waschen oder Zähne putzen. Ich versuche, nicht darüber nachzudenken, wer sie wohl mal gewesen sind – oder ob Eric einer von ihnen ist.

„Hier ist noch mehr von diesem Moos", sagt Adrian. Er beugt sich über den toten Lexer, dessen aufgedunsener, eiskalter Körper zur Hälfte mit dem schwarzen Flaum bedeckt ist. „Vielleicht ist das Teil des Verwesungsprozesses. Wäre auch höchste Zeit."

„Vielleicht hat irgendetwas endlich beschlossen, *sie* zu fressen", sage ich. „Vielleicht ist das eine neue Mutation in Verbindung mit dem Virus."

„Hoffentlich …" Adrian blickt mit zuversichtlichem Blick und dem Messer in der Hand zu mir auf. „Das ist das erste Mal, das etwas auf ihnen wächst. Irgendetwas muss das ja bedeuten."

Tobys überraschter Aufschrei lässt uns herumwirbeln und auf ihn zu rennen. Ungefähr fünfzehn Lexer liegen dort im Schnee. Toby ist mit erhobenem Schädelspalter zwischen ihnen umhergegangen und hat ihnen einzeln den Garaus gemacht, aber jetzt liegt er um sich schlagend auf der Erde und versucht, sich aus den Fängen eines besonders beweglichen Exemplars zu befreien, das ihn am Fußgelenk zu fassen bekommen hat und die Zähne in den Stoff seiner Hose versenkt. Adrian sticht ihm sein Messer in die Schädelbasis und zieht Toby in Sicherheit.

Toby greift nach seiner Wade und als er endlich seine Hand bewegt, keuchen wir beim Anblick des zerfetzten Stoffs erschrocken auf. Er lehnt sich auf den Ellenbogen zurück, wirft den Kopf in den Nacken und schließt die Augen. „Hat er mich erwischt? Blute ich? Leute, schießt mir einfach eine Kugel in den Kopf, wenn er mich erwischt hat. Ich will's gar nicht wissen!"

„Da ist kein Blut auf der Hose." Ich knie mich neben ihn in den Schnee und ziehe mein Messer aus dem Gürtel, während sich die anderen mit großen Augen und blassen Gesichtern um uns versammeln. „Ich seh die Haut nicht. Ich muss das Loch größer machen."

Toby nickt. Seine Augen sind noch immer fest geschlossen. Er ist viel ruhiger, als ich es in dieser Situation wäre, aber er zittert so sehr, dass ich sein Bein festhalten muss, während ich den Stoff seiner Hose aufschneide. Die Zahnabdrücke in seiner Wade sind tief und einige sind dunkelrot und nicht nur rosa, aber ich sehe keine Öffnung in der Haut, kein Blut. Ich untersuche sein Bein gründlich. Ana hilft mir. Jeder noch so kleine Riss in der Haut könnte den sicheren Tod bedeuten.

„Du bist okay", sage ich schnell. Ich habe keine Ahnung, was ich gesagt hätte, wenn er es nicht gewesen wäre, und ich bin mehr als erleichtert, dass er es ist. „Er hat dich nicht erwischt. Aber bleib noch kurz so liegen und beweg dich nicht. Wir waschen dein Bein und eventuelle Reste vom Virus ab, falls doch noch irgendwo eine Wunde entsteht."

Alle atmen erleichtert auf. Toby lässt den Kopf in den Schnee sinken und starrt in die Baumkronen hinauf. „Heilige verdammte Scheiße. Oh mein Gott. Taucht mich in Chlor, ist mir scheißegal!"

Ich wasche sein Bein mit Reinigungsmittel und schmiere vorsichtshalber Wundsalbe drauf, während die anderen sich um die übrig gebliebenen Lexer kümmern. Sie sind jetzt extra vorsichtig, falls es noch mehr Aufgetaute gibt, aber scheinbar hatte Toby einfach Pech, dem einzigen aufgetauten Lexer der ganzen Herde in die Arme zu laufen.

„Du bist offiziell lebendig!", sage ich zu ihm, als ich fertig bin. „Mach das Beste draus!"

Er umarmt mich und hüllt mich in seinen Patchouliduft. „Das brauchst du mir nicht zweimal zu sagen! Heute Abend wird Jeff doppelt froh sein, dass er ausgezogen ist!"

KAPITEL 3

Der Geruch der toten Körper hängt mir noch immer in der Nase, als wir zurück auf der Farm sind. Er setzt sich in den Klamotten fest und bohrt sich in die Nebenhöhlen. Die tiefgefrorenen Lexer spritzen zwar nicht so wie ihre „frischen" Kollegen, aber stinken tun sie trotzdem. Schweigend parken wir die Schneemobile, jeder für sich in Gedanken darüber versunken, wie knapp das heute mal wieder gewesen ist. Toby hüpft davon, um sein gerettetes Leben zu feiern. Er ist wohl der Einzige, der nicht zumindest ein bisschen betreten ist. Jetzt, wo die Lexer anfangen zu tauen, ist es nur eine Frage der Zeit, bis die Herden kommen. Früher oder später werden sie uns finden. Sie mögen nicht miteinander kommunizieren, aber sie folgen einander in ihrer ewigen Suche nach Frischfleisch. Nach uns.

Ich habe nicht vergessen, wie sich die allgegenwärtige Angst vor Millionen von Zombies anfühlt, aber seit dem Herbst ist sie zugegebenermaßen ein wenig verblasst. Der Winter hat es uns ermöglicht, uns von der ersten Schockwelle zu erholen und die Menschen, die wir vor der Katastrophe einmal gewesen sind, wiederzufinden und sowohl sichtbare als auch unsichtbare Wunden heilen zu lassen. Wir haben uns daran gewöhnt, uns nicht allzu viele Sorgen zu machen. Das Rascheln in den Bäumen ist wirklich nur der Wind, jedes Knacken, jeder abgebrochene Zweig nur schwerer Schnee oder Eis. Ich würde nicht so weit gehen, zu sagen, dass wir bequem oder gar übermütig geworden sind, aber es ist eindeutig an der Zeit, sich wieder auf die alte Mentalität zu besinnen – niemals zuvor ist die Welt so ein Ort des Fressens oder Gefressen-Werdens gewesen.

Adrian küsst mich und macht sich auf zur nächsten seiner vielen Aufgaben des Tages. Ana und ich waschen unsere Klingen in einer Desinfektionslösung, tauchen unsere Stiefel ins Fußbad und besprühen einander mit einem Antivirus-Spray. Zu Adrians großem Bedauern bin ich nicht gerade der reinlichste Mensch, aber wenn es um das Virus geht, ist mir Desinfektion wichtiger als alles andere.

„Komm, wir suchen meine Schwester und kriegen raus, ob sie 'nen Braten in der Röhre hat", sagt Ana, nachdem die anderen gegangen sind.

„Das war auch mein erster Gedanke", erwidere ich. „Ich kann einfach nicht glauben, dass sie vielleicht schwanger ist."

„Ich glaube, sie ist es. Ich würde sterben, wenn ich an ihrer Stelle wäre. Stell dir das doch mal bitte vor?"

Ana schüttelt sich melodramatisch, während wir den Schuppen verlassen. Ich halte sie am Arm fest und bringe sie dazu, stehen zu bleiben und mir in die Augen zu sehen. „Ana, das darfst du auf keinen Fall zu Penny sagen. Glaub mir, du wirst ihr nichts erzählen, was sie nicht schon längst weiß."

„Cass, das würde ich nie tun!"

Ich starre sie herausfordernd an, bis sie die Unschuldsmiene fallen lässt. „Ich werde ihr nur sagen, wie sehr ich mich für sie freue", sagt Ana. „Versprochen. Und ich freu mich wirklich, weißt du. Ich hab mir immer eine Nichte gewünscht, die ich verwöhnen kann. Es ist ein Mädchen, das spür ich."

Das Muhen der Kühe aus den Ställen zu unserer Rechten dringt zu uns herüber, und Ziegen, die auf essbare Zuwendung hoffen, stützen sich mit den Vorderbeinen auf den niedrigen Zaun ihres Geheges. Wir biegen nach rechts ab, passieren die großen Gruppenzelte und kommen bei den kleinen Hütten an, von denen sich Ana und Peter eine mit Penny und James teilen.

„Ich freu mich auch für sie", sage ich. Ich werde Ana bestimmt nicht sagen, dass ich im Geheimen das Gleiche gedacht habe wie sie.

Wir treten durch die Eingangstür in die kleine Wohnstube ein. Das warme, beinahe goldene Leuchten der Holzwände, der kleine Holzofen und die eingebauten Regale, die mit Büchern gefüllt sind, machen den Raum unglaublich gemütlich. Penny sitzt auf dem Zweisitzer unter meinem Gemälde von unserer alten Gegend in Brooklyn und blickt auf, als wir hereinkommen. Ich versuche, mir vorzustellen, wie es dort jetzt wohl aussehen mag, und frage mich, ob Pennys und Anas Mutter Maria noch am Leben ist. Sie wäre so glücklich darüber, Großmutter zu werden.

Ana hebt beide Hände und ruft: „Na, und?"

Penny hält das kleine Plastikstäbchen in die Höhe. „Zwei Striche. Positiv."

Ana und ich quietschen. Nachdem ich Penny ausgiebig umarmt habe, bemerke ich James, der abwesend in die Ferne starrt. Das hellbraune Haar hat er sich hinter die Ohren geschoben und sein schmales Gesicht erscheint mir blasser als sonst. James ist ein absoluter Pragmatiker; ich kann mir vorstellen, dass sich in seinem Gehirn gerade die wildesten und gruseligsten Baby-Zombie-Gedanken die Klinke in die Hand geben.

„Wir sind immer noch dabei, uns an den Gedanken zu gewöhnen", sagt er, nachdem ich ihm gratuliert habe. „Aber natürlich ist es schön."

„Es ist wunderschön!", sage ich so hoffnungsvoll wie möglich und hoffe, dass es aufrichtig klingt. „Es wird alles gut."

Er reibt sich mit der Hand über die Stirn, ehe er nickt. Wir wissen beide, dass ich mich irren kann, aber wir müssen diese Momente genießen, die durch das, was vor den Toren der Zone lauert, so schnell zerstört werden können. Wenn wir das nicht tun, können wir auch gleich aufgeben. Pennys Gesicht ist weich und heiter. James greift nach ihrer Hand und spiegelt ihren Gesichtsausdruck. Mein Entschluss, kein Kind in die Welt setzen zu wollen, wird einen Moment lang auf die Probe gestellt, aber der Gedanke an die angetauten Lexer heute bringt mich wieder auf die richtige Spur.

KAPITEL 4

Ich stiefele zum Haupthaus, um mich vor dem Abendessen frisch zu machen, und achte dabei ganz genau darauf, wo ich meine Stiefel in den Dreck setze, während ich die tiefste Stelle der Wiese überquere. Heute könnte der erste Tag der Matsch-Zeit sein; diese elende Zeit, während der man mit den Stiefeln überall stecken bleibt wie in Treibsand und die Diele immer schmutzig ist. Ich rudere mit den Armen, um das Gleichgewicht zu halten, als meine Beine unter mir wegrutschen. Ich hätte auf dem Schotterweg bleiben sollen.

„Wie kann es sein, dass sie so einen Tollpatsch wie dich auf Patrouille gehen lassen?", fragt eine trockene Stimme.

Ich blicke mich um und sehe Nelly, der mit vor der Brust verschränkten Armen und hochgezogenen Augenbrauen an einer Hütte lehnt. „Warum verfolgst du mich?"

„Ich hab die Windmühlenarme gesehen und dachte, ich schau mal nach, was da los ist."

Er gibt eine kleine Nachahmung meiner rudernden Arme und meines verzweifelten Blicks zum Besten. Ich muss so sehr lachen, dass meine Füße gleich wieder in alle Richtungen rutschen. Nelly erwischt mich gerade noch am Ellenbogen und seufzt, aber seine blauen Augen blitzen vergnügt.

„Danke", sage ich. „Und wie schön, dass du mich so unterhaltsam findest."

„Find ich auch, Zwerg."

Nellys widerspenstiges blondes Haar steht in alle Richtungen von seinem Kopf ab und seine Wangen sind gerötet von der Arbeit mit dem Vieh an der frischen Luft. Sein linker Arm hat sich nie ganz von der schlimmen Infektion letztes Jahr erholt, also geht er nur auf Patrouille, wenn es absolut sein muss. Er beteuert, alles sei gut und außerdem sei er ja auch Rechtshänder. Und genau genommen ist Nelly schon immer breit und kräftig gewesen, und so steckt in seinem geschwächten Arm wahrscheinlich immer noch mehr Kraft als in den meisten anderen, aber ich mag es so. Auf diese Weise muss ich mir zumindest um ihn keine Sorgen machen.

„Willst du mit mir ins Haus kommen?", frage ich. „Ich muss mich umziehen."

„Klar, warum nicht. Dann kann ich mal wieder 'ne Klospülung betätigen. Man gönnt sich ja sonst nix."

Diejenigen, die nicht im Haupthaus wohnen, müssen sich mit Komposttoiletten begnügen. Und wenn sie nicht gerade das Glück haben, in einem der Zelte zu schlafen, die ein eigenes Klo haben, müssen sie der Kälte trotzen, wann immer sie die kleinen Häuschen aufsuchen. Nelly wohnt zusammen mit John in einem der Männerzelte. Die Hütten werden an Paare und Familien vergeben. Es hat ganz klar seine Vorteile, die Freundin des Chefs zu sein, abgesehen von dem ganz offensichtlichen Vorteil, Hals über Kopf in ihn verliebt zu sein.

„Hast du schon mit Penny gesprochen?", fragt Nelly.

Ich weiß, dass er ihr höchstwahrscheinlich versprechen musste, die Überraschung nicht zu ruinieren, und erlöse ihn. „Wie verrückt, dass sie wirklich schwanger ist, oder?"

Ich kann es immer noch nicht glauben: Penny, meine beste Freundin, seit wir zehn waren, bekommt ein Baby. Als wir zwölf waren und unter der Illusion standen, wir könnten unser Leben tatsächlich beeinflussen, hatten wir geplant, gleichzeitig Kinder zu kriegen, damit diese auch beste Freunde werden könnten. Das wird zwar nicht passieren, aber zumindest ein Teil dieser vormals ungewissen Zukunft ist gerade mit einem ordentlichen Wumms Realität geworden.

„Ja klar, verrückt", meint Nelly. „Was dachtest du denn, was passiert, wenn man ungeschützten Sex hat?"

Aber ich sehe ihm an, dass er sich freut: Er muss sich das Lächeln förmlich verkneifen. „Ach, jetzt hör schon auf! Kannst du dich nicht einfach freuen?"

„Oh mein Gott, ich kann nicht mehr, es ist alles so aufregend!"

„Du bist ein Arsch. Ich weiß, dass du dich auch freust."

Er tätschelt meine Hand und grunzt irgendetwas Unverständliches, was mir Zustimmung genug ist.

Das Restaurant ist vom Klirren und Klackern des Abendessens erfüllt, das in vollem Gange ist, und als der verführerische Duft einer frisch zubereiteten Marinara meine Nase erreicht, beginnt mein Magen, hungrig zu knurren. Ich habe seit dem Frühstück nichts mehr gegessen. Das Abschlachten der Infizierten ist zwar alles andere als appetitanregend, aber jetzt spüre ich, wie hungrig ich bin. Ich würde mich hineinschleichen und mir schnell was auf die Hand holen, aber die Leute meiden einen, wenn man seine Lexerausrüstung trägt. Die würden mich nie reinlassen.

Im Wintergarten ziehen wir unsere Stiefel aus. Das weiße Haupthaus hat eine Veranda, die über die gesamte Frontseite des Hauses verläuft, und alte Fenster, die tonnenweise kalte Zugluft hereinlassen, obwohl sie hübsch anzusehen sind. Ich werfe einen kurzen Blick in die Speisekammer, aber irgendwer hat die Kekse, die ich dort deponiert hatte, gefunden und aufgegessen. Das Brot ist ebenfalls verschwunden. Wenn das keine Mäuse anlocken würde, würde ich ja im Zimmer ein paar Snacks verstecken.

„Diebe haben meine Kekse gestohlen!"

„Ich verwette alles, was ich besitze, darauf, dass dieser Dieb Bits heißt", sagt Nelly.

Er lässt sich auf die Couch im Wohnzimmer fallen und legt die Füße auf den Couchtisch. „Ich schau mir inzwischen das Spiel an", sagt er, nimmt eine unsichtbare Fernbedienung auf und zielt damit auf einen unsichtbaren Fernseher.

„Ich mach euch Jungs ein paar Schnittchen, sobald ich mich frisch gemacht habe, Schatz!"

Ich gehe die Treppe hoch ins Bad, wo ich mich wasche und meine Jeans zusammenrolle, um sie in die Wäsche zu geben. Adrian ist schon in unserem Zimmer gewesen: Seine Handschuhe und die Lederjacke hängen an ihrem Haken, die blitzsauberen Stiefel stehen ordentlich darunter. Das hier war sein Zimmer, aber seit dem Sommer habe ich auch meine Persönlichkeit hier einfließen lassen – deutlich wird das besonders an dem Schlafanzug von letzter Nacht, den ich achtlos über die Stuhllehne geworfen habe, dem wackeligen Bücherstapel auf dem Schreibtisch, den losen Papieren, auf denen ich Listen gekritzelt oder kleine Zeichnungen hinterlassen habe, sowie den Malsachen, die irgendwie einfach nicht an ihrem Platz bleiben wollen.

Dazu ist auch das Einzelbett in der Ecke gekommen, in dem Bits schläft, wenn sie nicht bei Peter ist. Peter und ich scherzen immer, dass wir uns das Sorgerecht teilen, und Bits kommt und geht, wie es ihr gefällt. Adrian hatte bestimmt nicht erwartet, mit mir auch noch eine Achtjährige zu bekommen, für die er nun ebenfalls eine Art Vaterfigur ist, aber Bits ist ihm schon jetzt ans Herz gewachsen.

Bits wurde durch das Bornavirus LX zur Waise, und das, obwohl ihre Eltern nicht infizierten Männern zum Opfer fielen. Ihr Vater starb bei der Explosion der Schule, in der sie vor den Lexern Zuflucht gesucht hatten. Ihrer Mutter blieb das Glück eines schnellen Todes verwehrt – eine Gruppe von Männern verfütterte sie an die Infizierten und zwang Bits, dabei zuzusehen. Ich denke nicht oft an Neil, den Anführer dieser Männer, und daran, wie sein Hinterkopf explodierte, als ich ihn aus nächster Nähe erschoss, denn die Erinnerung ist alles andere als schön. Bis auf die Tatsache, dass er tot ist. Das ist schon irgendwie schön.

Ich schüttele den Kopf, um diese Gedanken zu verscheuchen, und blicke aus dem Fenster. Die Bergkette, die uns umgibt, ist noch immer schneebedeckt, und auf den Gipfeln erstreckt sich eine borstige Armee nackter Baumkronen. Die Berge hier im Nordosten sind nicht die höchsten, aber sie sind hoch genug, um zumindest den Anschein einer Schutzmauer zu erwecken und uns damit ein gewisses Gefühl der Sicherheit zu verleihen. Manchmal gebe ich mich dem Gedanken hin, dass uns hier nichts und niemand etwas anhaben kann, mit unseren Schutzwällen und unseren Waffen, aber ich weiß, dass das nicht der Realität entspricht. Es ist gefährlich, so zu denken. Ich seufze und ziehe meine Schuhe an.

KAPITEL 5

Ich beobachte die Leute, wie sie ihre Spaghetti mit Fleischbällchen essen und spiele kurz mit dem Gedanken, mir einfach einen willkürlichen Teller zu schnappen. Ich habe ein neues Hungerniveau erreicht, aber natürlich weiß ich, dass ich echten Hunger gar nicht kenne. Da draußen sind bestimmt noch immer Menschen, die hungern oder im Laufe des Winters verhungert sind, und hier habe ich meine täglichen zwei bis drei Mahlzeiten.

Ein kleines Brot schwebt über meine Schulter hinweg und verharrt neben meinem Kopf in der Luft. Ich drehe mich um, entdecke Adrian am anderen Ende und beiße ein Stück des hefeduftenden Brotes ab, das er mir hinhält. Den Teig dafür habe ich heute Morgen selbst geknetet. „Das ist so gut …“, stöhne ich beim Kauen.

„Du warst ja schon am Sabbern. Ich dachte, ich geb dir besser was zu essen, bevor du noch etwas tust, was du später bereust.“ Adrian entgehen solche Dinge nicht und nicht nur bei mir. Das ist der Grund, warum ihn jeder hier vergöttert.

„Ich war so hungrig“, sage ich und nehme noch einen gierigen Bissen. „Danke!“

„Bist du denn jemals *nicht* hungrig?“, fragt Nelly. „Ganz ehrlich – ist schon bemerkenswert!“

„Ich liebe Essen. Fändest du es vielleicht besser, wenn ich so was wie eine körperdysmorphe Störung hätte? Ich habe einfach ein gesundes Verhältnis zu Essen.“

„Ja“, stimmt Adrian mit zu. „Du baust quasi mit allem, was essbar ist, gleich eine Liebesbeziehung auf. Sollte ich eifersüchtig sein?“

Nelly lacht. Manchmal, wenn wir alle drei zusammen sind, fühlt es sich an, als hätte ich zwei ältere Brüder.

„Ich kann halt nix dafür, dass ich mit gutem, gesundem Essen aufgewachsen bin und es wertzuschätzen weiß."

„Ja, und wie." Nelly grinst und spricht, an Adrian gerichtet, weiter: „Und, hast du schon das Neuste gehört?"

„Penny?", fragt Adrian. Als ich nicke, weiten sich seine Augen. „Oh, wow."

Bits kommt herangestürmt, gefolgt von Penny, James, Peter und Ana. Ich reiche ihr das letzte Stück Brot und nehme ihren zierlichen Körper auf den Arm. Manchmal vergesse ich, dass sie erst acht ist. Das liegt an ihrer Größe und den Albträumen. Sie ist diesen Winter sehr gewachsen, aber ihre lähmende Angst vor den Lexern ist unverändert, und ich befürchte, dass der kommende Sommer diesen Umstand nicht ändern wird.

„Wie war es in der Schule, Bitsy?", frage ich.

„Penny ist schwanger!", sagt sie mir ins Ohr. Es sollte wohl ein Flüstern sein, aber ihre Begeisterung macht es mehr zu einem aufgeregten Rufen.

Ich gebe ihr einen Kuss auf die sommersprossige Wange. „Ich weiß. Aber ich denke, das soll vorerst noch ein Geheimnis bleiben."

„Das wird sowieso nichts", prophezeit Penny mit einem Schulterzucken. „Als ich aus der Apotheke kam, hab ich den Test fallen gelassen und mindestens vier Leute haben ihn gesehen. Inzwischen dürften die meisten zumindest einen wohlbegründeten Verdacht haben."

Und richtig: Viele drehen sich zu ihr um und schauen dann lächelnd weg. Es ist eben unmöglich, ein Geheimnis zu bewahren, wenn man so eng zusammenlebt, und natürlich ist eine feierliche Umarmung vom Chef auch nicht gerade unverdächtig.

Sie tätschelt sich demonstrativ den Bauch. „Dann haben sie zumindest ein bisschen Brennstoff für die Gerüchteküche."

John und Maureen betreten den Speisesaal durch die breite Eingangstür, gerade als wir uns mit unseren vollen Tellern hingesetzt haben. Sie verbringen viel Zeit miteinander, und ich denke, es ist nur eine Frage der Zeit, bis zwischen ihnen die Funken fliegen. Vielleicht tun sie das ja auch schon längst – John ist wohl der einzige Mensch in der Zone, der ein solches Geheimnis vor den anderen hundert Menschen hier bewahren könnte.

Sie setzen sich auf die Plätze, die wir für sie freigehalten haben. John senkt den Kopf und spricht ein stilles Tischgebet, bevor er zu essen anfängt. Sein grau gesprenkelter Bart hat seit dem letzten Herbst viele neue graue Haare bekommen und die harte Arbeit hat ihn kräftiger werden lassen. Wenn Adrian der Chef ist, dann ist John der Vorarbeiter, und er leitet den Laden mit harter, aber fairer Hand.

Maureen hat schulterlange braune Haare, Lachfalten und runde Wangen, die noch runder werden, während sie zu den umliegenden Tischen hinüberstrahlt. Sie und John sind die Stiefgroßeltern der fünfzehn Kinder, die auf der Farm leben. Sechzehn, wenn man Pennys Ungeborenes mitzählt, und sie wird wohl kaum die Letzte sein. Es gibt kaum noch Verhütungsmittel; das ist eins der ersten Dinge, für die wir Nachschub besorgen müssen, sobald der Schnee schmilzt. Maureen hat uns beigebracht, wie wir unsere fruchtbaren Tage errechnen können, aber wenn man Penny, die ewige Streberin, als Beispiel nimmt, wird schnell klar, dass diese Methode alles andere als sicher ist.

„Cassie, ich weiß, ich hab gesagt, dass ich heute Nacht bei dir schlafe, aber kann ich vielleicht doch bei Peter bleiben?", fragt Bits. Eine lange Spaghetti hängt ihr aus dem Mund.

„Friss erst mal deinen Wurm, kleiner Spatz", sage ich. Sie saugt die Nudel auf und leckt sich die Tomatensauce von den Lippen. „Von mir aus gerne, wenn die beiden denn auch damit einverstanden sind?"

Peter nickt. „Na klar. Gibt es denn einen bestimmten Grund?"

„Na ja, also … ab wann kann ich das Baby treten spüren?"

„Das dauert noch Monate, Bits!", ruft Penny und lacht.

Bits runzelt die Stirn, aber dann zuckt sie mit den Schultern und schwingt die Füße vor und zurück. Ihre Beine sind noch zu kurz, als dass sie mit den Füßen den Boden erreichen könnte. „Soll man Babys nicht vorlesen? Ich könnte das übernehmen, wenn du willst."

„Ja, ich bin mir sicher, das würde es lieben."

„*Sie*", korrigiert Ana. Sie steckt die Gabel in ihre Spaghetti und dreht sie entschlossen. „Nicht *es*."

„Du bist nachher bloß enttäuscht, wenn es ein Junge wird", sagt Penny.

„Ist sie aber nicht, also werde ich auch nicht enttäuscht sein." Ana schwingt ein Bein auf Peters Schoß. Sie scheint sich wirklich sicher zu sein. Wehe diesem Baby, falls es sich wider jegliche Vernunft doch dazu entscheiden sollte, ein Junge zu werden.

Dan bleibt mit einem Teller voller Spaghetti und einem Berg Fleischbällchen an unserem Tisch stehen.

„Hungrig, was?", fragt Adrian.

„Minimal. Du fliegst doch in den nächsten paar Tagen nach Whitefield, richtig? Ich wollte fragen, ob du vielleicht einen Brief für mich mitnehmen könntest."

„Klar. Bring ihn einfach hoch zu unserem Haus."

„Liebesbrief?", fragt Nelly. Dan lächelt, aber schweigt.

„Eine in jedem Hafen", sage ich. „Woher nimmst du bloß die Zeit dafür?"

„Und das trotz der Tatsache", wendet sich Nelly an mich, „dass es etwa neunundneunzig Komma neun Prozent weniger Frauen gibt als vorher. Beeindruckend."

Dan verschlingt ein Fleischbällchen und kaut langsam, während wir ihn necken. Er schluckt und zeigt mit seiner Gabel auf uns. „Pläne für die Hühnerhaltung, Leute."

„Hühner, Miezen – na, so genau kommt's darauf auch nicht an", witzelt Nelly.

Dan lacht und geht zu seinem Tisch, wo er mit einem leidenschaftlichen Appetit zu essen beginnt, der meinem Konkurrenz macht. Das Gespräch dreht sich nun um Whitefield, die Sicherheitszone in New Hampshire. Die Sicherheitszone der Nationalgarde musste letztes Jahr auf den winzigen Flughafen ausweichen. Wir helfen ihnen mit ihrer Farm und sie versorgen uns mit Sprit, aber es geht nicht nur um den Handel. Sie sind unsere nächsten Nachbarn, und natürlich helfen wir einander, so wie das Nachbarn nun einmal tun. Auch wenn hundertdreißig Kilometer zwischen uns liegen.

„Ich will das Moos hinbringen", sagt Adrian. Er erklärt den anderen, was wir heute gefunden haben, und die Gesichter am

Tisch leuchten hoffnungsvoll auf, als ihnen bewusst wird, was das bedeuten könnte.

„Fliegst du mit?", fragt Nelly mich.

„Jawoll. Und dass du mitfliegst, weiß ich sowieso."

Ich zwinkere ihm zu und er zuckt mit den Schultern. „Ich muss. Sie brauchen Hilfe bei der Besamung der Kühe."

Adam lebt in Whitefield. Nelly hatte noch nie jemand Ernstes und, seiner Natur treu bleibend, weigert er sich stur, einzugestehen, dass er Adam gernhat. Er weicht meinen Fragen aus und sagt nur, dass ihm ja nichts anderes übrig bleibe, wo Adam doch der letzte homosexuelle Mann auf der Welt sein könnte. Aber ich weiß genau, dass sie sich auch ohne Zombie-Apokalypse ineinander verguckt hätten, und bin mir ziemlich sicher, dass es Nelly ganz schön erwischt hat.

„Okay", sage ich. „Was weißt du über die Besamung von Kühen, was sie nicht auch in irgendeinem Buch nachschlagen können? Zum Beispiel: Ist es wahrscheinlicher, dass die Kühe im Sommer oder im Winter schwanger werden?"

„Sommer." Offensichtlich ist das geraten. Er ist zwar auf der Farm seiner Eltern mit Vieh aufgewachsen, aber im Gegensatz zu seinen Brüdern hat er sich nie sonderlich für das Leben als Landwirt interessiert.

„Ha!", rufe ich. „Winter ist richtig!"

„Meine Chancen standen fünfzig zu fünfzig." Nelly wirft mir durch zusammengekniffene Augen einen prüfenden Blick zu. „Was weißt *du* überhaupt über die Besamung von Kühen?"

„Das ist das Einzige, was ich weiß. Hab es mal irgendwo gehört. Also jetzt sag schon, kommst du mit nach Whitefield, oder soll ich einen Liebesbrief für dich überbringen?"

„Ich komm mit", murmelt er.

Ich kneife ihm in die rosige Wange und erfreue mich an der Tatsache, dass ich nicht die Einzige bin, die so schön erröten kann.

KAPITEL 6

Ich lese auf dem Bett, während sich Adrian auf den nächsten Morgen vorbereitet. Seine Jeans und sein T-Shirt hängen über einen Kleiderbügel drapiert und er hat sein Jagdmesser und ein paar andere Dinge – ein Feuerzeug, eine kleine Zange und eine Spule mit Draht – die er immer bei sich trägt, vor sich auf den Schreibtisch gelegt. Es ist wirklich schwer, sich nicht fürchterlich faul vorzukommen, wenn man mit jemandem zusammenlebt, der so gut organisiert ist. Ich lasse den Blick über meine vielen kleinen unorganisierten Haufen gleiten und fühle mich ganz kurz inspiriert, aber der Moment verschwindet genauso schnell, wie er kam. Seien wir mal ehrlich: Wenn es um Organisation geht, ist bei mir einfach nicht viel zu holen.

Nachdem Adrian fertig ist, setzt er sich auf die Bettkante und legt seine Hand um mein Fußgelenk. „Wir haben immer gedacht, dass wir etwa jetzt ein Baby haben würden."

Ich lege mein Buch zur Seite. „Die Vorstellung von einem Baby ist schön, aber die Realität ist leider eine andere."

„Ich weiß. Irgendwann werden wir eins haben. Ein kleines rosarotes Baby mit Sommersprossen. Wie du."

„Nur jemand, der sich nicht sein ganzes bisheriges Leben mit Sonnenbränden und sich schälender Haut herumquälen musste, kann einem unschuldigen Kind so ein Leben an den Hals wünschen."

„Ich mag deine rosarote Haut." Seine Hand wandert mein Bein hinauf und verschwindet unter meinem T-Shirt. Nachdem sie noch ein Stück weiter aufwärts geglitten ist, hält er inne und fragt: „Was ist denn hier los?"

Ich knie mich hin und ziehe mir das Shirt über den Kopf. Der lilafarbene Spitzen-BH – an dem vorhin noch das Preisschild gebaumelt hat, weil es sich zu komisch anfühlte, die sexy neue

Unterwäsche einer Toten zu tragen – hat mich vier zusätzliche Wäscheschichten und diverse andere Gefallen gekostet, aber jetzt Adrians Gesichtsausdruck zu sehen, war all das wert.

Seine Hand untersucht die Spitze. „Gefällt mir."

„Das ist ja auch der Sinn der Sache. Du solltest das passende Höschen dazu sehen."

„Ja, das finde ich auch", stimmt er mir zu. Ich streife die Hose ab, und er lässt seinen Finger über meinen Bauch gleiten und unter den Bund des Höschens schlüpfen. „Du bist so heiß."

Ich strecke ihm die Zunge heraus und schiele mit einem Auge. Er kitzelt meinen Bauch. „Ganz besonders, wenn du so aussiehst. Jeder Mann hier würde sterben, um mit dir zusammen zu sein. Wenn du wüsstest, wer in dich verknallt …"

„Können wir bitte nicht von den Legionen von offensichtlich unsichtbaren Männern reden, die für eine Nacht mit mir alles tun würden? Es gibt nur einen Menschen, mit dem ich die Nacht verbringen will."

Adrian ist nicht eifersüchtig. Als Peter letzten Herbst am Tor auftauchte, war es kurz ein bisschen komisch, aber in Wahrheit war es für uns komischer als für Adrian. Er war nach ein paar Tagen komplett darüber hinweg, während Peter und ich wochenlang alles daransetzten, nicht so auszusehen, als würden wir uns *zu* gut verstehen. Sein Mangel an Eifersucht wäre beinahe beleidigend, läge er nicht darin begründet, dass er mir vertraut und weiß, dass er nichts zu befürchten hat.

„Ich versuch bloß, dich ein bisschen hochzuschaukeln."

„Hey, ich hab bloß versucht, *dich* ein bisschen hochzuschaukeln." Ich drehe mich um und krieche unter die Decke. „Aber wenn du lieber über andere Dinge reden willst, geh ich einfach ins B…"

Er zieht mich an sich, setzt mich auf seinen Schoß und sagt: „Sieht so aus, als hätten wir beide erreicht, was wir wollten."

Ich spüre, was er meint. Er verfrachtet mich auf den Rücken und stützt sich auf den Ellenbogen ab, sodass sein Gesicht nur Zentimeter von meinem entfernt ist. Ich benutze meine Zehen, um seine Schlafanzughose langsam, aber sicher, herunterzuziehen. „Hi, Schönheit", säuselt er.

„Und deswegen nehme ich deine Komplimente nicht ernst!",
beschwere ich mich. Ich drücke meine kalte Brust gegen seine
warme. Die lilafarbene Unterwäsche mag heiß aussehen, aber
wärmen muss ich mich an Adrian, und das, obwohl der Ofen läuft.
„Du wirfst damit um dich wie mit Konfetti. *Bla, bla, bla, Schönheit.
Bla, bla, bla, heiß.* Wie soll ich denn überhaupt irgendwas von dem
glauben, was du den ganzen Tag so von dir gibst?"

„Soll ich dir vielleicht lieber sagen, was alles nicht mit dir
stimmt?" Adrian fährt mit dem Daumen an meinem Schlüsselbein
entlang. Seine Lippen kräuseln sich und werden zu einem breiten
Lächeln, als ich nicke. „Na gut. Du bist *unordentlich*."

„Na bitte, geht doch." Ich lasse meine Hand an seiner Seite
hinabgleiten und bewege mich dann langsam in Richtung Bauch.
Seine dunklen Wimpern zittern und er atmet stoßartig aus, als
meine Hand noch etwas tiefer gleitet.

„Deine Haare morgens sind eine Katastrophe!" Er fährt mir
mit der Hand durchs Haar und lässt es durch seine Finger gleiten.
„Und dein Atem ist auch nicht viel besser."

„Hey! Dann solltest du morgens mal eine Nase voll von deinem
eigenen Atem nehmen."

Ich lache und mache einen halbherzigen Versuch, unter ihm
hervorzurollen, aber es ist unmöglich, seine Arme zu bewegen. Er
hebt angesichts meiner Bemühungen gelangweilt eine Augenbraue,
und in einem letzten verzweifelten Akt lege ich meine kalten Füße
von hinten auf seine Oberschenkel.

„Und deine Füße sind verdammte Eisblöcke. Da! Gut genug?"
„Da muss es doch noch mehr geben."
Seine Lippen gleiten über meinen Hals, und als seine Zähne sich
vorsichtig an meinem Ohrläppchen zu schaffen machen, muss ich
seufzen. „Oh, da ist noch mehr, keine Sorge. Aber ich bin gerade
etwas beschäftigt."

Ich drücke mich an ihn, und dieses Mal liegt es nicht daran,
dass mir kalt ist. Der Ofen könnte in diesem Moment eiskalt und
kaputt sein, und es würde mir nichts ausmachen. „Na dann, worauf
wartest du noch?"

KAPITEL 7

Das kleine weiße Flugzeug steht auf der Landebahn außerhalb des östlichen Tors. Auf dem Boden stehend sieht es riesig aus, aber sobald man in der Luft ist, fühlt es sich winzig an. Als könnte es durch ein bloßes Fingerschnipsen aus der Balance geraten und in den Abgrund stürzen. Normalerweise würden wir die knapp hundertdreißig Kilometer mit dem Auto fahren, um Treibstoff zu sparen, aber die Straßen sind durch den Schnee teilweise noch immer unpassierbar.

Wir füllen den Laderaum mit Gemüsesetzlingen aus unserem Treibhaus. Es ist noch zu früh, um sie in die Erde zu setzen, also werden wir sie in Whitefields winziges Treibhaus verpflanzen. Nach monatelanger Dosenfutter- und Trockenobstdiät sehnen wir uns nach etwas Frischem, und die Setzlinge werden uns und unseren Nachbarn eine frühere Ernte bescheren als die Pflanzen, die später direkt in die Erde gesät werden.

Ich suche mir einen Platz in der Nähe von Dwayne, unserem Piloten. Er zwirbelt die Enden seines buschigen Schnurrbarts, während er und sein Co-Pilot Jeff letzte Vorbereitungen besprechen und tun, was auch immer Piloten vor dem Abflug tun. Dwayne hat Jeff Flugstunden gegeben, damit er ihm beim Navigieren helfen kann. Kann schon sein, dass der kleine Flieger mit der modernsten GPS-Technik ausgestattet ist, aber seit die Satelliten den Geist aufgegeben haben, ist all das vollkommen nutzlos.

Adrian sitzt mir mit unruhig auf und ab hüpfenden Knien gegenüber. Nelly und John setzen sich in die Sitze neben uns und schnallen sich an, während die Maschine langsam anrollt. Wir jagen an den Bäumen vorbei, die die Landebahn säumen, und dann lässt das Rumpeln und Rattern unter den Rädern nach. Ich schaue nach unten, während wir gen Himmel sausen. In wenigen

Monaten werden auf den Feldern außerhalb der Tore Getreide und Mais wachsen. Der Gemüsegarten wird in voller grüner Pracht stehen. Aber noch ist die Kingdom-Come-Farm ein weiß und braun gemusterter Flickenteppich. Aus den Kamin- und Ofenrohren steigt Rauch auf und die Leute spazieren in Zweier- oder Dreiergrüppchen umher. Die meisten verstehen sich gut – klar, hin und wieder gibt es mal Zoff oder Eifersuchtsfälle, aber die überwiegende Zeit sind wir uns der Tatsache bewusst, dass wir ein Riesenglück haben, hier zu sein.

Insgesamt leben in Kingdom Come und Whitefield etwas mehr als zweihundertfünfzig Menschen. Die Sicherheitszone in Moose River, Maine, zählt fünfhundert. Wenn man bedenkt, wie viele Menschen den Nordosten des Landes früher einmal bewohnt haben, sind das schockierende Zahlen. Ich weiß, wir sind nicht die einzigen Überlebenden; es müssen noch mehr da draußen sein, die sich in Sicherheit gebracht haben, die sowohl die Kälte als auch die Lexer überlebt haben. Vielleicht haben sie die Chance, sich auf den Weg zu machen, ehe der Schnee schmilzt und die Lexer ihre endlose Wanderung wieder aufnehmen.

Nelly nimmt einen Schluck aus seiner trüb aussehenden Flasche mit Pfefferminztee – das Getränk, das seiner geliebten Pepsi am nächsten kommt.

„Wir müssen bald schon wieder nach Whitefield", sage ich und muss die Stimme heben, um das Dröhnen des Motors zu übertönen. „Um die Hühner abzuliefern, wenn der Schnee weg ist. Du könntest ja vielleicht eine Weile dortbleiben."

„Hm", brummt er und zieht sich die Schirmmütze tief in die Stirn, damit ich sein Gesicht nicht sehen kann. „Hatte ich auch schon drüber nachgedacht."

Ich nehme ihm die Mütze vom Kopf und fahre ihm mit der Hand durch die Haare, bis sie *gut* unordentlich-verwegen aussehen, und nicht einfach nur *unordentlich*, wie seine Haare selbst es am liebsten hätten. „Schau, jetzt siehst du gut aus. Adam mag dich ohne Hut."

„Woher willst du das denn wissen?", murmelt er.

„Weil er's mir gesagt hat." Nelly öffnet den Mund. „Ja, genau, ich weiß alles Mögliche. Adam liebt mich."

Nelly sieht so aus, als könnte er auch gut ohne meine klugen Sprüche auskommen, also bohre ich ihm meinen Zeigefinger in die Brust und plappere weiter. „Und weißt du auch, warum Adam mich liebt? Weil ich dich lieb habe, und ihm das genauso geht. Also lieben wir quasi einander. Er liebt dich, weißt du. Und er ist echt ein Guter, also versau's bloß nicht!"

Jetzt muss er sich doch anstrengen, um die genervte Maske aufrechtzuerhalten. „Wie schaffst du es bloß immer im letzten Moment, mich umzustimmen, wenn ich dich eigentlich gerade erwürgen wollte?"

„Hab dich auch lieb."

Wir unterhalten uns, bis das Flugzeug leicht in Schräglage geht, um die Landebahn anzusteuern. Whitefield ist im Gegensatz zur Kingdom-Come-Farm nicht durch eine Bergkette geschützt, und die nahe gelegenen Städte waren größer, daher hat es auch mit mehr ungebetenen Gästen zu kämpfen. Aber es gibt dort echte Soldaten und wesentlich mehr Munition. Die Tatsache, dass auch ich auf der Kingdom-Come-Farm als eine Art Soldatin gelte, mag Nelly überraschen, aber mich erstaunt es. Heutzutage tut man, was getan werden muss, um zu überleben, und obwohl ich viel lieber lesen oder malen würde, kann ich nichts davon tun, wenn ich von Lexern umzingelt bin.

Rauchwolken quellen aus den Ofenrohren der Flugzeughangars und der umliegenden Gebäude. Der Schnee auf der Landebahn und den anderen Asphaltflächen des Flughafens ist endlich geschmolzen. Alles außerhalb des Zauns liegt noch immer unter einer unberührten Schneedecke. Das Flugzeug setzt auf der Landebahn auf und rollt darüber, bis wir schließlich vor dem größten Hangar zum Stehen kommen. Die größeren Hangars, die zu Wohneinheiten umfunktioniert worden sind, liegen hinter vier kleineren Hangars, in denen sich die Radio- und Funkzentrale, das Waffenlager, die Vorräte und der Speisesaal befinden.

Wir überlassen das Entladen der Setzlinge den Soldaten und betreten die Radiozentrale. Die gesamte linke Seite ist den Funkgeräten gewidmet. Ein paar uniformierte Soldaten sitzen an ihren Geräten und tragen Kopfhörer. In Whitefield sind die

Funkgeräte rund um die Uhr bemannt. Bei uns auch, aber wir haben nur ein kleines Funkgerät im Schuppen mit der Solaranlage mit Platz für ein bis zwei Leute. Von hier aus wird täglich gesendet und empfangen.

In Whitefield können sie es sich leisten, Diesel für die Generatoren zu verschleudern, denn im letzten Herbst haben sie einen ganzen Tanker voll davon gefunden. Das ist der Job der Soldaten – sie gehen in früher bewohnten Gebieten auf Patrouille und machen all das ausfindig, was das postapokalyptische Leben erleichtert. Wir haben wirklich Glück, dass sie so bereitwillig mit uns teilen – obwohl das Getreide und der Mais, das wir ihnen im Gegenzug gegeben haben, ihnen den Winter sicherlich ein wenig erträglicher gemacht hat.

Auf der rechten Seite des Hangars sitzen Leute an einer langen Reihe von Tischen und machen unentwegt Notizen. Sie dokumentieren die Kommunikation mit Sicherheitszonen im ganzen Land sowie Whitefields Lebensmittel- und Brennstoffvorräte. Will Jackson steht von einem Tisch auf, der sich nahe einem kleinen, durch eine Glaswand vom Hauptraum abgetrennten Raum befindet. Das war einmal das Flughafenbüro, aber jetzt wird es die Zentrale genannt. Will ist ein Schrank von einem Mann mit dem lautesten Lachen, das ich je gehört habe.

„Cassie! Schön, dich zu sehen, wie immer", sagt er und nimmt mich mit seinen Bärenpranken in die Arme, sodass ich mich trotz meiner einen Meter siebzig Körpergröße fühle wie eine winzige Elfe. „Wie läuft's?"

Ich lächle in seine Uniform, irgendwo auf Höhe seines Bauchnabels. „Mir geht's gut, Willie. Und dir?"

Wills schallendes Lachen ertönt und er lässt mich los. Uns gegenüber ist er bis jetzt ausnahmslos zuvorkommend gewesen, aber ich würde ihn niemandem zum Feind wünschen. Ich habe schon miterlebt, wie er Männer zum Weinen gebracht hat, die größer und temperamentvoller waren als er selbst. Er ist hart, aber fair, und wenn man ihn nicht mag, kann man nicht anders, als ihn zumindest zu respektieren. Aber ich liebe seine direkte, harte, aber herzliche Art.

„Kommt mit in die Zentrale", sagt Will.

Der Raum mit dem langen Tisch und den vielen Stühlen erinnert mich an den gemeinnützigen Verein, für den ich früher gearbeitet habe. Anstelle der Poster mit motivierenden und inspirierenden Sprüchen hängen hier jedoch riesige, mit Stecknadeln gespickte Karten der Vereinigten Staaten, Kanada und Mexiko an der Wand. Die roten Stecknadeln sind Sicherheitszonen, die noch immer bestehen. Die grünen symbolisieren die Zonen, mit denen Whitefield den Kontakt verloren hat. Die schwarzen sind die, von denen wir ganz sicher wissen, dass sie gefallen sind. Es waren von Anfang an nicht allzu viele, aber es sieht so aus, als wäre die Anzahl der grünen Stecknadeln im Vergleich zu noch vor ein paar Wochen erheblich gestiegen.

Adrian erstarrt und hält den Blick starr auf die Karte gerichtet. Die Nadel in Idaho, wo seine Mutter und seine Schwester sind, ist grün. Kein Kontakt. Vor drei Wochen ist sie noch rot gewesen. Ich nehme seine Hand und sage mit so hoffnungsvoller Stimme wie möglich: „Immerhin ist sie grün."

Will tritt mit einem Seufzen hinter uns. Adrian reißt seinen Blick von der einsamen grünen Nadel los.

„Ich hatte wirklich gehofft, dir heute bessere Nachrichten überbringen zu können", sagt Will. „Wir haben seit zwei Wochen nichts gehört. Aber das kann auch einfach nur heißen, dass sie keinen Strom haben. Vielleicht ist ein Generator ausgefallen oder sie haben keinen Treibstoff mehr. Sie brauchen keinen Treibstoff, um zu überleben. Ich weiß, dass sie genug Vorräte für den Winter gelagert hatten. Ich mache mir keine Sorgen."

Tatsächlich klingt Will nicht allzu besorgt. Er hat eine Frau und zwei Kinder in Boston. Er hat sich bis nach Hause durchgeschlagen, aber sie waren nicht mehr da. Er spricht stets im Präsens über sie, als seien sie noch da. Adrian nickt. Es gibt sonst nichts zu sagen, und alle schauen weg, um ihm einen Augenblick Zeit zu geben, sich wieder zu fangen.

„Tut mir leid …", flüstere ich.

Adrian drückt meine Hand zweimal direkt hintereinander; das ist unser Code für *Ich liebe dich*. Er blinzelt – länger und langsamer als normal – und nimmt einen tiefen Atemzug. „Und, was gibt's sonst Neues, Will?"

Man kann nichts tun, außer weiterzumachen. Das Ganze unter den mentalen Kategorien Befürchtungen oder Trauer oder alles überschattende Traurigkeit abheften. Es nur rauslassen, wenn es gar nicht anders geht, und selbst dann nur in kleinen Dosen. Du lachst drüber und machst Witze über den ganzen schrecklichen Scheiß, auch wenn diese Witze furchtbar geschmacklos sind. Zumindest versuchen wir das. Aber natürlich ist es nicht immer so einfach.

Ich sitze zwischen Adrian und Nelly an dem glänzenden braunen Tisch. Ich wünschte, ich hätte eine große Schachtel Donuts vor mir, wie die, die mein ehemaliger Chef Julio immer mitgebracht hat. Am liebsten hätte ich einen mit bunten Streuseln und Cremefüllung. Beim Gedanken an industriell verarbeiteten Zucker und E-Nummern beginnt mein Magen erregt zu knurren.

Nelly entgeht das nicht und er schüttelt ungläubig den Kopf. „Hast du nicht gerade erst was gegessen?"

Ich reibe mir den Bauch. „Das Kleine ist hungrig." Er reißt die Augen auf, aber dann sieht er Adrians Grinsen und gibt mir einen Knuff in die Seite.

„Das hier erinnert mich so an früher", sage ich.

„Mmh, Julios Donuts", seufzt Nelly. „Ich würde alles für einen mit Zuckerglasur tun."

„Nee, lieber bunte Streusel", meint Adrian. Und genau deshalb sind wir perfekt füreinander.

„Also, passt auf", fordert Will uns auf und zeigt auf die Karten. „Es gibt noch ein paar andere Sicherheitszonen, von denen wir nichts mehr gehört haben."

Wir waren so sehr mit Idaho beschäftigt, dass ich gar nicht auf die grünen Stecknadeln im unteren Teil der Karte geachtet habe.

„Alle davon im Süden", setzt er fort. „Das südliche Louisiana und San Jose de Morilitos in Mexiko. Morilitos hat noch berichtet, dass es nichts mehr von den weiter südlich gelegenen Zonen gehört hat, und zwei Tage später war auch bei ihnen Funkstille."

„Vielleicht auch ein Fall von Treibstoffmangel?", überlegt John. Er trommelt mit den Fingern auf der Tischplatte und schaut Adrian an. „Wenn man die Wahl zwischen Fahrzeugen und Funkgeräten hat, gewinnen meist die Fahrzeuge."

„Das ist wahr", stimmt Will zu. „Ich will euch nur einen Überblick über die Situation geben. Und die sieht nun mal so aus, dass wir – wie immer – keine verdammte Ahnung haben, was da draußen eigentlich los ist. Den ganzen Mist hier am Laufen zu halten, ist manchmal echt so, als würde man gegen den Wind pissen."

Will reibt sich mit seiner gewaltigen Pranke den Nacken und starrt die Karte an. „Ungefähr zwanzigtausend Menschen. So viele von uns sind noch übrig. Schätzungsweise. Und das von was, dreihundert Millionen? Da draußen könnten noch Tausende sein, von denen wir gar nichts wissen, aber wir können uns keinen einzigen Verlust leisten."

„Wenn irgendwas von Süden auf uns zukommt, werden wir es bald wissen", meint John. „Eine der Zonen wird uns Bescheid geben, falls das wirklich der Fall ist."

Noch nie habe ich Will so entmutigt gesehen. Keiner von uns hat das. Wir beobachten ihn dabei, wie er mit einem Kopfschütteln versucht, wieder die Fassung zu erlangen.

Adrian schiebt ihm ein Stück Papier zu. „Hier ist eine Liste mit den Setzlingen, die wir euch mitgebracht haben. Ich bin dabei, Pläne zu entwickeln, damit ihr genau wisst, wann und wo ihr pflanzen solltet."

Will wirft einen Blick auf das Stück Papier und reicht es dann Ian, seiner rechten Hand. „Ich weiß nicht, was ich sagen soll, A. Wie gesagt, ihr braucht keinen Treibstoff, um zu überleben, aber Gott weiß, wir sind auf Lebensmittel angewiesen. Was immer ihr braucht – ein Wort genügt, und ihr bekommt es!"

KAPITEL 8

„Das Mittagessen ist nichts Besonderes – aber es macht satt", sagt Will auf dem Weg zum Speisesaal. „Die Leute mögen sich beschweren, wenn es jeden Morgen Haferbrei gibt, aber in Wahrheit sind sie froh, dass es überhaupt etwas gibt."

„Bei uns ist es nicht anders", antwortet Adrian, „und wir haben sogar noch mehr zur Auswahl. Ach, apropos – bald werdet ihr mehr Hühner haben, als ihr essen könnt."

Will gibt Adrian einen Klaps auf die Schulter. Adrian ist groß und schlank, seine Schultern sind breit und die Arme muskulös. Und trotzdem wird er durch Wills anerkennende Geste ein paar Zentimeter nach vorn geworfen.

„Ich glaube nicht, dass wir es ohne euch geschafft hätten", sagt Will. „Zumindest nicht alle von uns. Die Lebensmittelrationen wären verdammt knapp ausgefallen."

Adrian zuckt mit den Schultern. „Ihr hättet dasselbe für uns getan. Und solange wir Treibstoff haben, können wir so viel Land bewirtschaften, wie nötig ist. Dieses Jahr wollen wir es auch mit Viehzucht versuchen. Der Treibstoff wird schließlich nicht ewig reichen."

„Das kannst du verdammt noch mal laut sagen. Aber bis jetzt haben wir genug, solange wir noch mehr besorgen können. Das einzig Gute an der ganzen Scheiße ist, dass es zu schnell ging, als dass der ganze Kraftstoff aufgebraucht werden konnte. Wir können ihn jetzt genauso gut verbrauchen, bevor er sich noch weiter zersetzt."

Letzten Sommer ist das noch kein Thema gewesen. Da war der Kraftstoff aber auch nur wenige Monate alt. Ohne Stabilisatoren wird Benzin jedoch früher oder später zu alt. Manchmal dauert es nur wenige Monate; manchmal kann man es ein Jahr später noch ohne Probleme verwenden. Das Problem ist jedoch, dass wir das – abgesehen von einem minimalen Unterschied in Färbung und Geruch – erst wissen, wenn wir es verwenden. Wir haben besondere Zusatzstoffe, mit denen wir alten Kraftstoff wieder brauchbar machen können, aber auch diese sind nicht unerschöpflich. Spätestens nächsten Sommer, oder im Sommer darauf, werden wir uns allein auf Dampf- und Solarkraft verlassen müssen. Und Zugtiere.

Will beobachtet die Wolken aus aufgewirbeltem Schnee, die der Wind von der Spitze des Mount Washington, dem höchsten Berg im Nordosten, davonträgt. Er hat diesen Gesichtsausdruck, den die Leute kriegen, wenn sie an all diejenigen denken, die sie verloren haben: diesen Blick ins Nirgendwo. „Ich wünschte wirklich, ich könnte dir bessere Nachrichten überbringen, A. Wegen deiner Familie."

Nun ist es Adrian, der ihm einen Klaps auf die Schulter gibt. „Ich weiß."

„Wir haben hier etwas wirklich Wertvolles aufgebaut", sagt Will. Dann dreht er sich zu John um. „John, ich wollte dir noch etwas zeigen, woran die Jungs gearbeitet haben. Wir sehen uns dann nachher alle beim Mittagessen."

Ein dünner Teppich aus Schnee liegt auf der Wiese, die im Herbst gepflügt worden ist, um sie auf die kommende Aussaat vorzubereiten. Dieses Jahr wird Whitefield genug Lebensmittel produzieren können, um sich komplett selbst zu versorgen. Und all das unter Adrians Anleitung. Die Bauern der Gegend waren alle entweder tot oder abgehauen, als die Soldaten ankamen.

„Du bist wirklich eine Inspiration", sage ich zu Adrian. Er winkt ab. „Oh, und ich bin diejenige, die lernen sollte, wie man ein Kompliment annimmt, hm? Du hast doch gehört, was Will gesagt hat – ohne dich hätten sie es nie geschafft. Du verdienst nur das Beste. So wundervoll bist du!"

„Nur das Beste? Kann ich mir selbst aussuchen, was *das Beste* ist?", fragt er.

Ich mache eine weit ausholende Geste. „Natürlich! Was immer du möchtest!"

„Okay, dann wünsche ich mir eine Freundin, die ihre Unterwäsche vom Fußboden aufhebt!"

Nelly schnaubt. Er hat lange genug mit mir in einem Zimmer gewohnt, um zu wissen, wovon Adrian spricht. Ich verpasse ihm einen blitzartigen Tritt gegen das Schienbein.

„*Saubere* Unterwäsche", sage ich, denn ich weiß, wie unwahrscheinlich es ist, dass ich ein solches Versprechen jemals einhalten kann. „Und meistens liegt sie auf einem *Stuhl*." Adrian seufzt melodramatisch. „Was ist mit dem lilafarbenen Set?"

Er versetzt mir einen sanften Stoß. „Das lilafarbene Set darf bleiben – außer, wenn Bits da ist."

„Okay!", ruft Nelly. „Das ist wohl mein Stichwort. Mehr muss ich nicht hören."

„Viel Spaß mit Adam. Oh, ich meine natürlich mit den Kühen!", rufe ich ihm hinterher. Er zeigt mir den Mittelfinger, ohne sich umzudrehen. Ich grinse Adrian an und wickle mich fester in meinen Mantel ein. Die Sonne mag fröhlich vom Himmel lachen, aber der Wind ist noch immer eisig. Ich nicke in Richtung Speisesaal. „Mittagessen?"

Ich gehe einige Schritte, ohne auf seine Antwort zu warten, aber Adrian legt eine Hand auf meinen Arm und wirbelt mich herum. Er ist so steif und ernst, dass ich anfange, mir Sorgen zu machen. Er reibt sich mit einer Hand den Oberschenkel und räuspert sich. „Wie wäre es mit einer *Verlobten*, die ihre Unterwäsche vom Boden aufhebt?"

Ich starre ihn an und bin mir nicht ganz sicher, ob ich ihn richtig verstanden habe. Mit einer hastigen Bewegung schiebt er die Hand in die Hosentasche, während er mich genau beobachtet. Seine Augen sind heute gräulich-grün, schauen aber so warm wie eh und je.

„Was?" Ich will eigentlich noch mehr sagen, aber irgendwie ist das alles, was ich hervorbringen kann. Vielleicht ist es albern, nach so vielen Jahren noch nervös zu werden, aber meine Mundwinkel zittern und in meinen Ohren ertönt ein alles übertönendes Rauschen.

Er wühlt in seiner Hosentasche herum und zieht den Verlobungsring hervor, den ich ihm vor drei Jahren zurückgegeben habe. Ich habe ihn nie gefragt, was er eigentlich damit gemacht hat. Es war ja auch egal; ich wollte sowieso immer nur ihn.

„Willst du mich heiraten?" Es hört sich an wie ein einziges Wort. Er ist genauso nervös wie ich. Mein Mund klappt auf, aber er hält einen Finger hoch. „Wenn ich dir verspreche, dass ich dich niemals bitten werde, deine Unterwäsche vom Boden oder sonst einer vollkommen inakzeptablen Fläche aufzuheben?"

Ich muss so laut lachen, dass das Echo zwischen den uns umgebenden Gebäuden zurückschallt, und sofort ist meine Nervosität verflogen. Adrian reibt über die dunklen Stoppeln an seinem Kinn und wippt auf den Fußballen vor und zurück. Er wartet auf meine Antwort, aber ich kann mir nicht vorstellen, dass er sie nicht schon längst kennt.

„Ja!", sage ich. „Natürlich!" Ich lache erneut, und diesmal liegt es an dem Gefühl der Leichtigkeit, das sich in meiner Brust ausbreitet und an dem erleichterten Ausdruck in seinem Gesicht.

„Gut." Er tritt auf mich zu und füllt den leeren Raum zwischen uns. „Ich lieb dich bis ans Ende der Welt."

„Und noch viel weiter", ergänze ich.

Er nimmt meine linke Hand und zieht mir den Ring vom Finger – den silbernen mit dem winzigen Stern, den er mir damals zu Unizeiten geschenkt hat. Er ist das Einzige, das ich noch aus meinem alten Leben habe, abgesehen von den Menschen um mich. Adrian steckt ihn mir auf den rechten Ringfinger und lässt den kleinen antiken Diamantring auf meinen linken Finger gleiten. Er passt noch immer perfekt, genau wie wir. Nachdem er fertig ist, stehen wir einfach nur da, wenige Zentimeter voneinander entfernt, und grinsen wie schüchterne Teenager. Das mag bereits unser zweiter Versuch sein, diesen Verlobungskram abzuziehen, aber viel eleganter ist es auch dieses Mal nicht.

„Bist du dir sicher?", fragt er, meine linke Hand noch immer in seiner.

„Na klar! Was denkst du denn?"

Er zuckt mit den Schultern und lächelt dieses verlegene, süße Lächeln – wie ein kleiner Junge. Ich ziehe ihn an mich und gebe ihm einen dieser Küsse, die ich ihm sonst niemals in der

Öffentlichkeit geben würde. Es wird gerade gut, als drei Soldaten laut pfeifend und jauchzend an uns vorbeigehen, und wir lassen voneinander ab.

Ich lege meinen Kopf an seine Brust und seufze. „Weißt du, so eng mit anderen zusammenzuleben kann manchmal ganz schön nerven …“

„Dem kann ich nicht widersprechen“, sagt Adrian. Er kitzelt den unteren Teil meines Rückens mit der Hand, die er unter meinen Mantel geschmuggelt hat. „Später dann?“

„Vielleicht …“, necke ich ihn und trete einen Schritt zurück, um ihn richtig ansehen zu können. „Wie lange trägst du diesen Ring eigentlich schon mit dir herum?“

„Seit einer Woche. Ich habe bloß auf den richtigen Augenblick gewartet.“

Ich gebe mir die größte Mühe, ihm nicht zu zeigen, wie sehr es mich amüsiert, dass er offenbar denkt, der richtige Augenblick sei mitten auf dem Flugplatz in Whitefield während eines Gesprächs über Unterwäsche, aber ich versage kläglich.

„Ich weiß“, seufzt er. „Unterwäsche. Ich habe wirklich ein Talent für romantisches Timing, oder?“

„Es war perfekt!“

„Bits hätte es sowieso nicht viel länger für sich behalten können. Ich hab natürlich vorher bei ihr um deine Hand angehalten.“

Dass Adrian seine Pläne vorher mit Bits abgesprochen hat, die die Hochzeit inzwischen höchstwahrscheinlich bis ins kleinste Detail geplant hat, lässt mich ihn nur noch mehr lieben.

„Ich kann nicht glauben, dass sie sich nicht verplappert hat!“, entfährt es mir. „Bits kann doch sonst kein Geheimnis für sich behalten.“

Adrian murmelt etwas in Richtung seiner Stiefel. Ich könnte schwören, das Wort Kätzchen gehört zu haben. Ich ziehe an seinem Arm. „Wie bitte? Hast du gerade was von einer Katze gesagt?“

Bits wünscht sich nichts sehnlicher als eine eigene Katze. Sie spielt immer mit den Katzen im Stall, aber woher wir Katzenstreu nehmen sollen oder wie so eine Katze überhaupt stubenrein wird, steht nicht gerade weit oben auf meiner Prioritätenliste.

„Ich hab ihr eine versprochen." Er fährt sich mit der Hand durchs Haar und wirft mir einen unschuldigen Blick zu. „Hab ihr gesagt, dass sie bei uns im Haus wohnen kann."

„Nein! Das hast du nicht ernsthaft gesagt! Du bist so ein Lutscher!" Ich muss schon wieder lachen. Ich wusste, dass früher oder später einer von uns nachgeben würde, wenn sie nur lange genug bettelt. Ich bin nur froh, dass ich es nicht gewesen bin.

„Aber du liebst mich trotzdem."

„Nee, gerade *deswegen* liebe ich dich. Du bist mein Lutscher, mein Lolli." Ich pflanze ihm einen weiteren Kuss auf den Mund und schüttele dann einen erhobenen Zeigefinger. „Aber das heißt auch, dass du dafür verantwortlich bist, das Tier stubenrein zu kriegen und Katzenstreu zu besorgen!"

Adrian nimmt meine Hand in seine. „Jaja, ich weiß. Aber zuerst würde ich meine Verlobte gern zum Mittagessen ausführen. Darf ich?"

„Nur, wenn du mich nicht deine Verlobte nennst. Das klingt so aufgesetzt und künstlich. Wie wär's stattdessen mit *meine Zukünftige*?"

„Klar", sagt er trocken, „weil das ja so gar nicht künstlich klingt."

KAPITEL 9

Das Mittagessen ist tatsächlich nichts Besonderes, aber das Brot ist frisch und die Suppe heiß. Adam sitzt mir gegenüber und sein jungenhaft schmales Gesicht glüht. Er ist eher schüchtern, aber Nelly gegenüber weiß er sich doch zu behaupten. „Na, und wann heiratet ihr?"

„Keine Ahnung", sage ich. „Wenn wir mal was anderes zu essen bekommen als Suppe?" Ich schaue zu Adrian hinüber, der gerade den Rest seiner Portion schlürft und zustimmend nickt.

„Deine Begeisterung ist ja wirklich wahnsinnig ansteckend", meint Nelly. „Braucht einer von euch 'ne Aufenthaltsgenehmigung oder so? Warum überhaupt der ganze Trubel?"

Adrian und ich lachen. Damals hatten wir eine einfache Zeremonie in der Hütte meiner Eltern geplant. Wir hatten uns einander ja bereits versprochen, aber wir wollten es vor den Menschen wiederholen, die wir lieben. Diese Idee erscheint jetzt beinahe sinnlos – schließlich weilen so viele von diesen Menschen nicht mehr unter uns, wir sind sowieso schon so gut wie verheiratet und es ist ja nun auch nicht so, dass das Ende der Welt das perfekte Setting für eine Traumhochzeit wäre. Aber es fühlt sich alles andere als sinnlos an.

„Vielleicht ist es wichtig, ein paar von den Dingen, die früher einmal wichtig waren, fortzuführen", sagt Adrian leise. Er findet wie so oft die passenden Worte für meine Gedanken und ich lehne mich dankbar an ihn. Dann hält er Daumen und Zeigefinger mit einem Zentimeter Abstand hoch und fügt hinzu: „Außerdem bin ich mir in etwa so sicher, dass ich sie liebe."

„Und niemand sonst würde sie nehmen", meint Nelly. „Das darf auch nicht außer Acht gelassen werden."

„Genau. Ich wollte einfach nicht, dass sie sich deswegen mies fühlt."

Ich verdrehe die Augen und richte meine Aufmerksamkeit wieder auf Adam. „Bist du dir sicher, dass du wirklich ein Teil dieser schrägen Dynamik werden willst? Du wirst es früher oder später bereuen."

„Na ja", sagt Adam und zupft an den braunen Strähnen, die ihm in die Stirn fallen. „Ich hab mich mal erkundigt, und niemand sonst hat an Nel Interesse. Da dachte ich, ich tu ihm den Gefallen."

Ich lehne mich über den Tisch und nehme Adams Hand. „Ich bin mir ziemlich sicher, dass ich in dich verliebt bin. Wie wär's: Wir beide heiraten und lassen die beiden da ihr eigenes Ding drehen?"

„Ich will!", erwidert Adam mit einem breiten Grinsen.

„Tut mir leid, Schatz, ich bin bereits diesem Herrn hier versprochen", erkläre ich Adrian. Dann drehe ich mich zu John um, dessen blaue Augen fröhlich blitzen, seit er unsere gute Nachricht erfahren hat. „John, würdest du uns trauen? Das würde uns wirklich viel bedeuten."

John erhebt sich schwerfällig und schließt mich in seine bärenhaften warmen Arme, was mich an die Umarmungen meines Vaters erinnert. John ist wie ein Vater für mich, seit meine Eltern gestorben sind. Erst recht jetzt, wo er den Kontakt zu seinen eigenen Kindern verloren hat.

„Es wäre mir eine Ehre", antwortet John. „Und deine Eltern würden sich so für dich freuen. Für euch beide."

„Lass es uns im Juli machen", schlägt Adrian vor. „Im Juli gibt's keine Suppe."

„Okay. Und warum genau?"

„Er will dich festnageln, bevor du ihm entwischst", meint John.

„Na ja, ich sollte dich schon heiraten, solange ich noch neunundzwanzig bin", bemerke ich. „Ich muss dich klarmachen, solange ich noch jung und frisch bin."

Mein Geburtstag ist im August, aber ich habe keine Angst davor, dreißig zu werden. Ich will es bis achtzig schaffen, mindestens, und die Chancen dafür stehen seit dem letzten Jahr wesentlich schlechter als vorher. Ich kann nur hoffen, dass dieser Geburtstag besser verläuft als der letzte, der damit endete, dass wir von einer ganzen Herde von Lexern umzingelt waren und die Hütte abbrannte.

„Na gut, aber sobald ich die erste Falte sehe, bist du raus", sagt Adrian. Er fährt sich mit dem Zeigefinger warnend über die Kehle.

Ich gebe ihm einen Klaps und sage: „Danke, John."

John ist nicht der gefühlsduselige Typ, aber er schnieft und hat ganz rosa Augen bekommen. „Wie bereits gesagt: Es wäre mir eine Ehre."

Am anderen Ende des Raums habe ich Zeke entdeckt und entschuldige mich, um ihm eine Frage zu stellen. Zekes kräftiger Oberkörper ist über eine große Schüssel Suppe und einen halben Laib Brot gebeugt. Sein mit grauen Strähnen durchzogenes Haar ist zu einem Pferdeschwanz zusammengebunden. Als er den Kopf hebt, tropft ihm die Suppe aus dem Bart.

Ich lege ihm eine Hand auf die Schulter. „Hi, Zeke!"

„Cassie!", ruft er und schenkt mir sein blendend weißes Lächeln. Er mag aussehen wie ein Gauner mit seinen langen Haaren und den Tätowierungen, aber als wir ihn im letzten Sommer auf dem Weg von Kentucky nach Whitefield trafen, stellte sich heraus, dass er in einem früheren Leben einmal Zahnarzt war. Seinen Namen, Z. K., kurz für Zombiekiller, hat er sich redlich verdient, und inzwischen nennen ihn alle nur noch Zeke, anstelle von seinem richtigen Namen, Martin. „Was führt dich zu uns?"

„Ach, ich hab dein hübsches Gesicht vermisst."

Er lehnt sich auf seinem Stuhl zurück und brüllt vor Lachen. Nichts an seinen groben und leicht deformiert wirkenden Zügen ist in irgendeiner Weise bemerkenswert, aber die Herzlichkeit und Güte, die aus seinem Gesicht herausstrahlen, machen ihn attraktiv. Ich hoffe, wir finden irgendwann eine nette Biker-Dame für ihn. „Wenn das doch nur wahr wäre. Wie geht's Bits?"

„Sehr gut. Ich wollte fragen, wann du mal wieder nach Kingdom Come kommst? Sie bräuchte eine Zahnreinigung ..." Mein Kopf wird schlagartig leer, als ich drüben beim großen Suppentopf eine Gestalt entdecke, die mir bekannt vorkommt. Als sie sich umdreht und ihre Schale auf einem leeren Tisch abstellt, entfährt mir ein überraschtes Keuchen. Ich lasse Zeke, der verständnislos dreinblickt, stehen und renne zwischen den Tischen hindurch. „Hank?"

Hinter den dicken Brillengläsern sehen Hanks Augen noch immer riesig aus und er ist dürr wie eh und je, aber auf seinem Kopf sind winzige Dreadlocks gesprossen und auch er selbst ist einige Zentimeter gewachsen. Er blinzelt ungläubig, fast als würde er damit rechnen, dass ich im nächsten Moment wieder verschwinde.

„Cassie!"

Ich weiß, dass zehnjährige Jungs nicht gern in der Öffentlichkeit umarmt werden, aber ich lasse es mir nicht nehmen, ihn ordentlich zu drücken. „Seit wann bist du hier? Wo sind …"

„Cassie?", erklingt in dem Moment Henrys Stimme hinter mir.

Henry hat schon immer diesen erschöpften Ausdruck eines Mannes gehabt, der schwere Arbeit und harte Zeiten gewohnt ist, aber das vergangene Jahr hat ihn sichtlich altern lassen. Die Falten um seine Augen sind tiefer geworden und sein Blick wirkt mehr traurig denn müde. Aber sein Gesicht leuchtet auf, als ich Hank mit mir ziehe, um sie beide zusammen zu umarmen.

„Wann seid ihr hergekommen?", frage ich. „Ich bin auf Kingdom Come, aber wir waren vor drei Wochen das letzte Mal hier."

„Wir sind vor ein paar Tagen mit Schneeschuhen angekommen. Dachten, wir wagen es, bevor es wieder gefährlicher wird, da draußen unterwegs zu sein." Henry schüttelt langsam den Kopf. „Ich hätte nicht gedacht, dass wir uns je wiedersehen."

„Ich hab dauernd an euch denken müssen. Sind Corrie und Dottie …" Ich verstumme, als ich auf Hanks und Henrys Gesichtern einen identischen Ausdruck der Trauer erkenne. „Nein. Oh nein, das tut mir so leid."

„Komm, setz dich", sagt Henry.

Ich trockne meine Tränen mit einer Stoffserviette. Er führt mich zu dem Stuhl neben seiner Suppenschüssel. Ich weine um Corrie und Dottie, aber auch um Eric, Maria, Adrians Mutter und seine Schwester. Wenn man den Tränen erst mal freien Lauf lässt, ist es schwer, nur um einen der vielen Verluste zu weinen.

„Es ist letzten Sommer passiert", erzählt Henry. „Wir haben es zum Campingplatz geschafft und dort auch andere Leute vorgefunden. Und weil wir ja auf die Familie warten wollten, sind wir geblieben. Es war eine gute Gruppe, aber es gab bei Weitem nicht genug zu essen. Und als wir uns auf den Weg zu euch machen wollten, waren wir quasi von Herden umzingelt und hatten auch kein Benzin mehr. Also sind wir zu Fuß los – wir dachten, wir laufen so lange, bis wir ein Auto finden, aber wir sind einer ganzen Gruppe in die Arme gelaufen. Corrine und Dottie …"

Dottie war still und stark und Corrine, trotz des Teenagergehabes, ein sensibler Typ. Corrine war das Ebenbild ihrer Mutter, schlank und schmal gebaut, mit dunkler Haut und ungewöhnlich hellen Augen. Der Gedanke daran, was aus ihnen geworden ist, lässt mich nicht mehr los. Ich versuche, ihn aus meinem Kopf zu verbannen, und kann nur hoffen, dass Henry und Hank das nicht mit ansehen mussten.

Ich spüre, dass er nicht weitersprechen möchte und fülle die Leere, die sein Schweigen im Raum entstehen lassen hat. „Wir mussten die Hütte im August verlassen. Auch wegen einer Herde."

Henry nickt. „Hank und ich haben eine alte Jagdhütte gefunden und konnten in den umliegenden Häusern genügend Lebensmittel erbeuten. Und nachdem es kalt genug war, dass sie gefroren sind, haben wir mit Schneeschuhen die Gegend erkundet, bis wir eine neue Bleibe gefunden haben. Sind so lange geblieben, bis das Essen alle war, und sind dann weiter. Wir dachten, Whitefield wäre die einfachste Lösung, weil wir ja eigentlich nur der Autobahn folgen mussten."

Henry lächelt Hank an. Ich weiß nicht, wo mein Bruder ist, aber der Rest meiner Familie – meiner neuen Familie – hat es relativ unbeschadet bis hierher geschafft. Ich weiß, was für ein Glück wir haben. Ich kann und will mir nicht vorstellen, wie es wäre, Bits zu verlieren, so wie Henry Corrine verloren hat. Der Gedanke erfüllt mich mit einer solchen Hoffnungslosigkeit, dass ich nicht länger als einen Augenblick darauf verwenden kann, ohne gleich wieder in Tränen auszubrechen.

„Es tut mir so, so leid. Und ich freu mich, dass ihr hier seid. Ich hab euch vermisst. Vor allem dich, Hank. Ich hab jetzt ein kleines Mädchen. Sie heißt Beth, aber wir nennen sie Bits. Sie ist acht, aber sie ist wahnsinnig clever und liebt Bücher, genau wie du. Ich wette, ihr versteht euch super."

„Mag sie Graphic Novels oder Comics?", fragt Hank. Seine Augen leuchten auf, als ich nicke. „Ich hab ein paar echt coole dabei. Zum Beispiel eins mit so einem Typen, also, nicht wirklich einem Mann, er ist mehr wie ein …"

Und schon ist er voll in seinem Element. Aber Henry und ich hören nur mit halbem Ohr zu. Henry legt seine raue Arbeiterhand auf meine. Ich drücke sie, während mich eine Welle der Wiedersehensfreude zu überwältigen droht. Mag sein, dass wir im letzten Frühling nur wenige Tage miteinander verbracht haben, aber ich habe doch das Gefühl, noch einen verlorenen Teil meiner Familie zurückgewonnen zu haben.

KAPITEL 10

Ich habe wirklich alles versucht, um Henry und Hank dazu zu überreden, nach Kingdom Come zu ziehen. Aber Henry ist Elektriker und besitzt damit Fähigkeiten, die in Whitefield dringlichst benötigt werden. Immer, wenn es dort ein Problem gibt, müssen entweder Adrian oder James kommen oder per Funk helfen. Henry will sie nicht im Stich lassen, aber immerhin habe ich ihm das Versprechen abnehmen können, dass er es sich noch einmal durch den Kopf gehen lässt. Auch Adrian ist enttäuscht, denn sobald die beiden über Elektrizität und Solaranlagen zu fachsimpeln begonnen hatten, war es fast, als würden sie sich schon ewig kennen.

Das war vor einer Woche. Und gestern hat Mutter Natur beschlossen, uns mit einem knappen Meter Neuschnee zu überraschen. Und das im April. Aber mir macht das nichts aus, meinetwegen kann der Sommer noch auf sich warten lassen. Warmes Wetter mag frisches Obst und Gemüse und mildes Klima mit sich bringen, aber eben auch Zombies.

Ana blickt auf, als ich meine Stiefel am Türrahmen des Gewächshauses am nördlichen Ende der Farm abklopfe. „Cass, komm und guck dir meine Tomatensetzlinge an. Die sind so süß!"

„Ana, du bist mir ein Rätsel. Wie kann jemand, der keinen Filter hat, und mit mehr Begeisterung Zombies abschlachtet als sonst wer, so eine Schwäche für Tomatenpflanzen haben?"

„Sie sind halt meine Babys. Und Mamas lieben ihre Babys." Sie verzieht die Nase. „Was soll das heißen, ich hab keinen Filter?"

„Du nimmst halt kein Blatt vor den Mund und sagst immer, was dir gerade in den Sinn kommt", antworte ich und bewundere ihre Setzlinge. Und sie sind wirklich bewundernswert; selbst Pflanzen wagen es nicht, sich Anas Willen zu widersetzen.

Sie zuckt mit den Schultern. „Ja, und?"

„Normale Menschen machen das nicht. Normale Menschen haben so eine Funktion im Hirn, die die Gedanken erst mal in einen anderen Teil des Gehirns schickt, wo dann entschieden wird, ob das, was man gerade denkt, laut ausgesprochen werden sollte oder besser nicht. Dein Gehirn hingegen öffnet alle Schleusentore auf einmal und lässt einfach alles raus, was raus will."

Ana schiebt sich die Haare hinters Ohr und lacht. „Willst du damit etwa sagen, dass ich eine Zicke bin, Cass?"

„Du bist 'ne Zicke mit Herz, Ana. Ich hab dich lieb, auch ohne Filter. Und eins muss ja echt mal gesagt werden: Diese Setzlinge sind die süßesten Setzlinge, die ich je gesehen habe!" Sie ist ja nicht wirklich eine Zicke. Nur direkt eben. Einem Vorschlaghammer nicht ganz unähnlich.

„Oh, das gefällt mir!", ruft sie. „Zicke mit Herz. Das könnte mein Slogan sein."

„Wir lassen Visitenkarten drucken."

Ich wässere die Setzlinge, die zu Hunderten auf den Frühling warten, und kontrolliere das Feuer im Ofen. Das Gewächshaus ist mein Lieblingsarbeitsplatz. Hier ist es ruhig und warm und riecht nach feuchter Erde und Tomatenblättern. Die Erbsen wachsen schon wie verrückt. Die müssen bald raus.

„Warum beschwerst du dich eigentlich gar nicht über den Schnee?", fragt Ana.

„Weil er dafür sorgt, dass gewisse Dinge tiefgefroren bleiben. Dinge, die ich lieber nicht tauen sehen will."

„Das ist wahr. Aber ich hätte nichts gegen eine kleine Patrouille oder zwei."

Ich zeige drohend mit der Hacke auf sie. „Ich habe strikte Anweisungen, dich diesen Sommer unter Kontrolle zu behalten. Du sollst auf keinen Fall irgendwelche Dummheiten machen."

„Peter." Ana seufzt. „Der würde mich am liebsten in der Küche wissen. Barfuß und schwanger."

„Ana. Niemand, wirklich niemand will dich in einer Küche sehen. Er will dich nur in Sicherheit wissen. Weißt du noch, deine Idee mit dem Steinbruch?"

Der alte Steinbruch liegt etwa anderthalb Kilometer südlich der Farm, umgeben von ehemaligen Feldern, die jetzt vom umliegenden Wald langsam, aber sicher zurückerobert werden. Man kann ihn von der Spitze des Berges sehen, den wir als Aussichtspunkt benutzen, um die Herden, die früher oder später gen Norden ziehen werden, verfolgen zu können. Der Steinbruch ist bereits seit Jahrzehnten verlassen, und so haben sich die drei riesigen Löcher in der Landschaft mit der Zeit mit Wasser gefüllt. Er wäre der ideale Badesee, wenn er nicht voll von herumtreibenden toten Lexern wäre.

Anas Plan war es, eine Herde mithilfe der eingeschalteten Sirene und dem Blaulicht des Krankenwagens dorthin zu locken. Wenn es ihr gelänge, die Lexer dazu zu bringen, ihr auf die schmale Straße zu folgen, die sich zwischen den Wasserlöchern hindurchschlängelt, dann würden sie hineinfallen. Aber das Risiko, selbst ebenfalls hineinzufallen, ist einfach zu groß: Die Lexer brauchen sie ja nur einzuholen oder ihr von der anderen Seite entgegenzukommen, und schon ist's um sie geschehen.

„Das war eine gute Idee!"

„Vielleicht funktioniert sie", gebe ich zu. „Aber das heißt nicht, dass sie gut ist. Wie geht es eigentlich Penny? Ich hab sie heute früh nicht beim Frühstück gesehen. Ich geh gleich mal rüber und schau nach ihr, wenn ich hier fertig bin."

„Na ja, entweder ist sie am Kotzen oder kurz davor. Ich werde mich jedenfalls hüten, jemals schwanger zu werden."

„Das solltest du vielleicht mit Peter besprechen und nicht mit mir. Zumal er dich ja scheinbar barfuß und schwanger in der Küche haben will."

Sie hebt einen eingetopften Setzling vom Boden auf und drückt ihm einen Kuss auf die zarten Blätter. „Wozu brauche ich ein Baby, wenn ich meine süßen kleinen Pflanzenbabys habe?"

KAPITEL 11

Ich habe Penny davon überzeugen können, dass ein wenig Abendessen ihr guttun wird, aber jetzt, wo sie hier ist, mit der Stirn auf der Tischplatte, bin ich mir doch nicht mehr so sicher, dass das eine gute Idee war.

„Oh Gott", stöhnt Penny. „Komm mir bloß nicht zu nahe mit dem Essen!"

Ana schiebt Pennys Schale mit Suppe in Richtung Tischmitte. „Ich hätte nicht gedacht, dass das so früh schon losgeht mit der Übelkeit."

„Dem Arzt zufolge ist das aber ein gutes Zeichen", sagt James. „Es bedeutet wohl, dass das Baby stark ist."

Penny hebt den Kopf. Sie ist blass und hat dunkle Augenringe. „Das Baby ist nicht stark. Das Baby hat es auf mich abgesehen. Das hier ist furchtbar. Ich weiß nicht, warum die Leute dauernd Babys machen, wenn das hier dabei rauskommt." Sie wirft James einen Blick zu. „Das war's. Wir haben nie wieder Sex."

„Okay", sagt James trocken. „Nie wieder."

„Und hör auf, zu allem, was ich sage, ja und amen zu sagen!" Pennys Stirn trifft mit einem dumpfen Schlag erneut auf die Tischplatte.

„Ja. Ich meine, nein!"

Pennys Hand hebt sich mit erhobenem Mittelfinger. Ana und ich müssen lachen. Dieser neuen Penny mag es fürchterlich gehen, aber unterhaltsam ist sie, das muss man ihr lassen. Sie ist sonst immer so wohlerzogen und anständig. Das muss die Erschöpfung sein; sie schafft es ja morgens kaum in die kleine Hütte, die als Schule dient.

„Wie geht es meinen drei Lieblingsladys?" Dan ist an unseren Tisch herangetreten. Er wirft einen Blick auf Penny, die jetzt leise stöhnt. „So schlimm, hm? Moment, ich hol kurz was!"

Fünf Minuten später taucht er mit einem Glas voll mit frischem Schnee und einem zweiten Glas mit einer gelben Flüssigkeit wieder auf. Er gießt die Flüssigkeit über den Schnee und reicht ihr das Glas. „Hier, trink das."

Penny hebt den Kopf und nimmt einen Schluck. „Hm, das ist nicht schlecht. Was ist das?"

„Ingwerlimonade. Das hat meine Schwestern durch die ersten paar Monate der Schwangerschaft gebracht", sagt Dan. „Ich dachte, vielleicht hilft es ja, auch wenn es so ein Instantpulver ist. Die Übelkeit verschwindet vielleicht nicht ganz, aber immerhin konnten sie so immer was essen, ohne dass es gleich wieder hochkam. Meistens jedenfalls."

„Wie viele Kinder hatten deine Schwestern?", fragt Penny.

„Jen hatte zwei und Christy drei."

„Die müssen verrückt gewesen sein, dass sie das mehr als einmal durchgemacht haben."

„Es wird besser. Versprochen." Er deutet auf meinen Ring. „Ah, wie ich sehe, macht Adrian endlich eine ehrbare Frau aus dir. Glückwunsch!"

„Danke. Und wann lässt du dich auf die Richtige ein und wirst sesshaft?"

Er zeigt auf uns alle drei. „Tja, leider sind meine Favoritinnen schon vergeben."

„Wenn es dir hilft: Du wärst meine zweite Wahl", tröstet Ana ihn. „Ich melde mich, wenn was frei wird."

„Ich warte."

Penny verdreht die Augen in meine Richtung. Die beiden können stundenlang flirten, wenn niemand dazwischengeht.

„Versuchst du etwa gerade, mir mein Mädchen abzuwerben?", fragt Peter, der soeben angekommen ist, an Dan gerichtet. Er stellt seine Schüssel mit Suppe neben Anas und setzt sich.

„Eher umgekehrt", sagt Ana.

„Oh, na dann ist ja alles gut." Er lächelt, als Ana sich herüberbeugt und ihm einen Kuss auf die Wange drückt.

Ich winke Nelly und Adrian zu. „Setz dich doch heute mal zu uns", schlage ich Dan vor. „Wir schieben einfach zwei Tische zusammen. Du kannst zur Abwechslung mal mit den alten, verheirateten Paaren essen."

Dan nimmt das Angebot dankend an, und innerhalb kürzester Zeit hat sich das Ganze in eine spontane Dinnerparty verwandelt.

„Die Suppe ist so gut!", freut sich Jamie. „Viel besser als sonst."

„Das liegt vielleicht daran, dass du sie nicht gemacht hast", vermutet Shawn, ihr Mann. „Das ist doch schon mal etwas."

Jamie versetzt ihm einen liebevollen Schlag mit ihrem Löffel. Sie ist Mitte dreißig, bestenfalls eins fünfzig und hat eine ansehnliche Oberweite, lockiges schwarzes Haar und olivfarbene Haut. Shawn hat einen struppigen Bart, einen tonnenförmigen Oberkörper mit dazu passenden Armen und eine ewig sarkastische Attitüde zu allem und jedem. Es ist offensichtlich, dass sie sich lieben, aber trotzdem lassen sie nie eine Gelegenheit aus, sich gegenseitig zu ärgern.

„Das liegt daran, dass es Peters Rezept ist", meint Ana. „Er kann einfach alles kochen. Ach, Maureen, da fällt mir ein, dass ich dich schon lange fragen wollte – also, ich trag mich öfter für den Küchendienst ein, aber ich bekomm immer irgendwo anders eine Schicht."

Peter verschluckt sich an seiner Suppe. Maureen weicht aus: „Das ist doch nur, weil du auf anderen Gebieten so viele Talente hast, Ana. Wir versuchen schließlich, jeden gemäß seiner oder ihrer individuellen Stärken einzuteilen."

Das ist eine diplomatische Antwort, aber natürlich entgeht es Ana nicht, dass sowohl Nelly als auch Adrian ein übertriebenes Interesse am Inhalt ihrer Suppenschüsseln an den Tag legen und es um den Tisch plötzlich sehr still geworden ist. Ihre Augen werden zu schmalen Schlitzen. „Ich darf also nicht in der Küche arbeiten, hm? Ist das so eine Art Verschwörung, um mich auf Abstand zu halten?"

„Nein, Ana", antwortet Nelly, „es ist eine Verschwörung, die uns anderen die Chance gibt, am Leben zu bleiben. Und dafür müssen wir einfach nur dafür sorgen, dass du nichts mit der Zubereitung der Mahlzeiten zu tun hast. *Ganz besonders* seit der Sache mit dem Arroz con pollo."

Das war wirklich die ungenießbarste Mahlzeit aller Zeiten. Ana hatte versucht, Marias berühmtes Rezept nachzukochen, allerdings ohne Erfolg.

„So schlecht war das auch wieder nicht! Cassie hat's gegessen. Oder, Cass?"

„Ja …", antworte ich. „Das hab ich. Weil ich deine Gefühle nicht verletzen wollte. Und ich hab einen hohen Preis dafür bezahlt, glaub mir."

Ana verschränkt die Arme vor der Brust und schürzt die Lippen. „Na gut, dann war es vielleicht nicht das beste Arroz con pollo, das …"

„Arroz con peo trifft es wohl eher", witzelt Penny. Sie wirft sogar ein schiefes Lächeln in die Runde. Dans Hausmittel scheint zu helfen.

Bits informiert alle Anwesenden: „Peo bedeutet Furz!" Sie hat Penny dazu überredet, ihr so ziemlich jedes auch nur annähernd unanständige Wort beizubringen, das die spanische Sprache hergibt. Alles brüllt vor Lachen.

„Weißt du noch, wie schlimm das war, Adrian?", fragt Bits. „Und Cassie hat auch noch so viel davon gegessen!"

Langsam dämmert mir, in welche Richtung sich das Gespräch zu drehen beginnt. Ich bin mir sicher, eine Träne in Adrians Augenwinkel zu sehen, so sehr lacht er. „Wir mussten sie fast aus dem Schlafzimmer verbannen, stimmt's, Bits? Es …"

„Okay, genug jetzt!", sage ich mit glühenden Wangen. „Irgendwann ist auch mal Schluss. Es ist schon schlimm genug, dass hier jeder alles über jeden weiß. Können wir bitte die einzigen zwei Geheimnisse, die es noch gibt, nicht auch noch ausplaudern?"

Jetzt muss sogar Ana lachen. Unter dem Tisch gebe ich Adrian einen Tritt ans Schienbein und verstecke mein Gesicht hinter meinen Händen. „Themawechsel, bitte!"

„Wir können *Ich vermisse* spielen!", schlägt Bits vor.

Es geht darum, etwas zu nennen, was man vermisst, aber nicht haben kann. Nie nennen wir Personen, denn die vermissen wir natürlich mehr als alles andere. Es muss eine Sache, ein Ding sein und es darf noch so abwegig oder albern sein, aber niemals eine Person.

„Ich vermisse O-Saft", eröffnet Bits.

„Ich vermisse es, nicht schwanger zu sein", murmelt Penny.

„Pepsi!", ruft Nelly.

„Latte macchiato mit Karamell", seufze ich.

„Das Internet!", fällt James ein. „Außer Facebook."

„Red-Sox-Spiele", sagt Dan.

„Musik", fügt schließlich Adrian hinzu. „Meine ganze Musik ist auf meinem Handy."

„Warum lädst du es nicht einfach auf?", fragt Dan. „Das ginge doch?"

Adrian schüttelt den Kopf. „Das wäre unfair allen anderen gegenüber. Und wenn plötzlich alle anfangen, ihre Handys und iPods aufzuladen, hätten wir keinen Strom mehr für was anderes. Wir haben ja so schon kaum genug, um hier Licht zu haben."

Er lädt sein Handy nicht mal gelegentlich auf. Ich hab ihm gesagt, er solle das ruhig tun. Es ist schließlich seine Farm und ich finde, dass er und Ben ein bisschen extra Strom mehr als verdient haben. Aber er weigert sich. Er hat mich allerdings auf etwas gebracht. Ich höre kaum noch hin, während die anderen aufsagen, was sie alles vermissen, und versinke in Gedanken über meine Idee.

***

Ein paar Tage später suche ich James im Schuppen mit der Solaranlage auf. Wenn er nicht Penny hätte, die ihm nachts das Bett wärmt, wäre er wahrscheinlich rund um die Uhr hier. Er übergibt mir eine kleine Schachtel, die er in ein Stück Stoff eingewickelt hat, und – nachdem ich ihn vor Aufregung stürmisch umarmt habe – verstecke ich sie in meinem Rucksack.

„Es funktioniert, ich hab's selbst ausprobiert", sagt James. „Aber du weißt schon, dass er da nie mitmachen wird."

„Darum werde ich mich schon kümmern", versichere ich. „Vielen, vielen Dank, James. Das hier ist wirklich das beste Geburtstagsgeschenk aller Zeiten!"

KAPITEL 12

Der Schnee ist innerhalb weniger Tage geschmolzen, und dafür, dass erst April ist, war die letzte Woche für das nordöstliche Königreich Vermont ungewöhnlich warm. Jetzt, da die Straßen wieder frei sind, unternehmen wir zwei- bis dreimal täglich Ausflüge zum sogenannten Ausguck. Wir fahren einen Schotterweg entlang zu einem verlassenen Haus und gehen dann zu Fuß weiter über einen kurzen Pfad bis zu der Stelle am Gipfel, an der wir die Bäume gefällt haben. Der Blick von hier ist wunderschön, aber die Stelle ist auch strategisch ausgewählt. Wenn sich auf den Feldern oder in unmittelbarer Nähe des Steinbruchs irgendetwas regt, können wir das von hier aus sehen.

Nur in den Wald können wir natürlich nicht schauen, und ohne das Flugzeug haben wir auch keine Möglichkeit, die Gegend nördlich der Farm zu überwachen. Aber das Brummen der Maschine würde ohnehin zu viele Lexer anlocken. Und so überrascht es mich auch nicht, als das Funkgerät im Gewächshaus zu rauschen beginnt und Jamie uns mitteilt, dass sieben Lexer das nördliche Tor erreicht haben. Ana und ich greifen nach unseren Schutzhandschuhen und laufen das kurze Stück bis zum Tor. Ich trage mein Schulterholster und am Gürtel mein Messer. Im Winter haben wir es uns abgewöhnt, unsere Waffen ständig mit uns herumzutragen, aber jetzt, wo die Temperaturen ansteigen, sind wir wieder bewaffnet.

Jamie ist gerade dabei, ihr Haar zu einem kleinen Knoten auf dem Kopf zusammenzubinden, als wir eintreffen. Sie reicht Ana ihr Fernglas. „Sie sind gerade am Waldrand aufgetaucht. Sie lassen sich ganz schön Zeit, aber sie sind eindeutig auf dem Weg hierher."

Sie schwingt ihren Holzpflock hin und her und springt dabei von einem Fuß auf den anderen. Jamie ist fast genauso verrückt wie Ana. Vielleicht muss man das auch sein, um so lange zu überleben.

„Du hast recht. Und dahinter sind noch mal drei", stellt Ana fest.

Wenn so viele Menschen zusammen auf einer Farm leben, ist es schier unmöglich, lautlos zu sein. Die Maschinen, das Holzhacken, Stimmen, spielende Kinder, der Rauch aus den Öfen im Wind – alles Zombielockmittel und die Garantie dafür, dass früher oder später irgendwer oder irgendwas bei uns Halt macht.

„Ich hab Ana und Cass bei mir", sagt Jamie ins Funkgerät. „Zehn Lexer sind's jetzt. Wir haben's im Griff."

Sie dreht sich zu uns um und stemmt die Fäuste in die Hüfte. „Wetten, dass gleich irgendein Kerl hier auftaucht? Dass drei Mädels zehn Lexer durch einen Zaun umlegen, ist schließlich zu unglaubwürdig."

Hinter uns ertönen Schritte und Shawn erscheint. Jamie hebt das Funkgerät über den Kopf: „Was genau verstehst du nicht an: *Wir haben es im Griff*?"

„Oh, das hast du gesagt? Ich hab verstanden: *Schickt uns einen starken Mann!*", entgegnet Shawn und lässt die Muskeln seines behaarten Arms spielen.

„Und warum bist du dann hier?"

„Ich war gerade im Nordstall, meine Sonne. Ich dachte, ich komm und helf euch. Aber ich weiß doch, dass du das hier locker wuppst – wie alles andere auch."

„Ganz genau", sagt Jamie.

Die Lexer haben inzwischen die Hälfte des Weges zurückgelegt, und uns bleibt nichts anderes übrig, als zu warten, während sie langsam und stolpernd das matschige Feld überqueren und mit dem treibsandähnlichen Untergrund kämpfen. Ein langer, dürrer Lexer reißt einen dicken mit sich zu Boden. Eine groteske Version von Dick und Doof.

Ich muss kichern, was ein wenig abgestumpft wirken mag, aber ich kann mir nicht helfen. Die anderen stimmen mit ein. Es war weit davon entfernt, so witzig zu sein, wie unser Lachanfall vermuten lassen könnte. Shawn muss sich am Zaun festhalten, um nicht auf dem Boden zusammenzusacken, und Jamie wischt sich die Lachtränen aus dem Gesicht. Das hier sind offiziell die ersten Lexer des Jahres, und die Anspannung, die sich über die vergangenen Wochen bei uns angestaut hat, muss irgendwie raus. Als die ersten beiden nur noch etwa sechs Meter vom Zaun entfernt sind, verstummen wir keuchend und japsend.

„Ich nehm den da", sagt Jamie.

Ana hält ihren Schädelspalter wie einen Wurfspeer, mit der Spitze Richtung Zaun. „Ich nehm den anderen."

Sobald sie unsere Stimmen hören, beginnt das röchelnde Stöhnen. Raue, faltige, graue Haut, in der sich blutige, schleimige Abgründe mit hässlichen schwarzen Rändern auftun. Der Eine, der noch Lippen hat, fletscht die Zähne. Sie prallen auf den Maschendrahtzaun, wodurch die Drähte empört knirschen, aber ich mache mir keine Sorgen. Die Pfosten stecken tief in der Erde; es bräuchte wesentlich mehr von ihnen, um den Zaun ernsthaft zu beschädigen.

Der andere, der Lippenlose, legt seine Finger fest um die Maschen. Die Drähte versinken in seiner Haut, auf der flauschig aussehendes schwarzes Moos gewachsen ist, und eine dunkle Flüssigkeit dringt aus der Wunde hervor. Normalerweise tropfen sie nicht, es sei denn, man schneidet sie mit etwas wirklich Scharfem, und selbst dann ist es mehr ein zähes Quellen als ein Tropfen. Das Moos muss irgendwie das Gewebe zersetzen.

Ana wirft einen angeekelten Blick auf die dunkle Flüssigkeit, die auf ihrem Stiefel gelandet ist. „Igitt." Sie bringt die Spitze ihres Schädelspalters vor seinem Auge in Position und sticht zu.

Jamie lässt den Pflock sinken und nimmt stattdessen das Jagdmesser zur Hand, das in der Halterung an ihrem Gürtel hängt. Der andere hat seinen Kopf leicht schräg gelegt, und so ist es ihr ein Leichtes, ihr Messer durchs Ohr in seinen Schädel zu stoßen. Als sie es wieder herauszieht, ertönt ein ekelhaftes Ploppen. Fünf weitere haben jetzt den Zaun erreicht, darunter auch Dick und Doof. Doof hat den matschverschmierten Mund weit aufgerissen. Ich halte die Spitze meines Schädelspalters am Zaun bereit und lasse ihn bei der ersten Gelegenheit, die sich mir bietet, in der weichen Stelle, wo Kiefer und Hals aufeinandertreffen, verschwinden. Ich ziehe ihn wieder heraus und wiederhole das Manöver an Dick, der mit einem fleischigen Plumpsen zu Boden fällt. Ich bemerke, wie sehr ich schwitze, obwohl ich hier hinterm Zaun doch eigentlich in Sicherheit bin – aber zu sehen, wie sie auf uns zukommen, wie sie sich bewegen, hat mir wieder mal schmerzhaft in Erinnerung gerufen, dass ich keineswegs sicher bin. Keiner von uns ist sicher.

Nachdem auch die letzten drei auf dem Boden liegen, hebt Jamie ihr Fernglas und scannt das Feld. „Okay, das war's. Nicht schlecht, Leute." Sie dreht sich zu uns um und seufzt. „Ich hab doch gesagt, wir haben alles im Griff."

Hinter uns stehen um die dreißig Leute, höchstwahrscheinlich alle diejenigen, die den Funkruf gehört haben und gerade ihren Posten verlassen konnten. Aber ich weiß, dass sie nicht hier sind, weil sie kein Vertrauen in uns haben; sie wollten es ganz einfach mit eigenen Augen sehen. Ich denke, im Geheimen haben wir alle irgendwo einen Funken Hoffnung in uns getragen, gehegt und gepflegt – und doch gewusst, wie unrealistisch das ist: dass der Winter all das hier für uns beenden würde. Dass die fünfzig Prozent, die die Minustemperaturen überstanden haben, solch beschädigte Muskeln haben würden, dass sie nicht mehr weit laufen können. Oder dass sie einfach verrotten würden. Wir hatten auf etwas gehofft, auf irgendetwas anderes als die Alternative. Auf etwas anderes als das hier.

KAPITEL 13

Wir haben von den Sicherheitszonen in New York City gehört. Im Winter war der Kontakt kurzzeitig abgebrochen, aber jetzt bekommen wir wieder Meldungen rein. Ich habe keine Ahnung, wie sie überhaupt so lange durchgehalten haben – wenige Hundert Menschen gegen acht Millionen Lexer. Vielleicht sind es jetzt, nach dem Winter, nur noch die Hälfte der Lexer, aber sie wandern in endlosen Schleifen durch die Straßen der Stadt, zumal sie nicht von dort wegkommen. Dasselbe gilt für die Überlebenden.

Maria ist nicht unter ihnen, wir haben mehrmals nachgefragt, um ganz sicher zu sein. Die New Yorker leben über den Dächern der Stadt beziehungsweise auf den Dächern. Sie trinken Regenwasser und bauen so viel wie möglich selbst an, auf Dachterrassen und in Hinterhöfen, aber sie sagen, es gäbe auch noch immer genug Essen zu erbeuten, obgleich die Lebensmittelpakete, die die Behörden zu Beginn der Pandemie versprochen hatten, niemals kamen. Von ihrer Position hoch über der Erde und mithilfe von leistungsstarken Teleskopen haben sie auf der anderen Seite des Flusses in Jersey einige Herden entdeckt. Herden, die schon im Spätsommer hier ankommen könnten.

Während der letzten Woche sind mehr als dreißig von ihnen aus dem Wald gekommen. Das mag nicht nach viel klingen, aber eine Gruppe erreichte den Zaun, gerade als die Kinder draußen gespielt haben. Wir haben sie entdeckt, sobald sie den Schutz der Bäume verließen, aber das haben die Kinder auch. Bits hat solche Angst bekommen, dass ihre Albträume zurückgekehrt sind. Gerade hat sie wieder einen gehabt, in dem ihre Mutter die Hauptrolle spielt.

„Und was, wenn du auch stirbst, Cassie?", fragt sie mich mit bebenden, zusammengepressten Lippen. „Ich hab so Angst, dass du stirbst."

Ich knie neben ihrem Bett und suche unter der Decke nach ihrer kleinen Hand. Ich wünschte, ich könnte ihr versprechen, dass das nicht passieren wird, und beuge mich zu ihr hinunter, bis mein Mund ganz dicht an ihrem Kopf ist. „Ich habe vor, noch ganz lange hier zu sein, Süße. So viel kann ich dir versprechen."

Sie macht einen tapferen Versuch, die Tränen hinunterzuschlucken, aber eine einzelne lässt sich nicht bannen und hinterlässt eine feuchte, im Mondlicht glitzernde Spur auf ihrer Wange und tropft auf ihr Kissen. „Aber was ist, wenn es doch passiert?"

„Es wird immer jemanden geben, der sich um dich kümmert. Du hast so viele Menschen um dich, die dich lieben, weißt du das eigentlich? Ich wünschte, ich hätte so viele liebe Menschen in meinem Leben wie du. Ich hab, was, fünf vielleicht? Wenn's hoch kommt. Du hast eine Million. Mindestens!"

„So viele Leute wohnen hier nicht mal!"

„Das ist es ja gerade, was das Ganze so magisch macht", sage ich. Bits verdreht die Augen und kichert leise.

„Mach dir um mich keine Sorgen. Und mach dir auch um dich selbst keine Sorgen. Das übernehme ich, ja?"

Ich drücke ihr einen Kuss auf die Stirn und sie schließt die Augen. Ich setze mich auf ihre Bettkante und warte darauf, dass sich ihre Brust regelmäßig zu heben und zu senken beginnt. Ihre Augen flattern unter den Lidern hin und her, und selbst im Schlaf umfasst sie die Halskette, die ich ihr geschenkt habe. Der Anhänger ist ziemlich groß, um die sieben Zentimeter lang und von der Art, die unsere viktorianischen Vorfahren nutzten, um kleine Porträts ihrer Geliebten immer bei sich zu tragen. Diesen Winter habe ich ein Porträt ihrer Mutter gemalt, aus meiner Erinnerung an die Fotos, die wir zurücklassen mussten. Bits musste weinen, weil sie vergessen hatte, wie ihre Mutter aussah.

„Du siehst genauso aus wie sie – dieselben schönen blauen Augen, das herzförmige Gesicht und die süße Nase", habe ich zu ihr gesagt. „Du brauchst nur in den Spiegel schauen, um dich an sie zu erinnern." Und trotzdem legt sie die Kette mit dem Anhänger nie ab.

Ich gebe ihr noch einen Kuss auf die Stirn und krieche zurück ins Bett. Adrian zieht mich mit einer müden Armbewegung an sich, aber es will mir nicht gelingen, wieder einzuschlafen. Bits liegt reglos im Mondschein. Ich habe sie oft genug beim Schlafen beobachtet, um zu wissen, dass ich sie nicht immer atmen sehen kann, aber mit einem Mal bin ich felsenfest davon überzeugt, dass sie nicht atmet. Die Panik steigt so schnell in mir auf, dass ich Adrians Arm wegstoße, aus dem Bett springe und zu ihr renne, um ihr meine Hand auf die Brust zu legen. Als ich das sanfte Auf und Ab ihres Brustkorbes unter meinen Fingern spüre, fällt mir auf, dass ich selbst ganz vergessen hatte, zu atmen. Ich schleiche zurück ins Bett.

Adrians Augen sind geöffnet. „Was ist los?"

„Ich dachte, sie atmet nicht", sage ich leise. „Verrückt, ich weiß."

„Das ist überhaupt nicht verrückt."

Ich gleite unter die Decke und flüstere: „Also bin ich nicht verrückt?"

„Natürlich bist du ein bisschen verrückt."

Er zieht mich an sich, bis ich unter seinem Kinn liege, aber ich schaffe es einfach nicht, dieses panische Gefühl in meinem Bauch unter Kontrolle zu bringen. So viel kann schiefgehen, und ich fürchte, es ist nur eine Frage der Zeit, bis unsere Glückssträhne zu Ende ist. Wir haben es aus Brooklyn herausgeschafft. Wir haben es bis hierher geschafft. Ich liege im selben Bett wie Adrian, was eigentlich unmöglich hätte sein sollen. Wie viel Glück darf ein Mensch haben? Ich spüre, wie mir Tränen in die Augen steigen und spanne den Kiefer an. Den ganzen Winter über habe ich kaum geweint, aber in diesem Moment gelingt es mir nicht, die Tränen hinunterzuschlucken.

Adrian zieht mich noch enger an sich. „Nicht weinen, Schatz. Alles wird gut."

Ich nicke an seiner Brust. Ich will die Daumen drücken, auf Holz klopfen, mir eine Handvoll Salz über die Schulter werfen, um das Pech auf Abstand zu halten. Ich bin nicht abergläubisch und weiß, dass das alles sowieso nichts bringt, aber ich habe zwei Dinge in meinem Leben, die ich auf keinen Fall verlieren kann, und beide sind hier bei mir.

KAPITEL 14

Ana war die ganze Nacht am Tor stationiert und kommt jetzt in die Küche gerannt. „Am Turm ist eine Herde von Lexern!"

Adrian ist am Turm, dem kleinen ausgebauten Hochsitz beim ersten Tor. Ich lasse die Gabel in die Pfanne mit dem Bacon-Fett fallen und drehe mich zu Mikayla um, die mir mit aufgerissenen Augen zu verstehen gibt, dass ich mich beeilen soll. Ich zerre mir die Schutzhandschuhe über die schweißnassen Hände und hebe meinen Schädelspalter auf, der neben der Tür steht. Wir rennen zur Hintertür hinaus und auf den überdachten Parkplatz hinter dem Speisesaal. Ana öffnet die Fahrertür des Krankenwagens und ich nehme die Beifahrerseite.

„Caleb ist zu den Zelten, um alle aufzuwecken." Sie reicht mir das Funkgerät. „Hier, ruf an. Sie sind okay. Da oben kommt keiner hoch."

Ich drücke auf den Knopf. „Adrian? Wir sind auf dem Weg!"

„Cass, alles ist okay", sagt er mit ruhiger Stimme. „Es sind nur fünfzig, und die Leiter ist oben. Entspann dich."

Er ist derjenige, der von Lexern umgeben ist, und trotzdem sagt er *mir*, ich solle mich entspannen. Nelly öffnet die hintere Tür und steigt gemeinsam mit Jamie, Shawn, Dan, Caleb und Marcus ein. Ana steckt den Schlüssel ins Zündschloss und lässt den Motor anspringen. Vor dem Ausbruch des Bornavirus ist sie kaum je gefahren, aber jetzt tut sie es mit derselben manischen Einstellung, wie sie alles tut – ganz oder gar nicht. Aus dem Laderaum erklingt Rumpeln und Fluchen, als sie den Wagen mit quietschenden Reifen auf der Stelle herumwirbeln lässt und den Schotterweg entlangdonnert. Als sie Peter am ersten Tor erreicht, steigt sie auf die Bremse, was erneut diverses Rumpeln von hinten zur Folge hat.

„Was ist der Plan?", fragt er.

Es ist einfach, sie einen nach dem anderen durch den Zaun hindurch abzustechen, aber fünfzig auf offenem Feld zu konfrontieren ist eine Garantie für einen schnellen Tod. Ich spreche erneut ins Funkgerät. „Adrian? Was denkst du? Sollen wir zu euch kommen und sie weglocken?"

„Die kommen bloß wieder. Wir müssen sie abstechen und die, die wir nicht erreichen, erschießen wir. Wir haben genug Munition. Das könnte aber noch mehr anlocken, also bleibt ihr bitte, wo ihr seid. Wir haben alles unter Kontrolle."

Es macht mich ganz verrückt, wie ruhig er ist. Versteht er denn nicht, dass das hier eine von den Situationen ist, in denen es absolut legitim ist, zumindest ein bisschen in Panik zu verfallen? Ich starre das Funkgerät in meiner Hand an und knirsche mit den Zähnen.

Nelly kniet in der Öffnung zwischen Laderaum und Fahrerkabine und legt mir eine beruhigende Hand aufs Bein. „Er macht das schon, Zwerg."

Ich atme ein paarmal tief ein und aus, bevor ich wieder ins Funkgerät spreche. „Okay. Wir sind auf der anderen Seite des Tors. Gib uns Bescheid, sobald es sicher ist."

„Versprochen."

Wir sitzen schweigend da und warten. Das Tor, durch das man mit dem Auto auf die Farm gelangt, ist aus Wellblech und hat links und rechts je eine kleine Plattform, von der aus man sehen kann, was auf der anderen Seite passiert. Ich steige auf eine davon und wünschte, ich könnte sehen, was vierhundert Meter entfernt passiert. Aber alles, was mir bleibt, ist die Bäume anzustarren und mir vorzustellen, wie sie vom Hochsitz aus ihre langen Spieße von oben in die Köpfe der Lexer stoßen. Als der erste Schuss fällt, zucke ich unwillkürlich zusammen; jetzt geht es denen, die sie mit den Spießen nicht erreichen, an den Kragen.

Wenn man den Filmen Glauben schenkt, ist ein sauberer Kopfschuss kein Ding. Zielen, abdrücken und fertig. Die Körpermitte zu treffen ist leicht, aber den Kopf einer Person zu treffen, die in Bewegung ist, ist so viel schwieriger, als sie es immer aussehen lassen. Beim Üben am Papierziel ist ein Kopfschuss schon eine Herausforderung, aber wenn dann noch Bewegung, Angst und wenig Zeit zum tatsächlichen Zielen dazukommen, wird das Ganze extrem schwierig. Adrian ist jedoch ein wirklich guter Schütze, und zudem hat er die Zeit auf seiner Seite. Ich weiß, dass er in Sicherheit ist, aber ich kann nur tatenlos abwarten, und wenn es ein Gefühl gibt, das ich verabscheue, dann ist es dieses.

Nelly steigt auf die Plattform und stellt sich neben mich. Seine Haare sind wirr und die Klamotten zerknittert, aber sein Blick ist scharf.

„Wer ist bei ihm?", frage ich. „Ich hab's vergessen."

„John", antwortet Nelly.

Die Tatsache, dass gleich zwei meiner Lieblingsmenschen da draußen sind, macht mich nicht gerade glücklich, aber das Wissen, dass John einer von ihnen ist, hilft doch ein wenig gegen die Angst. John ist der beste Schütze, den ich kenne. Jetzt, wo ich weiß, dass er es ist, erkenne ich ihn auch an den Schüssen. Sie fallen langsam und rhythmisch. Bumm. Bumm. Bumm. Nelly legt mir einen Arm um die Schulter, als er bemerkt, dass ich zittere.

„Sie sind okay", sagt er. „Mach dir keine Sorgen. Erzähl mir irgendwas."

„Okay. Wie läuft's mit Adam?"

Er schüttelt den Kopf und schnaubt.

„Es war deine Idee, Nelly!", protestiere ich. „Das Mindeste, was du tun kannst, ist, mit mir darüber zu reden."

„Na gut. Es läuft gut. Ich mag ihn."

Ich halte meinen Blick eisern auf den Weg vor mir gerichtet. „*Mag* mag?"

Keine Antwort. Das müssen jetzt knappe zwanzig Schüsse gewesen sein, aber diese verdammten Kopfschüsse sind auch wirklich nicht leicht. „Nelly!"

„Ja, Cass. Ich *mag* ihn."

„Also, wie weit seid ihr …"

„Cass?" Adrians Stimme erklingt aus dem Funkgerät.

„Ja? Ich bin hier."

„Wir haben sie alle erwischt. Ihr könnt jetzt herkommen und uns beim Aufräumen helfen. Aber vorsichtig, im Wald könnten noch mehr warten."

Ich schließe die Augen. „Alles klar, wir sind in ein paar Minuten da."

***

Die Wiese rund um den Hochsitz ist mit toten Körpern bedeckt. Adrian und John lehnen an der Reling, die den ausgebauten Hochsitz umgibt, und könnten selbstzufriedener nicht aussehen. Ich klettere die Leiter hinauf, die sie zu uns herunterlassen, und als ich die Plattform erreiche, zieht Adrian mich an sich. Ich vergrabe meine Finger im Rückenteil seines Mantels und atme erleichtert aus.

„Ich war die ganze Zeit über in Sicherheit, Süße …", sagt er.

„Ich hatte trotzdem eine Scheißangst. Wie wäre es dir ergangen, wenn ich hier gewesen wäre und nicht du?"

„Ich wäre panisch gewesen."

Ich lasse von Adrian ab und umarme John. „Gut gemacht, Männer!"

„Es hat sogar ein bisschen Spaß gemacht", meint John und lächelt verhalten unter seinem Rauschebart. „Hab das Üben vermisst."

„Schön! Solange das nicht zur Gewohnheit wird." Ich lasse meinen Blick über die Lichtung schweifen. Die anderen haben bereits damit begonnen, die Lexer auf einen Haufen zu werfen, und ein Anhänger ist auf dem Weg, um sie zu dem Feld zu transportieren, das wir für diesen Zweck reserviert haben. „Ich denke nicht, dass wir zukünftig noch jemanden hier stationieren sollten. Das ist Zeitverschwendung. Falls doch noch Leute kommen, können sie direkt zum ersten Tor kommen."

„Da hast du recht", stimmt John mir zu und macht sich auf, die Leiter hinabzuklettern. „Ich gehe beim Aufräumen helfen."

„Das sollten wir auch", sage ich zu Adrian.

„In Ordnung", erwidert er. Er gibt mir einen schnellen Kuss, und ein altbekannter Duft übertüncht für einen Moment den Gestank verrottender Hirnmasse, der in der Luft hängt.

Ich öffne fassungslos den Mund und halte ihm meine offene Hand hin. „Gib mir auch eins!"

Er setzt eine gespielt ratlose Miene auf, so als wüsste er nicht, wovon ich spreche. „Was soll ich dir geben?"

„Ich weiß, dass du Gummibärchen hast! Ich kann sie riechen!" Süßigkeiten sind eine der wenigen Luxusgüter, die wir uns noch immer erlauben, aber unsere Vorräte schwinden mit rasender Geschwindigkeit.

„Ich hab sie ganz unten in einem Schrank in der Speisekammer gefunden", flüstert er. „Keine Sorge, ich hab dir eins aufgehoben."

„Eins? Ein lausiges Gummibärchen? Das ist ja schlimmer als gar keins! Und das, nachdem ich alles stehen und liegen gelassen hab, um dir zu Hilfe zu eilen!"

Adrian zwinkert mir zu. „Was denkst du von mir? Ich hab natürlich die meisten für dich und Bits aufgehoben. Ich geb sie dir später, ja?"

Die anderen wuchten die Lexer auf den Anhänger, während Ana, Jamie und ich den Waldrand im Auge behalten. Dies ist einer der seltenen Momente, in denen ich mein Geschlecht schamlos ausnutze – wenn ich es irgendwie umgehen kann, einen schweren, stinkenden Leichnam durch die Gegend zu tragen, dann tu ich das auch. Ein Knacken ertönt und ich sehe eine Bewegung zwischen den Bäumen. Ana wirbelt zu mir herum, als ich das Signal, einen kurzen Pfiff, gebe, um die anderen zu alarmieren. Erneut blitzt etwas Blasses auf, jetzt schon wesentlich näher. Sie haben uns entdeckt. Es sind fünf, also halte ich fünf Finger hoch, unmittelbar bevor sie auf die Lichtung treten. Einige Lexer bewegen sich mit derselben Geschwindigkeit wie letzten Sommer, während andere von ihnen noch unsicher auf den Beinen zu sein scheinen. Zum Glück sind diese fünf Kandidaten von der letzteren Sorte.

Die mir inzwischen so bekannte Mischung aus Angst und Ekel macht sich in meinem Magen bemerkbar; mir ist schlecht. Ich bin nicht wie Ana – ich würde jedes Mal am liebsten schreiend wegrennen, aber ich hab mir angewöhnt, immer zuerst die Lage zu checken und erst wegzurennen, wenn es sinnvoll und sicher ist. Manchmal macht es mehr Sinn, ruhig stehen zu bleiben und zu warten. Das macht es aber nicht weniger schwierig, gegen die Überlebensinstinkte des eigenen Körpers anzukämpfen. Ich muss mir sagen, dass es in einer Minute fünf Lexer weniger auf der Welt gibt. Dass jeder einzelne zählt. Der Lexer, den ich jetzt umbringe, hätte sonst vielleicht Bits auf dem Gewissen oder Adrian oder sonst jemanden von der Farm. Wir sind einigermaßen sicher hier, aber wir müssen doch hin und wieder mal raus – um Holz zu besorgen, um die Felder zu bestellen, um Ausrüstung, Lebensmittel oder anderes zu erbeuten – und fünf Lexer weniger können im Ernstfall einen wichtigen Unterschied machen: den zwischen der sicheren Heimkehr und der Rückkehr als einer von ihnen.

Ana und ich positionieren uns nebeneinander, die Schädelspalter bereit, sodass wir ihnen gemeinsam gegenübertreten können. Wir werden keine Schusswaffen verwenden, wenn es nicht absolut notwendig ist. Mehr Lärm bedeutet mehr Lexer, und das kann sich ganz schnell in einen Teufelskreis verwandeln. Als sie nah genug heran sind, trennen wir uns und treten stattdessen von links und rechts an sie heran. Die Lexer brauchen einen Augenblick, um zu reagieren, was uns genug Zeit gibt, um die ersten zwei ins Jenseits zu befördern. Schädelspalter rein, Schädelspalter raus.

Zwei stolpern auf mich zu, einer zu Ana. Ich lege die Klinge meiner Waffe unter das Kinn der Einen und drücke zu. Was mich letztes Jahr noch enorme Kraft gekostet hätte, fühlt sich inzwischen mehr wie ein sanfter Druck an. Das ewige Trainieren macht sich bezahlt. Es gibt ihr den Rest und lässt sie rückwärts gegen ihren Kollegen sacken, der daraufhin zu Boden sinkt. Ich will gerade auf ihn zu gehen, aber bevor ich ihn erreiche, rammt Adrian ihm seine Machete in den Schädel. Er lässt sie stecken und hebt eine Hand.

„Ist es zu viel verlangt, dass ihr euch zur Abwechslung einfach mal im Hintergrund haltet und sie nicht im Alleingang killt?", fragt er mit zusammengebissenen Zähnen.

„Wir waren halt gerade hier." Ich wusste, dass wir das locker hingekriegt hätten, egal, wie sehr meine Hände gezittert haben. „Hast du nicht gesehen, wie langsam sie waren?"

„Nein, das habe ich nicht, weil ich damit beschäftigt war, dich bei einer komplett idiotischen Aktion zu beobachten."

Er starrt mit zusammengekniffenen Augen an mir vorbei in den Wald. Ich schaue mich um, um zu sehen, was die anderen denken, aber niemand außer ihm scheint sonderlich aufgebracht zu sein. Eher neugierig.

„Können wir vielleicht später drüber sprechen?", frage ich leise.

„Na gut", sagt er, aber er will mir noch immer nicht in die Augen sehen.

Ana wirft mir einen verständnisvollen Blick zu, als Adrian von dannen stiefelt. Sie ist diese Art von Reaktionen gewöhnt, und das nicht nur von Peter – aber für mich ist das neu. Ich starre die herumliegenden Kadaver verwirrt an. Und dann werde ich wütend.

KAPITEL 15

Nachdem wir uns um die Lexer gekümmert und unsere Ausrüstung desinfiziert haben, gehen Adrian und ich in unser Zimmer, um uns umzuziehen. Er hat seit dem Moment am Tor kein einziges Wort zu mir gesagt. Ich gehe zuerst ins Bad, und als ich das Zimmer betrete, fühle ich mich gewappnet für den anstehenden Streit. Ich trete ein und hänge meine Jacke an einen Haken.

„Oh, Wahnsinn. Du hängst tatsächlich deine Jacke auf?", fragt er mich vom Bett aus, auf dem er sitzt.

Ich drehe mich mit zu Fäusten geballten Händen zu ihm um. „Was zur Hölle ist eigentlich dein Problem?"

„Mein Problem ist, dass du dir solche Sorgen um alle anderen machst, aber wenn du selbst sieben Leute um dich hast, die dir helfen könnten, dann beschließt du einfach mal eben, eine ganze Gruppe von Lexern allein bewältigen zu wollen."

„Ich war ja gar nicht allein! Ana war da und …"

„Jaja, ich weiß ganz genau, wie du und Ana ticken. Das Zombiekiller-Duo, Girlpower!"

Bei diesem Kommentar muss ich schlucken, denn das ist wirklich unfair. Er weiß, wie mein Standpunkt zu alldem ist, ich bin meilenweit von der Einstellung entfernt, die Ana an den Tag legt. „Das meine ich doch gar nicht. Ich wollte bloß sagen, dass Ana auch da war und dass ich genau wusste, dass ihr alle uns den Rücken freihaltet. Ich hätte einfach ein Stück zurückgehen können, wenn es brenzlig geworden wäre oder wegrennen oder sonst was. So langsam waren die."

Er starrt mit blitzenden Augen vom Bett aus zu mir herüber. Er hat nicht vor, nachzugeben. Keinen Zentimeter. Ich weiß wirklich nicht, was in ihn gefahren ist. Es ist schließlich nicht so, als wäre das das erste Mal gewesen, dass ich so was gemacht habe, und mit seinem Segen – nicht, dass ich seinen Segen nötig hätte. Am liebsten würde ich ihn vor Wut anschreien, aber was bringt das schon? Stattdessen entscheide ich mich für gesunden Menschenverstand und Sachlichkeit.

„Hast du jemals erlebt, dass ich etwas wirklich Idiotisches getan habe? Mich grundlos ernsthaft in Gefahr gebracht habe?", frage ich ihn. „Auch wenn Ana das tut?"

Widerstrebend schüttelt er den Kopf. Aber er sagt noch immer nichts.

„Ich hab ein verdammtes Warnschild auf dem Kopf!" Jetzt hebe ich doch die Stimme. „Warum zur Hölle bist du so?"

„Weil ich dich verdammt noch mal liebe!", ruft er. „Du bist nicht die Einzige hier, die sich Sorgen macht!"

Seine Augen werden rot und er senkt schnell den Blick. Ich muss an seine Mutter und seine Schwester denken. Er besteht darauf, dass es ihm gut geht, wann immer ich das Thema anspreche, aber das kann ja gar nicht stimmen. Meine Wut verpufft. Ich setze mich neben ihn, schiebe meine Hand in seine und drücke zweimal sanft zu.

Er drückt zurück und legt seinen Kopf auf meine Schulter. „Tut mir leid. Ich wusste, dass ich da oben sicher bin, aber du warst nicht sicher. Und es sah so aus, als wäre es dir völlig egal, dass sie direkt auf dich zukommen."

„Du weißt genau, dass mir das nicht egal war. Ich wäre losgerannt, wenn ich nicht gewusst hätte, dass wir das locker schaffen. Ich hätte Ana eiskalt zurückgelassen." Er schmunzelt über meinen Scherz. „Aber du warst genauso, als ich dich übers Funkgerät angerufen habe. Ich wollte dir den Hintern versohlen, weil es so klang, als würdest du die Situation gar nicht ernst nehmen."

„Das hab ich aber. Ehrlich!", beteuert er. „Ich bin nur nicht in Panik verfallen."

„Ganz genau. Ich würde nie so was Dummes tun, weil ich immer zu dir und Bits zurückkommen will. Ich würde niemals irgendetwas tun, um das zu riskieren!"

„Weiß ich doch."

„Und überhaupt, du brauchst dir gar keine Sorgen zu machen, nach all den Jahren Karate-Training!" Ich mache eine fahrige

Handbewegung, die etwas ähnlich sehen soll, was ich mal in einem Film gesehen habe, und stoße aus Versehen den Bücherstapel auf meinem Nachttisch um.

„Nicht, dass das in deinem Fall irgendetwas gebracht hätte", sagt er mit einem widerstrebenden Grinsen. Seine Schultern sehen schon viel weniger angespannt aus. „Es tut mir leid, Schatz. Ich hätte nicht so reagieren sollen. Ich liebe dich einfach zu sehr."

„Ich liebe dich auch." Ich schubse ihn sanft mit der Schulter. „Auch wenn du ein Arschloch bist."

Prompt zieht er eine kleine Papiertüte aus der Jackentasche und wedelt damit vor meinem Gesicht hin und her. „Ach ja? Hätte ein Arschloch vielleicht die allerletzten Gummibärchen der Welt für dich aufbewahrt?"

KAPITEL 16

„Alles gut bei euch?", fragt Nelly, als ich mich neben ihn an den Mittagstisch setze.

„Ach, das Übliche halt", antworte ich. „Er hat sich Sorgen gemacht und ist eher suboptimal damit umgegangen. Das kannst du direkt mal in die Gerüchteküche einstreuen, bevor sie überkocht und uns dazu zwingt, miteinander Schluss zu machen und an entgegengesetzte Enden der Farm zu ziehen."

Dan und Liz, die auch regelmäßig auf Patrouille gehen, lachen.

„Ich dachte, ihr zwei streitet euch nie!", wundert Dan sich.

„Na klar streiten wir", entgegne ich. „Wenn man so eng mit einem anderen Menschen zusammenlebt, lässt es sich doch gar nicht vermeiden, zumindest hin und wieder mal genervt zu sein."

Dan deutet mit erhobenem Zeigefinger auf mich. „Und genau aus dem Grund bleibe ich lieber allein. Früher oder später werde ich immer fast verrückt, weil ich so genervt bin!"

„Willst du meine Theorie hören?", frage ich.

Nelly stöhnt. „Ist es mal wieder so weit? Leute, macht euch bereit … für Cassies ausgeklügelte Beziehungstheorien!"

„Es stimmt aber!" Ich wende mich an Dan und Liz. „Es ist ja schließlich eine Tatsache, dass jeder Mensch einen früher oder später nervt. Der Trick ist ganz einfach, den Menschen zu finden, der einen nur minimal nervt und der mehr Eigenschaften hat, die man liebt, als die man nicht liebt. Er wird niemals perfekt sein, aber er könnte perfekt für *dich* sein. Das Problem ist nur, dass die meisten Menschen Perfektion in allen Lebenslagen erwarten, und darin liegt das Unmögliche."

„Das ist tatsächlich gar nicht so dumm", sagt Liz zu Nelly, der bloß mit den Schultern zuckt.

„Na ja, jedenfalls, Nels", beginne ich. „Wir wurden vorhin unterbrochen, als wir über Adam und dich gesprochen haben. Du hattest gerade gesagt, dass du ihn über alles … *magst*, aber du hast nicht gesagt …"

„Schau, das ist ein sehr gutes Beispiel für eine dieser Situationen, in denen das, was ich nicht an dir liebe, mehr wiegt als das, was ich an dir liebe", erklärt Nelly.

„Du liebst mich so sehr, dass das nie passieren würde. Aber wir können nachher weitersprechen. Wenn wir unter uns sind", flüstere ich hinter vorgehaltener Hand, aber so laut, dass es ganz sicher jeder am Tisch mitbekommt.

„Ich hasse dich", sagt Nelly. Ich werfe ihm einen Luftkuss zu.

„Also, stimmt es wirklich, dass wir den Hochsitz zumachen?", fragt Liz.

„Es macht einfach keinen Sinn, jemanden da draußen zu positionieren, wenn man ihn sowieso bloß retten muss", antwortet Dan. „Oder Munition verschwenden. Dann ist es besser, einfach zu warten, bis die Lexer direkt an den Zaun kommen."

Liz nickt. Sie ist Anfang dreißig, groß und dünn, hat kurzes dunkles Haar und muskulöse Arme. Anfangs hatte ich ein bisschen Angst vor ihr, aber sie lacht viel und gern und ist total nett, wenn man erst mal ihre harte Schale durchdrungen hat.

Caleb und Marcus setzen sich dazu. Sie sind Brüder, aber mit ihren hellblonden Pferdeschwänzen, Himmelfahrtsnasen und der sehr ähnlichen Gestik und Mimik könnten sie auch Zwillinge sein. Caleb ist neunzehn und Marcus zweiundzwanzig. Sie sind letzten Sommer hier aufgetaucht, nachdem sie sich erst von der Uni nach Hause durchgeschlagen hatten, nur um ihre Eltern tot vorzufinden. Oder … nicht wirklich tot. Sie hatten nachhelfen müssen.

„Vom Hochsitz sieht man sowieso nix", meint Marcus. „Hey, wir müssen bald los, auf Patrouille. Wir brauchen mal wieder so einiges."

Auf Patrouille gehen wir, wenn wir Sachen für die Farm brauchen. Diesel zum Beispiel. Davon brauchen wir, dank der ganzen landwirtschaftlichen Gerätschaften, jede Menge. Und der ganze Kleinkram des Alltags – Dinge wie Zahnbürsten, Medikamente und dergleichen – ist nun einmal da draußen.

„Wir brauchen Damenhygieneartikel. Ich weiß zwar nicht, wie du darüber denkst, Cassie, aber ich krieg das mit der Menstruationstasse einfach nicht hin!"

„Mir macht das nichts aus", sage ich. „Meine Mutter hatte auch eine. Ich find's besser als die Stoffeinlagen."

Liz runzelt die Stirn, als die Männer am Tisch zu murmeln beginnen. „Was denn? Das ist das Normalste der Welt. Der weibliche Körper ist eine wunderschöne Maschine." Caleb wirft einen Blick auf ihre flache Brust und schnaubt. „Ja, Caleb, ich bin eine Frau." Sie greift nach seinem Kopf und nimmt ihn in den Schwitzkasten. Caleb windet sich und kämpft dagegen an, aber es gelingt ihm nicht, sich zu befreien.

„Eine Frau, die dir ganz schön den Hintern versohlen kann, Cabe!", ruft Marcus lachend.

„Ich muss los. Kunstunterricht." Ich schaue Nelly eindringlich an. „Also, wir beide reden nachher weiter, ja?"

„Träum weiter", antwortet er.

KAPITEL 17

Die kleine Hütte, die zur Schule umfunktioniert worden ist, ist nicht in einzelne Räume aufgeteilt worden, wie die anderen. Sie ist ein bisschen wie eine moderne Version der frühen Pionierschulen, mit Reihen von Tischen, einer mit schwarzer Tafelfarbe gestrichenen Wand und bunten Postern und Projekten, die überall hängen. Als der Winter begann, setzte Penny ihren Plan für ein richtiges Schulgebäude für die Kinder in die Tat um, und die Waffen, die früher hier aufbewahrt wurden, lagern jetzt im Stall mit der Solaranlage.

„Sehr gut, Jasmine!", sagt Penny zu dem kleinen Mädchen mit dem langen braunen geflochtenen Zopf, die ihr ein Stück Papier entgegenhält.

Jasmine ist Bits' beste Freundin. Sie ist ein ganzes Stück größer als Bits, aber sie ist schüchtern und still, während Bits ein Wirbelwind ist. Ihre Augen leuchten auf, als sie Pennys Kompliment hört. „Vielen Dank, Fräulein Diaz!"

„Du brauchst mich wirklich nicht so zu nennen, Jasmine."

„Meine Mutter hat aber gesagt, das macht man so in der Schule."

Jasmines Mutter Josephine ist sehr streng. Ich kann es ihr nicht übel nehmen. Sie hatte drei Kinder und einen Mann, und Jasmine ist alles, was davon übrig ist. Sie zuckt noch immer beim kleinsten Geräusch zusammen und verbringt mehr Zeit und Energie damit, sich Sorgen zu machen als ich. Manchmal erwische ich sie dabei, wie sie durch die Fenster der Schule suchend hineinspäht, bis sie Jasmine erblickt und beruhigt genug ist, um wieder zu ihrer Schicht zurückzukehren.

„Hallo, Fräulein Diaz!", rufe ich.

Penny winkt mir halbherzig zu. Sie fühlt sich noch immer schlecht, aber wir haben ihre anderen Arbeitsaufgaben anderweitig delegieren können, sodass sie mehr Zeit hat, sich auszuruhen. Ich gebe zum Beispiel jetzt statt an zwei Tagen viermal die Woche Kunstunterricht. Ich sorge dafür, immer viel zu früh da zu sein und zu überziehen, und zwinge sie dazu, sich währenddessen in einer Ecke hinzulegen und auszuruhen.

Die fünfzehn Kinder zwischen fünf und sechzehn Jahren sitzen an ihren Tischen und arbeiten an ihren Projekten oder lesen in der kleinen, mit großen Kissen ausgestatteten Bücherecke. Ich erblicke Bits und zwinkere ihr zu. Sie zwinkert zurück, aber bleibt auf ihrem Platz.

Penny mag der liebste Mensch der Welt sein, aber sie lässt es nicht zu, dass die Kinder ihr auf der Nase herumtanzen. Den strengen Lehrerblick hat sie schon vor Jahren perfektioniert.

„Cassie ist hier!", ruft Jacob, ein Zehnjähriger.

Die Kinder schlagen ihre Bücher zu, legen ihre Hefte in die eigens dafür vorgesehenen Kästen und gehen leise murmelnd zurück zu ihren Tischen.

„Die sind ja wie Roboter", sage ich zu Penny. „Wie machst du das nur?"

„Dir gehorchen sie doch auch."

„Aber nur, weil ich lustige Sachen mit ihnen mache. Wenn ich für Mathe zuständig wäre, würden sie mich hochkant hier rauswerfen. Okay, jetzt legst du dich aber hin."

Penny lässt sich auf den Kissen in der Leseecke nieder. Ich glaube, sie schläft schon, bevor sie in der Waagerechten ist.

„Diese Woche geht es um das Thema Selbstporträts", beginne ich. „Wer von euch weiß, was ein Porträt ist?"

Ashley, die sechzehn Jahre alt ist und letzten Sommer mit ihrer Pflegemutter Nancy hier ankam, meldet sich. „Das Bildnis einer Person. Und ein Selbstporträt ist ein Bild von einem selbst."

„Ganz genau."

„Cassie hat mir ein Porträt gemalt!", sagt Bits in die Runde. Sie zieht ihren Anhänger aus der Tasche. „Von meiner Mutter."

Ich hole die Malsachen raus, während der Anhänger von Hand zu Hand gereicht wird. Einige der Kinder betrachten ihn mit sehnsüchtigen Blicken, und ich wette, sie hätten gern etwas Ähnliches. Chris zum Beispiel, der Sohn von unserem Arzt, war mit seinem Vater auf ihrem jährlichen Angelausflug in Vermont, als die

Hölle losbrach. Er hat seine Mutter nie wieder gesehen. Und obwohl Ashley Nancy hat, hat sie doch auch ihre Eltern verloren. Und so weiter und so fort. Ich würde nur zu gern für sie alle kleine Porträts malen, aber leider weiß ich ja nicht, wie ihre Eltern aussahen. Aber vielleicht kann ich ihnen genug beibringen, dass sie das selbst übernehmen können, bevor sie zu viel vergessen.

Als ich auf die Tafel zugehe, fällt mein Blick auf den Anhänger, in dem gegenüber von dem kleinen Porträt auch mein Foto prangt. Adrian muss das für sie ausgeschnitten haben. Ich weiß, dass Bits mich liebt, aber irgendwie bleibt ihr ja auch nichts anderes übrig, wo sie doch keine Eltern mehr hat. Dass sie mein Foto neben dem Bild ihrer Mutter immer mit sich herumträgt, lässt meine Brust schwellen. Ich atme tief aus und drehe mich zur Klasse um.

„Heute wollen wir ein Selbstporträt malen. So wie dieses hier." Ich öffne das große Buch mit Frida Kahlos Werken und zeige ihnen das Bild, auf dem sie sich Diego Riveras Gesicht auf die Stirn gemalt hat. „Und zwar malen wir nicht nur das, was alle anderen sehen können, sondern auch das, was in uns drin ist. Das kann alles sein – es kann Bedeutung haben, es kann etwas sein, was wir lieben, oder auch etwas, was wir nicht so sehr mögen."

„Sie hat einen Mann auf dem Kopf!", johlt Chris.

„Nicht auf dem Kopf!", stöhnt Ashley, wirft sich das golden schimmernde dunkelblonde Haar über die Schulter und verdreht die Augen zur Decke. „Sie denkt an ihn." Chris errötet und seine unerwiderte Liebe für Ashley wird für einen kurzen Augenblick schmerzhaft offensichtlich.

„Wie wär's, wenn wir uns noch ein paar von ihren anderen Bildern ansehen und dann können wir darüber sprechen, warum sie wohl genau das gemalt hat, was sie gemalt hat. Wie klingt das?"

Sie versammeln sich um das Buch, das ich vor mir auf dem Lehrertisch abgelegt habe. Bits' sommersprossiges Gesicht ist ernst; sie liebt Kunst in all ihren Schattierungen. Und sie hat Talent, genau so, wie ich es mir immer in einer Tochter gewünscht hätte. Ich lächle ihr zu und hoffe, dass ich ihr auf diese Weise vermitteln kann, wie lieb ich sie habe. Und das Lächeln, das sie mir im Gegenzug schenkt, gibt mir Gewissheit.

KAPITEL 18

Ich sitze aufrecht im Bett, als Bits auf die Matratze springt.

„Heute ist dein Geburtstag!", schreit sie in Adrians schlafendes Gesicht, und er reißt die Augen auf.

„Ja", murmelt er und kommt langsam zu sich. „Ja, das stimmt. Und ich kann mir nichts Besseres vorstellen, als von einem hübschen Mädchen geweckt zu werden, das mir ins Ohr schreit."

Bits kuschelt sich zwischen uns zurecht. An ihrem eigenen Geburtstag war sie zehnmal aufgeregter. Und dabei hat sie noch nicht einmal Kuchen bekommen. „Zeit für eine Paaarty! Wir haben abgestimmt, und wir wollen Ponyo gucken!"

Die Party ist einfach nur ein Abendessen mit etwas Besonderem zum Nachtisch, so wie zu jedem Geburtstag. Aber wir werfen auch immer den Generator an und lassen die Kinder einen Film gucken. Sie glauben, diese besondere Ausnahme sei ausschließlich für sie, aber in Wirklichkeit ist es auch eine gute Art, um für ein paar Stunden reine Erwachsenenzeit zu haben und ein wenig Alkohol zu trinken.

„Das klingt super", meint Adrian. „Aber zuerst: Willst du dein Geburtstagsgeschenk haben?"

„Aber es ist doch gar nicht mein Geburtstag", erwidert Bits.

„Tja, meiner aber. Und an meinem Geburtstag kann ich entscheiden, wer Geschenke bekommt. Also: Willst du dein Geschenk oder nicht?"

Sie schaut sich im Zimmer um. „Äh, okay! Was ist es? Kann ich's haben?"

„Es ist nicht hier. Es ist im Stall."

Ihre Augen werden doppelt so groß und kugelrund. „Ist es ein Kätzchen? Ich kriege ein Kätzchen? Heilige Scheiße!"

„Bits! Das sagt man nicht!", rufe ich, aber sie ignoriert mich. Wahrscheinlich, weil ich dabei so lachen muss.

Adrian wirft mir ein schiefes Lächeln zu. Von der Art, bei deren Anblick ich am liebsten im Bett bleiben und alles Mögliche mit ihm machen würde. Sachen, die man nicht vor einer Achtjährigen machen kann, die gerade mit einem gellenden Freudenschrei auf meinem Bauch landet.

Ich zwinkere ihm zu und forme mit den Lippen das Wort *später*, bevor ich Bits unter den Achseln kitzle. „Also dann, gehen wir und lernen dein neues Kätzchen kennen, du mit deinem schmutzigen Mundwerk, du.“

✳ ✳ ✳

Das grau getigerte Tier heißt Glitzerfee, und mit ihren winzigen weißen Pfötchen und der pinken Nase ist sie das Süßeste, was ich seit Langem gesehen habe. Eigentlich ist ihr vollständiger Name Glitzermondfee Regenbogen, was nun einmal passiert, wenn man einer von Feen besessenen Achtjährigen erlaubt, ihr Haustier zu taufen.

Ich bin gerade fertig mit meiner Schicht in der Wäscherei – dem mit Abstand blödesten Job hier – abgesehen natürlich vom Zombies töten. Es ist vielleicht nicht so hart wie damals für Ma Ingalls in *Unsere kleine Farm*, denn wir haben immerhin große Wäschetrommeln, die wir mithilfe von breiten Riemen und einem Generator in Bewegung bringen, aber um tonnenweise heißes Wasser und das schwere Tragen kommen wir nicht herum. Bereits vor Monaten ist uns das Klopapier ausgegangen, woraufhin wir zur Stoffalternative übergegangen sind. Zum Glück war heute kein „Scheiße-Waschtag“, denn an solchen Tagen möchte ich schon nach wenigen Sekunden am liebsten unter die Dusche springen.

Jetzt sitze ich wieder im Zimmer und habe Glitzerfee auf dem Arm. Ich hebe sie hoch und schaue ihr ins Gesicht, während ich mit ihr rede. Der kleine Schnurrmotor läuft am laufenden Band. „Tut mir wirklich leid wegen deinem Namen, aber wie wär's, wenn wir dich einfach Fee nennen? Das ist doch ein bisschen besser, oder?“

Adrian kommt herein und ich setze sie ihm in die ausgestreckten Hände. „Ach, dich muss man einfach lieb haben, Glitzermondfee Regenbogen."

„Ich finde einfach nur Fee besser", sage ich. Adrian reibt Fee an seiner Wange, und sie schließen beide vor Wonne die Augen. Langsam ereilt mich der Verdacht, dass er in Wirklichkeit die treibende Kraft hinter dieser ganzen Kätzchenverschwörung war und nicht Bits. „Und, ist der Kuchen schon fertig?"

„Nein, Bits hat mich gerade aus der Küche verbannt. Sie wartet darauf, dass er abkühlt." Ich schließe die Tür ab. Adrian setzt Fee auf Bits' Bett ab und schaut mich mit glitzernden Augen an. „He, du."

„Hallo", antworte ich. „Das wird wohl eine Weile dauern. Sie wird heute Nacht hier schlafen wollen, wegen der Katze, und wie gemein wäre das bitte, wenn wir da nein sagen? Was hast du dir da bloß eingebrockt?"

Adrian lacht. „Das habe ich auch gedacht, aber da war es schon zu spät. Wir besprechen morgen das Sorgerecht mit Peter."

„Also willst du dein Geschenk jetzt oder lieber später?"

„Ich dachte, das hier ist mein Geschenk."

„Oh, nein."

„Mehr will ich aber gar nicht", sagt er. „Was könntest du dir bloß ausgedacht haben?"

Ich pelle mich aus dem feuchten T-Shirt, das ich in der Wäscherei getragen habe, und wühle im Kleiderschrank herum, um etwas einigermaßen Anständiges zum Anziehen zu finden. Alles ist so langweilig. Nicht, dass ich sonst besonderen Wert auf die neueste Mode lege, aber etwas Hübsches wäre manchmal gar nicht schlecht.

„Das errätst du nie", sage ich. „Sag schon: lieber jetzt oder lieber später?"

Er tritt von hinten an mich heran und fährt mit den Händen über meine Hüften. „Später. Eindeutig später."

***

Ich streife mir mein einziges gutes Oberteil über, ein schwarzes T-Shirt mit ein wenig Ausschnitt, und setze mich auf die Bettkante. „Komm her."

Adrian sitzt neben mir, und ich reiche ihm die erste Schachtel, die er hastig öffnet wie ein kleines Kind am Heiligabend. Er hält sein iPhone in die Höhe. „Mein Handy?"

Ich nicke und gebe ihm die zweite, etwas größere Schachtel. Daraus zieht er das Ladegerät hervor, das James gebastelt hat. Es hat einen USB-Eingang und ein Solarpanel, das man aufstellen kann, wenn man es nicht gerade im Rucksack mit sich herumträgt.

„Schatz, das geht doch nicht. Die Idee ist super, aber ich …"

Ich mache ein beschwichtigendes Geräusch und drücke ihm seine Geburtstagskarte in die Hand. Glitzer fällt ihm in den Schoß, als er den Text darin laut vorliest: „Wir, die Bewohner der Kingdom-Come-Farm, bestehen darauf, dass du dein Handy auflädst und Musik hörst, wann immer dir danach ist. Liebste Grüße von uns allen." Er blickt auf und runzelt die Stirn. „Hast du etwa alle dazu gezwungen, das hier zu unterschreiben?"

„Jede einzelne Person hier. Sogar Pennys Baby hat unterzeichnet." Ich zeige auf den winzigen Babyfuß in der Ecke. „Aber zwingen musste ich niemanden. Die wollen das wirklich alle für dich. Ich schwör's! Na los, mach es an!"

Als der Bildschirm aufleuchtet, drücke ich auf die Musik-App, und da ist sie: seine ganze Musiksammlung.

„Und, was willst du zuerst hören?", frage ich.

„Ich …", beginnt er. Ich muss schlucken, als er das Handy fest mit der Hand umschließt und seine Lippen aufeinanderpresst. Es wird nicht funktionieren, trotz der Karte. Ich lege mir schon mal all die guten Argumente zurecht, die ich vorbereitet habe. Aber dann leuchtet sein Gesicht auf und er lächelt sein bestes Lächeln – das mit Zähnen und dem einen Grübchen und schelmisch glitzernden Augen. „Wow."

Ich hüpfe aufgeregt auf dem Bett herum. „Du wirst es also benutzen?"

„Ja, ich werde es benutzen."

„Und bitte fühl dich nicht schlecht deswegen. Alle hier wollen wirklich, dass du die Möglichkeit hast, Musik zu hören, und James hat gesagt, dass er das Panel sowieso nicht im System verbauen kann, und es war schließlich das, was du in *Ich vermisse* genannt hast, und …"

Er hält mir mit einer Hand den Mund zu. „Ist ja gut, ist ja gut. Danke dir, ich liebe es. Es ist das beste Geschenk, das ich jemals bekommen habe."

„Jetzt spiel endlich was!"

Er scrollt durch die Millionen von Liedern und kaut sich nachdenklich auf der Lippe herum. Adrian lebt für Musik, so wie ich für Bücher, und der erste Song muss perfekt sein.

„Der hier", sagt er. Er tippt auf den Bildschirm und „In the Aeroplane Over the Sea" erklingt.

„Gute Wahl."

„Es ist für dich. Ich weiß wirklich nicht, was ich getan habe, um dich zu verdienen." Ich will schon protestieren, aber er bringt mich mit einem Kopfschütteln zum Verstummen. „Du bist der liebevollste, schönste Mensch, den ich jemals kennengelernt habe, und ich meine sowohl innerlich als auch äußerlich. Du darfst niemals denken, dass ich nicht wüsste, was für ein Glück ich habe."

Und ausnahmsweise nehme ich sein Kompliment an. Es ist schließlich sein Geburtstag. Und es ist das beste Kompliment, das ich je bekommen habe.

KAPITEL 19

Der Kunstunterricht ist gerade vorbei, als Ana die Schule betritt. Die Selbstporträts nehmen langsam Form an. Die Kinder legen ihre Skizzen beiseite und stellen sich neben der Tür in einer langen Reihe auf wie kleine Roboter, aber man merkt ihnen die Aufregung an. Sie lieben Ana: Einerseits, weil sie mit ihr das kleine Schulgebäude verlassen können und andererseits, weil sie ihre Rolle als Sportlehrerin mit solcher Begeisterung wahrnimmt.

Heute hat sie einen Hindernislauf mit Brettern aufgebaut, unter denen die Kinder hindurchrobben und über die sie rüberspringen sollen, während sie durch die Gegend rennen. Sie hat ein Spiel entwickelt, das die Kinder als Völkerball kennen – aber unter uns heißt es Zombieball. In diesem Spiel ist so ziemlich jeder „dran", und die wenigen, die es nicht sind, müssen entkommen. Wir nennen es Sportunterricht, aber in Wirklichkeit ist es mehr Ernst als Spaß; sie lernen spielend und ohne es zu wissen, wie man ausweicht. Sie haben keine Ahnung, dass Anas Hindernisparcours ihre Ausdauer verbessert und das verrückte Ballspiel ihre Reflexe.

Wir versuchen, sie vor dem Gröbsten zu bewahren, aber sie alle wissen, wie man mit einer Schusswaffe umgeht. Sie kennen sich außerdem mit Messern aus und wissen ganz genau, wie und wo man zustechen muss. Aber das Wichtigste ist, dass sie rennen können. Sie müssen schnell und unermüdlich sein. Hätten sie nicht so kurze Beine, wären sie höchstwahrscheinlich schneller als ich.

„Okay!", ruft Ana, als sie zur Tür herausströmen. „Findet eure Mannschaft und macht euch bereit. Wer verliert, kriegt kein Abendessen!"

Sie zwinkert mir zu, als die Kinder kichern. Ich folge ihnen nach draußen in den hellen Sonnenschein und unterhalte mich mit Ana, während die erste Mannschaft das Spiel entscheidet. Ashley steht neben uns und verschränkt die Arme vor der Brust.

„Ich versteh einfach nicht, warum ich nicht mit auf Patrouille gehen darf", nörgelt sie. „Ich bin sechzehn. Ich weiß nicht, warum ich mit den ganzen Kleinkindern in der Schule rumhocken soll."

„*Weil* du sechzehn bist", sagt Ana. „Du solltest nützliche Dinge lernen und nicht Zombies aufspießen."

„Ihr könnt mich gebrauchen. Ich bin den ganzen Tag hier drin gefangen, und ich halt's nicht mehr aus!"

„Wenn du auf Patrouille willst, musst du auch Scheiße-Waschtag und die ganzen anderen ekligen Aufgaben machen", erinnere ich sie. „Ganz ehrlich? Ich wäre lieber in der Schule. Und welcher Teenager hasst es nicht, den ganzen Tag in der Schule eingesperrt zu sein? Das ist Teil der Jobbeschreibung."

Sie ist nicht überzeugt und verengt die Augen zu schmalen Schlitzen. „Ja, als Schule noch normal war. Aber hier ist ja niemand, mit dem ich abhängen kann." Sie macht diesen typischen Teenagerlaut, der ganz tief aus der Kehle zu kommen scheint. „Ich hasse mein Leben!"

„Wie wär's, wenn du Maureen und Nancy fragst, ob du ab und an mal Wache schieben kannst?", schlägt Ana vor.

„Ernsthaft? Oh mein Gott. Danke, danke, danke, Ana!"

Und als sie davonspringt, um sich ihrer Mannschaft anzuschließen, drehe ich mich zu Ana um. „Das werden die ihr doch nie erlauben."

„Ich weiß. Aber dann ist es deren Schuld, und sie liebt uns und hasst sie."

„Du bist diabolisch. Ich bin so froh, dass du auf meiner Seite bist!"

Ana grinst und ruft die Kinder herbei. „Alles klar, jetzt laufen wir ein paar Runden. Cass, machst du mit?"

Ich weiche langsam zurück. Ana hat mich den ganzen Winter über gezwungen, mit ihr joggen zu gehen und in der eiskalten Scheune Sandsäcke abzustechen. Ich hab mich überreden lassen, weil ich nicht aus dem Training kommen wollte, aber jetzt, wo wir echte Lexer zu töten haben, werde ich mich hüten, mich dem anstrengenden Training unnötig auszusetzen. Wenn es nicht ums Überleben geht.

„Oh, Mist", sage ich und schnipse mit den Fingern. „Ich bin für's Abendessen eingeteilt. Bis später, Leute!"

***

Ich stehe ein Stück hinter Adrian, der auf einer kleinen, von Bäumen umgebenen Lichtung hinter den Ställen Holz hackt. Der Sommer mag nahen, aber für die Öfen in der Küche brauchen wir das ganze Jahr über Feuerholz. Und im Winter braucht es eine Menge Feuerholz, um zudem noch alle warm zu halten. Ganze Türme von mit Planen abgedecktem Feuerholz stapeln sich unter dem Dachüberstand der Ställe, und daneben liegt noch bergeweise mehr, das nur darauf wartet, fein säuberlich gestapelt zu werden. Ich genieße einen Augenblick lang einfach nur den Anblick von Adrians verschwitztem Rücken, an dem sein T-Shirt klebt. Er war auch vor der Apokalypse schon durchtrainiert, aber seit er auf der Farm lebt und die ganzen Aufgaben, die so anfallen, von Hand erledigt werden müssen – na ja, sagen wir einfach mal, es ist einer der wenigen positiven Aspekte einer sehr dunklen, nach Zombies stinkenden Welt. Barnaby sitzt neben ihm und kneift bei jedem Niedersausen der Axt die Augen zu, weil ihm bei mindestens jedem dritten Schlag ein Holzsplitter ins Gesicht fliegt.

Adrian blickt zu ihm herab und versetzt ihm einen sanften Stups mit dem Stiefel. „Na los, Barnie, hau schon ab."

Barnaby schenkt ihm ein treudoofes Hundegrinsen und hält eisern die Stellung. Adrian streichelt ihm den Kopf und schubst ihn ein wenig insistierender, aber Barnaby lehnt sich einfach mit vollem Körpergewicht gegen die Hand und hechelt fröhlich. Er gibt nicht auf.

„Tja", seufzt Adrian, „wenn du nicht weggehst, dann kann ich für nichts garantieren."

Adrian umfasst die Axt mit beiden Händen und schwingt sie über den Kopf. Ich warte auf einen ruhigen Moment und rufe seinen Namen, aber er dreht sich nicht um; er muss seine Kopfhörer aufhaben, die er inzwischen immer mit sich herumträgt. Als er die Axt abstellt, um einen Schluck Wasser zu trinken, schleiche ich mich von hinten an ihn heran und ziehe die alte Nummer ab, bei der ich sein Knie mit meinem eindrücke. Er wirbelt überrascht herum und nimmt die Kopfhörer aus den Ohren.

„Wenn ich ein Zombie wäre, wärst du jetzt tot", sage ich.

Adrian lacht. „Ist der Kunstunterricht schon vorbei?"

„Ja. Ich hab heute Nacht Wachdienst und löse Penny beim Abendessen ab, also wollte ich dir nur schon mal einen Gutenachtkuss geben."

Er greift nach meiner Hand und bedeckt meinen Arm mit laut schmatzenden Küssen. „Aber wie soll ich nur ohne dich an meiner Seite schlafen, mein Zuckerwürfelchen?"

„Du kannst ja mit Barnaby kuscheln."

Barnaby wedelt begeistert mit dem Schwanz und sieht so aus, als wäre zumindest er nicht abgeneigt. Er kam letzten Herbst hier an und der Name stand auf dem Halsband, das er trug. Sonst hätten wir ihm sicherlich einen halbwegs normalen Namen gegeben. Laut der Marke kam er aus dem Süden, nahe Manchester. Wie so ein durch und durch naives und nicht sonderlich cleveres Tier es den ganzen Weg hierhergeschafft haben kann, wird für immer ein Rätsel bleiben, aber sobald er hier ankam, war klar: Adrian war *sein* Mensch.

„Das machen wir doch einfach, was?", fragt Adrian ihn und kniet sich neben ihm auf die Erde, um sich von Hundeküssen bedecken zu lassen.

„Hm, vielleicht überlege ich mir das doch noch mal mit dem Gutenachtkuss. Wer weiß, wo diese Schnauze heute schon überall gewesen ist."

„Der gute alte Barnie und ich haben einfach einen besonderen Draht zueinander. Er hat sogar ein Kommando gelernt."

Er steht auf und zeigt mit dem Zeigefinger bestimmt auf die Erde. „Sitz, Barnaby." Barnaby betrachtet Adrians ausgestreckten Finger mit neugierigem Blick und wedelndem Schwanz und rührt sich nicht von der Stelle.

„Vorhin hat er es noch gemacht. Sitz, Barnie. Sitz!" Barnaby starrt ihn weiter ahnungslos an.

„Toller Trick", sage ich.

„Okay. Steh, Barnie. Steh auf." Barnaby wedelt erneut mit dem Schwanz und lässt sich von Adrian tätscheln. „Wahnsinn, oder? Toll."

„Du bist ja der reinste Hundeflüsterer. Nach einem Talent wie deinem muss man lange suchen."

„Ich weiß."

Licht dringt durch die Blätter und Äste und wirft kleine glitzernde Punkte auf Adrians Wangenknochen. Das Grün seiner Augen leuchtet besonders vor dem tiefen, satten Braun der Baumstämme hinter ihm, und sein Lächeln ist so breit und strahlend, dass ich dieses lebendige Bild, das sich mir bietet, am liebsten für immer auf meine Netzhaut brennen würde.

„Gib mir mal dein Handy", sage ich. „Ich muss ein Foto machen, also keine Faxen, bitte."

Er zieht es aus der Tasche. Normalerweise hasst er es, fotografiert zu werden, aber er verzieht keine Miene, bis ich fertig bin.

„Perfekt", befinde ich. „Wir sollten wirklich mehr Fotos machen, jetzt, wo das wieder geht."

Als er die Kamera auf mich richtet und sich dann neben mich stellt, sodass wir beide im Bild sind, lasse ich ihn. Aber gerade als er abdrückt, leckt er mir einmal quer über die Wange.

„Igitt!", rufe ich angeekelt und wische mir mit der Handfläche übers Gesicht. „Ich will deine Bazillen nicht!"

„Oh, das klang gestern Abend aber ganz anders."

Ich schubse ihn verspielt. „Noch mal. Aber ein Schönes diesmal."

Dan kommt um den Stall herum und als er sieht, was wir gerade machen, besteht er darauf, das Foto von uns zu machen. Er gibt mir das Handy zurück und nimmt eine Axt vom Boden auf.

„Hey, Dan!", sage ich und mache ein Foto. „Oh ja, das ist der Hammer. Ihr beide schafft es definitiv in den ‚Heiße Kerle auf Kingdom Come'-Kalender!"

Sie lachen, und ich drehe mich zu Adrian um, um mir endlich meinen Gutenachtkuss abzuholen. „Ich muss los. Schlaf gut, mein Baby-Hundi-Pupsi."

Ich winke zum Abschied und höre beim Davongehen, wie Dan fragt: „Kann ich dich auch Baby-Hundi-Pupsi nennen?"

„Klar", erwidert Adrian. „Wenn du dir ein neues Zuhause suchen willst."

KAPITEL 20

Ich lege den Kopf in den Nacken, um von meinem Posten am ersten Tor aus die Sterne sehen zu können. Das dünne weiße Leuchten eines Meteoriten saust über den Himmel und verblasst.

„Ich hab gerade eine Sternschnuppe gesehen", sage ich. „Wünscht euch was, schnell!"

„Du weißt aber schon, dass das nicht wirklich ein Stern ist, oder?", fragt Nelly.

„Ja, du Spielverderber, ich weiß, dass das nicht wirklich ein Stern ist. Vergiss es – jetzt verrate ich dir nicht, was ich mir gewünscht habe."

Peter lacht von seinem Stuhl aus. Wir drei haben heute die Nachtschicht, und ich hab mich schon den ganzen Tag drauf gefreut.

„Peter, sag mal: Ana hat aufgehört, dauernd um Patrouille zu betteln", sage ich. „Hast du sie etwa bekehren können, oder was ist da los?"

„Wenn es doch nur so wäre. Es ist der Garten", antwortet Peter. „Sie ist zu beschäftigt damit, Adrian und Ben herumzukommandieren. Sie treibt die beiden noch in den Wahnsinn."

In wenigen Tagen beginnt der Mai, und obwohl so weit nördlich die letzten Frosttage erst auf Ende Mai fallen, ist es jetzt doch schon Zeit für die Gemüsesorten, denen die Kälte nichts ausmacht. Wir haben noch Kartoffeln im Rübenkeller, aber alles, was ich will, ist ein riesiger Spinatsalat mit Karotten.

„Adrian kann das ab", sage ich. „Ihr wisst doch, die beiden kennen sich seit Jahren. Er findet es gut, dass sie sich so für den Garten begeistert. Und er hat sie den ganzen Winter über instruiert, also macht sie es auf seine Art – mehr oder weniger. Ben hingegen könnte schon sehr bald jenseits von Gut und Böse sein."

Ich bin heute dort gewesen und habe Ana dabei beobachtet, wie sie lauthals mit Ben diskutierte, ob die Karotten näher zusammen oder doch lieber mit mehr Abstand zueinander gepflanzt werden sollten. Schließlich hat Ben nachgegeben, nur um seine Ruhe zu haben, und hat sie einige davon auf ihre Art pflanzen lassen, nur um zu schauen, ob das besser funktioniert.

Hinter uns ertönen knirschende Schritte auf dem Schotterweg. Das könnte schon unsere Lieferung heißer Getränke sein; hin und wieder bekommt jemand Mitleid mit uns und bringt uns ein wenig warmes Essen und etwas zu trinken.

„Ich bin's, Dan." Er erscheint im Licht der Lampe und lässt sich auf dem leeren Campingstuhl nieder. „Wie läuft's?"

„Bist du heute Abend auch dabei?", fragt Nelly.

„Nee, mir war bloß langweilig."

„Dir war langweilig?", frage ich. „Langweilig genug, um ganz bis zum Tor zu kommen und zu arbeiten? Dann muss dir aber *wirklich* langweilig gewesen sein. Wahnsinnig langweilig."

Dan lacht freudlos. „Na ja, ich musste halt mal raus."

„Wo raus?"

„Die Zelte."

„Warum?", frage ich. Dan schüttelt den Kopf und starrt auf seine Stiefel.

„Cass, begreifst du nicht, wenn einer einfach mal nicht drüber reden will?", fragt Nelly.

„Na klar begreif ich das. Es ist mir bloß egal." Dan schnaubt, als ich die Handflächen zu einer bettelnden Geste zusammenlege. „Komm schon, Dan, erzähl uns, was los ist!"

„Es bleibt aber unter uns?", fragt Dan. Wir nicken mit ernsten Gesichtern. Ich weiß gern, was auf der Farm so abläuft, aber ich würde nie etwas weitersagen. „Na ja … Meghan und ich haben in letzter Zeit viel miteinander abgehangen."

„Was bedeutet das?" Ich stütze das Kinn auf meinen Händen ab, lehne mich vor und runzle die Stirn. „Dieses ‚miteinander Abhängen', von dem du da sprichst? Spielt ihr Kniffel, oder was?" Nelly kichert.

„Kniffel", bejaht Dan. „Wir spielen eindeutig Kniffel."

„Also magst du sie?", frage ich.

„Ja, schon", sagt er, aber er zieht die Worte unnatürlich in die Länge. „Sie ist echt süß."

Wir stöhnen alle drei auf. Dan zuckt mit den Schultern. „Was denn?"

„Das ist das Dan'sche Todesurteil für Beziehungen", erklärt Nelly. „Das sagst du über jede Frau, mit der du was anfängst, kurz bevor du Schluss mit ihr machst."

„Es dauert meistens nicht länger als drei bis fünf Wochen", füge ich hinzu. „Und dann bist du durch damit."

„Welche Nummer ist Meghan?", fragt Nelly mich.

„Hm, ich weiß auch nicht. Vier, vielleicht?"

„Was zur Hölle? Zählt ihr etwa mit?", fragt Dan. Nelly und ich nicken; wir schämen uns nicht dafür. Irgendwoher muss die Unterhaltung ja kommen, wenn man kein Internet und kein Fernsehen mehr hat. Die Furchen um Dans müde Augen werden tiefer. „So berechenbar bin ich also."

„Absolut", findet Nelly. „Man kann die Uhr danach stellen."

Angenehme Stille senkt sich über uns, während wir zum Himmel schauen. Das ist so ziemlich alles, was man auf Nachtwache machen kann. Abgesehen von den kurzen Augenblicken des Wahnsinns, wenn wir Monster töten müssen, die mal Menschen waren. Und weitere Überlebende gab es bislang nicht.

„Es gibt niemanden mehr, der den Himmel im Auge behält", fällt mir auf. „Ihr wisst schon, welcher Stern kürzlich verglüht ist oder wo die Asteroiden gerade sind und so."

„Vielleicht sollten wir das übernehmen", meint Nelly. „Anstatt Dans Liebesleben zu verfolgen."

Dan gibt Nelly einen leichten Schlag auf die Schulter und sagt: „Mein Paps würde das machen, wenn er hier wäre. Er kannte alle Konstellationen. Er hat uns als Kinder immer abgefragt, wenn wir zelten waren."

„Ich wollte immer die Sternbilder lernen", sagt Peter.

„Ich auch", schließe ich mich an. „Kannst du uns nicht ein paar zeigen?"

Dan lehnt sich zurück und zeigt auf den Großen Wagen, und dann, wie man ihm zum Kleinen Wagen und dem Polarstern folgt.

„Ich dachte immer, der Polarstern sei heller", wundert Nelly sich.

„Er ist heller als die meisten Sterne, die ihn umgeben, aber besonders hell ist er nicht. Seht ihr die Sterne, die so w-förmig zueinander stehen? Das ist Cassiopeia. Sie war wunderschön, aber so eingebildet, dass sie bestraft wurde, indem sie ein halbes Jahr lang kopfüber am Himmel hängen musste."

„Die alten Griechen wussten wirklich, wie man die Leute anständig bestraft", sage ich. „So kreativ."

„Ich finde ja, dass eine Welt voller Zombies 'ne ziemlich anständige und kreative Strafe ist", wirft Nelly ein und wirft einen Blick auf seine Armbanduhr. „Zeit, den Zaun abzugehen. Ich nehme Osten."

„Willst du Westen übernehmen oder weiter auf deinem Hintern sitzen?", frage ich Peter.

Ich gehe nicht gern allein den Zaun ab. Normalerweise nehme ich einfach Barnaby mit, aber der ist nirgends zu sehen. Höchstwahrscheinlich kuschelt er gerade mit Adrian, Bits und Fee. Adrian lässt ihn ins Bett, obwohl Barnaby saudreckig ist. Das geht gegen so ziemlich jedes seiner Prinzipien, aber er kann diesen traurigen Hundeaugen einfach nicht widerstehen.

Barnie ist zwar ein größerer Angsthase als ich, aber immerhin wimmert er, sobald er sie riecht, was meistens passiert, lange bevor ich sie sehen kann. Sonst trifft mich der plötzliche Anblick eines weißen Gesichts in der Dunkelheit völlig unvorbereitet, auch wenn ich immer denke, dass ich mich genügend darauf vorbereitet habe. Ihr Fauchen und das Rattern des Maschendrahtzauns lassen mich jedes Mal einen halben Meter in die Luft springen. Ich habe das noch nie jemandem erzählt, aber Peter kennt mich gut genug, dass er es wahrscheinlich schon längst erraten hat. Oder er weiß, dass ich stinkfaul bin, was auch nicht falsch ist.

„Ich geh schon", sagt Peter. „Du bleibst auf deinem Hintern sitzen."

„Gebongt!", antworte ich.

Er salutiert mit dem Funkgerät und verschwindet in der Dunkelheit. Die Wachen an den anderen Abschnitten des Zauns gehen ihn zur gleichen Zeit ab. Auf diese Weise wird der gesamte Zaun mindestens dreimal am Tag kontrolliert.

„Mehr Sternbilder, bitte", fordere ich Dan auf. Er zeigt mir noch einige mehr, bis wir alle gesehen haben, die nicht von Wolken verdeckt sind. „Danke. Aber ich fürchte, du musst mir die alle irgendwann noch mal zeigen. Das kann ich mir niemals alles merken."

„Klar, immer gerne."

Ich zittere. Die Temperatur scheint innerhalb von fünf Minuten um fünf Grad gefallen zu sein.

„Kalt?", fragt Dan.

„Immer. Mein zweiter Vorname ist Eiszapfen. Ich mach das Lagerfeuer an." Ich gehe auf die Feuerstelle zu und beginne, das Holz zurechtzulegen.

„Brauchst du Hilfe?", fragt Dan.

„Nee, schon gut", antworte ich, aber er erhebt sich trotzdem.

Er zerbricht ein paar Zweige und seine Hand kommt meinem sorgfältig aufgeschichteten Haufen gefährlich nahe. „Weißt du, vielleicht ist es besser, wenn du …"

„Tu's nicht", warne ich ihn und gebe ihm mit einem Zweig einen leichten Schlag auf die ausgestreckte Hand.

„Was?"

Er hat wirklich keine Ahnung. Wie kann es sein, dass jeder Mann in einem Umkreis von fünf Kilometern von einem Lagerfeuer denkt, dass das sein Job sei? „Willst du wirklich der Mann sein, der dem kleinen Fräulein beibringt, wie man ein Lagerfeuer macht? Ich hab schon Feuer gemacht, da warst du nicht noch mal im Kindergarten."

„Ich bin älter als du", erwidert Dan. Aber er lässt die Zweige mit einem reumütigen Lächeln fallen. „Aber du hast natürlich recht. Und beim Feuermachen macht dir wirklich keiner was vor."

„Ganz genau."

Das Gehölz beginnt zu rauchen, und wenig später greifen die Flammen knisternd um sich. Ich halte meine Hände darüber. „Und, wann traust du dich zurück zu den Zelten?"

Dan stochert mit einem Stock in den Holzscheiten herum. Ich ignoriere seinen unauffälligen Versuch, das Lagerfeuer doch noch umzuorganisieren – das muss in der DNA stecken. Da kann man nichts machen.

„Wenn alle tief und fest schlafen. Ich weiß wirklich nicht, wieso alles immer wieder in solchen Situationen endet."

„Wie bitte? Natürlich weißt du das! Weil du mit mehreren Menschen rummachst, die alle hinter demselben Zaun eingesperrt sind. Das kann doch gar nicht gut enden."

„Ja, vielleicht hast du recht", gibt er zu. „Ich fühl mich aber nicht eingesperrt."

„Ich auch nicht. Ich fühl mich sicher."

„Geht mir genauso."

Das Funkgerät rauscht und ich nehme es auf. „Cass, ich hab hier ein paar Kandidaten am Zaun", gibt Peter durch.

„Wie viele? Brauchst du Hilfe?"

„Nein, es sind nur drei. Ich melde mich, wenn ich fertig bin."

„In Ordnung."

Ich gehe davon aus, dass Peter einen der Eisenpflöcke benutzt, die wir extra für diesen Zweck am Zaun aufbewahren. Die gleiten durch die Maschen – und Schädelplatten – wie durch Butter. An den Stellen des Zauns, die aus Holz oder Beton bestehen, müssen wir sie zum nächsten Teil locken, der aus Maschendraht ist.

„Okay, alles klar", erklingt Peters Stimme aus dem Funkgerät. „Ich bin auf dem Weg zurück."

„Bis gleich!"

Ich lege das Funkgerät ab und durchsuche meinen Rucksack nach meinem Fettstift. Er ist natürlich bis ganz nach unten durchgerutscht, also stapele ich meinen ganzen Kram auf dem Tisch, bis ich ihn endlich zu fassen kriege. Da sind Handschuhe, eine Zahnbürste und Zahnpasta, ein paar Socken, eine Wasserflasche, eine Mütze, eine Dose mit Keksen, zwei Bücher und ein kleiner Kulturbeutel.

Dan wirft einen Blick auf meine Sachen und grinst. „Leichtes Gepäck, hm. Du weißt aber schon, dass du noch immer auf der Farm bist, oder? Zahnbürste? *Zwei* Bücher?"

„Wir haben zwar einen Zahnarzt, aber der hat nicht viel zu bieten, was Betäubung angeht."

„Guter Punkt."

„Und zwei Bücher, falls ich mit dem einen fertig werde. Ich werde immer nervös, wenn ich kein Buch dabeihabe."

„Ich sollte auch mal wieder in die Bibliothek. Ich brauche ein neues Buch."

Wir haben die kleine Stadtbibliothek auf die Farm gebracht, nebst diversen anderen Büchern, die wir gefunden und für die wir Platz haben. Ana versucht immer, auf Patrouille Klamotten zu ergattern. Ich versuche, Bücher zu sammeln. Ich gewinne jedes Mal.

„Hey, weißt du, was dir gefallen könnte? *Eine kurze Geschichte von fast allem*. Das ist auch hier drin. Es handelt vom Universum und dem Weltraum."

„Klingt gut. Das schau ich mir mal an."

Peter kommt aus dem Wald und untersucht seine Klamotten im Schein der Lampe auf Spritzer. Ich helfe ihm, aber da ist nichts. Ich schreibe die Zeit und den Standort der Lexer in unser Logbuch und bemerke dabei, dass die Zahlen stetig zugenommen haben. Abgesehen von der großen Gruppe, die Adrian und John auf dem Hochsitz überrascht hat, sind es meistens nicht mehr als ein Dutzend pro Sichtung gewesen, aber es passiert doch immer öfter.

James hat ausgerechnet, dass sie etwa anderthalb Kilometer pro Stunde zurücklegen, ein wenig schneller, wenn sie die Fährte von irgendetwas aufgenommen haben. Sie sind aber nicht immer in Bewegung. Manchmal stehen sie in einer Art Trancezustand herum, bis sie etwas finden, was sie verfolgen können. Aber da sie laufen können, ohne zu ermüden, werden sie alle, darunter auch die aus dem Süden, die nicht eingefroren sind, es früher oder später, und spätestens nächsten Winter, hierher schaffen. Wenn wir den Sommer nicht bitter nötig hätten, um Lebensmittel zu produzieren, würde ich die Jahreszeit am liebsten gänzlich überspringen. Aber ich versuche, mir nicht allzu viele Sorgen zu machen, denn schließlich können wir nichts gegen die lauernde Gefahr tun.

Nelly kommt aus dem Osten und lässt sich gähnend in seinen Stuhl plumpsen. „Und jetzt heißt es warten und dann auf ein Neues."

„Ich mag die Nachtschicht", sagt Dan. „Da kann man bis zum Morgengrauen aufbleiben."

Nelly unterdrückt ein weiteres Gähnen. „Ich liebe es, erst mittags aufzuwachen. Nach einer durchzechten Nacht."

„Das ist Geschichte", entgegne ich. „Zumindest bis du so alt bist, dass du sowieso keinen Bock mehr darauf hast. Tut mir leid, Kumpel." Ich tätschle Nellys Kopf und zeige auf Dan. „Und du! Du würdest auch gerne schlafen, wenn du nur jemanden hättest, mit dem du gerne schläfst."

„Es gibt genug Leute hier, mit denen ich gerne schlafe", entgegnet er. Peter und Nelly glucksen.

„Haha. Du weißt genau, was ich meine." Ich runzle die Stirn, und Dan wendet sich an die anderen: „Ist sie immer so?"

„Sie hat mich und Ana quasi gezwungen, miteinander auszugehen", übertreibt Peter maßlos.

„Sie hat mich und Adam", empört Nelly sich und malt mit den Fingern Anführungsstriche in die Luft, „‚aus Versehen' über Nacht im Lagerraum in Whitefield eingesperrt."

„Das war wirklich nicht mit Absicht!", beteuere ich. „Ich bin nur nicht sofort zurückgerannt, als es mir aufgefallen ist. Und überhaupt, du Lügner, das waren höchstens drei Stunden. Ich liebe es einfach, Leute glücklich zu sehen."

Ich zeige mit einem anklagenden Finger auf sie beide. „Und ihr seid doch glücklich oder etwa nicht?" Beide nicken. „Na und, was ist dann das Problem? Ach, Nelly, das erinnert mich daran, dass wir nie unser Gespräch über …"

Der Inhalt meines Rucksacks liegt noch immer auf dem Tisch, und ich muss mich ducken, weil Nelly meine Handschuhe in meine Richtung pfeffert, dicht gefolgt von meinen Socken und der Mütze.

KAPITEL 21

„Ich glaube, wir gehen dieses Wochenende auf Patrouille", sagt Ana von ihrem Stuhl aus. Wir überwachen heute den Westteil des Zauns. „Vielleicht Richtung Montpellier."

Ich wusste, dass es früher oder später so kommen würde. Alle Pflanzen sind in der Erde und Ana juckt es in den Fingern, etwas zu tun.

„Und warum ausgerechnet Montpellier?", frage ich.

„Da ist ein Walmart."

„Warum müssen wir denn so bald schon los?"

„Wir brauchen Medikamente und Beauty-Kram. Wir haben schon wieder kaum Pflegespülung."

„Du und deine Spülung immer", stöhne ich. „Du hast nicht mal mehr lange Haare."

„Das bedeutet aber nicht, dass sie nicht schön seidig und geschmeidig sein sollen." Ana schwingt ihre Haare, als sei sie in einer Shampoo-Werbung. „Und der Doc sagt, dass wir immer Medikamente gebrauchen können. Wir brauchen auch Verhütungsmittel und Seife, Rasierer – all das halt. Und so viel Essen, wie wir finden können. Bitte sag mir, dass du mitkommst."

Ich denke an das Versprechen, das ich Adrian gegeben habe. Abgesehen davon will auch ich mein Leben nicht riskieren, ohne dass es einen wirklich guten Grund dafür gibt. Wenn wir Lebensmittel und Medikamente wirklich bitter nötig hätten, wäre es etwas anderes, aber dem ist nicht so. „Ich glaube nicht."

„Aber warum?", kreischt Ana. „Ich brauch dich!"

„Banana, du brauchst mich nicht. Du willst mich, aber du brauchst mich nicht wirklich."

Sie schiebt die Unterlippe vor und trommelt mit den Fingern auf ihren Oberschenkeln herum. Wir sitzen an einem Teil des Zauns, der aus Maschendraht besteht, aber ein Stück weiter, neben den Ställen, ist er aus dicken Holzbohlen gefertigt, sodass er aussieht wie eine kleine Festung. Ich trete an den Zaun und stütze mich mit dem Kopf am Metall ab, um hinter die Bohlen spähen zu können. Ich kann gerade eben etwas im mittleren Teil der hölzernen Sektion erkennen.

„Lexer hinter den Brettern, Banana.“

Ana springt auf und schlendert in Richtung der Holzbohlen. „Hierher, meine Kleinen! Putt, putt, putt!“

Wir bleiben an der Stelle stehen, an der der Maschendrahtzaun zur Festung wird. Ana steckt zwei wackelnde behandschuhte Finger durch die Maschen und schnalzt mit der Zunge. Ein Kopf schnellt vor und schnappt nach ihrer Hand, aber die Zähne klappen ins Leere. Sie ist zu schnell.

„Verdammt!“, flucht Ana. Sie schüttelt ihre Hand. „Du bist aber ein ganz Fixer, was?“

Was früher einmal eine Frau in einem geblümten Wickelkleid war, wirft sich gegen den Zaun. Sie schnappt mit einer solchen Bösartigkeit nach dem Metall, dass ich einen Schritt zurücktrete. Ich weiß, dass sie keine Gefühle haben, aber manchmal kommt mir ihr Hunger so sehr wie Hass vor, dass es mich ernsthaft beunruhigt.

Ana ignoriert das Knurren der Frau und deutet auf ihre Klamotten. „Hey, das war mal ein echt schönes Kleid. Ich wünschte, wir hätten auch so schicke Klamotten. Wir sollten mal auf eine Shopping-Patrouille gehen!“

„Ich hätte auch gern neue Klamotten, aber das ist die blödeste Idee, die ich seit Langem gehört habe. Im Gegensatz zu dir bin ich nämlich lieber lebendig als schick angezogen. So, und jetzt geh mal aus dem Weg, damit ich diese arme, aber sehr modebewusste Dame von ihrem Elend erlösen kann. Oder willst du?“

Es macht mir nicht nur Angst, es macht mich auch traurig zu sehen, was aus den Menschen geworden ist. Ich will sie einfach nur tot wissen. So richtig tot.

„Oh, ach ja, stimmt.“ Ana versenkt einen Pflock mit Handgriff im Auge der Frau und wendet sich von dem zusammensackenden

Körper ab. „Wir brauchen aber früher oder später neue Klamotten – also warum nicht welche, die ein bisschen hübsch sind?"

Ich lasse meinen Blick von Anas ausdruckslosem Gesicht zu dem unförmigen Haufen auf der Erde gleiten. Ich erwarte keine Reue von ihr, nicht, dass ich das in diesen Momenten jemals selbst fühlen würde, aber immerhin irgendeine Gefühlsregung – Angst, Trauer über den Zustand der Welt, wenigstens einen Hauch von Atemlosigkeit, verdammt noch mal – wäre eine nette Erinnerung daran, dass Ana immer noch ein Mensch aus Fleisch und Blut ist. Ich weiß, dass es irgendwo in ihr steckt; ich wünschte nur, sie würde sich nicht sträuben, es auch zu zeigen. „Ist dir das eigentlich völlig egal, wenn du so was machst?"

Ana schweigt, während wir zu unseren Campingstühlen zurückgehen. Sie lässt den Pflock in einen Eimer voller Chlorreiniger fallen, sodass es in alle Richtungen spritzt. Als sie sich zu mir umdreht, sind ihre Augen dunkel. „Ja, weil sie schon lange tot war. Die wollen uns fressen, Cass. Meine Gefühle spare ich mir für die Menschen auf, die tatsächlich am Leben sind. Die Lexer wollen mir an die Wäsche? Ich mach die fertig, ey."

„Du klingst gerade so Brooklyn." Penny, Ana und ich sind dort aufgewachsen, aber nur hin und wieder mal kommt das auch durch, wenn wir sprechen.

Sie lacht und singt: „Boricua für immer!"

Ana versteckt sie meisterhaft, aber für den Bruchteil einer Sekunde habe ich sie gesehen: die Verzweiflung, die ich spüre. Dieses Bedürfnis, die Menschen, die sie liebt, zu beschützen, auch wenn sie selbst dabei draufgeht. Und so leichtsinnig, wie sie ist, muss sie ja früher oder später irgendetwas Dummes machen. Ich sollte da sein, um auf sie aufzupassen.

„Vielleicht geh ich doch mit auf Patrouille", sage ich. „Aber nur, wenn Adrian auch mitkommt. Also mach dir lieber nicht allzu große Hoffnungen."

Ana hüpft auf den Fußballen auf und ab und quietscht vor Freude.

KAPITEL 22

Vor Tagesanbruch werden wir durch ein eindringliches Klopfen an der Tür geweckt. Adrian grummelt etwas im Halbschlaf, dreht sich um und begräbt sein Gesicht im Kissen. Ich öffne die Tür und sehe John, der bereits vollständig angezogen ist und ungeduldig auf den knarrenden Holzdielen auf und ab schreitet.

„Whitefield wurde angegriffen", sagt er.

„Wie bitte?"

„Lexer. Keiner weiß genau, was passiert ist, aber es gibt viele Tote. Will, ein Großteil, wenn nicht alle der Soldaten, und noch ein paar andere. Aber sie sind noch nicht sicher, wie viele genau."

Adrian flucht und zieht sich eine Hose an. Ich stehe einfach nur mit weit aufgerissenem Mund da und frage mich, wie zur Hölle das passiert sein kann. Die haben schließlich mehr Waffen, mehr Munition und mehr Wachen als wir.

„Abfahrt in einer halben Stunde?", fragt Adrian.

„Das passt", sagt John. Er wendet sich an mich: „Kannst du die anderen wecken? Ich denke, sieben oder acht von uns sollten mitgehen."

Ich habe Millionen Fragen, aber stattdessen ziehe ich mir schnell etwas über und laufe zu den Hütten. Peter und Ana sind innerhalb weniger Minuten bereit, und Ana rennt zur Küche, um Kaffee für die Fahrt zu besorgen. Sie und Penny sind stark koffeinabhängig, und es martert Penny, dass sie jetzt, wo sie schwanger ist, keinen Kaffee mehr trinken kann. Der Kaffee ist streng rationiert und wird für Patrouillen und Nachtwachen aufgespart, aber wir haben Penny immer welchen abgegeben. Sie murmelt etwas von Kräutertee und Apokalypse.

„Du kannst Kaffee trinken, Pen!", sage ich. „Schwangere Frauen trinken seit Millionen von Jahren Kaffee. Ich gebe Ana Bescheid, dass sie dir welchen mitbringen soll."

„Ach was", winkt sie ab. „Ich bin bloß schlecht gelaunt. Tut mir leid."

Die Falten auf ihrer Stirn werden tiefer, aber sie wirft einen nachdenklichen Blick auf Bits und spricht nicht weiter. Ich mache mir auch Sorgen.

„Brauchen sie Hilfe mit der Elektrizität?", fragt James. „Ich kann mitkommen, wenn das der Fall ist."

„Keine Ahnung, aber Adrian ist ja notfalls auch da", antworte ich. Ich muss an Henry denken und kann nur hoffen, dass er und Hank in Sicherheit sind. „Aber wir müssen sowieso noch mal rüber, sobald wir wissen, was genau sie brauchen. Vielleicht musst du dann helfen."

James ignoriert Pennys stechenden Blick und reibt sich die Hände; zu einem Abenteuer sagt er nie nein, aber gerade gibt es dafür nicht viel Gelegenheit. Er ist nicht der beste Schütze, aber seine Furchtlosigkeit und seine Fähigkeit, unter Stress einen kühlen Kopf zu bewahren, sind wichtige Eigenschaften. Außerdem kann er so ziemlich alles reparieren. Er weiß jetzt schon alles über elektrische Systeme, und ist nun zu Autos übergegangen, die er mit Shawn zusammen repariert.

Bits klammert sich an mir fest wie ein Babyaffe, als ich mich verabschiede. Wir haben ihr so wenig wie möglich erzählt, aber genug, damit sie versteht, dass Whitefield unsere Hilfe braucht.

„Ich lieb dich, Bitsypups", sage ich zärtlich und frage mich, ob die Kinder in Whitefield überlebt haben. Bei dem Gedanken muss ich mein Gesicht in ihrem Haar verstecken. „Bis ans Ende der Welt."

„Ich lieb dich auch, Cassiepups", antwortet sie und kichert. Nichts ist lustiger als Fäkalhumor, wenn man Kinder fragt. Ich sollte sie mal zu einer Schicht in der Wäscherei mitnehmen; das dürfte sie für immer und ewig davon kurieren.

„Sei lieb, für Penny, okay?"

Ich gebe ihr einen letzten Kuss und übergebe sie an Peter, der sie bis unter die Zimmerdecke hebt, als sei sie leicht wie eine Feder. Das ist der Vorteil an dem ganzen Zombieabschlachten: Man kriegt richtig schöne Muckis. Man wird auch halb verrückt und wahnsinnig müde, aber diese Muckis!

„Also dann, mein Mädchen", sagt Peter, „wir sehen uns später oder in ein paar Tagen. Und wage es nicht, noch mehr Sommersprossen zu bekommen, während ich weg bin. Sonst setzt es was!"

„Ich geb mir Mühe", verspricht sie und kreischt, als er so tut, als würde er sie fallen lassen, nur um sie im letzten Moment wieder sicher in die Arme zu schließen.

„Ich hab dich lieb", sagt Peter. „So, jetzt aber zurück ins Bett oder putz dir wenigstens die Zähne."

Penny reicht Bits ihre Zahnbürste und blickt mit großen Augen zu uns auf. „Seid bitte vorsichtig."

Wir versprechen es. Peter und ich gehen hinaus in die Nacht und drehen uns noch einmal zur offenen Tür um. Penny ist erschöpft, aber sie wird auf keinen Fall wieder zu Bett gehen. Bits plappert pausenlos, trotz Zahnbürste. Sie sieht so klein und verletzlich aus in ihrem Schlafanzug, und ich möchte sie am liebsten noch einmal umarmen. Peter kann den Blick ebenfalls nicht von ihr abwenden. Das haben wir gemeinsam: Unsere Liebe für Bits ist so stark, dass es mir manchmal merkwürdig vorkommt, dass sie nicht unser Kind ist, das wir in irgendeinem seltsamen Paralleluniversum gezeugt haben. Fast platzt es aus mir heraus, wie groß meine Angst ist – um uns alle, um Bits, um Whitefield – aber ich klappe meinen Mund so hastig zu, dass meine Zähne aufeinander klappern.

„Alles okay?", fragt Peter.

„Ja … ich hasse es einfach, von hier wegzumüssen."

„Ich weiß."

Bits spuckt die Zahnpasta aus und wischt sich den Mund an dem Handtuch ab, das Penny ihr hinhält. Das war bestimmt nicht das letzte Mal, dass ich Bits umarmt habe, schießt es mir durch den Kopf, und drehe mich entschlossen um. Manchmal erfordert es wirklich einen enormen Kraftaufwand, durchs Tor zu fahren, und ich weiß schon jetzt: Wenn ich wiederkomme, bleibe ich. Für immer.

KAPITEL 23

Whitefield ist ein Schlachtfeld. Überall liegen leblose Körper herum, von den rußgeschwärzten Ruinen der Gebäude steigt Rauch auf und in der Luft hängt der übelerregende Gestank von verbranntem Gewebe und rohem Fleisch. Sie sind zu überrumpelt, um auch nur den Schatten eines Plans entwickelt zu haben. Ein paar Leute hieven Leichen auf die Ladeflächen von Pick-ups, aber der Rest steht in engen Grüppchen zusammen und blickt einfach nur ratlos und schockiert drein.

„Heilige Scheiße", flucht Adrian, als wir aus dem Transporter steigen. „Ich hätte nicht gedacht, dass es so schlimm ist."

„Ich auch nicht", sagt Peter.

Ich höre ein durchdringendes Klagen und sehe mich nach seinem Ursprung um. Es ist Christine, die Frau von Brett, einem der Soldaten. Ich nehme an, dass er einer der Gefallenen ist. Das blonde Haar, dass sie sich normalerweise zu einem seidig glänzenden Pferdeschwanz zusammenbindet, steht strohig von ihrem Kopf ab und ihr schlichtes, aber freundliches Bauerntochter-Gesicht ist vor Schmerz grauenhaft verzerrt.

„Geh schon", sage ich zu Nelly, der aufmerksam die Menge absucht, und zeige auf Adam, der Leichen auf die Pick-ups lädt.

Nelly nickt kurz und geht rasch auf ihn zu. Ich höre, wie er über das Dröhnen des Generators hinwegruft, und sehe, wie Adam ihm entgegenrennt. Nelly wusste, dass er in Ordnung ist, weil John per Funk nachgefragt hatte.

Anas Blick schnellt von den Schusslöchern im Fenster des größten Hangars zu den verkohlten Überresten der Scheune, und dann zu dem Blut, das über den Asphalt läuft. Ihre Lippen werden schmal und ihr Hals macht eine kleine Bewegung, als sie schlucken muss. Ana weint nie; sie wird wütend und macht irgendetwas Verrücktes. Zeke und Kyle kommen durch die Tür des Hangars.

„Danke fürs Kommen, Leute!", sagt Zeke. „Himmel, Arsch und Zwirn, das ist doch nicht zu glauben, oder?" Er blickt auf die Landebahn und zwirbelt sich den Bart.

„Was zur Hölle ist hier passiert, Zeke?", fragt Adrian.

„Die Zäune sind okay, die halten dicht, Mann", erklärt Zeke und verfällt dabei in seinen Südstaatendialekt. „Aber Folgendes: Wir haben gestern Abend vier Neuankömmlinge reingelassen. Die wirkten alle ganz gut drauf, aber wir haben sie nicht untersucht – ich hab eine der Wachen gefragt, der sie reingelassen hat, und er hat gesagt, dass sie das aus irgendeinem Grund nicht gemacht haben. Vielleicht war einer davon infiziert und hatte zu große Angst, es zuzugeben."

Ich kann mir nicht vorstellen, was einen zu so einer Tat treibt, wohlwissend, dass man damit andere Menschen mit in den Tod reißt. Ich würde mir eher das Hirn wegpusten, bevor ich so was täte.

„Wie es aussieht, ist es in der Männerbaracke ausgebrochen, während wir geschlafen haben. Irgendwer muss die Tür geöffnet haben, und dann sind sie raus. Keiner hat Alarm geschlagen, nix. Ich war letzte Nacht in meinem Büro und hab keinen Mucks gehört. Nicht, bis …" Er macht eine ausladende Handbewegung, die den Umfang der Zerstörung darstellen soll. „Wir haben die Situation relativ schnell unter Kontrolle gehabt, sobald wir wussten, was passiert war, aber da waren sie schon im Hangar und in der Baracke der Soldaten. Ich glaube, die Leute haben die Türen aufgemacht, um zu schauen, was los ist. Keiner von uns hat mit Lexern gerechnet."

„Ich schlafe in der Familienbaracke, wie ihr wisst", sagt Kyle. Er hat eine vierjährige Tochter, Nicole. „Und das ist der einzige Grund, warum ich noch lebe."

Kyle, der sich den Kopf immer kahl rasiert, reibt sich mit der Hand über den glänzenden Schädel, als würde er sich davon ein bisschen Glück erhoffen. Er gehörte zu einem anderen Teil der Nationalgarde, aber er ist mit denen, die heute gestorben sind, nach Whitefield gekommen.

„Fast jeder in der Männerbaracke wurde infiziert", sagt Zeke. „Die Familien sind aber okay. Während der Kämpfe muss in der Soldatenbaracke eine Lampe kaputtgegangen sein. Die sind zu menschlichen Fackeln geworden, Mann. Der Hühnerstall und die Scheune sind auch abgebrannt. Alles ist weg. Mit dem, was uns noch bleibt, schaffen wir es nie, bis die Ernte reif ist."

„Macht euch deswegen keine Sorgen", beruhigt Adrian ihn. „Wir bringen euch alles, was wir entbehren können. Und da ist immer noch North Conway. Will hatte erwähnt, dass er eine Patrouille dorthin schicken wollte?"

„Dafür haben wir nicht mehr genug Leute, die auf Patrouille gehen könnten", meint Zeke. „Ich und Kyle sind die Einzigen, die noch übrig sind."

„Wir gehen mit", beschließt Ana.

Kyle verschränkt die Arme vor der Brust, nickt und wirft einen abschätzenden Blick auf die Überlebenden. „Wir werden deine Hilfe brauchen. Wir müssen neue Leute trainieren – wenn wir welche finden."

Auf Kingdom Come ist die Lage nicht viel anders. Die Leute wollen ihr Leben nicht riskieren. Sie haben Angst, und das nicht ohne Grund. Letzten Herbst ist eine Patrouille einfach nicht wiedergekommen. Danach sind dreißig Leute nach Moose River in Maine aufgebrochen, gemeinsam mit den Leuten der Höfe, die wir geholfen hatten abzusichern. Sie dachten, es sei sicherer, schließlich ist Moose River die größte und abgelegenste Sicherheitszone im Nordosten. Was unsere Vorräte an Lebensmitteln und Brennstoff angeht, hat uns das sicherlich den Winter erleichtert, aber dass weniger Menschen auch weniger Sicherheit bedeuten, darf nicht unterschätzt werden, und unsere Zahlen sinken stetig.

Wir haben bei Weitem nicht genug Munition, um den Leuten das Schießen beizubringen, aber auch eine Klinge – jede Art von Klinge – kann Wunder wirken. Aber jemandem eine Klinge in den Kopf zu rammen, erfordert starke Nerven und zu meiner Überraschung habe ich feststellen müssen, dass nicht jeder dazu bereit ist, wenn es nicht absolut notwendig ist. Auch wenn der Kopf jemandem gehört, der schon lange tot ist. Vielleicht sind sie auf dem Weg zur

Farm dazu gezwungen gewesen, aber jetzt meiden sie es wie die Pest, auch wenn es nur durch den Zaun ist. Wir haben auch nur etwa zwölf Leute, die auf Patrouille gehen. Die anderen Erwachsenen schieben Wachdienst, aber sie verlassen die Farm nur, wenn es darum geht, tote Lexer wegzutransportieren.

Zeke nickt dankbar. „Aber wir könnten ganz sicher Hilfe beim Wegschaffen der Leichen gebrauchen. Ein oder zwei könnten wir innerhalb der Umzäunung begraben, aber der Gedanke an all die Infizierten hier drin behagt mir so gar nicht. Nicht alle sind da meiner Meinung. Versteh ich auch, aber ich weiß nicht, was ich sonst tun soll."

„Da gibt's nichts anderes zu tun", sagt Kyle. Er dreht sich mit Mitgefühl im Blick zu uns um, aber sein Mund ist eine schmale Linie. „Es sind die Familien. Die wollen die Grabstätten in der Nähe, damit sie sie besuchen können."

Ich war noch nie ein großer Fan von Gräbern. Meine Eltern sind eingeäschert worden, und mir hat der Gedanke immer gefallen, dass ihre Asche auf ihrem eigenen Land verstreut wurde, auf dem sie zu Hause und frei waren. Aber ich verstehe auch das Bedürfnis nach einem Ort der Erinnerung, ganz besonders heutzutage. Es ist wichtig, zu wissen, wo genau die Liebsten sind.

„Wir hätten zwei Orte, wo wir sie hinschaffen könnten. Einer am Wasser", sagt Zeke und meint damit den Bewässerungsteich für die Felder, „und der andere ist neben dem großen Feld. Aber ich finde es fragwürdig, siebzig Infizierte in ebendie Erde zu stecken, in der unser Essen wächst."

„Sie werden schon noch zur Vernunft kommen", versucht Adrian ihn zu beruhigen.

„Das hoffe ich wirklich. Ich wollte nie der Chef hier sein, aber Will hat mich gefragt, ob ich einspringen würde, wenn er, Ian und ein paar andere mal nicht mehr da sind. Ich hab zugestimmt, aber ich hab ja auch nie gedacht, dass es tatsächlich passiert. Niemals."

Jeder Mensch ist sterblich, das ist ja klar – aber nicht Will. Er schien mir immer so unzerstörbar. Zeke schüttelt den Kopf immer wieder und hält den Blick dabei starr auf die Erde gerichtet. Als er wieder zu uns aufblickt, ist sein Kiefer angespannt. Er hat es nicht ohne Grund von Kentucky nach Whitefield geschafft und dabei eine ganze Gefolgschaft von Mitstreitern gerettet und für sich gewonnen. Und genau deswegen hat Will ihn auch als Nachfolger ausgewählt.

„Er wusste, dass du der Richtige für den Job bist", versichere ich. „Und das bist du auch. Du denkst an alles."

„Ich kann nur hoffen, dass du recht hast, Süße", sagt Zeke. Er seufzt schwer und hebt die buschigen Augenbrauen. „Adrian, du musst mir alles beibringen, was du weißt."

***

Es braucht drei Leute, um Wills leblosen Körper wegzutragen. Seine Haut ist aschfahl und sein Mund blutverschmiert. Auch zwischen seinen Zähnen klebt Blut. Er hätte niemals zugelassen, zu einem von denen zu werden, und die einzige Erklärung muss sein, dass er gestorben ist und sich unmittelbar danach verwandelt hat. Als der Pick-up mit seiner Leiche davonfährt, verabschiede ich mich lautlos, während dieses tonnenschwere Gefühl in meiner Magengrube zunimmt. Das hier hätten wir sein können.

Whitefield hat alle seine Soldaten außer Kyle und dreißig weitere Bewohner verloren. Henry, Hank und die anderen Kinder sind okay. Damit bleiben noch achtzig Leute; achtzig Leute, die zwar Anweisungen befolgen können, die aber keine Ahnung haben, wie man so einen Ort am Laufen hält.

Ich stehe neben Henry und Hank, die ich neben dem Hauptgebäude gefunden habe, wo sie an einem Stromkasten herumwerkeln, umgeben von Werkzeug, Leiterplatten und Drähten. Henry sieht ebenso überrascht aus wie alle anderen hier, aber seine Hände arbeiten sicher und routiniert an der blechernen Ruine, die durch einen Schuss zerstört worden ist.

„Ich glaub das einfach nicht", sage ich. „Gott sei Dank hat jemand die Familienbaracke abgeschlossen!"

„Das war mein Papa!", klärt Hank mich stolz auf.

Henry schneidet eine Grimasse und wirft den Schraubenzieher in seinen Werkzeugkasten. „Ich hatte irgendwie im Gefühl, dass da was nicht stimmt. Ich hätte rausgehen sollen und helfen."

„Nein, hättest du nicht", entgegne ich. „Irgendjemand musste doch die Kinder beschützen!"

Henry scheint nicht überzeugt und so starrt er bloß schweigend auf die Wasserlachen auf dem Asphalt, mit denen man versucht hat, das Feuer zu löschen und das Blut wegzuwaschen. Die großflächigen Schmutzflecken, auf denen sich das Blut festgesetzt hat, werden wohl erst mit dem nächsten starken Regen verschwinden.

„Du hast das Richtige getan, Henry", versichere ich und lege meine Hand auf seine Schulter. „Was meinst du, was passiert wäre, wenn jemand die Tür geöffnet hätte, um nachzusehen, was da los ist?"

„Ja, da magst du recht haben." Henry bemerkt Hanks Nicken. „Hank sagt das auch schon den ganzen Morgen."

„Papa, ich hab immer recht", meint Hank. „Das solltest du inzwischen eigentlich wissen."

Henry presst die Lippen aufeinander, denn Hank wirkt so ernst und sein altkluger Gesichtsausdruck passt so gar nicht zu den insektenartig vergrößerten Augen hinter der Brille und seinen dünnen Ärmchen. „Das sollte ich wohl, ja."

„Hör immer auf Hank. Ich tu das schon lange", füge ich mit einem Augenzwinkern hinzu. „Ich hab versprochen, in der Männerbaracke auszuhelfen. Aber wir sehen uns später!"

Ich hole Adrian ein, kurz bevor er die Baracke betritt, und es ist schwer, sich nicht automatisch ein bisschen besser zu fühlen, als er mich mit diesem zärtlichen und nur für mich reservierten Lächeln begrüßt.

„Hallo, meine Schöne", sagt er.

„Hi, mein Hübscher."

Er reicht mir ein Paar gelber Gummihandschuhe. Er selbst trägt schon welche. Mein Verlobungsring bleibt stecken, und so nehme ich ihn ab und halte ihn ihm hin. Ich trage schwarze Leggings ohne Taschen, weil ich keine meiner drei Paar Jeans mit Blut und Hirnmasse versauen wollte.

„Kannst du den für mich aufbewahren?", frage ich ihn, ziehe aber meine Hand weg, bevor er den Ring zu fassen kriegt. „Ich will ihn aber wiederhaben. Wehe, du überlegst es dir anders oder so."

„Mal sehen." Adrian pflückt ihn mir aus der Hand und steckt ihn sich tief in die kleine Tasche seiner Jeans, die ursprünglich einmal für eine Taschenuhr gedacht war. „Kann aber sein, dass du mich überzeugen musst. Zeig mir, wie sehr du ihn willst."

„Oh, ich will ihn."

„Vielleicht kannst du dabei auch dieses Holster tragen."

Ich habe ein enges Holster mit integriertem elastischem Band im Waffenlager gefunden. Normalerweise trage ich ein Schulterholster und mein Messer am Gürtel, aber dieses Holster hält mein Messer, ohne dass ich einen Gürtel brauche. Und ich muss zugeben, ich hab mich saucool gefühlt, sobald ich es anhatte. So muss sich Ana den ganzen Tag lang fühlen.

Ich seufze übertrieben und verdrehe die Augen, während es wohlig warm in meinem Unterleib wird. „Gibt es eigentlich irgendwas, was du nicht sexy findest?"

„An dir? Nein." Er schüttelt den Kopf, als sei das die dümmste Frage der Welt.

„Ernsthaft, Leute", beschwert Nelly sich hinter mir. „Ihr seid furchtbar!"

Er und Adam stehen Hand in Hand da. Nelly macht ein angeekeltes Geräusch, aber Adam legt den Kopf schief und lächelt. „Also, ich find's süß."

„Ich frag dich in ein paar Monaten noch mal", sagt Nelly, „dann klingt das schon ganz anders."

Aber ich sehe die Art, wie er mit seinem Daumen Adams Handrücken streichelt. Ich verkneife mir meinen nächsten Kommentar und ziehe stattdessen die Gummihandschuhe an. Ja, es macht Spaß, Nelly zu necken, aber ich will ihn nicht daran hindern, sich wie ein echter Mensch mit echten Gefühlen zu benehmen.

Mein erster Gedanke, als wir die Baracke betreten, ist, dass es wahrscheinlich besser gewesen wäre, wenn sie ebenfalls abgebrannt wäre. Trotz der weit geöffneten Fenster hängt der Gestank von Blut schwer in der Luft, und die meisten Matratzen sind so fleckig, dass sie nie wieder sauber werden. Die können direkt auf den Müll, zumal sie höchstwahrscheinlich von infiziertem Blut durchtränkt sind.

Die Leiche von irgendjemandem, den ich nicht kenne, vielleicht demjenigen, der an alldem hier schuld ist, liegt direkt neben der Tür. Ich greife nach einem Fußgelenk, während Adrian sich das andere nimmt. Wir ziehen ihn ins Freie und hieven ihn auf die Ladefläche des Pick-ups. Die Sonne scheint warm vom Himmel; es verspricht, ein schöner Tag zu werden, und die frisch gepflügten Felder sind von einem tiefen, reichhaltigen Braun. Noch ein perfekter Frühlingstag, der von den Lexern kaputtgemacht worden ist.

Je mehr Tote wir wegtransportieren, desto stiller werden wir. Wir kennen ihre Gesichter: Das sind Menschen, mit denen wir uns oft unterhalten, mit denen wir gelacht haben. Es herrscht eine tiefe Verbundenheit unter den Überlebenden, obwohl wir uns nicht sonderlich gut kennen. So muss es sich anfühlen, wenn sich Kriegsveteranen treffen – sie mögen unterschiedlichen Einheiten angehören und unterschiedliche Schlachten ausgefochten haben, aber der Krieg ist derselbe.

Das Blut und die ruinierten Betten überlassen wir dem Putztrupp. Da gibt es die meisten Freiwilligen, und man kann es ihnen nicht verübeln: Wer will schon seine toten Familienangehörigen und Freunde durch die Gegend schleppen? Und genau deswegen sind wir hier. Zum Glück ist die Erde, obgleich matschig, nicht mehr gefroren, und so gelingt es uns, ein Loch in einem nahe gelegenen Feld zu graben. Außerhalb der Umzäunung einzelne Gräber auszuheben, wäre zu gefährlich und zeitaufwendig. Die Körper werden vorsichtig in die Grube hinabgesenkt, während John ein paar Worte spricht.

Meine Aufgabe ist es, die umliegenden Felder im Auge zu behalten, während der Großteil der Bewohner von Whitefield dem Begräbnis beiwohnt. Ich will es sowieso nicht sehen; Johns sanfte, tiefe Stimme und das Schluchzen allein sind schon schlimm genug. Christine steht neben mir. Ich frage mich, warum sie nicht bei den anderen ist, denn Brett liegt ja schließlich auch dort unter der Erde.

„Ich hab ihn umgebracht", sagt sie mit einem Mal.

Ich drehe mich überrascht zu ihr um, aber ihr Gesicht ist ausdruckslos, als habe sie nie etwas gesagt. Und gerade, als ich denke, dass ich es mir vielleicht bloß eingebildet habe, spricht sie weiter. „Er hat mich durch die Decke gebissen. Hat mich geweckt. Zuerst dachte ich, er will nur spielen oder so was. Aber dann hab ich die Schreie gehört. Und hab nach seinem Messer gegriffen."

Sie reiht die Ereignisse auf wie die Punkte einer Einkaufsliste. *Ich brauche Milch, Mehl, Zucker und Butter.* Die Abwesenheit von Emotionen ist herzzerreißender als ein totaler Zusammenbruch, denn ich weiß, dass der irgendwo da drin brodelt.

„Sein Blut war überall. Dann hab ich mich unter dem Bett versteckt. Das war das erste Mal, dass ich einen umbringen musste, weißt du. Ich hab es all diese Zeit mit den Soldaten durchgehalten, ohne jemals auch nur einen einzigen umbringen zu müssen."

„Das tut mir leid", bringe ich hervor. „Wirklich. Kann ich irgendwas für dich …"

Sie weicht einen Schritt zurück. Die Ausdruckslosigkeit ist den Tränen gewichen. „Ich weiß einfach nicht, was ich tun soll."

Ich hebe die Hand, um ihr die Möglichkeit zu geben, sie zu nehmen oder ihr eine tröstende Umarmung anzubieten, aber sie wirbelt herum und rennt auf einen der Pick-ups zu, der zurück in die Zone fährt. Ich kann nur hoffen, dass sie jemanden hat, mit dem sie reden kann. Oder zumindest etwas, für das es sich lohnt, weiterzumachen.

***

„Bist du dir sicher, dass es dir nichts ausmacht?", fragt Nelly.

„Du wirst hier gebraucht", antwortet Adrian. „Wir fangen inzwischen an, Lebensmittel und anderes rüberzubringen. Marcus will Calebs Geburtstag nicht verpassen."

Nelly, John, Liz, Peter und Ana bleiben hier, um beim Aufräumen zu helfen. Die Toten sind unter der Erde, aber die Zone muss wiederaufgebaut und desinfiziert werden. Lebensmittel müssen katalogisiert werden, ebenso die übrige Munition.

„Aber wir warten mit der Party, bis ihr zu Hause seid", versichert Marcus. „Ich will nicht, dass ihr das Lagerfeuer und den Alkohol verpasst."

„Das ist anständig von dir", findet Liz. „Sag deinem kleinen Bruder herzlichen Glückwunsch von uns."

„Na klar. Der wird sich freuen zu hören, dass du an ihn denkst." Liz schnaubt, nicht gerade damenhaft.

„Wir sehen uns in ein paar Tagen", sage ich zu Nelly. „Adam, vielleicht kommst du ja mal zu Besuch."

„Ich will die Kinder nicht alleine lassen, ganz besonders jetzt", wendet Adam ein. „Aber bald. Vielleicht in den Sommerferien."

„Es gibt Sommerferien in der Apokalypse?"

„Ja, wie in den guten alten Zeiten", sagt Adam, „und nach der Schule müssen sie das Feld bestellen."

Ich lache, weil es wahr ist. Die armen Kinder von heute.

„Macht's gut, ihr Lollis", verabschiede ich mich von Peter und Ana. Das sagen wir immer mit Bits, anstelle von *Macht's gut, ihr Lutscher*.

Peter lächelt, aber es ist ein müdes Lächeln. „Kommt gut nach Hause."

Ana nickt und murmelt etwas Zustimmendes; sogar sie sieht erschöpft aus. Der Tag sitzt uns allen in den Knochen.

Ich nicke, bevor ich in den Wagen steige. „Na klar."

KAPITEL 24

Wir haben vereinzelte Lexer am Straßenrand gesehen und eine ganze Herde in der Kleinstadt, an der wir vorbeigefahren sind, aber abgesehen davon ist die Fahrt zurück nach Kingdom Come ruhig verlaufen. Marcus sitzt hinterm Steuer und summt leise vor sich hin, während Adrian und ich auf der Rückbank sitzen und versuchen, einzuschätzen, wie viel wir entbehren können, um Whitefield unter die Arme zu greifen. Ich kenne die Speisekammer wie meine Westentasche, weil ich mit Mikayla zusammen immer die Inventur mache. Und ich weiß, dass sie ab jetzt streng rationieren müssen, und das trotz der vielen Todesfälle. Das müssen wir aber auch. Ich habe im Gefühl, dass es in der Zukunft mehr Patrouillen geben wird als bisher, und der Gedanke behagt mir nicht im Geringsten.

Adrian blickt von der Liste auf, die er in ein Notizbuch kritzelt. „Ab jetzt untersuchen wir jeden, der neu ankommt. Vielleicht sollten wir sogar eine vierundzwanzigstündige Quarantäne einführen."

Diesen Frühling haben wir noch keine Neuankömmlinge gehabt, aber ich weiß noch, wie es war, als wir letzten Herbst auf der Farm aufkreuzten: Sie haben Nelly nach seiner Wunde gefragt, aber als wir ihnen erklärten, was es war, glaubten sie uns sofort.

„Das dürfte nicht allen gefallen", gibt Marcus zu bedenken.

„Dann können sie gehen", sagt Adrian. „Das geht mir so was von am Arsch vorbei."

Marcus heult vergnügt auf. Adrian mag den Eindruck eines sanften Riesen machen. Er mag alberne Lieder für Kätzchen komponieren und sabbernde Hunde in unser Bett lassen, aber er schreckt nie vor einem Kampf oder einer schwierigen Diskussion zurück.

Adrian hebt einen Finger. „Eine infizierte Person. Das war genug, um Whitefield dem Erdboden gleich zu machen. Ein verdammter Lexer. Wir gehen keine Risiken mehr ein."

„Ich melde mich freiwillig für die Leibesvisitationen!", ruft Marcus vom Fahrersitz.

Er biegt auf die Straße ab, die uns nach Norden bringt und uns kurz vor der Farm wieder ausspuckt. Noch fünf Kilometer und wir sind pünktlich zum Abendessen zu Hause. Ich überlege schon, was wohl auf dem Menü stehen mag, als Marcus flucht. Dutzende Lexer haben sich auf der rechten Spur vor uns versammelt. Es ist noch genug Platz, um an ihnen vorbeizufahren, und während wir sie passieren, sehe ich, dass sie mit einer Mahlzeit beschäftigt sind. Blutige Hände graben in einer Körperhöhle herum, die ich kaum sehen kann, und kommen tropfend daraus hervor. Beim Anblick der leeren Blicke und des mechanischen Fressens weicht meine Angst dem Ekel, der sich in Übelkeit verwandelt.

Marcus verdreht den Kopf, um sich über die Schulter zu sehen. „Habt ihr gesehen, was das war? Ein Reh? Ich hoffe, das war nicht jemand, der versucht hat, zur Farm …"

Adrian und ich schreien auf, als der Transporter nach rechts ausschert. Wir kommen von der asphaltierten Straße ab und die Beifahrerseite rutscht in den Graben. Marcus schaltet sofort in den Rückwärtsgang, aber die Reifen drehen durch und der Motor heult auf.

„Hör auf, hör auf, du machst es nur noch schlimmer", sagt Adrian. Er klettert nach vorn und kurbelt das Fenster auf der Beifahrerseite herunter. „Vielleicht können wir den Wagen zurückschieben."

Meine Hände sind schweißnass. Ich wirbele auf meinem Sitz herum und werfe einen Blick auf die Straße hinter uns, aber sie ist noch immer leer. Die Lexer sind direkt hinter der nächsten Ecke. Sie sind vielleicht zu beschäftigt mit ihrer Mahlzeit und haben das Aufheulen des Motors gar nicht gehört.

Marcus zieht scharf die Luft ein. „Scheiße. Scheiße! Tut mir leid!"

„Vielleicht erreichen wir die Farm." Adrian versucht es über das Autofunkgerät, aber ohne Erfolg. „Wir sind zu weit weg und die Bäume sind im Weg."

Panik macht sich in meinem Magen breit. Schlimm genug, dass wir im Graben gelandet sind und eine ganze Horde Lexer nur wenige Meter von uns entfernt ist. Aber ich dachte – nein, ich *wusste* – dass wir per Funk Hilfe rufen könnten, die innerhalb von zehn Minuten hier gewesen wäre. Zehn Minuten würden wir locker standhalten. Aber es kommt keiner.

„Sie werden nach uns suchen", sage ich. Ich höre einen schrillen, aber hoffnungslosen Unterton in meiner Stimme, der geradezu panisch klingt.

Adrian wirft einen Blick auf die leere Straße hinter uns und schaut mir dann ins Gesicht. „Irgendwann, ja. Aber wenn die uns hier umzingeln … Wir sollten zumindest versuchen, den Wagen anzuschieben. Wenn es nicht funktioniert, können wir immer noch zu Fuß weitergehen und Hilfe rufen, sobald wir näher dran sind."

Beim Gedanken daran, fünf Kilometer zu Fuß auf dem Schotterweg zurückzulegen, während sich in unmittelbarer Nähe Lexer herumtreiben, schnürt sich mir die Kehle zu. Ich gehe ganz bestimmt nirgendwo hin. Ich renne.

„Marcus und ich schieben", sagt Adrian. Er beugt sich vor, bis seine Stirn meine berührt. Entweder schiebt er gar keine Panik oder er versteckt sie sehr, sehr gut. „Und du fährst rückwärts, ganz vorsichtig, wenn ich Bescheid gebe."

Ich nicke und spanne den Kiefer an, um meine Zähne daran zu hindern, zu laut zu klappern. Mein Blick huscht rastlos umher und sucht nach potenziellen Gefahren, während sie versuchen, etwas unter die Reifen zu schieben, um ihnen auf dem matschigen Untergrund ein wenig Halt zu geben. Sobald das erledigt ist, legen sie ihre Hände auf die Motorhaube und senken die Köpfe vor Anstrengung, während ich meinen Fuß langsam aufs Gaspedal sinken lasse und bete, dass es funktioniert. Die Reifen drehen haltlos im Matsch herum, bis Adrian eine Hand hebt, damit ich aufhöre. Er wird blass und stößt Marcus einen Ellenbogen in die Seite.

Ich wirbele herum und sehe, dass die ersten Lexer um die Ecke gekommen sind. Wir sind leise gewesen, aber das Geräusch sich drehender Reifen muss durch den Wald zu ihnen gedrungen sein. Oder sie sind uns von Anfang an gefolgt. Ist auch egal; das

Einzige, was jetzt zählt, ist die Tatsache, dass sie direkt auf uns zukommen. Adrian und Marcus springen durch die Seitentür in den Wagen und schließen sie mit einem sanften Klicken. Die Lexer sind schnell, schneller, als wenn sie einfach nur ziellos durch die Gegend wandern.

„Runter", sagt Adrian, kurz bevor der erste Lexer gegen den Wagen prallt.

Ein dumpfes Pochen und ein Fauchen erklingen. Ich krieche zwischen den Sitzen durch und drücke mich neben Adrian hinter die schützenden Sitze. Am liebsten würde ich die Augen schließen, wie ein kleines Kind, das glaubt, dass es unsichtbar wird, wenn es nichts mehr sieht. Wenn wir ganz leise sind und uns nicht sehen lassen, verlieren die Lexer vielleicht das Interesse, und dann warten wir einfach, bis Hilfe kommt. Jemand von der Farm wird vor Mitternacht hier vorbeikommen – sie wissen schließlich, dass wir auf dem Weg sind.

Adrian legt seine Hand auf meine, die sich krampfhaft an seine Jeans klammert. Er gibt sich die größte Mühe, sich nichts anmerken zu lassen, aber ich spüre sein Zittern. Ein bisschen Angst muss man schon haben. Wenn man keine Angst hat, dann ist man wirklich verrückt. Angst ist etwas Gutes.

Aber das hier ist ganz und gar nicht gut. Denn sie wissen, dass wir hier drin sind. Das müssen sie einfach, so wie sie gegen die Scheiben hämmern. Etwas Flüssiges, Schwarzes rinnt über das Glas und eine Stirn hinterlässt einen schmierigen Streifen auf einem der Seitenfenster. Wir hören noch mehr schleifende Schritte, mehr Stöhnen, und dann nimmt das Geräusch von einbeulendem Metall auf der zur Straße liegenden Seite des Transporters zu. Eines der Fenster splittert mit einem Geräusch, das so klingt, als fiele ein Schuss, aber es hält. Fürs Erste.

Marcus presst sich eine Hand auf den Mund, als wir weiter seitwärts in den Graben rutschen. Wenn sie fest genug drücken, landen wir auf der Seite, und dann haben sie uns. Ich sehe schon vor mir, wie ihre suchenden Arme durch zerbrochene Fenster eindringen und dann ihre Körper, und wie sie auf uns herunterfallen, und ich muss mir so fest auf die Zunge beißen, dass ich Blut schmecke.

„Wir hauen ab, oder?", fragt Marcus leise.

Die Seitentür, die zum Wald führt, könnte unsere einzige Chance sein. Der Abhang ist steil genug, dass sie noch nicht auf diese Seite herumgekommen sind. Ich nicke. Als Adrian mir einen Blick zuwirft, greife ich nach meinem Schädelspalter und kontrolliere mein Messer und meine Pistole.

Marcus zieht sich hoch, sodass er gerade eben aus dem Fenster sehen kann, um die Lage einzuschätzen. Als er wieder zu uns herunterkommt, ist sein Gesicht noch blasser als zuvor. „Sie sind im Wald."

Adrian zeigt auf die Straße vor uns. Dort sind noch nicht so viele von ihnen, und von hier aus sind es nur noch knappe fünf Kilometer bis zur Farm. Mit Ana bin ich schon weitere Strecken gelaufen, und obwohl ich jede Minute davon hassen würde, könnte ich in diesem Moment einen Marathon laufen, wenn das bedeuten würde, dass ich sicher nach Hause komme.

Der Transporter rutscht noch ein Stück weiter in die Tiefe. Marcus greift nach dem Türgriff, nimmt einen tiefen Atemzug und öffnet die Tür mit einem Ruck. Ich starre in den Wald, und der Anblick verschlägt mir einen Augenblick lang den Atem – nicht, dass ich vorher viel geatmet hätte. Vereinzelte Lexer stolpern durch den Wald und haben nur ein Ziel: uns. Wir sind umgeben von der größten Herde, die ich dieses Jahr gesehen habe.

Vor der Motorhaube bleiben wir stehen, als auf der linken Straßenseite Lexer aus dem Wald strömen. Damit schneiden sie uns den Fluchtweg ab. Normalerweise finde ich immer meine innere Ruhe im Auge des Sturms, aber in diesem Moment ist da nichts außer der absoluten Gewissheit, dass dies meine letzten Augenblicke sind. Marcus zeigt auf einen Pfad durch die Bäume, wo verstreute Lexer umherstolpern. Wir schlagen uns den Abhang hinunter, als wir hinter uns mit einem lauten Krachen und dem Splittern von Glas den Transporter auf die Seite fallen hören.

Ich schwinge meinen Schädelspalter nach allem, was uns in den Weg kommt. Als einer nach Marcus' Jacke greift, stoße ich ihm den Spieß in die Augenhöhle, und einer, der mit ausgestreckten Armen vor uns steht, kriegt den Hals durchgeschnitten. Alles passiert so schnell. Ich kann unmöglich in jede Richtung gleichzeitig gucken, also renne ich einfach neben Adrian her und halte den Blick starr nach vorn gerichtet. Wenn wir uns einfach nur schnell genug durchschlagen, geben wir ihnen gar nicht erst die Gelegenheit, die Überhand zu gewinnen.

Marcus' Fuß trifft die Hacke meines Stiefels, was mich aus dem Gleichgewicht bringt und einem Lexer direkt in die Arme laufen lässt. Das schwarze Moos, das an seinem Arm hinaufwächst, bis es unter dem zerrissenen Ärmel seines T-Shirts verschwindet, hat ihn nichts von seiner Stärke einbüßen lassen. Ich schreie auf, als er seine Zähne im ledernen Ärmel meiner Jacke versenkt. Sie können unmöglich bis auf die Haut durchgedrungen sein, aber vor Schmerz lasse ich meinen Schädelspalter zu Boden fallen. Mit der linken Hand kriege ich mein Messer nicht zu fassen, und meine Fingerspitzen haben eben nur den Griff meiner Pistole berührt, als mir mein linker Arm von hinten weggerissen wird. Ein anderer Lexer zieht mich in die entgegengesetzte Richtung, als sei das hier eine absurde Form von Tauziehen.

Adrian will mir zu Hilfe kommen, aber er ist selbst von drei Lexern umgeben. Er ruft etwas über die Schulter; mit verzerrten Gesichtern knurren die Lexer laut, aber ich höre nichts mehr außer meinem angestrengten Keuchen und dem donnernden Herzschlag. Wenn sie mir zu nahe kommen, schubse ich sie weg, aber mit jedem Kraftaufwand werden meine Arme müder.

Das war's also. So werde ich sterben.

Kurz bevor ich vollends in blinde Panik verfalle, finde ich meine innere Ruhe. Ich muss wütend sein und darf Angst haben, aber nicht starr vor Angst sein. Ich muss mich einzeln um sie kümmern. Das sagt John immer – einen nach dem anderen. Ich warte, bis der Erste nah genug ist und ramme ihm meinen Kopf gegen die Brust. Als mein Schädel auf sein Brustbein trifft, erklingt ein hässliches Knacken, und dann ergießt sich etwas Nasses über meinen Kopf. Ich selbst bin wahrscheinlich überraschter als er über die Kraft meines Schlags, aber sie lässt ihn rückwärts stolpern und mich loslassen. Jetzt, wo meine rechte Hand frei ist, ziehe ich mein Messer aus dem Holster und versenke es im Auge des anderen.

Adrian rammt seine Machete dem Ersten von unten durchs Kinn, sodass sie oben aus dem Schädel wieder rauskommt. Blitzschnell hebe ich meinen Schädelspalter vom Boden auf und dann rennen wir los. Marcus übernimmt die Führung und verschwindet ein paar Meter vor uns in einer Senke. Sekunden später erklingt ein schriller Schrei, der jäh verstummt. Wir kommen schlitternd zum Stehen, kurz bevor wir den steilen Abhang erreichen. Marcus liegt auf der Erde, umgeben von Lexern, die ihn bedecken wie Fliegen eine Leiche, und diejenigen, die noch nicht über ihm hocken, sind auf dem Weg.

Sie kommen von der Straße, von vorn, von links und von rechts. Adrian wirft einen Blick auf Hunderte von untoten Körpern, die mit leeren Gesichtern näher kommen. Er greift nach meiner behandschuhten Hand, und erst jetzt bemerke ich, dass er keine Handschuhe trägt; er hat sie ausgezogen, als er die Liste schrieb, und sie in der ganzen Aufregung nicht wieder angezogen.

Er drückt meine Hand zweimal und sagt: „Lauf.“

Ich renne los, auf eine kleine Baumgruppe zu, die hoffentlich ein wenig Schutz bietet. Seine Hand entgleitet meiner. Ich wirbele panisch herum und erwarte schon fast, ihn auf der Erde liegend vorzufinden wie Marcus. Aber er rennt in die entgegengesetzte Richtung.

„Adrian!“, schreie ich.

Ein Lexer mit langen Haaren grabscht von hinten nach mir. Ich drehe mich um und ramme ihm meinen Schädelspalter in die Stirn, und als ich mich wieder nach Adrian umsehe, ist er zu weit weg, bewegt sich in östlicher Richtung zur Farm. Die Lexer verfolgen ihn. Ich presse meinen Rücken gegen einen Baum. Das Adrenalin, das eben noch durch meinen Körper gebrandet ist, weicht einem eisigen Kribbeln, das es mir nicht erlaubt, mich von der Stelle zu rühren.

„Cassie, lauf!“, ruft Adrian. „Lauf! Wir sehen uns zu Hause!“

Er ruft es wieder und immer wieder, macht Lärm, um sie von mir wegzulocken. Und es funktioniert; die Lexer ignorieren mich. Aber ich will nicht weglaufen. Ich werde ihn nicht hier zurücklassen. Adrian feuert seine Waffe ab und geht rückwärts zwischen den

Bäumen hindurch. Seine Jacke ist verschwunden und sein weißes T-Shirt hebt sich hell und deutlich von den verblassten, farblosen Klamotten der Lexer ab. Sie umzingeln ihn, Hunderte von ihnen, die ich nie allein bekämpfen könnte.

Ich schreie seinen Namen. Noch kann er sich durch ihre Reihen kämpfen. Wir können zusammen laufen. Das will ich ihm sagen, aber alles, was ich hervorbringen kann, ist ein weiterer Schrei. Dann geben meine Stimmbänder nach und alles, was kommt, ist heiße Luft. Ich stolpere zur Seite, als ein Nachzügler nach mir greift, der durch meine Schreie angelockt worden ist, und springe hinter einen anderen Baum. Eine kleine Gruppe von fünf Lexern nähert sich interessiert. Adrian hat die meisten von ihnen weglocken können, aber es sind immer noch zu viele von ihnen. Irgendwann müssen sie mich ja bemerken, egal, wie leise ich bin. Ich habe keine andere Chance, wenn ich überleben will. Ich weiß nicht, ob ich mir jemals selbst vergeben kann, aber ich renne los.

KAPITEL 25

Tief hängende Zweige und Blätter schlagen mir ins Gesicht, als ich durchs Dickicht breche, um einer weiteren kleinen Gruppe auszuweichen. Sie bewegen sich in Richtung der Schüsse, die durch den Wald schallen. Sie bedeuten, dass Adrian noch lebt. Er wird umdrehen und mich bei der Farm treffen, wie versprochen. Ich halte mich an dieser Hoffnung fest, während ich versuche, den Weg zu finden. Ich kenne mich in diesem Teil des Waldes nicht aus, aber ich bin mir ziemlich sicher, dass ich auf dem richtigen Weg bin.

Ich bin jetzt etwa anderthalb Kilometer gerannt, vielleicht mehr. Ich bleibe kurz stehen, um nach Luft zu schnappen, und lausche in den Wald hinein, ob ich jemanden höre, der sich schnell bewegt, aber alles, was ich höre, ist ein Rascheln zu meiner Linken. Ein Lexer stolpert vorbei, ohne mich zu beachten, und direkt hinter ihm sehe ich das ungebrochene Sonnenlicht, das bedeutet, dass dort hinter den Bäumen eine Straße sein muss. Ich verlasse die Sicherheit des Dickichts und stolpere auf die Straße. Da vorn ist schon die Abzweigung nach Kingdom Come. Nur noch etwa anderthalb Kilometer; ich bin schon viel weiter, als ich dachte. Jetzt, wo mir nichts mehr im Weg steht, renne ich noch schneller, aber als ich einen Pick-up sehe, der mir entgegenkommt, bleibe ich stehen. Der blaue Wagen kommt mit quietschenden Reifen neben mir zum Stehen.

Dan wirft die Tür auf und hält mich an beiden Schultern fest, während er mich von oben bis unten mustert. „Wir haben die Schüsse gehört. Was ist passiert? Bist du okay?"

„Adrian", stoße ich mit heiserer Stimme hervor. Sprechen tut weh. Ich zeige auf die Straße hinter mir. „Marcus."

Er bugsiert mich auf die Rückbank und steigt aufs Gaspedal, sobald ich ihm gesagt habe, in welche Richtung er fahren soll. Toby und Ben starren mich mit weit aufgerissenen Augen an. „Was ist passiert?", fragt Ben.

Ich will Dan auffordern, schneller zu fahren, aber als ich einen Blick auf den Tacho werfe, wird mir klar, dass er schon viel schneller fährt, als ich es mir je selbst zutrauen würde.

„Der Transporter liegt im Graben", flüstere ich. „Wir mussten ihn zurücklassen. Marcus …" Ich schüttele nur den Kopf und bin dankbar, dass Caleb nicht hier ist.

Toby hebt eine Hand zur Stirn. „Fuck!"

„Adrian ist irgendwo im Wald. Er ist in die andere Richtung gerannt."

Die Karosserie des Transporters taucht am Straßenrand auf. Er ist noch immer von ein paar Lexern umgeben, aber die meisten sind im Wald verschwunden. Adrian hinterher. Ich habe jetzt seit einiger Zeit schon keine Schüsse mehr gehört. Ich versuche, mir einzureden, dass das gar nichts zu bedeuten hat; nachdem ich entkommen war, hatte er ja keinen Grund mehr, unnötig Lärm zu veranstalten. Konnte sich darauf konzentrieren, sich selbst in Sicherheit zu bringen.

Die Lexer schlendern auf den Pick-up zu. Dan fährt langsam ein paar Meter weiter vor und rollt dann das Fenster herunter. „Adrian!", ruft er. „Adrian!"

Die Lexer folgen uns und er legt den Rückwärtsgang ein, um ihnen erneut auszuweichen. Er ignoriert das Poltern, als er mit einigen von ihnen kollidiert. Er ruft erneut, aber es kommt keine Antwort.

„Er ist in südöstliche Richtung gerannt", sage ich. „Vielleicht ist er bei der anderen Straße rausgekommen."

Dan will gerade losfahren. „Warte kurz!", halte ich ihn zurück.

Ich suche den Wald nach einem weißen T-Shirt ab und atme erleichtert aus, als ich nur die Brauntöne der Bäume und die farblose Kleidung der Lexer sehe. Ich suche Dans Blick im Rückspiegel und nicke ihm zu, damit er losfährt.

***

Die Straßen sind verlassen. Vielleicht haben wir ihn verpasst. Vielleicht läuft er stattdessen durch den Wald. Vielleicht ist er schon

131

zurück auf der Farm. Ich drücke meine Knie zusammen, damit sie nicht so sehr zittern. Am Tor spreche ich ein schnelles Stoßgebet und verspreche dem Universum, dass ich alles, *alles* tun werde, wenn nur Adrian auf der anderen Seite auf mich wartet. Caleb öffnet das Tor und sieht Marcus so ähnlich, dass ich einen Augenblick lang verwirrt bin. Dann hoffnungsvoll. Und dann wieder am Boden zerstört. Adrian ist nicht hier. Caleb steckt den Kopf durchs Fenster herein und scannt unsere Gesichter. Bei meinem bleibt sein Blick hängen und sein Mund öffnet sich ungläubig.

„Wo ist mein Bruder?", fragt er schließlich.

Ich will es ihm nicht im Wagen sagen, obwohl sein bebendes Kinn deutlich macht, dass er bereits ahnt, was Sache ist. Ich öffne die Tür und stelle mich ihm auf weichen Knien gegenüber. „Wir sind im Graben gelandet und mussten zu Fuß von da weg. Sie haben ihn … Er konnte nicht mehr weg."

Er hebt die Fäuste zu den Schläfen. „Ist er tot? Sag mir nicht, er ist einer von ihnen."

„Ich weiß es nicht", flüstere ich. „Es tut mir so leid. Ich hab keine Ahnung."

„Fuck!", schreit er. Er verpasst der Seitentür des Pick-ups einen solchen Tritt, dass er eine Beule hinterlässt. Dann tritt er noch einmal zu. „Fuck!"

Wir stehen daneben und schauen nur zu, wie Caleb den Pick-up zu Brei zu schlagen versucht, bis das Blech voller Beulen und Einkerbungen von der Stahlkappe seiner Arbeitsstiefel ist. Zum Schluss gibt er auf und verschränkt stattdessen seine Arme über dem Gesicht und heult laut auf. Wir können nur hilflos zusehen, sind unfreiwillige Zeugen seiner ganz persönlichen Tragödie, bis er nur noch leise schluchzt und schließlich verstummt.

„Wo ist Adrian?" Es ist undeutlich, aber ich verstehe ihn trotzdem.

„Ich weiß nicht. Er ist in die andere Richtung gelaufen."

„Wahrscheinlich tot", murmelt Caleb.

Es sind nur zwei Worte, aber ihre Kraft schleudert mich rückwärts gegen den Pick-up. Er hat recht. Adrian ist wahrscheinlich tot. Ich werde es höchstwahrscheinlich nie erfahren.

Caleb lässt die Arme sinken und bohrt seine Finger in meine Schultern. „Ich meinte Marcus! Cass, ich meinte meinen Bruder."

Ich halte mir die Hand vor den Mund und starre ihn an. Er mag Marcus gemeint haben, aber das macht keinen Unterschied. Adrian ist tot, das spüre ich. Wahrscheinlich stolpert er gerade blind durch den Wald, aber er ist nicht mehr am Leben.

KAPITEL 26

„Ich bitte dich!", fleht Penny. „Komm doch mit nach oben und wasch dich zumindest?"

Ich starre das Tor an. Der Tag ist zum Abend geworden, und ich habe den Campingstuhl nicht verlassen, seit wir zurückgekommen sind. Und das werde ich auch nicht, bis ich Gewissheit habe. Entweder kommt er, oder ich gehe da raus und suche nach ihm. Egal wie, ich werd's herausfinden. Noch eine Geschichte ohne Ende ertrage ich nicht.

„Du siehst …"

Ich weiß sehr wohl, wie ich aussehen muss. Meine Stirn und meine Wangen sind mit verkrustetem Blut bedeckt, das rissig wird und mir aus dem Gesicht rieselt, wann immer ich den Mund aufmache, was nicht oft passiert, da sich meine Kehle anfühlt, als hätte sie jemand mit Sandpapier bearbeitet. Es ist mir egal, dass das Blut in meinen Haaren infiziertes Blut ist. Wenn es irgendwie seinen Weg in meinen Blutkreislauf findet, dann ist das eben so.

„Bits will dich sehen." Penny ringt die Hände. „Sie hat Angst. Und sie wird noch viel mehr Angst haben."

Meine Hände verkrampfen sich auf den Armlehnen. Sie fürchtet, dass ich jetzt völlig durchdrehe, aber sie hat tatsächlich die einzigen Worte gefunden, die mich dazu bringen können, aufzustehen.

„Ich hol dich", sagt Caleb vom Stuhl neben meinem.

„Versprochen?" Ich würde in diesem Moment keinem anderen trauen. Sie würden meine Gefühle schützen wollen, aber Caleb versteht mich.

„Versprochen."

Penny folgt mir bis in den zweiten Stock des Haupthauses, wo ich verzagt vor der Schlafzimmertür stehen bleibe. Ich will nicht hineingehen und sehen, wie wir es heute früh zurückgelassen haben – in der Gewissheit, bald zurück zu sein.

„Ich hol dir frische Klamotten", sagt Penny leise. „Brauchst du irgendetwas anderes?"

Ich schüttele den Kopf und schließe mich im Bad ein. Meine zwei Dutts sind vom Lexerblut förmlich zementiert worden, also stelle ich mich einfach nur unter die heiße Dusche und lasse das Wasser seine Arbeit tun. Es braucht drei Runden Shampoo, ehe das Wasser, das an meinem Körper herunterläuft, wieder ganz klar ist. Penny hat mir Kleidung bereitgelegt, und als ich aus dem Bad komme, finde ich sie ans Geländer gelehnt. Sie berührt meine Schulter, als ich an ihr vorbei und die Treppe hinuntergehe. „Es könnte ja auch sein, dass er okay ist."

Am liebsten würde ich sie anschreien, dass sie den Mund halten soll, aber dann würde ich vollends die Fassung verlieren. Jetzt gerade fühle ich mich, als wäre ich in einer Warteschleife gefangen. Irgendetwas Schlimmes kommt, aber ich kann an nichts anderes denken als daran, was ich werde tun müssen, wenn ich ihn sehe. Ich sollte diejenige sein, die es tut; das ist nur fair. Wir kümmern uns schließlich um unsere Familie. Ich gehe wieder nach draußen und zurück zu meinem Campingstuhl am Tor.

KAPITEL 27

Die anderen kehren erst zurück, als es schon dunkel ist, und kommen direkt zu mir. Auf meine Bitte hin hat Ben sie angefunkt und sie gebeten, bis zum nächsten Morgen in Whitefield zu bleiben, wenn es wieder sicherer ist, zu fahren. Aber ich selbst hätte auch nicht auf mich gehört. Ich befreie mich aus Johns fester Umarmung und lasse mich zurück in meinen Campingstuhl fallen, bevor ich noch in Tränen ausbreche. Ich will nicht weinen, ehe ich nicht Gewissheit habe.

Nelly hockt sich neben mich und nimmt meine Hand. „Was ist passiert?"

„Wir sind von der Straße abgekommen. Mussten zu Fuß weg. Er ist in die andere Richtung gerannt und hat sie weggelockt, damit ich entkommen kann."

Meine Stimme ist Christines unheimlich ähnlich. Wir hätten zusammen weiter rennen sollen. Und wenn wir gestorben wären, dann immerhin gemeinsam. Er wusste genau, dass ich der Idee, uns aufzuteilen, niemals zugestimmt hätte, und genau deshalb hat er es auch so gemacht, hat sich nicht mal verabschiedet.

„Vielleicht ...", beginnt Ana.

„Nein", schneide ich ihr das Wort ab. Es hallt unnatürlich laut durch die Stille.

Ana schaut weg. Ich bin bloß erleichtert, dass ihre Augen trocken bleiben. Sie lässt ihre Tasche fallen, zieht einen Stuhl heran und setzt sich neben mich. Nelly setzt sich auf die Erde und hält meine Hand immer noch fest in seiner.

„Bits ist bei Penny", sage ich, an Peter gerichtet. Ich habe Penny und Bits ins Bett geschickt. Bits weiß nur, dass Adrian im Wald ist – und diese Information hat ihr schon genug zu schaffen gemacht.

Er hat sich bislang im Hintergrund gehalten, aber jetzt beugt er sich über mich. „Ich bin mir sicher, dass sie okay ist. Ich bleibe."

Ich blicke auf, als ich höre, wie belegt seine Stimme ist. Er drückt seine Lippen auf meine Stirn, ehe er sich an Anas andere Seite setzt. Er nimmt ihre Hand, und dann warten wir.

***

Dan hat ein Zelt für mich und Caleb besorgt, aber jedes noch so kleine Geräusch lässt uns hochfahren. Ich weiß, dass er kommen wird, und nicht, weil ich naiv bin und glaube, dass er wegen mir zurückkommt. Wir pflügen die Felder und der Lärm zieht sie aus den umliegenden Wäldern an. Die Herde ist auf dem Weg hierher, also ist es nur eine Frage der Zeit, bis sie vor den Toren der Farm aufkreuzt.

Die Nächte sind stiller, weil dann niemand auf der Farm arbeitet. In der zweiten Nacht liege ich neben Caleb im Zelt, der den Reißverschluss seines Schlafsacks öffnet und seine Finger um mein Handgelenk legt. „Cassie?"

Er klingt so jung, was mir in Erinnerung ruft, dass er erst neunzehn Jahre alt ist. Oder ist er jetzt zwanzig? Wir wollten ja zu seinem Geburtstag zurückkommen. Ich drücke seine Hand, während er weiterspricht. „Was wirst du tun, wenn …"

„Ich weiß es nicht." Meine Stimme klingt wieder normal. „Und du?"

„Ich glaube nicht, dass ich es kann."

„Irgendjemand wird es tun. Mach dir keine Gedanken."

„Okay."

Wir liegen schweigend nebeneinander, bis seine Hand in meiner schlaff wird, aber ich lasse ihn nicht los, bis ich gegen Morgen endlich in einen unruhigen Schlaf abdrifte.

KAPITEL 28

Ich komme gerade aus dem Bad, als ich Caleb vom östlichen Zaun rufen höre. Meine Hände werden eiskalt und ich stolpere über den Schotterweg auf ihn zu. Ich wollte eigentlich sofort losrennen, nachdem ich ihn gehört habe, aber jeder Schritt in seine Richtung ist ein Kampf. Das Rasseln des Maschendrahtzauns wird von weiteren Rufen durchzogen. Nelly kommt durch die Bäume, die zwischen dem Speisesaal und dem östlichen Zaun liegen, gerannt. Er bedeutet den Leuten, zurück ins Gebäude zu gehen und sagt etwas in Jeffs Ohr. Jeff nickt und stellt sich breitbeinig und mit verschränkten Armen auf wie ein Wächter.

Nellys rotgeflecktes Gesicht und seine gerundeten Schultern verraten mir alles, was ich wissen muss. Er kommt auf mich zu, aber ehe er mich berühren kann, weiche ich zurück. „Tu es nicht", sagt er und legt mir die Hand auf die Schulter. „Das willst du echt nicht sehen."

Es kostet mich einen enormen Kraftaufwand, den nächsten Schritt zu machen. Ich schüttele seine Hand ab, ignoriere sein Bitten und setze einen Fuß vor den anderen. Ich wiederhole das wieder und immer wieder und versuche, nicht daran zu denken, wohin meine Füße mich auf diese Weise tragen. Ich muss es einfach wissen. So war ich schon immer. Ich musste immer die Wunde sehen, die Nähte inspizieren, den Schorf herunterkratzen. Manchmal ist die Vorstellung schlimmer als die Realität. Meistens sogar. Also gehe ich weiter.

***

Die Realität erreicht mich in Schüben. Jeder davon drückt mir die Luft ein wenig mehr aus den Lungen, bis es sich anfühlt, als seien sie kollabiert. Sein zerfetztes weißes T-Shirt, das jetzt braun wie getrocknetes Blut ist und voll von dem Rindenmulch, der den Waldboden bedeckt. Seine schmutzigen grauen Finger, die sich durch den Zaun bohren. Das Fleisch, das aus seinen Armen herausgerissen wurde.

Aber es ist sein Gesicht, das das Stöhnen in den Tiefen meiner Bauchhöhle entstehen lässt. Seine olivfarbene Haut ist eingefallen und die Augen braun unterlaufen. Etwas Schwarzes tropft aus einem Loch in seiner Schläfe. Er schaut uns aus dem Augenwinkel an und presst seinen Mund gegen den Zaun. Es sieht aus, als müsste es furchtbar wehtun. Ich will ihm sagen, dass er aufhören soll.

Ich renne los, dicht gefolgt von Nelly. Die anderen stehen in einer kleinen Gruppe ein paar Meter vom Zaun entfernt und machen mir Platz. Barnaby, der zur Abwechslung mal still ist, hebt eine Pfote und lässt sie wieder fallen, als könne er nicht so ganz verstehen, was Adrian auf der anderen Seite macht. Dan hält Caleb zurück, der auf Marcus zugehen will, dem die eine Gesichtshälfte fehlt. Sein Kopf liegt schräg und seine Zähne sind gefletscht.

„Caleb", sagt John mit eindringlicher Stimme. „Lass das einen von uns …"

Caleb schreit irgendetwas Unverständliches und reißt sich los. Er rennt mit erhobenem Messer auf den Zaun zu und rammt es durch die Maschen. Er folgt Marcus abwärts und stößt mit jedem Messerstich einen so schrillen Schrei aus, dass mir die Ohren schmerzen, bis er am Zaun in sich zusammensackt. Er steckt einen Finger durch die Maschen, um Marcus, der jetzt am Boden liegt, zu berühren. Da sind noch andere, erst vor kurzem getötete Lexer auf der anderen Seite des Zauns. Aber Marcus und Adrian haben sie nicht angerührt, so wie wir es uns erbeten hatten.

Als ich wenige Meter vom Zaun entfernt bin, bleibe ich stehen. Adrians Augen sind leblos und silbrig-grün. Seine Zähne knirschen auf dem Metallzaun herum, während er versucht, die Hand zu fassen zu kriegen, die ich hochhalte. Ich hatte gedacht, vielleicht etwas zu ihm sagen zu wollen, aber lieber würde ich mit seiner Leiche sprechen als mit dieser Kreatur. Das hier ist nicht er – das hier ist eine Mutation, ein Virus, ein gottverdammter Parasit.

Ohne meinen Blick von ihm abzuwenden, greife ich in einem der Eimer nach einem Pflock und umfasse den Griff fest mit der Hand. Noch ein Schritt und ich bin nah genug dran, um es zu tun. Ich hebe den Pflock zum Ohr, aber es gelingt mir einfach nicht, diesen ersten Anlauf zu nehmen. Ich schaffe es nicht, die Kraft zu finden, die ich brauche, um durch den Knochen zu brechen, ganz besonders durch den noch so kräftigen Knochen von jemandem, der sich erst vor kurzer Zeit verwandelt hat. Hundertmal habe ich diese Pflöcke schon in der Hand gehalten, hundertmal hab ich sie durch den Zaun in Augenhöhlen gestoßen oder in Kehlen oder in Schädelbasen, aber mit ihm kann ich das nicht machen. Es wäre etwas anderes, wenn er auf mich zukommen würde, wenn da kein Zaun zwischen uns wäre, wenn wir allein wären. Aber so kann ich es nicht tun, nicht, wenn ich jemals wieder ruhig schlafen möchte. Ich will kein Feigling sein. Ich dachte wirklich, ich sei stärker.

„Cass." Nellys Hand legt sich auf den Pflock. „Tu's nicht."

Adrian rüttelt am Zaun. Ich kann ihn riechen. Ich habe seinen körpereigenen Duft immer geliebt, aber bei diesem Gestank von verrottendem Fleisch und Scheiße dreht sich mir der Magen um. Seine Zähne sind noch immer weiß, was bedeuten muss, dass er bis jetzt noch nichts zu fressen gefunden hat. Das ist immer sein schlimmster Albtraum gewesen.

Ich lasse den Pflock in Nellys Hand fallen. John greift nach meinem Handgelenk, als ich rückwärts vom Zaun wegstolpere und mich abwende. Ich werde nicht wieder hinsehen, denn ich hatte unrecht. Ich kann mir die schlimmsten Szenarien ausmalen und mir entsetzliche Dinge vorstellen – aber nichts könnte jemals schrecklicher sein als die Realität, die da auf der anderen Seite des Zauns steht. Anas Blick ist so weich wie Pennys, als sie entschlossen an mir vorbeischreitet, um Nelly zu helfen. Ich schließe die Augen und warte auf das unausweichliche Knirschen, und als es kommt, kann ich den hilflosen Klagelaut, der sich meiner Kehle entwindet, nicht zurückhalten.

John murmelt etwas, was ich nicht höre. Ich befreie mich aus seinen Armen. Die Warteschleife ist zu Ende; das Schlimmste ist passiert. Es erscheint mir surreal, aber es ist passiert. Dies ist die Realität. Es ist real.

Peter nimmt meinen Ellenbogen, als ich zum Stehen komme und das bisschen Mageninhalt, was ich in mir habe, an die frische Luft befördere. Er nimmt meine Haare und hält sie im Nacken fest. „Alles wird gut", sagt er. „Alles wird gut."

Ich weiß nur nicht, wie jemals alles wieder gut werden soll.

KAPITEL 29

Adrian und Marcus sind in den Teil des Gartens mit den Obstbäumen gebracht worden, wohingegen die anderen Körper zu dem Feld, wo wir sie aufstapeln oder begraben, transportiert wurden. Sie haben ihn unter einem Baum aufgebahrt, aber ich gehe nicht zu ihm, ehe sie nicht ein Tuch über ihn gelegt und sich entfernt haben. Ich hasse es, wie verängstigt ich bin, wie angeekelt vom Körper des Mannes, den ich so sehr liebe.

Die Apfelbäume stehen in voller Blüte und die weiß-rosa Blätter schweben durch die Luft und landen auf seinem provisorischen Leichentuch. Die Bäume in diesem Teil des Gartens sind knorrig und alt und sehen aus wie etwas, das einem Märchen entsprungen sein könnte, und die Luft ist süß und sauber, bis ich mich ihm nähere. Ich zwinge mich dazu, durch den Mund zu atmen, als ich mich neben ihm auf die Erde knie.

„Das hättest du nicht tun dürfen", sage ich und erst jetzt, wo ich den Klang meiner Stimme höre, wird mir bewusst, wie wütend ich auf ihn bin. Ich will aber nicht wütend sein; ich will mich verabschieden.

Ich habe meine Schutzhandschuhe angezogen und hebe das Tuch weit genug an, um seine Hand zu nehmen. Unter seinen Fingernägeln klebt schwarzer Dreck, seine Haut ist runzlig und blass. Der Verwesungsprozess ist weniger fortgeschritten, als wenn er auf normale Weise vor drei Tagen gestorben wäre, aber die Tatsache, dass ich ihn ohne Handschuhe nicht anfassen kann – nicht anfassen will – macht mich noch viel wütender. Ich hatte ihn ja schon ein letztes Mal angefasst; damals wusste ich es nur noch nicht.

Mein Magen droht sich schon wieder zu entleeren. Ich versuche krampfhaft, an etwas Positives zu denken, aber ich kann immer nur sein Gesicht sehen, das sich gegen den Zaun drückt und wie er auf dem Metall herumkaut. Ich suche vergeblich nach seinem Lächeln oder seinem einen Grübchen oder der Wärme in seinen Augen. Ich muss ihn sehen. Mit angehaltenem Atem ziehe ich das Tuch zur Seite, nur um zu sehen, dass sie seine Augen geschlossen haben. So sieht er Adrian ähnlich genug, dass ich atmen kann. Der hässlich verzerrte Gesichtsausdruck ist verschwunden und einem weichen, entspannten Ausdruck gewichen, der ihn so aussehen lässt, als würde er schlafen.

„Okay", flüstere ich. „Okay."

Das Knirschen und das Kratzen der Spaten verstummt. Wir müssen ihn unter die Erde bringen. Ich will ihn in der Erde wissen, sicher unter unseren Füßen. Als sie starben, wurden meine Eltern direkt vom Leichenschauhaus zum Einäschern gefahren. So konnte ich mich nur noch von ihrer Asche verabschieden, nicht von ihren Körpern. Seitdem habe ich mich immer gefragt, wie man die Hand eines geliebten Menschen zum letzten Mal loslässt. Wie man sie unwiederbringlich, für immer loslässt. Aber jetzt weiß ich es – es hilft, wenn die Alternative noch viel schrecklicher ist.

„Was soll ich bloß tun?", flüstere ich.

Der Gedanke hinterlässt eine große Leere in mir, so als sei da ein unendlicher gähnender Abgrund in mir, der hier beginnt und erst endet, wenn ich selbst einmal sterbe. Ich will ihm sagen, dass ich ihn liebe bis ans Ende der Welt und noch viel weiter, aber das weiß er ja schon, und ich glaube auch nicht, dass ich die Worte laut aussprechen kann.

Seine Jeans ist blutverkrustet und hat einen Riss, wo ein Gebiss oder vielleicht eine Hand eine Arterie erwischt hat. Ich will es gar nicht so genau wissen, will nicht zu viele grauenhafte Details seiner letzten Augenblicke kennen. Sein Messer hängt noch immer an seinem Gürtel. Es war ein Geschenk von meinem Vater, der immer gesagt hat, dass ein gutes Messer sein Gewicht in Gold wert ist. Als ich es aus der blutigen Halterung nehme, blitzt darunter etwas Silbernes auf; mein Verlobungsring ist halb aus seiner Hosentasche gerutscht.

Ich will schon danach greifen, aber dann halte ich inne. Ich will ihn nicht. Sein Messer hat noch immer einen praktischen Nutzen;

glückliche Erinnerungen sind damit verbunden. Der Ring aber war ein Versprechen – ein Versprechen, das er jetzt nicht mehr halten kann. Aber ich kann ihm eins machen. Ich schiebe den Ring zurück in die Tasche, bis ich mir sicher bin, dass er festsitzt. Genau in dieser Tasche hat er ihn mit sich herumgetragen und auf den perfekten Augenblick gewartet. Den Unterwäsche-Moment. Ich hätte es nicht für möglich gehalten, aber ein Lächeln kämpft sich durch meine Tränen.

„Bewahrst du ihn für mich auf?" Die Worte sind kaum hörbar, aber ich weiß, dass er mich hört. „Aber wehe, du überlegst es dir anders. Gib ihn mir einfach wieder, wenn wir uns das nächste Mal sehen."

Ich drücke seine Hand zweimal. Dann lasse ich los.

KAPITEL 30

Das Restaurant ist voller Leute, die sich murmelnd unterhalten und sich unentwegt die Tränen aus dem Gesicht wischen müssen, während ich mit staubtrockenen Augen dasitze. Ich hätte gedacht, dass ich niemals aufhören würde zu weinen, aber in dem Moment, als sie das Grab mit Erde füllten und ich mit Sicherheit wusste, dass er unter der Erde ist, verschwand mein Bedürfnis, Tränen zu vergießen, als sei es gemeinsam mit Adrians Körper begraben worden. Ich will es aber wiederhaben, egal, wie schmerzhaft es ist. Ich will einfach nur irgendetwas fühlen, was nicht diese grauenhafte Leere ist, die so dunkel ist, dass ich mir nicht einmal vorstellen kann, jemals wieder auch nur eine einzige Träne zu produzieren. Ich halte es nicht aus, hier rumzusitzen, halte den Gedanken nicht aus, aufzustehen, kann mir nicht vorstellen, wie die nächste Minute oder Stunde oder gar der nächste Monat werden wird.

Ben kommt mit Mikayla auf mich zu, die mir eine dampfende Tasse Tee hinstellt. Tee ist streng rationiert, und ich weiß, sie tut das nur, damit ich mich besser fühle.

„Danke", sage ich.

„Wenn ich irgendwas für dich tun kann, gibst du mir doch Bescheid, oder?", fragt mich Ben zum dritten Mal. Er sieht aus wie einer, der sich nichts sehnlicher wünscht als eine Antwort. Und höchstwahrscheinlich macht er sich Sorgen; er war zwar Adrians Partner, aber Adrian war die treibende Kraft hinter der gesamten Organisation.

Ich zwinge mich dazu, an dem süßen Milchtee zu nippen. „Der ist gut. Danke."

Mikayla zieht Ben mit sich davon. Sie lehnt sich an ihn, als er ihr einen Arm um die Taille legt. Die beiden so zu sehen, ist wie ein Schlag ins Gesicht. Ich muss allein sein, aber ich weiß nicht, wohin ich gehen soll. In unser Zimmer kann ich nicht. Ich werde ein Zelt aufschlagen, zumindest für heute Nacht. Schlafen kann ich ja sowieso nicht.

Peter sitzt neben mir und hat Bits im Arm, die ihr Gesicht in seine Halskuhle drückt. Ich lege meine Hand auf ihre Haare und sage: „Alles wird gut."

Peter legt seine Hand auf meine und mir wird bewusst, dass das genau die Worte sind, die er zu mir gesagt hat. Auch Adrian hat das gesagt. Vielleicht machen wir Menschen das so; versichern einander, dass alles gut wird – auch wenn wir wissen, dass es höchstwahrscheinlich alles andere als gut wird, auch wenn wir es selbst nicht glauben –, weil wir sonst die Kraft nicht aufbringen würden, immer wieder aufzustehen und weiterzumachen.

Bits klettert von Peters Schoß auf meinen, und mein Hemd wird augenblicklich von ihren Tränen durchnässt. Ich schaukele sie sanft und lasse meinen Blick den langen Tisch entlanggleiten. Penny knetet ihr Taschentuch und hockt verloren neben James. Nelly sitzt auf meiner anderen Seite, das Gesicht in den Händen verborgen, während Ana immer wieder die Fäuste ballt und ins Leere starrt. John legt eine schwere Hand auf meine Schulter, ehe er sich auf seinen Stuhl setzt. Adrian hätte das hier gehasst. Ich hasse es. Und ich halte keine weitere Minute davon aus.

„Bits, setzt du dich wieder zu Peter?"

Ich setze sie zurück auf seinen Schoß und zwänge mich aus meinem Stuhl. Caleb sitzt am Tischende und starrt in eine Tasse Kaffee. Kaffee für ihn, Tee für mich. Was für Glückspilze wir doch sind. Toby rutscht zur Seite, damit ich neben ihm sitzen kann, und ich nehme seine Hand in meine. Calebs Augen sind rot unterlaufen und seine Lippen geschwollen.

„Es tut mir so leid", sage ich. „Er war so ein lustiger Kerl. Weißt du, dass er dich nur immer so geärgert hat, weil er dich lieb hatte? Er hat mich immer an meinen Bruder erinnert. Der war auch stärker als ich, obwohl ich älter war."

Nach dem Tod meiner Eltern fand ich es immer tröstlich, von anderen zu hören, was für eine Leere meine Eltern in ihrem Leben hinterlassen hatten. Caleb lacht und wischt sich mit dem Ärmel über die Nase. Er legt seine Arme um meinen Hals, genau wie Bits es immer tut.

„Adrian hat dich so geliebt", flüstert er in mein Ohr. „Jeder hier wollte haben, was ihr …"

Das ist zu viel, und ich versuche noch, das erstickte Schluchzen zu stoppen. Einige drehen sich zu dem Geräusch um und schauen weg, als sie sehen, dass ich es bin. Ich will nicht schon wieder diese Person sein – die Person, die jeder mitleidig anschaut, die jeder mit Samthandschuhen anfasst.

Der gesamte Speisesaal beobachtet mich dabei, wie ich Bits einen Kuss auf den Kopf gebe, bevor ich den Raum verlasse. Ihre Augen sind so blau vor dem blutunterlaufenen Weiß, aber das sonst so lebendige Blitzen darin ist erloschen. Es wird wiederkommen, auch wenn es mit jedem gottverdammten Verlust, den sie erleben muss, ein wenig seiner Kraft einbüßt. Wie viel mehr muss sie verlieren, bevor es vollends verschwindet? Alles, was mir jetzt noch bleibt, ist dieses Blitzen, dieses Leuchten, diese Lebensfreude. Ich muss dafür sorgen, dass sie in Sicherheit ist, koste es, was es wolle. Das ist alles, was ich noch habe. Bis ich meinen Ring wiederbekomme.

***

Es ist ein Zelt für sechs Personen – nicht, dass ich eine große Party planen würde, aber es ist schön, ein bisschen Platz zu haben. Nelly hat mich hinter einem der Gewächshäuser auf der Erde sitzend gefunden und mir geholfen, ohne auch nur ein Wort zu verlieren. Hat mir Bettwäsche, einen Stuhl, meinen Kulturbeutel und eine Laterne gebracht. Von meinem Stuhl aus betrachte ich seine Silhouette, während er den Schlafsack entrollt und ein Kissen ans Kopfende legt. Adrian war sein Freund und er hat ihn umgebracht. Mein Magen verkrampft sich schon wieder, aber es ist nichts mehr drin, nichts, was hochkommen könnte.

„Nel …", beginne ich. „Danke – für … am Zaun. Ich dachte, ich könnte es tun …"

Die gerade Linie, die sein Mund ist, wird schief, so, als versuche er, nicht zu weinen. „Ich war's nicht. Ana …"

147

Wenn es irgendwer schafft, dann Ana, und zwar nicht aus Herzlosigkeit. Ich erinnere mich an ihren mitfühlenden Gesichtsausdruck, als sie an mir vorbei auf den Zaun zuging, die Art und Weise, wie sie sich beim Essen zusammenreißen musste, und ich weiß, dass es auch für sie nicht einfach gewesen sein kann, selbst wenn sie immer so tut.

KAPITEL 31

Ich habe eine Woche damit verbracht, das blaue Dach des Zelts anzustarren. Meine Freunde bringen mir abwechselnd Essen, das ich nicht essen kann, und sitzen abends so lange bei mir, bis ich sie rausschmeiße. John hat tagelang schweigend bei mir Wache gehalten, bis ich Maureen angefleht habe, ihn dazu zu bringen, sich eine andere Aufgabe zu suchen. Sie hat ihren Mann letztes Jahr auf dem Weg zur Farm verloren und ich wusste, dass sie mich und mein Bedürfnis danach, allein zu sein, verstehen würde. Sie hat mich fest umarmt, ohne ein Wort zu sagen, und ihn dann mitgenommen.

Bits und Fee haben eine Nacht bei mir verbracht. Wir haben Uno gespielt, bis Bits es müde wurde, mich daran zu erinnern, wann ich dran bin, und mich bat, mich neben sie zu legen. Ich hielt sie im Arm, bis sie eingeschlafen war, und wünschte, dass jemand dasselbe für mich tun würde. Barnaby ist nicht von meiner Seite gewichen. Er folgt mir überallhin und streckt sich lang neben mir aus, was zwar tröstlich ist, mir aber nicht beim Einschlafen hilft.

Es ist noch immer kühl, vor allem nachts, aber wenn mir zu kalt wird, gehe ich mich im Gewächshaus aufwärmen. Da ist es still und friedlich, und wenn mich die Leute sehen, gehen sie mir aus dem Weg und lassen mich in Ruhe. Mir macht das nichts aus; sie wissen nicht, was sie sagen sollen, aber ich weiß es ebenso wenig. Die bloße Frage, wie es mir geht, lässt mich in Tränen ausbrechen, und ich hasse es, vor anderen Menschen zu weinen. Früher oder später muss ich wieder zurück in mein Zimmer. Ich kann schließlich nicht für den Rest meines Lebens wie ein Einsiedler hinter der Farm leben.

Das Dach des Zelts ist hellblau geworden, was bedeutet, dass der Morgen angebrochen ist, und so mache ich mich auf den Weg zum Bad, um mir die Zähne zu putzen. Barnaby folgt mir. Es überrascht mich, hinter den Großraumzelten ein etwas kleineres Acht-Personen-Zelt zu finden, keine zwölf Meter entfernt. Dan sitzt davor und lächelt, als ich an ihm vorbeigehe.

„Hey du", sagt er. Ich hebe eine Hand zum Gruß. Hätte ich gewusst, dass er hier ist, hätte ich gestern Nacht leiser geweint. „Ich hoffe, dir macht das nichts aus. Ich hab mein Zelt so weit weg wie möglich aufgestellt. Ich mag es, mein eigenes kleines Reich zu haben, wenn es warm genug ist …"

Letzten Sommer und Herbst hat er das auch gemacht. Wir haben sein Zelt das Liebesnest getauft, nur um ihn zu necken. Ich schüttele den Kopf, um ihm zu signalisieren, dass es mir nichts ausmacht, und gehe weiter.

„Wir fahren heute nach Whitefield, um zu helfen", ruft er mir hinterher. „Und die Hühner hinzubringen und solche Sachen halt. Willst du mit?"

Ich blicke mich zu ihm um. Er behandelt mich beinahe so, als sei nichts passiert – abgesehen von dem sanften Ton seiner Stimme. Niemand sonst würde mich fragen, ob ich mitwill, außer vielleicht Ana. Niemand sonst würde denken, dass ich schon bereit dafür sei. Aber beim Gedanken daran, von hier wegzukommen – weg vom Haupthaus mit meinem Zimmer und dem Garten mit den Obstbäumen und den mitleidigen Gesichtsausdrücken – bemerke ich, dass ich nichts sehnlicher will. Ich hab mich hier nie eingesperrt gefühlt, aber jetzt fühlt sich die runde Umzäunung, die ich immer geliebt habe, wie der Vorhof zur Hölle an.

„Wann fahrt ihr?"

„In ein paar Stunden. Wir bleiben über Nacht."

„Okay", sage ich. „Ich bin dabei."

***

Die Treppe erscheint mir steiler als der höchste Berg, und als ich endlich oben ankomme, starre ich die Tür ganze drei Minuten lang an, ehe ich mich dazu überwinde, sie aufzustoßen. Ich gehe zu seiner Seite des Betts und presse mein Gesicht in sein Kissen, auch wenn ich weiß, dass ich mich damit nur selbst quäle. Ich lege mich auf unser Bett und starre das Bild an, das ich vor so langer Zeit für Adrian gemalt habe. Es zeigt den Ort, an dem wir uns das erste Mal geküsst haben. Er hatte es aufgehängt, nachdem ich ihm gesagt hatte, dass ich ihn nicht mehr liebe. Ich würde alles tun, um meine Worte zurückzunehmen und diese verlorenen Jahre zurückzubekommen, die ich mit ihm hätte verbringen können.

Ich hatte gehofft, dass sein vertrauter Geruch mich trösten würde, aber stattdessen macht er mich wütend: Wütend auf mich selbst, weil ich so dumm bin, und wütend auf die Lexer, die uns alles nehmen, was wir lieben. Es ist wahrscheinlich nur eine Frage der Zeit, bevor sie mir auch noch Bits wegnehmen. Ich trockne mir die Tränen und gehe zur Kommode. Dort stopfe ich meine Klamotten in den Rucksack und nehme das Messer und den Schädelspalter an mich. Adrians Handy liegt auf seinem Schreibtisch, voll aufgeladen. Ich stecke es in eine der Seitentaschen des Rucksacks und lege das Ladegerät zwischen meine Klamotten. Dann dusche ich und drehe meine noch nassen Haare über den Ohren zu zwei Dutts.

Ehe ich wieder nach unten gehe, stehe ich einen Augenblick lang vor der Schlafzimmertür. Es ist wie ein Ort aus einem früheren Leben – ein Leben, in dem ich ernsthaft geglaubt habe, dass Adrian und ich nie wieder ohneeinander sein würden. Wir waren füreinander bestimmt, und irgendwie hat mir das immer diese naive Gewissheit verliehen, dass uns das davor schützen würde, einander zu verlieren. Ich wusste, dass wir unser Happy End bekommen würden, solange wir entschlossen genug und wachsam waren. Warum ich glaubte, mehr verdient zu haben als die Leute, die in Stücke gerissen und in Monster verwandelt wurden, weiß der Teufel. Ich war eine verdammte Idiotin, weil ich glauben konnte, ich und mein persönliches Glück hätten ein Recht auf irgendeine Form von Garantie. Denn in dieser neuen Welt ist nur eins garantiert – die Tatsache, dass Zombies niemals sterben, niemals aufgeben und niemals genug bekommen.

KAPITEL 32

„Natürlich kann ich Bits nehmen", sagt Penny, „aber bist du sicher, dass du mitgehen solltest?"

„Ich muss hier raus." Ich bohre meine Fingernägel in die Handflächen; wenn ich weine, dann wird sie mich mit ihrer mütterlichen Art erst recht dazu bringen wollen, hierzubleiben.

Penny beißt sich auf die Lippe und mustert mein Gesicht eindringlich. „Okay. Wenn du dir wirklich sicher bist."

Ich umarme Bits zum Abschied. Sie sitzt auf der kleinen Couch in der Hütte und hält Fee in den Armen. Sie hebt einen Finger an die Lippen. „Weck sie nicht auf. Sie ist furchtbar müde. Ich glaube, sie ist traurig."

Ich hätte es nicht für möglich gehalten, dass mein Herz noch immer heil genug ist, um weitere Risse zu bekommen. Ich habe keinen blassen Schimmer, wie ich Bits trösten kann. Ich weiß ja nicht einmal, wie ich mich selbst trösten soll. Wenn ich weine, nimmt sie das immer so sehr mit, aber ich kann mir das Weinen nicht allzu lange am Stück verkneifen – also habe ich mich von ihr ferngehalten. „Okay, ich gebe mir Mühe. Ich hab dich so lieb."

„Ich hab dich auch lieb", flüstert sie.

Ich winke Penny zu, dass sie mir nach draußen folgen soll. „Ich dachte, dass du und James vielleicht mit mir tauschen würdet. Ihr könnt mein Zimmer haben."

„Auf keinen Fall!" Penny fasst sich unwillkürlich an die Kehle. „Das ist dein Zimmer. Wir wollen nicht …"

„Ich könnte hier mit Ana und Peter wohnen. Bits müsste nicht immer hin und her ziehen. Und wenn wir Wache schieben oder auf Patrouille gehen, kann sie ja immer noch zu euch. Und mit einem Baby ist ein Zimmer im Haus mit fließendem Wasser so viel besser. Und du musst ja jetzt schon sechs Millionen Mal am

Tag aufs Klo. Im Haus hättest du die Toilette direkt nebenan." Ich gebe mir wirklich Mühe, den Zimmertausch wie die beste Idee aller Zeiten klingen zu lassen.

„Nein, wirklich, ich will nicht, dass du …"

„Ich kann da nicht bleiben", erkläre ich mit einem Schulterzucken. „Also entweder tauschen wir oder ich bleibe einfach im Zelt."

„Ich glaube nicht, dass du dir das gut genug überlegt hast. Das ist eine wichtige Entscheidung, weißt du?"

„Ich werde den ganzen Sommer über entweder auf Nachtwache oder auf Patrouille sein. Ich melde mich für die Nachtschichten an, weil …", beinahe rutscht mir die Wahrheit heraus, nämlich, dass ich sowieso nicht schlafen kann, „die keiner übernehmen will. Jetzt sag halt ja."

„Ich rede mit James. Ich denke aber, dass du dir das Ganze noch mal durch den Kopf gehen lassen solltest. Das geht alles viel zu schnell."

Ich werfe mir den Rucksack über einen Arm und zucke erneut mit den Schultern. Penny fühlt sich hier noch immer sicher. Sie hat einen Freund, den sie liebt, und bald auch noch ein Baby. Sie unterrichtet Kinder. Sie muss nicht tagein, tagaus Lexer killen, damit wir uns hier sicher fühlen, hier leben können. Das ist mein Job, auch wenn ich nie darum gebeten habe. Ich wollte auch so jemand sein, der sich in ein Paar starker Arme kuschelt und von Babys träumt. Ich schlucke meinen Missmut hinunter, aber in die Augen blicken kann ich ihr nicht.

„Ich muss los", bringe ich hervor, ehe ich doch noch in Tränen ausbreche.

„Cass …" Penny verstummt, noch bevor sie so richtig anfängt, zu sprechen. Selbst sie weiß nicht, was sie zu mir sagen soll, und genau das ist der Grund, warum ich von hier wegmuss.

Ich drehe mich um und gehe auf die Stelle zu, an der die Pick-ups warten. Ana verschnürt gerade Hühnerkäfige auf der Ladefläche. Sie hat nicht mal mit der Wimper gezuckt, als ich ihr mitgeteilt habe, dass ich mitkomme. Hat nur genickt, als sei das zu erwarten gewesen. „Bereit?"

„Bereit", antworte ich.

KAPITEL 33

Das Dröhnen des Motors und das Rumpeln im Wagen hat mich in den längsten und tiefsten Schlaf seit Tagen geschaukelt, und als wir am Tor von Whitefield ankommen, brauche ich einen Moment, bis ich wieder ganz bei Bewusstsein bin. Nelly tut so, als würde er sich meinen Speichel vom Pulli wischen, als ich meinen Kopf von seiner Schulter hebe. Er gibt sich die größte Mühe, sich mir gegenüber so normal wie möglich zu verhalten, weil er weiß, dass ich das will, auch wenn ich selbst noch nicht so ganz weiß, wie ich mich normal verhalten soll. Ich fahre ihm mit der Hand durch die Haare und folge den anderen auf die Landebahn.

Kyle nimmt uns vor dem Haupthangar in Empfang. „Schön, dass ihr gut angekommen seid. Zeke erkundet gerade North Conway, da hab ich mich bereit erklärt, hier alles zu organisieren." Sein Blick fällt auf mich. „Cassie, ich wusste nicht, dass du … Mein Beileid wegen Adrian."

„Danke", sage ich.

Kyle nickt und starrt die Berge am Horizont an. Er ist wütend; das sehe ich ihm an den Augenbrauen und der Spannung in seinen Lippen an. Mich macht diese Ungerechtigkeit auch stinksauer, aber was bringt mir das? Das ist, als würde man die Wolken anschreien, weil sie uns mit Regen ärgern wollen. Lexer sind einfach nur ein weiteres Naturphänomen. Wir stehen schweigend beisammen. Das ist der neue Soundtrack meines Lebens: unangenehmes Schweigen.

„Wollen wir dann mal die Hühner in ihren neuen Stall bringen?", fragt Peter.

„Ach ja", sagt Kyle.

Ich gehe zu Nelly, Dan und Liz, die gerade die elektronischen Teile vom Pick-up abladen, um die Henry gebeten hatte. Nelly blickt hoffnungsvoll auf, sobald jemand vorbeigeht.

„Nels, wir machen das", versichere ich. „Geh schon."

„Okay, ich helf nachher mit den Hühnern und dann …"

Er hebt eine weitere Kiste von der Ladefläche und stellt sie auf die Erde. Ich positioniere mich zwischen ihm und dem Pick-up und verschränke die Arme vor der Brust. „Geh und such Adam. Wir machen das schon."

Er senkt den Blick und ich verstehe; er will nicht zu eifrig wirken. Ich würde dasselbe tun, wenn ich an seiner Stelle wäre, aber das hilft mir nicht. Im Gegenteil. „Jetzt geh schon", sage ich. „Ich lass dich nicht mehr in die Nähe von diesem Pick-up."

Er schenkt mir ein schiefes Grinsen. „Hör auf, mich herumzukommandieren."

„Vergiss es."

Es ist nicht unser übliches Geplänkel, aber es ist besser als gar nichts. Er zieht mich an sich und legt seinen Kopf auf meinen. „Hab dich lieb, Zwerg."

„Ich dich auch. Und jetzt mach dich endlich vom Acker."

Er drückt mich und macht sich auf die Suche nach Adam.

***

Es stellt sich schon bald heraus, dass Whitefield nicht die willkommene Ablenkung ist, die ich mir erhofft hatte; es hat den ganzen Tag gedauert, mich durch die Menge an Beileidsbekundungen zu kämpfen. Henry und Hank waren der einzige Lichtpunkt. Ich habe Hank einen Brief von Bits mitgebracht, die beschlossen hat, dass sie beide Brieffreunde werden sollten. Nachdem Hank ihre Zeichnung auf dem Papier gesehen hat, entschied er, dass er ebenfalls auf Kingdom Come leben wolle. Es war kein Wutanfall, aber es ist eindeutig, dass er Dotties ruhige, aber entschlossene Art geerbt hat. Henry musste ihm versprechen, dass sie umziehen, sobald er einen Nachfolger eingearbeitet hat.

Als wir uns endlich im kleinen Wohnbereich der Familienbaracke niederlassen, ist es dunkel. Kyle streichelt Nicole übers Haar, während er die Inventarliste unserer mitgebrachten Sachen studiert. Whitefield hat für den Moment genug Lebensmittel, aber eine

Patrouille wird sehr bald nötig sein. Nicoles Augenlider zucken und ihre Lippen umschließen ihren kleinen Daumen, während sie schläft. Sie ist ihrem Vater den ganzen Tag nicht von der Seite gewichen, und ich weiß, dass sie eigentlich vor ein paar Monaten schon aufgehört hatte, am Daumen zu lutschen. Sogar die Kleinsten, die von dem Ausmaß des Elends so gut wie möglich abgeschirmt worden sind, wissen genug, um Angst zu haben. Kyle ist alles, was sie noch hat; sie hatte eine Mutter und Kyle eine Ehefrau, aber als sie vom Kindergarten nach Hause kamen, um zum Stützpunkt zu fahren, war sie im Vorgarten gerade damit beschäftigt gewesen, den Hund zu zerfleischen.

Nachdem die Planung der Patrouille abgeschlossen ist, breiten wir unsere Schlafsäcke auf dem Teppichboden der Zentrale aus. Die grüne Stecknadel in Idaho steckt noch immer. Ich bin beinahe erleichtert, dass sie noch immer da ist, denn der Gedanke daran, Adrians Mutter mitteilen zu müssen, dass wir ihn für immer verloren haben, erscheint mir schier unmöglich.

Sobald der Atem meiner Zimmergenossen regelmäßig und langsam wird, schlüpfe ich aus dem Schlafsack und verlasse die Zentrale, nicke den Leuten zu, die an den Funkgeräten sitzen, und trete hinaus in die Nacht. Das schwache Licht weist mir den Weg zu der Stelle, an der Adrian mir den Antrag gemacht hat. Manchmal frage ich mich, ob ich den Ring nicht doch hätte behalten sollen, aber ohne Adrian will ich ihn nicht. Der Ring mit dem Stern an meinem rechten Ringfinger bedeutet mir so viel mehr als der kleine Diamant, denn er ist es, der mich zu ihm zurückgeführt hat.

Das Dröhnen von Zekes Motorrad ertönt und wird lauter, je näher er kommt. Er parkt neben seiner kleinen Zahnarztpraxis, was bedeutet, dass er gleich an mir vorbeikommen wird. Der Scheinwerfer blendet mich für einen Augenblick, ehe er den Motor abstellt. Seine Stiefel prallen dumpf auf dem Asphalt auf, und dann schließt er mich in seine starken Arme.

„Dachte ich doch, dass du's bist, Süße. Es tut mir so leid. Wie geht es meinem Mädchen?"

Erst weine ich nur leise vor mich hin, aber ehe ich mich's versehe, schluchze ich laut, meine Nase läuft und ich schnappe nach Luft. Zeke hält mich einfach nur fest, bis ich nur noch leise japsen muss, und blickt mich mit solcher Sorge an, dass ich ihm versichern will, dass alles okay ist.

Ich versuche mich an einem Lächeln. „Das war wohl ein bisschen mehr, als du erwartet hattest, hm?"

Sein Lachen schallt zwischen den uns umgebenden Gebäuden hin und her. „Mädchen, meine Mutter hätte dich geliebt! Komm, wir setzen uns in meine Praxis und quatschen erst mal 'ne Runde."

Zekes Praxis befindet sich in einem der übrig gebliebenen Lagergebäude. Er hat genug zahnärztliche Geräte und Instrumente gefunden, um eine voll funktionsfähige Zahnarztpraxis vorweisen zu können. Es riecht sogar nach Zahnarzt. Ich setze mich auf den Untersuchungsstuhl und lehne mich zurück, während er herumalbert.

„Haben wir denn auch regelmäßig Zahnseide benutzt, meine Süße?", fragt er. Ich liebe es, wenn er mich Süße nennt – es passt einfach perfekt zu seinem charmanten Südstaatendialekt.

„Zeke, du bist wirklich mehr Zahnarzt als alles andere. Ja, natürlich hab ich Zahnseide benutzt. Und bevor du fragst: Ich sorge auch dafür, dass Bits immer schön Zahnseide benutzt."

„Da bist du aber eine von sehr wenigen. Ich würde es nicht ertragen, wenn du aufhören würdest."

Er fragt mich jedes Mal, wenn er mich sieht. Als er herausbekam, dass ich ein wenig neurotisch bin, was Zahnhygiene betrifft, war er überglücklich.

„Und, nun sag schon: Warum hätte deine Mutter mich geliebt?"

Er setzt sich auf seinen Bürostuhl und legt die Füße auf den Schreibtisch. Ich schließe die Augen und lausche seiner Stimme. „Sie hatte eine Schwäche für Leute mit Mumm. Und sie hat auch immer etwas gefunden, über das man lachen kann, selbst nachdem mein Paps gestorben war. Sie war so eine richtige Powerfrau. Ich weiß noch, einmal, da muss ich neun gewesen sein …"

Ich höre zu, aber seine Stimme wird leiser und leiser, bis sie ganz verstummt.

Und dann erwache ich auf dem Stuhl, unter einer Decke. Das graue Licht, das durch die Fenster hereinscheint und Zekes Kopf, der auf dem Schreibtisch liegt, beleuchtet, verrät mir, dass es früher

Morgen ist. Der Stuhl quietscht, als ich meine Beine über die Seite schwinge.

Er lehnt sich mit einem Stöhnen zurück. „Gut, dass du ein bisschen schlafen konntest."

„Tut mir leid, ich wollte nicht mitten in deiner Geschichte wegnicken. Ich hab nicht viel geschlafen in letzter Zeit."

„Mach dir keine Gedanken. Ich hab schon so manch eine Frau mit meinen weitschweifigen Geschichten in den Schlaf gelangweilt. Ich bin's gewohnt."

„Das kann nicht sein", sage ich. „Nicht so jemand wie du, der so rau und verwegen ist!"

Die Art, wie Zeke und ich uns gegenseitig necken, fühlt sich so natürlich und normal an, dass ich mich beinahe fühle wie die alte Cassie. Aber dann fällt mir ein, dass es nur der Beginn eines weiteren Tags ohne Adrian ist. Ich lasse die Schultern hängen.

„Wie wär's mit Frühstück, hm?", fragt Zeke und tut so, als habe er nichts bemerkt. „Aber zuerst putzen wir uns die Zähne!"

KAPITEL 34

Nachdem ich eine weitere Woche im Zelt verbracht habe, lässt sich Penny endlich dazu breitschlagen, mein Zimmer zu übernehmen. Ich habe das Bild behalten, sein Handy und sein Messer. Ein paar seiner Sachen sind wieder in den Gemeinschaftsbesitz übergegangen, und Penny hat mir dabei geholfen, den Rest auf dem Dachboden zu verstauen. Dabei habe ich die meiste Zeit nur auf dem Bett gesessen, geweint und sie dabei beobachtet, wie sie die meiste Arbeit macht. Wir haben sogar eine eingespielte Routine entwickelt – ich hielt ihre Haare, während sie sich übergab, und sie reichte mir Taschentücher, sobald die alten zu durchnässt waren.

Aber seit zwei Tagen habe ich nicht mehr geweint. Nach knappen drei tränenreichen Wochen. Ich kann einfach nicht mehr. Und ich bin mir sicher, dass auch alle anderen mein Gejammer inzwischen leid sind. Wir haben keine weiteren Herden gesehen, nur kleine Grüppchen von Lexern, die mehrmals am Tag am Zahn aufkreuzen. Ich trage mich fast jede Nacht für den Wachdienst ein und habe auch keine Skrupel mehr, allein am Zaun entlangzugehen. Die Lexer machen mir keine Angst, und wenn ich einem von ihnen einen Pflock ins Auge stoße, ist es das befriedigendste Gefühl der Welt. Mein Hass gibt mir Kraft in diesen Augenblicken – anstatt im Selbstmitleid zu versinken, verwende ich meine Energie für etwas Nützliches.

Wenn ich nicht gerade Wache schiebe, starre ich in ein geöffnetes Buch, ohne die Worte zu lesen; ich unterhalte mich mit Bits, ohne zuzuhören, und ich liege nachts da, ohne zu schlafen. Erst am frühen Morgen, wenn ich höre, wie die anderen sich langsam für den neuen Tag bereitmachen, finde ich für ein paar Stunden Schlaf. In diesem Bereich der Farm ist es lauter, hier, zwischen den Hütten und den großen Zelten, aber ich mag unsere kleine Hütte. Das Schlafzimmer, das ich mir mit Bits teile, ist groß genug für ein Einzelbett, ein Feldbett und einen Kleiderschrank. Die Wände sind aus Holz, es gibt ein Fenster und eine Reihe von Kleiderhaken, wo wir unsere Jacken aufhängen, wenn wir nicht zu faul sind. Adrians Bild, Bits Zeichnungen und ihre Papierblumen auf dem Fensterbrett verleihen dem Raum eine gemütliche, warme Atmosphäre.

Ich bin gerade in einen leichten Schlaf abgedriftet, als Bits zu mir ins Bett springt. „Cassie! Schläfst du?"

Verschlafen öffne ich ein Auge. Ihr Gesicht ist so nah, dass ihre Sommersprossen vor meinen Augen verschwimmen. „Ja. Ich schlafe."

Sie kichert. „Machst du heute den Kunstunterricht? Bitte, bitte? Uns ist so langweilig. Penny ist so …" Ich muss lachen, als sie das Gesicht verzieht und sich den Bauch hält. „Und wir müssen doch unsere Porträts fertig malen!"

Ich fühle mich schlecht, weil ich die Kinder so lange ihrer Kunststunden beraubt habe und denke an Frida Kahlos Selbstporträt mit Diego Rivera auf der Stirn. Auf meiner Stirn wäre Adrian zu sehen, überlebensgroß. „Ja, okay. Ich komm gleich."

Sie zieht sich an und springt in den angrenzenden Wohnraum. Peter, der auch leidenschaftlich Zahnseide benutzt, stellt sicher, dass sie sich die Zähne putzt, bevor sie frühstücken gehen. Sobald sie gegangen sind, ist es zu still im Haus, um zu schlafen. Ich starre die Wand an und versuche, nicht darüber nachzudenken, dass ich jetzt in einem Einzelbett schlafe. Stattdessen denke ich an die Patrouille, die wir in zwei Tagen antreten werden. Früher hatte ich immer einen Heidenrespekt davor, aber jetzt kann ich es kaum abwarten, hier rauszukommen. Manchmal, wenn ich nachts den Zaun abschreite, stelle ich mir vor, wie es wäre, einfach abzuhauen. Einfach durch eins der Tore hinauszuschlüpfen und auf unbestimmte Zeit zu verschwinden. Und als normaler Mensch zurückkehren. Aber in Wirklichkeit würde ich wohl eher als Zombie zurückkehren.

***

Der Tag und der Kunstunterricht sind überstanden. Ich sitze beim Abendessen und stochere in meinen Spaghetti herum. Die Leute werfen dem Mädchen-dessen-Verlobter-gestorben-ist aus den Augenwinkeln verstohlene Blicke zu, aber meine Augen bleiben trocken.

„Es geht also nach Montpelier?", frage ich Dan, der inzwischen einen festen Platz an unserem Tisch hat.

Er saugt mit einem schlürfenden Geräusch eine einzelne Nudel auf. „Jepp. Toby hat den Plan auf der Karte eingezeichnet."

„Wer kommt mit?"

„Du, ich, Caleb, Toby, Ana und Peter."

„Ich kann's kaum erwarten!", freut sich Ana.

„Ich auch nicht", sage ich.

Peter atmet durch die Nase aus und legt seine Gabel auf den Tisch. Penny verändert fast unmerklich ihre Haltung, scheint aber nicht genug Energie zu haben, um uns zurechtzuweisen. Stattdessen widmet sie sich wieder ganz ihrer Ingwer-Limonade. Ich muss unbedingt mehr von dem Zeug finden, wenn wir unterwegs sind.

„Hat Shawn die Fahrzeuge untersucht?", fragt John. Dan nickt. John wirft mir einen langen Blick zu. Ich bin mir sicher, wenn er mich so ansieht, kann er meine Gedanken lesen. „Seid bitte einfach vorsichtig."

Ich nicke ernst, obwohl ich schon längst zu der Überzeugung gekommen bin, dass Vorsicht überbewertet wird. Adrian war vorsichtig, ich war vorsichtig. Und trotzdem passiert dauernd irgendwelche Scheiße. Vorsicht mag das Unausweichliche hinauszögern, aber früher oder später erwischt es uns alle.

„Und nächste Woche geht's dann nach Whitefield, richtig?", fragt Nelly.

„Genau", sage ich. „Dann bringen wir ihnen unsere Beute."

Und das bedeutet noch einmal drei Tage weg von hier. Irgendwann in nicht allzu ferner Zukunft müssen wir auch die Sicherheitszone in Quebec besuchen. Und anschließend braucht Whitefield bestimmt schon wieder frische Lebensmittel.

„Wünschst du dir etwas Bestimmtes, Bits?", fragt Peter.

„Nein, danke“, antwortet Bits und konzentriert sich angespannt darauf, die Spaghetti auf ihrer Gabel aufzurollen. Sie will nicht, dass wir beide gehen. Ich weiß, dass sie Angst hat, aber dabei vergisst sie, dass es genau das ist, was ihre Sicherheit garantiert. Wie viel Angst hätte sie erst, wenn es keinen Zaun, keine Freunde und nicht genug zu essen für alle gäbe.

KAPITEL 35

Die Fahrt nach Montpelier dauert eine gute Stunde, aber wir fahren einen Umweg, um Morristown zu umgehen. Im letzten Herbst haben wir einen Großteil der vorhandenen Benzinvorräte und Lebensmittel von dort holen können, aber aufgrund der Krankenstation, die hier damals von der Regierung eingerichtet wurde, ist die Gegend voller Lexer. Zum Glück war Vermont nie sonderlich dicht besiedelt, abgesehen von Burlington und seinen Vorstädten. Wir haben keine Ahnung, wie viele Lexer noch in Burlington herumschwirren oder wie die Straßenverhältnisse sind; niemand ist letzten Sommer so weit vorgedrungen. Aber jetzt wird der Treibstoff knapp, und ohne Wills regelmäßigen Patrouillen, die uns den Sommer über mit Nachschub versorgen, werden wir wohl sehr bald mehr über Burlington und die Verhältnisse dort erfahren. Wir haben genug Diesel, um zumindest einen Teil des Grabens um die Farm herum auszuheben, aber nicht genug, um das Projekt abzuschließen.

Normalerweise nehmen wir zwei Wagen mit auf Patrouille. Das bedeutet mehr Platz für Vorräte, die wir auf dem Weg finden, und mehr Sicherheit, falls eines der beiden Fahrzeuge liegen bleibt. Ich versuche, nicht zu sehr darüber nachzudenken, aber wenn wir alle gemeinsam aus Whitefield zurückgefahren wären, würde Adrian jetzt hier neben mir sitzen.

Peter und Ana sitzen vorn in unserem Pick-up, der Dan und den anderen folgt. Peter hat sich geweigert, Ana fahren zu lassen, sehr zu meiner Erleichterung und Anas Empörung. Für Mitte Mai ist es schon recht warm, und süß duftende Frühlingsluft strömt durch die offenen Fenster herein. Das Gras ist grün und die überwucherten Felder sind voller brauner Stiele, die unter dem Gewicht des Schnees umgeknickt sind. Ich frage mich, wie lange es wohl dauern wird, ehe der Wald das alles zurückerobern wird. Vor etwas mehr als hundert Jahren wurde ein Großteil der Wälder von Vermont zugunsten des Ackerbaus gerodet, und die Wälder sind noch immer von kreuz und quer verlaufenden Steinwällen durchzogen, die einmal offene Felder eingrenzten. Eines Tages werden Steinwälle, verfallene Häuser und rostige Autos mitten im Wald herumstehen.

Wir rollen im Schneckentempo durch Albany, während ich für zukünftige Patrouillen die Adressen der Häuser aufschreibe, die große Propantanks haben. Ein paar zerlumpte Lexer stolpern auf die Straße, wenn wir vorbeifahren, aber sie geben schnell wieder auf, sobald wir zu weit weg sind. Ein Lexer, der komplett mit schwarzem Moos überwuchert ist, kriecht am Straßenrand entlang, bis er in den Graben stürzt und reglos liegen bleibt.

„Igitt." Ana verzieht angeekelt das Gesicht. „Habt ihr den gesehen?"

Es war ekelhaft, aber es sah auch so aus, als würde er sterben. Das macht Hoffnung: Vielleicht ist da etwas, das uns dabei hilft, die Lexer loszuwerden. Und wenn dem so ist, müssen wir einfach nur so lange durchhalten, bis es sie alle erwischt. Das ist doch mal etwas, worauf man sich freuen kann. Aber eine Welt ohne Lexer ist immer noch eine Welt ohne Adrian.

***

Der Walmart außerhalb von Montpelier befindet sich in einem in sich geschlossenen Einkaufszentrum mit einer Backsteinfassade. Ana zeigt auf das Schild der Drogerie und gibt ein begeistertes Quietschen von sich, das Peter so sehr erschreckt, dass er abrupt auf die Bremse tritt.

„Verdammt, Ana, kannst du mal aufhören, so zu schreien?", motzt Peter, aber seine Stimme ist vergnügt.

„Und ein Schmuckladen! Ohrringe, ich komme!", ruft Ana. „Und J.C. Penney!"

„Vor einem Jahr hättest du dich niemals bei J.C. Penney blicken lassen", erinnere ich sie und muss grinsen.

164

Sie führt einen albernen Siegestanz auf dem Beifahrersitz auf. „In der Not frisst der Teufel eben Fliegen. Woohoo! Ich hol mir ein paar bedruckte Jeans. Hättest du jemals gedacht, das mal aus meinem Mund zu hören? Hm?"

Dan legt den Rückwärtsgang ein, fährt ein Stück zurück und lehnt sich aus dem Fenster. „Alles okay bei euch?" Ich kann nicht aufhören, zu lachen, und Dan grinst, als er Anas albernen Freudentanz sieht.

„Sie ist bloß ein bisschen aufgeregt wegen der Schminksachen und des Glitzerkrams, der da drin auf uns wartet", erkläre ich.

„Wir gehen nur zu Walmart", ermahnt Peter uns. „Kauft euch da euren Modeschmuck und billige Klamotten, wenn es unbedingt sein muss."

„Aber Papaa …", jammere ich vom Rücksitz, „kannst du uns nicht einfach hier absetzen und in einer Stunde wieder abholen?"

Alles lacht, selbst Peter, aber dann schüttelt er den Kopf und wird ernst: „Nein, ich wiederhole: Nur Walmart."

Mir ist eigentlich egal, was wir hier machen. Es fühlt sich einfach so gut an, draußen zu sein und mal wieder zu lachen, dass ich alles mitmachen würde. Auf dem Parkplatz stehen nur wenige Autos, was bedeuten muss, dass es auch drin so gut wie leer ist. Wir parken vor dem Eingang und schauen uns wachsam um, während Toby und Dan durch die Schaufenster ins Innere spähen.

„Okay, passt auf", sagt Toby. „Diese Tür hier führt in den Eingangsbereich, und dann sind es noch etwa viereinhalb bis fünf Meter bis zum Eingang von Walmart. Wir brauchen einen Posten auf dem Parkplatz und einen im Eingangsbereich."

Das bedeutet vier im Laden. Wir hätten mehr Leute mitnehmen sollen, aber wir konnten ja nicht wissen, wie die Lage ist.

„Ich bleibe im Eingangsbereich", beschließe ich. „Denkt nur dran, Ingwerpulver und Limo für Penny mitzunehmen. Und Katzenfutter und Flohmittel, wenn ihr was findet." Peter und Ana nicken; der Gedanke an eine kleine katzenförmige Flohschleuder in der Hütte behagt ihnen in etwa so sehr wie mir.

„Ich bleibe draußen", sagt Dan und reicht Toby ein Stück Papier. „Hier ist die Liste. Apotheke und Lebensmittel haben Priorität.

Aber das hier sieht nicht wie einer von den Läden aus, wo es viele Lebensmittel gab."

Toby überfliegt die Liste und gluckst. „Ah ja, natürlich hat die Apotheke Priorität."

Ana kichert, als sie über seine Schulter hinweg einen Blick auf den Zettel wirft. Mit den Lippen formt sie das Wort *Kondome* in meine Richtung. Ich verdrehe die Augen. Natürlich.

„Das ist nicht meine persönliche Liste, du Vollhonk", schimpft Dan, aber er muss selbst grinsen. „Das ist für alle. Und Priorität haben die *Medikamente*."

„Jaja, natürlich. Die Medikamente", sagt Caleb und springt gerade noch rechtzeitig beiseite, bevor Dans Stiefel seinen Hintern trifft.

„Vielleicht schauen wir uns erst mal um, ob hier irgendwo Zombies herumlungern?", fragt Peter. „Es macht ja wirklich Spaß mit euch, aber ich persönlich will einfach nur fertig sein und zurück nach Hause."

Ana tritt ihm auf den Fuß. „Du bist so ein Spielverderber."

„Komm, wir kontrollieren erst mal den Eingangsbereich", fordert Dan mich auf.

Der Walmart liegt am Ende eines langen Flurs. Wir können etwa die Hälfte sehen, ehe uns der Blick von einer Wand aus echten Bäumen versperrt wird, die ohne Licht und Bewässerung abgestorben sind. Der Boden ist bedeckt von Haufen aus Tüten, Schachteln, Klamotten und Schuhen, und Leichen, die entweder getötet wurden oder erfroren sind. Einige Geschäfte haben weit geöffnete Türen, aber wir können unmöglich sehen, wie es drinnen tatsächlich aussieht, ohne hineinzugehen. Die Tatsache, dass es muffig riecht, ist ein gutes Zeichen – das bedeutet, dass nicht allzu viele Zombies hier sein können, sonst würde es viel schlimmer stinken. Vielleicht wurde das Gebäude von Lebenden eingenommen und geräumt, um einen einigermaßen geschützten Ort für den Winter zu haben.

Toby reißt den Zettel durch und gibt Ana eine Hälfte. Peter und Caleb stecken sich die Ohrstöpsel der Funkgeräte ins Ohr, Dan nimmt das dritte. „Fünfzehn Minuten", sagt Dan.

Im Walmart ist es stockdunkel, daher macht es mir gar nichts aus, hier draußen zu bleiben, wo das Tageslicht durch die Fenster hereindringt. Peter schaltet seine Stirnlampe ein und geht mit gezogener Machete ein paar vorsichtige Schritte in den Laden hinein. „Bis hier ist alles klar.“

Wir sprechen nur gedämpft miteinander, denn falls hier tatsächlich irgendwer oder irgendwas herumlungert, wollen wir nur ungern Aufmerksamkeit auf uns ziehen. Unter anderen Umständen würden wir draußen stehen und Lärm machen, um potenzielle Lexer aus ihren Löchern zu locken, aber der relativ schmale Eingangsbereich ändert die Lage. Die vier nehmen sich Einkaufswagen und verschwinden rumpelnd in der Dunkelheit. Ich lehne mich gegen das Fenster am Ende des Ganges und behalte den Flur im Blick, während Dan im äußeren Eingangsbereich steht und den Parkplatz beobachtet.

Nach ein paar Minuten sagt er: „Die sind echt nicht für mich, weißt du.“

„Okay.“ Ich werfe einen kurzen Blick auf seinen Hinterkopf und widme mich dann wieder dem Flur. Ich muss grinsen. „Wie geht’s Meghan? Ach ja, stimmt, es ist ja seit drei Wochen aus. Wie geht’s der Neuen?“

„Ich mach gerade ’ne kleine Pause.“

„Aber das Liebesnest sieht so aus, als sei es allzeit bereit für neue Abenteuer?“

„Du und Nel. Ihr gebt wohl nie auf, was?“

„Du bist so ein leichtes Opfer“, erkläre ich ihm. „Da kann man einfach nicht widerstehen.“

Er schmunzelt und dreht sich mit im Sonnenlicht zusammengekniffenen Augen zu mir um. „Du wirkst heute irgendwie anders.“

„Ja, ich hab Spaß. Es ist schön, hier draußen unterwegs zu sein.“

Schön ist vielleicht nicht das passende Wort, aber er nickt. Er hebt die Hand zur Stirn, um trotz der Sonne sehen zu können, und beobachtet die Baumkronen am Rand des Parkplatzes, die in der leichten Brise raschelnd hin und her schaukeln.

„Ja“, beginnt er. „Ich liebe die Farm, aber manchm…“

Er hebt einen Finger zu seinem Ohrstöpsel, als ein Geräusch, das so klingt wie eine Metall-Lawine, aus dem Eingang des Ladens dringt. Ich nehme den Schädelspalter auf, der neben mir an der Wand lehnt, und blicke zu Dan hinüber, der den Kopf schüttelt. Von drinnen erklingt ein Jauchzen.

„Alles gut", sagt er. „Das war nur Caleb, der Idiot. Ich glaub, der dreht gerade ein bisschen am Rad."

Caleb und ich haben oft gemeinsam Nachtwache. In seiner Gesellschaft fühle ich mich wohl, weil wir uns nicht gegenseitig mit Fragen löchern. Wir sitzen einfach nur da, werfen hin und wieder einsilbige Kommentare in den Raum und schreiten den Zaun ab. Manchmal streiten wir zum Spaß darum, wer den Lexern den Rest geben darf. Er hasst sie ebenso sehr wie ich.

Der Krach hat irgendetwas im nahe gelegenen Schuhgeschäft aufgeweckt. Früher mal war es ein Mann in Khakihose und T-Shirt. Ihm folgen eine Frau in einem weit geschnittenen und bequem aussehenden Mantel und zwei Kinder, schätzungsweise acht und zehn Jahre alt. Eine postapokalyptische Kernfamilie. Das Einzige, was noch schlimmer ist, als normale Zombies sind Zombiekinder; man würde ihnen so gern helfen, obwohl sie einen ebenso skrupellos zerfleischen würden wie die Erwachsenen.

„Hier sind vier Stück, die auf uns zukommen", sage ich.

Dan schließt die Eingangstür und zieht seine Machete. „Bereit?"

„Jepp."

Diese Mischung aus Adrenalin und Entschlossenheit erfüllt mich. Wir schreiten über die Trümmer hinweg. Es widerstrebt mir, das kleine Mädchen zu töten, wenn es nicht absolut sein muss – ihr langes braunes Haar erinnert mich an Bits. Aber tun werde ich es, denn jeder Lexer, den ich umlege, ist einer weniger, der uns später gefährlich werden kann. Der Mann streckt uns seine geschwollene Zunge heraus. Die Haut der ganzen Familie ist grau und knitterig, nicht so dick und elastisch wie die von „frischen" Lexern, aber je näher sie uns kommen, desto schneller werden sie. Vielleicht sind sie es sogar gewesen, die das Einkaufszentrum aufgeräumt haben. Und doch waren sie auch hier nicht in Sicherheit.

Die Kinder fauchen. Die Frau stöhnt und hebt eine Hand, die aussieht wie eine Klaue. Dan stößt seine Machete in den Hals des Mannes, was einen feucht-zischenden Laut macht, und ich ramme dem Jungen den Spieß meines Schädelspalters in die Augenhöhle. Gerade noch rechtzeitig ziehe ich ihn wieder heraus, um damit seine Mutter umzulegen, die neben ihm auf dem Rücken landet. Dan rollt die Schultern, um sich für einen letzten Schlag bereit zu machen, als das kleine Mädchen auf ihn zukommt. Er betrachtet ihr Kleid und den einzelnen glitzernden Schuh, ehe er ausholt und die Machete mit solcher Kraft schwingt, dass nichts von ihrem Gesicht übrig bleibt. Als sie zu Boden fällt, schließt er kurz die Augen.

„Ich weiß", sage ich. Dann schweigen wir. Aus der Stille heraus erklingt ein leises Gluckern. „Hörst du das auch?"

Der Flur ist leer. Dan legt den Kopf schräg und folgt dem Geräusch zu seiner Quelle: der Mutter. Er zieht den Kragen ihres weiten Mantels zur Seite und legt offen, was sich darunter verbirgt. Ein Babytragegurt. Das Gesicht ist verborgen, aber seine winzigen, mit Wunden übersäten grauen Ärmchen und Beinchen wackeln in den dafür vorgesehenen Löchern hin und her. Noch nie habe ich einen Lexer gesehen, der jünger als fünf war; ich habe eigentlich immer gehofft, dass mir das erspart bleiben würde. Die Hände sind zu kleinen Fäustchen geballt. Das jammernde Fauchen wird lauter. Das könnte Penny sein, da auf der Erde, mit einem gähnenden Loch im Kopf, wo ihr Auge mal war. Das könnte ihr Baby sein, das sie irgendwann diesen Winter in genau so einem Tragegurt mit sich herumtragen wird.

„Sollen wir …?", fragt Dan leise.

Es wird sich kaum aus seinem Gurt befreien und ahnungslose Leute anfallen, aber so können wir es auch nicht zurücklassen. Es verdient, von seinem unwürdigen kurzen Leben erlöst zu werden. Mein Mund füllt sich mit Speichel. Er hat sich um das kleine Mädchen gekümmert. Das bedeutet, dass dieses Mal ich dran bin. „Ich mach's."

„Bist du dir sicher?"

Ich nicke und stelle mich über der Mutter in Position. Das Baby hat eine haarlose Stelle am Hinterkopf. Es reibt sein Gesicht an der

Brust seiner Mutter, so als wolle es gestillt werden. Ich brauche zwei Anläufe, ehe der Pflock am Ende meines Schädelspalters sein Ziel findet. Ich schließe die Augen und muss mich schütteln, als der kleine Schädel anstatt des üblichen feuchten Knirschens mit einem leisen Knacken zerbirst.

Ohne ein Wort zu sagen, schreite ich auf den Eingang von Walmart zu. Dan folgt mir und stellt sich vor der Tür auf. Ich habe gerade ein Baby getötet. Ich weiß, dass es nicht wirklich ein Baby war. Nicht mehr. Aber rationales Denken hilft mir in diesem Moment überhaupt nicht weiter. Schweigend warten wir, bis das Licht der Stirnlampen die Kassenbänder direkt hinterm Eingang beleuchtet. Peter und Anas Einkaufswagen sind bis obenhin voll.

„Wir haben alles gefunden", sagt Ana. „Na ja, bis auf Ohrringe, weil – und das ist vielleicht keine große Überraschung – Ohrringe von Walmart superhässlich sind. Wirklich, wirklich hässlich. Aber es gibt noch so viele Sachen da drin. Ich frag mich, warum …" Sie verstummt und folgt meinem Blick zu den Körpern. „Oh. Waren das die einzigen?"

„Ja." Das Baby erwähne ich nicht. Ich will nicht, dass alle hingehen und gucken. Sie würden nicht widerstehen können; ich weiß das, weil ich das nicht könnte, und es ist einfach zu furchtbar.

Toby und Caleb erscheinen ebenfalls; mit gesenkten Köpfen und angespannten Schultern schieben sie schwere Wagen, die mit Tüten voller Mehl, Zucker und anderer trockener Lebensmittel beladen sind.

„Wir gehen noch mal rein", drängelt Caleb. Er trommelt mit den Fingern auf dem Griff seines Wagens herum und schnalzt im Takt mit der Zunge. „Es gibt einfach zu viel geile Sachen da drin."

„Cabe", ermahnt Dan ihn leise, „wenn du noch mal so eine Aktion wie vorhin bringst, war das deine letzte Patrouille."

Calebs Mund öffnet sich. Dan hält seinen Blick mit eisblauen Augen fest. „Tut mir leid", entschuldigt Caleb sich. „Ich wollte nur … Da war ein Lexer und ich wollte mal sehen, was passiert, wenn ich ihn unter einem Haufen Regale zerquetsche. Was ist das Problem, Mann? Sonst lachst du doch auch drüber."

Dan geht einen Schritt auf Caleb zu, der unwillkürlich vor ihm zurückweicht. „Ja, tu ich. Aber ich mach keinen unnötigen Lärm, der meine Freunde in Gefahr bringen könnte. Und ich versuche auch nicht, sie zu quälen. Das waren Leute, Caleb. Das waren Babys. Also werd endlich erwachsen, verdammt noch mal."

Caleb nickt. Seine Lippen sind blass. Irgendwo hat er ja auch recht – wir versuchen immer, jeder Situation zumindest ein wenig Humor abzutrotzen, selbst wenn sie wirklich alles andere als witzig ist. Aber niemals, wirklich niemals, tut man etwas, das den Rest des Teams in Gefahr bringt. Peter wirft mir einen fragenden Blick zu. Dan wird fast nie wütend, und selbst Calebs Albernheiten hätte er wahrscheinlich mit einem Schulterzucken und einem Grinsen abgetan, zumal ja nichts weiter passiert ist.

„Ich geh auch noch mal mit rein", sagt Ana in einem zaghaften Versuch, das Thema zu wechseln. Ana mag sich selbst oft genug in brenzlige Situationen bringen, aber nie andere. Ich würde ihr mein Leben anvertrauen. Tatsächlich tu ich das regelmäßig. „Wie wär's, wenn ihr drei schon mal die Sachen in die Autos ladet?"

Sie verschwinden wieder im Geschäft. Während wir Lebensmittel in den Transporter packen, erzähle ich Peter von dem Baby und dem kleinen Mädchen, das aussah wie Bits.

„Ich dachte mir schon, dass irgendwas los war", sagt Peter und verzieht das Gesicht. Er hievt eine Tüte Katzenfutter auf die Ladefläche des Pick-ups. „Ich will's gar nicht sehen. Und erzähl das bloß nicht Ana, sonst will sie erst recht keine Kinder. Das wäre das perfekte Argument für ihre Sammlung."

Den letzten Satz unterstreicht er mit einem Zwinkern. Dan und ich müssen angesichts seiner Leichtfertigkeit lächeln. Das ist genau das, was wir jetzt brauchen. Ich halte zahllose Packungen und Varianten von Verhütungsmitteln hoch, bevor ich sie in einen extra dafür vorgesehenen Korb fallen lasse. „Sieht ganz so aus, als stünden die Chancen schlecht für dich. Aber immerhin könnt ihr jede Menge verpflichtungslosen Spaß haben."

„Wenn Dan uns was übrig lässt."

Dan hebt aufgebend die Hände gen Himmel und stimmt in unser Gelächter mit ein. Das ist heute schon das zweite Mal, dass ich richtig, ehrlich lache, und geweint habe ich kein einziges Mal.

KAPITEL 36

Die Patrouille hat mich müde gemacht, aber nicht müde genug, um zu schlafen. Ich lasse Fee und Bits zurück, die gemütlich eingekuschelt schlafen, und gehe zum Tor. Nelly hat heute Nachtwache und spielt gerade mit Mikes Sohn, Rohan, und Sue Karten. Als er mich hört, blickt er auf. Sue ist Ende vierzig und hat langes krauses Haar, das sie immer mit einer Baseballmütze zu bändigen versucht. Sie geht nicht mit auf Patrouille, weil sie ein Knie hat, das ihr Probleme macht, aber sie war als Kind oft mit ihrem Vater auf der Jagd und hat kein Problem damit, am Zaun Lexer zu beseitigen.

„Willst du 'ne Runde mitspielen?", fragt Nelly.

„Was spielt ihr denn?"

„Poker. Texas Hold'em."

„Ja, warum nicht." Ich ziehe einen Stuhl an den Tisch. „Aber ich erinnere mich nicht so gut an die Regeln."

„Ich bring sie dir bei", sagt Nelly. „Poker war ein Riesending in der Studentenverbindung."

Rohan schiebt sich das schulterlange dunkle Haar hinters Ohr. „Du warst in 'ner Studentenverbindung?" Selbst ist er eher Anhänger der Dungeons-and-Dragons-Fraktion und beäugt Nelly misstrauisch.

Nelly lacht. „Ja, schon, aber keine Sorge. Cass hätte sich nie mit mir abgegeben, wenn ich so ein toxisches Klischee gewesen wäre."

Ich schneide eine Grimasse. „Niemals."

„Aber lasst uns erst mal den Zaun abschreiten, bevor wir eine neue Runde anfangen", schlägt Sue vor. „Ich nehm Westen. Rohan, nimmst du Osten?"

Nachdem sie gegangen sind, fragt Nelly: „Und, Zwerg, wie war dein Tag?"

„Gut. Ich hatte Spaß."

Er blickt von den Karten auf, die er gerade mit routinierten Bewegungen mischt. „Gut? Spaß? Das sind zwei Worte, die ich eher weniger mit Patrouille verbinden würde. Erzähl mir mehr, bitte."

„Ich bin halt gern da draußen. Da denkt man nicht so viel nach."

Er versteht, aber das bedeutet nicht, dass er es gut findet. Zumindest, wenn man seinem Gesichtsausdruck Glauben schenken darf.

„Was ist los mit dir? Gerade eben noch machst du nichts anderes, als den ganzen Tag lang zu heulen – was wohlgemerkt völlig normal ist – und jetzt tust du plötzlich so, als sei nix passiert."

„Ich tu überhaupt nicht so, als sei nix passiert! Was soll ich denn deiner Meinung nach machen? Mir für immer und ewig die Augen aus dem Kopf weinen? Es gibt immer noch genug zu tun, um zu verhindern, dass der Rest von uns auch noch stirbt, Nelly!"

Er legt seine Hand auf meine, die sich krampfhaft an der Stuhllehne festklammert. „Okay, alles gut, Zwerg. Ich hab's ja gar nicht so gemeint, wie das jetzt vielleicht klang. Natürlich will ich nicht, dass du für immer und ewig nur rumheulst. Ich will aber auch nicht, dass du denkst, du müsstest so tun, als ob alles in Ordnung wäre."

„Natürlich ist *nicht* alles in Ordnung", sage ich mit zittriger Stimme und muss blinzeln, um die Tränen zurückzuhalten. „Aber ich fühl mich eben am meisten wie *ich*, wenn ich nicht auf der Farm bin."

„Du solltest dich lieber so fühlen, als seist du am wenigsten in Sicherheit, wenn du nicht auf der Farm bist", murmelt Nelly mit einem melodramatischen Seufzer. „Aber was zählt meine Meinung schon? Ich bin ja nur dein bester und klügster Freund auf der ganzen Welt."

Er versucht, mich aufzumuntern, denn natürlich hat er die Tränen in meinen Augen bemerkt, und dafür liebe ich ihn. „Nein. Das ist Penny."

„ … dein bester und am besten aussehendster Freund?"

„Das war mal. Jetzt, wo Peter und ich so gut miteinander auskommen, fürchte ich, ist die Stelle auch schon besetzt." Ich falte die Hände unterm Kinn und klimpere verträumt mit den Wimpern. „Diese Wangenknochen! Die gerade Nase! Die dunklen, tiefsinnigen Augen! Aber keine Sorge, du siehst auch ganz okay aus."

Nelly hält sich mit gespielt verletzter Miene die Brust.

„Du bist mein bester und lustigster Freund!", sage ich. „Und das ist die wichtigste Rolle von allen. Du darfst mich niemals verlassen. Versprochen?"

Er beißt sich auf die Lippe und wendet den Blick ab.

„Was?", frage ich. „Was ist los?"

„Ich dachte … wenn wir diese Woche nach Whitefield fahren … Ich dachte, ich bleib 'ne Weile dort."

Ich starre die Tischplatte an. Wäre Adrian hier, würde ich Nelly ohne zu zögern ziehen lassen, obwohl ich ihn natürlich vermissen würde. Aber jetzt fühlt es sich so an, als würden alle anderen mit Glück und Liebe überhäuft – alle, außer mir.

„Ihr kommt ja in nächster Zeit sowieso immer alle zwei Wochen rüber", spricht Nelly hastig weiter. „Also sehen wir uns ja trotzdem dauernd. Und ich komm her. Versprochen. Und wir können per Funk …"

„Nels, du weißt genau, dass ich es hasse, zu telefonieren." Ich verschränke die Arme vor der Brust und tue so, als würde ich schmollen. Ich sehe ihm an, dass ihm die Entscheidung nicht leichtgefallen ist und wie sehr es ihm davor gegraut haben muss, sie mir mitzuteilen. „Und das Funkgerät ist noch viel schlimmer! Ich besuch dich, aber nur, wenn du versprichst, mir die lokale Clubszene zu zeigen."

„Das sagst du *mir*? Als ob das Nachtleben nicht das Erste wäre, was ich auschecken würde." Sein Blick wird ernst. „Danke dir, Zwerg."

„Wofür bedankst du dich? Ich will, dass du glücklich bist. Aber es gibt da eine Sache, die du für mich tun musst, bevor du mich hier einsam und allein zurücklässt."

„Was auch immer es ist – betrachte es als gebongt."

„Du musst mir verraten, wie weit du und Adam …"

Er lässt die Stirn auf den Campingtisch knallen. „Ich wusste es! Gott, wie ich dich hasse!"

KAPITEL 37

„Bei Big Bend und Gila herrscht Funkstille", informiert Zeke uns. Er zeigt auf die zwei neuen grünen Stecknadeln auf der Karte in der Zentrale. „Seit zwei Wochen haben wir keinen Mucks mehr gehört."

Big Bend und Gila sind Sicherheitszonen, jeweils in Texas und New Mexico. Und beide befinden sich mitten im Nirgendwo. Aber selbst wenn Big Bend von einer Herde überrannt würde, erscheint es unwahrscheinlich, dass die Sicherheitszone in Gila ein ähnliches Schicksal ereilen würde. Als ich zwölf war, nahmen meine Eltern Eric und mich mit auf eine Fahrt quer durchs Land, und ich erinnere mich bis heute an die verschlungenen Wege und steilen Abhänge im Gila-Nationalpark.

„Wie viele Tage lagen denn dazwischen?", fragt John. „Könnte es sich hier eventuell um eine große Herde handeln?"

„Den Gedanken hatte ich auch schon", sagt Zeke. „Big Bend hätte sich ein paar Tage nach Gila melden sollen. Wir haben jeden Tag versucht, sie anzufunken, bisher ohne Erfolg."

Zeke ist jetzt ganz offiziell das neue Oberhaupt von Whitefield. Und das zeigt sich deutlich an den dunklen Ringen unter seinen Augen und der Tatsache, dass er nicht so vergnügt Witze reißt wie noch vor ein paar Monaten. Er zwirbelt sich den Bart und zieht gedankenverloren daran. „Wir sind weiterhin mit den Zonen Grand Canyon und Monte Vista in Colorado in Kontakt. Die berichten nichts Außergewöhnliches."

John runzelt die buschigen Augenbrauen und inspiziert die Karte eingehend. „Dwayne kann nur etwa neunhundert Kilometer weit fliegen, bevor er umdrehen muss. Das reicht nicht aus. Und es wäre Verschwendung von Treibstoff. Apropos – wie sieht es mit den Vorräten aus?"

Dwayne ist der einzige Pilot, der noch übrig ist – abgesehen von dem einen in Moose River. Die anderen gehörten zur Nationalgarde.

„Mickrig", seufzt Zeke. „Will hatte geplant, mehr zu besorgen, aber er hat seine Pläne nicht aufgeschrieben. Ich weiß nicht, wo er noch Vorkommen vermutet hat. Alle umliegenden Flughäfen haben wir schon leergeräumt, und ohne die Einheit schaffen wir es nicht bis nach Portsmouth."

„Tja, daran lässt sich nichts ändern", meint John. „Aber vielleicht können wir noch öfter mit Colorado und Arizona kommunizieren."

„Mein Respekt für Will ist immens gewachsen", sagt Kyle. „Der landwirtschaftliche Teil ist ja schon schlimm genug. Aber der ganze andere Scheiß? Ich hab wirklich keine Ahnung, wie er das alles unter einen Hut gekriegt hat."

Ich schiebe ihm ein Stück Papier über den Tisch hinweg zu. Kyle betrachtet es und entspannt sich sichtlich. „Das ist Whitefield", sagt er und reicht Zeke das Papier. „Eine Karte und ein Plan über alle Nutzpflanzen, Getreide, Erntezeiten … Hast du das etwa gemacht, Cassie?"

„Adri…" Ich räuspere mich. Ich habe seinen Namen bis jetzt kein einziges Mal ausgesprochen. „Nein."

Kyle nickt schnell. „Danke."

Heute ist der erste Juni, und das bedeutet, dass es Zeit zum Anpflanzen ist. Wir haben eine ganze Wagenladung Setzlinge und Lebensmittel mitgebracht, aber der Frühling wird trotzdem härter, als wir erwartet hatten.

„Eins noch", sagt John. „Wir brauchen einen Treffpunkt, falls wir irgendwann mal ganz fix von hier wegmüssen. Will und ich hatten geplant, nach Norden, Richtung Kanada zu gehen. Nach Yukon oder Alaska. Die Zonen da sind Whitehorse, Talkeetna und Homer. Es macht keinen Sinn, irgendwohin zu gehen, wo es wärmer ist oder zu flach."

Bei dem Gedanken an nördlichere Gefilde muss ich mich unwillkürlich schütteln. Vermont ist mir schon kalt genug. Aber auch der Gedanke daran, die Farm zu verlieren, behagt mir ganz und gar nicht. Die Vorstellung, dass Kingdom Come den Menschen Schutz und Sicherheit bietet, so wie Adrian es wollte, spendet mir

Trost. Und ich mag es, dass ich ihm nahe sein kann, obwohl ich bis jetzt noch nicht einmal wieder in dem Teil des Gartens mit den Obstbäumen gewesen bin.

„Und Alaska würde uns aufnehmen?", fragt Zeke.

„Die sagen, je mehr desto besser. Scheint eine gute Truppe zu sein. Und diesen Frühling haben sie bisher kaum Lexer zu verzeichnen gehabt. Sie denken, dass der harte Winter dort wahrscheinlich mehr von ihnen erwischt hat als hier. Sie haben zwar noch immer mit ein paar Verirrten aus Fairbanks und Anchorage zu kämpfen, aber sie denken nicht, dass es viele aus dem Süden über die Berge schaffen."

„Das ist ja mal was ganz anderes als hier", sagt Peter.

Wir haben in letzter Zeit durchschnittlich dreißig Lexer pro Tag am Zaun. Das ist noch nicht dramatisch, aber genug, um uns auf Trab zu halten. Und genug für eine gute Ausrede, am Zaun zu bleiben und andere Pflichten wie Kunstunterricht und die Frühstücksschicht sausen zu lassen. Mikaylas mitleidige Blicke reichen mir langsam; die meiste Zeit will ich ihr einfach nur einen Topf an den Kopf werfen.

„Und was machen wir dann?" Ana lehnt sich zurück, legt die gestiefelten Füße auf den Tisch und schürzt die Lippen. „Das wäre ja todlangweilig."

„Langweilig ist gut", belehrt Peter sie. „Langweilig ist das Ziel."

Ana zwinkert mir zu. Sie beschäftigt mich mit Kampftraining und Wache schieben. Sie ist unermüdlich und brüsk wie eh und je – zwei Eigenschaften, die mich früher in den Wahnsinn getrieben haben, die mir aber in der gegenwärtigen Lage überaus entgegenkommen. Sie packt mich nicht in Watte, und sie urteilt nicht. Ich tue so, als würde ich nicht sehen, wie Peter missbilligend die Stirn runzelt, weil ich noch nicht einmal versuche, mein Grinsen zu unterdrücken.

***

Nelly und Adam haben sich in einem der Zimmer in der Baracke eingerichtet. Ich habe Nelly ein gerahmtes Foto geschenkt, das ich unter Adrians Sachen gefunden habe. Adrian, Nelly und ich sitzen Arm in Arm auf einem Felsen und sind noch immer verschwitzt vom Wandern. Wir sehen alle ziemlich verwegen aus, aber unsere fröhlichen Gesichtsausdrücke sind so echt, dass es immer eins meiner liebsten Bilder von uns dreien gewesen ist. Ich habe es mit dem Handy abfotografiert, damit ich es ebenfalls habe.

Nelly streckt mir die Arme entgegen. „Kannst du mir mal erklären, wie es möglich ist, dass ich jemanden, den ich so hasse, so schrecklich vermissen werde?"

„Ich hasse dich auch", murmle ich an seiner Schulter. „So, so sehr."

Nelly hat sich immer um mich gekümmert, selbst wenn das nur bedeutete, dass er mich herumkommandierte und sich über mich lustig machte, bis ich wieder einigermaßen normal war. Ich weiß, dass er nicht weit weg sein wird, aber es fühlt sich so an, als würde ich ihn für immer verlieren. Ich drücke ihn ein letztes Mal an mich und drehe mich dann zu Adam um. „Du bist jetzt für ihn verantwortlich. Manchmal wird er ein bisschen größenwahnsinnig. Dann braucht er jemanden, der ihn einen Kopf kleiner macht."

„Glaub mir", versichert Adam lachend. „Ich weiß das."

Ich traue mir nicht zu, noch mehr zu sagen, ohne dass ich in Tränen ausbreche, also winke ich nur und gehe auf unsere Wagen zu. Henry und Hank kommen mit nach Kingdom Come. Ihre wenigen Habseligkeiten liegen bereits auf der Ladefläche des Pick-ups. Hank ist so aufgeregt, dass er seinen Vater mehr oder weniger vor sich herschiebt, und schon fühle ich mich ein bisschen weniger einsam als noch vor einem Augenblick.

Ich zupfe am Ärmel von Zekes schwarzem T-Shirt. „Ruh dich aus, Zekey."

„Gott weiß, ich versuch's. Du auch, Süße", sagt er. „Wir haben beide Augenringe bis unter die Achseln."

„Zeke! Soll das etwa heißen, du findest, dass ich scheiße aussehe?"

„Niemals, meine Liebe. Wenn ich könnte, würde ich dich höchstpersönlich zur Miss Sicherheitszone ernennen."

Ihn so ernst zu sehen, ist kaum auszuhalten, und so freue ich mich doppelt über das schallende Lachen, das mir die unsichtbare Krone einbringt, die ich mir selbst aufsetze. Ich werfe ihm einen Luftkuss zu und springe neben Hank auf die Ladefläche.

KAPITEL 38

Mit meiner Kelle mache ich eine Furche in die dunkle, feuchte Erde, setze eine junge Tomatenpflanze hinein und drücke die Erde drum herum behutsam fest. Bits sitzt neben mir und tut es mir nach, genau wie letzten Sommer. Und ebenso wie letzten Sommer sind wir beide barfuß. Ich genieße die Wärme der Sonne, jetzt, wo die Wolken, die noch am frühen Morgen den Himmel verhangen haben, vor ihr geflüchtet sind.

„Vielleicht haben sie Superkräfte", sagt Hank zu Bits und hakt seine Kelle links und rechts in die Erde, ohne so recht darauf zu achten, wo sie landet. „Vielleicht kann das Mädchen Blitze aus ihren Händen schießen oder so."

„Nein", sagt Bits. „Sie sind genau wie wir. Nur besser. Vielleicht ist sie ein Ninja, so wie Ana."

Ich muss lachen. Bits und Hank sind sehr schnell beste Freunde geworden, so als hätten sie ihr ganzes bisheriges Leben nur aufeinander gewartet. Derzeit arbeiten sie an einem Comic über zwei Kinder, die ganz allein die Welt vor den Zombies retten. Zuerst dachte ich, das würde Bits noch mehr in ihrer Angst bestätigen, aber scheinbar hat die Vorstellung, ihrer selbst als cleverer Zombiekillerin den entgegengesetzten Effekt.

„Okay, wie wär's, wenn sie unsterblich sind wie die Zombies, nur halt lebendig?" Hank nimmt sich die Brille ab und putzt sie mit einem Zipfel seines T-Shirts. „Vielleicht haben sie ein Gegenmittel genommen. Oder einen anderen Virus mit der entgegengesetzten Wirkung?"

Bits umarmt ihn, was ihn erröten lässt. Er mag erwachsener geworden sein, seit ich ihn das erste Mal gesehen habe, aber er ist noch immer der schüchterne und etwas unbeholfene Junge, den ich so lieb gewonnen habe. „Das ist es!", ruft sie. „Genau das sind sie!

Und vielleicht finden sie direkt in der ersten Szene die Ampullen. In einem geheimen Labor!"

Hank lässt seine Kelle nun vollends links liegen und stimmt ihr strahlend zu. „Ja, genau!"

Es ist schwierig, nicht an Adrian zu denken, zumal wir seinen Plänen folgen. Ich liebe es, lebendigen Dingen beim Wachsen zuzusehen, aber er liebte es noch viel mehr als ich. Ich wische die einzelne Träne, die ich nicht zurückhalten konnte, mit dem Handrücken weg, und grabe ein kleines Loch für die nächste Pflanze. Drei Pflanzen später ist der Kloß in meinem Hals verschwunden.

„Na, wie läuft's?" Als wir aufblicken, steht Dan über uns. „Bits, ich glaube, du hast deine Schuhe vergessen."

„Wenn es warm ist, tragen wir keine Schuhe", erwidert Bits altklug und zeigt auf meine nackten Zehen. „Unsere Füße lieben Freiheit."

„Das sind aber mal schmutzige freiheitsliebende Füße."

„Probier's erst mal aus, bevor du dich lustig machst", sage ich. „Wir mögen schmutzig sein, aber dafür können wir mit den Zehen wackeln, wann immer wir Lust haben. Und du? Deine Füße sind in Stiefeln eingesperrt."

„Das klingt ja wirklich ganz gut. Vielleicht sollte ich das auch mal ausprobieren." Dan bückt sich und zieht sich die schweren schwarzen Arbeitsstiefel und die Socken aus und steckt seine Zehen in die Erde. „Hm, du hast recht."

„Siehste?", sagt Bits.

Sie streckt ihm ihre schwarzen Sohlen entgegen. Dan greift nach ihrem Fuß und kitzelt sie, bis sie nach Luft schnappend auf der Erde liegt. Ich lache mit, denn das Lachen, das tief aus ihrem Bauch zu kommen scheint und immer dann an die Oberfläche blubbert, wenn sie gekitzelt wird, ist einfach zu ansteckend. Aber Dan werfe ich einen missbilligenden Blick zu. „Füße sind so leicht zu waschen. Aber Erde in den Haaren? Nicht annähernd so leicht …"

„Noch mal!", fordert Bits. „Noch mal, Dan! Bitte!"

Er kniet sich neben sie, um ihr die Erde aus dem Haar zu bürsten, und zeigt mit dem Daumen in meine Richtung. „Würde ich ja, aber ich glaub, dann bring ich mich erst recht in Schwierigkeiten."

Ich lächle und beginne mit der nächsten Reihe. Bits und Hank pitchen Dan ihre neue Idee für den Comic und der legt ein solches Interesse an den Tag, dass das Ganze in einer Fachdiskussion zum Thema Lexerbeseitigung endet. Es scheint fast so, als wäre ich die Einzige in unserer Gruppe, die heute tatsächlich etwas schafft. Mir macht das nichts aus, aber ich habe bereits beschlossen, mir morgen eine andere Aufgabe zu suchen. Hier habe ich zu viel Zeit zum Grübeln.

Dans Füße tauchen in meinem Blickfeld auf. „Soll ich dir helfen?"

„Klar, warum nicht?" Ich zeige ihm, wie es geht, und so ist die letzte Reihe in Rekordzeit geschafft. Wir fangen jeder an einem Ende an und arbeiten uns vor, bis wir uns in der Mitte treffen. Anschließend ziehen wir die Handschuhe aus und setzen uns auf die Erde.

„Danke", sage ich.

Er deutet auf das frische Grün, das uns umgibt. „Na ja, ich dachte, ich sollte beim Einpflanzen helfen, wenn ich nachher was davon essen will, richtig? Und ich mag's."

„Und die Tomatenpflanzen riechen so gut. Reib mal ein Blatt zwischen den Fingern und riech dran. Ich wünschte, ich könnte daraus Parfüm machen und es immer tragen."

„Sie duften wirklich gut." Dan lehnt sich vor. „Und du trägst es schon. Oder zumindest ein bisschen Erde."

Er reibt mit einem Finger über meinen Wangenknochen. Es ist nur eine freundschaftliche Geste, aber mit einem Mal wünsche ich mir nichts mehr, als berührt zu werden, und das plötzliche, tiefsitzende Bedürfnis verschlägt mir den Atem. Ich will mich an ihn drücken und die Augen schließen. Ich will, dass er Adrian ist.

Ich springe auf und spüre, wie ich erröte, dann dreht sich mir der Magen um. „Ja, ich glaub du hast recht. Ich geh mal besser duschen. Danke noch mal für die Hilfe!"

Dan scheint ein wenig überrascht über meinen hastigen Aufbruch zu sein, aber er zuckt nur mit den Schultern. „Klar. Gern geschehen."

Ich schnappe mir meine Stiefel, die am Ende der Reihe stehen, aber ich gehe nicht zu den Duschen. Die welken Blüten der

Apfelbäume fühlen sich weich und seidig unter meinen Füßen an, als ich auf Adrians Grab zugehe. Irgendwer hat Wildblumen auf den Stein gelegt, der auf dem kleinen Erdhügel liegt. Das hätte wohl ich tun sollen. Na ja. Ich lehne mich schwer an seinen Baum und lasse der seit zwei Wochen angestauten Tränenflut freien Lauf.

KAPITEL 39

Ich fahre, weil ich trotz allem nicht vollkommen lebensmüde bin. Ana sitzt auf dem Beifahrersitz des Bullis und hat die Füße auf das Armaturenbrett gelegt. „Ich wünschte echt, wir könnten Musik hören."

„Schau doch mal, ob du was Schönes im Radio findest."

„Haha. Du weißt, was ich meine."

Meine ganze Aufmerksamkeit gilt dem Schotterweg, der uns den Berg hoch zu unserem Ausguck bringt. „Keine Musik. Sonst hören wir nix."

„Ich weiß. Schon gut. Hast du meine Tomatenpflanzen gesehen? Das sind die größten von allen." Seit wir die Pflanzen vor einer Woche in die Erde gesetzt haben, kennt sie kein anderes Thema mehr.

„Ja, Ana. Zum hundertsten Mal: Deine Pflanzen sind die größten. Vielleicht gewinnst du ja einen Pokal beim gottverdammten Gemüsegarten des Jahres."

„Meine Güte, da ist wohl jemand mit dem falschen Fuß aufgestanden."

Ich starre sie an. Sie hebt abwehrend die Hände. „Tut mir leid", sage ich.

„Ach was, alles gut. Ich mag es, wenn du so versaut mit mir redest."

Ich muss lachen, aber sie stimmt ein Lied an, das alles übertönt. Das ist alles andere als gut und nicht nur wegen der Zombies. Ana ist der unmusikalischste Mensch, den ich kenne – ganz im Gegensatz zu Penny, die singt wie ein Engel.

„Hör auf!", schreie ich. „Du machst mich fertig!"

Sie geht noch eine Oktave höher. Es ist irgend so ein Top-Vierzig-Hit, der mir die Apokalypse beinahe sympathisch macht, weil ich nie gedacht hätte, dass ich ihn je wieder hören muss. Ich gebe ihr einen Klaps auf den Hinterkopf, und sie verstummt mit einem letzten langgezogenen Heulen – genau in dem Moment, als wir auf den Parkplatz vor dem verlassenen Haus fahren. Wir warten schweigend ab, aber es bleibt still.

Ich folge Ana den steilen Pfad hinauf. Es sind etwa hundertfünfzig Meter bis zum Gipfel, und obwohl ich in Topform bin, fällt es mir doch schwer, mit ihr mitzuhalten. Der Pfad führt uns auf eine Lichtung, die mit Baumstümpfen übersät ist. Wir haben sie mithilfe von Motorsägen und Äxten noch ausgeweitet, um einen besseren Blick über den Großteil der Südseite der Farm zu haben.

Ana reicht mir ein Fernglas und schaut durch ihr eigenes. „Penny lässt mich nicht in Ruhe wegen dir.“

„Was meinst du?“

„Sie denkt, dass du total am Rad drehst und findet es doof, dass du dauernd nur Nachtwache machst.“

„Ich dreh am Rad?“

„Ja, sie meinte irgendwas von wegen Stadien der Trauer. Und dass du das ganz falsch angehst. Ich weiß auch nicht.“ Sie zuckt mit den Schultern. „Dir muss ich ja wohl nicht sagen, dass ich aus Prinzip nicht auf meine Schwester höre. Sie sagt, ich soll aufhören, dich zu ermutigen.“

Ich bin sprachlos. Meine Hände zittern so sehr, dass ich keinen Deut durch mein Fernglas sehen kann. Wäre Penny jetzt hier, würde ich sie umbringen. Sie hat fließendes Wasser, ein Baby und James. Sie hat keinen blassen Schimmer, wie ich mich fühle. Wie das ist.

Ich lasse meinen Blick über den Steinbruch gleiten. Der Eigentümer hatte anfangs große Hoffnung in das Vorhaben gesteckt, hat mir Adrian mal erzählt, aber die erwarteten großen Mengen Granit blieben aus, und so gab er schließlich auf. Die Straße, die die drei Seen unterteilt, ist breit genug für ein Fahrzeug, aber ich glaube, früher war sie sogar noch breiter. Die Zäune wurden schon vor langer Zeit von Leuten niedergerissen, die an heißen Sommertagen Erfrischung suchten. Im Wasser treiben Lexer herum. Ich kann nicht erkennen, ob sie wirklich richtig tot sind, da keiner von ihnen auf dem Rücken schwimmt. Ich sehe einen Lexer, der ein Feld durchquert, und einen anderen bei einem verlassenen Bauernhaus, aber ansonsten scheint nichts Besonderes los zu sein. Ich lasse das Fernglas sinken und starre einen Baumstumpf an.

„Alles in Ordnung so weit", sagt Ana. Sie blickt ebenfalls vom Fernglas auf und bemerkt meine herabhängenden Schultern. „Hey, mach dir wegen Penny keine Gedanken. Du weißt doch selber, sie will einfach nur, dass alles in ihrem Leben Sinn macht. Hat wahrscheinlich irgendwann mal ein Buch drüber gelesen. Ich finde ja: Wenn du hier draußen sein willst, dann solltest du auch hier draußen sein."

Ich mache mich auf den Weg den Pfad hinunter und frage mich, ob alle denken, dass ich das hier falsch angehe. Ich weiß, dass Bits das denkt. Sie will nachts in meinen Armen liegen. Sie will die Cassie zurück, die lustig war, für jeden Spaß zu haben. Jetzt halte ich es immer nur eine gewisse Zeit aus, diese Rolle zu spielen, ehe ich flüchten muss. Ich dachte, es liefe ganz gut, besser zumindest als damals nach dem Tod meiner Eltern. Ich starte den VW und fahre im Schneckentempo den Berg hinab, hauptsächlich deswegen, weil ich noch nicht bereit bin, zurück zur Farm zu fahren. Ich werde dieses ungute Gefühl nicht los, dass ich meine Freunde im Stich lasse.

„Lexer auf elf Uhr", sagt Ana, als wir am Fuß des Berges ankommen.

Fünf von ihnen wandern die Straße entlang. Bei dem Tempo kommen sie spätestens heute Nachmittag oder am frühen Abend bei der Farm an. Werden Bits Angst machen. Machen uns extra Arbeit, weil wir sie, nachdem wir sie getötet haben, so weit wegschleppen müssen, dass uns ihr Gestank nicht mehr erreicht. Das Beste wäre, sie gleich hier und jetzt umzulegen und all das zu vermeiden.

Ich trete auf die Bremse und spüre das aufgeregte Kribbeln in der Brust. „Wollen wir?"

Ana lässt mit einem überraschten Lachen die Füße sinken. „Ernsthaft?"

Ich greife nach meinem Schädelspalter und lasse die Tür aufschwingen. Ana rennt um den Bus herum und ruft den Lexern zu: „Hey Jungs, wohin geht's?"

Sie drehen sich um. Ich glaube, es waren einmal vier Männer und eine Frau; manchmal ist das schwer zu beurteilen, vor allem, wenn sie fast nur noch Haut und Knochen sind, so wie ein paar von den Kandidaten hier. Ich halte meinen Schädelspalter mit beiden Händen fest. Ich habe zwei Pistolen und Adrians Messer bei mir, daher mache ich mir keine Sorgen. Einer kommt auf mich zu und denkt wohl schon, das Abendessen sei serviert, aber da hat er sich geschnitten. Buchstäblich: Mit drei großen Schritten bin ich bei ihm und hacke ihm die flache, breite Klinge in den Hals. Sein Stöhnen verklingt in dem Moment, als sein Kopf zu Boden fällt. Ein paar von ihnen sind jetzt leichter zu töten als letztes Jahr, fast so, als seien ihre Muskeln und Knochen tatsächlich durch die Kälte oder den Lauf der Zeit beschädigt worden. Ich drehe mich zu dem um, der mir gerade eine Hand auf die Schulter gelegt hat, und stoße ihn von mir weg. Ich hab ihn kommen sehen und wusste gleich, dass ich genug Zeit habe. Ich versuche, die Tatsache zu ignorieren, dass es mir vielleicht auch ein bisschen egal gewesen ist, und drücke ihm den Spieß am Ende des Schädelspalters in die weiche Stelle unterm Kinn. Ana erledigt derweil zwei. Die Letzte steht mitten auf der Straße. Das schwarze Moos, das ihr über die Augen gewachsen ist, nimmt ihr die Sicht.

„Willst du?", fragt Ana.

Sie grunzt und stolpert auf Anas Stimme zu, aber ich rufe: „Ja klar, ich nehm sie. Hey, Lady! Hier drüben!"

Sie richtet ihre blinde Aufmerksamkeit jetzt auf mich und kommt mit ausgestreckten Armen wie eine Mumie aus einem schlechten Hollywoodfilm auf mich zu gestakst. Und rennt direkt ins scharfe Ende meines Schädelspalters.

„Nicht schlecht", sagt Ana anerkennend. Sie wischt ihren Schädelspalter an einigen Blättern ab und starrt mich an. „Aber mal ganz ehrlich: Was war das eben?"

Ich reibe meinen Handschuh mit einem der Desinfektionstücher ab, die wir für solche Situationen immer dabeihaben, und werfe meinen Schädelspalter auf die Sitzbank. „Wie du schon sagtest: Ich will hier draußen sein. Wollen wir noch ein paar mehr finden?"

Ana lässt einen Arm aus dem Fenster hängen, als seien wir zwei Mädels auf 'nem Roadtrip. „Was denkst du denn?"

Die nächste Gruppe finden wir ein Stück außerhalb des ersten Tors vor Kingdom Come. Sie scheinen dem Lärm der Landwirtschaftsmaschinen zu folgen. Ben hat angeordnet, noch ein paar Hektar Getreide anzubauen, jetzt, wo es langsam eng wird mit der Verpflegung, und zusätzlich wird ein Graben ausgehoben, der ganz Kingdom Come einfassen wird. Sie müssten ja mit der Arbeit aufhören, um sich um die Lexer zu kümmern. In Wirklichkeit tun wir ihnen also einen Gefallen.

„Meinst du, wir schaffen elf?", frage ich, während ich den Bus parke.

„Vom Dach aus locker."

Wir steigen aufs Dach und rufen ihnen zu. Sie stolpern unbeirrt weiter die Straße entlang. Ich sitze im Schneidersitz und pfeife laut, aber es bringt nichts.

„Vielleicht werden sie hellhörig, wenn du ihnen was vorsingst?", schlage ich Ana vor.

Sie grölt einen weiteren ihrer fürchterlichen Songs, der nicht besser wird, als sie mittendrin kichernd zusammenbricht, weil die Lexer stöhnend näher kommen. Der Bulli wackelt bedrohlich, als sie sich gegen ihn werfen, aber hier oben auf dem Dach sind wir sicher. Eine Frau drückt sich gegen die Fahrertür und stößt ein grauenhaftes Knurren aus, das sich ihrem weit geöffneten Mund mit der schwarzen Zunge und den rissigen, ausgetrockneten Lippen entwindet. Ein Knirschen ertönt, als mein Pflock auf ihr Gaumenzäpfchen trifft.

Ana hat zwei Macheten aus dem Innern des Bullis mitgebracht. Ich stanze längliche Löcher zuerst in einen, dann in einen zweiten Schädel. Es ist fast *zu* einfach. Wir genießen die Stille, die Abwesenheit des hungrigen Stöhnens, die warme Brise, die durch das leise raschelnde Laubdach fährt, und das unaufhörliche Dröhnen des Traktors. Die Wut, die mir überallhin folgt – jeden Tag, immer – hat sich fürs Erste gelegt. Sie liegt da auf der Erde, neben den Körpern der Lexer, aber ich weiß schon jetzt, dass sie sich früher oder später aufrappeln und mir nach Hause folgen wird.

„Ana", sage ich. „Danke, dass du dich ... dass du das – ich konnte einfach nicht."

Sie umfasst ihre Knie mit den Armen und beißt sich auf die Lippe. „Ich wollte nicht, dass du das tun musst. Ich dachte, das macht alles nur noch viel schlimmer, als es ohnehin schon ist. Guck dir nur mal Caleb an."

Ich betrachte die Lexer auf der Erde und spreche das aus, was mir schon so lange auf der Zunge liegt. „Ich hätte es tun sollen. Du hättest es getan, wenn du in der Situation gewesen wärst."

„Ich weiß nicht", murmelt Ana. Sie rückt ein Stück näher, sodass ihre Knie meine Schulter berühren. „Ich hab viel drüber nachgedacht und bin mir ehrlich gesagt nicht sicher, ob ich's könnte. Ich glaube, du würdest das für mich tun müssen."

Ich lasse den Gedanken einen Moment lang auf mich wirken. Die Vorstellung, Peter oder einen anderen meiner Freunde töten zu müssen. Es ist fast so schlimm wie mit Adrian, aber ich würde es tun, um es ihr zu ersparen. „Und das würde ich."

„Ich weiß. Und versprich mir, dass du mich tötest, wenn ich es nicht selbst rechtzeitig schaffe. Peter schafft das nicht. Du musst – du kriegst mich beim ersten Versuch."

„Ja, klar", sage ich. „Als ob."

Das ist genau so ein Thema, über das Ana immer gern zu scherzen beliebt, aber ein Blick in ihr ernstes Gesicht und ich weiß, dass sie es todernst meint. „Versprich's mir."

„Na gut, okay. Ich versprech's."

Sie nickt und streckt die müden Muskeln. Ich tue es ihr gleich, woraufhin wir schweigend auf dem Dach liegen, bis das Funkgerät im Bulli zu rauschen und zu knistern beginnt. Ich gleite seitwärts vom Wagen und ziehe einen meiner Handschuhe aus.

Es ist Mike, vom ersten Tor. „Ana, Cassie, bitte kommen."

„Wir sind auf dem Weg, Mike. Alles in Ordnung."

„Okay."

Wenige Minuten später fahren wir durch das Tor, das Shelby für uns öffnet. Mike legt sein Notizbuch beiseite, in das er immer schreibt – in seinem früheren Leben war er Schriftsteller –, lehnt sich durchs Fenster und zieht den Kopf mit angeekeltem

Gesichtsausdruck zurück. „Oh! Ihr seid Lexern über den Weg gelaufen? Ich riech sie bis hier draußen."

Ich bin keine gute Lügnerin, aber zum Glück schaltet Ana schnell: „Ein paar, auf der Straße zum Ausguck hoch."

„Wirklich? Da oben sind sonst nie welche."

Ana zuckt mit den Schultern. „Sie waren auf dem Weg nach oben und wir wollten vermeiden, eingekesselt zu werden."

„Klingt vernünftig."

Wir reinigen unsere Waffen und ziehen uns um, ehe wir zum Mittagessen gehen. Ich fühle mich gut, so als hätte ich die Situation wieder ein bisschen unter Kontrolle. Dabei muss ich mich jedoch bemühen, die leise, schuldbewusste Stimme zu ignorieren, die mich an das Versprechen erinnert, das ich Adrian gegeben und das ich jetzt gebrochen habe. Andererseits habe ich ihm versprochen, dass ich niemals irgendetwas tun würde, was mich daran hindern würde, zu ihm zurückzukommen. Nur ist er nicht mehr da.

KAPITEL 40

Ich erwache beim Geräusch von klirrendem Metall und Barnabys wütendem Gebell. Ich bin wieder mal nicht vor sieben Uhr morgens zu Bett gegangen, und es sind erst wenige Stunden vergangen. Ich ziehe mir die Bettdecke über den Kopf, aber als mein noch halb bewusstloses Gehirn realisiert, dass das Geräusch vom Zaun kommt – und von vielen Händen, dem Lärmpegel nach zu urteilen –, springe ich auf, schlüpfe in meine Stiefel, ziehe mir die Lederhandschuhe über und greife nach dem Schädelspalter.

Ich renne auf das Geräusch zu, das jetzt um lautes Durcheinanderrufen ergänzt wird. Die Hälfte der Farmbewohner steht am Ostzaun und beobachtet das Geschehen. Caleb drückt sich mit einem Pflock in der Hand durch die Menge, ich folge ihm. Die vorderen Reihen treten zur Seite, um uns durchzulassen, und geben den Blick frei auf weit mehr als hundert Lexer auf der anderen Seite des Zauns. Der Maschendraht gibt unter dem Gewicht der Körper gefährlich nach. Ich habe keine Ahnung, wie viele von ihnen es bedürfte, bevor der Zaun komplett heruntergedrückt wird, aber es sieht so aus, als würde punktueller Druck wie dieser genügen, um früher oder später einen bleibenden Eindruck zu hinterlassen.

Einer löst sich vom Rudel, geht am Zaun entlang und greift mit der Hand zwischen den Maschen hindurch. Er rüttelt am Metall und stößt einen schrillen Schrei aus, der mir durch Mark und Bein geht. Noch nie habe ich etwas so Grauenhaftes gehört. Hinter mir ertönt, wie eine Antwort, ein zweiter Schrei. Ich erkenne Bits in der Menge der Kinder. Ihre kleinen Hände sind zu Fäusten geballt und ihr Gesicht ist kreidebleich. Ihre panisch-wilden Augen jagen mir fast mehr Angst ein als die Lexer vor unserer Haustür. Der Lexer öffnet den Mund erneut und will schon wieder zum Schreien ansetzen, aber das schrille Geräusch endet jäh, als ich ihm den Pflock am Griff meines Schädelspalters in die Kehle bohre.

Ich renne auf Bits zu, die ihr Gesicht in Hanks Achselhöhle versteckt. „Es ist schon okay", sagt er. „Cassie hat ihn erledigt."

Hank blinzelt und versucht tapfer, nicht das Gesicht zu verziehen, als sich ihre Fingernägel in seine Seite bohren. Dann schreit sie erneut, ohrenbetäubend und herzzerreißend. Ich ziehe sie an mich und lasse mich mit ihr auf die Erde sinken. Ich beuge meinen Oberkörper beschützend über ihren Kopf, der auf meinem Schoß liegt, aber sie will einfach nicht aufhören zu schreien und um sich zu schlagen, egal, wie oft ich ihren Namen rufe. Ich trage noch immer Adrians Boxershorts, in denen ich schlafe, und sie versenkt ihre Zähne so fest in meinem Oberschenkel, dass ich anfange, zu bluten. Als ich erschrocken japse und sie loslasse, springt sie davon, auf die Hütten zu.

Peter kommt neben mir zum Stehen und starrt ungläubig auf die Bisswunde. „Sie hat dich gebissen?"

„Es geht schon. Kannst du bitte einfach nur nach ihr sehen und gucken, ob sie okay ist?" Jetzt, da die kleine Showeinlage, die Bits hingelegt hat, offenbar vorbei ist, wenden die anderen ebenfalls kreidebleichen Kinder ihre Aufmerksamkeit wieder dem Zaun zu. Ich stehe auf und gehe auf Penny zu. „Warum sind sie überhaupt hier draußen?"

Penny scheint völlig überfordert mit den Kindern und der ganzen Situation überhaupt, aber das ist mir egal. Zeit, der Realität ins Auge zu blicken. „Sie … Sie sind nach draußen gerannt, als sie den Lärm gehört haben", stottert sie. „Sie wollten nicht wieder reinkommen. Ich …"

„Das ist dein einziger verfi… verdammter Job!"

Penny schiebt sich die Brille auf der Nase hoch und blinzelt hastig. Ich kann mich nicht daran erinnern, sie je dermaßen angeschrien zu haben, und selbst jetzt wirft sie mir nur ein beschwichtigendes Lächeln zu. „Cass…"

Ich lasse sie stehen und laufe zurück zum Zaun. Er beult schon wesentlich mehr ein als noch vor wenigen Augenblicken. Ein Zaunpfahl wackelt bedrohlich, und dann kommt uns der

Maschendraht einen knappen Meter weit entgegen. Aus der Menge hinter uns ertönen angsterfüllte Rufe, was alles andere als hilfreich ist. Irgendjemand muss die Schaulustigen von hier wegbringen, wenn sie uns schon nicht helfen. Ich durchbohre eine Augenhöhle und schlage eine Stirn ein. Aus dem Augenwinkel sehe ich Ashley, die einen Pflock zur Hand nimmt und ihn durch die Maschen stößt.

Ana fährt mit ihrem Pflock ratternd über den Zaun und schreit laut, um zumindest ein paar von den Lexern auf die Länge des Zauns zu verteilen. Ich laufe zu ihr und schlage ebenfalls gegen den Zaun. Ein Dutzend oder so löst sich aus der Menge und folgt unserer Einladung. Liz und Dan tun es uns am anderen Ende nach. Sobald sie sich aus der Masse lösen, sind sie einfacher zu töten, und schon bald stehen wir atemlos vor den abgeschlachteten Körpern und betrachten unser Werk. Der Zaun ist voller Innereien und anderem schleimigen Zeug, und der Gestank ist schwer auszuhalten. Es wird den ganzen Nachmittag brauchen, um die Massen von Lexern aus dem Weg zu räumen.

„Was für eine Scheiße!", flucht Liz und hält sich das Kreuz. Sie wirft einen Blick auf die Schaulustigen, die miteinander tuscheln.

„Alles okay?", fragt Caleb sie.

„Ja, schon, aber mein Rücken ist halt nicht mehr der jüngste."

„Komm, ich helf dir", sagt er und legt ihr einen Arm um die Taille.

„Cabe, ich kann schon noch selbst gehen!" Liz versucht, ihn wegzuscheuchen, aber er lässt sich nicht verjagen und geht mit ihr, während er sie vor kleinen Hindernissen auf dem Weg vor ihnen warnt. Ich kann ihr genervtes Gemurmel noch lange hören.

Ashley lässt ihren Pflock in einen der Eimer fallen und kommt auf uns zu. Ihre Augen sind weit aufgerissen, als sie uns mit bebenden Lippen anlächelt. „Ich wollte nur helfen", stammelt sie und bricht in Tränen aus.

Ich lege einen Arm um sie. „Und das hast du auch, Ash. Aber es ist gar nicht so einfach, oder? Vor allem die ersten paar Male."

Ashley tritt einen Schritt zurück und hebt die Hand, um sich die Tränen aus dem Gesicht zu wischen. Aber ehe sie ihr Ziel erreicht, greife ich nach ihrem Handgelenk und halte es hoch. Ihr Blick fällt auf die Blutspritzer und ihr Atem stockt.

„Wasch dich erst mal gründlich und fass auf keinen Fall irgendwas an", sage ich. Ich habe noch nie von irgendwem gehört, der sich durch Blutspritzer infiziert hat, aber das mag nur daran liegen, dass jeder, der so etwas zu erzählen hätte, jetzt als Zombie durch die Weltgeschichte spaziert.

Sie nickt und macht sich auf den Weg zu den Duschräumen neben der Wäscherei. Ana blickt ihr nach. „Sie war richtig gut. Ich wünschte, sie würden sie mal 'nen Wachdienst machen lassen."

„Du siehst aus wie jemand, der einen Verband gebrauchen könnte", meint Dan und zeigt auf das Blut, das an meinem Bein herunter und in meinen Stiefel läuft.

„Ja, mit allem habe ich gerechnet, aber auf dieser Seite des Zauns gebissen zu werden? Ich helf gleich beim Aufräumen, aber ich will erst mal nach Bits sehen." Ich kann noch immer nicht fassen, dass sie mich gebissen hat. Das ist so gar nicht ihre Art, und um ehrlich zu sein, verletzt es mich auch ein wenig, dass sie ausgerechnet mich gebissen hat.

„Schon gut, wir machen das", sagt Ana. „Wir haben auch ohne dich und Peter genug Leute hier."

Es sind so viele Leichen. Wir brauchen Leute, um sie auf die Pick-ups zu laden und sie abzutransportieren, und Leute, die Wache halten, während die anderen arbeiten. Es gibt ein paar Leute, wie Sue zum Beispiel, die aus offensichtlichen Gründen keine Patrouille machen können, die aber gern mit anfassen, wenn extra Hände benötigt werden.

„Danke", sage ich und drehe mich zum Gehen um.

Dan folgt mir. „Warte. Ich geh mit. Der andere Anhänger steht beim Transporter."

Meghan läuft aus der Menge auf uns zu und legt eine Hand auf Dans Oberarm. Sie ist süß, hat eine hübsch geformte Nase, Grübchen und zwei kurze braune Zöpfe hinter den Ohren. „Dan! Bist du okay?"

„Ja, Meghan, alles gut. Ich muss mich jetzt aber erst mal umziehen."

Sie blinzelt langsam und starrt ihn dann weiter verträumt an. Wenn das aufgesetzt wäre, wäre es verdammt nervig, aber Meghan ist süß und naiv, ein bisschen zu verträumt vielleicht, und absolut hilflos. Sie könnte locker Patrouille mitmachen; sie ist Anfang zwanzig und sportlich, aber das eine Mal, als sie versuchte, einen Lexer abzustechen, traf sie daneben. Durch den Zaun.

„Ich hatte solche Angst, aber ich wusste, wenn es irgendwer schafft, dann du! Und Cass, du warst auch so mutig!"

Lexer durch den Zaun abzuschlachten erfordert weniger Mut als Überwindung, aber ich danke ihr trotzdem, weil sie es todernst meint. Ernst oder nicht, sobald wir außer Sicht- und Hörweite sind, kann ich mich nicht mehr zurückhalten und klammere mich an Dans Arm. „Danny, du warst sooo mutig! Du bist mein Held!"

„Lass es. Bitte."

„Aber, warum nur?", frage ich mit piepsiger Stimme. „Ich wusste, du würdest mich retten!"

Er schubst mich verspielt weg. Ich habe beschlossen, den Moment im Gemüsebeet zu vergessen. Als es kurz komisch wurde zwischen uns. Vielleicht ist es ihm ja nicht mal aufgefallen; er konnte ja schließlich nicht wissen, was ich denke.

„Es würde mich nicht wundern, wenn Meghan heute Abend das Liebesnest besucht", sage ich.

„Auf keinen Fall", erwidert er. „Ich hab dir doch schon gesagt, dass ich erst mal 'ne Pause mach."

„Hm-hm." Er stößt mir einen Ellenbogen in die Rippen. Wir sind bei meiner Hütte angekommen, aber ich zögere, bevor ich die Tür öffne und hineingehe. „Sicher, dass du nicht doch Hilfe brauchst?"

„Nee, alles gut. Kümmere du dich einfach nur um Bits."

„Okay." Ich stolpere über meinen Schnürsenkel, der sich in der Hitze des Gefechts gelöst hat.

„Du solltest deine Schnürsenkel zubinden, sonst stolperst du noch drüber", sagt Dan trocken.

„Haha, sehr witzig", antworte ich.

Er lacht, als ich ins Haus gehe. Dann desinfiziere ich meine Kleidung. Bits schläft in meinem Bett, eingekuschelt in Peters

Arme. Fee liegt in ihren. Er starrt mit gerunzelter Stirn ins Leere, aber als er mich sieht, glättet sie sich.

„Wie geht's ihr?", frage ich.

„Es geht schon wieder, aber es tut ihr furchtbar leid, dass sie dich gebissen hat." Ich ziehe den Saum der Boxershorts hoch, um ihm den Biss zu zeigen, der inzwischen rot unterlaufen ist. „Autsch! Zu Recht! Warst du damit schon beim Arzt?"

„Ich bin mir sicher, es ist okay." Ich setze mich und versuche, mir die Stiefel auszuziehen, aber ohne Erfolg. „Kommt schon, ihr alten Stiefel. Ihr könntet zumindest so tun, als würdet ihr helfen!"

„Warum denkst du eigentlich immer, dass es was bringt, mit leblosen Gegenständen zu sprechen?"

In dem Moment gibt der Stiefel nach und fällt auf den Fußboden. Ich grinse triumphierend. „Weil sie mir zuhören! Manchmal reicht es schon, nett zu fragen."

Ich schiebe Bits' Feldbett neben meins, damit ich mich zu ihr legen und ihre Wange streicheln kann. Sie atmet mit bebenden Wimpern aus. Barnaby ist mir gefolgt und lässt sich mit einem langen Seufzer schwer auf den Boden plumpsen.

„Haben wir nicht noch mehr Tiere, die hier reinpassen?", frage ich.

„In die Ecke da drüben würde noch 'ne Kuh passen."

Ich lächle, aber als mein Blick wieder auf Bits fällt, werde ich ernst. „Es ging ihr endlich so gut. Ich dachte, das Comic-Projekt mit Hank würde ihr helfen."

Er wirft mir einen vorsichtigen Blick zu und flüstert: „Sie vermisst Adrian. Sie hatte ihn lieb."

„Ich weiß."

Ich schließe die Augen. Ich bin so müde; was würde ich nicht dafür geben, alles Schreckliche einfach zu verschlafen, so wie Bits es kann. Peter fährt mit einem Finger über meine Augenbrauen, so wie er es immer mit Bits macht, wenn sie mal wieder einen ihrer Albträume hat. Und ich verstehe, warum sie es so liebt; es beruhigt die Gedanken und verjagt das Chaos aus dem Kopf. Selbst wenn ich wollte, könnte ich mich nicht mehr wach halten, und so gebe ich schließlich nach und lasse los.

***

Als ich die Augen aufschlage, sehe ich als Allererstes Bits, die mich aus Peters Armen anstarrt. Er atmet schwer und wacht auch nicht auf, als ich seine Hand von meinem Hals schiebe.

„Na du?", flüstere ich. „Wie geht's dir?"

Ihre Unterlippe zittert. „Es tut mir so leid, dass ich dich gebissen habe."

„Schon okay", beruhige ich sie. „Na ja, eigentlich ist es gar nicht okay, aber wenn du versprichst, es nie wieder zu tun, ist es okay."

Sie schnieft und nickt energisch.

„Ich dachte, du wärst ein Zombiekiller", sage ich. „Hast du das etwa vergessen? Dachtest du, du bist selbst ein Zombie? Hast du mich deswegen gebissen? Hm?"

„Nein", antwortet sie mit einem Glucksen.

Ich strecke die Hand nach ihr aus, aber dann halte ich inne. „Warte! Sag mir erst, ob du mich wieder beißen wirst?"

„Cassie, ich werde dich nicht beißen!"

„Ich weiß, wie angsteinflößend das alles sein muss." Ich nehme ihre Hand, und sie zieht unsere beiden Hände an sich und legt sie sich unters Kinn. „Was können wir tun, damit es besser wird?"

„Ich mag's nicht, wenn du weggehst. Ich will, dass du die ganze Zeit hier auf der Farm bist."

Am liebsten will ich ihr sagen, dass ihr Wunsch mein Befehl ist, weil ich sie glücklich sehen will, aber ich kann nicht. Ich könnte, wenn es mir egal wäre, dass ich dann verrückt werde. „Ich weiß, Süße. Aber irgendwer muss doch dafür sorgen, dass wir in Sicherheit sind und genug zu essen haben. Wie wär's, wenn ich hier bin, wenn du ins Bett gehst, wenn ich nicht gerade auf Patrouille bin?"

Das mag zwar nicht das sein, was sie sich wünscht, aber sie nickt. Wenn sie nicht gerade wild um sich beißt, ist sie wirklich ein liebes kleines, kompromissbereites Ding.

Peter öffnet die Augen. „Guten Morgen, mein Mädchen."

Bits murmelt etwas und drückt ihr Gesicht ins Kissen; sie hasst es, Peter zu enttäuschen. Er urteilt nicht, was einen nur umso mehr dazu zwingt, über sich selbst zu urteilen. Manchmal kann das wirklich nerven. Ich versuche, nicht darüber nachzudenken, wie enttäuscht er wäre, wenn er wüsste, was Ana und ich machen, wenn wir draußen herumstromern. Ich habe mein Versprechen gebrochen, sie ein wenig an die Kandare zu nehmen. Na ja, es war vielleicht auch gar kein richtiges Versprechen, aber schlecht fühle ich mich deshalb trotzdem.

„Weißt du", sage ich zu ihm, „ich glaube, es liegt alles an dem Spitznamen, den du ihr gegeben hast: Bits. Klingt doch schon wie Biss. Sie hatte nie auch nur den Hauch einer Chance."

„Aha, jetzt ist es also meine Schuld, dass Bits dich gebissen hat?" Peter zwinkert mir über ihren Kopf hinweg zu und legt seine Arme noch fester um sie. „Hey Bits, mich beißt du aber nicht, oder?"

Bits seufzt melodramatisch und hebt den Kopf. „Nein, Peter!"

„Tja, aber ich werde dich jetzt erst mal so richtig durchkitzeln, mein Sommersprösschen."

Noch bevor er sie berühren kann, bricht sie schon in panisches Gekicher aus. Wenn ich den Peter vom letzten Jahr mit diesem Peter vergleiche, der Bits mit solcher Zärtlichkeit und väterlicher Liebe anschaut, selbst wenn er sie neckt, geht mir das Herz auf. Er ist zu einem der großherzigsten Menschen geworden, die ich je gekannt habe. Ich weiß, dass diese Eigenschaften schon immer irgendwo da drin gewesen sind, aber ich bin mir nicht sicher, ob sie sich auf diese wunderbare Weise entfaltet hätten, wenn all das hier nicht passiert wäre. Und mir wird plötzlich schmerzlich bewusst, dass er höchstwahrscheinlich das einzig Gute ist, das das Ende der Welt mit sich gebracht hat.

KAPITEL 41

Ich finde John im Funkraum, wo er die Frühschicht absolviert. Er hat die Hände hinterm Kopf verschränkt und starrt die Karte an, die über dem Funkgerät an der Wand hängt. Sie ist mit Stecknadeln versehen wie die in Whitefield, und auch hier zeichnet sich ein deutliches Bild ab: Der Süden wird grün. Langsam, aber sicher.

„Was gibt's Neues von Zeke?"

„Sie erreichen Grand Canyon nicht mehr", sagt er. „Ich wünschte, ich wüsste, was da los ist."

„Schauen die Leute von Monte Vista nach dem Rechten?"

Sein Kiefer arbeitet und er lässt die Faust auf den Tisch sinken. „Nein. Die haben zu viel Angst. Einerseits kann ich sie ja verstehen, aber es ist einfach töricht, den Kopf in den Sand zu stecken. Man sollte doch meinen, sie wollten wissen, wenn da was auf sie zukommt."

„Auf jeden Fall." Ich würde es wissen wollen. „Wie geht's Nelly?"

„Gut. Er hat Zeke gebeten, Grüße auszurichten. Zeke sagt, sie wissen seine Hilfe sehr zu schätzen. Alle lieben Nelly, aber das ist ja nicht Neues für dich."

Und niemand liebt ihn mehr als ich. Ich kann es kaum abwarten, ihn morgen zu sehen, wenn wir nach Whitefield fahren. Ich habe versucht, mit Peter und Dan herumzualbern, wie Nelly und ich es immer tun, aber es ist einfach nicht dasselbe.

„Na ja, wie auch immer – wir müssen den Graben fertigstellen", sagt John. „Wir stellen extra Wachposten auf, aber das Wichtigste ist, dass die ganze Farm so bald wie möglich komplett geschützt ist." Er lehnt sich vor. „Wie geht es dir, mein Mädchen? Ich hab das Gefühl, ich seh dich nur noch beim Abendessen."

Das mag daran liegen, dass ich lieber für mich bin, wenn ich nicht gerade auf Nachtwache bin oder zum Ausguck hochfahre.

„Mir geht's gut."

Die Wahrheit, die ich ihm vorenthalte, ist, dass sechs Wochen vergangen sind, und dass ich mich immer noch mehrmals am Tag so fühle, als habe mir gerade jemand einen gehörigen Schlag in die Magengrube versetzt. Dass Ana und ich da draußen heimlich Grüppchen von Lexern aufspüren und abschlachten, und dass ich dabei so viel Spaß habe, dass ich mir schon selbst Angst mache. Dass ich mich zurückhalten muss, um Bits nicht anzuschreien, wenn sie mich nachts umklammert und aufwacht, sobald ich mich auch nur einen Millimeter bewege. Das alles spreche ich nicht aus, aber ich bin mir sicher, dass er mir den Frust anmerkt, egal, wie gut ich ihn zu verbergen versuche. Ich kann kaum atmen, während ich von diesen ganzen Menschen umgeben bin, die alle andauernd etwas von mir wollen. Es gibt keinen Sauerstoff, nicht einmal in meinem eigenen Bett.

„Es dauert seine Zeit, aber es wird besser", versichert er. „Als Caroline starb, erschien mir mein eigener Tod als nächster Schritt gar nicht so unattraktiv. Ich konnte einfach nicht sehen, was ich hier noch sollte ohne sie."

Ich starre das Funkgerät an. Ich will nicht sterben; aber das Leben erscheint mir gerade einfach nicht sonderlich lebenswert. Das ist ein feiner Unterschied, aber immerhin ein Unterschied.

„Ich habe in Gott Kraft gefunden", sagt John. Er hebt die Hand. „Ja, ich weiß, wir haben ziemlich unterschiedliche Auffassungen, was Religion betrifft."

Das kann man wohl laut sagen: Er ist Christ, ich bin Agnostikerin. Er lächelt und spricht weiter: „Aber Gott hat mir die Arbeit nicht abgenommen, weißt du. Meine Kraft musste ich in mir selbst finden. Du kannst dich vor einer Herde von Lexern auf die Straße legen und beten, aber wenn du dir nicht selbst hilfst, indem du aufstehst und abhaust, fressen sie dich trotzdem. Du hast diese Kraft in dir, mein Mädchen."

Er räuspert sich und glättet sich mit einem Finger den Kragen seines Hemdes. „Ich dachte auch, dass ich mich nie wieder verlieben würde, aber da hab ich mich ganz schön geschnitten. Und das erzähl ich dir jetzt nur, weil ich will, dass du weißt, dass das Leben weitergeht, auch wenn es jetzt gerade vielleicht nicht so wirkt."

Maureen. Ich jauchze begeistert auf und drücke ihm einen dicken Kuss auf die Wange.

„Ja, ja, das reicht jetzt", grummelt er, aber sein Blick ist alles andere als abweisend. „Verstehst du, was ich dir sage?"

„Ja, ich versteh's." Ich liege nicht auf der Straße – ich stehe aufrecht und kampfbereit, den Schädelspalter in der Hand. Das ist die einzige Art von Kraft, die ich derzeit aufbringen kann. Ich wechsle das Thema. „Und, was machen wir jetzt wegen Arizona?"

„Nicht das Geringste. Es sei denn, Colorado beschließt endlich, seinen Mann zu stehen."

Oliver, ein Mann Mitte vierzig, tritt ein, um John abzulösen. „War irgendwas Interessantes?"

John bringt ihn auf den neuesten Stand, und als wir gemeinsam die Hütte verlassen, nehme ich seinen Arm. „Danke dir, John."

„Es wird schon wieder werden, mein Mädchen. Gib nur nicht auf."

John mag ja wieder Liebe gefunden haben, aber ich bin mir sicher: Ich werde nie wieder jemanden so lieben können, wie ich Adrian geliebt habe. Das kann ich mir beim besten Willen nicht vorstellen. Und ich will's auch gar nicht; ich habe auch so schon genug Menschen in meinem Leben, die ich nicht verlieren will.

***

Ich spüre, wie ich mich unwillkürlich versteife, als Penny sich beim Abendessen neben mich setzt. Seit Wochen haben wir uns kaum richtig unterhalten. Es ist kein richtiger Streit, aber es fällt mir schwer, sie anzusehen, jetzt, wo ich weiß, was sie über mich denkt.

„Es geht mir so viel besser" freut sie sich und schiebt sich eine Gabel voll Salat in den Mund. Im milden Frühlingswetter gedeiht das Gemüse wie verrückt, und sogar diejenigen unter uns, die früher über Salat nur die Nase gerümpft haben, verschlingen ihn, als wäre er Schokolade.

„Toll!", sage ich und verfalle erneut in Schweigen.

„Alles okay bei dir?"

„Ja, alles gut. Ich denk nur grade über die Fahrt nach Whitefield morgen nach. Muss mich noch vorbereiten. Ach ja, und Bits hat gerade wieder Schwierigkeiten, einzuschlafen, seit der Sache am Zaun, also musst du bei ihr bleiben, bis sie eingeschlafen ist. Und das kann dauern."

Ich habe es gar nicht als bewussten Seitenhieb gemeint, aber sie zuckt verletzt zusammen. „Hör mal, es tut mir wirklich leid, dass Bits das mit ansehen musste. Ich hätte sie und die anderen Kinder irgendwie daran hindern sollen, rauszulaufen, aber es ging einfach zu schnell …"

„Ich weiß, und es ist ja auch alles okay. Ich versuch einfach nur, alles in meiner Macht Stehende zu tun, damit sie so was nie wieder sehen muss."

Penny zupft am Ende ihres Pferdeschwanzes herum. Sie ist im Begriff, etwas zu sagen, was ich nicht hören will, also schiebe ich meinen Stuhl nach hinten. „Ich geh packen."

„Okay."

Wir sind beste Freundinnen, seit wir zehn sind, und ich kann ihr an der Nasenspitze ansehen, wenn sie verletzt ist. Aber ich bin es auch. „Bis später."

Ich gehe nach draußen und bin mir sicher, dass meine Wut berechtigt ist. Aber dadurch fühle ich mich nicht besser oder weniger einsam. Ich mag nur Adrian verloren haben, aber langsam bekomme ich das Gefühl, auch alle anderen Menschen in meinem Leben zu verlieren.

KAPITEL 42

Ich springe aus dem Pick-up direkt in Nellys Arme. „Ich klau dir deinen Freund“, eröffne ich Adam.

„Er gehört dir“, erwidert er. „Gib ihn mir einfach nur in etwa demselben Zustand zurück, wenn du mit ihm fertig bist. Bis auf seine Haare. Wenn du die irgendwie retten könntest, wäre ich dir wirklich sehr verbunden.“

Ich lege meine Stirn gegen Nellys und flüstere, laut genug, dass Adam jedes Wort hören kann: „Ich liebe ihn so, wie er ist. Er ist einfach perfekt.“

„Nel meint, wir sind uns ganz schön ähnlich“, sagt Adam.

„Ja, erstens mal: Er ist auch total schlampig“, meckert Nelly. „Ich dachte schon, ich sei deiner ewigen Unordnung entkommen, aber nix da. Hier ist es auch nicht anders.“

Nelly setzt mich ab und seufzt melodramatisch, aber sein Blick ist vergnügt und wird weich, als er Adam anschaut. Ich spüre einen Anflug von Eifersucht in mir aufsteigen, aber hauptsächlich freue ich mich für die beiden. Nelly erwischt mich dabei, wie ich angesichts seines liebevollen Blicks lächeln muss, und schubst mich. Ich schubse zurück.

„Na dann, ich hab den Kindern eine Aufgabe gegeben, an der sie alleine arbeiten können“, sagt Adam, „aber ich hab irgendwie das Gefühl, dass da nicht viel gearbeitet wird. Ich geh also lieber mal zurück. Ich lass euch beiden Drittklässler dann mal allein, obwohl ihr die Aufsicht eines Erwachsenen bitter nötig zu haben scheint.“

Ich schubse Nelly noch mal. Er nimmt mich in den Schwitzkasten, dreht sich mit unschuldiger Miene zu Adam um und fragt: „Was meinst du denn damit?“

Nachdem Adam kopfschüttelnd davon geschlendert ist, lässt Nelly mich los. „Ich hab da so ein Gerücht gehört, dass wir tatsächlich feiern gehen", sage ich.

Morgen fahren wir nach North Conway. Das Gemüse in Whitefield wächst und gedeiht, aber sie brauchen dringend noch mehr Grundnahrungsmittel. Und Übung; für alle außer Nelly, Kyle und Zeke ist es die erste richtige Patrouille. Ana denkt, dass es zum Outlet-Lager geht, um Klamotten zu shoppen, aber sie lebt in einer Traumwelt.

„Ja", sagt Nelly, „aber ich weiß nicht so recht …" Er wartet auf meine Zustimmung, aber nachdem diese ausbleibt, stöhnt er. „Du willst mit, hm? Penny meint …"

„Ach, lass stecken. Komm, wir haben Bier mitgebracht."

Er gibt nach und reibt sich die Hände. Der gesamte Alkoholbestand in Whitefield ist, zusammen mit den Lebensmitteln, den Flammen zum Opfer gefallen.

„Und vielleicht finden wir ja morgen noch mehr", füge ich hinzu.

„Jetzt verstehen wir uns."

***

„Ich weiß, ich hab das gestern schon mal gefragt", sagt John. Sein Blick ruht auf dem Trupp von Freiwilligen für die bevorstehende Patrouille. „Aber ich will wirklich ganz sichergehen: Wenn ihr euch der Aufgabe nicht gewachsen fühlt, bleibt ihr hier. Es ist ein Schuss ins Blaue – es kann sein, dass nichts passiert und es kann sein, dass wir plötzlich bis zum Hals in der Scheiße stecken. Und wir müssen uns aufeinander verlassen können."

Christine bindet sich die Haare zu einem Pferdeschwanz zusammen und murmelt zustimmend. Sie war vor Jahren in der Air Force, wo sie Brett kennengelernt hat. Ich beobachte sie dabei, wie sie mit zitternder Hand ihre Pistole ins Holster steckt. Natürlich ist sie nervös – es wäre beunruhigend, wenn nicht.

Nebst Zeke und Nelly besteht die Gruppe aus fünf Männern, Christine und Margaret. Margaret ist Mitte vierzig und hält die

203

Pistole in einer sehnigen Hand, die so aussieht, als hätte sie nie etwas anderes gehalten. Die Männer kenne ich nicht so gut, bis auf Kyle und Tony, einen ehemaligen Hafenarbeiter mit dunklem Haar und tiefsitzenden Augen.

Jamies lockiges dunkles Haar ist auf ihrem Kopf zu einem Dutt zusammengebunden und ihre grünen Augen glitzern. „Und, wer geht wohin?"

„Der Hannaford-Supermarkt ist in der Nähe vom Shaw's, und beide sind in der Nähe von Walmart", sagt Zeke. Er betrachtet die grob gezeichneten Vierecke auf der Karte. „Also geht die eine Hälfte von uns zu Shaw's und die andere zu Hannaford. Soweit wir wissen, gibt es bei Hannaford noch Backzutaten und im Lager ist auch noch was zu holen, und der Shaw's war bis zuletzt auch noch in ganz gutem Zustand."

John zeigt auf uns. „Cassie, Peter, Ana, Christine, Margaret, Kyle und Tony gehen mit mir zu Hannaford. Wir nehmen den Bus. Alle anderen fahren mit Zeke im Transporter."

Wir steigen der Reihe nach in den kleinen Schulbus ein und verlassen Whitefield. Von ihrem Platz auf unserer Sitzbank starrt Christine unentwegt in den am Fenster vorbeirauschenden Wald.

„Alles gut bei dir?", frage ich.

Das Sonnenlicht offenbart gnadenlos jede schlaflose Nacht, jeden elenden Weinkrampf, den sie in den letzten Wochen hatte. Ich sehe höchstwahrscheinlich nicht viel besser aus, aber immerhin fühle ich mich nicht so, wenn ich hier draußen bin.

„Mir geht's gut", sagt sie, aber ihre Augen sind ausdruckslos. „Weißt du, dass es über ein Jahr her ist, seit ich das letzte Mal die Zone verlassen habe? Ich musste einfach da raus."

„Vielleicht könnte das hier eine neue Aufgabe für dich werden? Vielleicht hilft's."

Ich nicke aufmunternd, woraufhin Christine sich wieder dem Wald zuwendet. „Im Irak hatte ich Kollegen wie dich, Cassie. Leute, die einfach in allem das Positive sehen. Ich hab's versucht, aber ich hatte die schlimmsten Albträume. Brett hat alles besser gemacht, aber jetzt …"

Wenn sie denkt, dass *ich* ein optimistischer kleiner Sonnenschein bin, wie muss es ihr dann gehen. Ich lege meine behandschuhte Hand auf ihre und spreche aus, woran ich selbst nicht glauben kann: „Es wird besser. Es kann ja nur besser werden, hm?"

Etwas anderes fällt mir nicht ein; zumindest nichts, was sich nicht wie ein verdammtes Klischee anhört. Sie bewegt die Lippen, während sie das goldene Kreuz berührt, das um ihren Hals hängt. Es ist nicht die Tatsache, dass sie betet – wäre ich so jemand, der betet, würde ich es derzeit sicher andauernd tun –, aber irgendetwas gibt mir das Gefühl, dass sie für das hier nicht bereit ist.

Der Wald weicht einer Wohngegend und schließlich gelangen wir in die Stadt North Conway. Ganze Reihen von hölzernen Häusern, die zuletzt als Touristengeschäfte gedient haben und abgeschottete oder zerbrochene Fenster haben.

Ana liest die Namen der Geschäfte vor, während wir an ihnen vorbeifahren. „Leder – Dansko, Ugg – nee, oder? Wir brauchen richtige Stiefel. Spielzeug. Oh ja, meine Nichte braucht Spielzeug!"

Bei jedem ihrer Ausbrüche schüttelt John energisch den Kopf, bis Ana die Arme vor dem Oberkörper verschränkt und die Namen der Geschäfte nur noch leise vor sich hinmurmelt. Ich weiß, dass sie sich die besten Argumente für die Outlets aufspart, aber so, wie ich John kenne, wird das sowieso nichts. Peter beobachtet sie mit leicht geöffnetem Mund und hinterm Kopf verschränkten Händen von seinem Platz hinter ihr. Wenn man nicht gerade selbst Opfer ihrer Begeisterung wird, ist sie wirklich unterhaltsam.

Aber ich kann es ihr nicht verdenken. Es gibt hier einfach so viel Kram, der nur herumliegt – Nützliches und Luxuskram gleichermaßen, wie zum Beispiel nachhaltige handgemachte Holzspielsachen von lokalen Kunsthandwerkern und Stiefel, die einfach nur schick und absolut nicht funktional sind. Ich muss mich daran erinnern, dass es nur drei Dinge gibt, für die es sich zu sterben lohnt: andere Menschen, Lebensmittel und Wasser.

Ein paar Lexer wandern ziellos umher, aber die meisten von ihnen sind diesen Winter den Soldaten von Whitefield zum Opfer gefallen. In der Ortsmitte häufen sich so viele verbrannte Körper, dass die Luft noch immer ein bisschen nach Rauch und leicht ölig riecht, wie nach einem großen Grillfest. Entlang der zweispurigen Straße stehen hier und dort Autos herum. Viele davon wurden aus dem Weg geschoben, um eine Mittelspur zu schaffen, durch die wir jetzt Zeke und den anderen, die im Transporter sitzen, folgen. Die Häuser und kleinen Geschäfte zerstreuen sich immer mehr, bis wir schließlich im bunten, schillernden Zentrum der Konsumgesellschaft landen. Die Hotels, die von parkähnlichen Grünflächen umgeben waren, sind nun komplett mit Unkraut überwuchert und voller zerbrochener Fenster. Vielleicht haben hier Leute in den Zimmern Unterschlupf gesucht, vielleicht mussten sie schnell raus.

Als wir uns der Abfahrt zu den Outlet-Geschäften nähern, versteifen sich Anas Schultern. Sie öffnet den Mund. John hält den Blick stur auf die Fahrbahn gerichtet. „Nein", sagt er nur.

Als Peter und ich schadenfroh kichern, dreht sie sich mit einem Grinsen zu uns um. „Man kann ja nicht immer gewinnen." Sie legt ihr Kinn auf die Rücklehne, streicht Peter mit einer zärtlichen Bewegung das Haar hinters Ohr und flüstert: „Sei vorsichtig, ja?"

„Du auch", sagt Peter.

Er umfasst ihr Gesicht mit beiden Händen und beugt sich vor, um sie küssen. Fast spüre ich Adrians Hände auf meiner Haut. Die plötzliche Sehnsucht ist so stark, dass ich meine Fingernägel in die Handflächen bohre, um mich abzulenken. Dabei machen mir aber die Lederhandschuhe einen Strich durch die Rechnung – man spürt kaum etwas – also kneife ich mir in die Oberschenkel, bis es wehtut. Auf der Farm ist Adrian überall, aber nur selten folgt er mir bis nach draußen. So lässt es sich am besten aushalten.

„Da wären wir", sagt John und biegt in eine Seitenstraße ab.

„Wir sollten irgendwann mal zu EMS und L.L. Beans." Kyle zeigt auf die beiden Outdoor-Geschäfte, die unmittelbar hinter dem Starbucks an der Hauptstraße liegen. „Und zu einem Kaffee würde ich auch nicht nein sagen."

„Für einen Latte macchiato würde ich alles tun", stimme ich zu. „Und es ist sogar ein Drive-in, so müssen wir uns auch keine Sorgen machen, bei lebendigem Leibe zerfleischt zu werden!" Alle lachen, außer Christine.

„Ich nehme einen Cappuccino", sagt Tony mit seinem italienischen Akzent. „Und einmal Cannoli. Meine Mutter hat immer die besten Cannoli gemacht."

Er küsst seine Finger und hebt die Hand zum Himmel. Letztes Jahr hatte er noch einen runden Bauch, passend zu seinem runden Gesicht, aber durch die harte Arbeit und die Rationierung der Lebensmittel bleiben ihm nur noch die dunkle Igelfrisur und die runden Wangen, die ihm das Aussehen eines viel jüngeren Mannes verleihen. In Wirklichkeit ist er Mitte vierzig.

„Wir könnten Cannoli machen", schlägt Peter vor. „Wir machen ja schon Ricotta selbst. Und der Rest ist einfach."

„Ernsthaft? Ich nehm dich beim Wort!", sagt Tony. „Hast du etwa italienische Wurzeln, Pete?"

Peter grinst. „Nee, nee, ach was. Ich bin ganz normal."

Tony versetzt dem Sitz vor sich einen Schlag und hält sich den Bauch vor Lachen. Der Bus kommt neben dem Transporter zum Stehen, und Zeke zeigt auf den Hannaford-Supermarkt zu unserer Rechten. Er liegt in dem Teil des Einkaufszentrums, das der Straße am nächsten ist, was gut ist, falls wir schnell rausmüssen. Ich kann die Gebäude, in denen sich die Outlet-Geschäfte befinden, gerade eben noch durch die Bäume erspähen, aber Ana, die jetzt eine neue Mission hat, schaut gar nicht erst in die Richtung.

Zeke fährt an und rollt die Straße hinab. Er teilt uns mithilfe des Funkgeräts mit, dass auch hinten alles ruhig aussieht, und setzt den Weg zu Shaw's fort.

Sich aufzuteilen ist nicht immer die beste Idee, aber da wir so viele Leute haben, wie man normalerweise für zwei verschiedene Patrouillen braucht, sollte es in Ordnung sein. Auf dem Parkplatz finden sich zweierlei Leichen – die, denen das Fleisch bei lebendigem Leibe von den Knochen gerissen wurde, und die, die es gefressen haben und schließlich erfroren sind.

Whitefield hat die Lexer im Einkaufszentrum erledigt. Sie wollten noch darauf warten, dass die Straßen leichter befahrbar sind, ehe sie die restliche Beute nach Hause holen. Aber dazu sind sie vor dem Angriff nicht mehr gekommen. Das Sperrholz, das sie über die offene Tür genagelt haben, ist entweder absichtlich entfernt worden oder von selbst abgefallen. Egal, wie es passiert ist: Fakt ist, dass wir keine Ahnung haben, was uns da drinnen erwartet.

„Lasst uns sie erst mal nach vorn locken, nachher kümmern wir uns um den Hintereingang", sagt John. Wir schieben die Holzplatten zur Seite, und John zeigt Christine, Tony und Margaret, wie man die Lexer aus ihren Löchern lockt, indem man vor dem Eingang Lärm macht. „Es ist immer besser, sie kontrolliert anzulocken, um sie dann zu erledigen."

Nach ein paar Minuten leisen Rufens erklingen Schritte aus dem Innern des Ladens und zehn Lexer erscheinen im Licht des Eingangs.

„Das ist leicht", sagt John. „Geht einfach zurück auf den Parkplatz und nehmt sie euch einzeln vor, sobald sie rauskommen."

Alle drei halten zusätzlich zu einer Schusswaffe entweder einen Pflock oder eine Klinge in den Händen. Margaret stößt ihren Pflock durch die fehlenden Gläser seiner Brille in die Augenhöhle eines Lexers. Sie tötet noch ein paar weitere und lässt dann Tony ran, der sich um die nächsten paar Neuankömmlinge kümmert. Christine steht mit blassem Gesicht daneben und sieht zu.

„Willst du es auch mal versuchen?", frage ich. Sie schüttelt langsam den Kopf, als sei sie in einer Traumwelt.

„So ist's richtig", sagt John, als keiner mehr übrig ist. „Ihr wollt böse Überraschungen vermeiden, dann nehmt euch immer nur einen nach dem anderen vor, soweit das möglich ist."

Peter und Ana halten draußen Wache, während wir einkaufen. Dunkle Wolken sind am zuvor noch so blauen und klaren Himmel aufgezogen, und jetzt beginnt ein leichter Nieselregen. Das ist gut insofern, als dass es schwieriger ist, uns zu wittern, aber gleichzeitig wird es auch schwieriger, zu hören, was in der Umgebung herumschleicht.

Im Innern des Geschäfts gibt es keine Dachfenster, was alles, was nicht direkt angeleuchtet wird, wie groteske, gruselige Schatten aussehen lässt. Umgeworfene Einkaufswagen und explodierte Tüten und Schachteln voller Lebensmittel liegen auf dem Boden verstreut herum. Wir umgehen die Leichen und arbeiten uns so langsam zu den Einkaufswagen vor. Unter unseren Schuhen knirschen Müll, Scherben und andere Überreste der Zivilisation, als wir den breiten Mittelgang erreichen, der links und rechts von Trockenware gesäumt ist. Die äußeren Gänge mit ihren unverarbeiteten, verderblichen Lebensmitteln lassen wir links liegen; jetzt, wo sie genug Zeit hatten, um langsam vor sich hin zu rotten, hängt ein seichter verdorbener Geruch in der Luft, der sich mit dem Gestank der Lexer, die den Winter hier drin verbracht haben, vermischt.

John geht mit Margaret in den hinteren Teil des Ladens, während wir die Backabteilung plündern. Kyle belädt seinen Wagen mit Säcken voller Zucker, die durch die Feuchtigkeit zu steinharten Klumpen geworden sind. Das Licht der Taschenlampe, die er in den Kindersitz seines Wagens gelegt hat, fällt auf Tony, der ein paar Meter weiter alles noch vorhandene Mehl zusammensucht. Ich deute auf Flaschen voller Öl und Konservendosen voller Backfett, und Christine legt sie in ihren Einkaufswagen, nachdem sie jedes Etikett einzeln studiert hat.

„Nimm einfach alles", sage ich und lege vier Plastikflaschen in meinen Wagen, gefolgt von vier weiteren. „Pack alles ein. Stell dir einfach vor, du müsstest dir um Geld keine Sorgen machen und bäckst den größten Kuchen der Welt."

Ihre Stirnlampe blendet mich, als sie von der Dose in ihrer Hand aufblickt. Ihr Gesicht sehe ich nicht, aber das Licht hüpft auf und ab, also gehe ich davon aus, dass sie nickt.

„Okay, gut. Weiter so", bestärke ich sie und komme mir vor, als würde ich mit einem Kleinkind reden.

John und Margaret kommen auf uns zu. „Hinten sind noch ein paar Paletten voll", informiert er uns.

„Lass uns die Türen zur Laderampe öffnen, damit wir ein bisschen Licht kriegen und Peter und Ana von hinten ranfahren können. Die Regale mit Konserven sind fast leer, bis auf ein paar Dosen."

Das war das Erste, was die Leute gehamstert haben, ehe die Geschäfte komplett überrannt wurden: Alles, was nicht zubereitet werden muss. Müsli, Konservendosen, Chips und Kekse.

Ich trete näher an John heran. „Christine scheint es nicht so gut zu gehen. Wie wär's, wenn ich sie mit nach hinten nehme, um die Türen zu öffnen?"

Sobald er von draußen die Bestätigung hat, dass der Parkplatz hinten noch immer frei ist, zeigt er uns den Weg. Ich führe Christine an der Schlachtertheke vorbei und ins Lager. Das Fleisch ist verdorben, gefroren, wieder aufgetaut und noch mal verdorben. Christine würgt, und dann höre ich das plätschernde Geräusch von Kotze auf Fliesen. Ich habe schon Schlimmeres gerochen, also tätschle ich ihr nur den Rücken und bringe sie zu den Paletten voller Trockenwaren.

„Ich kümmer mich um die Türen", sage ich. „Halt du einfach nur Wache."

„Es ist so leer", flüstert sie mit klitzekleiner Stimme. „Alles ist weg."

Peter und Ana helfen mir von draußen dabei, die Tür aufzuhebeln und hochzuschieben. Sie verschwenden keine Zeit, sondern beginnen sofort damit, die Packungen voller Nudeln und Reis durch die Hintertür in den Bus zu verladen. Das Tageslicht, das durch die offene Tür hereindringt, ist hell genug, um Christines abwesenden Gesichtsausdruck zu enthüllen. Ich weiß nicht, was sie zu finden erwartet hatte, aber das hier war es ganz offensichtlich nicht.

„Ich muss an die frische Luft", presst sie mit erstickter Stimme hervor. „Ich muss mich übergeben."

Ich nicke und beginne, die Packungen auf der Laderampe zu stapeln. Normalerweise würde ich ihr helfen, aber das hier ist nicht der richtige Moment, um Babysitter zu spielen. Hier draußen ist dafür nie der richtige Moment. Die ersten Einkaufswagen werden herangerollt und an der Rampe gegen leere eingetauscht. Ich öffne eine kleinere Tür neben dem großen Tor und schiebe die Wagen die Rampe hinunter. Christine ist auf die Laderampe des Nachbarladens geklettert. Da scheint sie sicher zu sein, und der Dachüberstand schützt sie vor dem Regen.

„Was ist mit Christine los?", fragt Ana.

„Ich weiß auch nicht." Aber das tue ich, zumindest ein bisschen. Sie hat etwas gesucht, mit dem sie ihre Zeit und ihre Gedanken füllen und sich ablenken kann, aber scheinbar hat der Ausflug die entgegengesetzte Wirkung auf sie. Große, kalte Regentropfen zerplatzen auf dem Asphalt. Ich fahre mir mit dem Arm übers Gesicht und reiche Peter, der im Bus steht, Schachteln und Kästen voller Lebensmittel. Der hintere Teil, der entkernt worden ist, um für ebendiese Situationen Platz zu schaffen, ist bis unters Dach voll; allein das hier ist genug, um ganz Whitefield für mehrere Wochen zu ernähren.

John lehnt sich durch den Türrahmen nach draußen. „Wir haben hier noch den Rest. Ich guck noch mal nach Batterien und solchen Sachen. Aber nur ganz kurz. Wir wollen unser Glück ja nicht herausfordern.“

Wir entladen gerade den letzten Einkaufswagen, als ein Aufschrei durch den Regen zu uns herüberdringt. Christine steht auf der Laderampe und beobachtet bestürzt, wie fünf Lexer auf sie zukommen. Sie stolpern durch eine Tür, die vorher noch nicht offen gestanden hat, meine ich mich zu erinnern. Sie braucht nur von der Rampe auf den Parkplatz zu springen, aber sie rührt sich nicht von der Stelle.

„Christine!“, rufe ich ihr zu. „Spring!“

„Chris!“, ruft Toby.

Wir rennen auf sie zu. Etwa dreißig Meter liegen zwischen uns und Christine, aber zwischen ihr und den Lexern sind es höchstens drei. Sie sind langsam, aber so langsam sind sie auch wieder nicht, vor allem dann nicht, wenn sie fette Beute wittern. Christine blickt auf ihre Füße hinab.

„Spring schon!“, schreie ich.

Sie schließt die Augen, als ein großer, dünner Lexer seine Zähne in ihrem Hals versenkt. Sie hebt das Gesicht zum Himmel und öffnet den Mund zu einem stummen Schrei. Eine füllige Frau stolpert von der anderen Seite an sie heran, und dann liegt Christine auch schon am Boden. Wir sind zu fünft, und dementsprechend sind die Lexer tot, noch bevor sie wissen, was Sache ist. Christine liegt in einer Lache aus ihrem eigenen Blut und Innereien. Ihr Mund ist zu einem O geformt. Ich habe mich inzwischen an den Gestank des Todes gewöhnt, aber dieser ist frisch –warmes Blut, zerfetzte

Innereien. Ich schaffe es gerade noch so, mich nicht zu übergeben, aber Tony gelingt es nicht.

Sie ist tot, aber nicht für lange, denn ihr Kopf ist intakt. Es gibt unterschiedliche Erfahrungswerte bezüglich der Zeitspanne zwischen dem Tod und einer Wiedergeburt als Zombie. Bei einigen hat es angeblich nur wenige Minuten gedauert, bei anderen Stunden oder sogar Tage. Es scheint davon abzuhängen, wo man gebissen wurde und ob man getötet wurde, oder erst durch das Virus stirbt. Ich habe es selbst noch nie miterlebt, und so suche ich ihren Körper nach Anzeichen oder Bewegungen ab, während sich mir der Magen umdreht. Es dauert höchstens eine halbe Minute, aber es geht langsam, so als würde sie aus einem tiefen Schlaf erwachen. Ihre Lippen zucken, und dann gehen ihre Augen auf. Das Blau ist grau geworden. Anas Schädelspalter saust im selben Moment auf sie herab wie meiner.

„Scheiße", flucht Tony und wischt sich mit dem Ärmel über die Lippen. „Heilige verdammte Mutter Gottes."

Kyle starrt mich an. „Was zur Hölle ist da passiert? Warum konnte sie nicht weglaufen?"

„Sie konnte schon", sage ich und wende mich ab. „Sie wollte nur nicht."

KAPITEL 43

Zurück im Hangar ist niemand so wirklich in Feierlaune, obwohl die erste Patrouille in Bezug auf Lebensmittel ein voller Erfolg war. Sobald sich die Neuigkeit herumgesprochen hatte, wurde es in ganz Whitefield gruslig still. Die meisten Leute ziehen sich schon früh in ihre Quartiere zurück, nachdem wir den Abend damit verbracht haben, über dem Bier zu brüten, das Zekes Leute noch in den Transporter gequetscht hatten.

Zeke starrt ins Nichts über uns. Er ist bei seinem sechsten Bier, wenn ich richtig mitgezählt habe. „Danielle hat erzählt, dass Christine ihr gestern einen ganzen Haufen von ihren Sachen geschenkt hat. Sie hätte nie gedacht, dass das bedeutet … Ich hätte sie einfach nie mitfahren lassen sollen.“

„Zeke, dann hätte sie nur einen anderen Weg gefunden“, sage ich. „Sie hätte durchs Tor abhauen können, eine Pistole nehmen. Ich denke, sie wollte es auf diese Weise, weil das keine aktive Entscheidung erforderte.“

„Suizid durch Zombie“, sagt Tony. Er wirft einen blutunterlaufenen Blick in die Runde. „Wie Suizid durch Polizisten.“

„Sie hat gesagt, sie hat Albträume und kann ohne Brett nicht schlafen“, sage ich.

Nelly blickt mich stirnrunzelnd an. Ich fummle das Etikett meines Biers ab und rolle es zu einem kleinen Ball zusammen. Ich hätte nichts sagen sollen. Die Erinnerung an den Moment, als Christines Augen sich schlossen, an den Moment, in dem sie losließ, spielt sich immer wieder vor meinem inneren Auge ab, und ich kann nichts dagegen tun. Die Tatsache, dass ich sie verstehe, oder zumindest teilweise, gibt mir ein ungutes Gefühl. So, als sei das, was sie angetrieben hat, ansteckend.

Zekes Augen sind auf halbmast; vielleicht war das doch schon Bier Nummer zehn. John hilft ihm auf die Beine. „Komm schon, Freund. Ab ins Bett mit dir."

Zeke reibt sich mit einer Faust die Augen und lässt sich von John aus dem Hangar führen. Tony und die anderen folgen. Ich bin betrunken und habe nicht die geringste Lust, neben Peter, Ana, Nelly und Adam das fünfte Rad am Wagen zu sein. „Ich geh schlafen", sage ich.

Ich breite Isomatte und Schlafsack auf dem Fußboden der Zentrale aus. Jetzt, wo die Schäden repariert worden sind, gibt es zwar auch in der Baracke genügend Schlafplätze, aber die Geräusche der Leute, die auf Nachtwache sind, beruhigen mich.

Nelly betritt den schwach beleuchteten Raum und lässt sich neben mir auf die Matte sinken. „Alles okay bei dir?"

„Alles superduper", lüge ich. „Und bei dir so?"

Er fährt sich mit einer Hand durchs Haar und seufzt. „Ich mach mir Sorgen um dich, Zwerg. Du bist ständig nur auf Patrouille und schiebst Nachtwache. Schläfst nicht. Und jetzt hast du auch noch Penny dein Zimmer gegeben."

„Ich hab ihr das Zimmer gegeben, weil ich es nicht mehr brauche, nicht, weil ich mich an Zombies verfüttern will. Und nein, ich schlafe nicht viel, also scheint mir die Nachtwache wie ein sinnvoller Zeitvertreib."

Ich gebe mir Mühe, meine Stimme so ruhig und angemessen wie möglich klingen zu lassen. Wir sitzen im Halbdunkel, und so fällt es ihm vielleicht nicht auf, wie ich mir an einigen Stellen die Wahrheit ein wenig zurechtbiege.

„Entspann dich. Ich will dir hier keine Vorträge halten. Versprich mir nur, dass du nicht heimlich deinen großen, blutigen Abgang planst."

Ich muss lachen, aber nur kurz. „Kein blutiger Abgang, versprochen. Nur für die Lexer."

„Gut", sagt er und gibt mir einen sanften Knuff in die Seite. „Rück mal rüber."

Er legt sich zu mir unter den Schlafsack und legt einen Arm unter meinen Kopf. Ich wünschte, ich könnte Nelly jede Nacht dazu bringen, bei mir zu schlafen. Meine Augenlider werden schwer; das ist die Mischung aus Wärme und Bier.

„Das ist genau wie früher", sagt Nelly nach ein paar Minuten. „Nur, dass wir nicht eingerollt sind wie zwei Sardinen."

„Du liebst es doch, meine Sardine zu sein." Ich richte mich eben genug auf, um ihm ins Gesicht sehen zu können. „Gib's zu."

„Na gut. Und ich wäre sehr, sehr traurig, wenn meine Lieblingssardine gefressen würde. Versprich mir, dass du vorsichtig bist?"

Ich kuschle mich wieder an ihn und murmle: „Mach dir keine Sorgen, ich werd nicht gefressen. Ana und ich haben tonnenweise von denen gekillt, und wir sind immer vorsichtig."

Er fragt noch irgendetwas, aber ich bin zu erschöpft, um noch zu antworten.

***

Als ich wieder zu mir komme, liegt Nellys Arm noch immer unter meinem Kopf, und ich pikse ihm mit dem Finger in die Rippen.

„Was zur Hölle?", stöhnt er mit geschlossenen Augen. „Warum stocherst du in mir rum?"

„Ich weck dich. Adam denkt bestimmt, du warst ihm untreu."

„Es war doch seine Idee. Er hat mir gesagt, ich soll zu dir gehen, damit du ein bisschen Schlaf bekommst."

„Na ja, danke jedenfalls. Gibt mir so gar nicht das Gefühl, der Freak der Truppe zu sein."

Er öffnet die Augen. „Zwerg, du warst schon immer ein Freak."

„Weißt du was, ich vermiss dich eigentlich so gar nicht", sage ich und pikse ihn erneut, aber hart dieses Mal. Er schreit auf und greift nach meiner Hand.

„Ebenso. Komm, lass uns frühstücken, bevor du wieder fährst. Ich kann dir auch beim Essen aufzählen, was mit dir alles nicht stimmt."

„Super. Aber wenn wir die ganze Liste abarbeiten wollen, muss ich wohl eher bis zum Mittagessen bleiben."

KAPITEL 44

Es hat in letzter Zeit keine Herden von der Größe gegeben wie die, die Bits solche Angst eingejagt hat, aber fast jeden Tag kommen kleinere Gruppen von mindestens zwanzig Lexern an den Zaun und die verängstigen sie nicht weniger. Es gibt keine Möglichkeit, es ihr zu verheimlichen. Wenn sie den Trubel am Zaun nicht mitbekommt, sprechen die anderen Kinder am nächsten Tag darüber. Die einzige Lösung ist es, die Lexer zu erledigen, noch bevor sie bei uns aufkreuzen. Ana und ich geben uns die größte Mühe, aber es sind einfach zu verdammt viele.

Jeden Abend dauert es eine Stunde, ehe sie schlafen kann, und dann noch eine Stunde, um sie wieder in den Schlaf zu wiegen, nachdem sie aufgewacht ist. Das ist unausweichlich. Peter kümmert sich normalerweise um sie, wenn ich zur Nachtwache muss, aber die ganze letzte Woche gibt es außer mir niemanden, der sie beruhigen kann. Jede Nacht muss ich meinen Wachposten am Zaun verlassen, und ich mache die wertvolle Erfahrung, wie es sich anfühlt, jemanden mehr zu lieben als das Leben selbst und ihn gleichzeitig am liebsten erwürgen zu wollen.

Sie liegt in meinem Bett, verschwitzt und halb ins Laken eingewickelt. Ich bin kaum bis zur Tür gekommen, als sie ruft: „Cassie! Wo bist du?"

Ich schließe die Augen. Ich hätte schwören können, dass sie wieder eingeschlafen war. „Bits, ich muss zurück an den Zaun."

„Ich will aber, dass du bei mir bleibst", winselt sie. „Lass mich nicht alleine. Warum kannst du nicht hierbleiben? Du bist so gemein."

Ich setze mich auf die Bettkante. „Bits, ich will doch gar nicht gemein zu dir sein. Ich will nur …"

Sie antwortet mit einem langgezogenen Heulen; man kann in letzter Zeit wirklich kaum mit ihr reden, sie benimmt sich wie eine Zweijährige. Ich lasse sie jammern und klopfe an den hölzernen Türrahmen von Peters und Anas Zimmer, der mit einem Vorhang verhangen ist. „Peter?"

Das Jammern wird zu einem Kreischen. Peter stolpert aus dem Zimmer, und wir schauen uns seufzend an, so wie meine Eltern sich früher immer angesehen haben, wenn Eric und ich kleine Arschlöcher waren. Immerhin ist Peter auch frustriert. Das hilft ein bisschen.

„Geh", sagt er. „Ich nehm sie."

Er zieht in mein Zimmer um, und beim Klang seiner ruhigen Stimme wird das Kreischen langsam leiser. Sie will, dass ich die ganze Nacht über bei ihr bleibe. Ich hab es ein paar Mal versucht, aber wenn man lange genug in die Dunkelheit starrt, wird man irgendwann auch verrückt. Und gegen Mitternacht koche ich innerlich vor Frust und Wut darüber, dass ich nie auch nur einen Moment für mich habe. Jeden Morgen fühle ich mich schlecht deswegen und nehme mir vor, beim nächsten Mal geduldiger und verständnisvoller zu sein, aber jede Nacht verliere ich aufs Neue die Geduld, und das jedes Mal schneller. Ich hasse mich dafür.

Ich ergreife die Flucht, ehe ich wieder in die Pflicht genommen werde, obwohl die Erleichterung ein wenig durch meine Schuldgefühle Peter gegenüber getrübt wird. Jetzt hat er sie an der Backe. Dan, Liz und Caleb sitzen beim ersten Tor am Campingtisch. Sie tragen T-Shirts und kurze Hosen. Die Nächte im Juli sind wärmer als im Januar, aber meiner Meinung nach braucht man mindestens einen Pulli.

„Hast du sie wieder in den Schlaf gekriegt?", fragt Dan.

„Ja, und dann wieder nein, und jetzt versucht Peter sein Glück."

„Als ich ein Kind war, hatte ich andauernd Albträume", sagt Liz. „Ich konnte kaum alleine schlafen. Hatte vor allem Angst."

„Wirklich?", frage ich. Liz ist der furchtloseste Mensch, den ich kenne. Ich kann sie mir kaum als Kind vorstellen. Vielleicht gibt es ja doch noch Hoffnung für Bits; obwohl ich in diesem Moment echte Angst um sie habe.

„Ja. Ich hab auch heute noch manchmal Albträume, aber ich glaub, das ist einfach meine Art, die Dinge zu verarbeiten, weißt du? Wenn ich wach bin, macht mir nicht viel Angst, aber irgendwo da drin muss ja trotzdem irgendwas passieren, und das kommt dann eben nachts an die Oberfläche. Immerhin ist es billiger als eine Therapie.“

Sie senkt den Kopf, wahrscheinlich ein wenig peinlich berührt, nachdem sie so viel von sich preisgegeben hat. Caleb leckt sich über die Lippen und legt ihr zaghaft eine Hand aufs Knie. „Du weißt aber schon, dass du mich immer wecken kannst, wenn du mal mitten in der Nacht aufwachst und nicht alleine sein willst?“

Caleb mag Liz. Er *mag* mag Liz. Ich drehe mich überrascht zu Dan um, der sich mit der Hand über die Bartstoppeln fährt. Wir schauen zu, während Calebs Hand ihr Knie massiert.

„Caleb, was zur Hölle machst du da?“, fragt Liz.

„Ich mein doch bloß …“

Liz steht auf. „Zeit, den Zaun abzulaufen. Ich geh Richtung Westen.“ Sie zieht sich die Handschuhe an und greift sich einen Pflock und eine Taschenlampe, ehe sie hastig davonstiefelt.

Dan und ich sitzen mit offenen Mündern da. Caleb schaut zu uns herüber. Die beinahe durchsichtigen blonden Wimpern, die seine runden Augen einrahmen, lassen ihn wie ein Baby aussehen. „Was denn? Ich mag Liz.“

„Cabe“, sagt Dan. „Du bist mehr als zehn Jahre jünger als sie.“

„Na und?“

Dan dreht sich hilfesuchend zu mir um, aber ich zucke nur mit den Schultern. „Na, wird schon passen. Wenn sie dich auch mag.“

„Glaubt ihr denn, sie mag mich?“, fragt Caleb und sieht dabei so hoffnungsvoll aus wie ein Welpe, dem ein Hundekuchen versprochen wurde.

„Schwer zu sagen, Cabe“, antwortet Dan. Er muss sich wirklich bemühen, nicht loszulachen. „Da musst du sie schon selber fragen.“

„Das werd ich auch. Wenn ich zurückkomme.“

Er springt auf und marschiert am Zaun entlang davon. Ich lege meinen Kopf auf den Tisch und stecke mir den Zipfel meines Pullis in den Mund, um mein Gelächter ein wenig zu dämpfen. Als ich wieder einigermaßen Luft bekomme, trocknet sich Dan gerade die Augen und schüttelt den Kopf.

„Ich bin so dankbar, dass ich das miterleben durfte!", japse ich. „Mein Gott, diese Welt bringt doch wirklich die wundersamsten Paarungen hervor, oder?"

„Da hast du recht", stimmt mir Dan zu. „Aber vielleicht ist das auch alles Teil des großen Plans: So finden sich die, die von Anfang an zusammenfinden sollten."

„Dann wäre Adrian hier." Er verstummt. Und mir wird bewusst, dass ich gerade zum allerersten Mal seit zwei Monaten Adrians Namen laut ausgesprochen habe. „Tut mir leid. Lass uns das Thema wechseln."

„Es ist okay, drüber zu sprechen."

„Ich will nicht. Aber danke", sage ich. Ein leichter Wind ist aufgekommen, und ich ziehe mir die Ärmel über die Hände.

„Okay, also es mag ein Schuss ins Blaue sein, aber ich glaube irgendwie nicht, dass dein zweiter Vorname wirklich Eiszapfen ist", bricht Dan das Schweigen. Ich blicke ihn verständnislos an. „Das hast du mal gesagt. Dass dein zweiter Vorname Eiszapfen ist."

Ich muss lachen. „Nein, mein zweiter Vorname ist Mae. So hieß meine Großmutter mütterlicherseits. Sie ist gestorben, als meine Mutter noch ganz klein war."

„Cassandra Mae."

„Oh ja." Ich setze meinen besten Appalachen-Akzent auf: „Cassie Mae, sehr erfreut. Meine Mutter war aus West Virginny."

„Ein hübscher Name für ein hübsches Mädchen."

Ich lasse den Kopf in den Nacken fallen und stöhne. „Bitte, bitte sag mir, dass du den Spruch nicht bei jeder bringst. Der ist ja furchtbar!"

„Na ja, ein oder zwei Mal hat er schon funktioniert." Er lacht. „Dir gegenüber würde ich ihn natürlich nie bringen."

„Ach, wirklich? Was, meinst du, würde denn bei mir funktionieren?"

Ich höre meinen flirtenden Tonfall. Ich flirte mit Dan. Beinahe fühle ich mich schuldig, aber es bedeutet ja so rein gar nichts. Es ist bloß zum Spaß. Und manchmal ist es auch ganz schön, sich einfach ganz normal zu fühlen.

„Ich versuche schon die ganze Zeit, das herauszufinden.“

Er legt den Kopf leicht schief und mustert mich. Sein Blick treibt mir trotz der Kälte die Wärme in den Körper und die Röte ins Gesicht. Das war eine blöde Idee. Ich hab schon öfter mit Dan geflirtet, aber da war Adrian hier und es *konnte* ja zu nichts führen. Meine Brust schnürt sich zusammen und ich fummle nervös an der Wasserflasche herum, während sich das Schweigen endlos in die Länge zu ziehen scheint. Der merkwürdige Moment findet sein natürliches Ende, als Liz aus den Schatten an den Tisch tritt und sich auf ihren Stuhl setzt, nachdem sie sich zuerst vergewissert hat, dass Caleb immer noch unterwegs ist.

„Caleb mag dich“, warne ich sie. „Und er will dich fragen, ob du mit ihm gehen willst, also überleg dir ruhig schon mal, was du antworten willst.“

„Was zur Hölle ist denn bloß los mit dem?“, fragt Liz. Sie drückt die Fingerspitzen gegeneinander und blickt uns verzweifelt an. Ich habe sie noch nie so verlegen gesehen.

„Nichts ist los“, sagt Dan. „Du bist einfach eine gute Partie. Schon mal daran gedacht?“

Liz schnaubt.

„Was denn?“, fragt er. „Nicht jeder will immer nur die mädchenhaften Mädchen. Und er würde dir jeden Wunsch von den Augen ablesen. Du könntest ihn herumkommandieren, so viel du willst. Er bittet ja förmlich darum.“

Ich muss lachen, als Dan eine klauenförmige Hand raubkatzenartig vor sich durch die Luft sausen lässt. Liz verbirgt das Gesicht in beiden Händen und stöhnt.

„Hm, jetzt versteh ich auch, warum er dich immer so neckt“, sage ich. „Ja, da ist ein kleiner Altersunterschied, aber …“

„Ich bin einunddreißig und er ist neunzehn!“

„Zwanzig! Ich bin jetzt zwanzig!“, erklingt Calebs Stimme. Er kommt aus dem Wald und sieht zwar ein wenig peinlich berührt, aber entschlossen aus. Er wird sie schon noch weich kriegen.

„Caleb“, sagt Liz und blickt ihn ernst an, „jetzt ist nicht der Moment, das zu besprechen.“

Caleb nickt gehorsam. Dan hat recht gehabt; sie könnte ihren eigenen Lakaien haben, wenn sie wollte.

Ich wechsle das Thema. „Und, wer kommt nächste Woche mit nach Quebec?“

Alle drei nicken. Wir bringen ihnen eine Ladung Samen, da ihre Tomaten von der Dürrfleckenkrankheit befallen worden sind. Und James hat ihnen einen Haufen Elektronik versprochen. Dafür bekommen wir einen Jahresvorrat an Ahornsirup. Im Anschluss geht es Richtung Süden nach Waterbury und Stowe, wo wir etwas elektronische Ausrüstung holen und eventuelle, noch vorhandene Lebensmittelvorräte. Das Getreide gedeiht, aber in der Landwirtschaft gibt es keine Garantien, und wir wollen nicht riskieren, diesen Winter hungern zu müssen.

KAPITEL 45

Ana und ich sind in der Waffenkammer im Stall, um uns für unsere Fahrt zum Ausguck ein paar interessante Waffen zum Zombiekillen zu suchen. An den Wänden hängen Klingen in allen Größen und Formen über Tonnen voller spitzer Gegenstände. Die Schusswaffen sind an einem Holzgestell, das Dan gebaut hat, angebracht, und die Munition nimmt ganze zwei Regale ein. Es sieht nach viel Munition aus, aber in Wirklichkeit ist es alles, was wir haben. Vielleicht schaffen wir es irgendwann zu Johns altem Haus und holen uns ein paar seiner Vorräte, die wir zurücklassen mussten – falls sie noch niemand anderes gefunden hat.

Ana zieht eine mittelalterlich aussehende Axt aus einer der Tonnen. „Wie wär's damit?"

„Die sieht so aus, als würde sie eine halbe Tonne wiegen. Wer benutzt so was überhaupt? Conan der Barbar? Wie wär's stattdessen mit dem Schwert da?"

Ich zeige auf ein schmales, rasiermesserscharfes Schwert. Ana zieht es aus der Scheide und lässt es durch die Luft sausen, grinst und stellt es neben der Tür ab. Auf einem der Regale in der Ecke fällt mir etwas ins Auge, das aussieht wie eine Kreuzung zwischen Pistole und Armbrust. Da, wo man normalerweise den Bolzen spannen würde, erhebt sich eine schmale rechteckige Metallkonstruktion.

„Hast du so ein Ding schon mal gesehen?", frage ich.

„Nee." Sie nimmt eins in die Hand und gibt Geräusche von sich, als würde sie eine Laserpistole abfeuern. Ich stecke den Kopf in den Funkraum und frage John, wo diese Teile herkommen.

„Ach, die haben wir aus Whitefield", sagt er. „Will hatte seine Jungs dazu gebracht, eine Armbrust mit Pistolengriff zu modifizieren. Die Box obendrauf ist wie ein Magazin. Da passen zehn Bolzen rein. Ich nehme mir schon seit Ewigkeiten vor, sie mal auszuprobieren. Warum nehmt ihr nicht ein paar davon mit? Aber denkt daran, die Bolzen wieder mitzunehmen, wenn ihr ein bisschen zielen übt. Wir haben zwar ein paar extra, aber ich weiß nicht, wann wir Nachschub finden.“

Er zeigt uns, wie man den Hebel hinten betätigt, um den nächsten Bolzen zu spannen. Die Bolzen sind kürzer als ein durchschnittlicher Pfeil, ungefähr fünfzehn Zentimeter lang, und mit fies aussehenden Stahlspitzen versehen.

„Cool“, befindet Ana.

John verschwindet wieder im Funkraum. Wir machen uns auf den Weg zum Wagen, aber als wir dort ankommen, finden wir Peter vor, der mit verschränkten Armen am Krankenwagen lehnt.

„Hi“, sagt Ana. „Was machst du denn hier?“

„Jamie und Liz sind schon auf dem Weg zum Ausguck.“

„Warum?“ Ana runzelt die Stirn. „Wir sind doch dran.“

Er starrt sie wortlos an. Ich habe irgendwie im Gefühl, dass wir in Schwierigkeiten sind – es ist derselbe Blick, mit dem er vor einiger Zeit Bits angesehen hat, nachdem sie ein gewisses Wort, das mit S anfängt, benutzt hat. „Weil ich sie darum gebeten habe.“

„Und warum hast du sie darum gebeten?“, fragt Ana leise.

„Weil ihr zwei eure verrückte kleine Show abzieht, wenn ihr unterwegs seid, oder etwa nicht? Nelly hat mir erzählt, dass ihr Lexer tötet, obwohl ihr einfach nur nach Herden Ausschau halten und direkt zurückkommen sollt.“

Ana blickt mich mit großen Augen an. Ich erinnere mich schwach daran, Nelly nach viel zu viel Bier davon erzählt zu haben. Ich verziehe das Gesicht zu einer bedauernden Grimasse und gehe ein paar Schritte rückwärts.

„Verdammt, Ana“, schimpft Peter. „Was zur Hölle ist dein Problem?“

Sie stellt ihre Waffen auf dem Boden ab und baut sich breitbeinig und kampfbereit vor ihm auf. „Mein Problem ist, dass ich dafür sorgen will, dass alle hier in Sicherheit sind. Du bist nicht mein Vater, Peter! Du hast mir nicht vorzuschreiben, was ich zu tun und zu lassen habe!“

Ich bin schon fast an der Hintertür des Restaurants angekommen und somit beinahe in Sicherheit, als Peter sich mir zuwendet. „Und du, Cassandra? Zumindest du warst doch mal vernünftig genug, um zu wissen, wann eine Aktion totaler Blödsinn ist."

Also mein Vater ist er jedenfalls auch nicht und schon gar nicht mein Freund, also starre ich stur zurück. „Ana hat recht. Du hast Bits doch selbst gesehen. Wie viel mehr von dem Scheiß, meinst du, kann sie noch ertragen?"

Er weicht meinem Blick aus. „Du hast recht, Ana, es steht mir nicht zu, dir zu sagen, was du darfst und was nicht. Ich kann dir einfach nur sagen, dass ich dich liebe und dass ich will, dass du in Sicherheit bist. Ihr beide. Macht damit, was ihr wollt."

Er macht einen Schritt vom Krankenwagen weg und geht an ihr vorbei, ohne sich noch einmal umzudrehen. Fast erwarte ich, dass sich ihre Augen gleich mit Tränen füllen, aber als sie sich zu mir umdreht, kocht sie vor Wut. „Ich glaub das einfach nicht! Was bildet der sich ein?"

Ich weiß, dass Peter recht hat, aber das reicht nicht, um mich dazu zu bringen, mich wieder schön brav hinter den Zaun zu setzen. Schließlich sind es entweder die Lexer oder wir, und ich will, dass *wir* gewinnen. Ich will, dass Bits gewinnt. Wenn wir uns nur genug anstrengen, kann sie vielleicht in einer Welt groß werden, vor der sie keine Angst zu haben braucht.

Liz' Stimme ertönt quakend aus dem Funkgerät an Anas Gürtel. „Wir haben hier eine Herde von etwa zweihundert. Sie kommen auf den Steinbruch zu. Wir sind in drei Minuten zurück am Tor."

Anas Blick huscht zum Krankenwagen. Ich weiß genau, was sie denkt – sie will ihre Idee ausprobieren. Und weil ich nicht will, dass Bits die Herde sehen muss, während ich mich gleichzeitig danach sehne, auf die andere Seite des Zauns zu gelangen *und* Peter und Penny einen echten Grund zu geben, sauer zu sein, stimme ich zu. Ich hebe den Zeigefinger. „Okay. Aber wenn es nicht funktioniert, drehen wir augenblicklich um."

Ana umarmt mich und schnappt sich die Schlüssel. Als wir uns dem Tor nähern, lehnt sie sich aus dem Fenster und sagt: „Wir gehen sicher, dass Liz und Jamie heil zurückkommen."

Toby öffnet das Tor im selben Moment, in dem Liz und Jamie ankommen. Ana drückt aufs Gas und saust fröhlich winkend vorbei. Ich sehe Toby mit den Schultern zucken und das Tor hinter uns schließen.

Es gibt nicht zu viele Wege aus Kingdom Come heraus. Es gibt die Trunk Road, die von Osten nach Westen verläuft und von der die kleine Abzweigung abgeht, die direkt zur Farm führt. Ein kleinerer Schotterweg – der, auf dem wir die Lexer vom Dach des VWs aus erledigt haben – führt nach der Abzweigung in nördliche Richtung auf die Trunk Road. Auf der geht es so lange weiter in Richtung Osten, bis man irgendwann auf eine von Norden nach Süden verlaufende asphaltierte Straße stößt. Aber wir fahren Richtung Westen, auf die Route 100 zu, und die Straßen zum Ausguck und zum Steinbruch.

Ana schlägt mit der flachen Hand aufs Steuer. „Das wird so cool!"

Ich bin inzwischen in kalten Schweiß gebadet und kann kaum schlucken, aber das schreckt mich jetzt auch nicht mehr ab. Ich mag das Gefühl sogar irgendwie. Aber Ana, die lebt für diesen Moment. Das Lächeln, das sie mir zuwirft, ist fast schon manisch, und ihr Blick passt dazu. Ich spüre, wie ich einen Moment lang zögere; ich habe Peter schließlich ein halbes Versprechen gegeben. „Ana, wir müssen aber schon vorsichtig sein. Peter würde – sagen wir einfach, ich weiß, wie er sich fühlen würde, okay?"

Sie biegt auf den Weg zum Steinbruch ab und zuckt mit den Schultern. „Ja, ja, versprochen. Aber weißt du, ich werde nicht ewig leben, und vorher will ich noch so viele von denen wie möglich ins Jenseits befördern."

„Das war jetzt aber nicht besonders überzeugend. Und niemand lebt ewig, Ana."

„Tja, manche von uns werden nicht mal alt, weißt du." Sie bedeckt ihren Mund mit einer Hand und wirft mir einen betretenen Blick zu. „Verdammt. Tut mir leid."

Ich ignoriere ihren unbedachten Kommentar und sage: „Ach, jetzt komm mir nicht mit so einem Scheiß à la Abgang mit Glanz und Gloria. Es ist egal, wie du stirbst, tot bist du so oder so." Das stimmt nicht zu einhundert Prozent – wie man stirbt, ist schon irgendwie wichtig –, aber das ändert nichts an der Tatsache, dass man tot ist.

Sie hüpft auf dem Fahrersitz auf und ab. Der Steinbruch liegt zu unserer Rechten, und auf den Feldern links von uns bewegt sich eine große Gruppe von Lexern langsam, aber sicher vorwärts – direkt auf die Farm zu. Ich sehe sie schon am Zaun aufkreuzen und stelle mir vor, welche neue Welle von Albträumen sie verursachen werden, und das genügt eigentlich schon, um jegliche Zweifel aus meinem Gehirn zu vertreiben. Wir sind hier, um diese Arschlöcher zu erledigen, und genau das werden wir auch tun.

„Okay, pass auf." Sie zeigt auf den Knopf, der das Martinshorn aktiviert. „Hey, sag mal, wäre jetzt nicht eigentlich der richtige Moment für ein bisschen Musik?"

Das Radio hat einen CD-Player und es gibt auch ein paar CDs, aber alles ist Country. „Na, mir ist nicht gerade nach …", ich werfe einen Blick auf eine der CD-Hüllen, „Shania Twain. Tut mir leid. Patsy Cline oder Johnny Cash würden ja noch gehen, aber Shania? Auf keinen Fall."

Ana lacht wie eine Wahnsinnige. Die Lexer haben uns inzwischen bemerkt, aber zwischen ihnen und uns liegt ein ganzes Feld. Ana schaltet Licht und Sirene ein und dreht die Klimaanlage voll auf. Wenn schon, denn schon, denke ich. Aber ich drehe doch die Lüfter so hin, dass mir die kühle Luft direkt ins Gesicht strömt, und ertappe mich dabei, wie ich es genieße.

„Ich liebe Klimaanlagen! Wie kann es sein, dass ich sie früher nicht so geliebt habe?", schreie ich über das Heulen der Sirene hinweg.

„Früher hattest du im Sommer auch keine Lederklamotten an!"

Sie wirft den Kopf in den Nacken und kreischt vor Vergnügen. Ihre freudige Erregung angesichts von Tod und Verderben mögen ein bisschen verrückt sein, aber sie ist tatsächlich die Einzige, die mich und mein Verlangen danach, die Welt von alledem hier zu befreien, versteht. Ich will mich nicht mehr verstecken. Ich habe keine Angst vor dem Tod, nicht mehr. Sie biegt in Richtung Steinbruch ab und wartet darauf, dass die Lexer zu uns stoßen. Als sie gegen die Heckklappe poltern, tritt sie wieder aufs Gas und fährt langsam und rumpelnd auf die Straße zu, die zwischen den drei Seen hindurchführt.

Ich studiere die steinige Straße vor uns. Die Kanten sind schon weggebröckelt, aber sie sieht mehr als breit genug aus. Ich nicke Ana zu, und sie biegt nach links auf die Straße ab. Die Meute stolpert hinterher. Ich werfe einen Blick aus dem Fenster nach unten und entscheide augenblicklich, dass ich das nicht noch einmal tun werde. Direkt neben dem Autofenster geht es steil nach unten, direkt in kaltes, tiefes Wasser. Die meisten der herumtreibenden Lexer sehen ziemlich tot aus oder zumindest so aufgedunsen, dass sie kaum noch eine Gefahr darstellen werden, aber abgesehen von den nutzlosen Überresten einer Strickleiter scheint es keine Möglichkeit zu geben, ohne gute Kletterausrüstung wieder von da unten hochzukommen.

Sechs Meter weit wirbelt der Krankenwagen Staub und Schotter auf, der sich wie eine große Wolke um uns legt, bevor Ana auf die Bremse tritt. Die Lexer passen nicht alle auf die Straße, aber das wissen sie nicht, und die hinteren rücken stetig nach. Bei jedem Ploppen und Platschen spüre ich das Gefühl der Befriedigung in mir wachsen.

Wie die Lemminge bringen sie sich selbst um, und der Anblick ist so schön, dass ich das hier am liebsten andauernd, jeden Tag machen würde, bis der Steinbruch bis oben hin voll ist.

„Du hattest recht! Das hier war echt 'ne gute Idee!", schreie ich.

Anas Augen blitzen vergnügt. „Hab ich ja gesagt!"

Sie wartet, bis die ersten wieder gegen die Heckklappe stoßen. Platsch, platsch, platsch: zwanzig neue Wasserleichen, dreißig neue Wasserleichen. Wir fahren im Schritttempo weiter, bis wir die Gabelung in der Straße erreichen.

„Links oder rechts?", fragt Ana. „Du bestimmst!"

„Rechts."

Als wir scharf abbiegen, plumpsen noch mehr Lexer ins Wasser, und die übrigen fünfundsiebzig folgen uns zurück an Land. Ana biegt auf die andere Straße ab und trommelt ungeduldig mit den Fingern auf dem Lenkrad herum. „Warum sind die bloß so langsam?"

Als sie uns endlich erreichen, bremst Ana scharf und geht in den Rückwärtsgang, was den Wagen leicht zur Seite ausscheren lässt. Damit bezweckt sie, noch zehn weitere ins Wasser zu schubsen, aber mir rutscht dabei vor Schreck glatt das Herz in die Hose.

„Ana! Was zur Hölle soll das?"

„Wollte doch bloß mal gucken, ob es funktioniert", ruft sie.

Ana gibt erneut Gas und biegt wieder nach links ab. Noch mehr fallen ins Wasser, als sie uns in die Kurve folgen. Jetzt sind es nur noch etwa vierzig. Sie presst vor Konzentration die Lippen fest aufeinander und fährt rückwärts auf die erste Straße zurück. Ein Lexer drückt sein Gesicht gegen meine Fensterscheibe. Die anderen poltern gegen das Metall.

„Ana, geradeaus!"

Sie gackert und fährt weiter rückwärts. Sie ist jetzt offiziell jenseits von Gut und Böse. Ich hatte befürchtet, dass so etwas passieren würde. Über das Heulen des Martinshorns hinweg höre ich nicht viel, aber ich spüre eine Erschütterung, die den Krankenwagen durchläuft, als er zur Seite wegrutscht und die linke Seite hinten wegsackt. Ana tritt das Gaspedal durch. Wir hüpfen ein paar Zentimeter vorwärts und rutschen dann wieder nach hinten weg.

„Scheiße! Die Straße bröckelt uns weg!", ruft Ana.

Die Lexer kommen näher, und wenn der zweite Hinterreifen auch noch über die Kante rutscht, ehe sie uns erreichen, gehen wir schwimmen. Ich schiebe keine Panik, obwohl ich das sicherlich sollte. Ich habe schmerzhafte Flashbacks zu diesen hilflosen Momenten, als wir im Graben landeten und ich Adrian dabei zusah, wie er sich für mich opferte, aber ich fühle mich alles andere als hilflos. Vielleicht ist das der Grund, warum ich überlebt habe: Damit ich so viele wie möglich von den Biestern töte. Es muss schließlich einen Grund dafür geben, dass ich noch hier bin und er nicht.

„Schalte runter", sage ich mit ruhiger Stimme. „Fahr ganz langsam an, sonst landen wir auf der anderen Seite im Wasser."

„Was bitte meinst du mit runterschalten?", schreit Ana.

Vor dem Ausbruch des Bornavirus hatte sie nicht mal einen Führerschein. Ich lehne mich zu ihr hinüber und schalte für sie. Ich hoffe innerlich, dass der Krankenwagen Vorderradantrieb hat und dass Ana einmal in ihrem Leben nicht mit vollem Körpergewicht aufs Gas steigt.

„Wenn wir nach hinten abrutschen, springst du raus und kämpfst", sage ich und halte mich vorsichtshalber am Türgriff fest.

Als uns der erste der Verfolger erreicht, tritt Ana aufs Gas. Wir schreien erschrocken auf, als es beim ersten Anfahren so scheint, als würde sich der Wagen zunächst noch ein Stück rückwärts bewegen, aber dann finden die Reifen Halt und es geht vorwärts. Ana fährt langsam durch die Menge der Lexer. Frustriert schlagen sie nach dem Wagen und folgen uns auf festen Grund, weg vom Wasser. Ich schalte das Martinshorn aus, und mit einem Mal ist das einzige Geräusch das ekelhafte Stöhnen der Lexer und unsere Schnappatmung. Ich greife nach der Armbrust, lasse mein Fenster herunter und ziele auf den ersten und besten Kopf. Der Bolzen geht direkt durch die Nasenhöhle. Ich lade erneut und schieße den nächsten ab. Die Armbrust hat einen leichten Rückstoß, aber stärker als bei einem Gewehr ist er auch nicht.

„Das Ding ist der Hammer", sage ich von meiner Position im Fußraum, wo ich vor dem Fenster knie, zu Ana. „Probier deinen mal aus."

Sie klettert auf meinen Sitz und lehnt sich damit aus dem Fenster. Sie feuert drei Schüsse ab, tötet drei Lexer und raunt verträumt: „Ich bin verliebt."

Wir verschießen unsere Bolzen, bis weniger als zehn übrig sind. Inzwischen gibt es keinen Grund mehr, leise zu sein, und so ziehen wir unsere Pistolen. Eine Frau mit fehlender Nase prallt mit einem Fauchen gegen die Beifahrertür. Ana schubst sie von der Tür weg, ehe sie abdrückt.

Sie sind uns so nah, dass Kopfschüsse ein Kinderspiel sind. Und es ist gutes Training. Wir haben selten Gelegenheit, zielen zu üben. Nachdem sie alle reglos im Gras liegen, steigen wir aus. Es ist heiß. Ana lehnt sich gegen den Krankenwagen und begutachtet das vor uns liegende Schlachtfeld mit zufriedener Miene. Ihre Haare sind nass und ihr Gesicht glänzt vor Schweiß, aber sie sieht so glücklich aus, wie ich mich fühle. Wir haben mal eben so zweihundert Lexer abgemurkst, und ich bin ziemlich stolz – Nahtoderfahrung hin oder her. Aber das war das erste und letzte Mal; die an der Seite wegbröckelnde Straße ist jetzt kaum breit genug für ein einziges Auto.

„Tja", sage ich, „fast hättest du uns beide umgebracht."

„Cassie! Ich habe gar nicht ..." Sie dreht sich zu mir um und sieht, dass ich breit grinse. „Ach, halt die Klappe! Es hat funktioniert, genau wie ich gesagt hatte!"

„Das hat es. Aber noch mal wird es das nicht. Guck dir mal die Straße an, bitte."

„Wir würden da locker noch durchpassen", wiegelt sie mit einem Schulterzucken ab.

Ich halte mir die flache Hand über die Augen, um sie ernst anzublicken. „Nein. Das wäre jetzt wirklich idiotisch. Nicht, dass es das nicht schon eben war. Da du jetzt garantiert für immer und ewig Hausarrest haben wirst, ist das jetzt eh egal."

Ana reißt die Augen so weit auf, dass man die gesamte Iris sieht. „Peter dreht am Rad, hm?"

„Oh ja", antworte ich. „Davon kannst du wohl ausgehen."

KAPITEL 46

„Ihr zwei seid doch total wahnsinnig", sagt Rohan, als er beim Abendessen an unserem Tisch vorbeikommt. „Gute Arbeit."

Ich verziehe keine Miene, denn wir befinden uns in Gesellschaft einer Gruppe ernsthaft angepisster Menschen. Peter ist angepisster, als ich ihn jemals gesehen habe, Penny ist extrem angepisst, James ist, was auch immer Penny sagt, Maureen ist besorgt und John beunruhigt. Das Rezept für ein wahrhaft gemütliches Abendessen. Ana verspeist schweigend ihren Hühncheneintopf und blickt sich immer wieder grinsend zu den anderen Tischen um, was Peter zur Weißglut treibt. Dan und die anderen haben es heute zur Abwechslung mal nicht gewagt, sich zu uns zu setzen, und Bits übernachtet bei Jasmine.

Irgendwann halte ich es einfach nicht mehr aus. „Okay, okay, wir haben es verstanden: Ihr seid stinksauer. Aber es hat doch funktioniert und ist gut ausgegangen. Und sonst ist hier niemand wütend."

„Das waren zweihundert", pflichtet mir Ana bei. „So viele hätten locker den Zaun durchbrochen. Der Graben im Süden ist noch lange nicht fertig."

Penny wirft mir und Ana den wütendsten Blick zu, den ich jemals gesehen habe, und steht auf. „Komm, James."

Sie stiefelt davon und James folgt ihr, aber vorher dreht er sich noch einmal mit eifrigem Blick um: „Ihr erzählt mir dann morgen alle Einzelheiten, ja? Ich wünschte, ich hätte es gesehen." Er streckt beide Daumen in die Höhe, als wir nicken, wirbelt herum und läuft Penny hinterher.

„Ihr hättet sterben können", sagt John mit ernster Miene. „Und wofür? Wir hätten gemeinsam einen Plan auf die Beine stellen können, der eurer Aktion gar nicht unähnlich gewesen wäre – aber mit mehr Sicherheitsmaßnahmen. Wir haben genug Benzin, um mit dem südlichen Teil des Grabens anzufangen. Und ihr bringt Nachschub mit, wenn ihr aus Quebec wiederkommt. Dann kriegen wir das allemal hin."

„Du hast recht, John", pflichte ich ihm bei und stochere in meinem Essen herum. Er hat es mal wieder geschafft, mir ein schlechtes Gewissen zu machen, auch ohne herumzuschreien oder harte Worte. „Tut mir leid."

So sehr tut es mir aber auch wieder nicht leid, denn Bits wäre nie zu ihrer Pyjamaparty gegangen, wenn die Lexer den Zaun erreicht hätten. Sie würde jetzt leichenblass und verstört hier sitzen. Und später würde sie dann alle anderen mit ihrem Geschrei aus dem Schlaf reißen.

„Es ist doch nur, weil wir euch zwei Mädels so lieb haben", sagt Maureen sanft. „Wir wollen euch einfach nicht verlieren."

Ich schlage den Blick nieder. Ich verstehe sie ja, aber so braucht sie mir gar nicht kommen. Egal, wie lieb sie mich alle haben, ins Bett gehe ich noch immer allein. Aber ich kann wohl kaum von ihnen erwarten, dass sie das verstehen. Wir haben alle Menschen verloren, das weiß ich, aber Caleb und ich haben Menschen aus unserem neuen Leben verloren. Ich schiebe den Stuhl zurück, nehme meinen Teller und gehe zu dem leeren Stuhl an Liz' und Dans Tisch.

„Da hast du dir ja was eingebrockt", sagt Liz grinsend.

„Das kannst du laut sagen", seufze ich.

Ich sehe mich um. Alle an meinem Tisch schauen mir enttäuscht hinterher – bis auf Ana, die neidisch aussieht. Ich strecke ihr die Zunge raus. Sie tut so, als würde sie sich mit dem Mittelfinger am Kinn kratzen, und an meinem neuen Tisch bricht alles in Gelächter aus.

„Das war echt 'ne gefährliche Aktion", tadelt Dan. Ich drehe mich zu ihm um und seufze erneut. Er hebt abwehrend die Hände. „Ich mein ja bloß. Es muss arschgeil gewesen sein, aber auch an diesem Tisch will dich niemand aus dem Baggersee ziehen müssen."

„Das war 'ne Riesenherde", argumentiere ich. „Und was meinst du, was das für Aufräumarbeiten bedeutet hätte, wenn die am Zaun aufgekreuzt wären? Ich weiß, der Zaun hält einiges aus, aber ein einziger Lexer reicht ja manchmal schon – schau dir nur an, was in Whitefield passiert ist."

„Also ich wäre mitgekommen, wenn ihr nicht mit so einem Affenzahn an uns vorbeigerauscht wärt", sagt Liz. Sie nimmt noch einen Bissen. Caleb beobachtet den Weg der Gabel vom Teller zu ihrem Mund und wieder zum Teller. Als sie mitten in der Bewegung innehält, weil sie seine Blicke bemerkt, schaut er beschämt weg.

„Ich bin durstig", sagt sie. Wortlos nimmt Caleb ihre Tasse und geht damit zur Küche. Liz verdreht die Augen. „Er gibt einfach nicht auf. Egal, wie oft ich ihm sage, dass er damit aufhören soll."

„Tja, immerhin kriegst du ihn dazu, seinen Arsch zu bewegen", meint Shawn. Er zwirbelt seinen neuen Ziegenbart und fügt hinzu: „Du weißt schon, dass dich hier niemand verurteilen würde, oder? Wenn ihr zwei was miteinander anfangen würdet?"

Jamie nickt mit leuchtenden Augen. „Ich fände es so cool. Und wen willst du sonst daten? Dan etwa?"

„Hey!", protestiert Dan. Jamie wirft ihm einen Luftkuss zu.

Liz schließt die Augen und schüttelt sich. „Auf keinen Fall, Leute. Er ist wie mein kleiner Bruder."

KAPITEL 47

Ich habe mich endlich dazu durchgerungen, wieder mit dem Kunstunterricht zu beginnen. Ich verspreche Bits andauernd, dass ich es tun werde, und dann verschlafe ich. Sie hat endlich aufgehört, mich anzubetteln, was mir ein noch viel schlechteres Gewissen macht. Aber viel zu tun gibt es sowieso nicht; der ganze Haufen arbeitet an eigenen Comics und Graphic Novels.

„Ich schau mal, ob ich euch nicht ein paar Comics mitbringen kann, wenn ich in ein paar Tagen auf Patrouille gehe", sage ich zu den Kindern und ignoriere Pennys Starren.

„Und Papier", erinnert mich Hank aus der Ecke, die er sich mit Bits teilt.

„Aber klar doch."

Hank dankt mir, aber Bits tut so, als sei ich unsichtbar. Die Erleichterung darüber, dass die Lexer es nicht bis an den Zaun geschafft haben, hatte zunächst mehrere selige Tage ungestörten Schlafs zur Folge, aber glücklich war sie nicht, als sie gehört hat, was am Steinbruch passiert ist. Ich dachte, sie wäre froh, da es ja nun nichts geben wird, wovor sie Angst haben muss. Alles fühlt sich einfach nur noch falsch an zwischen uns, und ich weiß, dass ich schuld bin. Ich habe mich schließlich verändert, nicht sie. Aber was ist besser – eine traurige, ewig weinende Mutterfigur oder eine, die zumindest alles in ihrer Macht Stehende tut, um dich zu beschützen? Scheinbar ist beides scheiße.

Nach dem Unterricht spaziere ich durch den Gemüsegarten, wo ich auf Ana stoße, die sich zwischen den Tomaten versteckt. Sie hat dunkle Ringe unter den Augen, die höchstwahrscheinlich von den ewig langen Diskussionen herrühren, die man jetzt jede Nacht aus dem Nachbarzimmer hört.

„Ach, du auch hier", sage ich.

„Hilf mir mal hoch." Ich reiche ihr die Hand und ziehe sie auf die Füße. Wenn Ana nicht von sich aus durch die Gegend hüpft wie ein Flummi, ist bei ihr eindeutig etwas nicht in Ordnung. „Ich hab versucht, mich den Pflanzen anzuvertrauen, aber ich glaube, sogar die sind wütend auf mich."

„Himmelherrgott, entschuldige dich halt, dann ist es überstanden. Ich wette, mehr will er doch gar nicht."

Sie wirft die Hände in die Luft und sieht tatsächlich so aus, als würde sie gleich in Tränen ausbrechen. „Eben nicht. Er will, dass ich ihm verspreche, dass ich nichts Gefährliches oder Dummes mehr tue. Aber wie kann ich ihm so was versprechen?"

„Ich hab's Adrian versprochen, und er mir. So verrückt ist das nicht, Banana. Du reißt ein paar ziemlich dämliche Aktionen. Stell dir doch mal vor, du wärst an Peters Stelle. Wie fändest du es, wenn er dauernd so einen Scheiß machen würde?"

„Ja, nicht so gut", gibt sie zu. Ihre Augen glitzern. „Aber ich bin einfach so viel besser in allem als er!"

Ich lege ihr lachend den Arm um die Schulter. „Weißt du, was Peter noch mehr an dir liebt als deine Bescheidenheit? Deine Furchtlosigkeit. Du hast einfach vor nichts Angst – seien es Zombies, Tomatenpflanzen oder eben ihn von ganzem Herzen zu lieben. Wenn du etwas machst, dann machst du es richtig, und das ist selten. Aber du musst dich manchmal einfach ein kleines bisschen zurücknehmen, weil, ganz ehrlich? Wenn ich Peter wäre, hätte ich dich schon längst umgebracht."

Sie atmet tief aus. „Okay, ich weiß ja. Und was mach ich jetzt mit Penny? Sie ist so wütend."

„Da weiß ich auch nicht weiter", antworte ich. „Sag mir Bescheid, wenn du es herausfindest."

***

Mein Rucksack ist gepackt, meine Haare sind zu zwei Knoten zusammengebunden und ich bin zu Pennys Zimmer gegangen, um mich von Bits zu verabschieden. Es sieht anders aus, aber als ich eintrete, trifft mich Adrians Duft, der noch immer in der

Luft hängt, wie eine Faust mitten ins Gesicht. Ich hebe Fee vom Fußboden auf und verstecke mein Gesicht in ihrem Fell, bis ich mich wieder gefasst habe.

„Hey Bits, ich mach mich langsam auf den Weg. Bekomme ich einen Kuss?" Sie liegt in ihrem Bett am Fenster und starrt die Decke an. Ich setze mich auf den Bettrand und streiche ihr das Haar hinters Ohr. „Bitte?"

Ihre Lippen werden schmal. „Ich will nicht, dass du fährst."

„Ich weiß, aber ich muss."

„Warum? Warum musst du?"

„Da haben wir doch schon so oft drüber gesprochen, Süße. Wir brauchen Lebensmittel und Treibstoff. Wir müssen uns schützen."

„Du haust immer ab", murmelt sie. „Du willst ja bloß nicht mit mir zusammen sein."

Es ist nicht so, dass ich nicht mit ihr zusammen sein will. Ich will nur nicht hier sein. Ich liebe sie genauso sehr wie zuvor, aber ich weiß nicht, wie ich mit ihr so sein kann wie zuvor. Manchmal erscheint mir der Aufwand zu hoch, die Verantwortung zu groß.

„Ich hab dich so, so lieb, Bits. Aber die letzten paar Monate waren hart. Es ist nicht …"

Ihre Augen verengen sich. „Du ignorierst mich andauernd! Du bist so egoistisch. Ich hasse dich!"

Ich versuche noch, mich zu beherrschen, aber die Worte, die ich eindeutig verdient habe, und dieses Zimmer, das mich an alles erinnert, was ich verloren habe, sind der letzte Tropfen, der das Fass endlich überlaufen lässt.

„Ach ja? Woher, meinst du denn, kommen deine Klamotten und die Schuhe? Woher kommen deine Süßigkeiten? Die Kekse, die du so gerne isst, sind mit Zucker gemacht, Bits! Die fallen nicht einfach so vom Himmel, weißt du!" Meine Stimme wird lauter. So habe ich noch nie mit Bits gesprochen. Ich sollte wirklich aufhören und ich will aufhören, aber ich tu's nicht. „Warum kannst du mich nicht *einmal* gehen lassen, ohne ein Riesentheater zu machen? Willst du etwa, dass die Zombies an den Zaun kommen? Willst du das?"

Ihre Augen werden kugelrund und sie dreht sich mit bebenden Schultern zur Wand. Ich will mir selbst den Hintern dafür versohlen, dass ich in zwei Sekunden all das Gute, was ich in den vergangenen Monaten für sie getan habe, zerstört habe.

„Bits, es tut mir leid. Entschuldige bitte, das hätte ich nicht sagen sollen. Okay?" Ich versuche, ihr einen Kuss zu geben, aber ihr Arm wirbelt herum und trifft mich im Gesicht. Draußen tönt die Hupe des Transporters zweimal.

„Bits, ich muss jetzt los. Bekomme ich bitte eine Umarmung?"

„Nein." Ihre Stimme ist belegt. „Ich hasse dich."

„Okay. Ich kann verstehen, dass du wütend bist, und es tut mir ehrlich leid. Aber ich hab dich lieb." Ich drücke ihr einen Kuss auf den Scheitel. Sie reibt ihn mit der Hand wieder weg. „Tschüss", flüstere ich.

Penny steht mit vor der Brust verschränkten Armen und steinernem Gesicht im Flur. Ich gehe schnurstracks an ihr vorbei und springe die Treppe zur Veranda hinunter. Das Fliegengitter fällt klappernd hinter mir zu.

Penny folgt mir auf den Rasen und bleibt mit den Fäusten in die Hüfte gestemmt stehen. „Cassie!"

„Ich kann jetzt nicht", versuche ich sie abzuwimmeln.

„Warum? Weil du Zombies killen gehen musst?"

Ihr Tonfall trieft vor Sarkasmus und sie wedelt mit der Hand in der Luft herum, als sei allein diese Idee die abwegigste der Welt. Am liebsten möchte ich ihr eine Ohrfeige verpassen, aber stattdessen verschränke ich die Arme vorm Oberkörper. „Ja, Penny. Genau deswegen."

„Das ist so ein Schwachsinn, und das weißt du auch. Du redest ja kaum mit mir, wenn du hier bist. Und jetzt schreist du schon Bits an?"

„Ich muss los. Bits lässt mich nicht gehen, ohne dass es Theater gibt. Was soll ich denn deiner Meinung nach tun?"

Penny tritt einen Schritt auf mich zu. „Hm, lass mich mal überlegen. Du könntest hierbleiben? Sie braucht dich, und du flüchtest vor ihr, sobald sich die Gelegenheit bietet. Du meidest sie wie die Pest!"

Das hat gesessen, wahrscheinlich, weil es wahr ist, und ich versuche krampfhaft, mir eine gute Antwort zu überlegen, die vom wirklichen Thema ablenkt. „Die ganze Welt hat die Pest, falls es dir noch nicht aufgefallen ist. Und ich tu, was ich kann, um zu verhindern, dass wir uns alle anstecken!"

„Ach, stimmt ja." Penny verdreht die Augen. „Du musst ja die Welt retten. Schon klar. Und meinst du, eine Schachtel Kekse ist es wert, ein kleines Mädchen dafür unglücklich zu machen? Sie will keine Süßigkeiten, sie will dich!"

„Ich sorge dafür, dass sie nicht noch viel unglücklicher wird. Bits hat so viele Menschen um sich, die sich um sie kümmern können. Warum bleibt trotzdem alles an mir hängen?"

Sobald die Worte ausgesprochen sind, fühle ich mich schrecklich. Ich weiß, dass ich Bits in jedem anderen Bereich im Stich lasse. Das Einzige, was ich ihr bieten kann, ist Sicherheit.

„Weil du für sie das bist, was einer Mutter am nächsten kommt", sagt Penny. Ihre Wangen sind gerötet und ihre Stimme leise, aber genauso gut hätte sie mich anschreien können. „Weißt du eigentlich, dass sie dich den anderen Kindern gegenüber manchmal Mama nennt? Du kannst dir nicht aussuchen, wann du ihre Mutter bist und wann nicht. Du rennst los und tötest Lexer und es ist dir egal, ob du wiederkommst oder nicht. Du bist total lebensmüde."

Ich zucke mit den Schultern, auch wenn alles, was sie sagt, zu einhundert Prozent stimmt. Die Tatsache, dass Bits mich ihre Mutter nennt, ist wie ein Messer mitten ins Herz. Ich will nichts mehr, als wieder zu ihr reinzugehen, aber dafür bin ich zu stur. „Ich würde es eher lebensschläfrig nennen."

„Oh, haha. Sehr witzig. Wer bist du – Ana? So einen Scheiß würde ich von meiner Schwester erwarten. Ich weiß, dass sie eines Tages nicht zurückkommt, jeder hier weiß das. Aber was soll ich Bits sagen, wenn du nicht zurückkommst? ‚Sie hat dich geliebt, aber eben nicht genug, um tatsächlich für dich da zu sein'? Was ist dein Problem?"

„Was mein Problem ist?", frage ich. „Du bist es doch, die an allem, was ich tu, irgendetwas auszusetzen hat. Ich sehe es in deinem Blick, immer, wenn du mich ansiehst. Tut mir leid, dass du denkst, ich hab alles kaputtgemacht, aber wir können nicht alle so ein Glück haben wie du, weißt du!"

Sie kommt noch ein Stück näher und lacht leise. „Glück? Ernsthaft?"

Okay, scheinbar ist jetzt der Moment für dieses Gespräch. Ich bin mehr als bereit. „Ja, Glück. Du hast James, du hast dein Baby, du unterrichtest in einer kleinen Schule wie eine gottverdammte Pionierin. Als wärst du scheiß Laura Ingalls. Du brauchst dir die Hände nicht schmutzig zu machen. Du brauchst dir um überhaupt nix Sorgen zu machen."

„Aha." Sie zieht das Wort unnatürlich in die Länge.

„Ja. Genau. Dein Leben ist so gut wie normal. Du hast keine Ahnung, wie sich das anfühlt – du hast doch alles. Und weißt du, was ich habe? Ich hab gar nichts." Ich halte die Tränen mit aller Macht zurück. Ich werde jetzt bestimmt nicht losheulen. Ich werde ihr auf keinen Fall zeigen, dass sie mich getroffen hat.

„Du hast recht. Ich weiß nicht, wie das ist. Aber du hast nicht nichts. Weißt du eigentlich, wie sich das anfühlt, wenn du so was sagst? Ich verlange doch gar nicht, dass du jetzt auf Krampf glücklich sein musst, aber du könntest zumindest versuchen, am Leben zu bleiben."

Pennys Augen sind rot geworden und sie wischt sich eine Träne von der Wange. „Glaubst du etwa, ich weiß nicht, dass dieses Baby ein weinender, schreiender Zombiemagnet ist? Ich hab eine Scheißangst, Cass. Ich brauche meine beste Freundin zurück."

Ich will ja zurück, aber ich finde den Weg einfach nicht. Ich bin so neidisch auf Pennys Zufriedenheit und wütend über ihre Missbilligung. Aber Penny ist schon immer gut darin gewesen, ihre Ängste zu verbergen, und vielleicht ist der Grund für ihre Missbilligung in Wirklichkeit ihre Angst davor, mich zu verlieren. Die Gedanken wirbeln mir wirr und undeutlich durch den Schädel. Jemand ruft meinen Namen, und ich bin dankbar für die Ablenkung.

„Sind wir fertig?", frage ich. Es klingt viel härter, als es klingen sollte.

Penny seufzt und dreht sich um. „Ja, was auch immer, Cass. Wir sind fertig."

Ich riskiere einen schnellen Blick über die Schulter, als ich im Transporter sitze, und denke noch, dass ich ihr vielleicht noch zulächle oder winke, aber Penny ist schon wieder im Haus verschwunden.

KAPITEL 48

Die Fahrt nach Quebec dauert beinahe drei Stunden, weil wir uns unterwegs den Weg freiräumen müssen. Besonders die Mautstellen sind komplett zugeparkt und behelfsmäßig mit Absperrungen verstellt. Immerhin sind sie nicht von Lexern überrannt, obwohl wir uns doch hin und wieder mal mit ein paar von ihnen herumschlagen müssen. Sie haben wohl versucht, sich vollständig von Kanada abzuschotten beziehungsweise umgekehrt, aber ganz offensichtlich mit wenig Erfolg. Je weiter wir uns von Kingdom Come entfernen, desto schlechter fühle ich mich. Ich weiß ja, dass ich nicht *nichts* habe – ich habe Bits. Derzeit mag ich nicht gerade der größte Fan vom Konzept Leben sein, aber wenn ich Bits verlieren würde, glaube ich nicht, dass ich auch nur das kleinste bisschen Kraft aufwenden könnte, um weiterzukämpfen. Dann gäbe es wirklich *nichts* mehr, für das es sich zu kämpfen lohnt.

Ich sitze auf der Rückbank des Transporters. Auf meinem Bauch liegt ein ungeöffnetes Buch. Dan fährt, während Peter, Toby und Ana mit wachsamen Blicken die Landschaft absuchen. Shawn, Jamie, Liz und Caleb fahren den Pick-up, der den Anhänger zieht. Im Anhänger befinden sich auch unsere Ölfässer, die wir mit Benzin aufzufüllen hoffen, und mit ein wenig Glück können wir den restlichen freien Platz morgen in Stowe und Waterbury mit Lebensmitteln auffüllen. Verlassene Bauernhäuser und überwucherte Felder sausen draußen vorbei, nur hin und wieder von Baumgruppen unterbrochen. Im Vergleich zu Kingdom Come ist es hier nicht sonderlich gebirgig, aber am Horizont verläuft die Landschaft weich und hügelig, und es sieht fast so aus, als habe jemand eine flauschige grüne Decke genommen und sie achtlos über die Erde geworfen.

„Erde an Cassandra", sagt Peter.

Ich blicke auf. „Was? Sorry."

Er klettert zu mir auf die Rückbank. „Ich hab gesehen, wie du und Penny euch unterhalten habt. Ihr habt beide nicht gerade glücklich ausgesehen."

Ich blicke mich im Wagen um, aber die anderen sind gerade mit einer Gruppe von Lexern beschäftigt, die sich in einem Stacheldrahtzaun verfangen haben. „Ach, sie hat mir nur gesagt, was für eine Rabenmutter ich bin."

Peter sieht so aus, als wolle er protestieren, aber ich nicke nur und lehne den Kopf hinten an der Kopflehne an. „Nein, sie hat ja recht. Ich bin eine Rabenmutter gewesen. Und das Schlimmste ist, dass ich mir selbst eingeredet habe, dass ich irgendwie was ganz Tolles für Bits tue, weil ich sie beschütze, und dass ich ihr übel genommen habe, dass sie so undankbar war. Dabei war ich total egoistisch."

„Du bist nicht egoistisch. Alles, was du tust, tust du für andere."

„Nein, du verwechselst mich mit Adrian."

„Und warum glaubst du, hat er dich so geliebt? Du bist genau wie er."

Ich weiß, dass das nicht stimmt. So zu sein wie Adrian war mein Ziel, aber ich habe einfach zu viele Macken, und diese verdammte Tendenz, immer alles zu versemmeln. Und dann musste er natürlich das Selbstloseste tun, was ein Mensch für einen anderen tun kann. Er hat es für mich getan, und ich hab's nicht mal verdient.

„Du bietest immer deine Hilfe an, wenn jemand eine Schicht nicht machen kann oder will – sogar die Wäsche", sagt Peter. „Und sogar am Scheiße-Waschtag. Du veranstaltest immer einen Riesenzirkus, wenn jemand Geburtstag hat. Du willst, dass alle glücklich sind, und tust, was du kannst, um die Leute zum Lachen zu bringen. Ganz besonders die, die keinen Grund zum Lachen haben."

Ich zucke mit den Schultern. „Wer macht so was denn nicht?"

„Na, jede Menge Leute machen so was nicht."

„Du machst es."

„Ja gut, aber das liegt auch nur daran, dass ich ein ziemlich cooler Typ bin."

Ich drehe den Kopf zur Seite, nur um mitten in sein breit grinsendes Gesicht zu starren. „Na ja, wie dem auch sei, eine Rabenmutter bin ich trotzdem."

„Jetzt lass aber mal die Kirche im Dorf, wie John sagen würde. Du hast ein paar ganz schön harte Monate hinter dir. Und du hast dein Bestes gegeben."

„Nein, habe ich nicht." Ich wende den Blick ab und beobachte die vorbeirasenden Bäume. „Das hätte ich sein sollen, da im Wald. Am Zaun. Die Leute brauchen ihn viel mehr als mich."

„Wie bitte?"

„Ich hab alles kaputtgemacht, was gut war. Adrian hätte das nie gemacht."

„Adrian wollte, dass du lebst, weil er nicht ohne dich sein wollte", entgegnet Peter mit einer so entschlossenen Stimme, dass ich mich wieder zu ihm umdrehe. Er sieht beinahe wütend aus. „Du hast gar nichts kaputtgemacht. Du hast einfach nur vergessen, wie man trotzdem weiterlebt. Das war alles, was er wollte – dass du weiterlebst. Glaub mir, ich weiß das."

Ich denke an den Tag in Bennington, an Peter, der auf den Müllcontainern stand und uns hinterherblickte, als wir ohne ihn davonfuhren. Er hatte glücklich ausgesehen, und er war glücklich gewesen.

„Es fühlt sich einfach falsch an", flüstere ich. „Wie Verrat."

Er legt mir einen Arm um die Schulter. „Das weiß ich auch. Aber das ist es nicht. Glaubst du mir das?"

Ich nicke, obwohl ich es ihm noch nicht glaube. Noch nicht so ganz jedenfalls. „Ich habe Bits angeschrien, bevor wir gefahren sind. Hab ihr Angst gemacht. Sie hat sich Sorgen gemacht, und anstatt es besser zu machen, hab ich's noch viel schlimmer gemacht. Sie hasst mich, und ich kann es ihr nicht verdenken."

„Nein, das tut sie nicht", versichert er mir und drückt meine Hand. „Sie liebt dich. Und sie braucht dich, aber du … Na ja, du warst nicht da."

Es tut weh, ihn das sagen zu hören, aber es ist wahr. Ich muss mir heute jede Menge Wahrheiten anhören, scheint mir. „Na ja, jetzt bin ich jedenfalls wieder da. Das Erste, was ich tue, wenn wir wieder zu Hause sind, ist, mich bei ihr zu entschuldigen."

Ich will am liebsten sofort umdrehen. Ich will alles wiedergutmachen. Ich weiß noch nicht ganz, wie, aber ich fang jetzt sofort an. Ich lege meinen Kopf auf Peters Schulter und beobachte einen Lexer, der auf einem Feld herumstromert. Die hasse ich noch immer, und daran wird sich auch nie etwas ändern.

„Kann hier eigentlich jemand Französisch?", fragt Toby. „Oder wie sollen wir verstehen, was die sagen?"

„Toby, du bist doch echt ein Volltrottel", stöhnt Dan. „Wir haben Funkkontakt mit denen. Wie, meinst du denn, verständigen wir uns da?"

„Oh, ach ja."

„Ich glaube, wir hätten an der letzten Kreuzung abbiegen müssen", sagt Ana, die die Karte auf ihrem Schoß studiert.

Dan drosselt die Geschwindigkeit, woraufhin der Pick-up neben uns hält. Shawn lehnt sich aus dem Fenster. „Was ist los?"

„Ich glaube, wir müssen umdrehen. Kriegt ihr das mit Hänger hin?", fragt Ana.

„Ich kann alles", antwortet Shawn. „Das solltest du inzwischen wissen."

Vom Beifahrersitz aus verdreht Jamie die Augen. „Haben wir uns verfahren?"

„Ich denke nicht", sagt Ana. „Aber die ganzen französischen Straßennamen verwirren mich."

„Google ist dein Freund!", ruft Caleb vom Rücksitz.

„Der wird einfach nie alt, Cabe", sagt Liz trocken.

Die nächste Straße ist gepflastert, und wir folgen ihr entlang eines Sees, der mit einer Konstruktion aus Seilen, Stacheldraht und Holzplanken eingezäunt ist, bis wir die Abfahrt erreichen. Ein kleiner dunkelhaariger Mann Mitte sechzig steht hinter dem mit Vorhängeschloss gesicherten Gittertor.

„Kingdom Come?", fragt er mit dickem Quebecer Akzent.

Dan nickt, und als der Mann lächelt, verwandelt sich sein breites Gesicht in ein Netzwerk aus feinen Linien und Falten. „Herzlich willkommen! Ich bin Gabriel. Ich bring euch zum Haupthaus."

Er nickt einem älteren Mann mit Schirmmütze zu, der das Vorhängeschloss öffnet und das Tor aufschwingen lässt. Gabriel steigt auf ein Fahrrad und winkt uns, ihm den unbefestigten Weg hinab zu folgen. Er führt uns durch dicht bewaldetes Gelände, in dem alle hundert Meter oder so eine Lichtung mit einem großen Haus auftaucht. Es sind schöne Häuser; die meisten sind zweigeschossig, haben Veranden, von denen aus man den Seeblick genießen kann. Das Wasser ist spiegelglatt und reflektiert den blauen Himmel und die kleinen Wölkchen.

Angesichts der gestutzten Rasenflächen vor den Häusern können wir nur staunen. Wir haben Unkraut oder Matsch. Das Einzige, was die neue Realität verrät, sind die Gemüsegärten, die Plumpsklos, die ein Stück entfernt vom See gebaut wurden, und die an die Dächer montierten Ofenrohre. Vor einem der Häuser spielen ein paar Kinder mit einem Ball, während ihnen eine Frau auf einem Liegestuhl gähnend zusieht.

Wir passieren vier Häuser, ehe Gabriel anhält und auf ein Steinhaus zeigt, das auf einer Lichtung steht, die so groß ist wie ein kleiner Park. Mehr als ein Dutzend Menschen sitzen an Picknicktischen auf dem Rasen links vorm Haus, und auf der rechten Seite erstreckt sich ein Gemüsegarten, der nur so strotzt vor grünem Leben. Wir kommen auf der runden Auffahrt zum Stehen und treten hinaus in die frische, duftende Luft. Ich liebe Kingdom Come, aber bei uns riecht es nicht annähernd so gut – Nutztiere und ein riesiger Komposthaufen können ganz schön stinken.

Die Leute an den Tischen stehen auf und folgen uns durch die Terrassentür ins Steinhaus. Das Erdgeschoss ist offen und voll mit Tischen und Stühlen, es gibt einen großen Kamin mitten im Raum, gotisch anmutende Fenster und glänzende Holzdielen. Eine große schlanke Frau in Gabriels Alter kommt durch eine Tür zu unserer Linken und trocknet sich die Hände mit einem Handtuch ab. Ihr graues Haar ist zu einem strengen Dutt zusammengebunden, was die markanten Wangenknochen und ihr Gesicht, das zwar vom Alter gezeichnet, aber noch immer ausgesprochen hübsch ist, hervorhebt.

„Hallo! Wir freuen uns so, dass ihr gekommen seid. Mein Name ist Clara."

„Meine Frau", ergänzt Gabriel, nicht ohne einen gewissen Stolz.

Die Leute, die uns ins Innere des Hauses gefolgt sind, sitzen an den umliegenden Tischen und warten geduldig, während das Essen hereingebracht wird. Auf Tellern, wie in einem Restaurant. Ein Teller voll mit etwas, das aussieht wie Pommes mit weißen Klecksen darauf, wird von einem lächelnden Teenager vor mir auf den Tisch gestellt. Was auch immer das sein mag – es duftet himmlisch.

„Was ist das denn?", murmelt Shawn, der neben mir sitzt. „Hat da etwa ein Vogel draufge…" Jamie rammt ihm den Ellenbogen in die Rippen und er verstummt.

Clara sitzt am Kopfende des Tisches. Glücklicherweise scheint sie nichts gehört zu haben oder sie ist zumindest taktvoll genug, um sich nichts anmerken zu lassen. „Das ist Poutine. Ein beliebtes Gericht hier in Quebec. Pommes frites mit Käsebruch und Bratensauce. Wir dachten, aus den letzten Kartoffeln machen wir etwas Besonderes. Und ihr seid unsere allerersten Gäste."

Ich habe das Gefühl, eine andere Dimension betreten zu haben. Nicht nur, dass ich gerade bedient wurde wie in einem Restaurant, ich bekam auch noch einen Teller Fritten mit Käse und Sauce. Und plötzlich vermisse ich Penny. Zu Schulzeiten haben wir so manch einen Sonnenaufgang in einem Diner verbracht und kichernd über Fritten mit Käse und Sauce die Ereignisse der vergangenen Nacht diskutiert.

„Bitte, greift zu", fordert Gabriel uns auf und hebt die Gabel zum Mund.

Die Pommes frites mit Käsebruch und Bratensauce sind reichhaltig und salzig. Das muss Peter zu Hause unbedingt mal für alle nachkochen. Diese Leute hier wissen wirklich, wie man lebt.

„Wo sind eure Tiere?", frage ich. Ich weiß, dass es welche geben muss, denn woher hätten sie sonst den Käse? Aber dieser Ort ist so sauber, dass man fast glauben könnte, sie hätten ihn einfach so auf die Teller manifestiert.

„Es gibt hier neun Gebäude", antwortet Gabriel. „Die zwei größten davon haben wir zu Ställen umgebaut. Sie sind am weitesten vom Eingang entfernt, auf der Ostseite des Sees."

„Das hier ist köstlich", sagt Jamie mit einem vielsagenden Seitenblick auf Shawn, der eifrig nickt. „Vielen Dank. Esst ihr immer so? Also, mit Kellnerinnen?"

Die Quebecer lachen, auch die an den umliegenden Tischen. „Ach was, nein!", sagt Clara. „Das ist nur wegen euch. Normalerweise bauen wir im hinteren Teil des Raums ein Buffet auf, wo wir uns dann ums Essen streiten. Im Sommer wird hier gekocht, aber im Winter kocht jedes Haus für sich, zumal da auch geheizt wird."

Das klingt schon realistischer. Ich hatte langsam schon das Gefühl, hier sei einfach alles viel zu perfekt.

„Hier leben insgesamt neunundachtzig Menschen", erklärt Gabriel, „aufgeteilt auf die anderen Häuser. Ihr seid in jedem davon willkommen, ihr entscheidet selbst, wo ihr schlafen möchtet. Wir haben zwar keine extra Gästebetten, aber es gibt genug Platz, um es sich auf dem Boden gemütlich zu machen."

So viele Menschen, verteilt auf sieben Häuser? Das muss eng sein, auch wenn sie groß sind. Aber zumindest haben sie richtige Häuser und keine Großraumzelte wie wir, obwohl Dan größere Hütten entworfen hat, die sich sogar schon in den ersten Stadien des Baus befinden.

„Wir haben Zelte mitgebracht", sagt Dan. „Wir wollen niemandem zur Last fallen."

„Quatsch", entgegnet Clara. „Obwohl es schön sein muss, bei diesem Wetter draußen zu schlafen. Es ist viel kühler."

Der Tag ist heiß und schwül. Es ist so heiß, dass mir trotz der offenen Fenster das T-Shirt am Rücken klebt. Wer auch immer sich den Vormittag damit um die Ohren geschlagen hat, für uns Pommes zu frittieren, verdient eindeutig eine Medaille. Ich blicke auf den See hinaus und fange beim Gedanken an einen kleinen Badeausflug beinahe an, zu sabbern.

Peter folgt meinem Blick und fragt: „Ist der gesamte See eingezäunt?"

Ein junger Typ Mitte zwanzig mit roten Haaren und Sommersprossen antwortet: „Ja, genau. Wir haben hauptsächlich Seile und Stacheldraht verwendet. Wir wollten nicht, dass das Wasser verunreinigt wird. Wir haben etwa sechseinhalb Kilometer abgezäunt." Er spricht nahezu akzentfrei, aber seine kanadische Herkunft ist nicht zu überhören.

„Heißt das, dass wir schwimmen gehen können?", fragt Ana und wirft begeistert den Kopf in den Nacken, als er nickt. „Okay, mehr brauch ich nicht zu hören. Ich ziehe ein!"

„Wir haben Badeanzüge, die ihr leihen könnt", sagt Clara und lächelt. „Wie wär's mit einer kleinen Führung, und dann könnt ihr baden gehen?"

KAPITEL 49

Als wir uns den beiden Blockhäusern nähern, die an einem kleinen Abhang liegen, der direkt zum See abfällt, dringt uns der nur allzu bekannte Geruch in die Nasen. Die begehbaren Keller, die aufgrund des Gefälles auf der einen Seite der Häuser quasi das Erdgeschoss darstellen, sind zu abgetrennten Ställen für Kühe und Ziegen umfunktioniert worden. In der Decke sind Löcher, die als Heuböden dienen. Wir folgen Gabriel ins richtige Erdgeschoss des einen Hauses, wo die vor langer Zeit einmal hübschen Holzfußböden mit Heu, Säcken voller Trockenfutter und den grob ausgesägten Löchern bedeckt sind.

„Dieses Haus allein hat mal fast eine Million gekostet. Die Eigentümer würden sich im Grabe umdrehen." Er lehnt sich vor. „Wir waren ehrlich gesagt ganz froh, als sie nicht hier aufgekreuzt sind. Schreckliche Familie. Fürchterliche Kinder."

Er murmelt etwas auf Französisch, das sich wie ein altmodisches Schimpfwort anhört. Clara wirft ihm einen missbilligenden Blick zu, muss sich jedoch wegdrehen, um ein Schmunzeln zu verbergen.

„Seid ihr an den Höfen direkt vorm See vorbeigekommen?", spricht Gabriel weiter. „Da pflanzen wir unser Getreide an. Die Ernte ist nicht ungefährlich, aber sonst gibt es hier keinen anderen geeigneten Ort."

„Wir pflanzen auch außerhalb des Zauns an", sagt Peter. „Aber ich wünschte, wir hätten einen See. Wir nutzen Quellwasser zum Bewässern, und da machen wir uns natürlich das Gefälle zunutze."

Clara nickt. „Gabriel und ich sind hergezogen, als er in Rente gegangen ist. Das Steinhaus gehört uns. Als all das hier begann, haben wir überlegt, ob wir nicht in eine der Sicherheitszonen der Regierung gehen sollten, aber der See war letztendlich der ausschlaggebende Faktor für uns, doch hierzubleiben. Und die Kinder. Unsere beiden Söhne sind mit ihren Familien hergekommen."

Er nickt ihr zu und muss dabei zu ihr aufblicken, denn sie ist einige Zentimeter größer als er. Sie scheinen einander zu schätzen, so wie meine Eltern sich geschätzt haben. Und so wie Adrian und ich einander schätzten.

„So, nun ist aber Schluss mit der Führung", beschließt Clara. „Ab an den See."

***

Das Wasser ist kühl und tief. Ich schwimme zur kleinen Badeinsel und lege mich auf die warmen Holzplanken, wo ich mir ein fünfzehnminütiges Sonnenbad erlauben kann, bevor ich mir einen Sonnenbrand hole. Ich schließe die Augen und lausche dem Planschen und Lachen der anderen am Ufer. Sie sind so laut, dass ich nicht höre, wie jemand kommt, bis ein Regen aus kaltem Wasser mich aus meinen Tagträumen reißt. Ich öffne die Augen und erblicke Dan, der sich schüttelt wie ein Hund.

Er setzt sich zu mir. „Schön, was?"

„Das hier ist der Hammer." Ich stütze mich auf den Ellenbogen ab. „Vielleicht sollten wir tatsächlich herziehen. Im Sommer kann man baden, im Winter Schlittschuh laufen. Oder wir könnten kleine Urlaubsreisen veranstalten. Das hier könnte unser erstes Reiseziel sein: die Quebec Sicherheitszone – Resort und Spa."

„Als Bezahlung könnten sie Lebensmittel nehmen. Dann fällt auch die Gartenarbeit weg. Und sie könnten sich voll und ganz auf die Massageeinheiten konzentrieren."

Ich lache und lege mich auf den Bauch. „Zu einer Massage würde ich auch nicht nein sagen."

„Immer gerne."

Er zwinkert mir zu. Ich schaue zur Seite, als ich etwas höre, und ganz richtig: Zwei der Quebecer Mädels schwimmen aufs Floß zu. Ich weiß genau, worauf die aus sind – sie haben Dan den ganzen Nachmittag nicht aus den Augen gelassen.

„Dein Fanclub", sage ich.

250

Er macht ein abschätziges Geräusch, aber Alice und Sofia klettern unbeirrt die Leiter hoch und setzen sich links und rechts neben ihn. Sie sind beide Anfang zwanzig, mit dunkelblondem Haar, das zu ihren braungebrannten Körpern passt. Dan grüßt sie höflich, aber distanziert, was sie nicht weiter zu stören scheint. Er ist Frischfleisch und zudem Frischfleisch mit braungebrannten Muskeln und einem Lächeln zum Dahinschmelzen.

„Dan, wir dachten, vielleicht hast du ja Lust, heute Nacht in unserem Haus zu schlafen?", fragt Sofia und leckt sich die vollen Lippen. Sie hat einen starken Akzent, aber ich könnte schwören, dass er vor einer Stunde noch nicht so ausgeprägt sinnlich war. „Es ist das nächste von hier." Sie zeigt auf ein Gebäude, dessen Rückwand vollständig aus Glas besteht. „Alle, die da wohnen, sind jung. Das wird lustig."

Alice, die keinen französischen Akzent vorzuweisen hat, positioniert sich so, dass ihre Brust direkt in Dans Blickfeld ist, und nickt. „Wir haben Schnaps aus Ahornsirup gemacht, der ist so lecker. Schmeckt wie Met. Wir können alle zusammen abhängen."

„Ähm, vielleicht", weicht Dan aus. Er wirft mir einen fragenden Blick zu, so als suche er meine Erlaubnis oder vielleicht meine Hilfe, denn er wirkt tatsächlich so, als wäre ihm die Situation ein wenig unangenehm. „Cass, müssen wir nicht superfrüh aufstehen?"

Ich setze mich auf und tauche meine Füße ins Wasser. „Oh ja, bei Sonnenaufgang. Aber wenn du jetzt anfängst, hast du locker Zeit genug für ein bisschen Spaß." Die Mädchen sehen mich begeistert an. Dan sieht nicht glücklich aus. Ich habe ihn genug zappeln lassen, also setze ich einen bedauernden Gesichtsausdruck auf. „Oh, aber da fällt mir ein … da ist doch noch diese Sache mit dem Transporter."

Dan seufzt. „Ja, stimmt, der Transporter. Hm. Dann wird es wohl leider doch schwierig."

Alice und Sofia machen enttäuschte Laute, aber ich sehe ihnen an, dass sie ihn nicht so einfach davonkommen lassen werden. Ich gleite ins Wasser und halte mich an der Kante der Badeinsel fest. „Ich schwimm wieder zurück."

„Bleib doch“, sagt Dan. „Es ist so schön hier draußen.“

„Ich kann wirklich nicht. Ich verbrenne gleich. Wir sehen uns an Land.“

Ich muss über seinen Blick grinsen, der mir eindeutig mitteilt, was für eine Verräterin ich bin, und gleite ins Wasser.

KAPITEL 50

Zum Abendessen gibt es Pasta und frischen Salat. Allem zivilisierten Anschein zum Trotz gehen die Quebecer oft auf Patrouillen und haben es diesen Sommer bis zu den Ausläufern von Montreal und Quebec City geschafft. Sie meinen, genug Lebensmittel für den Winter zu haben, auch wenn die Ernte karg ausfällt. Es kann schon beunruhigend sein, wenn man darüber nachdenkt, wie nah wir immer wieder am sicheren Untergang vorbeischlittern – wir sind Eigenbedarfsbauern, Jäger und Sammler geworden.

Und wenn alles andere schiefgeht, können sie immer noch Ahornsirup trinken. Sie haben uns literweise davon gegeben und haben selbst noch Unmengen übrig. Alice hat uns ihr Met-Rezept überlassen, nachdem sie sich endlich damit abgefunden hat, dass Dan keine Lust hat, den Partylöwen zu spielen. Toby dagegen hat sich bereitwillig breitschlagen lassen, und ist schon vor Stunden grinsend abgeschleppt worden. Die anderen sind mitgegangen. Die Sonne geht unter und aus dem heißen Tag wird innerhalb kürzester Zeit ein kühler, aber schwüler Abend. Ich sitze am See und wärme meine Füße im letzten sonnenbeschienenen Flecken Sand auf, bevor ich zurück zum Steinhaus gehe, wo wir unsere Schlafsäcke auf dem Boden des Speisesaals ausgebreitet haben. Ich mache ein Foto vom See, um ihn Bits zeigen zu können. Vielleicht kann ich sie nächstes Jahr mitbringen, damit sie auch baden gehen kann – falls sie bis dahin wieder mit mir spricht.

„Du bist wie eine Eidechse", höre ich Dans Stimme hinter mir.

Ich blicke mir über die Schulter und zeige mit dem Finger auf ihn. „Guck, *das* ist eine gute Anmache. Ich wusste, du kannst dir was Besseres einfallen lassen als ‚ein hübscher Name für ein hübsches Mädchen'. Es ist zwar nicht gerade schmeichelhaft, aber du kriegst Punkte für Einfallsreichtum."

Dan lacht. „Ich meine nur, dass du die Sonne aufsaugst wie eine Eidechse."

„Ach so, ich dachte schon, du willst mir einen Wink mit dem Zaunpfahl geben, dass meine Haut ein bisschen Feuchtigkeitscreme vertragen könnte."

Er lässt sich in den Stuhl neben mir sinken. „Nee, ach was, du bist perfekt."

„Es macht dir wirklich Spaß, mich zu belästigen, was?"

„Ich mach dir ein Kompliment, ich belästige dich nicht. Du nimmst mich bloß nicht ernst."

„Da hast du zur Abwechslung mal recht", stimme ich ihm zu.

Er öffnet den Mund, schließt ihn aber gleich wieder und beobachtet stattdessen die fluffigen rosa und lachsfarbenen Wolken. Aus dem Partyhaus dringen fröhliche Stimmen.

„Hör mal, was du gerade verpasst", sage ich.

„Danke, dass du mich gerettet hast. Einen Moment lang dachte ich ernsthaft, du wirfst mich den Wölfen zum Fraß vor."

„Na, Wölfe kann man die doch kaum nennen. Obwohl ich gehört habe, dass Sofia ziemlich gut mit dem Gewehr ist, also würde ich mich mit der lieber nicht anlegen. Du brauchst sie doch nie wiederzusehen. Und trotzdem sitzt du hier am See wie ein alter Mann, der vergessen hat, wie man Spaß hat."

„Mit dir hab ich Spaß", erwidert Dan.

„Oh ja, ich bin eine richtige Spaßbombe. Vielleicht sollte ich da rübergehen und mich betrinken, damit ich endlich mal wieder schlafen kann." Ich muss mich selbst ermahnen, dass niemand Lust auf mein Selbstmitleid hat. Das ist Phase eins der nigelnagelneuen Cassie – kein Selbstmitleid mehr. „Tut mir leid. Ich leide an Schlaflosigkeit."

„Ach, was du nicht sagst, du Knallkopf. Wer macht denn andauernd mit dir Nachtschicht?"

„Mein Vater hat mich immer Knallkopf genannt", sage ich und lache.

„Meiner auch." Er steckt die Hand in die Innentasche seiner Jacke und zieht seinen silbernen Flachmann hervor. „Hier, nimm einen Schluck. Das hilft beim Einschlafen."

„Aha, der Flachmann! Ich hab mich schon gefragt, warum du den immer mit dir herumträgst. Du trinkst nie daraus."

„Der ist halt für den Fall der Fälle", murmelt er und wendet mit zusammengepressten Lippen den Blick ab.

Wie mysteriös. Das klingt jetzt aber doch irgendwie interessant. „Für welchen Fall der Fälle?"

„Falls ich mal so richtig tief in der Scheiße sitze und mir selbst die Kugel geben muss. Ich dachte, wenn ich das vorher runterstürze, ist es vielleicht einfacher." Er seufzt, und ich sehe einen Augenblick lang seine locker-flockige Fassade bröckeln.

Ich schüttele langsam den Kopf. „Das ist ja wohl das Deprimierendste, was ich jemals gehört habe. Ich glaube, du bist noch schlimmer dran als ich. Weißt du, was du bist? Du bist der Bernhardiner des Todes."

Er lacht so laut, dass die Vögel, die am Ufer entlangstaksen und nach Futter suchen, mit wild flatternden Flügeln aufschrecken und davonfliegen. „Was zur Hölle ist denn bitte ein Bernhardiner des Todes?"

„Hast du noch nie von den Schweizer Lawinenhunden gehört? Die hatten immer so ein kleines Fässchen mit Branntwein um den Hals, um im Schnee eingeschlossenen Wanderern das Leben zu retten." Er nickt, aber seinem Gesichtsausdruck nach zu urteilen denkt er, ich sei völlig übergeschnappt. „Na ja, ich hab immer gedacht, dass du irgendwie wie so ein Bernhardiner bist mit deinem kleinen Flachmann, aber jetzt weiß ich, dass er gar nicht dazu da ist, jemandem das Leben zu retten, sondern umgekehrt."

Ich beuge mich zu ihm und tätschle seinen Kopf, als wäre er ein Hund. Nachdem er sich wieder eingekriegt hat und nur noch leise kichert, fragt er: „Was geht da nur in deinem Kopf vor sich?"

„Oh, das willst du gar nicht wissen. Ein verrückter Ort ist das."

Er reicht mir den Flachmann. Der Schnaps brennt sich seinen Weg durch meine Speiseröhre. Ich wische mir mit dem Handrücken über den Mund und gebe ihm den Flachmann zurück. „Das ist ja furchtbar. Was ist das?"

„Stark ist es. Und das ist das wichtigste."

„Ja, wenn man sterben will, vielleicht. Aber nicht zum Spaß."

Dan steht auf. „Bin gleich wieder da." Er verschwindet in der Dunkelheit zwischen den Bäumen und taucht fünf Minuten später mit einer Weinflasche wieder auf. „Probier mal. Ahorn-Met."

Es schmeckt himmlisch, der scharfe Alkohol ist ein angenehmer Kontrast zur Süße. Ich nehme ein paar große Schlucke, bevor ich ihm die Flasche zurückgebe. „Hm, lecker. Danke. Wie konntest du so schnell entkommen?"

„Ich hab gesagt, dass ich in zehn Minuten wiederkomme."

„Nein! Jetzt warten sie die ganze Nacht auf dich."

„Ach, die sind besoffen. In zehn Minuten haben sie schon längst vergessen, dass ich jemals da war."

Ich grinse und verjage eine Mücke und dann noch eine. Die kleinen Biester lassen mich nicht in Ruhe. Ich will noch nicht reingehen, weil es so gemütlich ist mit Dan, aber in einer Stunde würde ich es bereuen, wenn ich mit Mückenstichen übersät bin.

„Ich schlage gleich mein Zelt auf", sagt Dan. „Wir können doch da abhängen, dann sind wir zumindest vor den Mücken in Sicherheit."

„Warum schläfst du nicht im Haus?", frage ich ausweichend, um nicht gleich antworten zu müssen. Irgendwie fühlt es sich komisch an, mit ihm in sein Zelt zu gehen, auch wenn sein Vorschlag nicht im Geringsten wie eine zweideutige Einladung geklungen hat.

„Ich bin eben gern für mich. Schon immer."

„Ich auch. Die Gelegenheit bietet sich in letzter Zeit nur immer seltener." Ich versuche so unauffällig wie möglich, eine Mücke von meinem Arm zu verjagen und gleichzeitig mein Fußgelenk zu kratzen, wo gerade ein neuer Stich zu jucken beginnt.

„Die fressen dich ja bei lebendigem Leib auf", sagt Dan. „Komm, wir gehen in mein Zelt. Da ist es auch kühler als im Haus. Du kannst bei mir schlafen, wenn du willst." Ich blicke mit angehobenen Augenbrauen von meinem Fuß auf. „Na, ich meine natürlich in deinem eigenen Schlafsack."

Ich muss lachen. „Ich dachte schon, du versuchst, mich ins Liebesnest zu locken."

„Würde ich ja, aber ich hab so ein Gefühl, dass du sowieso nein sagen würdest."

„Und schon wieder hast du recht." Die Vorstellung, Dan zu küssen, taucht plötzlich in meinem Kopf auf. Einen kurzen Augenblick lang kribbelt es in meinem ganzen Körper, der sich danach sehnt, berührt zu werden, aber ich ersticke die Idee im Keim. Das Einzige, was ich interessant finde, ist die Vorstellung, nicht allein zu sein. „Okay, na gut. Ich hol meinen Schlafsack."

Ich packe meine Sachen zusammen, während Dan die Küche in Augenschein nimmt. Die anderen sind noch nicht von der Party zurück, was gut ist. So muss ich nichts erklären. Egal, wie unschuldig die Situation auch sein mag – die Witzeleien würden nie ein Ende nehmen. Er hat sein Zelt bei den Picknicktischen aufgestellt, und ich folge ihm hinein, sobald er die kleine Laterne angeschaltet hat. Ein Schlafsack bedeckt den Boden und sein Rucksack steht daneben. Aus der Öffnung lugt ein Buch. Ich setze mich auf den Schlafsack und beobachte, wie er den Met in zwei Tassen gießt, die er offenbar aus der Küche mitgenommen hat.

„Für die Dame", sagt er und reicht mir eine davon.

„Danke."

Er zieht die Stiefel aus und stellt sie neben den Eingang. Dann holt er ein selbstaufblasendes Kissen aus dem Rucksack und legt es hinter mir auf den Schlafsack. Dann wühlt er erneut im Rucksack herum und zieht Zahnbürste und Zahnpasta hervor.

„Ah, fast wie zu Hause", schmunzle ich. Ich gieße mir noch etwas Met ein und stürze ihn hinunter. Er ist ziemlich stark oder ich bin einfach nichts mehr gewöhnt – jedenfalls bin ich schon leicht angesäuselt. Ich lege mich hin und schließe die Augen.

„Schlaf ruhig", sagt Dan. „Das stört mich nicht. Ich lese noch ein bisschen. Dann bist du nicht alleine."

Das ist genau das, was ich brauche – das Gefühl, das jemand über mich wacht – und es überrascht mich, dass Dan das versteht. Ich weiß nie, was er denkt. Er ist immer so cool mit allem, so locker, was auch der Grund ist, warum ich in letzter Zeit so viel Zeit mit ihm verbracht habe.

Ich höre die Seiten seines Buches rascheln und öffne die Augen. Es ist *Picknick mit Bären*. Es ist nicht die gleiche Ausgabe, die ich in meinem Rucksack hatte, als wir vor über einem Jahr Brooklyn verließen, und die mit der Hütte meiner Eltern niederbrannte, aber Adrians Ausgabe ist in der Bibliothek der Farm. Ich versuche, nicht daran zu denken, und sage: „Ich liebe das Buch. Gefällt es dir?"

„Du hattest mir ein anderes von seinen Büchern empfohlen, weißt du noch? Ich find's richtig gut. Ich kann dir vorlesen, wenn du willst."

Zähneputzen ist schon längst vergessen. Wenn ich jetzt einschlafe, krieg ich vielleicht sogar mal wieder volle acht Stunden Schlaf. Ich höre zu, wie Dan leise aus Bill Brysons Abenteuern vom Appalachian Trail vorliest, und lache, wenn seine Stimme bei den lustigen Teilen versagt. Adrian und ich wollten immer den Appalachian Trail wandern. Das war eine von den Sachen, die wir unbedingt machen wollten, bevor wir Kinder hätten. Nur wir beide und dreitausend Kilometer weit nichts als Bären, Blasen und Wildnis.

Und dann kriege ich wieder diesen Kloß im Hals. Ich bin es so leid, ihn zu vermissen und mich einsam zu fühlen. Ich konzentriere mich auf die Worte, bis ich wieder normal atmen kann und öffne die Augen. Dan blickt von seinem Buch auf.

„Das Leben gibt es nicht mehr", sage ich. „Wandern zum Spaß. In Gaststätten essen. Vor nichts Angst haben außer vielleicht einem Schwarzbären."

„Irgendwann muss es aufhören", erwidert Dan und legt das Buch zur Seite. „Sie können ja nicht ewig leben."

„Aber vielleicht sterben wir alle vorher. Einer nach dem anderen."

Ich will, dass Dan mich überzeugt, dass er recht hat, aber er zuckt nur mit den Schultern. „Wenn du dran bist, bist du dran."

Na toll, das war wenig hilfreich. Ich schüttele den Kopf und sage: „Ich will aber nicht sterben. Ich will Bits aufwachsen sehen. Ich will Pennys Baby in den Arm nehmen."

Beides will ich wirklich mit aller Macht. In meiner Brust wird es ganz warm und leicht. Es fühlt sich beinahe an wie Glück.

„Ich will auch so einiges", sagt Dan. „Aber es gibt für nichts 'ne Garantie. Daran denk ich immer, dann kann ich auch nicht so enttäuscht sein, wenn es nichts wird."

„Daher auch der Flachmann" sage ich und setze mich auf. Er lächelt mich verhalten an. „Und, was willst du?"

Ich halte ihm meine Tasse hin und er füllt sie schweigend. Zuerst denke ich, dass er mir nicht antworten wird, aber dann hebt er den Blick und sieht mir direkt in die Augen. Sein Adamsapfel hüpft auf und ab. „Jetzt in diesem Moment will ich dich küssen."

Die Hitze, die in meinem Bauch zu brodeln beginnt, hat nichts mit dem Met zu tun. Ich will, dass er mich küsst. Dann will ich es wieder nicht. Ich erstarre, die Tasse schwebt noch in der Luft, bis er endlich Mut fasst und sich zu mir vorbeugt. Er schmeckt nach Ahornsirup und riecht nach Seewasser und Leder. Ich überlege einen kurzen Moment lang, mir einfach vorzustellen, er sei Adrian, aber ich denke schon genug an Adrian. Ich will etwas Echtes fühlen.

Dan zieht den Kopf zurück und seine Augen flackern verunsichert. „Bist du …"

Ich unterbreche ihn mit einem weiteren Kuss. Ich will nicht reden. Ich will nichts Sanftes. Ich will den Zauber nicht brechen, denn ich weiß, dass ich dann abhaue. Und ich will nicht abhauen. Ich ziehe sein T-Shirt aus und fahre mit meinen Zähnen über die Sommersprossen auf seiner Schulter. Als ich wieder zu ihm aufblicke, ist das Weiche, das Vorsichtige aus seinen Augen verschwunden. Zum Glück.

Mit einer Hand, und schneller als ich es je könnte, öffnet er den Verschluss meines BHs. Dan hat in seinem Leben schon unzählige BHs geöffnet, möchte ich wetten. Ich lasse meine Zunge über seine Unterlippe gleiten, die noch immer süß nach Met schmeckt, und fahre mit der Hand über seine Brust abwärts, bis ich den Knopf seiner Jeans erreiche. Er atmet schwer, atmet mir in den Mund und legt mich auf den Boden.

Sein Gewicht auf mir fühlt sich gut an. Es erdet mich und nimmt mir dieses Gefühl, dass ich einfach nicht loswerde – als sei ich ein Heliumballon an einer bunten Schnur, wie die, die ich früher als Kind immer auf dem Jahrmarkt bekam. So schnell waren sie einem aus der Hand geglitten, so schnell davongeschwebt. Ich habe sie immer beobachtet, wie sie davonflogen und immer kleiner wurden, nur ein kleiner dunkler Punkt am blauen Himmel, bis sie gänzlich verschwunden waren. Ich habe Angst gehabt, dass ich auf bestem Weg in den Himmel bin, wo mich keiner mehr sehen kann, geschweige denn zu fassen kriegt. Aber jetzt, in diesem Moment, ist meine Schnur fest um Dans Handgelenk gebunden. Ich bin auf der Erde verankert.

Und dann gibt es nur uns zwei. Für Adrian ist kein Platz mehr. Es gibt nur dieses Zelt und Dan und den glatten Nylonstoff des Schlafsacks unter mir, und alles leuchtet golden im warmen Licht der Laterne.

KAPITEL 51

Dan schläft; sein Arm liegt über meiner Brust, aber auch nachdem ich ihn zur Seite geschoben und neben ihn gelegt habe, fällt es mir noch immer schwer, zu atmen. Ich wünsche mir mit aller Macht, ich könnte die vergangene Nacht rückgängig machen, aber ich kann lediglich schnell abhauen und so tun, als sei nie etwas zwischen uns passiert. Ich kann versuchen, so zu tun, als sei ich nicht diese Art von Person, die nur Monate nach dem schrecklichen Tod ihres Verlobten mit einem anderen schläft. Ich ziehe mich an und schlüpfe aus dem Zelt. Die Sonne geht gerade auf und das Ufer des Sees ist nebelverhangen. Ich gehe zu einem Baum und lehne mich mit der Stirn an die kühle Rinde des Stamms. Sobald sich mein Atem beruhigt, dreht sich mir der Magen um. Vielleicht kommt das vom Met, aber ich glaube eher nicht.

Ich gehe aufs Steinhaus zu und hoffe, dass man mir abnimmt, dass ich die Nacht dort verbracht habe und nur superfrüh aufgestanden bin. Ich bleibe abrupt stehen, als ich jemanden auf der Veranda sehe. Ich wage einen genaueren Blick und atme erleichtert aus, als ich Peter erkenne. Er sitzt am Tisch über einen Campingkocher gebeugt. Ich gehe die Stufen hinauf und lasse mich auf den Stuhl neben ihm fallen.

„Hi", begrüßt er mich.

Ich ducke mich. Peter sagt nichts weiter, stellt nur seine dampfende Tasse Kaffee vor mir auf den Tisch. Ich mag eigentlich keinen Kaffee, aber ich will einfach nur den Geschmack von letzter Nacht aus meinem Mund spülen. Ich nehme einen Schluck und entdecke zu meinem großen Erstaunen, dass es ein Latte macchiato mit einer tödlichen Menge Zucker ist.

Ich hebe bewundernd den Kopf. „Jetzt erzähl mir nicht, dass es hier auch noch einen Starbucks gibt."

Meinen letzten Latte macchiato hatte ich vor über einem Jahr, an dem Tag, bevor wir die Stadt verließen. Er greift nach der winzigen Espressokanne, die neben seinen Füßen am Boden steht.

„Ich wollte die schon lange mal mit dem Campingkocher ausprobieren und wusste, dass du einen willst", sagt er und hebt einen Finger an die Lippen. „Aber pst – das ist unser Geheimnis. Wenn das rauskommt, bin ich bald Vollzeit-Barista."

„Ja, ich seh's schon vor mir", sage ich lachend und nehme noch einen Schluck. „Das ist der Hammer. Danke, Petey. Ich träume schon so lange von einem doppelten Karamell macchiato, ex..."

„Extra heiß und extra Karamell", beendet Peter meinen Satz.

„Dass du das noch weißt", staune ich. „Na, du hast mir ja auch genug davon ausgegeben, was?"

Er hat mir früher immer einen Kaffee mitgebracht, wenn er mich besuchen kam, oder hatte einen für mich bereit, wenn ich zu ihm kam. Wenn ich mir jeden Tag so einen gekauft hätte, wäre ich längst an Diabetes gestorben.

„Danke dafür", sage ich. „Auch wenn du stinkreich warst und es wahrscheinlich gar nicht gemerkt hast, so rein finanziell war es eine wirklich nette Geste."

Ich halte ihm die Tasse hin, aber er schiebt sie mir wieder zu. „Das ist deiner. Und wer weiß? Vielleicht überrasche ich dich ja irgendwann mal mit einem Klecks Karamellsauce."

Ich proste ihm zu. Wenn irgendwer jenseits der Apokalypse Karamellsauce macht, dann Peter. „Mein Freund, wenn du das wirklich machst, liebe ich dich für den Rest meines Lebens."

„Dan also, hm?", fragt Peter bloß und setzt noch mehr Espresso auf.

„Ich bin ein furchtbarer Mensch." Der Kaffee schwappt mir im leeren Magen herum. „Was hab ich mir nur dabei gedacht? Adrian ..."

Peter blickt auf. „Adrian würde wollen, dass du glücklich bist."

Ich blicke in die zischende kleine Flamme unter seiner Espresso-Kanne. Er hat sicher recht; falls Adrian mich von irgendwoher noch beobachtet, dann weiß er, wie sehr er mir fehlt. Wie sehr ich mir wünsche, wieder mit ihm vereint zu sein. Er würde einfach nur lächeln und meine Tränen trocknen. Und das ist vielleicht das Schlimmste an der ganzen Sache: Dass es so einen guten Menschen wie ihn nicht mehr gibt.

„Ich brauchte einfach – ich weiß auch nicht – irgendjemanden? Irgendwas?" Ich lege die Arme um die Knie und beobachte, wie sich die Wasseroberfläche des Sees kräuselt, wenn die Fische von unten nach ihrem Frühstücksbuffet schnappen. „Es ist schön, jemanden zu haben, der einen wirklich und ehrlich liebt, genau so, wie man ist, oder? Jemand, der auch die verrückten Seiten an einem mag, auch wenn sie manchmal ein bisschen *zu* verrückt sind."

„Ja, davon kann ich ein Lied singen", sagt Peter trocken.

Ich muss lachen, als ich seine leidende Grimasse sehe. „Ja, das stimmt. Mehr als die meisten. Ich meine aber die kleinen Dinge. Adrian zum Beispiel, der hat immer den letzten Bissen von seinem Essen auf den Teller fallenlassen, als ob der ’ne Granate wäre, die gleich hochgeht. Die meisten Leute würden sich den besten Bissen bis zum Schluss aufheben oder so, aber er hat alles aufgegessen, bis nur noch dieser eine Bissen da war, und dann – BUMM! – danke und tschüss. Das hat mich jedes Mal total fertig gemacht. Wer macht so was?"

„Ach, deswegen hast du jedes Mal seinen Teller leer gemacht", sagt Peter langsam. „Ich hab mich immer gewundert, was das soll."

„Du dachtest garantiert, ich ess ihm sein Essen weg, oder? Was denkt ihr bloß alle von mir?" Ich schüttele den Kopf, als er lacht. „Und etwa viermal im Jahr hat er alle meine Socken und Unterhosen fein säuberlich gefaltet und in meiner Schublade in hübschen kleinen Häufchen arrangiert. Dann hat er mir sein Werk ganz stolz präsentiert, als sei das irgendwie was ganz Besonderes, und war dann richtig geplättet, weil ich nicht so beeindruckt war, wie er erwartet hatte. Aber ich fand das immer total süß, wie sehr ihn diese dämliche Schublade beschäftigt hat, obwohl ich wusste, dass das Ganze sowieso wieder nur mit einem Vortrag über die Wichtigkeit von Ordnung endet.

Und es hat ihn in den Wahnsinn getrieben, wie ich aus seinem Auto ausgestiegen bin. Er hat immer gesagt, ich würde meinen Fuß benutzen, um die Tür aufzuschieben. Ich hab dann immer versucht, es nicht zu tun, aber natürlich hab ich's wieder vergessen und dann war da dieser Schuhabdruck auf der Innenseite der Tür. Er hat immer gesagt: ‚Ich weiß, dass mein Auto eine alte Schrottkiste ist, aber du musst es nun wirklich nicht auch noch treten.'"

„Noch etwas, das ich nur allzu gut kenne", sagt Peter. „Du hast ja keine Ahnung, wie oft ich deinen Schuhabdruck von meiner Autotür gewischt habe."

Ich presse mir die Hand auf den Mund, weil ich laut auflachen muss. „Echt jetzt? Und dein Auto war nicht mal eine alte Schrottkiste."

„Es war ein wunderschönes Beispiel deutscher Automobilkunst."

„Ich besorg dir ein neues. Ich kann mir so was jetzt nämlich leisten. Alles, was du dafür tun musst, ist, mir Karamellsauce zu machen."

Peter betrachtet mich schweigend und wartet darauf, dass ich weiterspreche. Jetzt, wo der Damm gebrochen ist, sprudelt es nur so aus mir heraus.

„Und ich vermisse die albernen Dinge. Wir hatten so ein fortlaufendes kleines Spiel, bei dem wir uns die schrecklichsten Lieder vorgesungen haben, nur damit der andere einen Ohrwurm kriegt. Und wir haben so getan, als seien wir so richtig kitschig-nervig verliebt, auch wenn wir ganz alleine waren, nur um uns gegenseitig zum Lachen zu bringen. Und das kommt alles immer hoch und beißt mir in den Arsch, wenn ich es am allerwenigsten erwarte. Da sind all diese typischen großen Sachen, die man fühlt, wenn man jemanden vermisst, aber dann sind da eben noch Millionen kleine Sachen."

„Ich weiß", sagt Peter, und ich weiß, dass das stimmt. Er hat den Großteil seines Lebens damit verbracht, Menschen zu vermissen. „Und es ist total okay, das wieder zu wollen. Das ändert nämlich nichts an dem, was du und Adrian miteinander hattet."

„Es wird nicht wieder passieren."

„Was wird nicht wieder passieren? Was du und Adrian hattet oder letzte Nacht?"

„Beides."

„Weiß Dan das auch?", fragt Peter.

Ich lache trocken. „Ach komm, meinst du wirklich, ich müsste Dan erklären, was ein One-Night-Stand ist? Dan ist ein einziger One-Night-Stand."

„Ich glaube, er findet dich wirklich gut."

„Dan findet alle gut. Nenn mir ein Mädchen, das Dan nicht zumindest ein bisschen gut findet."

„Du weißt wirklich nicht, wie einfach es ist, sich in dich zu verlieben, oder?", fragt Peter und schüttelt den Kopf.

„Ach, jetzt hör aber mal auf. Was soll das überhaupt heißen?"

„Bei dir gibt es keine Spielchen, kein Drama. Du bist einfach du. Du bist gute Gesellschaft."

Nelly hat mal gesagt, dass jeder in seinem Leben einmal verrückt werden darf. Ich habe meine Quote schon längst aufgebraucht und schwups, geht es von vorne los. Die erste verrückte Phase hat drei Jahre angedauert. Dieses Mal habe ich sie immerhin auf drei Monate reduziert. Meine persönliche Bestzeit bisher.

„Ich würde sagen, ich bin ziemlich neben mir und im besten Fall schwierige Gesellschaft."

„Warum musst du eigentlich immer protestieren, wenn jemand etwas Nettes über dich sagt? Das nervt echt, weißt du das?"

Ich muss lächeln, denn das ist noch so eine Sache, die Adrian in den Wahnsinn getrieben hat. Peters Augenbrauen schießen in die Höhe. „Es heißt, dass du es einem leicht machst, sich in dich zu verlieben. Und ich muss es schließlich wissen, weil ich selbst einmal ziemlich verliebt in dich war."

„Ach was, warst du nicht."

„War ich doch." Er blickt mir tief in die Augen und gießt sich eine Tasse Espresso ein. „Und du dachtest, ich sei völlig ahnungslos."

Ich rutsche unbehaglich auf meinem Stuhl hin und her. Vielleicht hat er mich früher mal geliebt, aber da war er auch noch ein völlig anderer Peter. Einen Moment lang erlaube ich mir den Gedanken, wie es wohl zwischen uns gewesen wäre, wenn ich *diesen* Peter kennengelernt hätte und es keinen Adrian in meinem Leben gegeben hätte. Ich kann nicht ausschließen, dass ich ihn nicht auch geliebt hätte. Aber das ist lange her. Ich liebe Peter von ganzem Herzen, aber ich liebe ihn so, wie ich auch Nelly liebe.

Er lacht leise, als er aufblickt und mich mit besorgter Miene in die Ferne starren sieht. „Keine Sorge. Ich bin nicht mehr in dich verliebt."

„Da hast du mich aber jetzt kurz ganz schön aus der Fassung gebracht."

„Tut mir leid. Mehr als eine Nacht mit Dan dich aus der Fassung bringt?"

„Nein. Das ist die Nummer eins für heute." Ich seufze. „Danke für die aufmunternden Worte, Petey. Aber so sehr ich das Gespräch über das Wunder, das ich bin, fortsetzen möchte – ich muss unbedingt meine Zähne putzen und mein Leben auf die Reihe kriegen."

„In der Reihenfolge?", fragt er.

„Selbstverständlich."

Ana kommt auf die Veranda geschlendert und stützt sich auf dem Tisch ab. Sie gähnt und schaut mich interessiert an. „Guten Morgen, Cass. Erzähl, wie war's mit Dan? Ich hab ja gehört, er soll richtig gut sein im Bett."

Ich verpasse ihr von meinem Stuhl aus einen Tritt, aber sie ist unbeirrbar. „Können wir bitte nicht drüber reden? Ich bin ein furchtbarer Mensch."

Peter stellt einen winzigen Topf mit Milch auf den Campingkocher und wartet, bis sie zu kochen beginnt. „Nein, bist du nicht. Zeit ist jetzt ein anderes Konzept als früher. Wir können nie wissen, wie lange wir noch haben. Das haben wir nie gewusst, aber früher konnten wir uns leichter was vormachen. Jetzt wissen wir's, und den Luxus, zu trauern, wie wir früher mal getrauert haben, den haben wir einfach nicht mehr."

„Genau", pflichtet Ana ihm bei. „Ich würde wollen, dass Peter wieder jemanden findet. Ich würde nicht wollen, dass er zwei Monate wartet."

„Also, wie lange genau müsste ich denn mindestens warten?", fragt Peter.

„Mach, was immer dich glücklich macht, Baby", antwortet sie grinsend. „Aber ich kann dir jetzt schon sagen, dass ich höchstens einen Monat warte, mehr nicht."

„Dann könntest du aus erster Hand erfahren, wie gut Dan wirklich im Bett ist", witzelt Peter. „Das Ende aller Spekulationen."

Ana leckt sich die Lippen. „Ja, stimmt. Okay, eine Woche dann."

Ich liebe es, den beiden dabei zuzuhören, wie sie sich gegenseitig necken. Aber es tut auch ein bisschen weh. Noch so eine kleine Sache, die ich vermisse.

„Es gibt nichts, wofür du dich schuldig fühlen müsstest", versichert Ana.

Ich versuche wirklich, ihr zu glauben. Wir genießen unseren Latte macchiato, während die Sonne langsam aufgeht, und als der Nebel verschwunden ist, geht es mir schon wieder wesentlich besser.

KAPITEL 52

Als Dan endlich auftaucht, essen wir gerade unser Frühstücksei. Unsere Blicke kreuzen sich für den Bruchteil einer Sekunde, und ich lächle ihm schüchtern zu. Ich bin so schlecht in diesen Dingen; ich bin schon jetzt völlig verschwitzt und mein Mund ist so trocken, dass mir das Ei am Gaumen kleben bleibt.

„Guten Morgen", sagt er in die Runde und zieht einen Stuhl heran. „Wie war die Party?"

Shawn stöhnt und stützt den Kopf in seinen riesigen Händen ab. „Ich glaub, die letzten neun Getränke waren schlecht."

„Du bist so ein Fliegengewicht", spöttelt Jamie mit wachen Augen, die, obwohl sie ein Drittel seiner Körpermasse hat, mindestens genauso viel getrunken hat wie er. Sie dreht sich zu Dan um. „Wo warst du eigentlich? Ich kann nicht glauben, dass du freiwillig eine Party sausen lässt."

„Ich hab ein bisschen gelesen und bin dann ins Bett gegangen", sagt Dan und schaufelt sich Rührei auf den Teller.

„Dan? Bist du es wirklich?", neckt ihn Jamie. „Wie alt bist du noch mal? Sechzig? Ich dachte immer, du bist dreiunddreißig."

Dan kaut unverdrossen und lässt sich nicht ärgern. Immerhin fragt niemand, wo ich war. Das kommt davon, wenn man lange genug unsozial ist und sich von allem und jedem fernhält.

Nachdem Shawn das Problem mit der Anhängerkupplung behoben hat und wir uns von unseren neuen Freunden in Quebec verabschieden, ist der Morgen schon fast vorbei. Als wir vom Hof fahren, sitzen die Frauen im Transporter und die Männer im Pick-up. Das war Anas Idee, und ich weiß, dass sie mir eine unbehagliche Rückfahrt auf engem Raum ohne Fluchtmöglichkeit ersparen will.

In einer Produktionsstätte von Ben&Jerry's in Waterbury finden wir einen ganzen Jahresvorrat an Zucker, nachdem wir auf dem Parkplatz ein paar Lexer aus dem Weg geräumt haben. Wir nehmen so viele Säcke mit, wie wir im Anhänger unterbringen können, aber um alles mitnehmen zu können, werden wir noch mal zurückkommen müssen. Am späten Nachmittag haben wir auch unsere Ölfässer aufgefüllt und nähern uns Stowe.

Die hübschen kleinen Geschäfte sehen so aus wie immer – wenn man mal von den Glasscherben, dem Müll und den menschlichen Überresten auf den Straßen absieht. Die Witterung hat die Körper zu mit verblichenen Kleidungsfetzen bedeckten Skeletten reduziert. Liz gibt sich die größte Mühe, die Knochen zu umfahren, aber das gelegentliche Knirschen lässt sich kaum vermeiden.

„Halt mal kurz an, ja?", bittet Ana. Ihr Blick ist auf ein Geschäft mit gelbem Dach gerichtet. Sie öffnet die Tür des Transporters. „Wir gehen jetzt erst mal shoppen."

Ana geht gelassenen Schrittes auf den Pick-up zu und zeigt auf das Schild über der Tür, auf dem „Boutique" steht. Aber sie ist clever, denn sie hat absichtlich ein Geschäft ausgespäht, auf dem „Boutique" *und* „Delikatessen" steht, sodass es einen legitimen Grund für einen Besuch gibt. Ein Lexer kommt um die Ecke und stolpert auf den lauten Wortwechsel am Pick-up zu. Jamie ist schneller als ich auf dem Fußweg, rammt ihm ihre Machete in den Kopf und wischt sie mit etwas sauber, das so aussieht wie eine achtlos hingeworfene Jacke. Dann ist es wieder still. Das Gute an Lexerherden ist, dass es immer unwahrscheinlicher ist, kleinen Gruppen in die Arme zu laufen. Das Schlechte an den Herden ist alles andere.

„Wir gehen rein", höre ich Ana entschlossen sagen. „Schick Toby und Caleb hin, während wir drinnen sind." Sie schreitet auf die Tür des Geschäfts zu und legt eine Hand auf den Türknauf. „Na, kommt schon!"

Die Glocke läutet, als wir eintreten. Das Innere ist vollkommen unberührt. An den Wänden stehen Regale mit handgemachter Seife, kleinen Leckereien und Souvenirs aus Vermont. Jamie schlüpft hinter die lange Theke an der Rückwand. Die hölzernen Regale hinter ihr sind voll mit Gläsern voller Marmelade und Chutney. Einige sind bei den Minustemperaturen im Winter zersprungen, aber die meisten sind noch intakt. Vor ihr auf dem Tresen steht ein großes Glas voller Süßigkeiten.

„Kann ich den jungen Damen irgendwie behilflich sein?", fragt sie.

Alles sieht so unglaublich verlockend aus, dass ich gar nicht weiß, wo ich anfangen soll. Die Weingummiwürmer sind steinhart, schmecken aber perfekt wie eh und je. Jamie packt eine Rolle Smarties aus und lässt sich die komplette Packung in den Mund rieseln. Ich folge ihrem Beispiel und stopfe noch ein Stück Erdnussbutter-Toffee hinterher.

„Wie geil ist das denn", sagt Jamie. „Das müssen wir alles mitnehmen."

Die Toffeemasse hindert mich daran, die Zähne auseinanderzubekommen, und so nicke ich nur. Die Kinder werden wahnsinnig vor Freude, wenn sie diese fette Beute sehen. Zeke wird uns umbringen oder uns zumindest mit seinen Vorträgen über Karies zu Tode langweilen, aber das ist mir egal. Die Freude in Bits' Gesicht wird das alles wieder wettmachen.

„Das müsst ihr euch angucken!", ruft Ana aus dem offenen Nebenraum. Ich reiße mich von den Süßigkeiten los und trete in einen Raum voller Klamotten. An den Wänden hängen hauchdünne T-Shirts und luftig aussehende Röcke, und an einem Kleidergestell hängen Sommerkleider.

Ana schließt die Augen, während sie mit der Hand über den Stoff fährt. Kurz bevor die Welt unterging, hatte sie gerade ihre Karriere als Modeeinkäuferin begonnen. Zu sagen, dass Ana Mode liebt, ist eine Untertreibung vor dem Herrn.

„Schaut mal, das hier!", haucht sie.

Das Kleid ist hellorange und hat goldene Applikationen am Saum. Sie zieht ein schwarz und weiß gestreiftes Kleid hervor und hält es mir unters Kinn. Es sieht aus wie etwas aus einer anderen Welt – einer Welt, in der man keine praktischen Stiefel und Lederhandschuhe, die einem bis zu den Ellenbogen reichen, tragen muss. Einer Welt, in der man an einem warmen Sommertag durch die Stadt spazieren kann und sich nicht ständig über die Schulter gucken muss.

„Das hier würde dir so gut stehen", meint Ana.

Es könnte aus den Sechzigern sein, mit schulterkurzen Ärmeln, dem breiten, aber tiefen V-Ausschnitt und dem gerafften Rock. Ana wirft sich Kleider über den Arm. Als der Stapel ihr über den Kopf ragt, rennt sie damit nach draußen zum Transporter. Jamie und ich stopfen die Seife und die Lebensmittel, die noch gut sind, in Tüten. Dann ist jedes noch so kleine Bonbon an der Reihe. Ana plündert die Kinderabteilung und bringt die erbeuteten Klamotten nach draußen. Die Tür ist offen und so hören wir, wie sie mit den Jungs diskutiert. Scheinbar wird die Notwendigkeit von Sommermode aufs Stärkste angezweifelt. Im Geheimen tendiere ich dazu, ihnen zuzustimmen, aber ich weiß wirklich nicht, warum sie sich überhaupt die Mühe machen – sie kriegt doch sowieso ihren Willen. Und ganz richtig: Als Jamie und ich wieder auf die Straße treten, sind die Klamotten sicher im Transporter verstaut und Ana lächelt triumphierend. Wir schleppen unsere Tüten über den Parkplatz.

Shawn öffnet die Tür des Transporters mit einem resignierten Seufzen. „Noch mehr Klamotten?"

„Nein", sagt Jamie. „Lebensmittel, Seife und Süßigkeiten. Drinnen sind noch mehr Tüten."

Das Wort Süßigkeiten hat eine Reaktion zur Folge, die der eines Lexers, der potenzielle Beute wittert, nicht unähnlich ist. Dan, Peter und Shawn durchwühlen die Tüten. Wir sind in Wirklichkeit nicht viel beherrschter als die Kinder. Dan beißt das eine Ende von einem sauren Wurm ab und zwinkert mir zu. Die Hitze der Sonne ist nichts gegen die Hitze, die mir in die Wangen steigt, und so drehe ich mich rasch um und renne los, um die restlichen Tüten zu holen. Dabei versuche ich, nicht zu viel an die vergangene Nacht zu denken. Immer, wenn ich doch dran denken muss, erfüllt mich diese Mischung aus schlechtem Gewissen und dem Verlangen, es noch mal zu tun. Bisher gewinnt das schlechte Gewissen, aber es ist ein Kopf-an-Kopf-Rennen.

Toby und Caleb kommen mit dem Pick-up zurück. Toby lehnt sich aus dem Fenster. „Wir haben ein voll ausgestattetes Wohnmobil gefunden. Voller Tank, Schlüssel steckt, Generator, Heißwasser –

alles da, alles funktioniert. Wir sollten heute Nacht hier unser Lager aufschlagen und dann morgen die anderen Geschäfte plündern."

Bis zu dem Geschäft, wo wir hoffen, fehlende Teile für die Solaranlage zu finden – zumindest war das im letzten Sommer noch der Fall – ist es noch eine gute Stunde. Noch ist es hell, aber es dauert nicht mehr lange bis Sonnenuntergang. Und nachts mit schwerem Geschütz durch die Gegend zu fahren, ohne zu wissen, was uns hinter der nächsten Ecke erwartet, ist eine wesentlich unattraktivere Vorstellung als eine heiße Dusche und bequeme Betten.

KAPITEL 53

Wir parken das Wohnmobil auf einer Wiese, die mit Stacheldraht umzäunt ist. Ich trete aus der Duschkabine und finde Ana auf dem Bett sitzend und mir den Weg zu meinen Klamotten versperrend. Das orangefarbene Kleid, das sie trägt, bringt ihre gebräunte Haut zum Leuchten und das goldene Schimmern in ihren Augen und ihrem Haar besonders gut zur Geltung.

Sie wedelt mit dem schwarz und weiß gestreiften Kleid. „Komm, wir verkleiden uns!"

„Keine Chance", sage ich. Erstens bin ich ganz und gar nicht in Stimmung und zweitens fühle ich mich hier einfach viel zu schutzlos in etwas so Flatterigem. „Wie soll ich denn in so was Zombies töten?"

„Wir sind in einem Wohnmobil, hier passiert nichts! Und notfalls kannst du dich ja schnell umziehen. Bitte?" Sie setzt ihren süßesten Schmollmund auf, mit dem sie sonst immer ihren Willen kriegt, aber bei mir funktioniert er nicht. Sie zupft verspielt an meinem Handtuch und blickt zu mir auf. „Bitte, bitte? Jamie hat auch schon eins an."

Es ist ein schönes Kleid, das lässt sich nicht leugnen. Und wenn ich es nicht anziehe, weiß ich schon jetzt, dass sie mich das für den Rest meines Lebens nicht vergessen lassen wird. Sie quietscht begeistert auf, als ich es ihr aus der Hand nehme und sie nach draußen befördere. Als ich die Wohnküche betrete, ertönt ein solches Jauchzen und Pfeifen, dass ich mich eigentlich sofort wieder im Schlafzimmer verkriechen möchte. Jamie trägt die Haare offen und ihr Kleid ist so grün wie ihre Augen. Ana weiß wirklich, was sie tut.

„Du siehst hübsch aus!", entfährt es mir. Wir haben nicht oft die Chance, zu sehen, wie unsere Mitmenschen jenseits von praktischen Stiefeln und Waffenholstern aussehen würden.

„Danke. Und du erst. Aber ich bin mir immer noch nicht hundertprozentig sicher, wie Ana es geschafft hat, mich zu überreden."

Liz trägt ihre normalen Klamotten – natürlich – und sagt: „Schwächlinge."

Dans Blicke gleiten an meinem Körper auf und ab, sodass ich nervös das Kleid anfassen muss, nur um sicherzugehen, dass ich es auch wirklich angezogen habe. Sein Blick könnte mich direkt daran zweifeln lassen. „Schönes Kleid."

„Danke." Ich gebe mir die größte Mühe, so normal und gelassen wie möglich zu klingen, und verfluche gleichzeitig meine ewig errötenden Wangen, die mich immer verraten.

Ich helfe Peter mit dem Abendessen, damit ich etwas zu tun habe, und klettere aufs Dach des Wohnmobils, um meine Wachschicht anzutreten. Da sitze ich nun in meinem schicken Kleid, ein Gewehr zwischen den Knien, und warte darauf, dass Liz sich mir, wie abgemacht, anschließt.

Dann höre ich Schritte auf der Leiter, aber es ist Dan, der auftaucht. „Ich hab mit Liz getauscht, ich hoffe, das macht dir nichts aus?"

Ich schüttele den Kopf. Irgendwann muss ich ja schließlich mit ihm reden. Ich bin vielleicht neunundzwanzig, aber in diesen Dingen bin ich ein ewiger Teenager.

Er setzt sich mir gegenüber, aber leicht versetzt, sodass wir alle Seiten gut im Blick haben. „Das Kleid sieht mit dem Holster sogar noch besser aus."

„Tja, Accessoires machen eben doch einen Unterschied."

Und das war's auch schon mit dem leichten Smalltalk. Grillen zirpen in der entstandenen Stille – wie passend!

„Ich hab irgendwie das Gefühl, es ist komisch zwischen uns", bricht Dan schließlich das Schweigen. „Ich will aber nicht, dass es komisch ist."

„Ich auch nicht. Können wir gestern Nacht nicht einfach vergessen?"

Sein Gesicht wird von der untergehenden Sonne in ein goldenes Licht getaucht, während er mich lange einfach nur betrachtet. „Wenn es das ist, was du willst."

„Das ist es." Dan nickt kurz und wendet den Blick ab, also versuche ich hastig, zu erklären, was ich meine. „Es ist einfach noch zu früh. Und ich bin sowieso nicht so gut in so was."

„So was?"

„Na, mit jemandem zu schlafen, ohne dass es was bedeutet. Und das ist jetzt gerade einfach noch völlig unmöglich. Nicht, dass ich aus der Sache zwischen uns jetzt irgendwas konstruieren will, was es nicht ist, oder so. Es ist nur … Ich denke, ich sollte mich einfach noch fernhalten von … Gefühlen. Und ich sollte höchstwahrscheinlich auch einfach mal die Klappe halten, weil je mehr ich sage, desto verrückter höre ich mich an."

Dan verzieht den Mund zu einem halben Lächeln, als ich mir mit dem Zeigefinger an die Schläfe tippe.

„Ich meine nur, ich weiß, dass es für dich jetzt bestimmt nichts Besonderes war", setze ich nichtsdestotrotz meinen Redestrom fort. Er senkt den Blick. „Du, na ja, du datest halt viel. Also ist es für dich wohl einfach so … auf zur Nächsten! Oder so."

„Aha. Okay."

Ich warte darauf, dass er weiterspricht, aber er betrachtet einfach nur schweigend das Feld hinter mir. Ich glätte mein Kleid und gehe meine Worte in Gedanken noch mal durch, bis ich am liebsten ein Loch im Boden unter dem Wohnmobil graben und mich darin einbuddeln würde. Diese Wache wird ewig dauern, das ist spätestens ab jetzt klar.

„Es ist eigentlich echt schön hier oben", sagt Dan plötzlich. „Ich hätte nie gedacht, dass ich mal auf dem Land leben würde."

Ich springe auf seinen Versuch einer normalen Unterhaltung an. „Ich liebe es. Ich hab mir immer vorgestellt, irgendwann auf dem Land zu leben, aber die Umstände hatte ich mir doch anders ausgemalt."

„Ja, bestimmt. Ich dachte, ich lebe und sterbe in Boston. Ich kann immer noch nicht glauben, dass ich nicht dort gestorben bin."

„Wann bist du von da weg?"

Der Himmel ist jetzt lila bewölkt, und sein Gesicht liegt im Schatten, als er spricht. „Ich hab die Nachrichten gesehen, genau wie alle anderen auch. Aber erst, als ich mit meinem Bruder Mike sprach, ist mir klar geworden, wie schlimm es wirklich ist. Er hat in seiner Kellerwohnung in Chicago festgesteckt. Er ist über irgendeine komische Zusammenschaltung von Funkverbindungen zu mir durchgekommen – er sagte, die hätten seit Tagen das Internet und das Telefonnetz blockiert. Hat mir erzählt, wie schlimm die Situation sei, dass da draußen Zombies rumlaufen würden. Ich hab noch gelacht, als er das sagte, aber Mike war wirklich nicht gerade der humorvolle Typ. Ich war gerade im Geschäft und konnte niemanden erreichen, also beschloss ich, zu meiner Freundin Diana zu gehen, die bei der Arbeit war."

Er spricht in der Vergangenheitsform über seine Familie. Das macht nicht jeder. Ich will es nicht tun, aber in meinem Herzen weiß ich, dass Eric tot ist. Und dann rutscht es einem eben so raus.

„Die Straßen waren voller Plünderer. Ich bin allen aus dem Weg gegangen, die infiziert oder sonst irgendwie krank aussahen. Und als ich sah, wie eine Gruppe von denen irgend so einen armen Typen angegriffen hat, ist mir klar geworden, dass Mike recht hatte. Ein Transporter von der Armee fuhr an mir vorbei, und die Soldaten haben einfach das Feuer eröffnet. Haben nicht aufgehört – die haben die Lexer komplett umgenietet. Und dann haben sie einfach weitergemacht. Ich war nur etwa drei Meter entfernt, als sie einfach wieder aufgestanden sind. Die sind aufgestanden, als wäre nix passiert. Ich hab in meinem ganzen Leben noch nie solche Angst gehabt.

Ich bin zum Krankenhaus gerannt, aber nicht bis zum Eingang durchgekommen, also bin ich hintenrum, zum Eingang, den die Sanitäter benutzen, aber der war blockiert. Die haben mich angegriffen, also bin ich in einen Krankenwagen gesprungen und losgefahren. Der einzige Grund, warum ich noch rausgekommen bin, war die verdammte Sirene. Mit der haben sie mich durchgelassen. Ich hab versucht, meine Eltern und meine Schwestern zu finden, aber ich hab's nicht geschafft. Bin nicht mal in die Nähe gekommen. Und Diana … sie war im Krankenhaus eingesperrt. Falls sie denn überhaupt noch am Leben war."

Ich muss an Maria denken; die Krankenhäuser waren die Ersten, die fielen.

„Ich war nicht gerade der beste Freund, aber ich hab versucht, sie zu retten, als es drauf ankam. Sie war mein erster Gedanke. Das hätte sie mir zwar niemals geglaubt, aber es stimmt." Den letzten Satz sagt er mit so viel Nachdruck, als hoffe er, dass sie ihn hören könne.

„Wir haben alle solche Situationen, in denen wir irgendwas anders machen oder sagen hätten können", erwidere ich sanft, „aber wir müssen uns selbst vergeben und dran glauben, dass sie das auch tun."

Ich konnte mich bei Adrian entschuldigen und meine Fehler wiedergutmachen; und dafür bin ich dankbar. Ich kann mir nur ausmalen, wie ich mich wohl fühlen würde, wenn ich diese Chance nie gehabt hätte, und am liebsten würde ich Dans Knie tätscheln, aber ich tu's nicht.

„Lebe, als sei jeder Tag dein letzter Tag auf Erden", sagt Dan. „So heißt es doch? Aber ich hab das erst getan, als es schon zu spät war."

„Tun wir das nicht alle?", frage ich. „Und einfach ist das auch nicht, selbst jetzt. Wir sind auch nur Menschen. Wir lassen uns von den ganzen alltäglichen Sachen ablenken. Vielleicht ist es unmöglich, die ganze Zeit so zu leben, als wäre heute unser letzter Tag. Oder?"

Er nickt und sackt ein wenig in sich zusammen. Und dann lege ich ihm doch meine Hand aufs Knie. Ich verspreche mir selbst, dass ich mich an diesen Moment erinnern will und niemals vergessen werde, dass ich Bits jeden Augenblick verlieren könnte. Schweigend sehen wir zu, wie der Mond am Himmel aufgeht.

Die Tür des Wohnmobils öffnet sich und Jamie und Shawn klettern aufs Dach.

„Wir lösen euch ab", sagt Jamie. „Ihr verpasst mal wieder die Party."

„Na dann, gehen wir Party machen", meint Dan und hilft mir auf. Er klettert die Leiter hinunter und wartet unten auf mich.

„Untersteh dich, mir unter den Rock zu schauen!", warne ich ihn.

Seine Zähne blitzen im hellen Mondlicht auf. „Ach, da gibt es nichts, was ich nicht schon längst gesehen hätte."

Das ist zwar nicht der beste Witz, den ich ihn je habe machen hören, aber aus irgendeinem Grund muss ich mich beherrschen, um nicht laut loszulachen. Kichernd gebe ich ihm einen Knuff mit der Schulter, als ich unten ankomme und neben ihm stehe. „Danke, Danny."

„Gerne, Cass."

KAPITEL 54

Das in beigen und goldenen Farbtönen erstrahlende Innere des Wohnmobils geht unter dem achtlos auf den Boden geworfenen Bonbonpapier und leeren Brauseflaschen fast unter. Sich hinter hohen Zäunen und Wachposten zu betrinken, ist eine Sache, aber heute Abend berauschen wir uns nur mit Zucker. Ana sitzt in der kleinen Küchennische am Klapptisch und trägt einen Sonnenvisor, auf deren Schirm *Barb* steht. Wenn man den übrig gebliebenen Modeaccessoires und den Vasen mit Plastikblumen Glauben schenken darf, hat diese Luxuskiste einmal die Großeltern von irgendwem durch die Weltgeschichte befördert.

„Cass!", ruft sie und wedelt mit einer nicht angezündeten Zigarette in der Luft herum. „Komm her, wir spielen Poker!"

„Ich muss aber nicht strippen oder so was, richtig?"

„Nein, keine Sorge", sagt Peter und grinst unter seinem Sonnenvisor hervor, auf der in rundlichen Lettern *Bill* steht. „Wir spielen um die Nachtschicht, diese abgelaufenen Schokoriegel und das große Schlafzimmer."

Ich habe die späte Schicht, also habe ich nichts zu verlieren, und die Schokoriegel sind wahrscheinlich für die nächsten zehn Jahre noch gut. „Okay, ich bin dabei. Ich könnte ein bisschen Margarine oder Rinderfett gebrauchen." Ich werfe Dan einen Blick zu, der an der Küchentheke lehnt. „Machst du auch mit?"

„Rinderfett? Na klar", sagt er.

Ein paar Stunden später hat die aufputschende Wirkung der Süßigkeiten nachgelassen, und wir gähnen um die Wette. Liz hat meine Schicht bekommen, und Caleb hat absichtlich verloren, sodass er die Schicht mit ihr machen muss. Ich kann die Nacht durchschlafen *und* habe eine ganze Packung Schokoriegel. Im Stillen danke ich Nelly für seine zahllosen Lektionen im Pokerspielen. Ich bin so aufgekratzt über meinen Gewinn, dass ich erst merke, dass ich gar nicht müde bin und höchstwahrscheinlich auch die ganze Nacht wach sein werde, als es Zeit wird, ins Bett zu gehen. Peter und Ana verschanzen sich im Schlafzimmer, das sie gewonnen haben, während Jamie und Shawn die Couch ausziehen, die sie für sich beansprucht haben. Ich sitze auf dem Fahrersitz und blicke aufs dunkle Feld hinaus.

„Kann ich kurz mal mit dir reden?", fragt Dan.

Ich folge ihm ins Freie. Er steht im Lichtschein, der durch das Fenster fällt, und reibt sich mit einer Hand den Nacken. Er sieht so ernst aus, dass ich die Arme vor der Brust verschränken muss, um mir nicht anmerken zu lassen, wie sehr meine Hände zittern.

„Ich hab darüber nachgedacht, was wir vorhin besprochen haben", sagt er. „Und über die Dinge, die wir vielleicht gerne gesagt hätten, aber nicht gesagt haben."

Er fummelt an dem Walkie-Talkie herum, das er in den Händen hält, und so fällt mir überhaupt erst auf, dass seine Hände ebenfalls zittern. „Okay, hier kommt's: Ich will nicht mehr daten. Ich will nicht ‚auf zur Nächsten' oder wie auch immer du das ausgedrückt hast. Ich respektiere, was du gesagt hast, und ich versteh's auch. Aber ich muss das jetzt einfach loswerden. Damit du es weißt. Und damit ich es nicht irgendwann bereue."

Ich starre meine Füße an, um meine Unsicherheit zu verbergen. Ich dachte, wir hätten das geklärt, und jetzt öffnet er doch noch ein Hintertürchen. „Oh. Okay", flüstere ich.

Das Licht im Wohnmobil geht aus. Ich kann sein Gesicht in der Dunkelheit nicht mehr erkennen, und ich bin heilfroh darüber, dass er meins auch nicht sieht.

„Okay", sagt er. „Also dann … gute Nacht." Er dreht sich um und geht zu seinem Zelt.

„Gute Nacht", rufe ich ihm leise hinterher.

* * *

Ich sitze auf dem Beifahrersitz und habe meine Füße auf das Armaturenbrett gelegt, bis ich nichts höre außer den gedämpften

280

Geräuschen von Liz und Caleb auf dem Dach und dem regelmäßigen Atmen der anderen. Dans Zelt ist vom warmen Licht der Laterne erleuchtet. Der Anblick erinnert mich an die vergangene Nacht. An Dans Lippen auf meiner Kehle, an sein Gewicht auf mir, an das Gefühl, einzuschlafen und bis zum Morgengrauen nicht aufzuwachen – noch etwas, was ich seit Monaten nicht getan habe. Die Vorstellung, mich auf dem Klapptisch, der zum Bett umfunktioniert wurde, die ganze Nacht hin und her zu wälzen, ist schlimmer als die Vorstellung, mich wieder zu ihm zu gesellen.

Ich treffe nicht mal eine aktive Entscheidung – ich folge vielmehr meinem Körper, der genau zu wissen scheint, wo er hinwill. Das hohe Gras fühlt sich kühl unter meinen nackten Füßen an, und ich presse die Schachtel mit den Schokoriegeln an mich, als seien sie lebenswichtig. Er hat sein Zelt ziemlich weit weg aufgestellt, und ich frage mich, ob das wohl daher rührt, dass er genau auf dieses Szenario gehofft hat. Als ich den Zelteingang erreiche, bleibe ich einen kurzen Moment lang unschlüssig stehen. Ein Fuß will schon halb wieder zurück zum Wohnmobil, aber der andere zeigt auf Dans Zelt. Was soll ich tun?

Und wie gehe ich das jetzt genau an? Man kann schließlich nicht anklopfen. Vielleicht sollte ich flüstern, aber dadurch würde ich mir eingestehen, dass ich wirklich hier sein will. Ich wirbele herum – das Klapptischbett ist der richtige Ort für mich.

Es raschelt und dann höre ich das Surren des Reißverschlusses. Das warme Leuchten scheint mir entgegen. Dan lächelt; es ist ein unsicheres Lächeln, aber auch ein erfreutes. „Hey du."

„Hi", sage ich. Er wartet wohl auf mehr, aber mehr habe ich nicht. Ich halte ihm die Schokoriegel hin, die in meinem verkrampften Griff ein wenig ihrer ursprünglichen Form eingebüßt haben.

„Ach, du bringst noch mehr Süßigkeiten vorbei?" Ich schüttele den Kopf. Ich hätte mir vielleicht vorher überlegen sollen, was ich sagen will. Er blickt mich noch ein paar Sekunden lang an. „Möchtest du reinkommen?"

„Okay."

Er rutscht auf den Knien rückwärts, um mir Platz zu machen. Ich knie mich neben ihn und lasse mir alle Zeit der Welt, um den

Reißverschluss wieder zu verschließen. Dann drehe ich mich zu ihm um. Ich glaube, sogar meine Wangen zittern. Ich sehne mich so sehr danach, von ihm berührt zu werden, dass ich an nichts anderes mehr denken kann als daran, wie gut es sich anfühlt, einfach mal nicht zu denken.

„Du hast ja immer noch dein Kleid an", sagt er.

Ich glätte den Stoff und rücke ein Stück auf ihn zu, um ihm eine Hand auf die Brust zu legen. Sie hebt und senkt sich schnell, genauso schnell, wie sein Herz schlägt. Der Waldbeerenduft von Barbs Duschgel dringt mir in kleinen Schüben in die Nase.

Er gleitet mit der Hand an meinem Arm empor, bis er meine Schulter erreicht, wo seine Finger mit meinen lose herunterhängenden Haaren zu spielen beginnen. Ich atme frustriert aus, als er einen Moment lang innehält, kurz bevor unsere Lippen aufeinandertreffen. „Also ... was bedeutet das denn jetzt?"

Ich habe keine Antwort für ihn; aber vielleicht bin ich doch bereit für ... was auch immer das hier ist. „Muss es denn etwas bedeuten?"

„Nein", antwortet er. „Muss es nicht."

Unsere Küsse sind sanfter, zärtlicher als letzte Nacht. Sein Atem fühlt sich warm auf meinem Hals an, als er sich über mich beugt, um mein Kleid am Rücken zu öffnen. Es fällt auf den Boden und wir machen einfach da weiter, wo wir letzte Nacht aufgehört haben.

***

Das Licht verrät mir, dass es gerade dämmert, als ich abrupt von dem Geräusch einer Hand, die über den Nylonstoff des Zelts fährt, erwache. Keiner, der auf Patrouille ist, würde so nah herankommen, ohne sich vorher bemerkbar zu machen, nicht mal als schlechter Witz. Nicht, wenn sie nicht einen Kopfschuss in Kauf nehmen wollen würden. Ich greife blind nach meinem Schädelspalter und dem Holster, die neben mir liegen sollten, aber da ist nichts. Ich bin mit einer Schachtel Schokoriegel bewaffnet hergekommen und sonst nichts, wie ein blutiger Anfänger und Vollidiot.

Dans Körper neben mir wird steif. Der Schlafsack rutscht ihm von der Brust, als er sich aufsetzt. Ich greife nach meinem Kleid, ziehe es mir über den Kopf und schließe den Reißverschluss so weit, wie ich kann. Das muss reichen. Ich fühle mich so entblößt. Meine Haare sind offen. Ich habe keine Schutzkleidung, keine Waffen, rein gar nichts.

Etwas streift das Zelt. Langsame Schritte schlurfen durchs Gras. Einer stöhnt. Dann noch mehr Laute und ein feuchtes, schlappendes Geräusch. Dan nimmt das Funkgerät zur Hand, steckt sich den Ohrstöpsel ins Ohr und schüttelt den Kopf. Der Akku muss leer sein. Ich wette, die anderen haben versucht, uns zu erreichen. Vermutlich haben sie die Lexer kommen sehen, wollten aber nicht laut rufen. Es besteht ja zumindest eine kleine Chance, dass sie einfach weiterziehen, solange wir nicht ihre Aufmerksamkeit auf uns lenken, indem wir uns bewegen oder sprechen.

Dan schlüpft in Jeans und Stiefel, streift sich ein Flanellhemd über und zieht sich Lederhandschuhe an. Er hebt seine Lederjacke auf und hält sie mir an den Rücken. Ich stecke meine Arme in die weiten Ärmel. Wenn er durch den Stoff seines Hemds gebissen wird, ist es aus mit ihm. Das ist seine Schutzkleidung – und er sollte nicht dafür bestraft werden, dass ich nicht nachgedacht habe. Schon will ich mir die Jacke wieder abstreifen, da zieht er sie fest und mit einem entschlossenen Kopfschütteln vor meiner Brust zusammen. Die Jacke ist zu groß und wahrscheinlich unpraktisch für den Nahkampf, aber immer noch tausendmal besser als ein dünnes Kleidchen. Ich drücke dankend seine Hand. Er reicht mir eine seiner Pistolen, zeigt auf das Fenster und bedeutet mir mit einer Handbewegung, dass er den Reißverschluss öffnen will, damit wir hinaussehen können. Ich starre seine Hand an, während er unerträglich langsam den Reißverschluss öffnet, und ein dreieckiges Stück Fliegennetz zum Vorschein kommt.

Ana starrt durch die Windschutzscheibe des Transporters. Sie warten. Sie werden den Motor nicht starten, wenn sie nicht müssen. Sie werden nicht abhauen, ehe sie ganz sicher sind, dass wir tot oder so gut wie tot sind. Die Regeln sind wir alle schon zigmal durchgegangen, aber wir haben sie noch nie in der Realität anwenden müssen.

Dutzende Lexer trampeln das Gras zwischen dem Zelt und den Wagen platt. Und hinter uns erklingen schon die knirschenden Schritte Dutzender mehr. Sie scheinen uns noch nicht gewittert oder gehört zu haben, oder wie auch immer die ihre Beute finden. Durch das Licht der aufgehenden Sonne sind ihre Schatten auf der Zeltwand riesig, als ob wir von Riesenzombies umzingelt wären. Ein Körper kracht gegen das Zelt und reißt es beinahe um. Meine Hand fliegt wie von selbst zu meinem Mund. Dan greift nach meinem Unterarm.

Peter sitzt im Pick-up und wendet den Blick keine Sekunde lang vom Zelt ab. Ich erstarre, als ein geschwollenes Bein am Fenster vorbeistampft, aber sobald ich mich traue, winke ich ihm zu. Ich bin mir nicht sicher, ob er mich überhaupt sehen kann, aber er nickt und hält sich das Funkgerät vor den Mund. Einen Augenblick später geht der Motor des Transporters an. Das Fenster wird heruntergelassen, und Jamie lehnt sich auf der Beifahrerseite hinaus.

„Hey, Arschlöcher!", ruft sie den Lexern zu. Die Hupe geht zweimal. „Kommt mal her! Hier! Ja, hier rüber! Cassie, Dan, rennt zum Wohnmobil, sobald ihr freie Bahn habt!"

Wären sie in unsere Richtung gefahren, hätten die Lexer sich auf sie und auf uns gestürzt. Jetzt, wo sie wissen, dass wir wach sind, können sie sie weglocken. Und dann sind wir in Sicherheit. Die Lexer trotten ihnen hinterher. Es sind Hunderte. Ich halte den Atem an, als die Meute an uns vorbeistolpert. Einer läuft so nah am Zelt vorbei, dass der Druck seines Körpers auf dem Nylonstoff einen langgezogenen zischenden Laut verursacht; er grunzt interessiert. Ein Dutzend andere drehen sich nach dem Geräusch um. Eine der Zeltschnüre wird mitsamt Hering mit einem widerhallenden *Ploing* aus der Erde gerissen. Noch mehr bleiben stehen, irritiert von dem lauten Geräusch, und ignorieren darüber das Rufen und Hupen der anderen.

Ich bedeute Dan mit Gesten, das Zelt zu öffnen und loszurennen. Dan nickt schnell. Wenn das Zelt zusammenkracht und wir noch drin sind, sind wir tot. Wir sind wahrscheinlich sowieso schon tot. Dans Augen brennen, als er mein Gesicht in beide Hände nimmt und den Kopf schüttelt. Ich atme tief ein. Ich muss zu Bits zurück; ich habe gar keine andere Wahl.

Ich öffne den Reißverschluss Zentimeter für Zentimeter, bis die Öffnung groß genug ist, um hindurchzupassen. Wir lassen alles bis auf unsere Waffen links liegen und hocken vor der Öffnung, bereit hinauszustürzen. Lexerhände fahren über den Nylonstoff der äußeren Zeltschicht. Dann fällt diese raschelnd zu Boden. Nur noch das Fliegennetz steht. Halbverweste Gesichter erscheinen über unseren Köpfen, und ein Lexer mit einer fürchterlichen Dauerwelle und zur Hälfte weggefaulter Nase stößt ein schreckliches Kreischen aus, genau wie der damals am Zaun. Wir krabbeln so schnell wie möglich durch die Öffnung ins Freie, gerade, als sie einen ungeschickten Hechtsprung auf das Fliegennetz macht und das Zelt in sich zusammenfällt.

Das Hupkonzert geht weiter, aber die Lexer, die sich zuvor noch bereitwillig anlocken ließen, haben jetzt ein neues, interessanteres Ziel. Sie kommen unentwegt auf uns zu, aber dasselbe tun die Wagen, jetzt, wo sich der ursprüngliche Plan geändert hat. Sie kommen uns entgegen, um uns einzusammeln, aber wir müssen irgendwie überleben, bis sie hier ankommen, und mit der Menge an Lexern, die uns umgibt, erscheint das schier unmöglich. Wir müssen abhauen. Unsere Freunde werden uns einfach folgen müssen. Wir rennen im Zickzack um die verrottenden Körper herum, zuerst nach links, dann nach rechts. Wir haben keine Zeit, um stehen zu bleiben und zu zielen, oder mit der Machete auf sie loszugehen; es ist ein einziges endloses Ausweichmanöver.

Die Tür des Wohnmobils wird aufgerissen, und Toby beugt sich raus, während das enorme Gefährt auf uns zu donnert. Er feuert auf die Lexer, die uns am nächsten sind, ohne uns dabei zu nahe zu kommen. Die anderen Wagen folgen dicht dahinter. Das Ganze hört sich an wie eine Kriegszone, und ein Schwarm Vögel steigt erschrocken aus dem Wald auf. Flucht nach oben. Ich werde plötzlich nach hinten gerissen, als sich eine gierig ausgestreckte Hand in meinen Haaren verfängt. Der Lexer zieht mich an sich, drückt mich an seine Brust, und ich versuche, mich abwärts zu bewegen, so weit wie möglich weg von dem aufgerissenen verrotteten Mund, der mir so nah ist, dass ich die Füllungen in seinen Zähnen sehen kann. Ich schreie vor Anstrengung, während ich ihn nach hinten wegschubse und ihm meine Pistole direkt unters Ohr drücke. Eine dicke Strähne meiner Haare nimmt er mit sich, als er zu Boden fällt.

Der süße Duft der Sommerwiese ist dem Gestank der Verwesung gewichen, und mit jedem japsenden Atemzug habe ich das Gefühl, dass ich ihn sogar schmecken kann. Dan wirbelt herum und schlägt mit der Machete um sich, rammt sie mit metallischem Klirren in offene Münder und rottende Schädel. Das Wohnmobil kommt dröhnend auf uns zu und stößt dabei alle Lexer um, die sich ihm in den Weg stellen.

Ich nehme Dans freie Hand in meine. Sein Griff ist so fest, dass es wehtut, aber ich könnte es nicht ertragen, wenn er loslassen würde. Ich renne auf Tobys anfeuernde Schreie zu. Dan folgt mir durch die Tür ins Innere des Wagens, und Toby schlägt die Tür zu, gerade als ein Lexer dagegen rennt.

„Sie sind drin! Fahr!", ruft er Shawn zu.

Ich lande auf dem Boden neben den Fernsehsesseln. Dan schnappt nach Luft. Sein Gesicht ist knallrot und er stützt sich mit den Ellenbogen auf der Küchenzeile ab. Wir fahren rumpelnd über die Wiese, bis wir die asphaltierte Straße erreichen. Dann wird es ruhiger.

„Oh mein Gott!", ruft Shawn vom Fahrersitz. „Wir dachten schon, ihr seid tot! Wir dachten echt, ihr seid tot. Oh mein Gott."

Toby lässt sich in einen der Sessel sinken. Ich nehme seine zitternde Hand in meine. „Danke, Toby."

Er schüttelt den Kopf und öffnet den Mund, bringt aber kein einziges Wort hervor. Schweiß rinnt ihm in breiten Bahnen die Schläfen hinunter, als wäre er gerade selbst durch eine Herde Lexer gerannt. Vor einer Woche hätte ich vielleicht noch gedacht, das sei auf irgendeine verrückte Art und Weise sogar lustig. Aber jetzt kann ich nur an all die Menschen denken, die ich zurücklassen würde. Und so, wie Penny und ich auseinandergegangen sind, hätte sie sicher gedacht, dass ich das mit Absicht gemacht habe. Dass ich sterben wollte. Bits hätte voll und ganz den Glauben an mich verloren. Würde glauben, sie sei mir egal gewesen.

Ich lasse Tobys Hand los, zwinge meine Beine, aufzustehen, und wasche mir am Waschbecken die Hände. Dan zieht sich das blutbefleckte T-Shirt aus und nimmt die Seife, die ich ihm reiche, nachdem ich fertig bin. Seine Lederjacke klebt an meiner nackten Haut, und als ich sie ausziehe, bemerke ich etwas Schweres in der Tasche. Ich ziehe seinen silbernen Flachmann hervor und halte ihn lockend vor seine Nase. „Na? Bedarf?"

Er dreht ihn nachdenklich in der Hand herum, bis sein ganzes Gesicht strahlt. „Heute nicht."

Ich muss lachen; es ist das Gefühl, dem Tod entronnen zu sein, am Leben zu sein, was tief aus meinem Bauch hervorsprudelt. Ich berühre die Stelle am Hinterkopf, wo mir der Lexer die Haare herausgerissen hat, und als ich meine Finger betrachte, sind sie rot vor Blut. Dan dreht mich um, damit er mich untersuchen kann. „Der hat 'ne ganz schöne Handvoll mitgenommen, was? Die Stelle ist klein, aber ich wette, das tut sauweh."

Langsam spüre ich den Schmerz, aber er ist nichts gegen die Erleichterung. „Schon okay. Das ist nichts, was ein einfacher Pferdeschwanz nicht verdecken könnte."

Mit der Hand, die noch immer in meinem Nacken liegt, zieht er mich an sich. „Ich finde ja die kleinen Dutts besser."

Die Wagen sind inzwischen zum Stehen gekommen. Die anderen strömen ins Wohnmobil, aber Dan wendet den Blick nicht von mir ab. Ich denke schon, er küsst mich gleich, hier vor allen anderen. Eine kleine Zeltaffäre jenseits der Farm ist ja schön und gut, aber wir sind kein Paar, und ich werde bestimmt nicht neuer Stammgast im Liebesnest. Und so tue ich so, als wüsste ich nicht, was sein Blick bedeutet, und drehe mich weg.

Ana wirft sich mir in die Arme. „Ich dachte schon, der eine hat dich gekriegt! Vielleicht solltest du dir auch die Haare abschneiden."

Sie fährt sich grinsend durch die kurzen Haare. Ich gebe ihr einen sanften Klaps und zeige auf mein total zerknittertes Kleid. „Ich schwör dir, wenn du mich jemals wieder dazu bringst, mich zu *verkleiden*, bring ich dich eigenhändig um, Banana."

Ana lacht schelmisch. Peter drückt mich fest an sich und flüstert: „Ich hätte Penny gesagt, dass es dir leidtut, aber ich bin so unsagbar froh, dass ich das nicht tun muss."

Der Gedanke allein macht mir weiche Knie. „Ich auch."

KAPITEL 55

Wir kehren mit Solarpaneelen zurück – und genug Zucker, in raffinierter und anderweitig verarbeiteter Form, um uns alle todkrank zu machen. Wir haben ein neues Wohnmobil – ich könnte mir vorstellen, dass John und Maureen nichts gegen eine eigene kleine Bleibe einzuwenden hätten, und wenn wir noch einen kleinen Holzofen einbauen, könnte dies die perfekte Gelegenheit sein. Als ich aus dem Wohnmobil steige, wartet Dan auf mich. Irgendwo zwischen dem Feld der Lexer und dem Fachgeschäft für Solarenergie ist er umgestiegen. Ich habe extra darauf geachtet, ihn nicht zu ignorieren oder sonst irgendwie anders zu behandeln, aber heute ist er derjenige, der sich mir gegenüber reserviert verhält.

„Können wir kurz mal reden?", fragt er.

Bits steht mit Penny auf dem überdachten Parkplatz hinter dem Restaurant. Ich will zu ihr rennen, aber stattdessen folge ich ihm hinters Wohnmobil. Er fährt mit einem Finger über den Fensterrahmen. „Keine Sorge, ich werd niemandem was verraten über … uns. Und die anderen auch nicht."

„Danke", sage ich und versuche, mir die Erleichterung nicht anmerken zu lassen.

„Und wenn du mal abhängen willst, weißt du ja, wo du mich findest", sagt er und studiert die Bäume. „Ich fänd's schön."

„Abhängen?"

Endlich sieht er mir direkt in die Augen, und das schelmische Blitzen darin ist zurück. „Na, du weißt schon, Kniffel spielen oder so was."

„Ah, Kniffel." Ich schüttele langsam den Kopf. „Ich glaube nicht, dass das eine so gute Idee ist."

„Ja, vielleicht nicht. Cool, cool."

Er lehnt sich nonchalant ans Wohnmobil, steckt die Hände in die Hosentaschen und zuckt mit den Schultern. Ich habe nicht so ganz die Wahrheit gesagt – ich denke zwar wirklich, dass es keine gute Idee ist, was aber nicht bedeutet, dass ich es nicht auch schön fände.

„Ich muss zu Bits", sage ich. „Aber danke, Danny. Du hast mir heute das Leben gerettet, als der eine da meine Haare zu fassen gekriegt hat."

„Ach, den hast du doch ganz alleine erledigt."

„Ja, aber du hast die anderen von mir ferngehalten. Und du hast mir deine Jacke gegeben. Also … danke."

„Du hättest es auch so geschafft", beharrt er weiter. „Ich hätte das Zelt nicht so weit weg aufschlagen sollen. Ich hätte uns beinahe alle beide umgebracht."

„Kannst du nicht einfach ‚Bitte, gern geschehen' sagen?" Ich öffne meine Arme, um ihm eine Umarmung anzubieten.

„Bitte, gern geschehen", murmelt er in meine Halsbeuge.

Seine Lippen berühren mein Ohrläppchen. Ich halte ihn noch einen Moment länger fest als notwendig, bevor ich mich losreiße und um mit noch immer singenden Ohren um das Wohnmobil herum schreite. Peter kniet vor Bits auf der Erde und hört sich die letzten Neuigkeiten über Fee an. Ich gehe neben ihm in die Hocke und strecke die Arme nach ihr aus. Sie starrt mich vorwurfsvoll an. Ihre Nasenspitze ist ganz wund. Sie hat höchstwahrscheinlich die letzten drei Tage nur geweint und das wegen mir.

Als sie nicht zu mir kommt, lasse ich die Arme sinken und spüre, wie sich ein Kloß in meinem Hals bildet. „Bits, es tut mir leid. Es tut mir leid, dass ich dir Angst gemacht und all diese blöden Sachen gesagt habe. Es tut mir leid, dass ich so abwesend war. Ich war nur so furchtbar traurig, und ich weiß ja, dass das keine gute Ausrede ist. Ich hab auch gar keine Ausrede. Ich hoffe nur, dass du mir vergeben kannst."

Bits' Kinn bebt. Ich hebe die Arme erneut, und dieses Mal drückt sie sich so fest an mich, dass ich mir sicher bin, in meinem Rücken irgendetwas knacken zu hören, aber das und noch viel mehr ist es mir allemal wert. Bei all dem Schmerz, den ich ihr verursacht habe. Und verursacht hätte, wenn ich nicht zurückgekommen wäre. Ich habe dieses kleine Mädchen für die letzten paar Monate einfach zu sehr vernachlässigt; habe gedacht, sie hätte ja die Farm, die ihr ein Gefühl der Sicherheit geben sollte. Aber Bits ist klug – sie weiß, dass eine vom Sheriff persönlich bewachte Schule, eine mit Stacheldraht umzäunte Holzhütte und eine Farm, die von Zäunen und Gräben umgeben ist, ihr nur bis zu einem gewissen Grad sicheren Schutz bieten können. Sie braucht mich und Peter und die anderen, um sich wirklich sicher zu fühlen. Und geliebt. Ich bin so froh, dass ich das endlich auch verstanden habe – mit ein wenig Hilfe von meiner besten Freundin natürlich, die es mir mitten ins Gesicht schreien musste – ehe es ganz zu spät ist für uns.

Ich blicke zu Penny hinüber, die neben James steht. „Und wie geht's dir so, Pen?"

„Es tritt", sagt sie und reibt sich sanft den Bauch, der inzwischen schon sehr deutlich unter ihren Klamotten hervorsteht. Vielleicht ist das in den letzten paar Tagen passiert, oder es ist mir vorher nicht aufgefallen, oder ich wollte es nicht sehen, weil ich so eifersüchtig auf ihr Glück war.

„Das Baby? Wirklich?"

„Bisher kann aber nur ich es fühlen."

„Ich hab stuuundenlang dagesessen und gewartet", beschwert Bits sicht. Sie befreit sich aus meiner Umarmung und verzieht den Mund. „Das war *so* nervig. Immer, wenn ich meine Hand weggenommen hab, hat es sich bewegt, und dann hab ich sie wieder drauf gelegt, und es war still."

„Es ist wahrscheinlich sowieso zu früh", sage ich lachend. „Ich wette, du kannst es schon ganz bald spüren."

Da ist tatsächlich jemand drin und bewegt sich; ein kleiner Mensch, genau wie Bits. Ich hätte viel eher verstehen müssen, was für eine Heidenangst Penny haben muss. „Es tut mir so leid, Pen."

„Mir auch", erwidert sie.

„Nein, dir muss es wirklich nicht leidtun. Du hattest ja recht."

„Aber der ganze andere Kram tut mir leid. Ich hatte kein Recht dazu, dir zu sagen, was du zu tun und zu lassen hast."

„Na ja, einer muss ja Nellys Job übernehmen, wo er nun mal nicht hier ist." Ich stehe auf und richte den nächsten Satz an ihren

Bauch: „Wir haben dir ein paar unglaublich süße Klamotten mitgebracht. Also wehe, du bist jetzt kein Mädchen!"

„Der arme Junge. Der kriegt ja jetzt schon einen ernsthaften Komplex", meint Penny.

Wir haben beide Tränen in den Augen, und dann fallen wir uns endlich in die Arme und lachen, wie wir es immer tun, wenn wir gleichzeitig weinen müssen. Ich schaukele sie von Seite zu Seite und mache rauschende Geräusche. „Wow, Baby, halt dich fest! Glaubst du, ihr wird schwindelig?"

Penny kichert und schiebt mich weg. „Nein, du Wahnsinnige. Aber mir! Komm, lass uns was essen gehen."

Wir gehen aufs Restaurant zu. Ich habe Penny im Arm und Bits an der Hand. Ich weiß, dass der Schmerz und die Trauer darüber, jemanden zu verlieren, nie ganz verschwinden wird, aber diese Wärme – dieses Glück, Menschen um sich zu haben, für die es sich zu leben lohnt – wird mich ebenfalls nie verlassen.

KAPITEL 56

John steht neben dem breiten Graben, der jetzt die gesamte Farm umrundet, und reibt sich den Bart. „Ich hätte wirklich nicht gedacht, dass wir damit noch mal fertig werden."

Wie eine dunkelbraune Narbe zieht sich der Graben durch die Wiese und reicht bis in die Wälder auf der Ost- und Westseite des Zauns. An einigen Stellen ragen Leitern aus dem Graben, falls mal jemand rein fällt, der nicht tot ist. Er ist ziemlich hässlich, aber das Attraktive daran ist ja eben die Tatsache, dass wir damit theoretisch eine Herde einfangen können. Und diese werden immer größer. Die anderen Sicherheitszonen berichten in den letzten Wochen nur noch von Herden, von denen keine kleiner als dreißig Lexer ist.

„Wir könnten ihn sogar noch breiter machen", sagt John. „Aber das würde mehr Treibstoff bedeuten. Und der Bagger frisst ohne Ende, wenn er nicht gerade schlapp macht. Gott sei Dank kennt sich Shawn mit dem Ding aus und kann ihn reparieren."

Der Lärm, den der Bagger verursacht, hat uns noch mehr Besucher als sonst beschert, was ein guter Testlauf für den Graben war. Und zwischen den neugierigen Lexern, dem ewig kaputten Bagger, dem Abtransport der Erde, dem Stabilisieren der Innenwände des Grabens, damit diese uns nicht einstürzen, und dem Umgehen von besonders kräftigen Baumwurzeln und Findlingen, hat das Ganze nun doch statt einer Woche über zwei Monate gedauert.

„Wir brauchen mehr Dieselvorräte. Ich will dich aber nur ungern noch mal losschicken." Er sieht erschöpft aus, und die Falten unter seinen Augen sind tiefer als sonst. Wie Zeke in Whitefield hat John hier die Leitung der Farm übernommen, und man sieht ihm die zusätzliche Belastung deutlich an.

Ich lege ihm eine Hand auf den Arm. „Fühlst du dich okay?"

„Ach, ich bin nur ein bisschen müde“, sagt er. „Ich hab mir Sorgen gemacht, als du unterwegs warst. Hab nicht viel geschlafen.“

„Ich bin seit drei Tagen zurück, du alter Hammelschinken. Geh doch zu deinem neuen schicken Zuhause und hau dich ein bisschen aufs Ohr.“ Ich umarme ihn von der Seite. „Du wirst es brauchen, wenn du uns echt wieder losschicken willst.“

„Ungern.“

„Aber es muss ja sein. Ich freu mich auch nicht drauf, glaub mir.“

Und das ist die Wahrheit; ich habe keine Lust, zu gehen. Ich freue mich natürlich darauf, Nelly zu sehen, aber das ist alles. Schluss mit den wilden Zeiten der Zombiejagd. Ab jetzt gehe ich auf Nummer sicher, lasse sie schön in den Graben fallen und töte sie nur noch aus sicherer Entfernung.

***

Ich habe seit ein paar Nächten keine Nachtwache mehr übernommen, weil ich dachte, dass ich jetzt vielleicht endlich schlafen kann. Aber es stellt sich heraus, dass mein Optimismus irgendwie nur tagsüber funktioniert. Bits hingegen schläft jetzt schon die vierte Nacht tief und fest. Fee hat sich auf ihrer Brust zusammengerollt und hebt und senkt sich mit jedem tiefen Atemzug mit.

Ich lese denselben Satz in meinem Buch immer wieder, bis ich irgendwann aufgebe und es zur Seite lege. Ana, Liz und Jeff haben die Nachtschicht am Haupttor – vielleicht hat ja einer von ihnen den Schlaf nötiger als ich. Ich benutze meine Dynamo-Taschenlampe, um Klamotten zu finden, und hinterlasse einen Zettel für Peter, der hier ist, falls Bits irgendetwas braucht.

Ich folge den Kieswegen an den anderen Hütten und der Wäscherei vorbei. Das Gras ist noch immer schön grün, was hauptsächlich daran liegt, dass wir eine Regel haben, die besagt, dass man die Grünflächen nicht betreten darf. Klingt absurd, aber sonst wäre die gesamte Fläche rund ums Haupthaus eine einzige staubige Wüste. Ich gehe am Restaurant vorbei, das bis zu meiner Frühstücksschicht verriegelt und verrammelt ist, und sehe Dan, der von der anderen Seite auf mich zukommt.

293

Ich dachte, ich hätte es zeitlich besser abgepasst; er hat seit einer Stunde frei, aber er muss noch bei den anderen sitzen geblieben sein, um sich zu unterhalten. Beim Abendessen sitzt er noch immer mit uns am Tisch und wir albern herum, genauso wie früher. Aber wenn er mich von der anderen Seite des Tisches mit hungrigen Augen ansieht, so, als würde er lieber mich als sein Abendessen verschlingen, werde ich immer ganz verlegen.

„Hi", sagt er und bleibt ein paar Schritte vor mir stehen.

Die solarbetriebenen Außenleuchten werfen gerade genug Licht auf uns, um Gesichtszüge zu erkennen, aber nur, wenn man direkt über einer steht. Seine Stimme klingt fröhlich, aber seine Körpersprache verrät, wie unbehaglich er sich fühlt.

„Hi", erwidere ich. Eine Minute lang stehen wir einfach nur schweigend da. „Na, gerade frei?"

„Ja", antwortet er. „Musst du noch?"

„Nee, mir war nur … langweilig."

„Extrem langweilig?" Er kommt näher und jetzt sehe ich das Lächeln auf seinen Lippen. Aber dann ziehen sich seine Augenbrauen zusammen. „Konntest du schon wieder nicht schlafen?"

Ich winke ab. „Nein. Ich meine, ja. Es ist aber schon so viel besser. Nur jetzt halt gerade nicht. Passt schon."

„Du kannst in meinem Zelt schlafen", sagt er. „Einfach nur schlafen."

„Okay." Das Wort kommt mir über die Lippen, ehe ich darüber nachdenken kann. Sogar Dan sieht ehrlich überrascht aus. „Wenn nichts …"

Er hält zwei Finger hoch. „Ehrenwort."

Ich gehe neben ihm her, während er mir von den Lexern erzählt, die heute Nacht in den Graben gefallen sind. Man kann sie hören; jede Nacht eine kleine Abfolge von dumpfen Aufschlägen. Der Graben hat die Nachtschicht langweiliger gemacht, aber wie Peter sagt: Langweilig ist das Ziel. Wir gehen zwischen den Hosen, T-Shirts und Handtüchern hindurch, die an den Wäscheleinen hinter der Wäscherei zum Trocknen hängen.

Dans Hand berührt meine Taille, als er mich an einem sich aufbauschenden Laken vorbeileiten will, und mein Herz beginnt so laut zu pochen, dass es sogar den Schmerz in meiner Brust übertönt. Nachts ist die Einsamkeit immer stärker als tagsüber, ebenso wie nachts alles ein bisschen gruseliger ist. Vielleicht kann es ja noch ein bisschen länger nichts bedeuten, damit ich nicht allein schlafen muss. Ich habe gelogen, als ich sagte, dass ich nur schlafen will. Er hoffentlich auch.

***

Ich schleiche mich aus dem Zelt, um meine Schicht in der Küche zu beginnen, und hinterlasse einen noch immer selig schlummernden Dan auf seiner Matratze. Ja, ich bin das Mädchen, das morgens mit wirren Haaren aus dem Liebesnest gestolpert kommt, aber zumindest kenne ich die Aussichten: Ich habe drei Wochen, und bis dahin sollte ich eigentlich wieder imstande sein, allein zu schlafen.

Als ich die Küche betrete, steht Mikayla am Herd. „Ich hab dich vermisst! Ich war so froh, als ich gesehen hab, dass du heute Morgen auf dem Plan stehst."

„Ich hab's auch vermisst", erwidere ich und verstaue meine Sachen neben der Tür.

„Gut siehst du aus." Mikayla legt den Kopf leicht schräg. „Nein, ernsthaft. Du sahst nicht so …"

„Ja, ich weiß, ich sah scheiße aus", lache ich. „Aber warum hat bloß jeder das Bedürfnis, mir das zu sagen?"

„Cass! Du weißt genau, dass ich das so nicht meine. Du siehst anders aus. Glücklich."

„Ich habe einfach mal wieder durchgeschlafen, das ist alles."

Ich war kaum ins Zelt gekrochen, als Dan mich mit Küssen und Berührungen übersäte, der alte Lügner. Ich fange an, das Frühstück vorzubereiten. Und ich denke, nachher mach ich sogar mal wieder den Kunstunterricht.

KAPITEL 57

„Colorado", sagt John, als er sich zum Abendessen an den Esstisch setzt. Er sieht furchtbar aus – ich überlege kurz, ob ich ihm das sagen soll, das scheint ja derzeit hier der letzte Schrei zu sein. Er hebt eine Gabel voll Maissalat zum Mund. „Colorado ist weg. Funkstille. Und Arkansas ebenso."

„Big Bend, dann Gila, Utah, jetzt Colorado und Arkansas …", zählt James auf und legt die Gabel neben seinen Teller. Fast kann ich in seinem Kopf die Rädchen klicken und klackern hören, bevor er weiterspricht: „Sie bewegen sich in nordöstliche Richtung. Wahrscheinlich wegen der Berge. Aber jetzt, wo sich das Land öffnet, könnten sie direkt nach Norden kommen. Und, verdammt, wenn sie weiter in diese Richtung strömen, sind sie noch vor Winteranbruch hier."

„Wer bewegt sich in nordöstliche Richtung?", fragt Maureen. „Lexer?"

James nickt. „Die Zonen verschwinden in geografischer Reihenfolge. Als ob eine Herde oder vielleicht sogar mehrere nach Norden und Osten vordringen. Die Rockies haben sie wahrscheinlich in Richtung Osten geführt. Ich glaube, die Lexer suchen sich den Weg, der am einfachsten ist, wenn sie nicht gerade auf der Jagd sind. Aber östlich hinter Arkansas liegen Berge und in nördlicher Richtung, durch die Dakotas, ist das Land schön flach. Hoffen wir einfach mal, sie ziehen Richtung Norden."

James schleppt wirklich eine enorme Masse an Wissen mit sich herum, fast so wie die Computer, die er so sehr liebte. Und offenbar ist er zudem eine lebendige sprechende Landkarte. Praktisch.

„Hm, sagen wir mal – zweitausendvierhundert", murmelt er. Dann schüttelt er den Kopf. „Nein."

„Lass uns doch bitte teilhaben", sagt Penny.

Er fährt sich mit seinen langen Fingern durch die Haare und schiebt sie sich hinters Ohr. „Entschuldigt. Okay, nehmen wir mal an, es ist eine große Herde und die bewegen sich mit einer Geschwindigkeit von eineinhalb Kilometern pro Stunde – vielleicht aber auch schneller – vierundzwanzig Stunden am Tag, zweitausendvierhundert Kilometer bis hierher …"

„Zwei Monate", schlussfolgert Penny. „Wir haben zwei Monate, bis sie hier sind."

Was Mathematik angeht, sind die beiden nicht zu übertreffen, und so hinterfrage ich auch das Ergebnis nicht. Ein Eisklumpen bildet sich in meiner Brust und breitet sich langsam zu meinen Fingern und Füßen aus.

„Aber wir haben ja den Graben", meint Ana. Sie blickt sich am Tisch um. „Oder?"

„Ja, das stimmt", sagt John. „Aber das mag bei Weitem nicht genug sein. Wer weiß, wie viele es sind?"

Ich schaue aus dem Fenster auf die grünen Berge. Sie wirken so massiv. „Vielleicht haben wir ja mehr Zeit, auch wenn sie auf dem Weg hierher sind. Sie müssen ja über die Berge kommen. Und wenn wir frühen Frost kriegen, hält sie das ja vielleicht auch auf. Zumindest nachts."

„Wann wären sie etwa bei tausend Kilometern, deinen Berechnung zufolge?"

James denkt kurz nach. „In fünfundvierzig Tagen, mehr oder weniger."

Das ist Anfang September. Im Idealfall sind sie langsam, falls es sie denn überhaupt gibt, und kommen erst im November oder Dezember hier an.

„Hinter Arkansas gibt es keine Zonen mehr", sagt Dan. „Nicht bis Pennsylvania und New York."

Es gibt noch andere kleine Gruppen, das wissen wir, weil wir von ihnen gehört haben, aber sie haben keine Funkgeräte. Dan nimmt einen großen Schluck Milch; ich dachte immer, nur kleine Jungs trinken Milch zum Abendessen. Die letzten Wochen habe ich jede Nacht in seinem Zelt verbracht. Ich gehe, sobald Bits eingeschlafen ist, und verschwinde noch vor Sonnenaufgang, damit ich da bin, wenn sie aufwacht. Ich schwöre mir jedes Mal, dass es das letzte Mal ist, aber wenn die Farm nachts so schrecklich still ist, tausche ich mein einsames Bett gegen seins aus. Ohne uns abzusprechen, haben wir uns beide diese Woche nicht für die Nachtschicht eingeschrieben. Dan erwischt mich dabei, wie ich ihn gedankenverloren anstarre und stellt sein Glas auf den Tisch. Sein Blick bohrt sich in meinen. Ich konzentriere mich auf meine Serviette.

„Also wissen wir nichts Konkretes, bis sie nah genug sind, dass Dwayne mit dem Flugzeug nachsehen kann", sagt John. „Wir haben genug Treibstoff für zwei Flüge. Vielleicht einen Anfang September und einen zweiten Mitte oder Ende September. Ich berate mich noch mal mit ihm."

„Aber warum haben sie keinen Notruf gesendet?", fragt James. „Das macht doch keinen Sinn. Ich mein, Colorado wusste doch, dass wir aus ebendiesem Grund auf dem Laufenden gehalten werden wollten."

„Menschen tun verrückte Dinge, wenn sie Angst haben", meint John. Er legt seine Hand auf Maureens, die neben seiner auf dem Tisch liegt. „Oder es war schlechtes Wetter. Vielleicht Tornados, Stromausfall, wer weiß? Lasst uns keine voreiligen Schlüsse ziehen."

Für den Rest des Abendessens stochern wir schweigend in unserem Essen herum. An den umliegenden Tischen ist es laut, die Leute lachen und reden wie sonst auch, aber sobald alle wissen, was wir wissen, wird alles anders. Bits sitzt an Hanks und Henrys Tisch und kichert. Ich winke ihr zu und zwinge mich zu einer albernen Grimasse. Ihr entgeht einfach nichts, und wenn sie das hier erst mal spitz kriegt, ist es geschehen um all die ruhigen Nächte.

KAPITEL 58

Ich helfe noch beim Abräumen und mache die Küche fürs Frühstück bereit. Ich habe zwar keine Küchenschicht, aber hinter den Ställen wird heute ein Lagerfeuer gemacht, und ich wollte ein paar Küchenhelfern die Möglichkeit geben, von Anfang an bei der Party dabei zu sein.

„Geh ruhig", sage ich zu Shelby. „Ich mach hier zu."

„Kommst du auch?", fragt sie.

„Ich glaube nicht, aber danke fürs Fragen."

„Oh, okay, na wenn du dich doch noch anders entscheidest … Ich glaube, Dan kommt auch."

Ich erstarre. „Was?"

„Ich dachte, du und Dan …" Sie zuckt mit den Schultern. „Na, weißt du. Ich bin viel am West-Zaun."

„Oh", sage ich. „Ach so, ja. Wir hängen manchmal zusammen ab, ja."

„Cool. Vielleicht sehen wir uns ja nachher doch noch."

Sie löst den blonden Pferdeschwanz und winkt mir beim Hinausgehen zu. Ich sehe ihr nach und spüre, wie mir das Herz in die Hose rutscht. Ich lasse meine Stirn auf die Kücheninsel sinken.

„Was ist denn so furchtbar?" Dans Stimme erklingt aus dem Speisesaal. Ich schreie vor Schreck auf. Er lehnt sich an den Türrahmen und hebt eine Augenbraue. „Krass, du bist ja ganz schön schreckhaft."

„Warum zur Hölle versteckst du dich im Speisesaal?"

„Ich hab mich nicht versteckt, ich hab auf dich gewartet, damit ich dich ins Bett bringen kann." Er kommt auf mich zu und drückt mich sanft gegen die Kücheninsel. „Mein Bett, selbstverständlich."

Ich schiebe ihn weg und bedecke mein Gesicht mit beiden Händen. Wenn Shelby es weiß, wer weiß es dann noch? Ich bin zu einem dieser Mädchen geworden, über die ich mich sonst immer lustig gemacht habe. Wenn Nelly das hört, lässt er nie wieder von mir ab. Die anderen müssen doch denken, dass ich eine furchtbar kaltherzige Person bin, die einfach so in Dans Bett hüpft. Beziehungsweise auf seine selbstaufblasende Matratze. Ich presse meine bebenden Lippen aufeinander.

„Hey, hey. Oh nein, nicht weinen." Dan streckt eine Hand nach mir aus. „Warum weinst du denn?"

Das kann ich ihm nicht sagen. Er zieht mich an seine Brust und fährt mir mit der Hand übers Haar. Ich atme tief, will getröstet werden, aber sein Duft ist der falsche.

„Komm mit", sagt er.

Ich folge ihm, als er meine Hand nimmt. Ich sollte nicht, aber ich will. Mit Dan ist alles irgendwie einfach. In seinem Zelt reden und lachen wir über Kleinkram, nichts Weltbewegendes. Ich fühle mich sicher und begehrt. Erst wenn ich diesen Mikrokosmos verlasse, bereue ich, überhaupt erst hineingegangen zu sein. Er lässt mich zuerst durch die Zeltöffnung kriechen. Ich setze mich auf die Kante der Matratze und spüre sofort, wie sich alles lockerer, leichter anfühlt. Das ist die Erwartung an das, was gleich kommt – unsere wortlos und gedankenlos miteinander verschmelzenden Körper, eine Handvoll schöner Worte und dann seliger Tiefschlaf.

Er legt das Messer an seinem Gürtel zur Seite und kniet sich vor mir hin. „Willst du drüber reden?" Ich beiße mir auf die Unterlippe und schüttele den Kopf. Dann beuge ich mich vor, um ihn zu küssen, aber er weicht aus. „Bist du dir sicher?"

„Ich will nicht reden", sage ich. „Du etwa?"

Ich greife eine Handvoll von seinem T-Shirt und ziehe ihn an mich, um ihm keine Zeit zum Antworten zu geben. Seine Lippen zögern anfangs noch. Ich frage ihn nicht nach dem Warum, denn ich will es gar nicht wissen, und einen Augenblick später scheint es ihm auch egal zu sein.

***

Ich ziehe mir den Schlafsack bis unters Kinn und lege mich auf die Seite, um Dan ansehen zu können. „Und, wie läuft's mit den Hütten?"

Dan hat die Pläne entworfen und ist jetzt für den Bau der langen Hütten verantwortlich, die die Großraumzelte ersetzen sollen. Die Zelte waren eine gute Lösung für den Winter, solange wir noch hofften, dass es sich nur um einen einzigen Winter handelt. Aber jetzt, wo wir wissen, dass es noch Jahre dauern kann, beginnen die Leute, sich nach ein wenig Privatsphäre zu sehnen.

Dan stützt sich auf dem Ellenbogen ab und zeichnet mit der freien Hand Kreise auf meinen Bauch. „Alles läuft nach Plan. Ich wünschte, ich könnte ehrlich sagen, dass es mir Spaß macht. Eigentlich vermesse ich bloß und sage den anderen, wo sie Nägel in die Wand hauen sollen. Ganz anders als das, was ich früher gemacht habe."

„Was hast du denn früher gemacht?", frage ich. Es gibt so viel, was ich nicht über ihn weiß. „Wie bist du eigentlich Tischler geworden?"

„Durch meinen Vater. Ich hab ihm immer im Geschäft geholfen. Er hat immer so enorme Mengen Holz geliefert bekommen, und das haben die immer vorm Laden abgeladen. Ich hab ihm dabei geholfen, die Stücke nach Sorte und Größe zu sortieren und zu stapeln. Das Holz war so rau und grob, aber er hat es immer angefasst, als sei's das Schönste, was er je gesehen hat. Als ob er sehen könnte, was es einmal sein würde, noch bevor er angefangen hat, es zu bearbeiten. Und eines Tages hab ich gemerkt, dass ich das auch sehen kann."

Ich weiß genau, was er meint. Manchmal sieht eine leere Leinwand so für mich aus. Dann brauche ich bloß noch die Farben und Formen dahin malen, wo ich sie vor meinem inneren Auge sowieso schon sehe. „Und was habt ihr so gebaut?"

„Wir haben Möbel, Kisten und Schüsseln gefertigt, was immer wir im Holz gesehen haben. Wir haben bei einer ganzen Reihe von Galerien ausgestellt. Mein Lieblingsprojekt waren diese geschnitzten Schachteln, die ich gemacht habe. Wir waren eigentlich mehr Holzbildhauer als Tischler, wenn du mich fragst, aber wenn es mal ruhiger war, haben wir auch schon mal alte Möbel oder ein Dach repariert. Mein Vater konnte alles."

Seine Stimme ist weich und sein Blick fern. Ich streiche mit dem Finger über seinen angespannten Kiefer. Er küsst meine Finger und hält sie vor seinem Mund fest. Dieser Moment fühlt sich viel intimer an als das, was wir eben gemacht haben, und ein nervöses Kribbeln beginnt sich in meinem Bauch zu Wort zu melden.

„Ich wünschte, ich könnte eine von diesen Schachteln mal sehen – ich liebe so was", sage ich; hauptsächlich um den Moment zu beenden, der sich sehr schnell zu etwas zu entwickeln scheint, wofür ich noch nicht bereit bin. „Meine Mutter hat auch immer Sachen selbst gebaut – mehr so Praktisches wie Regale für Lebensmittel oder für Bücher – aber die waren immer total schön. Das eine Mal, als ich versucht habe, einen Tisch zu bauen, sah das mehr aus wie ein Rehkitz. Sie hat sich totgelacht."

Dan schnaubt. „Wie kann ein Tisch denn wie ein Rehkitz aussehen?"

„Na, du weißt schon, dürre Beinchen und klapprig? Wie Bambi."

„Du siehst die Dinge anders, weißt du das eigentlich? Ich glaube, deswegen warst du auch Künstlerin – bist du Künstlerin."

„Ich war eine. Ich hab aufgehört, nachdem meine Eltern gestorben sind. Ich hab erst letzten Sommer wieder angefangen."

„Und was hast du so gemalt?"

„Alles, was mich inspiriert hat. Manchmal eine Landschaft oder die Kinder, mit denen ich in Brooklyn gearbeitet hab oder irgendetwas Schönes oder etwas, das so hässlich war, dass ich seine Schönheit einfach hervorholen musste. Und die Kids und ich haben in der Nachbarschaft Wandmalereien gemacht."

„Vielleicht solltest du hier auch so was machen. Im Restaurant oder so."

„Das hab ich auch schon gedacht. Ich hab auch schon einen Plan: Einhörner und Regenbögen, Berge im Hintergrund …" Sein Lächeln wird ein wenig steif, und ich muss mich schütteln vor Lachen. „Das ist ein Witz! Ich meine, welches Mädchen liebt Einhörner nicht, aber ernsthaft?"

„Ich dachte, du meinst das ernst, du Knallkopf", sagt er und wischt sich melodramatisch den unsichtbaren Schweiß von der Stirn.

„Du hättest es spätestens geahnt, wenn ich dir von der Schlacht zwischen Robotern und Aliens im Hintergrund erzählt hätte."

„Sicherlich, aber andererseits: Bei dir weiß man nie." Jetzt muss er lachen, als ich ihm einen Knuff gegen die Brust verpasse. „Also warst du richtig gut?"

„Auf ein paar Sachen war ich richtig stolz, aber andere hab ich gehasst. Aber ich glaub, die Leute mochten meine Sachen."

„Also, die wollten deine Bilder kaufen?"

„Ja …"

Dan lässt seine Hand über meine Seite gleiten. „Vielleicht malst du mir ja irgendwann mal was. Die Ecke vom Zelt da ist ein bisschen karg."

„Und du könntest mir eine von deinen Schachteln bauen, damit ich was hab, worin ich meine ganzen Schätze aufbewahren kann. Wir könnten einen Tauschhandel machen."

Ich denke schon jetzt darüber nach, was ich für ihn malen könnte. Nicht, was ich malen will: Das wäre der Krankenwagen, der mit Blaulicht und Sirene durch die Nacht fährt und die Drahtseile einer Hängebrücke erleuchtet. Grobe Pinselstriche, verschwommen und dunkel und knallig-hell zugleich. Ich glaube, so könnte ich die Angst abbilden, den hastigen Aufbruch, das Adrenalin, das ihn durchströmt haben muss, als er Boston mit Höchstgeschwindigkeit verließ und jeden zurücklassen musste, den er liebte. Das werde ich ihm nicht malen, aber vielleicht male ich es eines Tages für mich. Zukünftige Generationen – wenn es denn zukünftige Generationen geben wird – werden wissen wollen, wie es war. Was passiert ist. Sie werden es sehen wollen, ebenso wie wir immer wissen wollen, was vor uns war.

„Abgemacht", sagt er. „Okay, erzähl mir noch etwas über dich, was ich noch nicht weiß."

„Ich wette, du weißt sowieso schon alles." Ich muss an Shelbys Kommentar denken. „Jeder hier weiß alles über jeden."

Ich drehe mich auf den Rücken und starre das Fliegennetz unterm Zeltdach an. Dan schaltet die Laterne aus und legt sich neben mich.

„Ich hab das Dachteil abgenommen, damit wir die Sterne sehen können. Die Perseiden, das ist ein Meteorschauer, sind jedes Jahr Mitte Juli sichtbar. Noch ist er nicht an seinem Höhepunkt, aber wenn du lange genug hinschaust, dann siehst du sie."

Ich starre in die Sterne, bis eine winzige weiße Sternschnuppe über den Himmel fährt. Und dann noch eine.

„Wünsch dir was", sagt er, aber ich antworte nicht. Seine Hand sucht meine und drückt sanft zu. „Was ist denn los?"

„Nichts." Ich will, dass das hier zwischen uns unkompliziert und geheim bleibt, aber das ist es nicht mehr. Nichts ist das je. Vor allem hier. Ich hab nicht mal Penny von uns erzählt. Wir haben uns zwar ausgesprochen, aber ihre Reaktion fürchte ich trotzdem.

Die Matratze hüpft, als er sich wieder zu mir dreht, aber ich starre weiter in den Himmel. Zwei weitere Sternschnuppen schießen vorbei. „Und was ist mit uns?", fragt er. „Und was wir hier machen."

„Wir haben Spaß. Oder?"

„Na ja, ich meine, wie fühlt es sich für dich an?"

Ich wende meinen Blick von den Sternen ab, aber ich sehe nur seinen Umriss. „Ich weiß nicht. Ich glaube … ich fühl mich wohl mit dir?"

Ich warte darauf, dass er noch tiefer vorzudringen versucht, und hoffe inständig, dass er es nicht tut. Er schaltet die Laterne wieder ein und zuckt mit den Schultern. „Ich fühl mich auch wohl mit dir. Ist das okay für dich?"

„Das ist alles, was ich will", sage ich. „Ehrlich."

Ich weiß nicht, wie Dan mit den anderen Frauen gewesen ist, mit denen er zusammen war. Ich kann ihn kaum fragen, aber ich gehe davon aus, dass er zu allen genauso lieb gewesen ist wie zu mir. Sonst würden sie ihn ja allesamt hassen, und keine tut es. Ich will aber auch keine Missverständnisse aufkommen lassen. Er lehnt sich vor und küsst mich langsam. Mein Körper reagiert, aber mein Herz bleibt still.

KAPITEL 59

Die fünfzig Lexer, die letzte Nacht im Graben gelandet sind, müssen ins Jenseits befördert werden, und es ist das reinste Kinderspiel. Trotzdem stehe ich drei Meter von der Kante entfernt. Ich gehe keine Risiken ein – man braucht nur einmal zu stolpern und schon ist man Abendessen. Der Graben ist anderthalb Meter tief; das ist tief genug, dass sie nicht entkommen können, aber ihre Köpfe und Hände sind immer noch über der Erde. Man müsste bis auf eine Armlänge an sie herantreten, um ihnen nahe genug zu kommen, um ihnen mit etwas Kurzem, wie einem Pflock, etwas anhaben zu können, und genau aus diesem Grund habe ich meine treue Armbrust.

Ein langer Pflock wäre auch okay, aber Knochen zu durchstoßen ist keine leichte Aufgabe, egal, wie viele Muckis man hat. Und wenn man steckenbleibt, kann es enorm schwierig sein, den Pflock wieder herauszuziehen. Das hier ist so viel einfacher, und die Bolzen hole ich mir nachher einfach wieder, wenn wir fertig sind. Ich würde sogar fast sagen, dass es Spaß macht, wenn man nicht zu viel drüber nachdenkt. Das Ganze hat sich zu einem spontanen Training im Zielen üben entwickelt. Ich spanne die Armbrust, löse die Sicherung und visiere die Augenhöhle eines Lexers mit langen rötlichen Haaren an. Ich wette, ihre Augen waren früher mal grün, aber jetzt sind sie gelblich-grau und schwarz unterlaufen. Ihre Arme sind ausgestreckt und die schmutzigen Finger ziehen winzig kleine Furchen durch die Erde oberhalb des Grabens. Der Bolzen schwirrt davon und trifft sein Ziel. Mitten ins Auge.

„Nicht schlecht", findet Ana.

„Danke" antworte ich. Ich reiche Peter die Armbrust. „Probier mal. Die sind super. Wir hatten sie am Steinbr… an dem Tag, dessen Name nicht genannt werden darf, dabei."

Peter lacht und versetzt Ana mit der flachen Hand einen Klaps auf den Hintern. Sie gibt ihm einen Knuff gegen den Oberarm. „Es ist schon okay. Wir können drüber reden. Sie wird's nicht noch mal machen. Oder?"

„Ich hab's versprochen", sagt Ana. „Es sei denn, es lässt sich wirklich gar nicht vermeiden."

„Und auch dann nur mit meiner ausdrücklichen Erlaubnis", fügt Peter hinzu. Ana schnalzt mit der Zunge und starrt ihn vielsagend an. „Das war ein Witz."

„Schießt du jetzt endlich, oder was?", fragt in dem Moment eine bekannte Stimme.

Ich wirbele herum. Da steht Nelly, mit verschränkten Armen und schiefem Grinsen. Ich schreie vor Freude auf und renne auf ihn zu. „Was machst du denn hier?"

Zur Abwechslung sagt Nelly mal nichts Ironisches. Er hebt mich hoch und wirbelt mich durch die Luft. „Ich hab dich vermisst, Zwerg."

Mein Aufschrei hat unsere Haus-Zombies völlig in Rage versetzt. Es ist unmöglich, über das laute Stöhnen hinweg seine eigenen Gedanken zu hören, geschweige denn eine Unterhaltung zu führen. Ana und Peter leeren ihre Bolzenmagazine in die Menge und umarmen Nelly, sobald sie fertig sind, aber so überrascht wie ich scheinen sie nicht zu sein. Wir gehen gemeinsam zurück zum Seiteneingang des Tors und schließen es hinter uns zu. Der neu gebildete Aufräumtrupp wird die toten Lexer abtransportieren und die Bolzen reinigen. Auf meine erste Schicht freue ich mich ganz und gar nicht.

„Warum hat mir keiner gesagt, dass du kommst?", frage ich.

„Weil ich dich überraschen wollte", antwortet Nelly. „Wir brauchen Treibstoff in Whitefield, und als wir gehört haben, dass ihr auf Patrouille geht, haben wir gedacht, wir kommen einfach mit. Wir haben den Laster mit dem Tank mitgebracht, damit wir auch eure Reserven auffüllen können, bevor wir losfahren."

Ich hüpfe aufgeregt auf der Stelle. Peter und Ana sehen genauso erfreut aus wie ich. Endlich sind wir alle wieder zusammen, genau, wie es sein soll.

„Du schläfst doch bei uns in der Hütte, oder?", frage ich. „Wir können uns in mein Bett quetschen. Oder Bits schläft bei mir oder bei Ana und Peter."

„Ach so, ich dachte eigentlich, ich habe dein Bett ganz für mich. Man munkelt, du schläfst heutzutage gerne mal woanders", sagt Nelly mit einem schelmischen Grinsen. „Und dabei dachte ich doch die ganze Zeit, du bist immun gegen seinen Charme."

Ich verdecke mein Gesicht mit beiden Händen. Ich weiß genau, wie diebisch er sich auf ebendieses Gespräch gefreut hat. Wahrscheinlich hat er die ganze letzte Stunde damit verbracht, sich zu überlegen, wie gewieft er das Thema eröffnen kann. „Oh bitte", flehe ich. „Bitte tu mir das nicht an. Ich kann es nicht ertragen."

„Diese Gelegenheit kann ich mir doch nicht entgehen lassen, Cass", sagt er bedauernd. „Ich wünschte, ich kö…"

„Ich hab dir das Leben gerettet! Du schuldest mir was. Und das hier ist das Einzige, was ich im Gegenzug von dir will."

Er blickt nachdenklich in den Himmel und schüttelt dann langsam den Kopf. „Hm, nein. Lieber sterbe ich, als dich nicht damit zu ärgern."

„Du bist wirklich unglaublich!"

Er legt mir den Arm um die Schulter und führt mich zur Hütte. „So, und jetzt kommst du schön mit und erzählst mir alles bis ins kleinste Detail. Eins kann ich mir aber auch so denken: wie weit ihr schon gegangen seid …" Ich versetze ihm einen Tritt. Hart. Aber er lacht nur. „Aber ich will trotzdem alles wissen."

Ich blicke mich hilfesuchend zu Peter und Ana um. Ana schaut auf die Uhr und sagt: „Ups, ich bin zu spät. Muss in den Garten."

Sie wirft Nelly ein strahlendes, aber auch boshaftes Grinsen zu. „Erzähl mir alles. Nachher. Sie spricht mit niemandem drüber."

Peter will sich schon verdrücken, aber ich kriege gerade noch seinen Arm zu fassen. „Du hast nichts zu tun. Das weiß ich. Und du lässt mich bestimmt nicht mit ihm alleine."

Peter gibt auf. „Na gut, aber ich reserviere mir das Recht, mir die Ohren zuzuhalten."

„Das brauchst du gar nicht", sage ich und strecke Nelly die Zunge heraus.

***

Nelly hat mich gründlichst ausgefragt, obwohl ich immer wieder versucht habe, ihn mit Neckereien über Adam vom Thema abzubringen, aber ich habe nur gesagt, dass ich in Dans Zelt schlafe. Sonst nichts. Nelly sitzt neben mir auf dem kleinen Zweiersofa, massiert meine Füße, die auf seinem Schoß liegen und kräuselt die Oberlippe.

„Das ist alles?", fragt er. „Mehr krieg ich nicht?"

„Es ist nichts, ich schwöre. Wir hängen einfach nur ab. Das Ganze dauert jetzt schon ein paar Wochen, also ist es eh bald vorbei. Es ist fast vorbei. Natürlich hatte ich gehofft, dass das passieren würde, bevor der Rest der Welt davon erfährt."

„Also willst du nicht mit ihm gehen? Um mich auf dein sprachliches Niveau herabzulassen?"

Ich schüttele den Kopf. „Er hat mich gefragt, wie es mir geht mit uns, so gefühlsmäßig, und ich hab ihm gesagt, dass wir Freunde sind und dass alles cool ist zwischen uns. Und das war's."

Peter hat die ganze Zeit auf einem der Esszimmerstühle gesessen und den Kopf gegen die Wand gelehnt. Aber jetzt setzt er sich auf und wechselt einen schnellen Blick mit Nelly. „Zwerg", sagt Nelly. „Dan hat dich gefragt, wie du fühlst?"

Ich verdrehe die Augen, aber ich muss daran denken, wie anders Dan gestern Nacht gewesen ist, und trinke einen Schluck Wasser, weil mein Mund sich plötzlich ganz trocken anfühlt. „Ach, jetzt hör aber auf. Du machst das zu einem viel größeren Ding, als es ist."

Nelly scheint nicht überzeugt. Ich wende mich an Peter. „Hast du ihm etwa diesen Floh ins Ohr gesetzt? Dan mag jede. Das wisst ihr beide sehr wohl."

„Ich habe kein Wort gesagt", erwidert Peter. „Keine Silbe."

„Du musst …", beginnt Nelly. Aber dann lässt er das Thema fallen und streckt die Arme aus, als Bits zur Tür hereinspringt, dicht gefolgt von Penny. „Da ist ja mein allerliebstes Lieblingskind auf der ganzen weiten Welt!"

„Nelly!" Bits wirft sich ihm in die Arme und bedeckt ihn mit Küssen.

„Weißt du eigentlich, dass es kein Kind in Whitefield gibt, das so klug ist wie du?", fragt Nelly. Er hält sich eine Hand vor den Mund und flüstert ihr zu: „Die sind tatsächlich alle ganz schön dämlich."

„Stimmt ja gar nicht", sagt Bits, aber sie kichert. „Willst du meinen Comic sehen? Ich bin eine Zombiejägerin. Komm mit!"

Sie zieht ihn an der Hand in unser Zimmer. Penny gibt ihm einen dicken Kuss auf die Wange und lässt sich neben mich sinken. Sie massiert mit beiden Händen ihren Bauch.

„Und, wann wolltest du es mir sagen?", fragt sie. Ich werfe den Kopf in den Nacken und stöhne. „Dieses eine Mal vergebe ich dir. Aber glaub ja nicht, dass du jemals wieder so leicht davonkommst, wenn du mir so eine Sache vorenthältst."

„Das ist doch albern. Ich schlaf einfach in Peters und Anas Bett. Du massierst mir doch die Stirn, bis ich eingeschlafen bin, oder?" Peter gluckst. „Was? Denkst du etwa, ich mach Witze? Bist du sauer?", frage ich Penny. Endlich habe ich meine beste Freundin zurück, und ich will sie nicht direkt schon wieder verlieren.

„Weswegen?"

„Na, weil ich dir nichts von Dan erzählt habe. Wegen allem. Ich weiß auch nicht, such dir was aus."

„Ach was, ich bin nicht wütend. Und mach nicht Schluss, wenn du es nicht wirklich willst." Sie hält mir einen mahnenden Zeigefinger vor die Nase. „Aber egal, was du machst, du musst es mir erzählen."

„Mach ich." Ich lege den Kopf auf ihre Schulter und meine Hand auf ihren runden Bauch. „Wie geht's der kleinen Cass?"

Sie schnaubt. „Cass?"

„Einen Versuch war's wert."

„Wenn es ein Mädchen wird, haben wir überlegt, sie Maria zu nennen."

„Das ist perfekt. Und deine Mutter würde sich so freuen."

Penny schnieft leise. „Ich weiß."

KAPITEL 60

„Ich hab dich letzte Nacht vermisst", sagt Dan. Seine Worte sind ernst, aber er schmunzelt. Er wirft seinen Rucksack auf die Ladefläche eines Pick-ups.

„Nelly ist hier", erwidere ich.

Das Schmunzeln verschwindet. „Ah. Verstehe."

„Nein, so meine ich das gar nicht. Er schläft in meiner Hütte und ich will einfach Zeit mit ihm verbringen."

Ich schulde ihm keine Erklärung, aber ich will ihn auch nicht vor den Kopf stoßen. „Er weiß von …" Ich mache eine fahrige Handbewegung von ihm zu mir und zurück. „Deswegen ist es also nicht."

Als Dans Hand an meinem nackten Arm emporgleitet, laufen mir wohlige Schauer über den Rücken. „Ich hab deine eiskalten Füße vermisst."

„Tja, wer weiß, vielleicht findest du sie ja schon sehr bald wieder unter deiner Decke."

„Okay, Knallkopf. Ich kann es kaum erwarten." Als er seine Hand auf meine Wange legt und mich anblickt, ohne zu blinzeln, wird mir plötzlich sehr warm. War es eben auch schon so heiß hier?

„Ist das jetzt mein neuer Spitzname, oder was?", frage ich.

„Ja, warum nicht. Er passt zu dir. Im allerpositivsten Sinne natürlich."

„Ich weiß nicht, ob das ein Kompliment ist oder nicht, aber gut."

„Das ist es. Zumindest, wenn ich dich so nenne."

Ich gehe an dem kleinen Tanklaster vorbei. Im Tank sind Platz für etwa viereinhalbtausend Liter, und wenn wir wirklich so viel finden, sind wir erst mal versorgt. Nelly steht neben unserem Pick-up und schüttelt den Kopf. „Fast vorbei sieht aber anders aus."

„Ach, halt die Klappe", sage ich.

***

Mit dem Laster, dem Anhänger mit den Ölfässern und zwei Pick-ups mit Tanks auf den Ladeflächen, in denen jeweils knapp fünfhundert Liter Treibstoff Platz finden, bilden wir eine beeindruckende Karawane, während wir uns langsam auf die Vorstädte von Burlington zubewegen. Wir haben keine Ahnung, was uns erwartet. Burlington hatte bei Ausbruch des Virus eine Einwohnerzahl von vierzigtausend plus Studenten. Sogar nach dem kalten Winter sind das noch immer eine ziemliche Menge Zombies.

Ich bereue inzwischen, mich in denselben Pick-up gesetzt zu haben wie Nelly, der zu Anas und Peters großer Belustigung seit unserer Abfahrt nicht eine Minute lang von mir abgelassen hat. John und Zeke fahren den Laster. Dan, Caleb und Toby fahren den Pick-up mit dem Anhänger, und Kyle, Tony und Margaret bilden mit dem letzten Pick-up das Schlusslicht.

„Ich hab es doch selbst gesehen!" Nelly schlägt mit der flachen Hand aufs Lenkrad, um seine Worte zu unterstreichen. „Der hat dich nicht angeguckt, wie jemand, der ‚cool' ist und ‚nur Freunde' sein will. Und du warst auch nicht viel besser."

Hitze steigt mir in die Wangen. „Was willst du eigentlich von mir?"

„Ich will, dass du zugibst, dass du ihn magst!"

Ich schaue aus dem Fenster auf die Straße. „Ich mag ihn, aber nicht so. Wirklich nicht."

Das ist nicht die ganze Wahrheit. Ich mag Dan wirklich – er bringt mich zum Lachen, ist klug und ein echt guter Kerl – und das ist alles, was ich dieser kleinen Eskapade abgewinnen kann. Ich habe bestimmt nicht vor, mich in ihn zu verlieben. Oder in irgendwen. Dan hat gesagt, dass es ihm genauso geht, aber wenn Nelly und Peter recht haben, muss ich die Reißleine ziehen, bevor es wehtut. Ich hoffe inständig, dass sie sich irren, denn ich bin noch nicht bereit, zu beenden, was wir haben. Ich will aber auch nicht, dass es zu mehr wird. Ich bin zufrieden mit dem Status quo.

„Na, und was war das dann für ein Gesicht, das du gemacht hast, als er dich angesehen hat? Leute, ihr hättet sie sehen sollen. Sie war so …" Er dreht sich halb um, reißt die Augen auf und klimpert mit den Wimpern. Ana kichert. „Was war das dann bitte?"

Wäre es möglich, Nelly aus dem fahrenden Auto zu werfen, ohne ihm dabei ernsthaft Schaden zuzufügen, würde ich es sofort tun. „Es ist … Er …"

Ana kreischt auf. „Ich wusste es! Er ist gut im Bett!"

Das mag stimmen, aber das ist es nicht, was ich sagen wollte. Ich weiß nicht mal selbst, was ich sagen wollte, aber das war es bestimmt nicht – nicht zuletzt, weil ich das vor Nelly und Peter nie aussprechen würde. Sie spielt mit einem meiner Dutts und lehnt sich blitzschnell zurück, bevor mich mein Gurt daran hindert, ihr eine Ohrfeige zu verpassen. Ich schnalle mich immer an beim Fahren. Schließlich ist es ja nicht so, als ob wir mal eben schnell ins nächste Krankenhaus fahren könnten, falls wir einen Unfall bauen.

Nelly lacht Tränen. Peter hält sich grinsend die Ohren zu. Vielleicht sollte ich mich einfach selbst aus dem fahrenden Auto werfen.

„Aber sag mal im Ernst: Wer ist besser – Dan oder Peter?", fragt Ana. „Das ist meine einzige Chance, es jemals zu erfahren."

„Ana!", schreien Peter und ich gleichzeitig.

Ich bin knallrot vor Scham, und aus dem Augenwinkel sehe ich, wie auch Peter sein Gesicht in beiden Händen versteckt. Sie und Nelly schlagen lachend ein, woraufhin der Wagen leicht nach links ausschert. Nelly hat ihn aber schnell wieder unter Kontrolle. Genau deswegen sind Sicherheitsgurte wichtig. Vor allem, wenn man nur Freunde hat, die Arschlöcher sind.

„Alles okay da hinten?", fragt Zeke über Funk.

„Ja, alles gut", japst Nelly. „Besser als gut." Er kann kaum sprechen vor Lachen. „Wir führen nur gerade ein unglaublich lehrreiches Gespräch. Wusstest du, dass …"

Ich reiße ihm das Funkgerät aus der Hand und drücke auf den Knopf. „Alles okay. Nelly benimmt sich bloß wie ein Vollidiot."

„Na, Hauptsache, ihr fahrt vorsichtig", erwidert Zeke.

Ich lege das Funkgerät auf den freien Sitz zwischen uns und drehe mich nach hinten um. Anas Zähne strahlen schneeweiß in ihrem sonnengebräunten Gesicht. Sie lacht noch immer und wischt sich dabei die Tränen weg. Peter sieht so aus, als wäre er lieber überall sonst, nur nicht hier. Dem kann ich mich nur anschließen.

„Dieses Gespräch ist vorbei", sage ich. „Für immer."

Nelly und Ana verstummen. Nur hin und wieder höre ich ein leises Kichern. Ich denke nie daran, wie es war, mit Peter zu schlafen, und ich wette, ihm geht es genauso. Ich will nicht, dass unsere Freundschaft darunter leidet, und ich könnte Ana umbringen für so einen gedankenlosen Kommentar. Nelly legt eine Hand auf meinen Oberschenkel und runzelt die Stirn, als ich von ihm wegrutsche.

Die zweispurige Straße wird breiter und mündet schließlich in einer Kleinstadt. Abgesehen von ein paar verlassenen Wagen, von denen einige kopfüber liegen, sieht alles relativ unberührt aus. Gegenüber von Tankstelle und Werkstatt liegt ein Geschäft für landwirtschaftliche Ausrüstung, und ein paar Hundert Meter weiter steht eine kleine Kirche, deren Tür schief in den Angeln hängt. Die Stufen, die zu den kleinen Häusern am Straßenrand hinaufführen, sind fast vollständig von Unkraut überwuchert.

Die Wagen vor uns halten an, und Nelly fährt rechts ran. John steigt aus dem Laster und stützt sich mit einem Arm auf Nellys offenem Fenster ab. „Wir schauen erst mal hier nach", sagt er. „Vielleicht müssen wir nicht mal bis nach Burlington rein, wenn wir Glück haben."

Wir gehen auf die Benzinpumpen zu. Für so einen kleinen Ort ist die Tankstelle ziemlich groß. Zeke kämpft mit dem Schloss der unterirdischen Tanks. Wir sind so viele, die Wache halten können, dass ich mir einen kleinen Ausflug in den Minimarkt erlaube, um zu schauen, ob da noch was zu holen ist. Viel ist es nicht, aber ich finde etwas, das Dan gefallen würde. Ich stopfe es mir in die Jackentasche und ziehe ein paar Tüten hinter dem Verkaufstresen hervor. Ich bin gerade dabei, Hygieneartikel einzupacken, als ich Peters Räuspern hinter mir höre.

„Tut mir leid wegen Ana“, sagt er und wirft mir einen schnellen Blick zu. Seine Haare sind lang geworden, und er schiebt sich die Strähnen, die ihm über das eine Auge gefallen sind, zur Seite.

„Du bist nicht für deine Freundin verantwortlich“, erwidere ich. „Dafür müsstest du sowieso eine Löwenzähmerlizenz haben.“

Sein Mundwinkel zuckt, als ich eine unsichtbare Peitsche schwinge. Und das war's. Alles ist wieder beim Alten zwischen uns. Er schaut in die Tüten, die ich bereits gepackt habe, und dann fällt sein Blick auf die Schachtel Kondome, die ich in der Hand halte.

„Können wir bitte nicht darüber reden, was du da gerade einpackst?“, witzelt er. Ich stoße ihn mit der Hüfte zur Seite. „Ich freu mich für dich. Es ist schön zu sehen, dass du wieder glücklich bist. Oder zumindest glücklicher.“

„Ich bin glücklicher, und ich fühl mich furchtbar deswegen.“ Ich schaue aus dem Schaufenster auf die Straße, wo die anderen gerade Schläuche durch eine Öffnung in der Erde schieben. „Ich kann immer noch nicht glauben, dass er nicht mehr da ist. Manchmal, wenn ich aufwache, denke ich kurz, dass alles wie immer ist. Und dann fällt es mir wieder ein und ich muss alles noch mal durchleben. Aber wenn ich mit Dan zusammen bin, passiert das nicht.“

Peter nimmt mir die Tüte aus der Hand, stellt sie auf dem Boden ab und zieht mich an sich. Meine Wange wird auf den kühlen Reißverschluss seiner Jacke gepresst. Ich atme seinen Duft ein und erinnere mich an ihn, an uns. Aber das ist okay; das war ein anderes Leben. Wie ein Film, den ich mal gesehen habe.

„Und deswegen kann ich es nicht einfach beenden“, sage ich.

„Das musst du auch nicht. Du verdienst es, glücklich zu sein.“

Ich nicke und hebe die Tüte wieder vom Boden auf. Er greift nach einer leeren Tüte und füllt sie mit den übrigen Flaschen Mundspülung und Schachteln mit rezeptfreien Schmerzmitteln. „Aber wenn du mich mal brauchst, massier ich dir immer gern die Stirn.“

Ich lache. „Danke, Petey. Ich weiß, dein Hauptfach war irgendwas mit Business, aber du mauserst dich gerade echt zu einem erstklassigen Therapeuten. Wann ist unser nächster Termin?"

„Moment, ich schau mal in meinen Kale…"

Ana klopft ans Fenster, um uns zu verstehen zu geben, dass sie draußen fertig sind. Wir nehmen unsere Tüten und treffen sie vor dem Geschäft.

KAPITEL 61

Viel war nicht in den unterirdischen Tanks, und aufgrund der Färbung und des Geruchs hat John den Verdacht, dass der Treibstoff unbrauchbar ist. Wir fahren weiter nach Winooski, wo die Straße vierspurig wird. Zuerst fühlt es sich fast so an, als würden wir auf einer kleinen Stadtautobahn fahren; durch die Bäume sieht man schon die ersten Häuser und bevor man in die Stadt hineinfährt, sausen links und rechts die üblichen Verdächtigen vorbei: Pizza Hut, Dunkin' Donuts und eine Reihe großer alter Gebäude und Büros mit Parks davor. Vor dem überdachten Eingang eines der Bürogebäude drückt sich eine kleine Gruppe herum, die so aussieht, als mache sie gerade eine Zombie-Raucherpause.

Hier und da sehen wir mal einen oder zwei auf der Straße, aber es sind nie so viele, als dass wir uns ernsthafte Sorgen zu machen bräuchten. Ein paar von ihnen bekommen wir locker in den Griff, auch ein Dutzend oder sogar zwanzig, aber wenn es mehr werden, ist das Risiko zu groß. Und das ist es uns nicht wert. Wir fahren durch eine Unterführung und stoßen auf der anderen Seite auf gleich zwei Tankstellen, die direkt nebeneinanderliegen. John und Kyle fahren auf den Parkplatz der ersten, während wir auf die unterirdischen Tanks der zweiten zuhalten. Caleb und ich stehen hinter den Pick-ups und suchen die Umgebung nach plötzlichen Bewegungen ab, aber der Kiosk in der Mitte versperrt mir die Sicht.

„Ich gehe raus auf die Straße", sage ich. „Ich sehe überhaupt nichts."

Ana folgt mir, während Toby und Caleb den Bereich hinter den Tankstellen bewachen. Ich bin komplett in Leder gekleidet und schwitze wie verrückt. Ich nehme einen großen Schluck aus meiner Wasserflasche und schirme mit der Hand meine Augen ab; sogar mit Sonnenbrille blendet die Sonne.

Ana schaut nach links und rechts und lässt die Umgebung auf sich wirken. „Sieht doch nicht schlecht aus hier.“

„Hm-hm“, erwidere ich.

„Entschuldige.“ Sie nimmt die Sonnenbrille ab und blinzelt mich an. „Ich fand es halt lustig, aber du ganz offensichtlich nicht.“

„Ist schon gut“, sage ich und schaue in die andere Richtung die Straße hinab.

„Cass, bitte sei nicht wütend auf mich. Okay?“

„Warum? Seit wann kümmert es dich, wenn jemand wütend auf dich ist?“

„Es kümmert mich sehr wohl, wenn du es bist. Kann sein, dass du Pennys beste Freundin bist, aber vergiss nicht, dass du auch meine bist. Komm schon?“

Sie hat mit der Zeit gelernt, dass sie mit Betteln früher oder später immer ihren Willen kriegt, und so hat sie das Betteln zu einer Kunstform kultiviert – aber ich kenne sie gut genug, um zu hören, wenn sie aufrichtig ist, und ich höre ihrer Stimme an, wie leid es ihr tut. Trotzdem lasse ich sie noch einen Augenblick zappeln, ehe ich mich zu ihr umdrehe. „Ich bin gar nicht mehr wütend. Es ist nur so, dass ich so glücklich darüber bin, dass es mit dir und Peter geklappt hat, und ich will nicht, dass es komisch wird zwischen uns.“

Sie zuckt mit den Schultern. „Na, für mich ist es gar nicht komisch.“

„Das liegt daran, dass du nicht normalsterblich bist wie wir anderen. Normalerweise ist es für mich auch nicht komisch, und ich will, dass es so bleibt. Aber wenn du das Thema so in den Raum wirfst, dann ist das mehr als komisch. Okay?“ Ana sieht aus wie jemand, der seine Lektion gelernt hat, also lege ich ihr tröstend einen Arm um die Schulter. „Du weißt doch, dass du zu meinen besten Freunden gehörst. Es wäre wirklich zu schade, wenn ich dich umbringen müsste.“

Ana gibt mir einen schnellen Kuss auf die Wange, ehe wir uns trennen, um jeweils eine Seite der Straße zu überwachen. Viel gibt es nicht zu tun. Auf der Straße steht höchstens mal ein verlassenes Auto, aber die angrenzenden Straßen sind leere Wohngegenden. Das

Dröhnen der Pumpe des Lasters übertönt jedes andere Geräusch, und so müssen wir uns nur auf unsere Sicht verlassen. Die einzige andere Bewegung kommt von Kyle, der vor der anderen Tankstelle steht. Er hebt das Kinn und stiefelt auf uns zu.

„Wie läuft's?", fragt er. „Die Tanks da drüben sind fast voll. John sagt, die Farbe sieht gut aus. Es wird zehn Minuten dauern, den Laster vollzumachen."

„Gut", sage ich. „Wäre schön, wenn wir danach nach Hause könnten."

Kyle nickt und steht in Habachtstellung mit dem Gewehr über der Schulter vor uns. Er trägt eine dunkle Sonnenbrille und seine übliche todernste Miene. Eines Tages werde ich ihn zum Lachen bringen, und wenn es das Letzte ist, was ich tue. Mein Blick gleitet hinüber zu Peter, Dan und Nelly, die die Schläuche in die rechteckigen Tanks auf den Ladeflächen der Pick-ups halten. Die Ölfässer sind bereits voll, und auch für die Tanks werden wir nicht mehr lange brauchen. Caleb und Toby stehen wie Seiltänzer auf der Leitplanke, die die Tankstelle von den dahinter liegenden, von Ranken umschlungenen Bäumen trennt. Caleb hält sich zwei Finger an die Nase und macht eine Tanzbewegung, die wohl eine Arabesque darstellen soll.

Ich stupse Ana mit dem Ellenbogen an. „Guck mal, die Volltrottel da drüben."

Kyle schnaubt und Ana lacht, aber wenn Dan oder Peter die beiden erwischen, kommen sie nie wieder mit auf Patrouille. Caleb ist sowieso auf keiner gewesen, seit Marcus gestorben ist. Ich mag nicht das beste Beispiel für gesunden Menschenverstand sein, aber immerhin habe ich meinen Selbsterhaltungstrieb wiedergefunden, wohingegen Caleb seinen wohl noch sucht.

„Kann ich euch kurz alleine lassen?", frage ich. „Ich geh hin und sag ihnen, sie sollen damit aufhören."

Toby schlingt einen Arm um einen dürren Baum. Zuerst sieht es so aus, als hätte er einfach nur das Gleichgewicht verloren, aber dann sehe ich die Hände, die sich in seinen Dreadlocks verfangen haben, und dann stürzt er mit weit aufgerissenem Mund und einem Schrei, den keiner hört, hintenüber. Zwischen den Bäumen werden jetzt undeutliche Gestalten sichtbar. Caleb versucht noch, von der Planke zu springen, aber einer zieht ihm die Füße weg. Er schlägt mit dem Gesicht auf die Leitplanke auf, ehe er ins Gebüsch gezerrt wird.

Ana und ich rennen los. Unser Rufen wird vom Motor der Pumpe übertönt. Endlich blickt Nelly auf, als wir nur noch etwa sechs Meter entfernt sind, und sein Blick folgt unseren Fingern, die auf die Stelle zeigen, wo vor einem Moment noch Caleb und Toby waren. An ihrer Stelle sind dort jetzt ein Dutzend Lexer. Einer nach dem anderen gelangen sie irgendwie über die Leitplanke. Fallen erst hin und rappeln sich dann wieder auf, bevor sie langsam auf uns zu stolpern. Es sind noch viel mehr, als ich dachte. Zu viele. Ein weiteres Dutzend stolpert gleichzeitig über die Leitplanke, und schon sind acht von ihnen auf den Beinen, und hinter ihnen werden es immer mehr.

Der Pick-up kommt mit quietschenden Reifen neben uns zum Stehen, und Peter lehnt sich über den Beifahrersitz, um die Tür zu öffnen. Ana und ich quetschen uns auf den Vordersitz und sehen, wie die Lexer die Verfolgung aufnehmen. Ein paar von ihnen haben frisches rotes Blut im Gesicht. Tobys und Calebs Blut.

„Wo ist John?", ruft Ana.

„Sie sind okay", sagt Peter.

Er fährt vom Parkplatz und bleibt vor der anderen Tankstelle stehen. Ich sehe Nelly und Dan in dem anderen Pick-up. Und als ich John und die anderen mit den Lastern auf uns zukommen sehe, atme ich erleichtert auf. Wir fahren ein ganzes Stück die Straße hinab, ehe wir neben dem Laster stehen bleiben.

Zeke fragt: „Was ist passiert? Sind alle in Sicherheit?"

Peter sieht zu uns herüber. Wir hatten keine Zeit, um zu erklären, was passiert ist, aber er weiß, dass nicht alle in Sicherheit sind.

Ich öffne die Tür und stelle mich aufs Trittbrett. „Caleb und Toby …" Meine Stimme bricht, als ich ihre Namen ausspreche. „Sie haben nicht aufgepasst. Sie wurden überwältigt."

Zeke lässt den Kopf hängen, und auch auf den Gesichtern der anderen macht sich bestürzte Ungläubigkeit breit. John lehnt sich vor, sodass ich ihn sehen kann. „Könnte es sein, dass sie …"

Ich schüttele den Kopf. Keine Chance. Das haben die niemals überlebt. Dummer, dummer Caleb. Er war gerade mal zwanzig, und viel älter war Toby auch nicht. Wenn sie jetzt hier wären, würde ich ihnen erst eine knallen und sie dann in die Arme schließen. Ich blicke die Straße hinunter. Die kleine Herde hat es auf den Fußweg geschafft und bewegt sich langsam auf uns zu.

„Wir können hier nichts mehr tun", sagt Zeke. „Wir fahren."

Seine Worte klingen hart, aber sein Gesicht sieht abgekämpft aus und er lässt die Schultern hängen, als er sie ausspricht. Und das tun wir also: Wir lassen Menschen zurück.

KAPITEL 62

Es gibt keine Leichen zu bestatten, und keiner von den beiden hatte Familie, also wurden ihre persönlichen Besitztümer entweder an die engsten Freunde verteilt oder sind wieder in den Gemeinschaftsbesitz übergegangen. Das Abendessen war eine bedrückende Angelegenheit. Jetzt sitzen wir an unseren Tischen, noch immer unter Schock, während alle anderen sich langsam zurückziehen.

Liz' Gesicht ist tränenüberströmt. Sie wischt sich mit der Hand übers Gesicht und starrt ihre feuchte Hand an, als wären die Tränen Fremdkörper. „Er war so anstrengend und nervig. Wie ein lästiger, inzestuöser kleiner Bruder." Sie lacht und schluchzt gleichzeitig. „Er ist mir echt ans Herz gewachsen."

Ich umarme sie. Ihr harter, sehniger Körper ergibt sich und sie schmiegt sich eng an mich. Heute Abend machen wir Caleb und Toby zu Ehren ein Lagerfeuer: Das ist unsere postapokalyptische Version einer Totenwache. Caleb hat es nie geschafft, seinen Geburtstag zu feiern, und Toby hat immer versucht, Lagerfeuer-Partys zu starten und Alkohol zu besorgen, um das Leben auf der Farm ein wenig lustiger zu gestalten. Mit dem Alkohol hat es nur in den seltensten Fällen geklappt, aber heute Abend werden wir auf ihn trinken.

Ich trage eine Kiste Wein zu dem Platz hinter dem ersten Stall, in der Nähe des Obstgartens. Das ist weit genug weg von den Schlafquartieren, sodass es die Kinder nicht wachhalten wird. Wir haben alle möglichen Sorten von Wein da; alles Obst, das nicht gegessen oder eingemacht wird, wird von Jeff vereinnahmt, der dann Wein daraus macht.

Er nimmt eine Flasche aus der Kiste, die ich gerade abgestellt habe, und hält sie vor den Sonnenuntergang. Der Wein hat dieselbe goldene Farbe wie der Himmel. „Wassermelone. Der ist gerade erst fertig geworden, nach einem Jahr. Der ist nicht ganz einfach herzustellen, aber wenn man es richtig macht, ist er ein echter Genuss. Ich mach ihn extra süß. Und Toby hatte den total auf dem Kieker." Er stellt die Flasche zurück und seufzt. „Ich sag dir – wenn er jetzt hier wäre, würde ich ihn die ganze Kiste alleine leer saufen lassen."

Meghan und ein paar der anderen Mädchen stellen ihre Kisten ab, bevor sie sich auf einer ausgebreiteten Decke niederlassen. Normalerweise sind sie immer nur am Kichern, aber nicht heute Abend. Sogar ein paar der älteren Bewohner sind hier und ein paar vereinzelte Kinder. Ich winke Bits zu mir herüber und suche mir einen Platz auf einem alten Laken neben Henry und Hank.

Hanks Augen sind groß und kugelrund. „Cassie, stimmt es, dass sie ihn einfach so vom Zaun runtergeholt haben?"

Bits schaut mich aufmerksam an und studiert jeden meiner Gesichtszüge. Henry bedeutet Hank, er solle den Mund halten, aber die Frage kann er ja nicht zurücknehmen.

„Ja", sage ich. „Aber sie waren auch sehr unvernünftig. Sie haben nicht aufgepasst. Eigentlich sollten sie Wache halten, auf sich gegenseitig aufpassen und auf uns, aber sie haben einfach vergessen, was für eine wichtige Aufgabe das ist."

Hank schüttelt den Kopf, als er sieht, wie aufgebracht Bits ist. Aber sie sieht nicht aus, als hätte sie Angst. Ich nehme ihre Hand in meine, woraufhin sie sich hastig umblickt. Sie will nicht, dass die anderen Kinder sehen, wie sie mit mir Händchen hält. Henry schenkt mir einen Blick: Willkommen im Club. Ich muss lachen. Das ist ein gutes Zeichen: Ich hatte schon befürchtet, dass ich sie ab jetzt und bis sie zwanzig ist jede Nacht in den Schlaf wiegen muss.

„Bits und ich würden das nie tun", sagt Hank. „Wir passen aufeinander auf. Oder?"

„Selbst wenn du irgendwo feststecken würdest und es kein Entkommen mehr gäbe", versichert Bits, „würde ich dich holen kommen." Sie blinzelt in die Ferne, und ihr Gesicht mit den Sommersprossen und der zarten Kinderhaut wirkt entschlossen. Hank nickt zufrieden.

„Das ist beruhigend, zu hören", sagt Henry. „Jetzt brauche ich mir keine Sorgen mehr zu machen."

Er räuspert sich, um sein Glucksen zu vertuschen. Die Vorstellung davon, wie diese beiden Kiddies, die beide für ihr Alter recht klein geraten sind, die Welt retten, ist zu süß und auch ziemlich witzig.

„Wie sind die neuen Unterkünfte?", frage ich Henry.

Zwei der langen Hütten sind bereits fertig. Familien kriegen immer die erste Wahl, und so sind Henry und Hank letzte Woche in die zweite Hütte eingezogen.

„Sehr schön", antwortet Henry. „Und in meiner Funktion als Hauselektriker bin ich schon dabei, uns eine Lösung für den kommenden Winter auszutüfteln. Vielleicht haben wir dann sogar Strom. Die Deckenfenster sind schön, aber das bringt uns ja nichts, wenn es ab nachmittags dunkel ist."

„Kriege ich dich überredet, dich im Anschluss um meine Hütte zu kümmern?", frage ich mit einem Zwinkern.

Er lehnt sich zurück und beobachtet einen jungen Kerl namens Troy dabei, wie er das Lagerfeuer anzündet. „James und ich haben schon alles geplant."

„Wusste ich's doch, auf dich ist Verlass", sage ich. „Weißt du, einer meiner größten Glücksgriffe im Leben war es, dich zu treffen, Henry." Ich scherze, aber das bedeutet nicht, dass es nicht wahr ist.

„Hank und ich, wir hätten niemals überlebt, wenn du mir damals auf dem Campingplatz nicht deine Pistole gegeben hättest."

Dies ist Amerika, das Land der Handfeuerwaffen, und ich bin mir sicher, dass sie auch ohne mich Waffen gefunden hätten. Aber wenn seine Dankbarkeit mir einen schnellen Stromanschluss beschert, will ich nicht widersprechen.

„Ich wünschte, Dot wäre hier", sagt er. Bits und Hank diskutieren gerade angeregt über ein Thema, das sie derzeit in der Schule behandeln, und hören nicht zu. Die Falten um seinen Mund werden tiefer, und er zuckt entschuldigend mit den Schultern.

„Ich versteh's. Es ist ein schöner Abend." Obwohl wir uns versammelt haben, um gemeinsam zu trauern, ist es doch gleichzeitig ein Moment, um zu feiern, dass wir alle noch leben. Und feiern wollen wir doch am liebsten mit den Menschen, die wir lieben.

„Ich bin alles, was er noch hat", flüstert Henry. „Was, wenn mir etwas passiert?"

„Du weißt, dass ich mich um Hank kümmern würde", sage ich. „Ich würde alles tun, was in meiner Macht steht, um dafür zu sorgen, dass er sicher ist. Das verspreche ich dir."

Henry sieht mich mit seinen ernsten braunen Augen lange an. „Das würdest du wirklich tun?"

„Du würdest für Bits dasselbe tun."

Henry atmet tief ein und dann lange wieder aus. „Ja, das stimmt."

„Also haben wir eine Abmachung, wir beiden", sage ich und strecke meine Hand aus.

Er greift zu. „Abgemacht."

Ich nehme einen Schluck Wassermelonenwein. Jeff hat nicht gelogen: Er ist wirklich *sehr* süß. Die Sonne ist hinter den Bäumen verschwunden; die Wälder hinterm Zaun und auf der anderen Seite des Grabens liegen bereits im Dunkeln, aber über dem Dach des Stalls und dem Obstgarten leuchten noch immer die letzten goldenen Sonnenstrahlen.

„Ich komm gleich wieder", sage ich.

Ich gehe zu der Seite des Obstgartens, wo mich vom Lagerfeuer aus niemand sieht, und wo Adrians Grab liegt. Ich stelle mich zu ihm. Wenigstens hat er ein Grab. Dot hat keins, und auch Caleb und Toby nicht. Ich fühle mich schlecht, weil ich ihn nicht öfter besuche, aber ich finde ihn hier einfach nicht. Ich weiß nur nicht, wohin ich sonst gehen soll, um mit ihm zu reden. Mit seinem Handy zu sprechen kommt mir zu komisch vor, obwohl ich ihn um mich spüre, wann immer ich es in der Hand halte.

„Es tut mir so leid", flüstere ich.

Die Entschuldigung hat sich einfach so, wie von selbst, über meine Lippen geschlichen. Zuerst weiß ich auch gar nicht, wofür ich mich eigentlich entschuldige, aber dann wird es mir klar: Es tut mir leid, dass ich versuche, ohne ihn glücklich zu werden. Wenn ich an seiner Stelle wäre, würde ich das für ihn wollen, aber irgendwie werde ich das Gefühl nicht los, dass mein Versuch, wieder glücklich zu sein, unsere Liebe bagatellisiert. Ich sollte klagend meine Kleider zerreißen und mich zu ihm auf den Scheiterhaufen werfen, aber stattdessen kämpfe ich einfach weiter. Weil wir das eben so machen.

KAPITEL 63

Das Lagerfeuer ist zu einer richtigen Party ausgeartet. Früher oder später muss der Lärm Lexer anziehen, aber niemanden scheint das zu kümmern. Mich kümmert es jedenfalls herzlich wenig. Mein Gesicht ist gerötet vom Wein, und als Nelly versucht, mit mir zu sprechen, richte ich einen anklagenden Zeigefinger auf ihn.

„Ich bin noch immer sauer auf dich", schimpfe ich. Lalle ich etwa? Meine Stimme klingt betrunken.

Nelly sieht so aus, wie ich mich fühle; sogar seine Frisur sieht besoffen aus. Er kniet sich neben mich auf die Decke und legt eine schwere Hand auf mein Bein. „Ach was. Du weißt, dass ich dich lieb habe, Zwerg."

„Dann versprich mir, dass du mich nicht mehr damit ärgerst!"

„Das ist so unfair! Du ärgerst mich andauernd."

Ich drücke meine Stirn an seine. „Bei dir ist es was anderes. Du fühlst dich ja nicht wie ein schlechter Mensch. Ärger mich meinetwegen wegen was anderem."

Er ist mir so nah, dass es im Schein des Feuers so aussieht, als habe er vier Augen, und sie alle blinzeln in Zeitlupe. Seine Stirn reibt sich an meiner, als er den Kopf schüttelt. „Du bist kein schlechter Mens. Hab ich gerade Mens gesagt?"

Ich lache laut. Er zieht mich mit sich runter auf die Decke, sodass wir beide auf dem Rücken liegen. „Mensch", sagt er und betont das „sch". „Du weißt, was ich meine. Du bist kein schlechter Was-auch-immer."

Penny setzt sich neben uns und hält uns eine Feldflasche mit Wasser hin. „Trinkt, alle beide. Habt ihr eigentlich eine Vorstellung davon, wie doof es ist, auf der ersten richtigen Party des Jahres nichts trinken zu können?"

Ich lege ihr meine Hand auf den Bauch. „Du produzierst gerade einen Menschen, Penny Pentastisch. Du bist so schön und bis obenhin voll mit Leben. Es ist ein Wunder!" Ich gebe mir wirklich die größte Mühe, jedes Wort sorgfältig zu artikulieren, aber ich klinge trotzdem noch wie ein besoffener Teenager.

„High on Life!", ruft Nelly. „Und schau uns an: Wir haben nur diesen schnöden, aber erstaunlich leckeren Wein." Er versucht, einen Schluck aus der Flasche zu nehmen, aber da er auf dem Rücken liegt, läuft ihm das meiste davon übers Kinn in den Nacken.

„Und ihr habt scheinbar auch keine Vorstellung davon, wie anstrengend betrunkene Leute sind, wenn man selbst stocknüchtern ist", murmelt Penny. „Versprecht mir, dass wir noch mal eine Party feiern, wenn das Baby draußen ist."

„Aber klar", rufe ich. „Pelbstverständlich!"

„Ich geh ins Bett", sagt Penny und wirkt zumindest ein wenig besänftigt. „Soll ich Bits nehmen? Oder bist du so betrunken, dass du sie verloren hast?" Sie verzieht den Mund zu einem schiefen Grinsen.

„He! Was soll das denn heißen? Sie ist mit Henry und Hank mitgegangen. Sie haben auf dem Weg ihr Feldbett geholt, damit sie bei Hank übernachten kann. Ich weiß sehr wohl, wo mein Kind ist!"

„Es ist zweiundzwanzig Uhr. Wissen Sie, wo Ihre Kinder gerade sind?", sagt Nelly mit tiefer, unheilschwangerer Stimme, wie in den Durchsagen, die früher immer auf den öffentlichen Sendern ausgestrahlt wurden. Penny seufzt, während wir uns kringeln vor Lachen.

Sie wünscht uns eine gute Nacht, und wir bleiben auf der Decke liegen und reden, bis Nelly zu gähnen beginnt. „Heute war ein Scheißtag", sagt er. „Oh mein Gott, was für ein Scheißtag."

„Deswegen sind wir ja auch so betrunken."

„Ganz genau. Und deswegen geh ich jetzt ins Bett. Morgen sieht die Welt schon wieder ganz anders aus."

„Was? Nein! Lass mich nicht alleine."

Nelly setzt sich auf. Sein Lächeln ist ehrlich und nicht sein übliches ironisches Grinsen. „Keine Sorge, da wartet schon jemand auf den richtigen Augenblick. Das tut er übrigens schon den ganzen Abend. Gute Nacht, Zwerg."

Er drückt mir einen Kuss auf die Stirn und kommt langsam und wackelig auf die Beine. Ich will ihm gerade folgen, als Dan neben mir auftaucht. Ich nehme ihm den vollen Becher aus der Hand und nehme einen großen Schluck.

„Meinst du nicht, du hattest genug?", fragt er.

„Oh nein", sage ich. „Das ist erst der Anfang. Der Spaß fängt gerade erst an." Ausgesprochen klingt es leider mehr wie „Derspassfängggraderschan".

Er nickt ernst und verzieht keine Miene, und ich schubse ihn. „Du hast recht. Okay, ich hatte genug. Willst du dein Geschenk?"

„Was für ein Geschenk?"

„Ich hab dir heute ein Geschenk besorgt. Aber freu dich nicht zu früh. So toll ist es auch wieder nicht." Er starrt mich an, ohne zu blinzeln. „Was? Ist es so komisch?"

„Nee, es ist überhaupt nicht komisch. Es ist gut."

Sein Gesicht leuchtet auf. Und ich zweifle schon wieder daran, ob ich überhaupt etwas hätte sagen sollen, und versuche erneut, alles ein bisschen herunterzuspielen. „Na ja, wie gesagt, freu dich lieber nicht zu doll. Es ist in meiner Hütte. Bringst du mich hin?"

Dan hilft mir auf die Beine. Ich gehe neben ihm und plappere vor mich hin, über Gott und die Welt, hauptsächlich, weil er so verdammt still ist und auch, weil ich dann nicht an Caleb und Toby denken muss. Ich laufe zur Hütte und hole meine Lederjacke, bevor ich ihn bei seinem Zelt treffe. Der Zeltboden hat es irgendwie auf mich abgesehen und schaukelt, als ich hineinkriechen will, und mit einem Mal liege ich kichernd auf dem Rücken.

„Du bist sehr betrunken", sagt Dan.

„Ich *bin* sehr betrunken. Du etwa nicht?"

Er blickt seine Füße an. „Stocknüchtern. Ich hatte keine Lust, zu trinken."

„Ich hatte keine Lust, nüchtern zu sein", erwidere ich, was mir ein Schmunzeln einbringt. „Ich will nicht denken. Heute machen meine Gedanken blau. Oh, hihi: Ich *bin* blau, meine Gedanken *machen* blau."

„Ich mag diese Seite von dir. Vielleicht sollte ich dich öfter mal abfüllen."

Ich halte ihm meine Hände hin, damit er mich hochzieht, aber stattdessen schiebt er seine Arme unter meine Knie und meine Schultern und hievt mich auf seine Matratze. Ich setze mich auf, wofür ich länger brauche, als ich zugeben will, und ziehe sein Geschenk aus meiner Jackentasche. „Tada!"

Er hält die Schirmmütze mit dem Red-Sox-Logo in seinen Händen wie ein Stück kostbares Porzellan und dreht sie vorsichtig hin und her. „Danke, Cass", sagt er leise.

Er sieht so glücklich aus, und natürlich will ich, dass er glücklich ist, aber ich will auch nicht, dass er denkt, es sei irgendetwas anderes als eine kleine Aufmerksamkeit unter Freunden. „Es ist nur eine Mütze. Ich weiß, wie sehr du die Red Sox vermisst, und als ich sie heute im Minimarkt gesehen hab, musste ich an dich denken."

„Danke dafür. Dass du an mich gedacht hast."

„Na klar." Ich lege mich wieder auf den Rücken. Das war wirklich eine ganze Menge Wein, und ich merke schon jetzt, dass ich es bereuen werde. Das Zelt dreht sich erst langsam und dann immer schneller. Ich lege mich auf die Seite und schließe die Augen, um das Drehen anzuhalten, aber dadurch wird es nur noch schlimmer. Das Zelt dreht sich noch immer, aber schief. „Fühl mich nicht so gut. Muss schlafen."

„Okay", sagt Dan und streicht mir übers Haar. Das hilft. Das Zelt dreht sich langsamer und ich habe etwas, worauf ich mich konzentrieren kann.

„Hör nicht auf", sage ich. „Das macht die Welt wieder gerade."

„Keine Sorge, tu ich nicht. Du bist echt 'ne Klasse für sich, Knallkopf."

Und dann weiß ich nichts mehr, bis Dan zu mir unter die Decke kriecht und mich an seine Brust drückt. Ich erwache nur für den Bruchteil eines Augenblicks, aber es genügt, um ihn murmeln zu hören: „Ich liebe dich."

Und jetzt bin selbst ich stocknüchtern. Ich liebe ihn nicht. Ich werde ihn niemals lieben. Ich starre angestrengt in die Dunkelheit, bis er tief und regelmäßig atmet, und dann suche ich all meine Sachen zusammen, sogar meine Ersatzzahnbürste und meine extra Jeans, die immer in einer Ecke seines Zelts liegen, und gehe zurück zu meiner Hütte.

KAPITEL 64

***

„Ich wünschte, du würdest hierbleiben", sage ich zu Nelly.

Er streicht sich das Haar aus der Stirn und wirft einen Blick zu Zeke hinüber, der neben dem Laster wartet. „Ich hab drüber nachgedacht, ob ich Adam nicht überreden kann, mit hierherzuziehen."

Ich schnappe mir seine Hand und hüpfe begeistert auf und ab. „Was? Ernsthaft?"

Er hält mich fest, damit ich aufhöre. „Beruhig dich mal, du. Das heißt noch lange nicht, dass Adam auch ja sagt. Aber Zeke hat heute Morgen beim Frühstück drüber gesprochen, dass es eine gute Idee wäre, die Zonen zu vereinen. Ah, da fällt mir ein – warum hast du dich eigentlich aufs Zweiersofa gequetscht? Ich hab dich gesehen, als ich aufgestanden bin."

„Na, du hast ja mein ganzes Bett eingenommen." Das ist nicht die Antwort, die er hören will, und so schaut er mich weiter erwartungsvoll an. „Es ist vorbei. Kein Ding, okay?"

„Was ist passiert?"

„Du musst los", sage ich nur und gebe ihm einen freundschaftlichen Knuff in die Seite. „Geh, hol deine Sachen und komm zu mir zurück. Dann reden wir weiter."

Er tritt zögernd ein paar Schritte zurück. „Na, sofort wird das sowieso nix. Aber noch vorm Winter. Und du bist wirklich okay?"

„Na klar doch", lüge ich. „Ich hasse dich, sehr."

„Ich hass dich mehr."

Mit hüpfendem Herzen schaue ich dem Laster und dem Pick-up hinterher, wie sie die lange Auffahrt hinunterrollen. Nelly kommt zurück.

***

Ich habe meine Nachtwache mit Liz getauscht. Es war nicht einfach, Dan den ganzen Tag aus dem Weg zu gehen, aber irgendwie hab ich es doch geschafft, indem ich mich im Gemüsegarten versteckt und Tomaten gepflückt habe und zum Abendessen in die Hütte gegangen bin. Jetzt sitze ich mit George, einem älteren Mann mit dünn werdendem Haar und einem kleinen Bierbauch, der in diesen Zeiten kaum vom Bier herrühren kann, am Ost-Zaun.

„Vor kurzem hatte ich totale Kreislaufprobleme", sagt George. „Ich konnte nur im Dreieck laufen."

Ich lache, auch wenn es der schlechteste Witz aller Zeiten ist. Die letzten dreißig Minuten hat er mich mit seinen Flachwitzen unterhalten.

„Oh, ich weiß auch einen. Mein Lieblingswitz", sage ich. „Klopf, klopf."

„Wer da?"

„Unterbrechende Kuh."

„Unterbrechend…"

„Muh!", sage ich leise.

George gluckst. Ich lehne mich in meinem Stuhl zurück und trommle mit den Fingern auf den Armlehnen. Die Wache ist langweilig, aber ich habe keine Lust, meine neue Schlafsituation auf die Probe zu stellen.

Dann erscheint Dan im Licht der Laterne. „Hi."

Ich murmle einen Gruß und wende den Blick ab. Mein Herz pumpt. Er und George unterhalten sich ein paar Minuten lang, ehe Dan mich ansieht. „Kann ich kurz mit dir reden?"

„Na ja, ich schiebe gerade Wache. Da kann ich nicht so einfach weg."

„Ach, schon gut, geh", sagt George. „Ich halte so lange die Stellung. Der Graben hat die Nachtwache sowieso beinahe obsolet gemacht – aber ich will mich nicht beklagen. Ich denk mir derweilen neue Witze aus."

„Danke", sage ich, obwohl ich ihm am liebsten meinen Pflock über den Schädel hauen würde.

„Wir sind in der Schule, wenn du uns brauchst", sagt Dan.

Ich folge ihm zu dem kleinen Gebäude. Er macht eine Lampe an und dreht sich zu mir um. „Was ist los?"

„Was ist los?", wiederhole ich. „Du wolltest doch reden."

Ich weiche seinem Blick aus und starre die Kunstprojekte an, die in der Leseecke an der Wand hängen. Die Selbstporträts sind richtig gut geworden. Bits hat sich in Anas Klamotten gemalt, aber sie trägt auch ein Diadem und Feenflügel.

„Du bist letzte Nacht verschwunden", sagt er.

„Das tu ich doch immer."

„Ja, aber du nimmst nicht immer deine Zahnbürste mit und gehst mir danach den ganzen Tag aus dem Weg."

„Na ja, drei Wochen sind um", sage ich mit aufgesetzt leichter Stimme, obwohl dieser Moment alles andere als lustig ist.

Er sieht mich verständnislos an, aber dann versteht er, was ich meine, und wird ganz steif. „Ich hab dich aber nicht gebeten, zu gehen. Und wenn ich ganz ehrlich bin, will ich auch gar nicht, dass du gehst. Also, was ist los?"

„Ich denke einfach, es ist besser, wenn wir uns nicht mehr sehen", antworte ich. „Ich brauche ein bisschen Zeit für mich."

Meine Finger spielen mit irgendwelchen Papieren auf Pennys Lehrertisch. Dan kommt auf mich zu und berührt meinen Arm. „Vielleicht kann ich helfen. Ich will nicht, dass wir uns nicht mehr sehen. Sprich mit mir."

Ich muss es ihm sagen. Ich atme tief ein. „Ich hab gehört, was du gesagt hast. Letzte Nacht, als du ins Bett gekommen bist."

Er starrt seine Stiefel an, ehe er den Kopf hebt und mir direkt in die Augen sieht. „Es stimmt aber."

„Das geht aber nicht. Wir sind doch erst seit ein paar Wochen …"

„Ich kenn dich seit letztem Sommer."

„Aber darum geht es doch gar nicht bei dieser … Sache zwischen uns", entgegne ich.

„Und worum geht es dann? Benutzt du mich nur als Schlaftablette, oder was? Na, vielen Dank auch."

Seine Stimme trieft vor Sarkasmus und sein Mund wird zu einer geraden, harten Linie. Ich dachte, wir verstehen uns. Ich dachte, die Regeln sind klar. Aber jetzt hat er die Regeln geändert, ohne mir Bescheid zu geben, und dann will er auch noch, dass ich mich deswegen schuldig fühle. Und das Letzte, was ich in meinem Leben brauche, sind noch mehr Schuldgefühle.

Ich lache freudlos. „Ich benutze dich? Das ist doch deine Masche. Was bin ich – Nummer vier, sechs, acht?“

Sein Gesicht ist rot geworden, aber er atmet tief ein und sagt dann: „Das ist doch völlig egal. Du bist die, die ich will.“

„Ich hab dir gesagt, dass ich das nicht kann. Dass ich nicht bereit bin. Du hast gesagt, dass wir einfach nur Spaß haben. Zusammen abhängen.“

„Ich hab gelogen, okay?“ Er blickt mich mit glasigen Augen lange an, ehe er den Blick senkt. „Ich hab gelogen, weil ich dachte, dass du vielleicht Gefühle für mich entwickelst, aber du bist ja nicht mal bereit, es zu versuchen.“

„Ich will's nicht versuchen? Gefühle sollte man nicht *versuchen,* zu entwickeln. Die sind entweder da oder eben nicht.“

„Du erlaubst dir aber gar keine Gefühle. Sobald wir uns ein bisschen zu nahe kommen, verschließt du dich vor mir. Ich kann sehen, wenn es passiert.“

Er versucht, mich mit Argumenten dazu zu bringen, es mir anders zu überlegen, aber das wird nicht funktionieren. Ich weiß nicht, warum er mich nicht einfach in Ruhe lässt. Natürlich verschließe ich mich davor, Gefühle für einen anderen Mann zu entwickeln; die Person, mit der ich den Rest meines Lebens verbringen wollte, ist gerade mal vor ein paar Monaten gestorben, und all meine Gefühle mit ihm. Ich bin wütend auf Dan, weil er mich so in die Ecke drängt, aber gleichzeitig tut er mir auch leid mit seinem schmerzerfüllten Blick, der meine Schuld ist.

„Ich mag dich, und ich will dir nicht wehtun, aber ich fühle einfach nicht dasselbe. Und das hat nichts mit dir zu tun. Ich kann nie wieder so für jemanden fühlen. Und deswegen denke ich, dass wir das Ganze hier abbrechen sollten.“

„Okay, na gut.“ Er lacht, aber seine Augen sind traurig. Dann dreht er sich um und geht zur Tür. Ich atme erleichtert auf, dass es endlich vorbei ist, aber dann dreht er sich doch noch mal um. „Bist du dir wirklich sicher?“

Warum quält er sich? Uns? „Ja", flüstere ich.

Er schlägt die Tür hinter sich zu. Ich sage doch nur die Wahrheit. Er hat mir die Wahrheit quasi abgezwungen. Und auch wenn ich weiß, dass es das Richtige war, frage ich mich, wie glücklich es mich wohl machen wird, für den Rest meines Lebens mit einem Geist zu schlafen.

KAPITEL 65

Ich muss Dan nicht mehr aus dem Weg gehen, denn das übernimmt er jetzt selbst. Sein Name ist vom Wachplan verschwunden und dort aufgetaucht, wo ich nie Schichten übernehme. Es verletzt mich irgendwie, was verrückt ist, wenn man bedenkt, dass ich ja auch gar nicht mit ihm zusammenarbeiten möchte. Aber die Tatsache, dass er sich absichtlich von mir fernhält, fühlt sich nicht schön an. Er isst später zu Abend und setzt sich auch an einen anderen Tisch. Mir war gar nicht klar, wie sehr ich mich an ihn gewöhnt habe, wie sehr er Teil von meinem Alltag geworden ist. Bis jetzt, jedenfalls.

Die letzte Woche hatte ich sowieso nicht oft Nachtwache. Calebs und Tobys Tod hat uns vorsichtiger werden lassen, hat uns Angst gemacht. Bis auf einen kurzen Ausflug, um Holzbohlen und Blaubeeren von einem der verlassenen Bauernhöfe zu holen, haben wir keine Patrouillen gemacht. Wir haben mehr als genug Treibstoff, und der Garten will gezähmt werden, und so habe ich den Großteil meiner Arbeitszeit damit verbracht, das Obst und Gemüse, das wir nicht essen, haltbar zu machen.

Meine Finger sind lila gefärbt, weil ich die letzten zwei Tage nur Blaubeermarmelade gemacht habe. Wir haben zwei Herde auf dem Kies hinter dem Restaurant aufgestellt, und ich stehe an dem einen und rühre die Blaubeermasse. Es ist schweißtreibende Arbeit, aber immerhin sind wir an der frischen Luft und nicht in der stickigen Küche.

„Wir haben kein Pektin mehr", erkläre ich Meghan. „Also musste du die Früchte länger kochen, damit die Marmelade im Glas fest wird. Oder wir könnten ein paar Äpfel mit reintun, wenn wir wollen. Die enthalten von Natur aus viel Pektin."

Meghan wackelt mit dem Kopf und hebt ihren Löffel, um zu kontrollieren, wie dickflüssig die Masse in ihrem Topf ist. „Ich glaube, das braucht noch ein bisschen."

„Ja, ein paar Minuten vielleicht."

Sie wirft mir aus dem Augenwinkel einen vorsichtigen Blick zu. „Kann ich dich mal was fragen?"

Ich nicke, aber mir gefällt ihr Gesichtsausdruck nicht. Es ist der Gesichtsausdruck von jemandem, der einem gleich eine ganz persönliche Frage stellt.

„Du und Dan … seid ihr eigentlich noch zusammen?", fragt sie.

„Nee", antworte ich und schlage mit dem Löffel auf den Topfrand.

„Ah, ich dachte nur. Du weißt ja, dass wir eine Weile zusammen waren, oder?" Sie kichert. Ich hoffe inständig, dass sie endlich zu Potte kommt. Wenn nicht, riskiert sie gleich einen tiefen Blick ins Innere meines Kochtopfs. „Na ja, ich dachte, vielleicht versuchen wir es ja noch mal. Aber ich wollte nicht dazwischenfunken, falls …"

„Er gehört dir", sage ich, ein bisschen zu fröhlich.

Tatsächlich ist es mir während der letzten Woche gelungen, zu schlafen, aber es ist nicht so schön und erholsam, wie wenn da jemand neben einem liegt. Und vielleicht auch nicht bloß *irgendjemand* – es ist schön, neben Dan zu schlafen. Ich vermisse ihn, aber ich habe nicht gelogen, als ich sagte, dass ich ihn nicht liebe. Für diese Art von Liebe bin ich derzeit einfach nicht bereit. Überhaupt hätte ich mich nie auf so was einlassen sollen.

„Ich glaube, sie ist fertig", urteilt Meghan, als die Marmelade dickflüssig genug am Löffel hängt. Ich zeige ihr, wie man sie in die Gläser füllt und im Einkochtopf platziert.

„Jetzt warten wir", sage ich. „Dann holen wir sie raus und – tada – Marmelade."

Ana kommt auf uns zu. Sie trägt ihren schlabberigen Gärtnerhut und ein Sommerkleid. Wären ihre dreckigen Arme nicht, könnte man fast annehmen, sie sei auf dem Weg zu einer schicken Gartenparty. Normalerweise würde ich mich als Allererstes über ihr Outfit lustig machen, aber ihr Gesicht ist angespannt. „Noch eine Sicherheitszone ist weg. John hat es gerade gehört.“

„Welche?“, frage ich.

„Iowa.“

Ich visualisiere kurz eine Landkarte der Vereinigten Staaten. „Das liegt nördlich. Vielleicht ziehen sie ja wirklich nach Norden, wie James gesagt hat.“

„Ja, aber dieses Mal haben sie sich per Funk gemeldet. Sie haben wohl irgendwas von einer riesigen Herde gesagt, bevor das Signal verschwunden ist.“

„Haben sie gesagt, wie groß genau?“

„Nein“, antwortet Ana. „Aber wer auch immer in Whitefield am Funkgerät gesessen hat, hat wohl noch ‚tausend‘ oder ‚Tausende‘ gehört, aber die Verbindung war schlecht.“

Mein Kiefer fällt herunter. Tausend. Vielleicht sogar Tausende – Plural. Unser kleiner Graben könnte die nie alle auffangen. Der Zaun würde mit ziemlicher Sicherheit kollabieren. Plötzlich ist mir eiskalt, trotz Herd und Marmelade und Sommerhitze.

„Was bedeutet das?“, fragt Meghan. Sie greift nach Anas Handgelenk. „Wir sind hier doch sicher, oder?“

Ana tätschelt Meghans Hand. „Meghan, wir sind niemals sicher. Niemals.“

***

James hat versucht, zu kalkulieren, wo die Herde sich jetzt gerade befinden könnte, auf der Grundlage der Zeit, die sie für den Weg zur Zone in Iowa gebraucht haben. „Sie haben etwa die Hälfte des Weges zurückgelegt, wenn sie denn auf dem Weg hierher sind. Ich würde Dwayne noch nicht losschicken, nicht mit seiner Reichweite von knapp tausend Kilometern. Nächste Woche vielleicht.“

John und Ben nicken. Das Abendessen ist vorbei, und alle Erwachsenen, die am Gespräch teilhaben wollten, sind geblieben. Es ist so voll, dass die meisten stehen müssen.

Mikayla sitzt neben Ben und hat die Hände still im Schoß gefaltet. Ich glaube nicht, dass ich sie jemals so ruhig erlebt habe.

„Aber das bedeutet immer noch nicht mit Sicherheit, dass sie wirklich hierher unterwegs sind, oder?"

James schüttelt den Kopf. „Wir wissen nichts mit Gewissheit. Außer, dass Iowa überrannt wurde und dass sie gesagt haben, es seien viele Lexer. Das ist alles."

Die Leute murmeln aufgeregt. Josephine hält sich mit verkrampfter Hand den Hals. Mein Blick fällt auf Dan, der neben Meghan steht. Er starrt mich an und schaut weg, gerade in dem Moment, als ich ihn anlächeln will.

„Außer abwarten und Tee trinken können wir wirklich nichts tun", meint John. „Und wir haben einen Plan für den Ernstfall. Ihr habt alle einen Notfallrucksack in eurem euch zugeteilten Fahrzeug deponiert. Wenn nicht, sprecht mich nachher an. Der Plan ist, Richtung Norden durch Kanada abzuhauen, nach Alaska oder Whitehorse. Nur, um das noch mal gesagt zu haben. Für den Fall, dass wir uns auf dem Weg verlieren."

Johns Stimme ist fest, was das Gemurmel ein wenig verklingen lässt. Ich bin nicht die Einzige, die sich durch seine ruhige Art gleich viel sicherer fühlt. Nachdem noch ein paar Fragen geklärt wurden, auf die es keine guten Antworten gibt, gehen alle ins Bett. Wir treten hinaus in die Nacht. Die Tatsache, dass wir nicht sehen können, was da draußen hinterm Zaun lauert, ist schon schlimm genug. Aber das Thema des Abends lässt die Nacht noch dunkler und gruseliger erscheinen als sonst. James hat seine Hand auf Pennys Kreuz gelegt und geht neben ihr her. Sie weicht zur Seite aus und starrt ihn genervt an.

„Ich kann schon selbst laufen", fährt sie ihn an. James hebt beschwichtigend die Hände. „Tut mir leid. Leute, ich hab echt Schiss. Was, wenn die wirklich hierherkommen? Ich kann nicht wegrennen. Ich bin so breit wie ein kleines Haus, und ich werde ja nicht gerade schmaler."

„Du brauchst nicht wegzurennen", sagt Ana und legt ihrer Schwester den Arm um die Schulter. „Wir bringen dich hier weg. Ich bring dich hier weg. Dich und meine kleine Nichte. James, du schaffst das auch alleine, oder?"

James lacht. „Kein Problem."

„Oh Gott, was ist bloß aus der Welt geworden?", fragt Penny. „Meine kleine Göre von Schwester muss mich vor Zombies beschützen." Sie ignoriert Anas Protestrufe und holt mich an ihre andere Seite.

„Die Tatsache allein, dass Ana dich überhaupt vor irgendetwas anderem beschützt als schlecht sitzenden Klamotten, ist schon unglaublich", sage ich.

Wir kichern, als Ana empört aufschreit. So haben wir sie immer geärgert, seit sie ganz klein war. Ich zupfe an ihrem Haar, und sie stimmt in unser Gelächter mit ein. Ich habe vielleicht keinen Bruder mehr, aber was für ein Glück, dass ich meine Schwestern noch habe.

KAPITEL 66

Ich beeile mich mit dem Frühstück, um mich möglichst schnell um die Setzlinge für das Herbstgemüse zu kümmern, die jetzt bald in den Boden kommen. Zum ersten Mal in meinem Leben wünschte ich, es sei Dezember und das Wetter verspreche Frost, Frost und noch mal Frost. Die Anspannung steht den Leuten hier förmlich ins Gesicht geschrieben; man spürt sie beinahe, wie ein leises elektrisches Surren in der Luft. Man sieht sie in den nervösen Blicken, die dem Süd-Zaun im Vorbeigehen zugeworfen werden.

Als ich an Dans Zelt vorbeigehen muss, ducke ich mich unwillkürlich, aber irgendjemand wählt genau diesen unglücklichen Moment, um aus dem Zelt zu kriechen. Ich tue so, als sei ich unsichtbar, und halte den Blick starr nach vorn gerichtet.

„Guten Morgen, Cassie!", ruft Meghan mir zu. Sie winkt und geht in die andere Richtung davon.

Ich winke kurz und laufe auf das Gewächshaus zu, wo ich dem Wässern der Pflanzen meine gesamte Aufmerksamkeit schenke. Das hat aber wirklich nicht lange gedauert. Ich weiß, ich kann Dan nicht zu einem Verhältnis zwingen, das er so nicht will, aber es ärgert mich schon ein bisschen, dass Meghan die locker-flockige, unkomplizierte Seite von ihm bekommt, die ich mir gewünscht hätte.

Dan stolpert in seinen nicht zugeschnürten Stiefeln ins Gewächshaus. Sein Haar steht zu allen Seiten ab, so als habe er den ganzen Morgen im Bett verbracht. Was ja offensichtlich auch der Fall gewesen ist. „Das war nicht so, wie es aussah", sagt er atemlos.

Ich stelle die Gießkanne auf dem Boden ab. „Es sah nach gar nichts aus – nur nach Meghan, die am frühen Morgen aus deinem Zelt kommt. Du schuldest mir keine Erklärung."

Er stützt sich mit ernstem Gesichtsausdruck auf meinem Pflanzkasten ab. „Sie ist bloß vorbeigekommen, um hallo zu sagen, obwohl sie genau wusste, dass ich letzte Nacht Wache geschoben hab. Sie hat mich geweckt."

„Ah, ich liebe es, wenn das passiert", erwidere ich, nur um das Gespräch am Laufen zu halten. Ich bin es leid, dass wir uns gegenseitig ignorieren. „Erst heißt es: ‚Bist du wach? Nein? Okay, ich erzähl dir nur ganz kurz was und dann kannst du weiterschlafen.'"

Dan lacht und steckt einen Finger in einen Blumentopf. „Und Meghan kann erzählen, das sag ich dir …"

„Sie hat so viel Energie!"

„So viel Energie." Dan blickt mich aus dem Augenwinkel an. „Ich steh ja auch wirklich gern früh auf, aber sie treibt es echt auf die Spitze."

„Absolut." Ich beiße mir auf die Unterlippe und bin mir nicht sicher, ob dieser kurze Wortwechsel schon genügt, um abzuschätzen, ob wir wieder Freunde sein können.

„Es tut mir leid", sagt Dan schnell.

„Du musst dich nicht entschuldigen."

„Doch, muss ich. Du hast mir ganz klar gesagt, was du von mir wolltest. Du hast mir nie irgendwas versprochen. Es war nicht fair von mir, wütend zu werden. Es war nur … du hast mich in die Friendzone verbannt und das hat mir nicht gepasst."

„Die Friendzone?"

„Na ja, im Gegensatz zur Boyfriendzone."

„Aha", sage ich. „Aber ich brauch dich in meiner Friendzone."

„Ich bin eigentlich auch ganz gern da drin."

„Na gut, dann kannst du ja vielleicht einen Moment bleiben und mir helfen?"

Er nimmt die Gießkanne und blickt mich aufmerksam an, als warte er auf Anweisungen. Die Situation fühlt sich ein wenig angespannt an, und ich wünschte, es wäre anders.

„Kannst du eigentlich singen?", frage ich, denn nichts lockert die Stimmung so sehr wie ein kleines Liedchen – außer vielleicht eine spontane Party mit guter Musik zum Tanzen. Aber dafür ist es vielleicht ein bisschen zu früh am Morgen für Dan.

„Was? Äh, es geht. Glaube ich. Warum?"

„Weil wir den Pflanzen hier immer vorsingen. Welches Lied willst du singen?"

Er lacht, aber als er sieht, dass ich es ernst meine, wird er still und denkt nach. „Du magst Radiohead, richtig?"

„Mögen ist eine Untertreibung, wenn es um Radiohead geht. Okay, gib mir einen Song."

„No Surprises", sagt Dan.

„Was für ein perfekter Soundtrack zu unserem Leben."

Dan schlägt sich mit der Faust gegen die Stirn. „Ich habe seit einem Jahr einen Ohrwurm."

„Weißt du, was noch perfekter ist? Ich hab ihn hier drauf." Ich greife in die Tasche und ziehe Adrians Handy hervor.

„Ich werde das Lied tatsächlich hören?"

Ich durchsuche die Bibliothek und drücke auf Play. Das melodische Intro erklingt und Dan schließt die Augen. „Oh, Scheiße", seufzt er.

Wir hören uns die kompletten Alben „OK Computer", „The Bends" und „Amnesiac" an. Die Pflanzen sind längst gewässert und wir hocken neben dem Pflanzkasten. Ich balanciere das Handy auf meinem Knie, bis der Akku schließlich leer ist und die Musik verstummt.

„Das waren einige der besten Stunden in meinem bisherigen Leben", sagt Dan. „Das hier, nicht mehr und nicht weniger. Danke dafür."

Er hat recht. Das war einer dieser seltenen Momente, wo man urplötzlich auf etwas stößt, etwas Wunderschönes, Kostbares, von dem man dachte, man hätte es für immer verloren. Ein paar Stunden, während derer die alte Welt uns so nahe war, dass man fast hätte glauben können, dass es sie noch gibt.

„Nein, ich danke. Es macht viel mehr Spaß, sich die Alben mit jemandem anzuhören, der sie genauso liebt wie ich."

„Ich könnte das den ganzen Tag machen", sagt er wehmütig.

„Na, wir sind ja noch nicht fertig. Ich hab noch mehr Alben und die B-Seiten. Ich kann es jetzt aufladen und dann hören wir einfach nachher weiter?"

„Wirklich?"

„Wenn du willst." Ich starre durchs Glas nach draußen und fühle mich ein bisschen blöd, weil ich einfach annehme, dass er das sicher will. Wir mögen wieder Freunde sein, aber das heißt ja noch lange nicht, dass er mit mir abhängen will; es gibt schließlich genug andere Mädels, mit denen er Kniffel spielen könnte, wenn er wollte.

„Klar will ich", antwortet er.

Seine Antwort macht mich viel glücklicher, als ich erwartet hatte. Ich stupse mit meinem Bein gegen seins. „Siehste? Die Friendzone ist gar nicht so schlimm, oder?"

Dan stupst zurück. „Du Knallkopf."

***

Es ist bereits dunkel, als ich mich vor Dans Zelt mit einem Räuspern ankündige. Er blickt auf; vor ihm auf dem Bett liegen ein kleiner Block, ein Bleistift und ein Würfelbecher.

„Kniffel", sagt er mit einem diebischen Grinsen. „Hab ich in der Spielesammlung gefunden."

Ich muss lachen. „Weißt du überhaupt, wie man das spielt?"

„Nee. Aber das lernen wir!"

Ich schließe das Handy an den kleinen Lautsprecher an, den ich unter Adrians Sachen gefunden habe, und setze mich aufs Bett. „Okay, klingt gut. Aber nur so als Warnung: Ich verliere immer. Außer bei Scrabble. Monopoly zum Beispiel hab ich noch nie gewonnen. Ich weiß gar nicht, wie das geht. Ungelogen: Ich verliere jedes verdammte Mal."

„Du lässt immer alle durch, ohne zu zahlen, oder?", fragt Dan.

„Es tut mir halt leid, wenn sie nicht genug Geld haben. Woher weißt du das?"

„Das hab ich gewusst, als ich dich das erste Mal gesehen hab. Als ihr letztes Jahr mit dem VW-Bus hier angekommen seid. Deine Haare waren zu diesen zwei Knoten zusammengebunden und du hattest dieses grüne T-Shirt an und die Handschuhe …"

„Ich weiß ja selber nicht mal mehr, was ich anhatte. Wie erinnerst du dich bloß an so was?"

Dan blickt mich an, als müsste ich die Antwort eigentlich wissen. „Na, jeder Kerl in meinem Alter war irgendwann mal in Prinzessin Leia verliebt. Na ja, jedenfalls hab ich gedacht: ,Das Mädel da ist der schlechteste Kapitalist, den ich je gesehen habe.'"

„Das war dein erster Gedanke, als du mich gesehen hast?"

„Ja, immer, wenn ich ein hübsches Mädchen zum ersten Mal sehe, denke ich erst mal an die Finanzen."

„Und du sagst, *ich* sei komisch." Er lacht, als ich ihm den Würfelbecher in die Hand drücke. „Okay, was ist der Einsatz? Oder spielt man hier etwa um nix?"

Ein paar Runden später steht es gleich zwischen uns, und ich muss unentwegt gähnen. Dan legt das Spiel zur Seite. „Der Meteorschauer ist vorbei, aber zu dieser Jahreszeit gibt es trotzdem noch viel zu sehen."

„Ich weiß. Ich hab drauf geachtet."

„Wirklich? Willst du jetzt ein bisschen Sterne gucken? Du kannst hier schlafen, wenn du willst – ja, ja, ich weiß, Friendzone und so – aber ich fänd's schön …"

Er verstummt und fummelt an einem losen Faden seiner Jeans herum, während ich mir seine Einladung durch den Kopf gehen lasse. Wir haben uns erst vor wenigen Stunden wieder vertragen und schon planen wir die nächste Pyjamaparty. Die Vorstellung, in die Sterne zu schauen und unter seiner Decke einzuschlafen, gefällt mir. Aber ich will auch nicht, dass er sich Hoffnungen macht.

„Vergiss es", sagt er, gerade als ich „Okay!" sage.

„Aber", spreche ich weiter, „wenn es eine rein freundschaftliche Pyjamaparty ist, müssen wir ja eigentlich auch Gesichtsmasken auflegen und uns gegenseitig die Fußnägel lackieren, oder?"

„Kein Problem. Ich hatte zwei sehr dominante ältere Schwestern. Ich krieg 'ne Pediküre hin, die ist so gut, das glaubst du gar nicht."

„Okay, darauf komm ich bestimmt irgendwann zurück. Bits schläft schon, ich schleich mich nur kurz rüber und hol meine Sachen."

Als ich gewaschen und im Schlafanzug zurückkomme, liegt er schon zugedeckt im Bett und hat die Laterne ausgeschaltet. Ich krieche zu ihm unter die Decke. „Darf ich denn trotzdem noch meine Füße an dir aufwärmen?"

„Nix da. Das geht nur in der Boyfriendzone."

Ich schüttele den Kopf und lächle die Sterne an, aber er bewegt seine Beine, sodass ich meine kalten Füße darunterlegen kann.

„Vielleicht schauen wir uns ja den Leoniden-Meteorschauer zusammen an", sagt Dan.

„Wann ist der?"

„Mitte November. Manchmal, wenn der Mond besonders hell ist, muss man erst warten, bis er untergeht, um die Sternschnuppen zu sehen. Mein Vater hat uns immer vor Sonnenaufgang geweckt. Dann haben wir uns im Garten in warme Decken eingepackt und heiße Schokolade getrunken."

Bis November ist es noch ziemlich lange hin. Fragt er mich, ob ich dann noch hier bin? Ich kitzle mit den Zehen seinen Oberschenkel. „Das klingt nach Spaß. Bits fände das bestimmt super. Mit heißer Schokolade kriegst du sie zu allem überredet."

„Cool, dann haben wir eine Verabredung." Er verstummt und sagt erst mal nichts. Dann: „Oder so was Ähnliches."

Er fragt mich zu den Sternbildern ab, bis wir so müde sind, dass uns die Augen zufallen. Ich drehe mich auf die Seite und drifte langsam ab. Meine Füße sind gegen seine Beine gepresst. Ich benutze ihn als Heizung, aber sonst für nichts – ich will einfach hier sein.

KAPITEL 67

Am nächsten Morgen werden wir von lautem Rufen und Schritten vor dem Zelt geweckt. Wir folgen der Menge, die aufgebracht in Richtung Obstgarten läuft. Und dann höre ich die Lexer, noch bevor ich sie sehen kann – eine Kakophonie des Stöhnens, Zischens und Grunzens, gefolgt von dumpfen Schlägen. Um die hundert müssen bereits im Graben gefangen sein, und ein paar Hundert mehr sind noch auf dem Weg. Sie schlurfen vorwärts und fallen hinein, stehen auf, stolpern verwirrt im Loch herum und suchen nach einem Ausweg.

Gott sei Dank haben wir den Graben. Wenn sich dreihundert Lexer auf eine Stelle des Zauns stürzen würden, hätten wir nie genug Zeit, um sie alle zu töten, ehe der Zaun einstürzt. Der Graben ist unsere Rettung, aber die ganzen Lexer nachher umzubringen, wird eine ganz schöne Sauerei. Ich denke sehnsüchtig an all die Dinge, die ich für meinen freien Nachmittag geplant hatte. Den kann ich mir jetzt abschminken.

„Wow", staunt Bits, die irgendwie neben mir aufgetaucht ist, und nimmt meine Hand. „Das sind ja viele Lexer."

„Bits, geh sofort zurück zur Schule!", sage ich. „Warum bist du hier?"

„Ich musste auf Klo. Und dann wollte ich sehen, was hier los ist."

„Okay, jetzt hast du's gesehen. So, und jetzt gehen wir aber zurück."

Sie baut sich breitbeinig vor mir auf und starrt weiter die Lexer an. Aber sie sieht interessiert aus, nicht verängstigt. „Warte noch kurz. Ich kriege gerade ein paar richtig gute Ideen für den Comic."

„Bits, so sehr ich es liebe, wenn die Kunst das wahre Leben imitiert – du solltest wirklich nicht hier sein."

Dan greift sich Bits und schwingt sie im Kreis. „Ab in die Schule mit dir, Kleine."

Ihr perlendes Lachen lockt die Lexer in unsere Richtung und lässt sie aufheulen. Und obwohl sie knapp zehn Meter hinter dem Zaun in einem Loch in der Erde stecken, wird ihr Gesicht eine Nuance blasser. Ich kann das nur gutheißen – ein kleines bisschen Angst kann nicht schaden. Toby und Caleb hatten keine Angst, und was ist aus ihnen geworden?

„Okay", sagt Bits. „Aber ich will, dass Dan mich bringt."

Sie klimpert ihn mit ihren großen blauen Augen an, woraufhin er ihr sein charmantestes Lächeln schenkt. Und ich könnte schwören, dass sie ein bisschen dahinschmilzt. Aber das ist mir auch egal, solange sie dadurch vom Zaun verschwindet. Wir bringen sie zur Schule, und dann bringt Dan mich zu meiner Hütte.

„Gestern Abend hat Spaß gemacht", sage ich. „Danke."

„Ja, ich hatte auch Spaß. Schön, dass du geblieben bist."

„Finde ich auch. Jetzt aber auf in die Schlacht. Bis gleich!"

Dan stöhnt und geht dann lachend davon.

***

Ein paar Vorteile hat es ja schon, wenn man den ganzen Nachmittag damit verbringt, dreihundert Lexer zu töten. Erstens gibt es danach dreihundert Lexer weniger auf der Welt. Und zweitens wächst auf fast allen von ihnen dieses schwarze Moos. Die meisten haben nur ein paar kleine Flecken, aber einige sind zur Hälfte damit bedeckt, und ein paar wenige kriechen über die Erde wie Schnecken. Sie hinterlassen sogar eine schleimige Spur aus Leichenflüssigkeit. Diese Gestalten sind am leichtesten zu erledigen; man braucht kaum Kraft aufwenden; sie zerfallen einfach wie Pulled Pork.

Ein paar Leute schießen mit Pfeilen auf sie, aber hier gibt es niemanden, der wirklich gut im Bogenschießen ist, und so prallen die meisten Pfeile an Schädeln ab und landen auf der Erde. Die Bolzen für die Armbrüste, die wir haben, sind kürzer, was es schwieriger macht, sie aus einer Schädelhöhle herauszuziehen, um sie sauberzumachen und wiederzuverwenden. Ana und ich sitzen nah genug an der Kante des Grabens, um ihnen die längeren Pflöcke in die Augenhöhlen zu stoßen. Nach zwanzig ist es Routine. Nach vierzig ist mein Arm taub und wegen des Gestanks habe ich einen fauligen Geschmack im Mund. Nach einer halben Unendlichkeit liegen sie endlich alle leblos im Graben. Wir lehnen uns an den Zaun und leeren gierig unsere Wasserflaschen.

„Was machen wir mit den ganzen Leichen?", frage ich John.

„Wir bringen sie zum Feld, wie sonst auch", sagt John. „Aber wir brauchen wohl bald ein neues, so wie sich die Dinge entwickeln."

Hier können sie auf keinen Fall bleiben. Sie nehmen zu viel Platz weg, und sie stinken zum Himmel. Und das wird bestimmt nicht besser, bevor es viel, viel schlimmer wird. Ich ziehe mir die Handschuhe wieder an. Der Graben umfasst nicht die gesamte Farm; Gebiete wie die Auffahrt ab dem ersten Tor und noch ein paar andere Flaschenhälse sind ausgespart worden, damit landwirtschaftliche Maschinen und schwere Fahrzeuge passieren können. Und an einer dieser Aussparungen senken wir jetzt gerade eine metallene Rampe in den Graben, damit John mit dem ersten Anhänger hinunterfahren kann.

Obwohl wir jeden einzelnen unserer Pick-ups benutzen, ist es fast dunkel, bis wir endlich alle Lexer abtransportiert und auf das Feld geworfen haben, das unser Friedhof ist. Meine Muskeln schmerzen vom schweren Tragen der toten Körper. Ich lehne meinen Kopf an der Nackenstütze des Beifahrersitzes an und schließe die Augen.

„Ich kann mir fast denken, dass du heute Abend nicht in Kniffel-Laune bist", sagt Dan, nachdem wir das letzte Mal durchs Tor gefahren sind.

„Muss duschen. Und schlafen. Und sichergehen, dass Bits okay ist. Ich glaub, ich möchte heute Nacht bei ihr bleiben."

„Ja, na klar", sagt er, aber ich höre seiner Stimme an, dass er enttäuscht ist.

Dan muss zurück in sein leeres, einsames Zelt, während auf mich eine Hütte voller Wärme und guter Gesellschaft wartet. Er hat Freunde, aber nicht solche wie ich – Freunde, die ich schon vor all dem hier kannte, die ich um mich haben wollte, selbst wenn das Ende der Welt uns nicht dazu verdonnert hätte. Ich habe ihn eine Armlänge von alledem ferngehalten. Aber wenn wir richtige Freunde werden wollen, muss ich ihn mit einbeziehen.

„Hey, warum kommst du nicht noch mit zur Hütte? Du kannst Bits unterhalten, während ich dusche. Ich hab Ana und Peter gesagt, dass ich was zu essen aus der Küche hole. Mikayla hat uns was vom Abendessen aufgehoben."

Er parkt den Pick-up. Irgendjemand wird sich um die Reinigung der Fahrzeuge kümmern, aber nicht wir; wir haben für heute mehr als genug getan. „Ich mach mich kurz frisch und bin in zehn Minuten da."

Als ich geduscht habe und mit Schüsseln voller Nudeln und Brot zurückkomme, sind Dan und Bits tief in ein Gespräch vertieft. Fee sitzt auf seinem Schoß und drückt ihren kleinen Kopf gegen seine Hand, während er die magische Stelle hinter ihrem Ohr krault. Ana und Peter sitzen auf dem Zweiersofa und werfen mir amüsierte Blicke zu.

„Cassie", sagt Bits stirnrunzelnd. „Dan meint, dass du ihn nicht magst."

Ich stelle das Essen auf dem Tisch ab. „Was? Quatsch. Natürlich mag ich Dan."

„Nein, also, dass du ihn nicht lieb hast. Ich hab ihn gefragt, wen er mag, und er hat gesagt, dass er *dich* mag. Und dass du ihn nicht magst, was aber okay ist, weil ihr ja Freunde seid."

Meine eigenen Worte werden gegen mich verwendet. Als Nächstes fragt sie uns wahrscheinlich, wie weit wir gegangen sind, was wir schon gemacht haben. Dan steht auf und hilft mir dabei, das Essen auf Teller zu verteilen.

„Sie hat gefragt", sagt er. „Und man soll doch nicht lügen." Normalerweise wäre ich stinksauer, dass er Bits mit in unsere Angelegenheiten hineinzieht, aber Dan macht es einem nicht leicht, wütend auf ihn zu sein.

„Tja, jetzt, wo du so bereitwillig die erste Frage beantwortet hast, mach dich gefasst aufs Kreuzverhör", warne ich ihn. „Das hast du jetzt davon."

„Lass sie fragen. Ich bin bereit."

Ana steckt sich eine Gabel voll Nudeln in den Mund und stellt fest: „Da ist ja Schinken drin. Wen essen wir heute?"

„Gus", antworte ich.

Sie stellt ihre Schüssel auf dem Tisch ab und verzieht das Gesicht. „Ich mochte Gus. Er war so süß."

„Ana will nichts mit dem Schlachten zu tun haben", erklärt Peter Dan. „Sie weint jedes Mal, wenn sie eins der Tiere töten."

„Ich weine überhaupt nicht!"

„Genau, sie schwitzt nur aus den Augen", witzele ich. „Wenn geschlachtet wird, findest du Ana am anderen Ende der Farm, mit den Fingern in den Ohren und laut singend."

„Wer hätte gedacht, dass unser Zombiekiller Nummer eins eine sensible Seite hat?", sagt Dan. Ana lächelt und beißt in ein Stück Brot.

Bits schiebt sich Nudeln in den Mund und grinst. „Hm, Gus!"

„Bits hingegen hat absolut gar kein Problem damit", sagt Peter.

Ich nehme einen Bissen; Gus ist wirklich lecker. Dan lehnt sich mit der Schüssel in der Hand auf dem Stuhl zurück. Er scheint sich wohlzufühlen. Er lässt ein Stück Schinken für Barnaby fallen, der es sofort verschlingt, und gibt auch Fee eins.

„Magst du lieber Hunde oder Katzen?", fragt Bits ihn.

„Beides. Ich mag Katzen, weil sie unkompliziert sind, aber Persönlichkeit haben. Und ich mag Hunde, weil sie trottelig und loyal sind."

„Barny ist so trottelig", sagt Bits und streichelt ihm mit dem nackten Fuß den Rücken. „Aber wir haben ihn trotzdem lieb. Was ist deine Lieblingsfarbe?"

„Grün."

„Was ist das Schlimmste, was dir je passiert ist? Also, außer Zombies natürlich."

Dan schaut mich an. „Du hattest ja wirklich recht. Ähm, als meine Tante gestorben ist."

„Und das Beste?"

„Als ich sieben war und mein Bruder mir beim Rumtoben das Schlüsselbein gebrochen hat."

„Was?", fragt Bits und reißt die Augen auf. „Wie kann das denn bitte das Beste sein, was dir je passiert ist?"

„Na ja, ich war im Baseballverein und musste am Wochenende immer zu irgendwelchen Spielen und zum Training. Ich hab gern Baseball gespielt, aber mein Bruder konnte am Wochenende immer zu Hause bleiben und Zeichentrickfilme gucken."

„Warum musste er nicht Baseball spielen?", fragt Bits.

„Weil Mike schon älter war. Er hatte schon ein paar Jahre gespielt. Na, jedenfalls wurde mein Vater am selben Wochenende, an dem das größte Baseballturnier meiner Mannschaft stattfinden sollte, ins Fenway-Park-Stadion eingeladen, bevor es aufmachte. Das ist das Stadion der Red Sox."

„Weiß ich", erwidert Bits. „Mein Papa war ein Red-Sox-Fan."

„Ich wusste gleich, dass du mir gefällst", sagt Dan und Bits grinst. „Na ja, statt Mike durfte ich mit, weil ich ja ein gebrochenes Schlüsselbein hatte und nicht zu meinem Turnier konnte. Es war ganz früh am Morgen. Und ich durfte aufs Spielfeld. Das war das Schönste, was ich je gesehen habe. Ich hab sogar das grüne Monster berührt."

Bits und Peter nicken andächtig, als wüssten sie, wovon er spricht. Für mich klingt das irgendwie unanständig, also frage ich: „Was zur Hölle ist das grüne Monster und warum wolltest du es unbedingt anfassen?"

„Die Anzeigetafel", sagt Dan. „Das ist eine riesige Holzwand, die grün angestrichen ist. Die Punkte werden immer noch per Hand aufgehängt. Das ist so cool. Das war einer der besten Tage meines Lebens."

Ich schüttele den Kopf. „Die Anzeigetafel hat einen Namen? Wer gibt einer Anzeigetafel einen Namen? Sport. Daraus werde ich nie schlau werden."

„Wie viele Jahre hast du noch mal den Superbowl geguckt, bevor dir endlich aufgefallen ist, dass das Spiel nicht immer in der Mitte des Spielfelds beginnt?", fragt Peter. Er war selbst nie ein großer Sport-Fan, aber nachdem ich das endlich raushatte, konnte er die ganze Nacht nicht aufhören zu lachen.

„Achtundzwanzig", antworte ich stolz. „Und das liegt auch nur daran, dass der Superbowl für mich einfach ein guter Anlass zum

Essen und Trinken ist, wo zufällig dauernd so ein nerviger Lärm im Fernsehen läuft."

„Das überrascht mich nicht im Geringsten", sagt Dan mit einem Blick auf meine zweite Portion Nudeln. Aber er soll sich mal schön zurückhalten: Er ist bereits bei Portion Nummer drei. „Na ja, und deswegen war das das Beste, was mir je passiert ist. Und ich durfte den ganzen Frühling über bestimmen, welche Zeichentrickfilme wir gucken. Ich brauchte nur so zu tun, als würde ich das Baseballspielen ganz furchtbar vermissen."

Bits lehnt sich mit verschwörerischem Blick zu ihm hinüber. „Das war ja ganz schön ausgefuchst."

„Ich weiß", sagt Dan und zwinkert ihr zu, als sei es ein Geheimnis, was die beiden jetzt teilen.

Bits seufzt, wahrscheinlich, weil sie alles für morgendliche Zeichentrickfilme am Wochenende tun würde, egal, was für welche. Ich übrigens auch. Wir essen beim Licht der Laterne, während Bits ihn weiter ausfragt. Er stellt ihr ebenfalls tausend Fragen und macht sich erst zum Gehen auf, als sie alles aufgezählt hat, was sie mag und was sie gar nicht mag.

„Ich geh mal besser", sagt er. „War ein echt langer Tag."

Bits schlingt ihre Arme um Dans Hals und bleibt dort hängen, bis Peter sie kitzelt und sie aufgeben muss. Ich folge Dan hinaus in die Dunkelheit und stelle mich auf die unterste Stufe vor der Hütte. „Du hast eine nicht ganz so heimliche Verehrerin."

„Sie erinnert mich an dich, weißt du", sagt Dan. „Sogar die Sommersprossen sind gleich."

„Ich wünschte, ich hätte noch so schöne Sommersprossen im Gesicht. Die sind fast alle weg. Überall sonst auf mir sind Millionen davon. Außer im Gesicht."

„Du bist perfekt, so, wie du bist."

Die Zärtlichkeit in seiner Stimme bringt irgendwas in meinem Magen dazu, sich umzudrehen. Ich bin alles andere als perfekt. „Kannst du bitte so was nicht zu mir sagen? Erstens stimmt es nicht, und zweitens fühle ich mich dann komisch."

„Aber ist es nicht das, was du mal gesagt hast? Dass die andere Person perfekt für einen sein muss?" Ich weiche seinem Blick aus und starre die Nachbarhütte an. Er dreht mein Kinn zurück zu ihm. „Okay, tut mir leid. Ich sag es nicht noch mal. Okay?"

„Okay."

Das Lächeln, mit dem er garantiert schon mehr Frauen rumgekriegt hat, als ich zählen kann oder will, breitet sich auf seinem Gesicht aus. „Aber früher oder später kriege ich dich schon weichgeklopft."

Ich drehe mich um, um mein Schmunzeln vor ihm zu verbergen. „Gute Nacht, Danny."

„Gute Nacht, Knallkopf."

Seine Schritte knirschen auf dem Kies, bis sie in der Dunkelheit in Richtung seines Zelts verschwinden. Ich hätte nichts dagegen, von Dan weichgeklopft zu werden, und fast möchte ich es darauf ankommen lassen. Ich glaube zwar nicht, dass er es schaffen wird, aber er wäre meine erste Wahl.

KAPITEL 68

Beim Aufheulen des Signaltons falle ich vor Schreck fast hintenüber, obwohl ich genau wusste, dass es so kommen würde. Ich lasse meine Kiste mit den Zucchini im Garten stehen und gehe auf die Schule zu. Ein weiterer Ton erklingt, dann noch einer. Drei Signaltöne bedeuten, dass man sich augenblicklich zu seinem zugeteilten Fluchtfahrzeug begeben soll. Geh nicht über Los, kassiere keine zweihundert Dollar.

Die Kinder strömen aus dem Schulgebäude. Penny sorgt dafür, dass keiner zurückbleibt. Sie hält eine Liste in der Hand und erinnert jeden noch mal daran, wohin er gehen muss. Die Kinder schnattern aufgeregt, aber als ich mahnend die Augenbrauen hebe, verstummen sie. Ich nehme Bits an die Hand und gehe auf den Bulli zu. Peter, Ana, Penny, James und Maureen stoßen zu uns. Jetzt fehlt nur noch John und wir sind komplett. Es wird eng im Bus, aber uns aufzuteilen war keine Option für uns. Es gibt einfach zu viel, was da draußen schiefgehen kann. Shawn hat diesen Winter den Motor ein wenig auf Vordermann gebracht, und jetzt fährt der alte Kasten wieder wie eine Eins, sogar am Berg. Na ja, es ist zumindest allemal besser als vorher.

Ich winke Hank und Henry zu, die neben dem großen Schulbus stehen. Im Bus findet die halbe Farm Platz, und auf dem Dach sind Ölfässer festgeschnürt, in denen genug Benzin ist, um alle sicher bis ins tiefste Kanada zu bringen.

Josephine steht neben Henry und hat ihre Hand klauenartig auf Jasmines Schulter gelegt. Jasmine zuckt und tätschelt die Hüfte ihrer Mutter, was Josephine nur noch nervöser zu machen scheint.

Dan lehnt am Krankenwagen, den er sich mit Mike, Rohan und drei anderen teilt. Alle Fluchtfahrzeuge sind mit genug Lebensmitteln für eine Woche und scharfen Hieb- und Stichwaffen ausgestattet worden. In einigen sind auch Pistolen, aber die meisten von uns tragen sowieso eigene Schusswaffen, jetzt, wo Sommer ist. Unsere Notfallrucksäcke sind klein und kompakt; sonst hätten wir keinen Platz mehr für Passagiere.

Die letzten Nachzügler finden sich bei ihren Fahrzeugen ein. John schaut auf die Uhr und ruft in die Runde: „Zehn Minuten, nicht schlecht. Aber drei Signaltöne bedeuten, dass es ernst ist. In einem echten Notfall habt ihr vielleicht keine zehn Minuten. Denkt dran, wenn es eine Übung ist, wisst ihr es vorher. Wenn ihr drei Signaltöne hört und ich vorher keine Ansage gemacht habe, ist es keine Übung!"

Um uns her nicken alle. Die Sonne kämpft sich durch das dichte Blätterdach, das den Parkplatz umgibt, und Vögel zwitschern sich von den Ästen aus zu. Es ist so friedlich, im Gegensatz dazu, wie es in einem echten Notfall wäre.

„Okay", sagt John. „Danke, allerseits. Gute Arbeit."

Die Leute gehen lachend und sich unterhaltend davon. Wie schnell sich die gedrückte Stimmung gelöst hat. Barnaby und Gwen, ein anderer Hund, sitzen auf dem Kies und hecheln uns mit heraushängenden Zungen an. Barnaby würde nie mit uns in den Bulli passen, also ist er dem kleineren der beiden Schulbusse zugeteilt worden. Mich freut das – natürlich will ich, dass Barnaby es schafft, aber ich ziehe es ganz klar vor, dass er woanders haart und sabbert.

„Und was ist mit Fee?", fragt Bits. „Ich muss sie holen."

„Bits, nein", sagt Peter. „Du kommst schnurstracks hierher. Zwei Signale, und du kommst auf schnellstem Wege her. Einer von uns holt die Katze."

Augenblicklich füllen sich ihre Augen mit Tränen. „Aber wir können sie doch nicht hierlassen! Dann stirbt sie!"

„Bits, das ist jetzt sehr wichtig", sage ich und halte sie an den Schultern fest. „Ich hole Fee, okay? Du läufst zum Bulli. Das ist dein einziger Job, verstanden?"

„Versprichst du mir, dass du sie rettest?"

Versprechen kann ich gar nichts, aber ich bin mir für eine kleine Notlüge nicht zu schade, wenn Bits dann macht, was ich ihr sage. „Ehrenwort. So, und jetzt ab mit dir zur Schule, Bitsy."

Nachdem sie davongehüpft ist, drehe ich mich mit angehobenen Schultern zu meinen potenziellen Mitfahrern um. „Die Chancen stehen fünfzig zu fünfzig, dass sie trotzdem zuerst nach Fee sucht, richtig?"

Peter sieht ihr nach, wie sie die Stufen des Schulgebäudes hinaufspringt. „Sie will einfach nicht, dass irgendwer stirbt, und das schließt natürlich die Katze mit ein. Ich schnapp mir Bits, wenn es losgeht. Und du dir die Katze, aber nur, wenn du kannst."

„Und ich fahre", sagt Ana. Als sie unsere bestürzten Gesichter sieht, seufzt sie und verdreht die Augen. „Oh mein Gott, Leute. Entspannt euch mal. Das war ein Witz."

***

Seit der letzten Herde haben wir keine von der Größe mehr am Zaun gehabt, aber jeden Tag fallen Dutzende Lexer in den Graben. Wir haben uns angewöhnt, zu warten, bis genug in der Falle sitzen, ehe es sich lohnt, hinzugehen.

„Diese Ladung bringen wir aufs neue Feld", sagt John, als wir den Anhänger mit den letzten Neuankömmlingen füllen. „Die Löcher sind fertig. Wir machen sie voll und dann suchen wir uns ein neues Feld."

Auf dem Feld, zu dem wir die Lexer bringen, wächst kein Gras mehr, und es ist von tiefen Löchern übersät. Bisher haben wir die Körper immer verbrannt, wenn ein Loch voll war, aber man braucht viel Benzin, um diese Massen zum Brennen zu kriegen. Wir riskieren, unsere Vorräte aufzubrauchen und am Ende doch nicht genug Platz für die nächste Grillparty zu haben. Jetzt, wo wir täglich so viele Lexer haben, macht es keinen Sinn mehr. Wir stellen einfach nur sicher, dass wir sie weit genug entfernt von der Farm begraben, damit sie nichts kontaminieren, was wir noch brauchen.

Wir ziehen und werfen sie in die tiefen Löcher. Normalerweise fällt es mir leicht, nicht darüber nachzudenken, was ich da gerade anfasse, aber als sich das Fleisch eines besonders moosbewachsenen Arms plötzlich vom Knochen löst und ich mit dem halben Unterarm in der Hand dastehe, muss ich doch würgen.

„Boah, ist das widerlich", sagt Jamie, die neben mir steht.

Ich lasse den halben Arm in die Grube fallen und helfe ihr mit ihrer Leiche. Ich nehme die Handgelenke, sie die Füße, und so befördern wir den Körper des weiblichen Lexers ins Loch. Während sie hinabgleitet, rutscht ihr Hemd hoch. Das Moos hat ein gähnendes Loch in ihren Bauch gefressen, in dem sich madenähnliche Insekten tummeln. Ich muss erneut würgen, aber das hier sind gute Nachrichten – egal, wie ekelhaft sie auf den ersten Blick erscheinen mögen. Ich habe noch nie auch nur ein einziges Insekt auf einem Lexer gesehen.

„Guck mal", sage ich. „Da lebt was."

Wenn man sich unsere Gesichter so ansieht, könnte man fast meinen, wir würden ein Neugeborenes bestaunen. Das Wunder des Lebens. Und es grenzt schon ein bisschen an ein Wunder, wenn man darüber nachdenkt – das hier könnte die Geburtsstunde einer neuen Welt sein: einer Welt ohne Zombies.

KAPITEL 69

Nelly hat mir gestern eine Nachricht überbringen lassen; wir müssten reden, am besten während Johns Schicht am Funkgerät. Jetzt stehe ich neben John, beuge mich vor und stütze mich am Tisch ab, als ich seine Stimme höre. „Hey, Nels."

„Wie geht's, Zwerg?"

„Gut, gut. Und dir?"

„Ich habe Neuigkeiten." Dann verstummt er eine ganze Minute lang. Ich will ihn gerade anschreien, dass er endlich den Mund aufmachen soll, als seine Stimme ertönt. „Willst du wissen, was es ist?"

„Oh mein Gott, Nelly, hör auf, mich hinzuhalten!", rufe ich ins Funkgerät. John schmunzelt, als er meinen verzweifelten Gesichtsausdruck sieht.

„Wir ziehen im Oktober auf die Farm."

Ich hüpfe quietschend vor Aufregung auf und ab. Nelly kann mich nicht hören, aber John steckt sich die Finger in die Ohren, als hätte ich gerade sein Trommelfell zum Platzen gebracht.

„Adam hat jemanden gefunden, der die Schule übernimmt", erklärt Nelly. „Und ihr braucht ja sowieso einen neuen Lehrer, wenn Penny ihr Baby bekommt."

„Oh, ach ja? Cool, cool", sage ich aufgesetzt gelangweilt und zwinkere John zu.

Am anderen Ende wird es still. Ich kann Nellys verwirrten Gesichtsausdruck förmlich sehen. „Du verarschst mich, oder?"

Ich drücke auf den Knopf. „Ja."

„Und das, wo wir doch so selten miteinander reden."

„Du hast angefangen."

Er lacht. „Also, weniger als zwei Monate noch!"

„Zwei Monate", wiederhole ich. „Ich kann's kaum erwarten!"

„Das klingt doch schon besser. Fast hätte ich es mir anders überlegt."

„Wehe! Ich komm und hol dich, wenn es sein muss."

„Keine Sorge, wir kommen ganz bestimmt", verspricht er. „Komme, was da wolle. Ich muss los, sie brauchen das Funkgerät. Ich wollte dir bloß Bescheid geben. Hasse dich!"

„Ich hass dich auch", antworte ich. „Tschüssi!"

Freudestrahlend sehe ich John an. „Na, wenn das mal keine guten Neuigkeiten sind", sagt er.

„Die besten Neuigkeiten!"

Ich mache mich auf, um Penny einzuweihen, die sowieso eine Ausrede sucht, um die Kinder den Rest des Nachmittags sich selbst zu überlassen. Wir haben beschlossen, die Sommerferien ausfallen zu lassen, damit die Kinder nicht zu viel von dem mitkriegen, was am Zaun los ist, aber die meiste Zeit ist es mehr wie Ferienlager als wie richtiger Unterricht.

„Ich hab mir schon Sorgen um die Kinder gemacht. Ich meine, ich wusste, dass sich schon irgendwie verhindern lässt, dass sie ganz dumm werden, aber trotzdem", sagt sie grinsend. „Aber was, wenn sie Koliken hat oder so? Ich kann ja nicht unterrichten, wenn sie den ganzen Tag lang schreit."

Wir haben uns alle angewöhnt, von *ihr* zu sprechen. Als wüssten wir, dass es ein Mädchen wird. Sie haben sich nicht mal einen Jungennamen überlegt.

„Wenn sie Koliken hat, kannst du sie einfach an mich abgeben. Das ist ja das Gute daran, in einer großen Gemeinschaft zu leben – es gibt genug offene Arme."

„Maureen kann es kaum abwarten", sagt Penny. „Ihre Tochter hatte letzten Frühling gerade ihr erstes Kind bekommen. Maureens erster Enkel. Und sie hat das Baby nur ein einziges Mal sehen können."

„Du wirst Glück haben, wenn du dein Kind überhaupt selbst halten darfst."

„Du kannst die Nächte übernehmen."

„Oh, vielen Dank aber auch." Ich streichle ihren Bauch. Ich bin die Einzige, die Pennys Bauch jederzeit berühren darf. Alle anderen müssen vorher fragen. „Sie kann immer bei mir sein, wenn sie will, weil sie nämlich ein perfekter kleiner Engel sein wird. Ist doch so, Maria?"

„Das ist das erste Mal, das jemand sie Maria genannt hat." Penny senkt den Blick, aber ich habe das Beben ihrer Unterlippe gesehen. Ich lege ihr beschwichtigend eine Hand auf den Arm. „Ist schon gut. Ich wünschte einfach, meine Mutter wäre hier. Ich hab Angst, vor allem vor dem Moment, wenn das Baby sich dazu entscheidet, auf die Welt zu kommen. Ich will gar nicht dran denken. Du weißt, dass sie irgendwann rauskommt, oder?"

Ich zucke übertrieben zusammen, als sei das die schockierendste Nachricht, die ich je bekommen hätte, und lache, als ich ihr besorgtes Gesicht sehe. „Ich weiß. Aber ich werde die ganze Zeit bei dir sein."

„Versprochen?"

Dieses Mal brauche ich keine Notlüge zu erfinden. „Ehrenwort."

KAPITEL 70

Am Morgen meines dreißigsten Geburtstages ist es schon vor Sonnenaufgang drückend heiß. Ich liege im Bett und starre an die Decke. Ich habe diesen Tag gefürchtet. Allein im Einzelbett aufzuwachen, ist definitiv nicht das Traumszenario, das ich mir für diesen Tag ausgemalt hatte. Aber der Schmerz in meiner Brust ist nicht mehr so lähmend. Es ist mehr wie ein sanftes Pochen in einer alten Narbe, womit ich nie gerechnet hatte, vor allem nicht innerhalb so kurzer Zeit. Da hat Peter wohl doch recht behalten, als er sagte, dass wir Zeit und Trauer jetzt anders wahrnehmen. Und ich habe den Entschluss gefasst, diesen neuen Zustand, mehr oder weniger schmerzfrei – und dreißig – zu sein, für mich zu nutzen. Ohne Schuldgefühle. Geburtstage waren mal etwas, das einen jedes Jahr aufs Neue heimsuchte, ob man wollte oder nicht. Jetzt muss man sie sich verdienen, hart dafür arbeiten, und ich habe mir vorgenommen, die Früchte meiner Arbeit zu genießen. Die Früchte von Adrians Arbeit.

Ich mache mich auf zu meiner Frühstücksschicht, wo ich Pfannkuchen backe und Glückwünsche entgegennehme. Bei den ersten paar Gratulanten muss ich immer noch ein wenig schlucken, aber irgendwann gewöhne ich mich dran, und am Ende meiner Schicht bin ich mehr als bereit für mein viertes Jahrzehnt.

Dan betritt mit einer Papiertüte in der Hand das Restaurant, während ich hinter mir aufräume. „Herzlichen Glückwunsch zum Geburtstag, Knallkopf. Wie war dein Morgen bisher?"

„Danke. Ganz gut. Und wenn ich hier fertig bin, hab ich für den Rest des Tages frei."

„Du Glückskeks. Ich bin gerade auf dem Weg zur Wache, aber ich wollte dir schnell dein Geburtstagsgeschenk überreichen."

Er hält mir die Tüte hin. Ich will gerade sagen, dass das doch nicht nötig war, aber er strahlt übers ganze Gesicht, also verkneife ich es mir. Zum Vorschein kommt eine hölzerne Schachtel, knappe zehn Zentimeter lang. Das dunkle Holz ist so sorgfältig geschliffen und lackiert worden, dass es im Licht, das durchs Fenster hereinfällt, glänzt wie polierter Stein. Eine Borte aus winzigen Sternen ziert den Deckel, und in der Mitte prangt eine Konstellation, die ich erkenne.

„Cassiopeia", flüstere ich. Die Ausführung ist wirklich beeindruckend, und ich fahre bewundernd mit dem Finger über die perfekt geformten Sterne, die Dan eine halbe Ewigkeit gekostet haben müssen.

„Sie ist wunderschön", sage ich. „Ich liebe mein Geschenk. Danke, danke, danke."

Dan ist die ganze Zeit nervös von einem Fuß auf den anderen getreten, während ich das Kästchen bewundert habe, und jetzt fragt er: „Gefällt es dir wirklich?"

„Machst du Witze?", rufe ich. „Es ist so schön! Jetzt versteh ich auch, warum dir Häuser bauen zu langweilig ist!"

Sein nervöses Lächeln verwandelt sich in ein echtes. „Mach mal auf."

Ich muss lachen, als ich das kleine geschnitzte Einhorn im Inneren sehe. Es ist ebenso detailgetreu wie das Äußere der Schachtel. In den Boden ist eine Landschaft geschnitzt: zwei Berge, zwischen denen ein Regenbogen prangt. Er hat die Seele meiner kitschigen Wandmalerei perfekt eingefangen und trotzdem ist es das Schönste, was ich seit Langem gesehen habe.

„Danke." Ich lege ihm die Arme um den Bauch. „Das ist mein neues Lieblingsding auf der ganzen Welt."

„Also gefällt es dir wirklich?"

„Wenn du mich das noch einmal fragst, hau ich dich. Ich liebe, liebe, liebe es. Wirklich. Ich schwöre. Nicht gelogen. Du hast echt Talent, weißt du das eigentlich?"

Ich stelle mich auf die Zehenspitzen, um ihm einen Kuss auf die Wange zu geben, aber im letzten Moment dreht er den Kopf und drückt seine Lippen auf meine. Ich lasse ihn, auch wenn ich seinen Kuss nicht direkt erwidere. Als ich ihn schließlich sanft wegschubse, grinst er.

„Dan …", sage ich. Aber mein halbherzig tadelnder Tonfall ist wenig überzeugend.

„Tut mir leid", erwidert er, aber sein Ton ist mindestens genauso halbherzig, und wir wissen beide, dass es ihm nicht im Geringsten leidtut. „Okay, ich muss los. Sehen wir uns heute Abend?"

„Benimmst du dich oder werde ich dich meiner Geburtstagsparty verweisen müssen?"

„Ich werde mich benehmen. Versprochen."

Er stolziert zur Tür hinaus. Ich glaube ihm kein Wort, und wenn ich die Baby-Schmetterlinge in meinem Bauch richtig deute, macht es mir auch gar nichts aus.

***

Alle sind bester Laune. Mein Geburtstag ist der einzige im August, und die letzte Party, die keine Totenwache war, ist schon viel zu lange her. Die Kinder schauen sich im Funkraum einen Film an, und wir Erwachsenen sitzen im Restaurant und essen und trinken. Ich ziehe das Handy aus der Tasche, um ein paar Fotos zu schießen, aber irgendwie finde ich mich plötzlich bei dem Foto wieder, das ich von Adrian am Holzstapel gemacht habe. Er sieht so friedlich aus, wie er meistens ausgesehen hat, und ich muss schlucken, um den Kloß in meinem Hals loszuwerden. Die meiste Zeit hält sich der Schmerz in Grenzen, aber manchmal sticht er so richtig zu.

Ich drücke das Foto weg. Adrian ist nicht mehr da und ich werde für immer um ihn trauern, aber nicht heute Abend. Er wollte, dass ich lebe, und hat sich wahrscheinlich mehr als einmal im Grabe umgedreht, so, wie ich sein letztes Geschenk an mich mit Füßen getreten habe. Ich stelle mir vor, wie er oben im Himmel sitzt und sein typisches Seufzen ausstößt, immer wenn ich etwas tue, was er missbilligt hätte. Der Gedanke bringt mich zum Lachen. Immerhin. Ich nehme mein Bier und spaziere zwischen den Tischen herum, bis ich einen Platz neben Peter finde.

362

Er streichelt mir den Rücken. „Na, wie geht es dem Geburtstagskind?“

„Dem Geburtstagskind geht's super“, antworte ich. „Wirklich.“

Ich proste ihm zu und mache ein Foto von ihm und Ana. Jamie und Shawn schnipsen Kronkorken über den Tisch, und ich fange Jamies Triumphschrei mit dem Handy ein, als sie eine Runde gewinnt. Ich versuche, jeden hier in mindestens einem Foto festzuhalten. Dan kommt auf mich zu, aber als ich die Hand hebe, bleibt er stehen, damit ich ihn fotografieren kann.

„Nochmals herzlichen Glückwunsch“, sagt er.

„Nochmals danke. Rate mal, was ich in der Tasche habe?“

Ich ziehe das Einhorn hervor und lasse es jeden in die Hand nehmen und Dans Handwerk bewundern. Alle staunen über die winzigen Details, bis Dan ganz rot wird und ich es wieder sicher in meiner Tasche verstaue.

„Ist das etwa ein Einhorn in deiner Hosentasche oder bist du einfach nur froh, mich zu sehen?“, fragt Dan.

„Ich weiß nicht mal, was ich darauf antworten soll, also tu ich einfach mal so, als hätte ich es nicht gehört.“ Er lacht laut auf und zieht einen Stuhl heran. „Bits will auch eins. Tatsächlich will Bits eine ganze Einhornfamilie. Nur, damit du hinterher nicht sagen kannst, ich hätte dich nicht gewarnt. Sie meint, du hast mehr als genug Zeit dafür, wo ihr Geburtstag doch erst im November ist.“

„Das werde ich wohl schaffen.“

Dan legt seine Hand auf mein Knie. Ich werfe ihm einen strengen Blick zu, den er ignoriert und sich stattdessen mit John unterhält. Ich zucke mit den Schultern und nehme ebenfalls am Gespräch teil. Wir reden über alles außer Zombies, Gräben oder sonst irgendwas Wichtiges. Stattdessen geht es um lustige Situationen, wie zum Beispiel mein Missgeschick heute Morgen, bei dem ich eine ganze Schüssel voller Pfannkuchenteig auf dem Boden verteilt habe.

Als der Film zu Ende ist und die Kinder wiederkommen, ist die Party zu Ende. Bits tänzelt neben mir her und erzählt mir jedes Detail der Geschichte, was meistens länger dauert als der Film an sich.

„Hey Bitsy, mein Geburtstagskuchen war so lecker“, sage ich, als sie endlich Luft holen muss. „Danke fürs Backen.“

„Dan hat gesagt, dass Sterne drauf müssen, weil du Sterne liebst. Wie dein Ring und die Konstellationen."

Dan, der auf Bits' anderer Seite geht, sieht mich aus dem Augenwinkel an, und ich lächle ihm zu. „Da hat er recht. Und du hast es wirklich gut gemacht."

„Cassie bringt mir alle Sternbilder bei", sagt Bits zu jedem, der es hören will. „Ich wusste, dass das auf der Schachtel Cassiopeia ist."

„Ich gebe dein Wissen an sie weiter", erkläre ich, an Dan gerichtet. „Bald kannst du sie abfragen. Sie freut sich schon auf den nächsten Meteorschauer."

Dan fährt Bits mit der Hand durch die Mähne. „Ich weiß, es ist schon spät, aber wenn ihr zwei Hübschen noch Lust habt, ein bisschen in die Sterne zu schauen …"

„Na klar haben wir Lust! Oder, Cassie?"

„Natürlich."

Wir setzen uns vor Dans Zelt auf eine Decke. Nachdem er uns ein paar Konstellationen gezeigt hat, nimmt er Bits Hand und hält ihren Finger in die Luft. „Folge deinem Finger, während ich die Geschichte erzähle. Das ist Andromeda, die Tochter von Cassiopeia. Cassiopeia hat immer damit angegeben, dass Andromeda noch viel schöner sei als die Nereiden. Das sind Seenymphen. Und daraufhin verlangten die Nereiden von Poseidon, dem Gott der Meere, dass er Cassiopeia bestraft, indem er Cetus, ein Seeungeheuer, an die Küste Äthiopiens schickt, um dort Angst und Schrecken zu verbreiten. Andromedas Vater, Kepheus, bat um Gnade für sein Königreich Äthiopien. Poseidon sagte, dass er nur Gnade würde walten lassen, wenn Kepheus seine Tochter an einen Fels im Meer fesselte, damit das Seeungeheuer sie fressen könnte …"

„Und, hat er?", fragt Bits ungläubig.

Dan nickt und bewegt ihren Finger. „Aber dann kam Perseus und hat sie gerettet, indem er den Kopf der Medusa dazu benutzte, das Seeungeheuer zu Stein werden zu lassen. Und dann lebten sie glücklich bis an ihr Lebensende."

„Diese Cassiopeia hat sich ganz schön was geleistet, was?", sage ich.

„Ich kann's immer noch nicht glauben, dass er das echt gemacht hat!", empört Bits sich. „Mein Papa hätte so was nie gemacht. Und Peter und Cassie würden das auch nicht tun."

„Man weiß nie", sagt er und zieht verspielt an ihrem Zopf. „Es kommt immer ganz darauf an, wie gut man sich benimmt."

Bits kichert. Wir bleiben auf der Decke sitzen, bis es zu kühl ist – selbst Mitte August fühlen sich die Nächte hier oben im Norden an wie im Herbst – dann gehen wir in Dans Zelt, wo sich Bits zwischen uns kuschelt und Dans Geschichten über die Sterne lauscht. Er ist viel besser darin als ich, Geschichten zu erzählen, und sie starrt verzaubert durch das Fliegennetz in den Himmel.

„Ich liebe die Sterne", seufzt sie verträumt. „Ich wusste gar nicht, dass es so viele Geschichten über sie gibt. Der Himmel ist fast wie ein Buch. Liebst du die Sterne deshalb so sehr, Cassie? Weil es immer was zu lesen gibt?"

„So hab ich noch nie darüber nachgedacht", antworte ich nachdenklich und staune über ihre poetische Ader. „Ja, vielleicht. Das ist zumindest ein Teil davon. Aber ich find's auch faszinierend, dass da oben noch andere Welten sind als unsere, vielleicht andere Lebewesen. Manchen Menschen macht es Angst, wie klein wir sind im Vergleich zum Rest des Universums, aber mich erinnert es immer daran, dass es noch etwas Größeres, Schöneres gibt als uns, auch wenn es nicht immer so scheint. Aber weißt du, was ich am meisten liebe?"

„Was denn?"

Ich drücke meine Lippen auf ihre Schläfe. „Dich. Mehr als alle Sterne am Himmel."

„Das sind ganz schön viele Sterne", sagt Bits. „Unendlich viele, oder, Dan?"

„Tja", antwortet Dan, „soweit ich weiß, hat nie jemand gezählt, wie viele Sterne es wirklich da oben gibt, aber unendlich klingt irgendwie gut, finde ich."

Ich ziehe Bits an mich. „Das finde ich auch."

„Und ich auch", stimmt Bits zu.

„Dann ist es also entschieden", sagt Dan. „Und wer kann uns schon das Gegenteil beweisen?"

Dan, Jamie und ich sitzen am Lagerfeuer am Haupttor. Wir gehen noch immer den Zaun ab, aber seit wir den Graben haben, gibt es nichts mehr abzustechen. Bis zum nächsten Morgen zumindest. Es sind nur noch um die zehn Grad und ich fürchte, das bedeutet das Ende unseres ungewöhnlich warmen Sommers. Ich halte meine behandschuhten Hände über das Feuer. Ich weiß, ich habe selbst gesagt, dass ich mich auf den Winter freue, aber das muss ja nicht heißen, dass ich ihn sonderlich mag. Jamies Hut verdeckt beinahe ihre Augen. Dan trägt eine leichte Jacke und beschwert sich andauernd, wie warm ihm ist, nur um uns zu nerven.

„Hallo?", erklingt da eine Stimme auf der anderen Seite des Tors.

Über die leichte Brise haben wir keine Schritte gehört, und so springen wir auf und klettern hastig auf die kleine Plattform, von wo aus wir mit der Taschenlampe über den Zaun leuchten. Ein älterer Mann mit kurzem grauem Bart steht auf dem Schotterweg. Er trägt Wanderklamotten und einen riesigen Wanderrucksack, der auf seinem kräftigen, breiten Rücken aussieht, als wiege er kaum etwas. Als sei er gerade auf einem gemütlichen Sonntagsausflug gewesen und habe sich verlaufen. Er schirmt mit der Hand die Augen ab und winkt uns zu.

„Hi", sagt Dan. „Möchtest du reinkommen?"

Ich halte meine Pistole bereit. Seit der Geschichte in Whitefield bin ich sehr vorsichtig bei Fremden. Dieses Jahr hatten wir nicht viele Neue, aber die wenigen, die gekommen sind, waren alle harmlos und nicht infiziert, wenn auch ein wenig traumatisiert.

Der Mann fährt sich mit der Hand über den Bart. „Ja, wenn ich darf? Ich bin nicht infiziert, falls ihr euch deswegen Sorgen macht."

„Okay, ich komm runter. Ich muss dich untersuchen."

Dan klettert von der Plattform und öffnet die kleine Tür neben dem großen Tor. Der Mann stellt vorsichtig seinen Rucksack auf der Erde ab, um den Bogen nicht zu beschädigen, der darin steckt. Dann zieht er Jacke und Hemd aus und entblößt schmutzige, aber unverletzte Haut. Er greift nach seinem Gürtel und wirft einen kurzen Blick zu mir und Jamie empor, die mit unseren Pistolen auf ihn zielen.

„Entschuldigt bitte, die Damen", sagt er und lässt die Hose herunter.

Er ist gesund, wie wir angesichts seiner kecken Art und seiner wachen Augen sowieso schon angenommen hatten. Dan bedeutet ihm, sich wieder anzuziehen, und sagt: „Herzlich willkommen auf Kingdom Come."

Der Mann ignoriert Dans zum Gruß ausgestreckte Hand und umarmt ihn mit einem kleinen Freudenschrei. Ich stecke meine Pistole wieder ins Holster und geselle mich zu den beiden.

„Ich hab's geschafft!", ruft der Mann. Dann fängt er an zu weinen. Er schluchzt laut und seine breiten Schultern beben. Die Tränen laufen ihm in steten Strömen übers Gesicht, aber er strahlt uns mit einem breiten Lächeln an, während er sich mit einem schmutzigen Taschentuch die Nase schnäuzt. Als er mich ebenfalls umarmt und einen kleinen Freudentanz aufführt, muss ich kichern. Er riecht fürchterlich, aber das haben wir alle mal im vergangenen Jahr. Außerdem stinkt nichts so schlimm wie ein Lexer.

„Ich bin Cassie", stelle ich mich vor, als er mich wieder loslässt.

„Oh, wo bleiben meine Manieren? Mark Golden, Geschichtslehrer Oberstufe."

Er schüttelt unsere Hände, als Dan und Jamie sich ebenfalls vorstellen.

„Schön, dich kennenzulernen, Mark", sagt Dan. „Setz dich doch erst mal. Oder, wenn du willst, kann einer von uns dich direkt zur Farm bringen, damit du erst mal richtig ankommen kannst."

Mark kann nicht aufhören, auf der Stelle zu tänzeln, selbst nachdem er sich hingesetzt hat. „Ich setze mich erst mal, wenn ich darf. Alles, was ich will, ist, mit anderen Menschen zusammenzusitzen und zu genießen, dass ich in Sicherheit bin. Menschen! Wie ich euch vermisst habe, könnt ihr mir das glauben? Ich hab auf dem Weg ein paar getroffen, aber die wollten in die andere Richtung weiter. Und ich wollte schon immer in Vermont meine Rente genießen. Tja, die Rente kam ein bisschen früher als erwartet, aber hey! Ich hab's geschafft!"

Er stößt triumphierend die Faust in die Luft. Als Dan ihm seinen Flachmann hinhält, leuchten seine Augen noch mehr als vorher.

„Ah, ein Trankopfer", sagt Mark. „Wunderbar!"

Ich setze mich neben ihn. „Woher kommst du?"

„Tennessee. Ich hab einen ziemlich langen Fußmarsch hinter mir, meine Liebe."

Dieser Typ ist ein Unikat. Er gefällt mir schon jetzt. „Wir freuen uns, dass du hier bist, aber warum bist du nicht bei einer der anderen Sicherheitszonen abgestiegen?"

Er runzelt die Stirn. „Na, abgesehen von der Tatsache, dass mein Herz dem schönen Staate Vermont gehört, bin ich Leuten aus Oklahoma begegnet. Die haben gesagt, dass die Monster Richtung Norden ziehen wie eine Flutwelle aus dem Süden. Die Brücken des Panamakanals seien Tag und Nacht knüppeldickevoll. Da erschien es mir am sinnvollsten, den Nordosten anzusteuern."

Das ganze Blut sackt mir in die Füße. Ich werfe Jamie und Dan einen schnellen Blick zu und sehe, dass sie genauso geschockt sind wie ich. „Sie kommen aus Südamerika hoch?"

„Das haben die Herrschaften zumindest gesagt. Dem muss aber hinzugefügt werden, dass diese Leute überhaupt sehr erregt waren. Haben sich ständig in die Haare bekommen. Aber ich sehe, dass euch diese Neuigkeit überrascht. Es tut mir wirklich leid, der Überbringer solch schlechter Nachrichten zu sein. Falls es aber stimmt, bin ich mir sicher, dass die Monster erfrieren, bevor sie uns hier erreichen."

„Ich gehe John wecken", sage ich. „Mark, möchtest du mitkommen? Es gibt da jemanden, der deine schlechten Nachrichten ebenfalls hören sollte."

„Dürfte ich mir wohl den Flachmann ausleihen?"

Obwohl meine Innereien noch immer eiskalt vor Angst sind, kann ich mir ein Lachen nicht verkneifen. „Aber klar. Den werden wir wohl gut gebrauchen können."

***

Mark hat jede von Johns Fragen gewissenhaft beantwortet, aber klare Antworten haben wir deswegen noch lange nicht. Ihm ist gesagt worden, dass Tausende Lexer auf dem Weg nach Norden seien, aber ob das bedeutet, dass sie Richtung Nordosten kommen, kann er nicht beantworten. Soweit er weiß, befinden sie sich irgendwo im Westen.

„Schnell bewegen sie sich sicher nicht vorwärts", sagt Mark, der es sich in einem der Fernsehsessel im Wohnmobil gemütlich gemacht hat. „Ich bin so zügig wie möglich gegangen, was, zugegeben, nicht mehr ganz so flott ist wie früher, aber im Gegensatz zu den Monstern musste ich mich ja hin und wieder mal ausruhen. Und ich war trotzdem schneller als sie. Die laufen und laufen … wenn nicht pausenlos, dann zumindest doch fast."

Er macht eine dramatische Armbewegung. Ich kann ihn förmlich vor mir sehen, wie er einem Haufen siebzehnjähriger Schüler die Revolutionskriege bildhaft macht.

„Okay, ab jetzt machen wir drei Touren zum Ausguck pro Tag", sagt John entschlossen. Er sah müde aus, als wir ihn aus dem Schlaf gerissen haben, aber jetzt wirkt sein Gesicht erst recht abgekämpft und erschöpft. „An klaren Tagen können wir kilometerweit sehen. Das sollte uns genug Zeit geben, um im Ernstfall schnell abhauen zu können."

Mark nimmt noch einen Schluck aus dem Flachmann, bevor er fragt: „Und wohin geht es dann, wenn ich fragen darf?"

„Alaska."

„Ach, schön. Alaska wollte ich auch schon immer mal sehen", sagt Mark. Dann hebt er einen Finger, als sei ihm gerade etwas Wichtiges eingefallen. „Das heißt, natürlich nur, wenn ich mich anschließen darf?"

John lacht. „Wie gut bist du mit deinem Bogen?"

Marks Zähne sind gelb, vermutlich von jahrelangem Kaffeekonsum im Lehrerzimmer, aber sein Lächeln leuchtet mit seinen Augen um die Wette. „Würdest du mir glauben, wenn ich dir verrate, dass ich früher die eine oder andere Meisterschaft gewonnen habe? Ich war ein bisschen eingerostet – ist ja schließlich Jahre her –, aber in letzter Zeit hat sich doch immer mal wieder die Gelegenheit geboten, ein bisschen zu üben."

„Natürlich würden wir dich auch so mitnehmen, aber einen guten Bogenschützen könnten wir schon gebrauchen. Wir brauchen jemanden, der uns trainiert. Wenn du dazu bereit wärst?"

„Ach, weißt du, ich habe sowieso im Gefühl, dass die Zeiten, in denen die amerikanische Geschichte zum wichtigsten Allgemeinwissen gehörte, hinter uns liegen. Bogenschießen hingegen – das kommt wieder ganz groß raus."

„Mark, du musst ja völlig erschöpft sein", sagt Maureen, die auf der Couch sitzt. „Bleib doch heute Nacht hier, und morgen organisieren wir dir dann eine richtige Unterkunft."

„Das klingt überaus ansprechend." Er dreht sich zu mir um und hält mir den Flachmann hin. „Bring den hier doch deinem Freund zurück. Und richte ihm meinen herzlichen Dank aus."

Ich wünsche den dreien eine gute Nacht und gehe. Auf dem Weg zum Tor nehme ich vorsichtig eine Nase voll von dem, was im Flachmann ist, aber was auch immer es ist, es riecht furchtbar. Als ich ihn Dan zurückgebe, hält er ihn sich ans Ohr und schüttelt ihn vorsichtig.

„Wow. In zehn Minuten ist der hinüber", prophezeit er. „Sieht so aus, als müsste ich nachfüllen."

„Du und dein Flachmann", sagt Jamie. „Warum trägst du den eigentlich immer mit dir herum? Ich hab dich noch nie daraus trinken sehen."

„Ich bin wie ein Bernhardiner", antwortet Dan. „Ich rette Leute wie Mark, die sich in der Wildnis verlaufen haben."

Ich muss lachen, während Jamie verständnislos den Kopf schüttelt. Dieser Verwendungszweck gefällt mir tausendmal besser als der, für den der Flachmann ursprünglich gedacht war.

KAPITEL 72

Die ganze letzte Woche habe ich kaum etwas anderes gemacht als Lebensmittel einzukochen. Ich habe mich sogar dabei ertappt, zu hoffen, dass unser Vorrat an Einmachgläsern zu Ende geht, aber auf dem Heuboden stehen noch immer Unmengen an Kisten voller Gläser. Jamie fischt die blanchierten Tomaten aus dem Wasser und beginnt, sie zu schälen.

„Erklär mir noch mal, warum du das so gerne machst?"

„Es ist Essen. Ich mag Essen. Wenn du willst, kannst du diesen Winter meinetwegen gerne verhungern."

„Ja, wenn ich dann diesen Job nicht mehr machen muss, gerne", sagt sie und hält ihre schrumpeligen Finger hoch. „Gibt's was Neues von den anderen Zonen?"

„Nichts. Bisher sind alle noch da."

„Wann macht Dwayne seinen Erkundungsflug?"

„In zwei Tagen."

Es ist Anfang September, aber Marks Erzählungen haben uns so in Unruhe versetzt, dass wir unbedingt wissen wollen, ob sich uns irgendetwas nähert. Dwayne sagt, er macht den Tank halb leer, bevor er umdreht. Das bedeutet, er schafft irgendwas zwischen siebenhundert und tausend Kilometern. In ein paar Wochen macht er eine weitere Tour, und das ist dann das Ende unserer Treibstoffreserven.

„Ich hasse das hier." Jamie wirft eine Tomatenschale auf den Komposthaufen. „Nicht das Einmachen – na ja, das hasse ich auch –, aber dieses ewige Warten auf eine Bedrohung, von der wir nicht mal wissen, ob sie überhaupt kommt. Alle sind so angespannt. Ich hab schon versucht, den Doc zu überreden, Antidepressiva an alle zu verteilen."

Ich lache über ihren schelmischen Gesichtsausdruck. Jamie hilft in der kleinen Arztpraxis aus, wann immer es nötig ist. Sie ist zwar keine ausgebildete Krankenschwester, aber sie ist inzwischen das, was einer Krankenschwester am nächsten kommt.

„Ich wünschte nur, die Kinder wüssten nichts davon", sage ich. „Aber immerhin geht es Bits endlich besser."

„Das ist schön. Doc sagt, Chris hat dauernd Albträume."

„Haben du und Shawn jemals über Kinder nachgedacht?", frage ich. Jamie scheint mir wie die perfekte Mutter und beide sind extrem kinderlieb, aber keiner von beiden hat je über das Thema gesprochen, obwohl sie Mitte dreißig sind.

„Ich setze kein Kind in eine Welt, in der auch nur ein einziger dieser verfickten Lexer durch die Gegend läuft."

Mit dem Messer rutscht sie an einem Stück Tomate ab und schneidet sich in den Finger. Ich reiche ihr ein Handtuch und sie lächelt, aber es ist mehr ein Zähneentblößen als ein richtiges Lächeln. „Tut mir leid. Aber du siehst ja selber, wie sehr mich das Thema aufregt."

Ihre Reaktion war tatsächlich ziemlich stark, und eins ist klar: Ich sollte nicht weiter fragen. „Ganz ehrlich? Ich versteh's. Mir geht's genauso. Ich muss bloß irgendwie dafür sorgen, dass Bits nichts passiert."

„Ich bin hier, wenn du Hilfe brauchst", versichert Jamie. „Egal, was passiert."

Ich lege ihr einen Arm um die Schulter und spüre, wie sich ihre innere Anspannung langsam legt. „Danke, du Powerfrau. Aber jetzt denk bloß nicht, dass ich dich deswegen vom Einkochdienst befreie."

„Verdammt!", sagt sie.

***

Der Tag ist sonnig und klar, aber wie das Wetter tausend Kilometer südwestlich von hier aussieht, ist ein Rätsel. Dwayne und Jeff stehen neben dem Flieger, bereit zum Abflug. Dwayne hat auf seiner Route ein paar kleine Flughäfen auf der Karte ausfindig gemacht, wo er vielleicht zwischenlanden und den Tank auffüllen kann. Das würde bedeuten, dass sich sein Radius noch vergrößern würde. Es ist unmöglich, zu wissen, wie viel Treibstoff er finden kann, aber er hat eine der Pumpen an Bord, nur für den Fall der Fälle.

„Wir sind höchstwahrscheinlich vor Sonnenuntergang zurück", sagt Dwayne. „Wir melden uns, sobald wir in der Nähe sind. Falls wir doch noch nicht zurück sind, geht einfach davon aus, dass wir einen Zwischenstopp zum Tanken eingelegt haben."

„Ich bin am Funkgerät", sagt John. „Wenn das Wetter schlecht ist, kommt ihr zurück. Geht kein Risiko ein."

Dwayne nickt. Peter und ich suchen das Feld mit der Start- und Landebahn nach Lexern ab, während die beiden in den Flieger steigen. Wir ziehen uns hinter den Zaun zurück und beobachten von dort aus, wie die Maschine rumpelnd davonrollt und abhebt. Nachdem sie aus unserem Blickfeld verschwunden ist, dreht sich John zu uns um. „Vielleicht wissen wir bald mehr."

„Vielleicht", sagt Peter, der noch immer stirnrunzelnd in den Himmel schaut.

„Und wenn nicht, versuchen wir es in ein paar Wochen noch mal. Wenn sie bis dahin immer noch nicht in der Nähe sind, schaffen sie es vor Einbruch des Winters nicht mehr."

Ich hake mich bei den beiden ein, als wir zum Frühstück zurück zum Haupthaus gehen. „Aber bis dahin gibt es nichts, was wir tun können, außer abwarten, oder? Also lasst uns Pfannkuchen essen!"

„Da hat aber jemand gute Laune heute Morgen", murmelt Peter.

„Da hat aber jemand muffelige Laune heute Morgen", erwidere ich. „Was ist denn so falsch daran, sich darüber zu freuen, am Leben zu sein?"

„Nichts, rein gar nichts. Am Leben zu sein steht dir gut."

„Aber ich würde auch einen ziemlichen coolen Zombie abgeben, oder?" Die Worte kommen aus meinem Mund, bevor ich darüber nachdenken kann, was ich da von mir gebe, und Peter wirft mir einen schnellen Blick zu. Ich will mich schon schlecht fühlen, aber dann erinnere ich mich daran, dass Adrian es lustig gefunden hätte. Ich klappere mit dem Gebiss. „Ich würde euch alle vernaschen."

Peter lächelt schief. „Na ja, blass genug bist du jedenfalls."

Ich stelle ihm ein Bein. „Upsi! Pass auf, wo du hintrittst!"

Er bringt mich ebenfalls zum Stolpern, was nicht schwer ist, weil ich so tollpatschig bin. Aber es stimmt, ich habe gute Laune. Vielleicht hat Jamie ja heimlich irgendwas ins Wasser gemischt, denn ich werde dieses ungewohnte Gefühl der Zufriedenheit einfach nicht los. Nicht, dass es mich stört. Im Gegenteil. Seitdem Bits in Dans Zelt gewesen ist, will sie am liebsten jede Nacht dort schlafen. Wir haben bisher einmal zusammen dort übernachtet, und Dan hat Wort gehalten und uns die Fußnägel lackiert. Aber erst, nachdem wir uns gründlich die Füße gewaschen hatten. Ich habe es mir zur Gewohnheit gemacht, Adrians Grab zu besuchen. Ich vermisse ihn noch immer mehr, als ich je einen Menschen vermisst habe, aber meine sauberen Füße mit den bunt lackierten Nägeln stehen auf festem Boden.

KAPITEL 73

„Hey Dornröschen, wach auf", sagt Dan und kitzelt mich sanft. „Es ist schon fast zehn."

Der Flieger ist gestern Abend nicht zurückgekommen. Dan und ich sind lange aufgeblieben, um John am Funkgerät Gesellschaft zu leisten, aber nachdem wir um drei Uhr nachts noch immer nichts gehört hatten, bin ich mit zu Dan gegangen, um mich vor meiner Frühstücksschicht noch zwei Stunden aufs Ohr zu hauen.

Dan sitzt auf der Bettkante, voll angezogen und hellwach. Regentropfen trommeln leise auf das Zeltdach, das jetzt wieder mit der Plane abgedeckt ist, damit die kühle Nachtluft nicht ins Zelt dringt. Draußen ist es bedeckt, und das Tageslicht, das durch den Nylonstoff gefiltert wird, ist trüb.

„Zehn?", frage ich. „Mist. Ich hätte doch das Frühstück machen sollen."

Ich will mich schon aufsetzen, aber er deckt mich wieder zu. „Das hab ich für dich übernommen."

„Wirklich? Danke. Das hättest du wirklich nicht tun brauchen. Leben alle noch?"

„Mikayla hat mir erklärt, dass man den Brotteig knetet und nicht totschlägt, aber abgesehen davon ist niemand gestorben, nein." Er hält eine Tasse und meine Zahnbürste hoch, auf der bereits ein Klecks Zahnpasta wartet. „Und ich hab dir eine Tasse Tee mitgehen lassen, aber ich dachte, du willst dir bestimmt erst die Zähne putzen."

„Okay, ich riskier's", sage ich und nehme ihm die Tasse ab. „Danke. Das ist echt lieb von dir."

Er breitet die Arme aus. „Ich bin halt ein netter Kerl."

„Das weiß ich sowieso." Ich lege meine Hand auf seine, die neben mir auf dem Schlafsack liegt. „Glaub mir."

„Und trotzdem bin ich noch immer in der Friendzone."

„Die andere Zone ist wegen Reparaturen geschlossen. Du warst in der Friendzone mit gewissen Vorzügen." Ich wedele ihm mit dem ausgestreckten Zeigefinger vor der Nase herum. „Aber war das vielleicht gut genug? Nein, das war auch nicht gut genug. Also: Pech gehabt."

„Ich hätte einfach den Mund halten sollen", sagt Dan und tut so, als würde er sich selbst ohrfeigen. „Aber alles gut. Ich kann warten."

„Du bist der Erste auf meiner Gästeliste für die große Wiedereröffnungsparty."

Diese charmanten kleinen Lachfältchen tauchen neben seinen Mundwinkeln auf; diesen Gedanken habe ich ihm gegenüber noch nie laut ausgesprochen. Ich senke den Blick; jetzt bin ich es, die wünscht, sie hätte den Mund gehalten. Ich will ihm nichts versprechen, auch wenn meine Versprechungen noch so vage sein mögen.

Dan räuspert sich. „Dwayne ist noch immer nicht zurück. Aus Pennsylvania hieß es, sie hätten gestern Nachmittag wohl einen ziemlich heftigen Sturm gehabt. Das ist bestimmt der, der hier gerade aufzieht."

„Hat er sich bei denen über Funk gemeldet?"

„Ja, als er gestern Vormittag vorbeigeflogen ist. Hat noch gesagt, dass alles gut sei."

„Verdammt."

„Ja ..."

Ich stehe auf und hebe meine Jeans vom Boden auf. „Ich muss zum Kunstunterricht, aber wir sehen uns beim Abendessen. Haben wir heute Nacht zusammen Wachdienst?" Dan nickt mit geistesabwesendem Blick, und ich hebe mit einem Finger sein Kinn, damit ich ihm in die Augen sehen kann.

„Manchmal ist es einfach schwierig, so zu tun, als sei alles okay, weißt du?"

„Ja, ich weiß", erwidere ich sanft.

Es gibt nichts weiter zu sagen, und ich lasse es mir nicht nehmen, ihm einen tröstenden Kuss auf den Schopf zu geben, bevor ich gehe.

***

376

Die regnerischen Tage sind in der Regel die entspannten Tage, an denen alles ein bisschen ruhiger zugeht. Klar, es gibt noch immer jede Menge Lebensmittel einzukochen, Zäune zu reparieren und Wäsche zu waschen, aber das Einkochen unter freiem Himmel kann auch bis morgen warten. Und obwohl ich einen gemütlichen Nachmittag vorm Holzofen in der Schule verbracht habe, während die Kinder gemalt oder leise gespielt haben, hat mich doch jeder Donnerschlag und jeder Blitz zusammenzucken lassen. Ich stelle mir Dwayne und Jeff da oben vor, ohne die Unterstützung durch einen erfahrenen Fluglotsen, der sie per Funk vor dem Sturm in Sicherheit bringen könnte. Inzwischen ist es schon wieder Abend, und unser Tisch war gespenstisch still, bis Hank und Bits beschlossen, uns ihren endlich fertig gewordenen Comic vorzuführen.

„Sie haben noch nicht die ganze Welt gerettet", sagt Bits. „Erst mal nur den Nordosten. Aber sie haben kaum noch Power, also müssen sie jetzt erst mal neue Energiequellen finden."

Hank schlägt die letzte Seite des Comics auf. Comic-Bits, in Leder gekleidet und eine Wolke aus braunem langem Haar um den Kopf, steht neben Comic-Hank, der noch immer seine charakteristische Brille trägt, aber auf mysteriöse Weise enorme Muskeln entwickelt hat. Die Hügel hinter den beiden sind voller toter Lexer. Der ganze Tisch applaudiert.

„Das war super!", ruft Henry.

„Cassie hat uns geholfen", sagt Bits.

Ich schüttele den Kopf. „Quatsch, Leute, das wart ihr schon ganz alleine. Es ist so toll geworden."

Zuerst habe ich gezögert, als sie mich fragten, wie man die toten Körper realistischer zeichnen könne. Aber als wir so taten, als würden wir in den Tod stürzen und unsere Arme und Beine in den verrücktesten Winkeln vom Körper wegstreckten, hatten die Kinder so viel Spaß. Wir sehen zwar jeden Tag Leichen, aber der Anblick von Bits, die reglos ausgestreckt auf dem Boden lag, war fast zu viel für mich. Als würde ich das Schicksal herausfordern, indem ich sie auch nur so tun lasse, als wäre sie tot. Und dieses Schicksal könnte in diesem Moment von Südamerika in unsere Richtung marschieren. Ana hat den Sportunterricht noch eine Stufe härter gemacht, und die Kinder können inzwischen schneller rennen als jemals zuvor. Sie sind auch motivierter, fordern sich selbst viel mehr, fast so, alt wüssten sie, dass ihr Leben davon abhängt. Vielleicht wissen sie es ja tatsächlich.

„Hat Bits das nicht super hingekriegt mit dem Zeichnen?", fragt Hank.

„Ja, aber du hast so toll geschrieben", sagt Bits. Sie zwirbelt eine seiner kurzen Dreadlocks zwischen zwei Fingern. „Ich meine, ich hab geholfen und so, aber du kannst so viel besser mit Worten umgehen als ich."

Sie strahlen sich gegenseitig an und beginnen dann tuschelnd mit der Planung ihrer nächsten Ausgabe. Sie sind beide so viel erwachsener geworden im letzten Jahr. Ja, noch sind sie nur Kinder, aber manchmal bekommt man schon jetzt einen kleinen Einblick in die Menschen, die sie in zehn Jahren vielleicht mal sein werden – vielleicht werden sie so eng miteinander sein wie Geschwister, oder vielleicht sogar mehr als das. Es gibt so viele Möglichkeiten, so viel, was ich mir für sie wünsche. Aber all das kann nur Wirklichkeit werden, wenn sie am Leben bleiben. Wenn sie schnell genug rennen können.

KAPITEL 74

Mark Golden, Geschichtslehrer Oberstufe, ist vielleicht fünfundsechzig, aber er hat mehr Energie als ich nach sieben Gläsern Latte macchiato. Er steht am Ost-Zaun und wippt auf den Fußballen auf und ab, während er uns zeigt, wie man einen Recurvebogen in seine Einzelteile zerlegt und wieder zusammenbaut. „Wie man den Bogen ohne Spannschnur spannt, zeige ich euch nachher. Aber zuerst wollen wir ein bisschen schießen üben, oder? Wer will anfangen?"

Er schaut sich in der Runde um. Mit der Zeit sollen alle Bewohner Bogenschießen lernen, aber zuerst einmal sind nur diejenigen, die regelmäßig auf Patrouille gehen, dabei. Wie der typische Lehrer, der Mark ist, durchschaut er meinen stümperhaften Versuch, mich in den Hintergrund zu drücken und so unsichtbar wie möglich zu machen, sofort, und zeigt auf mich. „Cassie, mach du doch den Anfang, ja?"

Ich seufze und nehme den Bogen. Ich hasse es, solche Sachen vor einem ganzen Haufen anderer Leute zu machen. Dann werde ich immer so nervös und erröte bei jedem bisschen. Mark lässt mich zunächst den Bogen mit einer Spannschnur spannen und zeigt dann auf die Zielscheibe, die er für uns aufgehängt hat. Zumindest ist sie nicht so weit weg. Er demonstriert kurz den korrekten Stand, und ich folge seinen Anweisungen bis ins kleinste Detail. Es gibt kein Hilfsmittel zum Anvisieren, nichts, das mir auch nur einen kleinen Anhaltspunkt darüber gibt, wie ich dafür sorge, dass der Pfeil sein Ziel findet. Ich vermisse meine Armbrust.

„Okay, gut", sagt Mark und hebt meine rechte Hand ein wenig an. „Jetzt benutzt du die Fingerspitzen der drei mittleren Finger, um die Sehne nach hinten zu ziehen. Heb deine Hand zum Gesicht, auf einer Höhe mit dem Ellenbogen."

Das ist anstrengender, als ich dachte, und dabei hat der Bogen nicht mal ein sonderlich hohes Zuggewicht. Marks Stimme sagt mir, dass ich loslassen soll, und er reicht mir einen Pfeil. Ich lege den Pfeil auf die Sehne und spanne sie, als er die Anweisung gibt.

„Und wie krieg ich den Pfeil jetzt ins Ziel?", frage ich.

„Aha", sagt Mark. „Du bist zu sehr an Pistolen gewöhnt. Das sieht man sofort daran, wie du den Bogen festhältst, um ihn zu stabilisieren. Lass links mal ein bisschen locker, meine Liebe. Es gibt ein paar Tricks zum Zielen, aber ich persönlich bin ein Anhänger des instinktiven Zielens."

„Ach ja, und was soll das sein?", fragt Shawn. „Abschießen und Daumen drücken?"

Mark wirft ihm einen strengen Lehrerblick zu und hebt einen Finger. „Junger Mann, wenn du richtig stehst, dann weißt du auch, wo dein Pfeil landet. Also, Cassie, lass ihn fliegen."

Mein Pfeil verfehlt sein Ziel, aber immerhin landet er im Strohballen, an dem die Zielscheibe hängt. Mit all den Blicken im Rücken und der Tatsache, dass ich die Allererste bin, die einen Versuch wagt, werde ich es nie schaffen, das Ziel zu treffen.

„Okay", sage ich. „Wer ist denn jetzt der Nächste?"

„Mach ruhig weiter", erwidert Mark. „Bekomm ein Gespür für den Bogen. Sag dem Pfeil, wo er landen soll. Wenn du genug übst, gehorcht er dir irgendwann. So viel kann ich dir versprechen."

Ich drehe mich zu den anderen um. „Ihr dürft aber nicht hingucken. Dreht euch um!"

Sie starren mich unschlüssig an, wohl nicht ganz sicher, ob ich scherze, aber dann zwinkert Dan mir zu und dreht sich um. Die anderen folgen seinem Beispiel, bis es nur noch Mark und mich und mein Ziel gibt.

„Also gut, noch mal", sagt er. „Lass deinen Mittelfinger deinen Mundwinkel berühren, wenn du den Bogen spannst. Das ist dein Ankerpunkt. Wenn dein Finger deinen Mund berührt, lässt du los."

Ich nehme mir einen neuen Pfeil, lege an und spanne den Bogen. Dieses Mal trifft der Pfeil ins Blaue. Ich probiere es noch einmal, und dann ein drittes Mal. Nach drei weiteren Versuchen landet der Pfeil im Roten. Ich verstehe, was er mit instinktivem Zielen meint:

Manchmal, wenn ich mit meiner Pistole schieße, spüre ich, wenn das richtige Gefühl da ist. Dann weiß ich genau, dass die Kugel mir gehorcht. Der zehnte Pfeil bleibt schließlich vibrierend im gelben Feld stecken, und hinter mir ertönt Gejubel. Ich wusste, dass sie mir nicht gehorchen würden, aber ich hab sie einfach ignoriert und so getan, als sei ich ganz allein.

„Sehr gut!", lobt Mark. „Jetzt hast du's, oder?"

„Cassie kann einfach schießen", sagt Ana.

„Ja, eine Pistole und ein Bogen sind zwar zwei sehr unterschiedliche Paar Schuhe", erklärt Mark, „aber letztendlich geht es darum, wie gut man sich konzentrieren kann. Na, wer will es als Nächstes versuchen?"

Ich gebe den Bogen ab und schaue zu, wie die anderen ihre ersten Versuche wagen. Es juckt mir in den Fingern danach, es gleich noch einmal zu versuchen, aber meine Schulter gibt mir mit aller Deutlichkeit zu verstehen, dass wir uns erst mal ein bisschen ausruhen sollten. Nachdem die Stunde vorbei ist, frage ich Mark, ob ich noch ein bisschen weiter üben darf.

„Ja, meine Liebe, natürlich", antwortet er. „Ich wollte das vorhin vor der Gruppe nicht so deutlich machen, aber ich muss sagen: Ich bin beeindruckt. Ich weiß, du liebst deine Armbrust, aber die Bolzen sind kurz und ziemlich unpraktisch wieder einzusammeln, wenn du da draußen unterwegs bist. Schau mich an: Ich bin mit drei Dutzend Pfeilen von zu Hause aufgebrochen und hier immerhin noch mit zwei Dutzend angekommen."

„Und es ist lautlos", sage ich. „Und man muss nicht so nah ans Ziel ran. Meinst du, wir könnten morgen am Graben üben, wenn welche drin sind? Ich würde es gern mal mit einem Ziel ausprobieren, das sich bewegt."

Marks wettergegerbtes Gesicht leuchtet auf. „Aber selbstverständlich können wir das. Nichts freut einen Lehrer mehr als ein wissbegieriger Schüler."

KAPITEL 75

Dwayne und Jeff sind jetzt schon seit über einer Woche weg, und keine einzige Sicherheitszone, mit der wir in Kontakt stehen, hat von den beiden gehört. Alle hoffen, dass sie einfach eine Panne hatten und irgendwo an einem sicheren Ort zwischenlanden mussten, um das Problem zu beheben, und im Geheimen hoffe ich für sie, dass sie eine gemütliche kleine, zombiefreie, tropische Insel gefunden habe, wo sie jetzt Piña Coladas schlürfen. Leider ist ersteres fast ebenso unwahrscheinlich wie letzteres.

Vom Ausguck aus haben wir einige große Herden gesehen, aber sie rangieren eher in überschaubaren Größenordnungen. Eher ein paar Hundert als ein paar Tausend. Und alles, was wir bisher gemacht haben, ist das Gas zu verschwenden, das wir eigentlich im Winter bräuchten. Eines Tages werden wir unsere Wäsche per Hand, ohne die Hilfe eines Generators waschen müssen, und ich hab genug „Unsere kleine Farm" gelesen, um zu wissen, dass das kein Zuckerschlecken ist.

Dan klopft an die Seite des Krankenwagens. „Bereit?"

„Jepp!", antworte ich und springe auf den Beifahrersitz.

Wir sind auf dem Weg zur morgendlichen Ausguck-Tour; der ersten des Tages. Bis zum Pfad, der zum Gipfel des Berges führt, brauchen wir weniger als zehn Minuten. Ich erspähe ein paar Lexer im Wald, die sich mehr schlecht als recht ihren Weg durchs Unterholz bahnen. Dann sehe ich etwa fünfzehn Meter vor uns auf der Straße weitere zehn. Sie kommen auf Kingdom Come zu; jedenfalls sind sie in nördlicher Richtung unterwegs.

„Kleine Grüppchen", sagt Dan. „Gut."

Er fährt langsam den Berg hoch. Am Wegrand sitzt ein Eichhörnchen und knabbert an seinem Eichhörnchen-Snack. In letzter Sekunde springt es vor den Krankenwagen. Ein dumpfer Aufschlag ertönt, als wir es erwischen.

„Scheiße", flucht Dan. Er bleibt stehen und schaut in den Seitenspiegel. „Ich glaub, ich hab ihn zerquetscht. Ich will nicht, dass er sich quält."

Ich folge seinem Beispiel und steige aus. Zerquetscht trifft es leider recht gut; das Eichhörnchen liegt auf der Erde, die kleinen Pfötchen zum Kopf gehoben. Dan hebt es sanft am Schwanz hoch und legt es auf den Seitenstreifen. Angesichts des erbärmlichen Anblicks bildet sich ein dicker Kloß in meinem Hals.

„Was ist los?", fragt Dan. Ich schüttele den Kopf, denn nur ein Vollidiot trauert um ein Eichhörnchen, während die Welt von Zombies überrannt wird, und wenn ich den Mund aufmache, fange ich garantiert an, zu heulen. „Das Eichhörnchen?"

„Ja", krächze ich. Wie befürchtet wird das Wort von einem Schluchzen begleitet. „Nein. Warum musste es ausgerechnet in dem Moment losrennen? Wir sind das einzige Auto weit und breit, verdammt noch mal, und unser Freund Chip hier sucht sich ausgerechnet diesen Augenblick aus, um die Straße zu überqueren?"

Ich ziehe ein Stofftuch aus der Hosentasche und schnäuze mich laut. Dan schaut mich an, als sei ich verrückt geworden. „Na ja", sagt er. „Es ist ein Eichhörnchen. Die kennen sich mit Autos halt nicht so aus."

„Alle sterben. Egal, was wir tun, egal, wie vorsichtig wir sind – sie hören nicht auf, zu sterben. Aber Chippie hätte nicht sterben müssen."

Dan nickt verständnisvoll, aber er weiß offensichtlich immer noch nicht, wie er mit der Situation umgehen soll.

„Ich bin es so leid", schluchze ich. „Ich bin den Gestank leid. Die Leichen. Es hätte nicht so losrennen sollen. Und es ist so süß und hat so weiches Fell …"

Als Dan die Heckklappe des Krankenwagens öffnet, verstumme ich. Er holt eine Schaufel heraus und hebt ein winziges Loch am Wegrand aus. Als es fertig ist, legt er das Eichhörnchen hinein und deckt es mit der Erde zu.

„Komm mal her", sagt er.

Ich nehme seine ausgestreckte Hand. Er räuspert sich und senkt den Blick. Ich will ihm gerade dafür danken, dass er das Tier begraben hat, aber bevor ich auch nur ein Wort sagen kann, spricht er.

„Es tut mir leid", sagt er, an den winzigen Erdhaufen gerichtet. „Wenn du doch nur eine Sekunde früher losgerannt wärst, hätte ich rechtzeitig anhalten können."

Ich trockne meine Tränen. Jetzt fühle ich mich dumm, weil ich wegen eines Eichhörnchens so eine Szene gemacht habe. Und obwohl Dan es nur lieb meint, ist es purer Wahnsinn, hier mitten im Lexerland über einem Eichhörnchengrab zu stehen. Gleichzeitig ist es aber auch irgendwie witzig. Ich drücke mir das Taschentuch vor den Mund, um das Lachen zu unterdrücken, das in meiner Kehle emporblubbert. Dan muss denken, dass ich weine, denn er drückt tröstend meine Hand.

„Ach, Eichhörnchen Chip", sagt er feierlich. „Wir werden niemals wissen, warum du die Straße überqueren wolltest."

Ich glaube kaum, dass er das mit Absicht macht, aber er klingt wie ein Südstaaten-Prediger, und das gibt mir den Rest. Ich senke den Kopf, als mir ein Prusten entfährt. Dann fange ich zu kichern an, und schließlich muss ich mir den Bauch halten vor Lachen und kriege kaum noch Luft.

Dan lässt meine Hand los und verschränkt die Arme vor der Brust. „Lachst du mich etwa aus?"

„Es ist bloß … du bist so ernst. Und … und … du hast ihn Eichhörnchen … Chip genannt." Ich breche erneut in schallendes Gelächter aus.

„Du hast ihn doch zuerst so genannt! Ich hab mir das nicht ausgedacht. Ich hab bloß versucht, dich aufzumuntern."

„Ich weiß." Ich schlucke einen erneuten Kicherkrampf hinunter. Und das ist ihm auch gelungen, nur nicht so, wie er sich das gedacht hatte. „Hast du ja auch. Danke. Das war wirklich süß."

„Jaja."

„Okay, ich bin jetzt auch fertig. Versprochen."

Er studiert misstrauisch mein Gesicht. „Das war das letzte Mal, dass ich dich auf eine Eichhörnchen-Beerdigung mitgenommen habe. Unangenehm war das."

Ich verziehe keine Miene, und er runzelt die Stirn. „Darf ich zumindest über deinen Witz lachen?“, frage ich aus dem Mundwinkel.

„Du machst mich fertig, Knallkopf.“

„Tja, und du bist ein wundervoller Mensch. Danke.“

Er kratzt sich mit einem Achselzucken am Hinterkopf. Ich kann ihm aber ansehen, wie viel ihm meine Worte bedeuten, und der Anblick gefällt mir. Mir kommt der Gedanke, ob er mich nicht vielleicht schon ein kleines bisschen weichgeklopft hat. Und vielleicht hat er ja zum Teil sogar ein bisschen recht gehabt – vielleicht wollte ich mich ihm wirklich nicht öffnen. Wenn man liebt, kann man verlieren, und ich befürchte ganz einfach, dass unser Herz begrenzte Kapazitäten hat, wenn es um den Verlust geliebter Menschen geht. Aber wenn wir unser Herz öffnen, wird es immer jemanden geben, der uns hilft, über diese Verluste hinwegzukommen.

„Wir sollten uns auf den Weg nach oben machen“, sagt Dan. „Was ist denn jetzt schon wieder los?“

Ich habe ihn unbewusst angestarrt und senke jetzt schnell den Blick. „Ach, gar nichts.“

„Okay.“

Den Rest des befahrbaren Weges verbringen wir schweigend und klettern dann das letzte Stück. Von hier oben gibt es nichts zu sehen, außer ein paar vereinzelten Lexern auf den Feldern in der Ferne. Bisher haben nur wenige Bäume angefangen, sich zu verfärben, aber das goldene Licht des Sonnenaufgangs lässt die Farben richtig schön leuchten.

„Ist das nicht schön?“, frage ich.

„Hm-hm“, sagt Dan. Er klingt geistesabwesend, und als ich mich zu ihm umdrehe, erwische ich ihn dabei, wie er mich mit einem Gesichtsausdruck anblickt, den ich nicht deuten kann.

„Tut mir ehrlich leid, wenn ich daran schuld war, dass du dich blöd gefühlt hast.“

„Nein, ach was. Ganz im Gegenteil.“

Sein Haar ist golden, seine Haut ist golden – alles an ihm ist von der aufgehenden Sonne erleuchtet. Ich will meine Hand über seinen goldenen Kiefer gleiten lassen. Ich will ihn küssen. Mein Herz rast, als ich mir vorstelle, wie es wäre, wenn ich mich jetzt einfach vorbeugen und ihn überraschen würde. Ich will es gerade tun, als er den Mund aufmacht:

„Komm, lass uns zurückfahren. Wir haben schon genug Zeit mit Eichhörnchen-Chips überkandidelter Beerdigung verschwendet. Die anderen machen sich bestimmt schon Sorgen."

Ich versuche, mir einzureden, dass es einfach nur der Moment gewesen ist, der Sonnenaufgang, die Farben … aber das Bedürfnis, ihn zu küssen, verfolgt mich den ganzen Weg vom Gipfel zurück zum Krankenwagen. Er startet den Motor. Jetzt oder nie! Ich will es später nicht bereuen, nichts unternommen zu haben.

„Ich hab das vorhin übrigens ernst gemeint – ich finde, dass du ein wundervoller Mensch bist." Ich schaue ihm in die Augen und atme tief ein. „Danke, dass du gewartet hast, bis ich bereit bin."

Mehr kann ich nicht sagen, denn ich kann noch keine Versprechungen machen. Ich kann ihm nicht versprechen, dass ich ihn lieben werde – zumindest nicht so, wie ich Adrian geliebt habe – oder dass es einfach sein wird. Aber ich kann ihm versprechen, dass ich in diesem Moment hier bei ihm sein will. Dass ich es versuchen will. Ich fahre mir mit den behandschuhten Händen nervös über die Oberschenkel und hoffe, dass er die Perfektform in meinem letzten Satz richtig gedeutet hat.

Aber Dan ist kein Dummkopf. Er lässt die Hand sinken, die schon auf dem Schalthebel gelegen hat. „Was?"

„Danke. Weil du gewartet hast."

Er rührt sich nicht von der Stelle, als ich mich vorbeuge; vielleicht will er sichergehen, dass es wirklich meine Entscheidung ist. Ich schließe die Augen, als meine Lippen seine berühren, und ich weiß, dass es die richtige Entscheidung ist. Sein Geschmack ist mir inzwischen vertraut. Und ich habe ihn vermisst. Jeder Teil meines Körpers, der je von ihm berührt worden ist, will mit einbezogen werden, und so klettere ich ihm kurzerhand auf den Schoß. Seine Hände fahren über meinen Rücken abwärts, legen sich um meine Taille, suchen meinen Hals. Als es ihm auch beim zweiten Versuch misslingt, meine Jacke zu öffnen, brummt er frustriert. Ich muss ihm recht geben; es ist verrückt, wie viele Schichten ich hier draußen aus Sicherheitsgründen trage, und mich aus allen herauszuschälen, wird nicht einfach – vor allem auf so engem Raum wie auf dem Fahrersitz eines Krankenwagens.

„Cassie, Dan, wo seid ihr? Bitte kommen!", knarzt es aus dem Funkgerät.

Dan stöhnt und drückt mich an sich, während er das Funkgerät betätigt. „Hier ist alles klar. Wir sind auf dem Weg zurück."

„Okay. Wir sehen uns in zehn Minuten."

Er legt das Funkgerät ab und lehnt sich mit geschlossenen Augen zurück. Seine Hände liegen noch immer fest um meine Taille. „Ich muss auch Wäsche waschen. Und dann mach ich heute Mittag die zweite Tour hier hoch."

„Mensch, und ausgerechnet heute hab ich den restlichen Tag frei", sage ich. „Zu blöd."

Dan öffnet die Augen und verzieht den Mund zu einem schiefen Lächeln. „Aber heute Abend sehen wir uns auf jeden Fall."

„Aber klar."

Heute Abend wird er noch viel mehr von mir sehen. Ich drücke meine Stirn gegen seine, bevor ich wieder auf meinen eigenen Sitz zurückkehre. Er manövriert den Wagen zurück auf den schmalen Weg bergab und fährt uns nach Hause. Seine Hand liegt auf meinem Knie. Ich schiebe meine Finger zwischen seine, und in meinem Bauch tobt vor lauter Aufregung und Angst ein ganzer Schmetterlingsschwarm. Und mit Angst meine ich die von der allerbesten Sorte, wie die Angst, die man spürt, kurz bevor man vom Fünfmeterbrett ins warme blaue Wasser springt.

Als wir wieder auf dem Parkplatz stehen, fragt Dan: „Und, was machst du heute an deinem freien Tag?"

„Ach, so dies und das", antworte ich. In Wirklichkeit will ich an dem Gemälde für ihn. Ich habe in einem Buch ein Foto vom Fenway-Park-Stadion gefunden und ein kleines Brett, das als Leinwand herhalten muss, konnte ich auch ergattern. Es ist fast fertig, und ich will es ihm heute Abend geben, auch wenn es dann bestimmt noch nicht ganz trocken sein wird.

Er streift meine Lippen mit seinen. „Wir sehen uns beim Abendessen."

„Ja, bis dann." Ich sehe ihm nach. Ich kann es kaum erwarten.

***

Ich habe den Tisch bis an die offene Tür der Hütte geschoben, damit ich besseres Licht zum Malen habe. Fenway Park ist leer, und das Licht des frühen Morgens liegt auf dem noch taunassen Gras. Man kann gerade eben so das grüne Monster sehen, was wirklich ein hirnrissiger Name für eine Anzeigetafel ist, aber diese Sportfans sind sowieso alle verrückt. Das Motiv sieht so aus, als würde es sich außerhalb von Zeit und Raum befinden, leuchtend und beinahe magisch – genau so, wie es ein kleiner Junge vor so vielen Jahren wahrgenommen hätte. Ich stelle meinen Pinsel in den Becher mit Terpentin und betrachte das fertige Werk. Plötzlich taucht ein Schatten darauf auf, als jemand die Stufen zur Tür heraufkommt und mir das Licht nimmt.

„Hey. Oh …", sagt Dan.

Es ist zu spät, das Bild vor ihm zu verstecken, also lächle ich nur und sage: „Für dich."

„Wirklich?"

„Nein, weißt du, ich habe Fenway Park gemalt, weil ich es so liebe. Natürlich ist es für dich. Aber pass auf, die Farbe ist noch nicht trocken."

Dan beugt sich über das Bild und inspiziert es ungelogen eine ganze Minute lang, sodass ich schon anfange, mich zu fragen, ob ich mich vielleicht getäuscht habe und es in Wirklichkeit potthässlich ist. Als er aufblickt, sind seine Augen feucht.

„Es ist …", setzt er an. Aber dann presst er die Lippen aufeinander und wendet sich mit einem Kopfschütteln ab. Heute ist wirklich ein emotionaler Tag: Eichhörnchen und Gemälde. Wer hätte das gedacht?

Er weint, wie harte Kerle in Filmen weinen – drei Tränen, ein paar unterdrückte Schluchzer und Hände, die mich so fest an sich drücken, als habe er Angst, er könne gleich zusammenbrechen. Das war's. Aber er lässt mich nicht gleich los.

„Ganz ehrlich?", sage ich und streichle seinen Rücken. „Du hast mich tausendmal gefragt, wie ich dein Holzkästchen finde. Und du? Nachdem ich jede freie Minute damit verbracht habe, dieses Bild für dich zu malen, kannst du dich nicht mal bedanken?"

Seine Schultern hüpfen auf und ab, als er mir ins Ohr lacht. „Danke."

„Gern geschehen. So, und jetzt sag mir aber mal, warum du dich überhaupt so anschleichst?"

„Ich wollte fragen, ob du nicht Lust hättest, auf die zweite Tour zum Ausguck mitzukommen?"

„Aber warum sollte ich?"

„Ach, ich weiß auch nicht. Vielleicht wegen der guten Gesellschaft?" Er schiebt mich gegen die Wand und küsst mich sanft. „Danke. Ich liebe es."

„Das freut mich zu hören. Und natürlich komme ich gern mit. Ich hol nur schnell meine Sachen und verwandle mich in Prinzessin Leia."

„Ah, sehr gut. Du hast nicht zufällig irgendwo einen goldenen Bikini rumliegen, oder?"

Ich lache, weil es endlich mal eine Star-Wars-Anspielung ist, die auch ich verstehe, und drücke mich unter seinem Arm hindurch, um mich schnell fertig zu machen.

Zwanzig Minuten später fährt Dan in die Auffahrt des verlassenen Hauses. Er wirft einen Blick auf die Uhr und dann auf mich. „Wir sind früh dran."

Dieses Mal muss keiner auf den anderen warten. In der entstandenen Stille höre ich den leichten Wind und das Klicken des erkaltenden Motors und dann noch etwas, was ich hier oben noch nie gehört habe: ein leises Summen. Eine Menschenmenge in der Ferne. Oder das, was davon übrig ist.

Dan erstarrt wenige Zentimeter vor meinem Gesicht. Sein Gesicht wird schlaff. Mein Verlangen nach ihm ist von einem anderen Instinkt ersetzt worden: Die aufsteigende Panik pulsiert in meinen Eingeweiden. Wir springen aus dem Krankenwagen und rennen los.

KAPITEL 76

Meine Eltern haben Eric und mich mal auf eine Demonstration in Washington mitgenommen. Und obwohl ich in New York City aufgewachsen bin, hatte ich noch nie so viele Menschen auf einem Fleck gesehen. Wir gingen, eingeschlossen von der Menge, durch die Straßen auf die National Mall zu. Hunderttausend Menschen, die sich in einem ruhigen Marsch langsam fortbewegten, alle mit dem gleichen Ziel.

Als wir den Ausguck erreichen, ist der Anblick, der sich uns von dort aus bietet, den Bildern, die wir am Abend der Demonstration in den Nachrichten hatten verfolgen können, nicht ganz unähnlich. Eine sich langsam, aber stetig fortbewegende Menschenmenge. Einzelne Stimmen, die in ihrer Einheit wie das Summen von tausend Bienen klingen. Nur, dass dies keine Menschen mehr sind, und das Summen ergibt sich aus dem Stöhnen Tausender verrottender Kehlen. Das müssen Zehntausende Lexer sein. Westlich vom Steinbruch ist bis an den Waldrand alles voll, und zwischen den Bäumen kommen stetig mehr hervor, während sich die Herde langsam vorwärts schiebt. Ich kann nicht mal mehr die Erde auf den Feldern sehen. Im Osten sind nur ein paar kleinere Herden, aber anderthalb Kilometer dahinter folgt schon die nächste dichte Masse. Wir brauchen keine Ferngläser, um zu sehen, dass wir am Arsch sind.

„Heilige Scheiße", murmelt Dan.

Wir stolpern und schlittern den Pfad hinunter. Dan startet den Motor und ruft ins Funkgerät, bis Oliver endlich antwortet.

„Wir haben Tausende Lexer direkt vor der Haustür. Tausende, Oliver. Wir müssen evakuieren. Sofort." Er reicht mir das Funkgerät und steuert den Wagen zurück auf den Schotterweg.

„Bist du sicher?", fragt Oliver.

„Ja", antworte ich. „Oliver, hol John. Sag ,drei Signaltöne'. Drei Signaltöne, hörst du? Und dann alarmiere Whitefield und die anderen Zonen."

Dan geht so scharf in die Kurve, dass mich der Schwung gegen die Tür wirft. Aber er biegt nicht nur ab; er ist einer Gruppe von Lexern ausgewichen, die auf die Straße strömen. Er rast Richtung Osten, auf die Farm zu, während ich im Seitenspiegel die Straße im Auge behalte. Noch ist sie frei, aber die Lexer, die aus dem Westen kommen, haben bereits die südlichen Wälder erreicht und könnten nur wenige Minuten entfernt sein. Dann blockieren sie die Straße, und wenn wir eingeschlossen werden, ist es aus.

„Scheiße!" Panisch drücke ich den Knopf am Funkgerät. „Oliver!"

„John ist auf dem Weg zum Alarm", antwortet er.

„Wir können nicht nach Westen abhauen. Wir müssen nach Osten weg. Sag ihnen, sie sollen Richtung Osten!"

„Okay." Ich höre den ersten Signalton gleichzeitig durchs Funkgerät und durchs Fenster. „Ich geh jetzt. Over und out."

„Oliver!", schreie ich. Ich wollte noch sichergehen, ob er auch wirklich Whitefield Bescheid gegeben hat, aber er ist weg.

Wir wirbeln eine riesige Staubwolke auf, als Dan am ersten Tor mit kreischenden Bremsen zum Stehen kommt, bevor er zur Farm weiter rast. Als wir auf dem Parkplatz ankommen, springe ich aus dem Krankenwagen und renne zum Bulli. Penny, James, Ana und Maureen warten davor. Sie sind angespannt. Die ersten paar Fahrzeuge rollen über die Auffahrt davon, und der große Schulbus zischt laut, als die luftdruckbetätigte Bremse gelöst wird, und folgt der Karawane. Ich atme erleichtert auf, als er hinter der Kurve verschwindet; ein Großteil der Farmbewohner ist somit in Sicherheit.

„Wo ist Bits?", frage ich.

„Wir warten auf sie und Peter", sagt Ana. „John sammeln wir am ersten Tor ein."

Peter läuft um die Ecke des Restaurants und kommt mit schnellen Schritten auf den VW-Bus zu. „Okay, alle sind raus."

„Wo ist Bits?", frage ich.

Als er über meine Schulter ins Innere des Bullis blickt und langsam den Mund öffnet, steigt schon wieder Panik in mir auf. „Sie war eben noch hier! Ich hab sie in den Wagen gesetzt und ihr gesagt, sie soll sich nicht von der Stelle rühren."

Er schaut noch mal in den Wagen, als hoffe er, er habe sie auf den ersten Blick vielleicht übersehen, und sieht mich dann mit riesigen dunklen Augen an.

„Fee", sage ich.

„Ich suche hier", sagt er.

Ich renne zur Hütte, aber da liegt Fee, gemütlich eingerollt und völlig ungestört vom ganzen Trubel, auf Bits' Feldbett. Ich nehme die Katze und setze sie in ihre Transportbox, greife nach meinem extra Rucksack und renne wieder nach draußen. Ich höre die anderen rufen und tue dasselbe. „Bits!", schreie ich. „Ich hab Fee! Bits!"

Außer der dröhnenden, bedrohlichen Stille und dem gelegentlichen Rascheln der Blätter in den Baumkronen höre ich nichts. Hätten wir nicht gesehen, was sich da unaufhaltsam auf uns zubewegt, hätte man sich fast dazu verleiten lassen können zu glauben, dass heute ein schöner frühherbstlicher Tag ist. Ich drücke mir Fees Transportbox an die Brust und renne auf den Bulli zu.

Ana kommt mir schnaufend entgegen. „Bits ist im großen Bus. Mike hat gesehen, wie Josephine sie und Jasmine mitgenommen hat. Er dachte, wir hätten das vielleicht so abgesprochen."

Das macht keinen Sinn. Josephine wusste genau, dass es unser Job war, die Farm nach Nachzüglern abzusuchen; es war die ganze Zeit klar, dass wir die Letzten sein würden, die abhauen. Aber es macht keinen Sinn, sich über das Warum den Kopf zu zerbrechen – alles, was zählt, ist, dass ich Bits finde.

Dan schreitet vor dem Krankenwagen auf und ab. Mike und Rohan sind auch da, aber die anderen Leute sind schon weg. Eigentlich hätten noch andere mit dem Krankenwagen evakuiert werden sollen, aber vielleicht waren sie zu verängstigt, um zu warten, bis Dan und ich wieder da sind.

Peter fährt vom Parkplatz und rast aufs Tor zu, wo John wartet. Ich reiße die Tür auf. „Bits ist im Bus. Wir müssen hinterher."

John springt in den Wagen. An der Hauptstraße will Peter Richtung Westen abbiegen, und mir wird eiskalt. „Nach Osten. Wir müssen Richtung Osten", rufe ich.

„Nein, Westen", korrigiert John mich.

„Wir haben Oliver doch gesagt, dass ihr nach Osten fahren sollt! Im Westen sind sie schon fast an der Straße angekommen!" Meine Stimme ist so schrill, dass sie beinahe versagt. Wir könnten nach Osten fahren und die anderen per Funk informieren, aber es gibt eine Person, die ich niemals zurücklassen würde, und die sitzt in diesem verdammten Bus.

„Das hat er nicht gesagt", sagt John. Er spricht ins Funkgerät. „Achtung, alle mal herhören. Dreht sofort um. Wir fahren Richtung Osten. Ich wiederhole: Alle Richtung Osten. Die Straße nach Westen ist von Lexern blockiert."

Die Antwort kommt knisternd und unverständlich. Kurz darauf kommen der kleinere Schulbus und ein Pick-up mit Höchstgeschwindigkeit über den kleinen Hügel vor uns gerast. Sie sind noch etwa einen knappen Kilometer von uns entfernt. Wir fahren ihnen entgegen und treffen sie auf halbem Wege. Shawn bremst mit dem Pick-up scharf neben uns ab, während der Bus weiter Richtung Osten rast. Ich behalte die Straße im Blick und versuche, den großen gelben Bus mit purer Willenskraft hierher zurückzubefördern, aber natürlich passiert nichts.

Shawn rollt das Fenster herunter. Sein Gesicht ist leichenblass. „Die anderen sind umzingelt. Die haben die Straße gestürmt, kurz bevor du uns alarmiert hast. Der Schulbus ist gegen einen Baum gefahren. Ich glaube, die Kühlung ist hin. Wir haben keine Chance, sie zu erreichen, ohne da reinzugehen."

Die letzten Worte hat er kaum ausgesprochen, da tritt Peter aufs Gas. Sobald wir den kleinen Hügel überwunden haben, sehen wir den Bus, der schräg stehend die Straße blockiert. Der Motor raucht und macht laut surrende Geräusche, als der Fahrer vergeblich versucht, ihn zu starten. Er ist von hinten von einer zehn Meter dicken Wand aus Lexern umgeben, die sich nach Süden hin bis zum Waldrand erstreckt. Die Fahrzeuge, die vor dem Bus gefahren waren, sind kleine Inseln in einem Meer aus Lexern. Die schwarzen

Türen eines Transporters sind geöffnet; wer auch immer da drin war, muss versucht haben, zu Fuß abzuhauen. Aus den offenen Fenstern sind Schreie zu hören, und ich mag es mir einbilden, aber fast bin ich mir sicher, Bits' Stimme darunter zu erkennen. Ich drücke mir die Hand auf den Mund, um den erschütterten Aufschrei zu unterdrücken, den ich in meiner Kehle aufsteigen spüre.

Ich bohre meine Finger in Peters Schulter. Ich muss ihm nicht sagen, dass ich ohne Bits nicht abhauen werde: Ich weiß, dass er genauso denkt. Er lehnt sich aus dem Fenster und beugt sich zu Shawn hinüber, der uns mit dem Pick-up gefolgt ist. „Habt ihr noch Platz im Wagen? Wir kommen nach und treffen euch in Quebec."

„Auf der Ladefläche ist noch Platz", sagt Shawn.

Mike und Rohan steigen aus dem Krankenwagen und hocken sich auf die Ladefläche des Pick-ups. Mark Golden steigt vom Beifahrersitz der Fahrerkabine und winkt Penny, sich hineinzusetzen. Aber sie schüttelt nur den Kopf. „Nein, ich will aber nicht. Ich bleibe hier."

James öffnet die Tür des VWs und seine sonst so seelenruhigen, sanften Gesichtszüge sind entschlossen. „Nein, tust du nicht."

„Geh und steig in den Pick-up", befiehlt Ana ihrer Schwester. „Sofort."

„Geh mit Penny", sagt John zu Maureen. „Wir treffen uns da. James, du fährst auch mit."

James will schon protestieren, aber John unterbricht ihn scharf: „Keine Widerrede."

Sein Gesichtsausdruck bringt beide zum Verstummen. James hilft Penny und Maureen in die Fahrerkabine und steigt zu den anderen auf die Ladefläche.

„Sollen Jamie und ich mit euch kommen?", fragt Shawn. „Jemand anderes kann fahren."

John schüttelt den Kopf und winkt ihnen, loszufahren. Penny drückt ihr Gesicht ans Fenster und wirft Ana und mir einen hilflosen letzten Blick zu, dann ist sie weg. Wir wenden unsere Aufmerksamkeit wieder dem Schulbus zu, der inzwischen von Hunderten von Händen hin und her geschaukelt wird. Schrille Schreie zerreißen die Luft. Peter fährt langsam vor, bis wir so nah dran sind, wie wir verantworten können. Etwa ein Straßenblock liegt zwischen uns und der Herde. Bisher scheint uns diese nicht einmal wahrgenommen zu haben: Der Schulbus macht genug Lärm, um ihre ganze Aufmerksamkeit in Anspruch zu nehmen. Fürs Erste.

Neben uns kommt der Krankenwagen zum Stehen. Dan rennt an Johns Fenster. „Was ist der Plan?"

„Du brauchst nicht …", beginne ich erschrocken.

Dans Kiefer ist entschlossen. „Ich geh nirgendwohin."

Ich bin so dankbar, dass ich nicht einmal versuche, zu protestieren, obwohl Bits meine und Peters Verantwortung ist. Und ich weiß, dass wir höchstwahrscheinlich sowieso keine Chance haben. Aber das ist mir egal – es gibt Menschen, für die es sich zu sterben lohnt. Für Adrian war ich so ein Mensch. Und obwohl ich in dem Punkt mal wieder ganz anderer Meinung bin als er, weiß ich doch, wie sich das anfühlt.

„Wir machen so viele Touren wie möglich", sagt John, „und fahren zurück zur Farm, um die anderen Wagen zu holen."

Ein paar Lexer stolpern auf den Bulli zu. Einer hält direkt auf Dan zu, der ihn mit einem gezielten Hieb mit der Machete zu Boden streckt. Die Schreie, die aus dem Bus dringen, werden lauter und grauenhafter, und hin und wieder erklingen gedämpfte Schüsse. Die Vordertür des Busses ist offen, und die Lexer drängen so eifrig vorwärts, dass sie dabei übereinander hinwegklettern. Sie sind drin. Ich dachte, wir hätten zumindest ein paar Minuten Zeit. Und vor allem dachte ich, dass sie nicht in der Lage wären, die Türen aufzubrechen und die Stufen nach oben zu klettern – nach oben zu Bits. Vor meinen Augen tanzen schwarze Punkte und ich muss mich am Sitz festhalten, um nicht ohnmächtig zu werden.

Ich habe immer gewusst, dass es unerträglich sein würde, Bits sterben zu sehen. Aber ich habe immer gehofft, dass ich zumindest bei ihr sein würde und sie während ihrer letzten Minuten trösten könnte, wenn ich schon nicht in der Lage wäre, sie zu retten. Und nicht einmal das kann ich; sie wird ganz allein sterben. Ich kann nur hier sitzen und zuschauen, und diese erstickende Hilflosigkeit ist schlimmer als alles, was ich je in meinem Leben gefühlt habe.

Die hintere Dachluke des Busses schwingt auf. Dann erscheint Hanks Kopf. Er zieht sich mit seinen dürren Armen aufs Dach. Augenblicklich dreht er sich um und legt sich auf den Bauch. Er streckt die Arme durch die Luke ins Innere des Busses. Ich halte den Atem an. Ich wage es nicht, auch nur einen Atemzug zu tun, ehe ich Bits' braunen Haarschopf auftauchen sehe.

„Bitte", flüstere ich. Ich drücke meine Füße so fest auf den Boden, wie ich kann, als könnte ich ihr dadurch irgendwie Kraft senden. „Oh, bitte …"

Hank zieht sie ins Freie und wendet sich sofort wieder der Luke zu. Henry schiebt seinen Oberkörper hindurch und stellt seine Hände auf dem Dach ab. Dann sinkt er ein paar Zentimeter in die Tiefe und kämpft darum, auf dem Dach festen Halt zu finden. Bits und Hank greifen nach seiner Jacke und stemmen sich mit den Füßen am Rahmen der Luke ab, um gegen das anzukämpfen, was Henry von unten fest im Griff zu haben scheint. Henry öffnet den Mund und schüttelt den Kopf. Bits lässt zuerst los, aber Hank hält seinen Vater noch einen Moment lang fest, bevor auch er loslässt. Als Henry im Innern des Busses verschwindet, lässt Hank sich fallen und beugt sich über die Luke. Ich will nicht, dass er das mit ansieht, und atme erleichtert auf, als Bits ihn auf die Füße zerrt. Sie weiß, dass man diese Bilder nicht mehr loswird. Und was das mit einem macht.

Anas Finger legen sich fest um meinen Arm. „Wir holen sie da raus."

Ana ist eher so etwas wie Bits' Lieblingstante, aber sie liebt das kleine Mädchen mindestens genauso sehr wie wir. Und auch sie wird nicht abhauen, ehe nicht jede Hoffnung, Bits noch retten zu können, verloren ist. Und dies scheint unsere einzige Chance zu sein, so gering sie auch sein mag. Wir müssen die beiden da rausholen und abhauen, bevor die Straße auch in östlicher Richtung komplett überrannt ist.

Dan lehnt sich aus dem Fenster des Krankenwagens. „Aufs Dach mit euch. Ich fahr euch rein. John, bleib hier und halt die Stellung, falls wir dich brauchen."

Ana, Peter und ich klettern hastig aufs Dach des Krankenwagens und legen uns flach auf die Bäuche. Wir halten uns krampfartig fest, als Dan im Schritttempo in die Menge fährt und Lexer links und rechts aus dem Weg schiebt. Zuerst bewegen sie sich noch von selbst zur Seite, aber dann werden sie wild. Mit jedem Zentimeter, den wir uns vorwärtsbewegen, hämmern mehr Hände gegen die Seiten. Dan positioniert den Wagen so, dass er parallel auf den Bus zuhält. Bits und Hank sehen so klein und hilflos aus mit ihren herabhängenden Armen.

„Bleibt, wo ihr seid!", rufe ich ihnen zu. „Wir kommen!"

Aber wie wir zu ihnen gelangen sollen, weiß ich nicht genau, mit der zwei Meter dicken Wand aus Lexern, die uns voneinander trennt. Bits nickt. Ihr Mund steht offen und ist zu einem kleinen O geformt. Sie sieht aus wie jemand, der gleich das Bewusstsein verliert.

„Wir müssen näher ran!", schreit Ana.

Dan fährt ein Stück rückwärts und versucht es dann noch einmal. Peter liegt auf dem Dach der Fahrerkabine und räumt Lexer aus dem Weg. Er greift sie bei den Haaren oder ihren zerfetzten Klamotten und zerrt sie nach links und rechts zur Seite weg, bis Dan so nah an den Bus herankommt, dass uns nur noch ein knapper Meter von den Kindern trennt. Ana und ich stechen auf die Köpfe der Lexer ein, die sich im Zwischenraum zwischen den beiden Fahrzeugen befinden, bis sie leblos und aufrecht eingeklemmt eine Art Barriere formen, die die anderen von uns fernhält.

Ich schaue aufs Dach. Hanks Brille reflektiert die Bäume und den Himmel, aber in Bits' Augen sehe ich die Verzweiflung. „Cassie!", schreit sie. „Peter!"

Hank nimmt Bits an der Hand und geht auf den Dachrand zu. „Nein, nicht gleichzeitig!", ruft Peter. „Ich komm rüber und hol euch!"

Mit einem großen Schritt ist er bei ihnen und legt seine Arme um Bits' Taille. Sie schlingt ihre Beine um ihn und kneift die Augen zu, als er mit ihr zurückspringt. Und dann liegt sie in meinen Armen. Ich hätte nicht gedacht, dass das jemals wieder möglich sein würde, aber jetzt ist sie hier. Peter und Hank landen mit einem dumpfen Aufprall auf dem Dach des Krankenwagens. Dan fährt langsam rückwärts und lenkt den Wagen dann in

Richtung Osten. Wir kommen einen knappen Meter voran und holpern über tote Lexer auf der Erde. Dann hebt sich die Vorderachse des Krankenwagens vom Boden und kommt nicht wieder runter. Die Reifen quietschen, aber wir bewegen uns nicht von der Stelle.

Ana wirft einen Blick über die Kante und flucht. Ich setze Bits neben mich und krieche neben Ana zur Kante. Die Vorderachse ist tatsächlich auf einem kleinen Hügel aus Leichen aufgelaufen; die Reifen drehen ein paar Zentimeter über dem Boden ins Leere.

„Wir sitzen fest!", ruft Ana nach unten. Einen Augenblick später klettert Dan durchs Fenster zu uns aufs Dach. Es sind viel mehr Lexer als damals im Wald oder an diesem Tag auf dem Feld. Allein auf den ersten drei Metern gibt es so wenige Öffnungen in den Reihen der Lexer, dass wir uns den Weg freikämpfen müssen.

„Ich nehme Bits", ruft Peter mir über den Lärm zu.

Ich will sie nur ungern abgeben, aber ich wäre nie in der Lage, sie zu tragen und gleichzeitig zu rennen, so wie er. Peter setzt sich Bits auf die Hüfte und deckt sie mit seiner Jacke zu. Mit der anderen Hand hält er seine Machete fest und sieht mir mit einem kurzen Nicken in die Augen. Wenn es einen Menschen gibt, dem ich Bits bedenkenlos anvertrauen würde, dann ist das Peter; er würde eher sterben als aufgeben.

Hank trägt eine dicke Jacke, aber er hat nichts, um seine tintenbefleckten Hände zu schützen. Ich ziehe meine Handschuhe aus und zeige auf den VW. „Zieh die hier an. Und dann rennen wir zu John, so schnell wir nur können. Meinst du, das schaffst du?"

Hanks Augen sind riesengroß und kugelrund, und sein Kopf wackelt so sehr, dass ich nicht erkennen kann, ob das die Angst ist oder ob er tatsächlich nickt. Ich halte ihn an den Schultern fest. „Lass mich nicht los, hörst du? Nur, wenn sie mich kriegen. Dann rennst du los. Und du hältst nicht an, für nichts in der Welt."

Hank zieht sich die Lederhandschuhe an. Ich nehme Adrians Messer aus meinem Gürtel und lege es ihm in die Hand. „Benutz das hier, wenn du musst", befehle ich. Dieses Mal ist es eindeutig ein Nicken, und es ist ein entschlossenes, wie das seines Vaters.

Ana hält ihren Schädelspalter in der einen und eine kleine Machete aus dem VW in der anderen Hand. „Ich geh mit Peter. Dan, du bleibst bei Cass."

Dan legt eine Hand auf meinen Arm. Seine Augen glühen, wie an dem Morgen in Stowe, im Zelt. Sein Blick sagt mir, dass es keine andere Möglichkeit gibt und dass wir hier heil rauskommen werden. Ana stülpt sich die Kapuze ihres Pullis über den Kopf und wirft Peter ein mir nur allzu bekanntes Lächeln zu – ein Lächeln, das besagt, dass sie für alles bereit ist, egal, wie riskant.

„Pass auf dich auf", rufe ich ihr zu.

„Bleib in der Nähe", befiehlt Peter ihr. „Tu nichts, was ..."

„Versprochen." Sie zieht die Schnüre der Kapuze zusammen. Ana und Peter gleiten über die Motorhaube in die Tiefe und ins Getümmel. Sie sticht mit ihren Waffen um sich, schubst und tritt auf die Menge ein. Peter ist dicht hinter ihr und schiebt die verwirrt in Anas Kielwasser herumstolpernden Lexer mit der Schulter zur Seite. Er benutzt seine Klinge nur einmal: Als ein Lexer Ana an den Kragen will und sie zur Seite zieht.

Dan und ich springen hinterher. Die ersten paar Schritte muss ich Hank mitziehen, aber schon bald ist er gleich auf. Graue Hände reißen von links und rechts an meiner Jacke, als ich mich durch die Schneise dränge, die Dan vor uns in die Menge hackt. Ich versuche, Hank, der vor mir läuft, mit den Armen abzuschirmen. Einer kommt uns zu nahe, und ich stoße ihm mein Messer ins Auge. Dan schießt auf einen, der einen Hechtsprung auf ihn zu macht und ihn mit den Armen umschlingt.

Wir haben Peter und Ana beinahe eingeholt, als mich und Hank ein kräftiger Stoß von hinten in die Knie zwingt. Seine Hand entgleitet meiner. Ich mache mich so klein wie möglich, als die vorwärtsdrängenden Lexer über mich stolpern und auf der Straße vor mir landen. Ich kämpfe mich frei, schiebe die schweren Körper, die auf mir gelandet sind, zur Seite, und schüttele einen ab, der seine Zähne in den Stoff meines Jackenärmels versenkt hat. Der Druck hat die kleine Gruppe von Lexern umgeworfen und sie zappeln auf der Erde herum wie Käfer, die auf dem Rücken gelandet sind, aber Hank kann ich nicht entdecken.

„Hank!", schreie ich.

Dan schiebt einen Lexer zur Seite und zieht Hank auf die Beine. Eine Hand greift nach meinem Oberschenkel, eine andere nach meinem Fußgelenk. Ich trete angestrengt grunzend um mich und renne über die herumliegenden Lexer hinweg, die langsam auf die Füße kommen, und zerstampfe auf meinem Weg die eine oder andere Wirbelsäule. Uns fehlt die Zeit, um Hank auf Bisse zu untersuchen. Und selbst wenn er gebissen worden wäre, würde ich ihn nicht zurücklassen. Jetzt gibt es zwei Menschen, die ich niemals zurücklassen würde – Henry wäre bestimmt jetzt noch am Leben, hätte er nicht Wort gehalten und Bits gerettet, und ich werde mein Wort auch nicht brechen. Das wär's ja noch. Ich nehme Hanks Hand wieder fest in meine, wirbele herum und starre direkt in ein totenkopfähnliches Gesicht. Die Haut ist trocken und eingefallen, und das Gebiss erscheint riesig. Es schnappt wenige Zentimeter vor meiner Nase zu, bevor es klappernd auf dem Boden zusammenfällt.

Dan steht hinter dem Knochenhaufen und schubst direkt noch drei weitere von sich. „Los!", ruft er.

Hier ist die Menge noch nicht so dicht, aber das ändert sich mit jeder Minute, die vergeht. Nur noch etwa drei Meter und wir sind frei. Einen Meter weiter wird mir der Schädelspalter von einem Lexer aus der Hand gerissen, der sich auf Hank stürzt. Ich presse ihm meine Hand gegen die Stirn, kurz bevor er zubeißen kann, aber ich bin nicht stark genug, um ihn wegzuschieben. Stattdessen drücke ich ihm zwei Finger in die Augenhöhle. Es fühlt sich kalt und nass und dickflüssig-klebrig an, und in jeder anderen Situation würde ich mich wahrscheinlich vor Ekel übergeben, aber gerade ist mir einfach alles egal. Hank kriegen sie nicht. Ich lasse sie nicht gewinnen, und wenn ich jedem Einzelnen von ihnen mit bloßen Händen den Schädel zerschlagen muss. Ich bohre meinen Daumen in die eingefallene Wange, um mehr Kraft aufwenden zu können, und stoße meine Finger tief hinein, bis er wie ein Stein zu Boden fällt.

Hinter mir grunzt Dan vor Anstrengung; er hat uns den Fluchtweg freigehalten, um mir mehr Zeit zu verschaffen. Irgendwo zu meiner Linken stößt Ana einen schrillen Fluch aus. Sie wirbelt herum, um einem Lexer, der sie an der Kapuze zu fassen gekriegt hat, ihren Schädelspalter in den Schädel zu rammen, aber sie schlägt daneben. Sie fummelt am Reißverschluss ihrer Jacke herum und versetzt einem anderen einen Tritt, der ihn rückwärts stolpern lässt. Wir rennen an ihr vorbei, gerade als sie aus Jacke und Pulli schlüpft, um sich zu befreien.

Hank und ich brechen aus der Menge hervor und rennen das letzte Stück zum VW, mit dem John uns entgegengekommen ist. Er springt heraus und öffnet mit einer Hand die Tür – in der anderen Hand hält er seine Pistole – und wirft Hank ins Innere des Wagens. Er will schon nach mir greifen, aber ich schüttele den Kopf und drehe mich wieder um. Ich meine, Dan in Anas Richtung laufen zu sehen, und ich werde ihm folgen, jetzt, wo Hank in Sicherheit ist. „Ana ist noch da hinten!"

„Du bleibst hier", ruft John und rennt selbst los. „Rein mit dir!"

Ich schlage die Tür hinter mir zu und sehe Johns rote Jacke in der Menge verschwinden. Ich kann weder Dan noch Peter oder Ana sehen. Ich höre Schüsse, aber ich kann nicht ausmachen, woher sie kommen. Ich muss Peter und Bits finden.

Ich gehe vor Hank in die Hocke. Wir atmen beide schwer, und ich weiß, dass meine Augen wahrscheinlich so verstört und weit aufgerissen sind wie seine. „Bist du okay? Hat dich einer gebissen?" Seine Lippen formen sich zu einem stillen Nein, und ich nicke erleichtert. Ich schaue erneut aus dem Fenster in alle Richtungen. Ich sehe nur Bäume und Lexer.

„Bleib hier, okay?" Ich lege ihm eine feste Hand aufs Knie, als seine Unterlippe zu beben beginnt. „Ich gehe nur aufs Dach. Okay? Keine Angst. Ich lass dich nicht alleine."

Hank nickt langsam und hebt sein Messer, als ein einzelner Lexer auf uns zu stolpert, ehe er sich abwendet und doch lieber in Richtung Schulbus geht. Irgendwie ist es Hank gelungen, sowohl seine Brille als auch das Messer zu behalten.

Als ich aussteige, höre ich Peter, der meinen Namen ruft. Er kommt aus dem leeren Waldstück im Osten auf mich zu. Bits hängt noch immer auf seiner Hüfte. Wie er es geschafft hat, so einen großen Bogen zu schlagen, ist mir ein Rätsel, aber ich springe mit

Beinen aus Wackelpudding auf den Fahrersitz und gehe in den Rückwärtsgang, um ihnen die dreißig Meter entgegenzukommen.

Peter schiebt Bits auf die Rückbank. Sie ist zerzaust und starr vor Angst, und doch ist ihr Anblick das Schönste, was ich seit Langem gesehen habe.

„Ich wurde in den Wald abgedrängt", ruft Peter. „Wo sind die anderen? Wo ist John?"

„Er ist los, um Ana zu helfen", sage ich. „Als ich sie das letzte Mal gesehen habe, war sie noch okay."

Ich steige aufs Dach und erhasche einen Blick auf etwas Rotes. John ist mittendrin im Getümmel und kämpft sich durch die Menge. Er ist allein. Er hackt mit dem Messer um sich, aber die Lexer haben sich zu einer soliden Wand verdichtet.

„John kommt zurück!", schreie ich Peter zu. „Bring uns näher ran!"

Aber noch bevor Peter die Fahrertür erreicht, legen sich Hände um Johns Gesicht und ziehen ihn zu Boden. Unter dem Berg aus Körpern, die sich über ihn beugen, erklingt dumpf ein Schuss. Ich warte, aber als er nicht aufsteht, höre ich meinen Schrei wie aus weiter Ferne. Ich weiß nicht mal, was ich gesagt habe, aber Peter lässt die Hand vom Türgriff sinken und starrt mich fassungslos an.

„Und Ana?", ruft er mir zu.

Ich schüttele atemlos den Kopf und suche die Menge nach Ana und Dan ab. Für sie besteht immer noch eine Chance. Vielleicht sind sie noch okay. Im Gegensatz zu John. Peter stellt einen Stiefel auf den Fensterrahmen und springt neben mir aufs Dach. Irgendetwas Schnelles prescht von hinten durch die Massen heran, und dann springt Dan über die Motorhaube des Krankenwagens aufs Dach. Der Reißverschluss seiner Jacke steht offen, und der Saum seines grauen T-Shirts ist ein einziger großer dunkler Fleck. Ich rede mir ein, dass das nicht sein kann: Er wurde nicht gebissen. Aber die Art, wie er vornübergebeugt mit gesenktem Kopf und den Händen auf den Knien dasteht, während seine Brust sich ruckartig hebt und senkt, sagt mir etwas anderes. Er hebt den Blick und sieht mir in die Augen.

„Nein", flüstere ich. Und dann noch einmal, obwohl ich weiß, dass es stimmt. Er ist ganz allein dort oben, genau, wie er immer befürchtet hatte. Ich will etwas tun, irgendetwas, um ihm die Sache zu erleichtern. Ich wünschte, er wäre hierhergekommen; er sollte das nicht allein durchstehen. Er sollte das überhaupt nicht durchstehen müssen.

Das Ganze dauert nur wenige Sekunden, während derer die Gedanken durch meinen Kopf rasen und er nickt und seine Lippen Worte formen, die ich nicht lesen kann. Er zeigt mit dem Finger auf mich und dann hebt er ihn zum Himmel. Ich weiß nicht, was genau das bedeuten soll, aber ich nicke trotzdem. Das sind unsere Sterne da oben.

„Ana!" Peters Stimme ist so verzweifelt, dass ich den Blick von Dan abwende.

Er springt vom Dach und rennt auf die Lexer zu, die uns inzwischen gesehen haben und langsam auf uns zukommen. Ich gleite an der Seite des Bullis hinab, um ihm zu folgen, und feuere auf einen, der sich aus der Menge löst, und dann noch einen. Peter scheint das alles nicht zu bemerken, bis ihm einer gefährlich nahe kommt, den er einfach zur Seite wirft, als würde er nichts wiegen.

Ich schreie seinen Namen, aber er antwortet nicht. Wir haben höchstens noch zwei Minuten, bevor hier alles überrannt ist. Wir haben Bits und Hank, und wir müssen hier weg. Wäre Ana okay, dann wäre sie schon längst hier, das weiß ich einfach.

Und dann entdecke ich sie. Sie bewegt sich noch immer schneller und wendiger als die anderen Gestalten, aber wesentlich langsamer als vorhin. An ihrem Hals prangt eine hässliche Wunde und ihr Hemd ist blutdurchtränkt. Sie schafft es aus der Menge und stolpert auf unsicheren Beinen vorwärts. Peter weicht einen Schritt zurück, als habe man ihm eine Ohrfeige verpasst.

Sie ist noch ein paar Meter von ihm entfernt. Die sonst so ausdrucksstarken Lippen – immer grinsend oder schmollend oder irgendeinen frechen Spruch parat habend – hängen schlaff in ihrem gräulichen Gesicht. Ich erinnere mich an das Versprechen, das ich ihr an einem schönen Sommertag gemacht habe, ein Versprechen, von dem ich nie gedacht hätte, dass ich es jemals einhalten muss.

Mit zitternden Händen richte ich den Lauf meiner Pistole auf den Punkt zwischen ihren leeren Augen. Ich weiß trotzdem, dass ich treffen werde. Kopfschüsse sind schwierig, aber nicht für mich. Und obwohl sie so nah dran ist, dass ich kaum zu zielen brauche, ist dies doch der schwierigste Schuss, den ich jemals abgefeuert habe. Sie sackt auf dem Boden zusammen, und das Zittern in meinen Schultern breitet sich in meinem ganzen Körper aus. Hätte ich genug Zeit, um zu ihr zu rennen, würde ich es tun, aber die Herde ist nur noch sechs Meter von uns entfernt. Ich schreie Peter an, so laut ich kann, um ihn aus seiner Starre zu lösen, und zerre ihn am Jackenkragen zurück zum Bulli. Ich brauche ihn. Allein schaff ich das nie. Er geht rückwärts, noch immer starr vor Schock, aber dann dreht er sich ruckartig um und rennt zur Fahrertür.

Er schaltet in den Rückwärtsgang und fährt los. Richtung Osten. Ich stolpere zum Fenster in der Heckklappe und suche die Menge nach dem Krankenwagen ab. Dan sitzt auf dem Dach und schaut uns hinterher; der Flachmann in seiner Hand blitzt im Sonnenlicht kurz auf, als er ihn zum Mund hebt. Peter weicht ein paar Lexern aus, die inzwischen die Straße nach Osten erreicht haben, was mich aus dem Gleichgewicht bringt. Als ich wieder aufrecht sitze, sind wir über den kleinen Hügel gefahren und Dan ist nicht mehr zu sehen.

KAPITEL 77

Meine Hände sind ekelerregend schmutzig. Schwarzes, braunes und rostig aussehendes verkrustetes Blut klebt an meinen Fingern. Das Gehirn von dem Lexer, den ich mit bloßen Händen gekillt habe, überzieht die Finger meiner rechten Hand wie eine schleimige Schicht. Ich stolpere zum kleinen Waschbecken in der Küchennische des Bullis und wasche meine Hände immer wieder und mit Unmengen Seife, bis meine Haut ganz rosa und empfindlich ist. Ich versuche, nicht darüber nachzudenken, dass das Virus sich in diesem Augenblick durch den kleinen Schnitt in meinem Finger in meine Blutlaufbahn fressen könnte. Aber die Wunde ist fünf Tage alt und verschorft, also sollte da nichts passieren können. Aber man kann sich nie ganz sicher sein.

Auch die Gedanken an Ana und John und Dan und Henry versuche ich von mir zu schieben. An all die Leute im Schulbus, an Whitefield – ob die wohl jemals alarmiert worden sind? Wie ich Penny erklären soll, dass ich ihre Schwester erschießen musste. Wie ich Peter trösten kann, der mit einem Blick purer Verzweiflung auf die Straße vor uns starrt. Was ich zu Hank sagen soll. Man sollte doch meinen, ich hätte langsam genug Übung in diesen Dingen.

Wir sind inzwischen auf der einsamen Straße, die uns in den Norden bringen wird. Ich trockne mir die Hände ab und drehe mich zu den Kindern um, die auf der Rückbank hocken. Bits sieht so aus, als sei sie den Umständen entsprechend okay. Noch immer starr und verängstigt, aber sie scheint nicht unter Schock zu stehen. Hank öffnet und schließt seinen trockenen Mund und sieht mich mit blutunterlaufenen Augen an. Ich knie mich vor ihn, und er gleitet augenblicklich vom Sitz auf meinen Schoß, drückt sein Gesicht an meine Brust und bricht in herzzerreißendes Schluchzen aus. Es schüttelt ihn so sehr, dass es wehtun muss, aber dabei kann ich ihm nicht helfen. Das muss raus. Sonst frisst es ihn bei lebendigem Leibe von innen auf.

„Ich weiß", sage ich leise. „Ich weiß."

Ich weiß es und Bits und Peter wissen es auch. Jeder von uns weiß jetzt, wie es sich anfühlt, elternlos zu sein. Aber für Hank ist das noch neu. Ich wiege ihn in meinen Armen, während sein kleiner Körper bebt, und flüstere ihm ins Ohr, dass alles gut werden wird. Alles wird gut. Das mag nicht der Wahrheit entsprechen – höchstwahrscheinlich sogar – aber das sind die Worte, die er hören muss.

Meine Stimme versagt und die Tränen, die ich die ganze Zeit versucht habe, zurückzuhalten, brechen hervor. Ich will für Hank da sein, will für ihn stark sein, aber ich habe gerade zum zweiten Mal einen Vater verloren. Ich habe meine wunderschöne und wilde Schwester verloren. Ich weiß nicht, was Dan mir gewesen wäre, und jetzt werde ich es nie erfahren, aber er war mein Freund und vielleicht meine Chance auf eine Zukunft. Der Tag, der sich heute früh noch anfühlte wie ein wundervoller Neuanfang, ist beendet, bevor er überhaupt richtig beginnen konnte. Ich drücke Hank ebenso fest an mich, wie er sich an mich drückt, und murmle ihm leise Versprechen ins Ohr, die ich höchstwahrscheinlich auch nicht einhalten kann.

Nach ungefähr fünfundzwanzig Kilometern stellt Peter den Motor aus. Er sagt kein Wort, klettert nur zwischen den Sitzen hindurch und setzt sich neben Bits. Sein Schmerz ist so frisch und roh und nackt, dass ich mich zwingen muss, den Blick nicht abzuwenden. Ich nehme seine schlaffe Hand in meine, und er lässt sich auf den Teppichboden des Bullis sinken, begräbt sein Gesicht in Bits' Haaren und lehnt sich gegen mich.

Die Lexer sind auf dem Weg nach Norden, aber wir haben Zeit. Nicht viel, aber immerhin ein bisschen – wenn die Lexer anderthalb Kilometer pro Stunde schaffen. Wir sitzen schweigend in der dröhnenden Stille dieser toten Welt und gönnen uns ein paar kostbare Augenblicke, die eigentlich wohl besser mit Wegrennen verbracht wären. Aber um schnell rennen zu können, muss man leben wollen, und dafür brauchen wir diesen Moment. Das weiß ich, weil ich es auf die harte Tour gelernt habe.

KAPITEL 78

Quebec ist nur noch wenige Kilometer entfernt; ab jetzt könnten wir die anderen theoretisch über Funk erreichen. Aber dann fragen sie uns bloß, wer alles mit uns im Auto sitzt, und ich weiß ehrlich nicht, was ich darauf antworten soll. Peter schlägt es auch nicht vor, hält nur mit weißen Knöcheln das Lenkrad fest und starrt auf die Straße vor uns. Ich sitze schweigend mit den Kindern im Arm auf der Rückbank und frage mich, was ich Penny sagen soll. Ein Mann, den ich von unserem Besuch diesen Sommer wiedererkenne, öffnet das Tor. Peter fährt im Schneckentempo die Hauptstraße hinauf – teilweise, um Kisten, Säcken und Rucksäcken auszuweichen, aber auch, meine ich zu wissen, weil er ebenso wie ich es nicht sehr eilig hat, Penny unter die Augen zu treten.

Er fährt auf den Parkplatz und hält neben dem Pick-up, den Shawn gefahren ist. Der kleine Schulbus hat es ebenfalls geschafft. Penny erhebt sich schwerfällig von einem Picknicktisch, als sie unseren Wagen sieht. Ich atme tief ein und steige aus. Ich höre die Schritte von Peter und den Kindern auf dem Kies, aber ich wende keine Sekunde den Blick von Penny ab. Als sie die leere Straße hinter uns sieht, verzieht sie bestürzt das Gesicht und sinkt mit offenem Mund zurück auf die Bank. James steht neben ihr und hat seine Hand auf ihre Schulter gelegt, als ich über den unnatürlich frisierten Rasen auf sie zugehe und mich vor ihr ins Gras knie.

„Nein." Sie zittert am ganzen Körper und verschränkt die Arme vor der Brust. „Nein."

„Wir konnten ihr nicht helfen", flüstere ich verzweifelt. „Wir hatten keine Chance."

Sie schnappt nach Luft. Ihr Gesichtsausdruck ist der einer Wahnsinnigen. „Ist sie ... zu einer von denen geworden? Ist sie ..."

Ich schüttele den Kopf so entschlossen, dass sich einer meiner Dutts löst und mir über die Schulter fällt. „Nein, ich …" Ich versuche es, aber ich kann die Worte einfach nicht aussprechen. „Ehrenwort."

Pennys Augen werden groß, sie nimmt meine Hand und stellt keine weiteren Fragen. Wenn sie es wirklich wissen will, irgendwann, werde ich es ihr sagen, aber freiwillig werde ich nie darüber sprechen, wie ich ihrer Schwester eine Kugel zwischen die Augen schießen musste. Sie schluchzt nur noch leise, und ich kenne Penny gut genug, um zu wissen, dass sie mich bei sich haben, aber keine Floskeln hören will.

Ich betrachte den See, die Wolken, die sich in der glatten Wasseroberfläche spiegeln, und die Stühle am Ufer, auf denen Dan und ich an diesem ersten Abend gesessen haben. Ich frage mich, ob er es wirklich getan hat – wie lange er wohl gewartet hat, ob das, was in seinem Flachmann war, die ganze Sache tatsächlich einfacher gemacht hat – und das Brennen in meiner Brust ist schlimmer als damals, als ich diesen furchtbaren Fusel probiert habe.

„Und John?", fragt James, obwohl er die Antwort bereits kennt. Sein Gesicht ist angespannt und die Augen nass, aber er ist nicht überrascht, dass wir es nicht alle geschafft haben. Wahrscheinlich überrascht es ihn vielmehr, dass es überhaupt jemand von uns geschafft hat.

„Dan. Henry. Alle, die im Schulbus waren. Und wahrscheinlich alle, die in den Autos vor dem Schulbus saßen."

Bits setzt sich an den Tisch und beobachtet Hank dabei, wie der mit dem Finger einer Einkerbung im Holz folgt. Ihre Haare sind eine wirre, verknotete Mähne. Peter steht daneben und starrt seine Stiefel an.

„Es tut mir so leid", flüstert er. „Ich hätte sie niemals …"

Penny springt auf und legt ihm die Arme um den Hals. „Du hättest sie niemals aufhalten können, selbst wenn du gewollt hättest. Ich wusste einfach, dass es eines Tages passieren würde. Ich wusste das."

Penny ist keine Kämpferin, aber sie ist stärker als wir alle zusammen. Anstatt selbst zusammenzubrechen, versucht sie immer noch, uns alle aufzubauen. James legt seinen Arm um ihre Taille, und sie lehnt sich mit geschlossenen Augen an ihn.

„Wir müssen bald los", sagt er, als sei es ihm unangenehm, das Thema anzusprechen. Aber keiner von uns nimmt es ihm übel; wir wissen selber, dass wir zum Trauern eigentlich gar keine Zeit haben. „Wir warten nur noch auf Whitefield."

Maureen tritt aus dem Steinhaus und kommt über den Rasen auf uns zu. Ihre Wangen sind eingefallen und schlaff. Sie drückt jeden von uns der Reihe nach an sich, genau so, wie meine Mutter es getan hätte, und ich versinke in ihrer weichen Umarmung.

„Es tut mir leid", flüstere ich ihr ins Ohr.

Sie schnieft und drückt mich noch einmal extrafest an sich, dann zieht sie sich Hank auf den Schoß. Sie nimmt ihm die Brille ab und trocknet ihm sanft die Tränen. Sie selbst weint nicht, und so versuche auch ich, mir die Tränen aus dem Gesicht zu wischen. Ab jetzt wird nicht mehr geheult. Weinen bringt uns weder Benzin noch Essen ein, und die Tausende von Kilometern nach Alaska fährt es uns auch nicht. Das müssen wir schon selbst erledigen. Ich werde mich stattdessen auf das konzentrieren, was als Nächstes kommt, und darauf, die zu beschützen, die ich noch immer beschützen kann. Weinen kann ich immer noch, wenn wir wieder sicher hinter irgendeinem Zaun hocken.

„Kommt Whitefield?", frage ich.

„Gabriel sagt, Whitefield hat sich hier gemeldet, als sie uns nicht erreichen konnten", antwortet James. „Die Herde hat sie erreicht und sie sind auf dem Weg."

Herde erscheint mir nicht das richtige Wort zu sein für das, was uns verfolgt. Es erinnert mich an diese Heere von Ameisen in Naturprogrammen. Wanderameisen heißen die, weil sie in großen Gruppen immer weiter vordringen und alles fressen, was sie auf ihrem Weg finden. Oder die Heuschreckenschwärme, die die Pioniere fast in den Wahnsinn getrieben haben. Whitefield könnte in diesem Schwarm gefangen sein. Ich glaube nicht, dass ich es ertragen könnte, an diesem verdammten Tag auch noch Nelly zu verlieren.

„Quebec kommt nicht mit nach Alaska", sagt Maureen. „Sie wollen stattdessen irgendwo in den Norden Kanadas."

„Da gibt es keine Sicherheitszone", fügt James hinzu. „Sie wissen nicht, was sie da erwartet. Ein paar von unseren wollen sich ihnen anschließen."

„Was?", frage ich verwirrt. „Warum?"

James zuckt mit den Schultern. „Ist näher? Keine Ahnung."

Gabriel kommt die Stufen der Veranda herunter. Er trägt eine große Kiste. Clara folgt ihm mit dem Arm voller Wintermäntel. Ich treffe sie bei ihrem Van.

„Cassie", sagt Clara. „Wie schön, dass du hier bist und es dir gut geht. Deine Freunde haben sich solche Sorgen gemacht."

Ich nicke. Sie braucht nicht zu hören, was passiert ist. „Ihr kommt nicht mit nach Alaska?"

Gabriel verstaut die Kiste im Wagen und erwidert: „Es ist einfach zu weit. Wir nehmen die James Bay Road nach Radisson. Da gibt es vielleicht noch andere Überlebende, und sie haben das Wasserkraftwerk."

James ist mir gefolgt und schüttelt jetzt den Kopf. „Aber das Land ist flach. Ich glaube wirklich, bergiges Terrain wäre besser."

„Es gibt nur eine Straße dorthin. Und viele Seen", sagt Gabriel. Er wirft Clara einen Blick zu, und sie nickt zustimmend. „Wir denken, das Wasser wird uns beschützen. Wir schaffen es mit unseren Treibstoffreserven dorthin und riskieren nicht, auf halbem Weg nach Alaska plötzlich ohne dazustehen."

„Die Berge im Westen sind die bessere Wahl", argumentiert James und sieht mich an. „Es gibt schließlich einen Grund dafür, dass John und Will die als Zufluchtsort gewählt hatten, oder? Da haben wir die Cascades, die Rockies und die Alaskakette auf unserem Weg. Und in Alaska hatten sie höchstens ein Viertel so viele Lexer wie wir."

Als ich Johns Namen höre, bleibt mir kurz das Herz stehen. Ich bin mir nicht einmal sicher, ob wir es überhaupt ohne ihn bis nach Alaska schaffen, aber wenn er dachte, das sei der beste Plan, dann wird er recht gehabt haben.

Gabriel seufzt. „Ja, wie du sagst, es wird sicher besser sein. Aber wir haben uns entschieden."

Clara lächelt versöhnlich und geht wieder aufs Haus zu.

„Wir fahren in zehn Minuten", sagt Gabriel. „Aber ihr dürft natürlich bleiben, so lange ihr möchtet. Und sagt den Leuten aus Whitefield, dass sie mehr als willkommen sind, sich uns anzuschließen, ja?"

James und ich gehen zurück an den Tisch, als Gabriel weiter packt. Zwei Männer schließen die Heckklappe eines Lasters, der mit Lebensmitteln vollgeladen ist.

„Sie haben niemals genug Lebensmittel für den Winter", ist James sich sicher. „Ich finde, wir sollten uns an unseren Plan halten. Wir wissen, dass wir dort sicher sein werden. Und sie denken, sie seien sicher, da, wo sie hin wollen. Wenn sie feststellen, dass es doch nicht so sicher ist, wird es zu spät sein, umzukehren. Ich will einfach nur diese Bergketten um mich herum wissen."

Ich auch. All die Fotos, die ich von Alaska gesehen habe, wo selbst die kleinsten Berge so groß sind wie die höchsten hier, schwirren mir durch den Kopf. In Alaska gibt es Essen, Schutz und Wärme; und sie haben uns gesagt, dass wir kommen sollen.

James erklärt den anderen die Situation, und Bits zieht an Peters Hand. „Also, ich will nach Alaska."

„Keine Sorge, das wollen wir auch, mein Mädchen", sagt Peter und streicht ihr mit abwesendem Blick übers Haar.

Die anderen Überlebenden von Kingdom Come gehen auf den kleinen Schulbus zu. Jamie und Shawn kommen auf uns zu, gefolgt von Barnaby. Ich knie mich vor ihm hin und lege meine Arme um seinen Hals; nie hätte ich gedacht, dass ich einmal so froh sein würde, diesen dämlichen Hund zu sehen. Er hüpft in einem kleinen Kreis herum und erwischt mich mit dem wedelnden Schwanz im Auge, sodass es anfängt, zu tränen.

Shawns sonst so heitere Miene ist einem müden Blick und abwärts gebogenen Mundwinkeln gewichen. Jamie untersucht Bits und Hank auf Verletzungen. Unser Arzt hat es nicht geschafft; er war mit seinem Sohn Chris im großen Schulbus. Liz, Mikayla und Ben waren in einem der ersten Fahrzeuge, aber ich kann mich nicht daran erinnern, in welchem. Vielleicht ist einer der Pick-ups ja Richtung Westen durchgekommen, und sie sind in diesem Moment nach Alaska unterwegs. Die Hoffnung ist gering, aber sie ist da.

„Fast alle gehen mit nach Norden“, sagt Shawn. „Mike und Rohan schließen sich uns an. Und Mark. Aber das war’s schon.“

Mark stellt seinen Rucksack auf der Erde ab. „Wenn ich mitkommen darf? Ich habe die Bögen schon im Pick-up untergebracht, für den Fall der Fälle.“

„Natürlich“, versichert James.

Ashley kommt auf uns zu und wirft ihren Rucksack auf den Picknicktisch. „Ich komm mit nach Alaska.“

„Wo ist Nancy?“, fragt Penny.

„Wir wurden getrennt“, antwortet Ashley. Sie schluckt schwer und blinzelt. „Sie war im großen Schulbus. Ich will mit euch mitkommen.“ Ihre Haare sind streng zu einem Dutt zusammengebunden und sie trägt ihr Messer am Gürtel, als sei sie schon eine von uns. Sie schiebt ihr bebendes Kinn vor und denkt vielleicht, dass sie das härter aussehen lässt.

„Na klar kannst du mit uns mitkommen, Ash“, sage ich.

Ashley atmet erleichtert auf, jetzt, wo sie nicht mehr taff spielen muss, und wirft einen Blick zu dem kleinen gelben Bus. „Meghan und die anderen sagen, ich soll mit ihnen gehen, aber dazu hab ich keine Lust.“

Wir folgen ihrem Blick zu der kleinen Gruppe von etwa einem Dutzend. Das sind Meghan und ihre Freundinnen, die sich unbewaffnet und mit angstvoll aufgerissenen Augen zusammendrängen. Ich kann nicht glauben, dass keine von ihnen in dieser Situation zumindest eine Schusswaffe oder ein Messer trägt. Vielleicht ist es besser, dass sie nicht mitkommen. Wir haben schon genug Probleme. Ich fühle mich schlecht, weil ich so zynisch denke, aber es ist wahr: Ich kann nur eine begrenzte Anzahl Menschen beschützen, und meiner Meinung nach sollte man spätestens mit achtzehn in der Lage sein, sich selbst zu helfen.

Wir zucken alle zusammen, als Peter laut flucht und über den Rasen läuft, wo er die kläglichen Überreste der Bewohner von Kingdom Come aus dem Weg schiebt und auf Oliver zuhält, der sich in einer Ecke verkrochen hat. Er sagt kein Wort, zerrt Oliver bloß mit der linken Hand am Hemd auf die Beine und ballt die rechte zur Faust. Ich erreiche die beiden gerade in dem Moment, als

Peters Faust mitten in Olivers Gesicht landet. Die Menge murmelt überrascht, aber ganz ehrlich wundert es mich ein bisschen, dass noch niemand sonst auf dieselbe Idee gekommen ist wie Peter.

Ich hebe Olivers verbogene Brille vom Boden auf. Oliver will sich wieder auf die Erde kauern, aber Peter lässt nicht los. Ich habe ihn schon öfter wütend gesehen, aber noch nie so. Sein Blick glüht und er sieht so aus, als würde er Oliver am liebsten ins Jenseits befördern. Ein weiterer dumpfer Schlag erklingt, und Blut strömt über Olivers Schläfe und tropft an seinem Kinn herab. Ich überlege kurz, ob ich einschreiten soll, aber ich finde, ein paar hat er noch verdient – zumindest jeweils eine für Ana, John, Dan und Henry.

Oliver keucht. Sein Mund ist vor Angst aufgerissen. Er starrt mit seinem guten Auge Peters Faust an. „Es tut mir leid!"

Peter hält inne. Er wirft Oliver zu Boden und beugt sich über ihn. „Weißt du eigentlich, wie viele Menschen du heute umgebracht hast?" Seine Stimme ist gefährlich leise. „Weißt du das? Ich hoffe wirklich für dich, dass du geplant hattest, mit den Leuten aus Quebec weiterzuziehen. Denn eins versprech ich dir: Bis nach Alaska schaffst du es nicht in einem Stück."

Oliver schlingt die Arme um seine Knie und blinzelt Peter an. Ich halte ihm seine Brille hin, und mit seinen zitternden Fingern braucht er drei Versuche, bevor er sie sich endlich richtig auf die Nase gesetzt hat. Die anderen haben sich um uns versammelt. Penny, die sonst jegliche Art von Gewalt verabscheut, sieht zufrieden aus, aber Meghan und ihre Freunde starren Peter schockiert an. Ganz ehrlich? Die können mich kreuzweise. Das kann überhaupt jeder, der solche Angst davor hatte, auch nur auf Patrouille zu gehen. Und jeder, der mit Quebec weiterzieht. Die werden schon auf die harte Tour lernen, wie es ist, hier draußen zu überleben, und wenn eine kleine Schlägerei schon genug ist, um sie so aus der Fassung zu bringen – na dann viel Glück.

„Ich hab's vergessen!", wimmert Oliver leise. Seine Tränen mischen sich mit dem Blut auf seiner Wange. „Ich … ich hatte Angst. Ich hab's ve… vergessen. Alles ging so schnell!"

Peter will die Faust schon wieder heben und hält dann doch inne, als er das erbärmliche Knäuel betrachtet, das sich auf dem Boden windet und ihm flehend, unter Schmerzen und mit bedeutendem Kraftaufwand die Finger entgegenstreckt. Ich nehme seinen Arm und führe ihn zum See. Wenn er Oliver noch weiter zu Brei schlägt, wird er es bloß bereuen. Ich spüle seine blutigen Knöchel mit Wasser aus einem Eimer ab und trockne sie mit einem Zipfel von meinem Pulli. Dann setze ich ihn auf einen der Campingstühle am Wasser.

„Warte hier, bis sie weg sind", sage ich.

Peter nickt und starrt mit angespanntem Kiefer auf den See. Ich setze mich neben ihn, bis die Motorengeräusche in der Ferne verklingen. Wir haben heute so viele verloren, dass es sich fast ein bisschen so anfühlt wie damals vor einem Jahr, als die Welt endete. Aber das hat uns nicht den Rest gegeben – wir haben uns einfach eine neue Welt gebaut. Und jetzt ist auch die zu Ende.

KAPITEL 79

Quebec hat die ganzen Lebensmittel mitgenommen, aber sie haben sich nicht die Zeit genommen, die Gärten sorgfältig abzuernten. Wir geben Whitefield ein paar Stunden, um hier einzutreffen, und plündern in der Zwischenzeit den Gemüsegarten: Ich pflücke grüne Tomaten und versteckte Gurken. Die Lexer brauchen vielleicht ein paar Tage, um Quebec zu erreichen, aber wir werden mehr als nur ein paar Tage für die Tausende Kilometer nach Alaska brauchen. Unsere Reise wird uns durch das nördliche Kanada führen, wo das Terrain die Lexer aufhalten wird und die Straßen nicht so anfällig für Blockaden sind.

Bits und Hank füllen Container mit allem, was auch nur im Geringsten genießbar aussieht, in diesem Stück vom Gemüsegarten, das uns zum Plündern zugeteilt worden ist. Ich bin froh, dass wir zumindest etwas zu tun haben, denn die Warterei ist die Hölle. Peter zieht eine Karotte aus der Erde und wirft sie in eine Tüte. Die nächste steckt fest und er flucht und tritt mit dem Stiefel so lange gegen das Karottengrün, das unschuldig aus der Erde lugt, bis kaum mehr als ein kleiner grüner Stiel zurückbleibt. Ich komme ihm mit meiner Kelle zu Hilfe und grabe die Karotte vorsichtig aus. Meine Hände arbeiten routiniert, obwohl alles in meinem Innern so aufgewühlt ist, dass ich mir nicht mal einen Augenblick lang vorstellen kann, dass ich jemals wieder ruhig genug sein werde, um so etwas Banales zu tun, wie eine Karotte zu essen.

Ich blicke zu ihm auf. „Warum legst du dich nicht ein bisschen hin? Wir kümmern uns hier."

Peter schüttelt den Kopf und hockt sich hin, um eine weitere Karotte aus der Erde zu reißen. Er wischt sich mit dem Handrücken übers Gesicht und greift grimmig nach der nächsten. Seine

Fingernägel sind schwarz vor Dreck, und seine Knöchel sind blutig, weil die Wunden wieder aufgegangen sind.

„Du blutest ja", sage ich. „Sollen wir das mal desinfizieren? Und du brauchst ein Pflaster."

„Kannst du bitte verdammt noch mal aufhören?", schreit er mich an. „Ich brauche kein verficktes Pflaster!"

Bits und Hank sehen sich mit offenen Mündern zu uns um. Hank nimmt Bits bei der Hand und führt sie in einen anderen Teil des Gemüsebeets. Mich überrascht sein Gefühlsausbruch nicht im Geringsten. Natürlich ist er wütend.

„Na, dann eben kein Pflaster", sage ich beschwichtigend und halte ihm meine Kelle hin. „Hier, benutz die. Das hilft."

Er sticht die Kelle in die Erde, als sei diese schuld an seiner Misere. Ich kenne diese Wut, die unter der Oberfläche brodelt, nur allzu gut. Die Schuldgefühle. Die Raserei und dieses Gefühl, dass einfach alles so unfair ist, dass man es kaum aushält. Manchmal kocht alles über und droht, einen zu ersticken. Und manchmal nutzt man die Energie für etwas Nützliches. Jetzt gerade tue ich nichts von beidem. Die Wut ist da, ebenso Trauer und Verzweiflung, aber ich habe alles schön säuberlich unter meinem Entschluss begraben, mich jetzt gerade nur auf die praktischen Aspekte des reinen Überlebens zu konzentrieren. Peter scheint es jedoch zu übermannen; es erstickt ihn. Er ist kein wütender Mensch. Er hat den größten Teil seines Lebens traurig verbracht, nicht wütend. Die einzige Person, die er jemals mit Nachdruck gehasst hat, war er selbst.

„Tut mir leid", sage ich. „Hätte ich gewusst, dass du zur Anti-Pflaster-Fraktion gehörst, hätte ich dir nie eins angeboten."

Die Kelle bleibt im Boden stecken. Ich hebe den Blick von meinen Karotten und sehe, wie er mich anstarrt. Mein kleiner Scherz, der darauf abzielen sollte, seine Wut ein wenig zu lindern, könnte auch nach hinten losgehen, aber glücklicherweise weicht die Anspannung aus seinem Gesicht und seine Schultern sinken ein ganzes Stück herab.

„Entschuldige", sagt er. „Es ist nur … ich hätte …"

Ich schaue ihm in die blutunterlaufenen Augen. „Nein. Es war nicht deine Schuld. Tu dir das nicht an. Wir haben Bits. Ana wollte sie ebenso sehr retten wie wir."

Er senkt den Kopf, legt eine Hand auf meine Schulter und zieht mich an sich. Ich halte ihn fest, als er weint, und spüre seinen heißen Atem auf meinem Hals. Ich weiß, wie das ist, wenn man einfach nur eine Schulter zum Anlehnen braucht, eine Umarmung, das Gefühl, nicht allein zu sein. Ich hätte meine Freunde viel mehr um all das bitten sollen, nachdem Adrian gestorben war.

Ich höre ein Rascheln und sehe Bits, die hinter einem Bohnenbusch kauert und uns beobachtet.

„Schon gut, Bits", sage ich und halte ihr die Hand hin. Sie kommt langsam auf uns zu, aber als Peter den Kopf hebt, bleibt sie stehen.

„Komm her, mein Mädchen", sagt er. „Tut mir leid, dass ich dir Angst gemacht habe."

Sie rollt sich auf seinem Schoß zusammen und er legt sein Kinn auf ihren Kopf. Er blutet noch immer, aber langsam gerinnt es. Ich ziehe mein Taschentuch hervor und tupfe damit seine Knöchel ab.

„Ich glaub, ich könnte doch ein Pflaster gebrauchen. Hast du zufällig eins?", fragt Peter. Es ist noch kein richtiges Lächeln, aber immerhin ist sein Blick nicht mehr so hoffnungslos.

KAPITEL 80

Sowohl der Bulli als auch der Pick-up sind bis unters Dach vollgepackt, und wir Übriggebliebenen stehen in kleinen Grüppchen daneben. Wir haben beschlossen, Whitefield noch eine Stunde zu geben, aber dann fahren wir los und hinterlassen ihnen eine Nachricht mit den zwei Möglichkeiten. Es ist später Nachmittag, aber wir werden die Nacht durchfahren. Der Plan ist überhaupt, ohne Pause bis nach Alaska zu fahren. Wir werden uns mit dem Fahren abwechseln, so lange das sicher ist. In einer perfekten Welt würden wir für diese Strecke nicht mehr als vier Tage brauchen, aber diese Welt ist alles andere als perfekt.

„Wir brauchen eine Zombie-Vorhersage", witzelt Mike. „Mit Live-Ticker." Er verzieht das Gesicht angesichts seines eigenen schlechten Humors und wirft einen Blick in die Runde. „Tut mir leid."

„Schon gut, Mike", sagt Penny mit einem schwachen Lächeln. „Ana hätte gelacht."

Mike legt einen Arm um Rohans Schulter und beißt sich auf die Lippe.

„Nachdem meine Mutter und meine Schwester gestorben sind, hat mein Papa immer gesagt, dass es hilft, sich gegenseitig Witze zu erzählen", sagt Hank. Er sitzt in der offenen Seitentür des Bullis. „Ich musste ihm jeden Witz erzählen, den ich kenne. Ich wollte nicht, aber er hat mich gezwungen. Am Ende haben wir so laut gelacht, dass wir aufhören mussten, weil wir Angst hatten, Zombies anzulocken." Er tritt gegen einen Stein auf der Erde.

„Also hat es funktioniert?" Ich lege ihm meine Hand auf die Schulter. Er lehnt sich nickend an mich. „Na, wenn das so ist: Klopf, klopf?"

Er legt stöhnend den Kopf in den Nacken. „Das ist aber nicht der mit der Kuh, oder?"

Ich stupse ihn strafend mit dem Fuß an und tue so, als sei ich empört. „Bin ich etwa so berechenbar?"

„Cassie, du kennst nur einen einzigen Witz", sagt Bits.

„Na ja, auf der Fahrt habt ihr ja mehr als genug Zeit, um mir noch ein paar mehr beizubringen."

Inzwischen lächelt die ganze Mannschaft. Rohan hat das breiteste Grinsen von allen, Peter das kleinste; aber einer seiner Mundwinkel ist immerhin leicht nach oben gebogen. Maureen zwinkert mir zu. Sie weiß genauso gut wie ich, dass sie alle meinen einen Witz schon tausendmal gehört haben.

Aus dem Innern des Bullis erklingt ein leises Mauzen. Ich wirbele herum und suche nach der Transportbox, die ich in den Kofferraum gestellt und völlig vergessen hatte, aber Bits ist schneller als ich und stößt einen Freudenschrei aus. Sie drückt sich Fee an die Brust und blickt mit leuchtenden Augen zu mir auf. „Du hast sie wirklich mitgenommen! Das hätte ich nicht gedacht. Es waren ja drei Signaltöne."

Ich nicke ausweichend. Wäre Bits im Wagen gewesen, hätte ich nie nach der Katze gesucht. Und so kann ich auch nicht guten Gewissens die Lorbeeren für Fees Überleben ernten.

Peter krault die Katze unterm Kinn. „Na klar hat sie das. Wir hätten doch Fee nicht zurücklassen können." Er schaut mich an und hebt die Augenbrauen. „Oder?"

„Auf keinen Fall", lüge ich.

„Ist noch irgendjemand hungrig?", fragt Maureen. „Ich wollte gerade …"

Aber das Dröhnen eines Motorrads übertönt ihre nächsten Worte. Zeke fährt auf den Parkplatz und bleibt vor uns stehen. Ihm folgen ein Wohnmobil und ein Pick-up. Niemals hat die ganze Zone in nur diesen beiden Wagen Platz gefunden. Ich kann nur hoffen, dass Nelly unter ihnen ist.

Zeke nimmt den Helm ab und ruft in die Runde: „Ein Anblick für die Götter seid ihr!"

Er steigt von seinem Gefährt und geht auf Penny und Peter zu. Ich höre, wie er Anas Namen sagt, bevor er sich zu Maureen umdreht. Jamie und Shawn müssen ihn schon am Tor eingeweiht haben. Tony und Margaret kommen aus dem Pick-up. Ihnen folgt Kyle, der Nicole so heftig umarmt, dass sie beide fast auf den Boden stürzen. Die Tür des Wohnmobils öffnet sich, und eine Frau namens Marissa kommt mit ihren zwei Kindern heraus, gefolgt von fünf anderen Erwachsenen, die ich nicht so gut kenne. Ich schnappe nach Luft, als Adam aussteigt. Und dann sehe ich ihn, sehe den wilden blonden Haarschopf und die breiten Schultern. Ich renne los und umarme ihn, noch bevor er festen Grund unter den Füßen hat. Er hebt mich hoch und drückt mich so fest an sich, dass ich schon fürchte, mir etwas gebrochen zu haben. Dann stellt er mich wieder auf dem Boden ab.

„Jamie hat es uns erzählt …" Nelly fährt sich mit der Hand durch die Haare. „Bist du …"

„Uns geht's gut." Meine Lippen zittern und ich muss tief Luft holen. „Besser, jetzt, wo du auch hier bist. Alles ist gut. Für den Moment."

„Ich hatte schon die Hoffnung aufgegeben, dass wir es überhaupt schaffen." Ich will schon fragen, warum, aber er drückt meine Hand. „Ich erzähl dir später alles. Ich muss …" Er weist mit dem Kinn auf die anderen. Ich sehe ihm hinterher und drehe mich dann zu Adam um.

„Hey du", sage ich. „Komm her."

„Selber hey." Adam schließt mich in die Arme. „Nel hat sich solche Sorgen gemacht."

„Was ist passiert? Wo sind alle anderen?"

„Wir wissen es nicht." Seine Stimme bricht. Im Gegensatz zu Nelly trägt Adam sein Herz auf der Zunge. „Wir hatten fast keine Vorwarnung. Der Zaun war auf, bevor wir auf unseren Posten waren. Wir wurden getrennt. Keiner hat auf unsere Funksprüche reagiert, obwohl wir die ganze Fahrt über versucht haben, sie zu erreichen."

Ich blicke mich um und nehme die kläglichen Reste der Zone in Augenschein: Etwas mehr als zwanzig Leute sind es nur noch. Es ist entmutigend. Aber dann sehe ich Nelly, der Bits hoch über seinen Kopf hebt und Hank ein Lächeln aufs Gesicht zaubert. Es mag eine geringe Zahl sein, sage ich mir, aber wie immer ist die Qualität entscheidend, und nicht die Quantität.

KAPITEL 81

Irgendwo mitten in Kanada geht die Sonne auf. Ich habe die Nacht damit verbracht, abwechselnd auf die leere Straße vor uns zu starren und im Rückspiegel Penny und die Kinder zu beobachten, die auf dem ausziehbaren Bett schlafen. Die Ausläufer von Montreal waren ziemlich nervenaufreibend, aber die letzten paar Hundert Kilometer sind entspannt gewesen, denn die Gegend war früher nur sehr spärlich besiedelt. James hat mich entweder am Steuer abgelöst oder Karten studiert, aber jetzt liegt er halb bewusstlos hinten und drückt sich das Gesicht am Waschbecken platt.

Es ist uns gelungen, hier und da Autos zu finden, deren Tank wir anzapfen konnten. Aber wir brauchen noch viel mehr, wenn wir es ganz bis nach Alaska schaffen wollen, auch mit dem Riesentank auf der Ladefläche des Pick-ups. Tony und Margaret wollten erst die Gummischläuche rausholen, aber dann haben wir ihnen Johns postapokalyptische Methode zum Stehlen von Benzin gezeigt: Schraubenzieher von unten in den Tank rammen und einen Behälter drunter halten. Er wäre stolz auf uns gewesen.

Ich stelle meine Füße aufs Armaturenbrett und beobachte den Pick-up und das Wohnmobil vor uns. Außer Nelly und Adam sind nur Kyle, Nicole, Zeke und Margaret mit uns nach Westen gekommen. Die Entscheidung, sein Motorrad in Quebec zurückzulassen, ist Zeke alles andere als leicht gefallen. Aber er hatte Angst, der Lärm könne die Lexer auf unsere Spur locken. Ich weiß, dass es nur ein Motorrad ist, aber ich versteh's. Noch etwas aus einem früheren Leben, was es nicht mehr gibt.

Peter sitzt am Steuer. Er schaut sich kurz um, um sicherzugehen, dass die anderen schlafen, bevor er spricht. „Ich hätte das nicht tun sollen. Oliver. Ich hab ihn quasi einen Mörder genannt. Ich hab ihm angesehen, wie leid es ihm tat."

Sein Gesicht ist angespannt. Ich wusste, dass ihn früher oder später Schuldgefühle heimsuchen würden, und das kann er nun wirklich nicht auch noch gebrauchen. Ich versuche, ihn aufzumuntern, indem ich eine Faust vor mir durch die Luft sausen lasse. „Wenn du ihn nicht gehauen hättest, hätte ich ihn mir schon vorgeknöpft."

„Ich hab ihn in den Tod geschickt."

„Ach, er wäre sowieso mit den anderen nach Norden gegangen", erwidere ich. „Und vielleicht hätten wir das auch tun sollen."

„Mitten ins Nichts? Nicht genug zu essen, keine Zäune? Eine ganze Armee von Lexern, die in dieselbe Richtung spaziert? Nee."

„Und wenn wir kein Benzin mehr finden? Oder die Straße blockiert ist? Oder …"

„Oder wir laufen einer Herde in die Arme", sagt Peter. „Oder irgendwelchen Verrückten. Oder es gibt einen Tornado. Oder einen Tsunami. Oder der Wagen könnte ganz einfach stehen bleiben. Alt genug ist er ja. Hab ich noch was vergessen? Nein, ich glaube, jetzt haben wir alles gesagt, was schiefgehen könnte."

„Niemals", sage ich und streiche mit der Hand zärtlich übers Armaturenbrett. „Volker macht nicht schlapp. Nicht wahr, Volker? Du weißt, wie lieb wir dich haben, oder?"

„Volker? Du hast dem Bulli einen Namen gegeben?"

„Klar: Volker der Volkswagen. Passt doch perfekt."

„Du bist echt ein komischer Kauz", sagt Peter. Aber er lacht zum ersten Mal seit gestern, und damit ist meine Mission erfüllt. „Wir wissen, dass wir erwartet werden, und dass wir einen Platz zum Ankommen haben."

„Das stimmt, aber die Möglichkeit, dass wir niemals ankommen werden, ist reell."

Das orangene Licht des Sonnenaufgangs verleiht dem einsamen Stück Autobahn vor uns einen magischen Schimmer und macht damit diesen Moment auf ganz eigenartige Weise zu etwas ganz Besonderem. Also ziehe ich das Handy aus der Tasche und mache ein Foto von der Straße vor uns. Dann noch eins von Peters Hand auf dem Lenkrad. Seine geschwollenen und noch immer blutigen Knöchel sind in goldenes Licht gebadet.

„Was machst du da?", fragt er.

„Eine Fotoreportage von unserem Roadtrip. So wissen sie, wer wir waren, wenn sie unsere Leichen finden." Ich drücke mich gegen seine Schulter und mache ein Selfie von uns.

Peter schaltet mit ein wenig mehr Kraftaufwand, als nötig gewesen wäre. „Cassandra, jetzt hör mal auf, so pessimistisch zu sein, bitte."

Aber wenn uns der vergangene Tag eins gelehrt hat, dann die Tatsache, dass es immer noch schlimmer werden kann. Dass es immer noch schlimmer wird. Ich will gar nicht pessimistisch sein, aber wenn man sich immer aufs Schlimmste gefasst macht, tut es nicht so weh, wenn es früher oder später eintrifft. Man kann nur hoffen.

„Ich glaube, du meinst realistisch", sage ich.

Peter seufzt. Ich weiß, das ist es nicht, was er hören will, aber wenn wir es bis nach Alaska schaffen wollen, müssen wir praktisch denken. Wir haben keinen Platz für Wunschdenken und blindes Vertrauen. Ich kann mir einfach nicht vorstellen, dass alles gut ausgehen wird, wenn doch alles dagegenspricht.

Der Pick-up blinkt, und wir fahren rechts ran. Nelly streckt sich gähnend die Arme über den Kopf und kommt dann auf uns zu. Barnaby folgt ihm, findet irgendetwas Ekelhaftes am Straßenrand, frisst es und würgt es dann wieder hoch.

„Kurze Pause?", fragt Nelly.

„Ich habe diese furchtbaren Instantkaffeetütchen", sage ich. „Willst du auch eine Tasse?"

„Oh ja, bitte."

Die anderen erwachen beim Klang von Nellys Stimme. Fee sucht laut klagend das Innere des Bullis ab. „Fee muss mal Pipi machen", ruft Bits. „Oder groß."

„Wie soll das denn gehen?", fragt Peter. Hier gibt es keine Zäune, und wir können unmöglich Zeit damit verschwenden, eine Katze wieder einzufangen, die keine Ahnung hat, was auf dem Spiel steht.

Ich seufze. „Wir müssen uns mit einer pubertierenden Katze und dem dümmsten Hund der Welt herumschlagen, und du denkst immer noch, Optimismus sei die beste Lösung?"

„Pete, gib auf", gluckst Nelly. „Sie ist einfach zu stur."

Ich schneide eine Grimasse in seine Richtung und sage Bits, sie solle mir mal die Schnur aus meinem Rucksack geben. Bits reicht mir die Spule und fragt: „Machen wir eine Leine?"

„Auf keinen Fall. Hast du jemals versucht, eine Katze an die Leine zu nehmen? Wenn ich dir nur einen einzigen Ratschlag geben dürfte, wäre es dieser: Versuche niemals, einer Katze irgendwas um den Hals zu binden und sie auf einen Spaziergang mitzunehmen. Ich spreche da aus bitterer Erfahrung."

Ich gebe ihr einen Kuss auf die Wange, als sie kichert. Fee attackiert die Schnur, als ich versuche, sie ihr umzubinden, aber schließlich gelingt es mir, eine Art rudimentäres Geschirr zu basteln und ihr anzulegen. „Ich gehe jede Wette ein, dass es ihr nicht sonderlich gefallen wird, aber zumindest wird sie sich nicht selbst damit erdrosseln."

„Ich hab dich lieb", sagt Bits und wirft ihre Arme um mich. Dieses Zeugnis ihrer Zuneigung ist so unerwartet und aufrichtig, dass sich meine Augen mit Tränen füllen. Ich werde sie nach Alaska bringen, in Sicherheit, und wenn es das Letzte ist, was ich auf dieser vermaledeiten Welt tun werde.

„Und ich dich erst", erwidere ich mit brüchiger Stimme. „Mehr als alle Sterne am Himmel."

Bits nimmt Fee von meinem Schoß und lächelt Peter zu. „Das ist nämlich unendlich."

Sie und Hank setzen die Katze auf der grasbewachsenen Erde ab und stehen Schmiere. Fee rennt sofort los, nur um fast augenblicklich von ihrem Geschirr zurückgerissen zu werden. Ich kann mir das Lachen nicht verkneifen; ich wusste, dass das passieren würde.

„Das gefällt mir", sagt Peter. „Mehr als alle Sterne am Himmel."

„Mir auch."

Ich glaube, „bis ans Ende der Welt" hat ausgedient. Das Ende der Welt ist schließlich schon eine ganze Weile her, und wir leben im Danach. Und das klingt nicht gerade poetisch.

Peter blickt durch die Windschutzscheibe den orange-goldenen Himmel an. „Gibt es wirklich unendlich viele?"

Ich sehe Dan vor mir, wie er auf dem Dach des Krankenwagens steht. Vielleicht wollte er mir sagen, dass ich nicht aufhören soll, in die Sterne zu schauen. Oder dass er mich liebt. Ich wünschte, ich wüsste, was er mir sagen wollte, denn es waren schließlich seine letzten Worte und jemand hätte sie hören müssen. Ich ignoriere den steinharten Kloß in meinem Hals und antworte: „Niemand weiß das mit Sicherheit, aber wir nehmen das einfach mal so an."

Peter nickt und starrt weiter die Wolken an. Ich kann nur annehmen, dass er an Ana denkt, und lege ihm tröstend die Hand auf die Schulter, ehe ich aus dem Wagen klettere, um den Campingkocher aufzubauen.

„Kaffee?", frage ich Penny.

Penny wirft den Tüten mit dem Instantkaffee einen sehnsüchtigen Blick zu. Sie hat zwar geschlafen, aber das sieht man ihr nicht an. „Ich soll ja eigentlich ni…"

„Also ja."

Vor lauter Vorfreude auf den Kaffee bietet Penny an, den Kocher aufzubauen. Ich gehe mir die Zähne putzen, statte dem Gebüsch einen Besuch ab und lege mich dann neben dem Bulli ins Gras. Alles tut mir weh. Ich bin erschöpft und bedrückt. Ich schaue in die Gesichter von denen, die uns geblieben sind, aber stattdessen sehe ich nur die, die wir verloren haben. Die Löcher, die sie in unserem Leben hinterlassen haben. Die Leere.

Ich weiß, dass nicht alle von uns es bis nach Alaska schaffen werden. Einige von uns vielleicht, aber nicht wir alle. Auf keinen Fall. Es wird noch mehr Löcher geben, noch mehr Leere. Und der Gedanke ist so entmutigend, dass ich am liebsten einfach hier liegen bleiben möchte, bis Gras über meinen Körper wächst. Meine erzwungene praktische Entschlossenheit verdampft wie der Tau im warmen Licht der aufgehenden Sonne, und alles, was ich mit Sicherheit weiß, ist, dass wir alle sterben werden, einer nach dem anderen. Ich wünschte, Ana wäre hier – sie würde mich anschreien, dass ich mich zusammenreißen und lieber eine Runde joggen soll, statt rumzujammern. Und mit John hätten wir es ganz sicher geschafft – zumindest wäre er in der Lage gewesen, mir das Gefühl zu geben, dass wir es schaffen können.

Peter kommt auf mich zu und stupst mich sanft mit seinem Schuh an. „Der Kaffee ist fertig. Wollen wir weiter?"

Er folgt meinem Blick, und an seinen herabhängenden Schultern sehe ich, dass auch er die Löcher und die Leere sieht. Aber dann richtet er sich auf und reicht mir seine Hand. Ich weiß wirklich nicht, wie er es schafft, so zuversichtlich zu lächeln. Übung, wahrscheinlich. Er hat schließlich jahrelange Erfahrung damit, mit den Geistern seiner Vergangenheit zu leben.

„Alles wird gut", sagt er.

Und ich sehe, dass er es glaubt. So verrückt das auch sein mag. Und dass er es glauben muss. Vielleicht kann man sich wirklich aussuchen, was man glaubt. Man macht es einfach gut, egal, was das Leben einem in den Weg legt. Vielleicht ist Glück etwas, wofür man sich entscheidet. Und das erscheint mir besser als die Alternative. Pessimismus steht mir nicht, glaube ich. Er hilft mir auf die Beine und ich halte mich an ihm fest, während wir auf den Bulli zugehen.

Bits lacht über irgendwas, das Hank ihr ins Ohr flüstert. Einen seiner Witze vielleicht. Er blinzelt durch die dicken Gläser seiner Brille wie eine Eule, und ich spüre, wie sich mein Herz ein wenig weitet, um neben Bits Platz zu machen für diesen klugen, lustigen kleinen Jungen. Er mag sich manchmal viel erwachsener benehmen, als er mit seinen zehn Jahren sollte, aber eine Mutter braucht er trotzdem.

Ich lasse meinen Blick über die Straße gleiten, die uns gen Westen bringen wird. Er wirkt so leer und verlassen, sieht so einsam aus, dieser Weg ins Unbekannte. Und er sieht unendlich weit aus. So fühlt es sich jedenfalls an. Ich kann mir beim besten Willen nicht vorstellen, wie alles gut werden soll.

Aber dann sehe ich Nelly und Adam, die sich einen schnellen Kuss geben, bevor sie wieder in den Pick-up steigen. Ich sehe, wie Jamie ihren Arm um Ashley legt und mit ihr zum Wohnmobil geht. Kyle schenkt mir eins seiner seltenen Grinsen, als ich Nicole anlächle, die auf den Schultern ihres Vaters sitzt und seinen Kopf als Trommel missbraucht.

Es gibt noch so viel Liebe in der Welt. So viel Hoffnung. Und so viel zu verlieren. Aber wenn ich den Teil außen vor lasse und mich ganz fest auf die Liebe und die Hoffnung konzentriere, dann gelingt es mir fast, auch daran zu glauben. Ich hatte meine Chance. Hätte aufgeben und mich von Hilflosigkeit und Hoffnungslosigkeit übermannen lassen können. Aber damit ist Schluss – diese Welt kriegt mich nicht klein.

„Ja", sage ich und drücke Peters Hand, bevor ich sie loslasse. „Alles wird gut.

DANKSAGUNG

Ich möchte den üblichen Verdächtigen danken, und auch ein paar neuen:

Vielen Dank an meine zahlreichen Eltern, die mein Werk gelesen, dann noch mal gelesen und geliebt haben. An meine Mutter und an meinen Vater, die das Buch so oft gelesen haben, dass sie es inzwischen wahrscheinlich fast auswendig können. Und Mama P., die so viele von diesen besonders perfiden und gut versteckten Schreibfehlern gefunden hat. Ich bin euch allen so dankbar für eure Liebe und euren Zuspruch.

Jamie, dessen Begeisterung nur von meiner eigenen übertroffen wird, und die aus unerfindlichen Gründen noch immer rangeht, wenn ich sie anrufe und seelische Unterstützung einfordere. Du bist die Beste. Und Jamies Freundin Tracy, die ebenfalls jeden meiner Entwürfe mit Begeisterung angenommen hat. Ihr zwei Damen seid meine ersten richtigen Groupies!

Rachel Greer, die mir den guten Rat gegeben hat, nicht. Die. Ganze. Verdammte. Zeit. Zu. Lächeln. Sie weiß, was gemeint ist. Danielle, fürs Lesen und Korrigieren. Nicht nur liebt sie die Geschichte – sie sagt die Dinge, wie sie sind. Rachel Aukes, für ihre mehr als hilfreichen Kommentare und für das geduldige Beantworten einer ganzen Reihe lästiger E-Mails meinerseits. Linda Tooch, fürs Korrigieren und für ihre ehrliche Meinung.

Will Fleming, Ehemann und Editor – zwei Rollen, in denen er gleichermaßen brilliert. Auch dieses Mal hat er mich wieder sowohl grammatikalisch als auch in Bezug auf die Klarheit des Textes auf dem rechten Weg gehalten. Nichts lässt er mir durchgehen, wenn es ums Schreiben geht. Aber das ist okay, solange er mir im echten Leben weiterhin so vieles durchgehen lässt. So mag ich's sowieso am liebsten.

429

Podium

DISCOVER MORE

STORIES
UNBOUND

PodiumEntertainment.com